Bettina Belitz · Dornenkuss

Das Buch:

Elisabeth Sturm hat am eigenen Leib erfahren, welche Gier, welche zerstörerische Kraft und welches Grauen in der Welt der Mahre lauern – und doch hält sie an ihrer Liebe zu Colin fest. Erschöpft und bis ins Mark verletzt, fürchtet und ersehnt sie den Tag, an dem er zurückkehrt und sie sich auf die Jagd nach Tessa machen, der uralten Mahrin, die ihr Glück bedroht.
In Italien hoffen sie, Tessa auf die Spur zu kommen und Hinweise auf Ellies verschollenen Vater zu erhalten. Fast gegen ihren Willen findet Ellie in der Hitze, dem Meer und der Kargheit des Landes die Ruhe, nach der sie sich seit Monaten sehnt, und dankbar gibt sie sich diesem neuen, freien Leben hin. Als von unerwarteter Seite ein Verbündeter auftaucht, scheinen die Antworten auf Ellies Fragen plötzlich greifbar. Aber je tiefer sie in das Geheimnis der Mahre eindringt, desto größer werden Ellies Zweifel: Ist selbst ihre Liebe nicht stark genug, um gegen Colins Hunger zu bestehen?

»Belitz' erzählerischer Stil wirkt wie aus dem Leben gegriffen. Das macht das Lesevergnügen vollkommen.« Münchner Merkur

Die Autorin:

Bettina Belitz, geboren 1973 in Heidelberg, verliebte sich schon früh in die Magie der Buchstaben. Lesen allein genügte ihr bald nicht mehr – nein, es mussten eigene Geschichten aufs Papier fließen. Nach dem Studium arbeitete Bettina Belitz als Journalistin, bis sie ihre Leidenschaft aus Jugendtagen zum Beruf machte. Heute lebt sie in einem 400-Seelen-Dorf im Westerwald und lässt sich von der Natur und dem Wetter zu ihren Romanen inspirieren.

Außerdem bei script5 erschienen:
Splitterherz
Scherbenmond

Linna singt

Bettina Belitz

Dornenkuss

Roman

script5

www.dornenkuss.com

ISBN 978-3-8390-0161-5
1. Auflage 2013 als script5-Taschenbuch

script5 ist ein Imprint der Loewe Verlag GmbH, Bindlach
Dieses Werk wurde vermittelt durch die Literatur Agentur Hanauer
Umschlagillustration: CREATIO IMAGINIS, Maria-Franziska Ammon
Umschlaggestaltung: Christian Keller
Redaktion: Marion Perko
Printed in Germany

www.script5.de

Für meinen Vater, den ich immer dann am meisten vermisse,
wenn ich am wenigsten damit rechne.

Auf der Welt sein: im Licht sein … standhalten dem Licht,
der Freude … im Wissen, daß ich erlösche im Licht über Ginster,
Asphalt und Meer, standhalten der Zeit, beziehungsweise Ewigkeit
im Augenblick. Ewig sein: gewesen sein.
(Max Frisch, Homo Faber*)*

Prolog

Es wird der Tag kommen, an dem du dir wünschst, jemand anderes zu sein.

Dein Körper wird dir lästig erscheinen und deine Angst als ewige Geißel deiner Gedanken. Du wirst deiner Gefühle überdrüssig werden, weil sie dich in ihrem immer gleichen Zirkel gefangen halten. Zweifel werden deine Träume stören, während dein Herz dich wild schlagend daran erinnert, dass du zu Höherem berufen bist.

Gib nach, wenn es beginnt. Stelle dich dem, was du sein kannst, sobald deine Ängste im Licht verglühen.

Du wirst über dich hinauswachsen, dich in dir selbst verlieren, ohne den Sturz hinab ins Nichts fürchten zu müssen. Du wirst dich schöner finden denn je, dich über deine Kraft und Anmut wundern und an deiner Leichtigkeit erfreuen.

Alles, was du dafür tun musst, ist, deine Augen zu öffnen und mich anzusehen. Tauche ein in meine blaugrüne Welt.

Ich fange dich auf, wenn du fällst, und wenn der Schlaf dich übermannt, findest du in meinem Schoß jene tiefe Geborgenheit, nach der du dich immer gesehnt hast.

Ich warte auf dich.

Philia

Un attimo di pace

Ich war bereit. Mein Nacken hatte endlich die richtige Position auf dem Kissenberg unter meinem Kopf gefunden und meine Füße waren warm in die hellblaue Fleecedecke eingepackt, während ich Hüfte und Schultern in ein etwas dünneres Exemplar aus Baumwolle gewickelt hatte. Das Dröhnen der Rasenmäher, das an trockenen Tagen wie diesen unvermeidlich gegen Mittag einsetzte und jeglichen Frieden bis zur Dämmerung zerstörte, war soeben überraschend verstummt und sogar der Nachbar hatte aufgehört, die buschigen Seitenränder seines Vorzeigerasens mit der elektrischen Schere zu bearbeiten.

Doch vollkommene Stille wollte ich nicht. Deshalb lag mein rechter Zeigefinger startklar auf meinem MP3-Player, um beim ersten Sonnenstrahl, der durch die Wolken brach, ein Lied abzuspielen, dessen Urheber einen noch dämlicheren Namen trug als der Titel selbst. *Fatal Fatal* von DJ Pippi. Aber für mich war der Song seit dem Durchforsten der Chill-out-Plattensammlung meines Bruders der Inbegriff des Sommers, ja, eine Hymne an das Nichtstun, das Entspannen, und genau darauf wartete ich, ungeduldig und erfüllt von beinahe krankhafter Vorfreude. Denn ich hatte nicht viel Zeit, mich zu entspannen. Mein Computer wartete im Stand-by-Modus auf mich. Ich musste nur die Maus bewegen, damit er wieder zu rechnen und mein Gehirn zu arbeiten begann. Ich hatte mir heute Nacht nur knappe drei Stunden Schlaf erlaubt, wie üblich zwischen zwei und fünf; schon bei Anbruch der Helligkeit und dem elend fröhlichen Vogelgezwitscher vor meinem Fenster hatte ich mich wieder an meinen Schreibtisch gequält und weitergeforscht – um schon nach wenigen Klicks zu ahnen, dass es sinnlos sein würde. Ich fand die heiße Spur nicht, nach der ich suchte, geschweige denn den roten Faden, den es geben musste – ja, es musste ihn geben, also warum zum Henker offenbarte er sich mir nicht?

Unruhig wälzte ich mich auf die Seite und zog die rutschende Decke wieder über meine Hüfte. Sollte ich jetzt schon meine Ruhepause beenden? Und weitersurfen? Nein, es hatte keinen Zweck, ich hatte vorhin nichts mehr erkennen können auf dem Bildschirm, weil meine Augen überreizt und ausgetrocknet waren. Gedanklich ordnen konnte ich all die Informationen, die auf mich einprasselten, sowieso nicht mehr. Ich musste mich ausruhen. Ich wollte es ja auch. Erst recht, nachdem ich wieder unfreiwillig auf einer dieser kunterbunten Touristikseiten gelandet war, die mir genau das versprachen: tiefe, glückselige azurblaue Entspannung. Müßiggang und Nichtstun in der Wiege der mediterranen Kultur. Italien. Italien, das gelobte, ferne Land, das mich wahlweise an den Rand des Zusammenbruchs brachte oder mit Entzücken erfüllte – und mir das verweigerte, was es verbarg.

Mahre. Mahre und vielleicht meinen Vater.

Und Tessa.

Genau das konnte ich nicht glauben, wenn ich all die Internetseiten durchforstete, die Google ausspuckte, sobald ich »Italien« in das Suchfenster tippte. Natürlich gab es da – vorausgesetzt, man hatte die unzähligen Seiten mit Urlaubsangeboten hinter sich gelassen – nicht nur Verheißungen. Nein, Italien hatte zum Beispiel verheerende Erdbeben hinter sich, litt unter einer korrupten Politik mit einem zweifelhaften Staatschef (ich hatte mich sogar kurz gefragt, ob er möglicherweise ein sexbesessenes Halbblut war), im

Süden herrschten die Mafia und eine hohe Arbeitslosigkeit, ungelöste Flüchtlingsprobleme gärten vor sich hin, die Wirtschaft krankte, aber diese Meldungen wirkten beinahe niedlich und unbedeutend zwischen dem Übermaß an südlicher Schönheit, die sich mir darbot, vor allem auf Blogs von Reisenden und Seiten über Kunst und Architektur. Italien war nicht nur das sagenumwobene Urlaubsland, sondern auch der Inbegriff künstlerischer Ästhetik. Vor lauter Verzweiflung hatte ich mir gestern stundenlang die Gemälde der Sixtinischen Kapelle angeschaut und gehofft, versteckte Hinweise auf Mahre zu finden. Ich fand allerhand, doch Mahre waren es nicht.

Es machte mich schier verrückt. Die kargen Informationen, die ich vorher bereits mühsam gesammelt hatte, passten nicht mit den Ergebnissen meiner Recherchen zusammen und waren überdies bizarr, kryptisch und voller unausgesprochener Albträume.

Information Nummer eins: Mein Vater war in Italien verschollen, immer noch. Kein einziges Lebenszeichen. Seit Monaten warteten wir auf irgendeinen Hinweis, der uns sagte, dass er noch lebte, und wenn er noch so winzig war. Nichts. Mama hatte sogar schon angefangen, um ihn zu trauern. Mein Magen verkrampfte sich bei jedem Telefonklingeln, das durch das stille Haus schallte, weil ich hoffte, er sei der Anrufer. Doch dieses Land hatte ihn verschluckt. Über Information eins wollte ich nie lange nachdenken. Sie schmerzte mich zu sehr, schnürte mir die Kehle zu.

Also weiter zu Information Nummer zwei: Tessas Lebensmittelpunkt befand sich angeblich in Süditalien. Tessa. Oh Gott, Tessa … Colins Mutter. Und Geliebte. Sie war so alt und mächtig, dass selbst ein brutaler Genickbruch ihrem irren, lüsternen Kichern nichts anhaben konnte. Sie hatte Colins Leben von Beginn an beeinflusst und unterwandert; sie spürte ihn gnadenlos auf, sobald er glücklich war, um sich zu nehmen, was sie als ihr Eigentum betrachtete: ihr Kind.

Colin Jeremiah Blackburn, meine große Liebe und, wie es schien, mein düsteres Schicksal. Ich konnte nicht an Colin denken, ohne an Tessa zu denken, aber ich konnte auch nicht an Colin denken, ohne an François zu denken, jenen Mahr, der meinen Bruder befallen und ihm jegliche Lebensenergie aus dem Leib gesaugt hatte, bis Paul an einer Herzschwäche erkrankte und beinahe starb. In letzter Sekunde hatten Gianna und Tillmann ihn wiederbeleben können.

»Verflucht, da muss es doch einen Zusammenhang geben!« Ich schrak zusammen und lauschte argwöhnisch, als ich bemerkte, dass ich meine Gedanken versehentlich laut ausgesprochen hatte – ein Ausruf, der sich anhörte wie das aufgebrachte Zischen einer Schlange. Ich mahnte mich trotz meiner bleischweren Lider und dem Schwindelgefühl in meinem Kopf zur Konzentration. Wenn ich schon nachdachte, bis die Sonne sich zeigte, sollte ich es vernünftig tun.

Ich war bei Information Nummer zwei stehen geblieben. Tessa. Tessa, die sich erneut auf den Weg gemacht hatte, um Colin heimzusuchen, weil wir für einen kurzen Moment Glück empfunden hatten. War es wirklich Glück gewesen? Oder hatten wir sie lediglich provoziert? Was würde sie wütender machen? Mit einem beunruhigenden Gefühlsmix aus Erregung und Wut dachte ich an jene Minuten zurück, die Colin und ich im Wald bei den Wölfen verbracht hatten, nachdem François raubunfähig geworden war und Colin sich von seiner Vergiftung befreit hatte. Ich war geradezu berauscht gewesen und sicher, alle Hürden überwinden zu können, wenn wir nur um unser Glück kämpfen und versuchen würden, Tessa zu töten.

»Tessa töten …«, flüsterte ich mit jähem Spott mir selbst gegenüber. Tessa töten? Ja, es war der einzige Weg, der Colin und mir eine Zukunft ermöglichen konnte, und es gab vielleicht eine Tötungsmethode, von der ich noch nichts wusste und die Colin mir überbringen wollte. Das hatte er mir versprochen. Doch nachdem die Euphorie des Sieges über François abgeklungen war und meine Wunden zu schmerzen begonnen hatten, war mir langsam bewusst geworden, was wir uns da vorgenommen hatten.

Wir, nicht ich. Ich war nicht die Einzige, die Tessa tot sehen wollte. Tillmann wollte es auch. Sein Leben hatte sie ebenfalls verdunkelt. Nicht nur das – sie hatte seinen Körper verändert, ihn schneller reifen lassen, ihm seine Fähigkeit zu schlafen geraubt. Und wenn Colin nur einen Funken Verstand in seinem sturen Mahrschädel hatte, würde er sie ebenfalls töten wollen. Alles, was ihm in seinem Dasein Schreckliches widerfahren war, hatte er ihrem Fluch zu verdanken. Ob sie ihn dieses Mal eingeholt hatte? Hatte er überhaupt fliehen können? Oder hatte sie den Dämon in ihm neu entfacht?

Ich rieb meine Füße nervös aneinander. Wie immer beim Nachdenken blieb ich bei Information Nummer zwei hängen und kam nicht weiter. Allein Tessas Name ließ mich innerlich erstarren. Im Frühjahr hatte François sie für eine Weile aus meinem Kopf verdrängen können; meinem Bruder war es so schlecht gegangen, dass wir darauf bauen mussten, ihn erlösen zu können und Tessa dabei nicht versehentlich anzulocken. Was funktioniert hatte, da Colin auf einer Insel lebte und wir bei unseren wenigen Begegnungen auf dem Festland nicht sonderlich glücklich miteinander waren – jedenfalls nicht dauerhaft. Doch jetzt gab es zwei Mahre, die ungefragt in meine nächtlichen Träume eindrangen und mich schweißgebadet hochschrecken ließen: François, dieser schleimige, gierige Wandelgänger, der mich fast bei lebendigem Leibe hatte verwesen lassen, als ich ihn bei seinem Befall erwischte, und Tessa, die François' ohnehin schon ekelerregende Bösartigkeit um ein Vielfaches übertraf.

»Aber wir haben ihn besiegt. Wir haben ihn besiegt!«, murmelte ich in meine Faust, auf deren Knöcheln ich in meiner Anspannung wie ein Kaninchen herumnagte. »Es ist möglich …«

Tot war François nicht. Nur raubunfähig. Aber das genügte, damit er keinen Schaden mehr anrichten konnte, und war für ihn eine größere Strafe, als ihn umzubringen. Auf ewig hungrig. Eine andere Chance hatten wir nicht gehabt. Wegen seines geringeren Alters war Colin nicht in der Lage gewesen, ihn im Kampf vollends zu töten.

Doch bei Tessa konnten wir uns solche Spielereien nicht erlauben. Niemals würde Colin so viel Wut und Zorn in mir heranzüchten können, um sie damit zu vergiften. Tessa war selbst voller Gift. Außerdem war ich nicht mehr bereit, als Brutstätte für schlechte Gefühle zu dienen. Schlechte Gefühle hatte ich von ganz alleine genug und leider überwältigten sie mich meistens dann, wenn ich versuchte, mich von den Strapazen meiner sinnlosen Recherchen zu erholen. Wie jetzt.

Meine Vorfreude auf ein paar dösige Sonnenstunden im Garten war auch an diesem Nachmittag eine trügerische Angelegenheit gewesen. Sie war es jedes Mal. Zu schnell konnte sie in Gereiztheit und Wut umschlagen, weil ich nicht bekam, was ich wollte – nein, was ich brauchte. Ich brauchte den Sommer wie eine lebensrettende Infusion, die mir immer wieder im letzten Moment verwehrt wurde, weil man beschloss, dass ich auch ohne sie noch einige Zeit vor mich hin vegetieren konnte. Ja, so fühlte es sich an, obwohl ich wie eine Besessene arbeitete – als würde ich nur vegetieren.

Hör auf zu denken, Ellie, knurrte ich mich im Geiste an. Es konnte sich nur noch um wenige Augenblicke handeln, bis mir die ersehnte Infusion aus Wärme und Erholung verabreicht wurde, und dann sollte ich sie genießen und neue Energie daraus ziehen. Ich hatte das freie Stück blauen Himmel während meiner sinnlosen Grübeleien genau beobachtet und auch den Zug der Wolken. Gleich würde der kalte, böige Wind sich legen – ich erkannte es an den gezackten Rändern der Wolke über mir, die nun in einem grellen Hellorange angestrahlt wurden. Ich schob mir die Sonnenbrille auf die

Nase, lehnte mich zurück und kostete die letzten Sekunden aus, bis die Sonne sich ihren Weg freigekämpft hatte und mir Wärme spenden würde. Wärme und wenigstens eine Illusion dessen, was die Klänge in meinen Ohren mir zeitgleich vermitteln würden.

Denn dieser Frühsommer war bislang eine Beleidigung. Ich war fest davon überzeugt gewesen, dass der sonnige Frühlingstag, an dessen Abend Colin mich mit sich ins Meer genommen hatte, um mich dann den Wellen zu überlassen, der Auftakt jener großen Erlösung gewesen war, nach der ich mich den gesamten harten Winter über gesehnt hatte. Doch der Westerwald entschied sich anders. Er entschied sich für Regentage, ständigen Wind, kalte Nächte und er gönnte der Sonne nur kurze Zwischenspiele, bis die nächste Wolke vor ihre scheuen Strahlen wanderte und es ihr nicht erlaubte, den winterharten Boden zu lockern. Noch immer schien der Frost in dem lehmigen Grund unseres Gartens festzusitzen.

Auch jetzt würden mir nur wenige Momente des Friedens geschenkt werden. Ich kannte dieses frustrierende Spiel aus Licht und Schatten zur Genüge. Zeigte die Sonne sich, flaute der Wind am Boden ab und ich konnte mit einer raschen Bewegung die dünnere Decke von meinem Körper schlagen. Doch weit oben am Himmel ließ der Wind sich seine Macht nicht nehmen und sorgte zuverlässig für stetigen Wolkennachschub. Manchmal musste ich mir Mühe geben, um es nicht persönlich zu nehmen.

Selbst Mama, die zu den Menschen gehörte, für die schlechtes Wetter nur eine Folge von schlechter Kleidung war, hatte vor dem Wind kapituliert und uns eine sündhaft teure Liegeinsel aus wetterbeständigem Plastikrattan gekauft. Über ihrer schneeweißen Matratze – garniert mit zahlreichen Kissen, die einem dank ihres elektrostatisch aufgeladenen Synthetikbezuges ständig Stromschläge versetzten – erhob sich ein muschelförmiger Schirm, der Wind und Sonne abhalten sollte. Das tat er nur unzureichend, doch er bot mir hervorragenden Sichtschutz vor werkelnden Nachbarn und half mir dabei, die trostlose Realität um mich herum für ein Weilchen auszublenden, bis der Wind mich ausgekühlt und die Sonne aufgegeben hatte.

Während ich auf den gleißenden Wolkenrand starrte, begannen meine Gedanken sich von ganz allein wieder zu erheben und mich zu mahnen, sich mit dem zu streiten, was mein Körper von mir verlangte. Ich wollte mich allen Ernstes erholen, während ich doch jede Sekunde darauf wartete und hinarbeitete, endlich einen Mord begehen zu können? Doch wie immer, wenn ich mir diese Tatsache verinnerlichte, wurde der Wunsch, mich vorher noch einmal gründlich auskurieren zu können, fordernder denn je. Was ich brauchte, war Erholung. Stillliegen. Besonntwerden.

Nein. Was ich brauchte, war ein Plan.

Doch konnte man Pläne fassen, wenn man ständig am Rande des Zusammenbruchs wandelte? Oft fühlte sich meine Haut so verwundet an, dass ich glaubte, jede zu schnelle Bewegung könne sie an all den Stellen aufreißen lassen, die gerade erst notdürftig verheilt waren. Immer wieder suchten mich Kopfschmerzattacken ungeahnten Ausmaßes heim. Ich verabscheute Hektik und Aktionismus wie nie zuvor, obwohl ich bei meinen Recherchen nichts anderes tat, als mich in hektischem Aktionismus zu verlieren, und Mamas Bitten, mich doch wenigstens pro forma um eine Zukunft zu bemühen, hatten in den letzten Wochen erheblich an mütterlicher Nachsicht eingebüßt. Wozu einen Job annehmen, wenn es sein konnte, dass ich ihn am nächsten Tag schon wieder aufgeben musste, wenn … Ja, wenn. Wenn, wenn, wenn. Wie so oft verfluchte ich im Geiste die Diskrepanz zwischen dem Zeitgefüge der Mahre und dem von uns Menschen. Sie hatten so schrecklich viel Zeit dank ihrer vermaledeiten Unsterblichkeit.

Colin hatte mir das Versprechen gegeben, nach der zweiten Tötungsmethode zu forschen und sie mir mitzuteilen. Denn die gängige fiel weg; Tessa war zu alt und damit viel zu stark, um Colin in einem Duell gegen sie antreten zu lassen. Er würde sie nicht besiegen können. Ja, das Versprechen hatte ich mir erbettelt – nur über das Wann hatten wir nicht geredet. Ich hoffte, er würde sein Versprechen wahr machen, bevor meine Hand zu zittrig war, um eine Pistole zu halten. Eine Pistole? Wohl kaum, eine Kugel würde Tessa nicht töten können. Vielleicht musste man ihr einen Pfahl ins Herz schlagen, wie bei den Vampiren? Kam mir albern vor. Oder musste man ihr am Ende den Kopf abhacken?

Ich rieb erneut meine Füße aneinander, die trotz ihres Fleecekokons kalt geworden waren. Pfahl ins Herz und Kopf abhacken war ekelhaft, aber zu einfach. Nein, es musste etwas anderes sein. Etwas Gewichtigeres. Und ich würde erst wieder Ordnung in meine Gedanken und mein Leben bringen können, wenn ich darum wusste und herausgefunden hatte, wo Papa war und was es mit den Mahren in Italien auf sich hatte. Bis dahin würde ich recherchieren und in meinen wenigen Erholungspausen nach der Sonne lechzen und hoffen, dass sie meine Haut nicht nur bräunte, sondern auch dicker und robuster machte, damit ich mich dieser Aufgabe stellen konnte.

Mama wusste nichts von meinen unausgegorenen Zielen. Sie wusste nicht einmal genau, was in Hamburg eigentlich geschehen war. Weder Paul noch ich hatten uns überwinden können, ihr auch nur irgendwelche Einzelheiten zu erzählen, obwohl wir es uns anfangs fest vorgenommen hatten. Doch wir schoben das Gespräch auf und machten uns gegenseitig vor, uns zuerst von den Strapazen des Kampfes und der Fahrt zu den Wölfen ausruhen zu wollen, und sobald einige Zeit verstrichen war, zweifelten wir daran, dass Mama die Wahrheit verkraften konnte. Vielleicht redeten wir uns das auch ein.

Paul scheute sich, Mama zu gestehen, dass er zwischenzeitlich schwul geworden war, weil er von einem Wandelgänger befallen wurde (mit dem er wiederum sein Schwulsein halbherzig ausgelebt hatte), und ich hatte Angst, sie würde mich einsperren, sobald sie erfuhr, was Colin alles mit mir angestellt hatte und dass der gerade erst verheilte Bruch in meiner Hand von ihm rührte.

Doch Mama war nicht auf den Kopf gefallen. Ihr musste vollkommen klar sein, dass mehr geschehen war, als wir berichtet hatten. Und da Papa immer noch verschollen war, mutierte sie das erste Mal in ihrem mütterlichen Leben zur Glucke und kontrollierte jede meiner Bewegungen. Lediglich mein Computer, den ich mit mehreren Passwörtern schützte, war mein alleiniges Hoheitsgebiet geblieben.

Paul hatte sich ihrer Kontrollsucht geschickt entzogen. Er musste in Hamburg noch etliche Dinge regeln und ließ sich schon lange keine elterlichen Befehle mehr erteilen. François hatte nichts als Chaos hinterlassen. Abgesehen von der Räumung eines verdreckten, rattenverseuchten Kellerlochs unterhalb seiner Galerie hatte Paul die undankbare Aufgabe, seine Wohnung aufzulösen und einen der vielen gierigen Hamburger Immobilienhaie mit deren Verkauf zu betrauen. Auch versuchte er, den gemeinsamen Erbvertrag mit François rückgängig zu machen, was sich als schwierig herausstellte, doch François kam dabei glücklicherweise als Ansprechpartner nicht mehr infrage.

Schon wenige Tage nach seiner Vergiftung durch meine von Colin ausgesaugte Wut wurde François festgenommen, da er sich wahllos Hamburger Passanten auf den Rücken krallte und versuchte, ihre Träume zu trinken, was die Leute im günstigsten Falle als lästig empfanden und sie im schlimmsten Falle vorübergehend an den Rande einer Psychose katapultierte.

François' Übergriffe waren harmlos, aber auffällig genug, um ihn als nicht gesellschaftsfähig einzuordnen und der geschlossenen Psychiatrie zu übergeben, in der er sich vermutlich selbst Geschossen wie Valium gegenüber als äußerst robust erwies. Doch er konnte wenigstens in ein abgesichertes Einzelzimmer verfrachtet werden und damit keinen weiteren Schaden bei den Touristen der Hansestadt anrichten.

Paul überließ die Verwaltung von François' Besitz diversen Anwälten, denn es belastete ihn bereits genug, sich um seine eigenen Habseligkeiten kümmern zu müssen, von denen er kaum etwas behalten wollte – nicht einmal seinen geliebten weißen 911er Porsche, mit dem ich damals zu Colin nach Sylt gebrettert war. Ihm schien alles, was mit François zu tun hatte und er sich in der Zeit zusammen mit ihm angeschafft hatte, beschmutzt und mir ging es genauso. Kurz und gut – wir konnten Mama mehr schlecht als recht erklären, warum Paul so unvermittelt seine Galerie und seine Wohnung aufgegeben hatte und sein gesamtes vorheriges Leben in den Boden stampfte. Noch weniger leuchtete ihr ein, wieso er und seine kleine Schwester sich in einer solch desolaten Verfassung befanden, nachdem sie heimgekehrt waren. Meine Blessuren und mein gebrochener Finger waren nicht zu übersehen gewesen. Pauls angeschlagener Gesamtzustand wog fast noch schwerer. Ich hatte gehofft, all seine Zipperlein, ja, sogar sein Herzfehler würden verschwinden, sobald wir ihn aus François' Klauen befreit hatten. Aber so war es nicht. Er schlug sich mit körperlichen Unzulänglichkeiten herum, die ansonsten Männer jenseits der Midlife-Crisis heimsuchten, aber gewiss nicht Mittzwanziger wie ihn. Und wahrscheinlich war es in Mamas Augen äußerst verdächtig, dass ich neuerdings die Nächte im Internet totschlug und dann nachmittags, bleich und mit Ringen unter den Augen, ein sonniges Plätzchen suchte und jede größere Aufgabe mit den Worten ablehnte, ich müsse mich ein bisschen erholen.

So wie ich es jetzt wieder tat, in diesem kurzen Moment der Vorfreude, während der Wind neue Kraft entfachte, um die Sonne von der riesigen watteweißen Wolke über mir zu befreien. Ich atmete langsam aus. Frieden. Nur einen einzigen Augenblick des Friedens. Ich musste heilen. Heilen, um denken und weitermachen zu können. Um an die Information Nummer drei zu gehen und den roten Faden zu suchen … wir brauchten den roten Faden …

»Ellie! Ellie?«

Die Sonne war da, aber mein Frieden vorbei. Mamas Rufen hatte ihn zerstört. Ich winkelte meine Beine an, damit sie mich nicht sehen konnte, wollte mich ganz in die Rundung der Muschel schmiegen, für den Rest der Welt unsichtbar. Doch das war sinnlos. Mama wusste, wo ich steckte. Ihre Schritte näherten sich bereits.

Ich biss auf meine Unterlippe, um nicht ungerecht zu werden und sie anzuschreien, ihr bitterste Vorwürfe zu machen. Sie hatte mich gerade eine volle Stunde in Frieden gelassen, obwohl sie anfangs noch direkt neben mir Unkraut gejätet hatte und Hilfe hätte gebrauchen können. Eine Stunde, in der sich die Sonne geschätzte zehn Minuten lang gezeigt hatte. Doch dafür konnte Mama nichts.

»Ellie, das solltest du dir ansehen.«

Seufzend zog ich die Stöpsel aus meinen Ohren.

»Was?«, blaffte ich ungehalten und erinnerte mich wie in einem Déjà-vu an diesen bedrückenden Moment vor einem Jahr, als Papa mich aufgefordert hatte, die Begrüßungskarten bei den Nachbarn einzuwerfen. Damals hatte ich ähnlich reagiert und mich ähnlich gestört gefühlt. Doch hätte ich je glücklicher sein können als an diesem kalten Maiabend, als alles erst anfing? Als Papa noch bei uns war, ich Colin kennenzulernen und ihn zu lieben begann, als alles noch möglich war?

Colin? Ein Blitz fuhr durch meinen Bauch. »Das solltest du dir ansehen«, hatte Mama eben gesagt und es hatte sich bedeutsam angehört. Nicht so bedeutsam, dass sie Papa meinen konnte. Nein, wenn Papa überraschend zurückkehrte, würde sie andere Worte wählen.

Aber konnte es sein, dass – dass Colin …? Ich wagte nicht, meinen Gedanken zu vollenden, denn mein Herz pulsierte nur noch synkopisch, statt in einem vernünftigen Rhythmus zu schlagen. Ein unerklärlicher Fluchtimpuls trieb mich dazu, beide Decken von meinem Körper zu strampeln, um weglaufen zu können, falls meine Ahnung sich als richtig erwies.

Mamas Worte hatten nicht nur bedeutsam, sondern auch skeptisch geklungen und sie war gegenüber meiner Verbindung zu Colin seit den Geschehnissen des Winters überaus skeptisch eingestellt. Ja, es konnte sein, dass Colin gekommen war und sie mich darauf hinweisen wollte, doch fühlte ich mich schon imstande, all das zu tun, was seine Anwesenheit erfordern würde? Fühlte ich mich imstande, ihm in die Augen zu sehen?

»Was sollte ich mir anschauen?«, fragte ich Mama erneut, weil sie nicht antwortete. Ich stand auf und schlüpfte in meine Schuhe. Meine dunkle Brille behielt ich an, obwohl die Sonne gerade wieder verschwand. Ich hatte das Gefühl, die schwarzen Gläser schirmten alles Echte, Wahre und Unausweichliche von mir ab. Sie würden mir einen Vorsprung verschaffen, falls meine wildesten Hoffnungen und Befürchtungen sich erfüllen sollten.

»Komm mit.« Mama drehte sich um und lief behände die Steinstiege zu unserem Wintergarten hoch, um Papas Büro anzusteuern, von dessen Fenster aus wir einen ungehinderten Blick auf unseren Hof hatten. Mein Atem stockte, als ich meine Lider hob und nach unten schaute. Zorn und bittere Enttäuschung schnürten mir schlagartig die Kehle zu und wurden für einen Moment so überwältigend, dass ich am liebsten wie ein pubertierendes Mädchen nach oben auf mein Zimmer gerannt wäre und mich aufs Bett geschmissen hätte. Mama konnte nicht entgehen, dass mir das Blut heiß wie Lava ins Gesicht schoss und meine Lippen zitterten, doch ich verschränkte betont kühl die Arme vor meiner Brust; eine Haltung, die Mama in der letzten Zeit selbst immer öfter einnahm, wenn sie sich meiner Sturheit und der meines Bruders nicht mehr gewachsen fühlte. Trotzdem quälte sich mein Atem seufzend durch meine Kehle, als die Enttäuschung dumpf in meine Oberarme stieg. Wieso zum Henker war ich enttäuscht, wenn ich doch eben noch der Meinung gewesen war, es sei zu früh für ein Wiedersehen? Und wieso konnte es überhaupt zu früh sein? Ich sehnte mich doch nach Colin. Was nur stimmte da nicht mehr? War es die Tatsache, dass wir uns begegnen würden, um einen Mord zu vollbringen? Es war ein Mord an einem Dämon, der uns vernichten wollte und unser gesamtes Dasein infrage stellte. Wir mussten es tun! Ich hegte keinen Zweifel, dass Tessa mich bei einer neuerlichen Begegnung bemerken würde; noch einmal würde ich nicht davonkommen. Und dann gab es nur zwei Varianten: Entweder sie verwandelte mich ebenfalls oder sie tötete mich. Ich konnte mir vorstellen, dass dazu ein Blick ihrerseits genügte. Vielleicht sogar ein Gedanke. Bei François hatte ich Skrupel gehabt, den Tod eines anderen Wesens zu beschließen. Bei Tessa blieb mir keine andere Wahl. Sie würde jeden killen, der sich ihr in den Weg stellte; nicht alleine mich, sondern meine ganze Familie.

Lediglich Tillmann würde ein anderes Schicksal ereilen – ihn würde sie niemals töten. Sie würde ihn zum Mahr werden lassen. Vielleicht würde es sogar so ausgehen wie in meinen Träumen. Tessa würde Tillmann nicht nur verwandeln, sondern ihn darauf ansetzen, mich zu jagen und zu befallen. Mein bester Freund würde zu meinem ärgsten Feind werden. Am Wahrheitsgehalt dieser Träume zweifelte ich nie. Ich wusste, dass sie keine Ausgeburten meiner Fantasie, sondern eine Warnung waren. Wahrscheinlich wusste Tillmann es auch.

Wir hatten sie wütend gemacht. Zum ersten Mal hatte Colin sich ihr nicht gefügt, indem er floh und das Mädchen, das er liebte, verließ. Er hatte gegen sie gekämpft und er war zu mir zurückgekehrt. Und obwohl wir beide gespürt hatten, dass sie abermals Colins Fährte aufgenommen hatte und uns wittern konnte, hatten wir uns noch einmal ineinander verloren, bevor Colin ins Meer gegangen war. Tessa musste schäumen vor Zorn und Rachsucht. Ein drittes Mal würde es nicht geben – es sei denn, wir kamen ihr zuvor.

Aber ich brauchte Colin nicht nur, um Tessa zu töten. Ich brauchte ihn auch, um Papa zu finden.

Und ich brauchte ihn für mich. Für meine Seele. Wieder konnte ich ein Seufzen nicht unterdrücken, denn in meine Sehnsucht mischten sich Unruhe und Angst. Ich war mir selbst ein Rätsel.

»Kennst du sie?«, wollte Mama wissen und tat so, als habe sie von meinen Gefühlswallungen nichts bemerkt.

»Ja«, erwiderte ich. Ich klang nun deutlich genervt; eine Stimmung, die mir lieber war als Enttäuschung und Ratlosigkeit. Von hier oben hatte ich Gianna Vespucci und ihren verlotterten Kleinwagen sofort erkannt. Warum sie allerdings in der Hocke auf dem Kopfsteinpflaster unserer Auffahrt kauerte, die Stirn auf die Unterarme gelegt und die Haare nur knapp über dem Boden, leuchtete mir nicht ein. Unseren Nachbarn sicherlich auch nicht, die diese kuriose Szenerie garantiert schon sensationsgierig unter die Lupe nahmen. Spätestens heute Abend würde Giannas Ankunft zum neuesten Dorftratsch gehören – wie alles, was wir Sturms taten oder nicht taten. Auf der Beliebtheitsskala befanden wir uns nur noch knapp über der versoffenen Ponybesitzerin, die gerade wieder ihren Führerschein verloren hatte und spätabends gerne in ihrer Wohnung randalierte, bösen Gerüchten zufolge sogar ihren Mann verprügelte. Weder soffen noch randalierten wir, doch wir hatten einen fortgelaufenen Vater und eine äußerst unkonventionelle Mutter, die sich ab und an mit meinem Biologielehrer zum Yoga traf und in Bonn für ein Kunstgeschichtestudium eingeschrieben hatte, obwohl sie sich doch eigentlich langsam auf ihre Großmutterzeit vorbereiten sollte. Wir waren nicht Mitglied im Schützen- und auch nicht im örtlichen Fußballverein geworden und im Winter hatten wir nur sporadisch Schnee geschippt. All das genügte, um in einem 400-Seelen-Dorf in Ungnade zu fallen und an den Rand der Gesellschaft gerückt zu werden. Dass nun eine junge Frau samt Katzentransportbox auf unserer Einfahrt hockte und sich wimmernd vor- und zurückwiegte, war da nur Öl im Feuer.

»Eine Freundin von dir?«, fragte Mama vorsichtig. Sie kannte sich schon lange nicht mehr in meinem Bekanntenkreis aus. Zu meinen früheren besten Freundinnen hatte ich den Kontakt radikal abgebrochen. Wir hatten uns nichts mehr zu sagen. Auch Maike und ich waren geschiedene Leute. Lediglich Tillmann war mir geblieben. Er befand sich momentan jedoch bei Paul in Hamburg und ließ sich von Dr. Sand wegen seiner chronischen Schlaflosigkeit untersuchen.

Tillmann hatte mich gefragt, ob ich mitkäme, doch ich fürchtete die Speicherstadt, wollte nicht wieder an jenen Platz zurückkehren, an dem ich mich in Todesangst auf dem Boden gewunden hatte, getreten und gedemütigt von meinem eigenen Freund. Ich hatte nicht sofort abgelehnt – schließlich war es möglich, dass Dr. Sand mir bei meinen Recherchen behilflich sein konnte. Aber dann entschied ich mich anders. Ich schätzte Dr. Sand als jemanden ein, der gerne die Regie übernahm und mich zudem wie eine Art Tochter betrachtete. Wenn ich ihn einweihte, würde er mich keinen Schritt mehr allein gehen lassen und schon gar nicht würde er es dulden, dass ich alles daransetzte, einen Mahr zu töten. Dazu fühlte er sich meinem Vater zu sehr verpflichtet. So hatte ich auch Tillmann eingebläut, ihm ja nichts von unserem Vorhaben anzudeuten. Aber Tillmann pflegte momentan sowieso wieder eine seiner Rückzugsphasen, in denen er lieber stumm blieb, als seine Gedanken mit mir oder einem anderen Menschen zu teilen. Erst wenn er mit seinen Schlussfolgerungen im Reinen war, setzte er zu epischen Lehrervorträgen an. Ich kannte dieses Phänomen schon, was aber nicht hieß, dass ich es klaglos hinnehmen konnte. Ich wusste, dass er nachdachte, viel nachdachte, vielleicht ebenso viel wie ich. Aber er weigerte sich, mich in seinen Kopf schauen zu lassen. Wir überlegten und recherchierten seit Wochen getrennt vor uns hin – was sollte das für einen Sinn haben? Es war nicht effektiv. Doch Tillmann zum Reden zu drängen, endete stets mit noch verbissenerem Schweigen seinerseits. Und so hatte ich ihn ziehen lassen. Allerdings war sein Besuch bei Dr. Sand auch mir wichtig. Ich wollte endlich wissen, was mit ihm geschehen war und warum er nicht mehr schlief.

Nebenbei half Tillmann Paul, seine Altlasten zu beseitigen oder wahlweise zu Geld zu machen. Sein Vater hatte ihm dies widerstrebend gestattet, nachdem Paul ihm ein lobhudelndes Zeugnis über sein »Praktikum« in der Galerie ausgestellt hatte.

Deshalb wunderte es mich umso mehr, dass Gianna ohne jegliche Voranmeldung hier aufschlug und nicht in Hamburg war. Auch passte ihr augenscheinlich schlechter Gesamtzustand nicht zu jener aufgekratzten, gewitzten Gianna, die sich mir in ihren Mails präsentiert hatte – Mails, die zu allen möglichen Tages- und Nachtzeiten, vornehmlich aber zwischen Mitternacht und frühem Morgen bei mir eingetrudelt waren und mich mit diversen Infos zum Volksglauben über Nachtmahre, zickig-intellektuellen Sticheleien und YouTube-Links versorgt hatten. Trotzdem hatte ich ihr nicht gesagt, dass ich auf eine Botschaft von Colin wartete und diese dazu dienen sollte, einen Mahr zu ermorden. Ich wollte sie dann einweihen, wenn es konkret wurde, wenn Colin mir die zweite Methode verriet. Falls er das jemals tun würde.

Ungeduldig schüttelte ich den Kopf, um mich wieder auf Mamas Frage zu besinnen. Ob Gianna eine Freundin von mir war, hatte sie wissen wollen und ich hatte minutenlang nichts anderes getan, als zu grübeln, anstatt zu antworten. Ja, eine Freundin war Gianna wohl, obwohl wir uns in unseren Mails mit Leidenschaft angifteten und oftmals die Grenze zur Beleidigung überschritten.

»Sie ist Pauls Freundin«, antwortete ich dennoch. Ich wollte von meiner Person ablenken.

»Oh«, machte Mama und beugte sich weiter vor, als könne sie dadurch mehr von Gianna erkennen, was definitiv nicht möglich war, denn Gianna hatte sogar damit aufgehört, vor- und zurückzuwippen. Wir sahen nur ihren gebeugten Rücken und ihren Hinterkopf. Langsam mussten ihre Kniescheiben schmerzen.

»Sie ist hübsch, oder?«, fügte Mama vage hinzu – eine mutige These, die angesichts Giannas strähniger Haare zusätzliche Brisanz gewann.

Ich drehte mich achselzuckend um und tat das, worauf Gianna vermutlich schon minutenlang wartete: Jemand musste sich um sie kümmern. Als ich den Hof betrat, erhob sich ein schauriges, zweistimmiges Jaulen, das kein Ende mehr nehmen wollte und sich schließlich in einem klagenden »Jajaijaijaijaijaijai« entlud. Mister X hatte den eingesperrten Rufus entdeckt und näherte sich ihm in seiner gefährlichsten Pose: auf dem buckeligen Rücken ein gezackter Haarkamm, den Körper schräg gestellt, den Schwanz zur Flaschenbürste aufgeplustert, die Ohren angelegt. Seine spitzen weißen Eckzähne leuchteten wie gezückte Waffen aus seinem schwarzen Katergesicht heraus.

»Ist gut, Hase«, brummelte ich beruhigend, doch Mister X nahm mich nicht wahr. Fauchend stimmte er eine neue Arie an, während sein Geifer auf das Pflaster troff und Rufus die Krallen über den Plastikboden seiner Transportbox ratschen ließ.

»Gianna? Alles okay?«

Nein, es war nichts okay. Ich fühlte ihr Elend unter meiner eigenen Haut. Ihre Knie waren schwach, ihr Magen tat weh, seit Tagen schon. Sie hatte geweint. Ich konnte das Salz auf ihren Wangen riechen. Doch sie reagierte nicht.

»Hey, Gianna, sag doch was!«

»Ich bin am Ende«, tönte es dumpf hinter ihrem Haarvorhang hervor. Ihre Stimme klang kraftlos. Nun kippte sie gefährlich seitwärts. Meine Hand brachte sie wieder in Balance. »Paul da?«, lallte sie.

»Paul ist in Hamburg, Gianna. Er ist nicht hier. Ihr … ihr seid doch noch zusammen, oder?« Seitdem Mama mich auf sie aufmerksam gemacht hatte, schwelte in mir die Angst, die beiden hätten sich schon wieder getrennt. War das der Grund, weshalb es ihr schlecht ging? Sie durften sich nicht trennen, nein, das durften sie nicht! Bis zu Colins Rückkehr musste alles so bleiben, wie es war. Wir waren ein Team. Wir mussten zusammenhalten, um das zu tun, was nötig sein würde. Gianna brauchten wir dafür, weil sie Paul stärkte, und Paul brauchten wir, weil ich keine Unternehmung mehr ohne meinen Bruder machen würde, nachdem wir jahrelang getrennt gewesen waren. Doch nicht nur ich brauchte ihn. Vor allem brauchte er uns. Er hatte außer uns niemanden. François hatte alle Menschen von ihm fortgetrieben. Er hatte keinen einzigen Freund. Nicht einmal Bekannte. Allerhöchstens ehemalige Kommilitonen.

»Weiß nicht«, nuschelte Gianna. »Keine Ahnung. Wir lassen es langsam angehen. Ich würde ihn trotzdem sofort heiraten, wenn er mich fragen würde. Tut er aber nicht.«

Ich ließ mich stöhnend auf den Boden sacken.

»Paul ist nicht hier, Gianna. Er ist in Hamburg. Deshalb frag ich mich, warum du …«

»Weil ich nicht mehr kann!«, bellte Gianna heiser. »Hab ich doch eben gesagt! Ich rede von meinem Job, von meiner Wohnung, von all dem – Scheiß!« Ihre Hände schnellten in die Höhe, worauf sie ihre Balance verlor und auf den Hintern knallte. Nun saßen wir uns gegenüber und konnten uns immerhin ins Gesicht sehen. Ihre olivfarbene Haut hatte jenen grünlichen Schimmer angenommen, der Gianna immer dann zierte, wenn ihr übel oder sie gestresst war. Wahrscheinlich traf beides zu.

»Mein Boiler ist kaputtgegangen, einfach so. Einfach so! Ich hab kein warmes Wasser mehr!«

»Bisschen leiser, Gianna, bitte …«, bat ich sie gedämpft und versuchte, dabei möglichst verständnisvoll zu klingen. Gianna war nicht klar, dass ein halbes Dutzend Ohren mithörte und mindestens doppelt so viele Augen zusahen. »Okay, der Boiler ist kaputt. Und dann?«

»Nichts dann! Das war zu viel! Diese Scheißbude und dieser Scheißjob und diese Scheißkollegen und ich … ich hab … hingeschmissen. Alles. Ich hab …« Sie schluckte und sah mich verzweifelt an. Ihre bernsteinfarbenen Augen waren stumpf vor Erschöpfung. »Ich hab meinem Boss aus lauter Zorn heißen Kaffee über die Tastatur gekippt. Eine ganze Tasse. Ich kann nicht mehr dorthin zurück. Auch nicht in meine Wohnung. Ich hab kein warmes Wasser mehr.«

Ich sah ein, dass ein sachliches Gespräch momentan nicht im Bereich des Machbaren war, schnappte mir den jaulenden Rufus und zog Gianna am Ärmel nach oben. Sie ließ sich wie ein altes blindes Mütterchen zum Haus führen und stolperte neben mir die Stufen zum Wintergarten hoch, wo Mama bereits in angestrengt unterdrückter Neugierde auf uns wartete.

»Und?«, fragte sie behutsam. Gianna strich sich die Haare aus dem Gesicht, um Mama anzusehen. Sie rang sich ein Lächeln ab, doch es konnte ihre miserable Verfassung nicht kaschieren.

»Burn-out«, diagnostizierte ich knapp und war mir einen Atemzug lang nicht sicher, ob ich von Gianna sprach – oder nicht doch von mir selbst.

Ausgebrannt

»Weißt du, was mich an unserer Situation am meisten nervt?«

Gianna hatte zu später Stunde an meine Tür geklopft, sofort ihre Nase durch den Spalt gesteckt, als ich mich zu einem höflichen »Ja?« hinreißen ließ, und rechnete damit, dass mich ihre Antwort brennend interessierte. Dabei hatte ich selbst unzählige Varianten dieser Antwort in petto. Sie musste nicht noch eins obendraufsetzen.

Doch ich hatte in den vergangenen Wochen zu viele Nächte allein in meinem Zimmer verbracht; etwas Gesellschaft war vielleicht nicht verkehrt. Andererseits steckte ich gerade mitten in einer Recherche. Ob sie mir etwas brachte, wusste ich noch nicht. Ich hatte mich in das Leben von Leonardo da Vinci vertieft, der immerhin Erfindungen gemacht hatte, die von einer herausragenden Intelligenz und visionärer Kraft zeugten. Ein Halbblut? Oder vielleicht sogar ein Mahr? War er eventuell niemals gestorben und am Ende einer der Revoluzzer, mit denen mein Vater kooperierte?

»Komm rein«, bat ich Gianna dennoch. Die Internetseite war auch später noch da. Und wenn Gianna nicht allzu lange blieb, konnte ich vielleicht nach dem Da-Vinci-Exkurs WikiLeaks einen Besuch abstatten. Sollte irgendein Mensch außer uns etwas von Mahren wissen, dann wohl Julian Assange. Gianna ließ ihrer Nase den Rest ihres schmalen Körpers folgen und trippelte zu meinem Bett, wo sie sich sofort im Schneidersitz ans Kopfende hockte. Bibbernd schob sie meine Decke über ihre nackten Zehen. Obwohl ich ihrem Erscheinungsbild kaum Aufmerksamkeit schenkte, war mir nicht entgangen, dass sie ein wenig frischer und gesünder aussah als bei ihrer Ankunft vor zwei Tagen.

Gianna war wirklich am Ende gewesen – vielleicht nicht am Ende ihrer Weisheit, aber am Ende ihrer Kräfte. Der kaputte Boiler und das Kaffeeattentat auf die Tastatur ihres Chefs waren nur die Spitze des Eisbergs, der ihr Leben zum Kentern gebracht hatte. Das fanden Mama und ich bei einer aufreibenden Fragestunde heraus, zu der wir Gianna genötigt hatten, nachdem ich sie in den Wintergarten geschleppt und Mama vorgestellt hatte. Gianna bereitete das Antworten große Mühe, denn sie hatte mir vorab das Versprechen geben müssen, nichts von unseren düsteren Nächten mit François und Colin auszuplaudern. Ich fürchtete, dass auch diese Erlebnisse ihr Energie gestohlen hatten.

Gianna hatte ihr Kuchenstück während unseres Kreuzverhörs nicht angerührt und nur ab und zu wie ein Vögelchen an ihrem Kaffee genippt. Ich wusste, dass sie beides liebte: Kaffee und Kuchen. Gianna war eine Kaffeetante. Es gehörte zu den Höhepunkten ihres Tages, sich um exakt halb fünf ein Plunderteilchen oder – wenn die Recherchen besonders gut liefen – ein Stück Kuchen zu gönnen und es am Redaktionsschreibtisch zu einer guten Tasse starkem Kaffee zu verzehren. Über Giannas Arbeitstage wusste ich dank ihrer Mails mittlerweile einigermaßen gut Bescheid. Deshalb: Wenn Gianna nachmittags um halb fünf Kuchen ablehnte, lag etwas im Argen. Trotzdem überraschten mich die Abgründe, die sich vor mir auftaten, als sie reuig wie eine Sünderin mit der Wahrheit herausrückte.

Gianna war nicht nur ausgebrannt, sondern auch vollkommen abgebrannt. Weil sie die bürokratischen Hürden des Lebens als lästiges, aber zu vernachlässigendes Übel betrachtete und laut ihren eigenen Worten ihr Hirn sofort von alleine abschaltete, wenn in einem Satz Zahlen vorkamen, hatte sie die Briefe des Finanzamts nur oberflächlich gelesen und das Steuergesetz für Studenten falsch verstanden.

»Studenten?«, hatte ich mich erstaunt vergewissert.

»Ja, ich hab vor einem Jahr noch studiert«, gab Gianna etwas patzig zurück. Mein vermeintliches Nichtstun und mein gut gefüllter Geldbeutel waren ihr schon in Hamburg ein Dorn im Auge gewesen. Sie hatte keine Ahnung, was ich seit Wochen hier so trieb. Denn sie wusste auch nicht, dass Tillmann und ich vorhatten, nach Italien zu fahren und Tessa zu töten. Noch nicht.

»Ich dachte, du arbeitest schon jahrelang bei der Presse.«

»Tu ich auch. Bedeutet ja nicht, dass man nebenbei nicht sein Examen machen kann, oder?«, entgegnete sie angriffsfreudig. »Tagsüber Termine, nachts lernen und Magisterarbeit schreiben. Da kommt keine Langeweile auf.«

Jedenfalls hatte Gianna die Klausel mit der Bemessungsgrenze und dem Freibetrag für Studenten eher großzügig interpretiert und geglaubt, sie müsse lediglich die Einnahmen oberhalb dieser Grenze versteuern und nicht alles, sobald sie die Grenze überschritten hatte. Und die hatte sie überschritten – um einiges. Nun hatte sie 5000 Euro Steuernachzahlungen an der Backe, chronische Schulterschmerzen, einen kaputten Boiler und zudem in all der Hektik eine Mail, in der sie sich gewohnt spitzzüngig über die Gepflogenheiten ihrer Zeitungskollegen ausließ, versehentlich an den öffentlichen Artikelpool der Redaktion statt an Paul gesendet, wo die Nachricht minutenlang – laut Gianna die schlimmsten Minuten ihres Lebens – für alle ersichtlich gewesen war.

Sie hatte den Technikchef unter Tränen überreden können, die Mail wieder aus dem System zu löschen, aber irgendjemand hatte sie schon ausgedruckt und herumgereicht. Es gab also keinen Grund mehr für Gianna, diese Redaktion ein weiteres Mal zu betreten.

Ich fragte mich, ob ihre Kollegen nicht sahen oder wenigstens spürten, in welch jämmerlichem Zustand sie gefangen war. Sie war so müde, dass ihr manchmal im Sitzen die Augen zufielen, die kleinsten Dinge brachten sie aus der Fassung, sie hatte weder Hunger noch Durst und die ersten beiden Tage in unserem Haus verbrachte sie damit, in Mamas Nähzimmer auf dem Bett zu liegen und reglos vor sich hin zu dösen. Sie sei einfach froh, liegen zu können, sagte sie, wenn ich nach ihr sah und sie fragte, ob sie nicht wenigstens in den Garten gehen oder fernsehen wolle. Nein, wollte sie nicht. Gianna spielte toter Mann.

Doch eben, als sie mich gefragt hatte, ob ich wüsste, was sie am meisten nervte an unserer Situation, hatte sie das erste Mal wieder wie ein lebendiger Mensch gewirkt – ein Mensch, der sich genauso dringend erholen musste wie ich, aber für den es genügte, einen vernünftigen Job und einen neuen Boiler zu bekommen, um sein Leben in Ordnung zu bringen. Konnte ich sie überhaupt mit unseren Mahrplänen belasten? In unseren Mails war höchstens Colin zur Sprache gekommen, und das eher auf humorige Weise. Aber Giannas Loyalität kannte keine Grenzen und sie war viel zu neugierig, um sich nicht mehr mit der Mahrwelt zu beschäftigen, sobald Tillmann, Paul und ich uns wieder unseren Plagegeistern zuwandten. Selbst wenn es keinen akuten Handlungsbedarf gab: Der Nachhall der Mahre war zu stark, zu mächtig. Sie erlaubten einem kein normales Leben mehr – als wäre es Sinn und Zweck ihres Raubens, alle sicheren Strukturen zu zerstören, wie François bei Paul, bevor er sich an ihm zu laben begann. Gianna musste über sie nachgedacht haben. Falls nicht, hatte ich mich komplett in ihr getäuscht.

»Also, was nervt dich?«, fragte ich, als sie betont laut mit meiner Decke zu rascheln begann, um meine lange überfällige Reaktion einzufordern. Meine Augen hingen trotzdem noch am Postfach meines Mailprogramms, wie so oft während meiner durchwachten

Nächte. Ich konnte nicht recherchieren, ohne immer wieder ins Outlook zu gucken, und selbst jetzt zog es mich magisch an.

Der Grund dafür war mir inzwischen fast schon peinlich. Vor einer Woche hatte ich Grischa in einem Business-Netzwerk gefunden und ihm eine Mail geschrieben. Beim Schreiben der Mail fühlte ich mich stark und schön, nach dem Abschicken nur noch dumm und unreif. Denn nun wartete ich auf eine Antwort, jeden Tag, jede Stunde, jede Minute, und bislang vergebens. Ich ärgerte mich über mich selbst, weil ich mich in eine solch überflüssige Zwangslage gebracht hatte. Trotzdem verschaffte mir diese Zwangslage immer wieder einen kleinen Stromschlag im Bauch, wenn ich an das Checken meiner Mails dachte, und das wiederum vermittelte mir den Eindruck, dass sich etwas in meinem Leben bewegte. Der Frust, nur mit Spam oder Nachrichten von Gianna überhäuft zu werden und mich bei meinen Recherchen im Kreise zu drehen, war anschließend umso größer. Dass ich Giannas Mails eigentlich gerne las, konnte diesen Frust nicht mindern.

Aber nun saß sie hier in meinem Zimmer und die Wahrscheinlichkeit war hoch, keine Mails von ihr zu bekommen. Wenn eine eintrudelte, konnte sie von Grischa stammen – oder von Colin? Würde ich per Mail von der zweiten Methode erfahren? Colin wusste mit moderner Technik umzugehen, doch das Rauschen in seinem Körper machte sie äußerst störanfällig. Es erschien mir auch zu profan, eine so wichtige Information auf dem PC zu verschicken.

Noch einmal klickte ich auf das Senden-Empfangen-Feld von Outlook, obwohl ich das automatische Abrufen schon auf den Einminutentakt erhöht hatte. Übermittlung abgeschlossen. Keine neuen Nachrichten. Ich signalisierte Gianna mit einem Kopfnicken, dass sie reden durfte, aber sie fing erst damit an, als ich mich vom Bildschirm abwendete.

»Mich nervt, dass wir alle drei offenbar auf unsere Männer warten. Drei Frauen sitzen in einem Haus und warten auf ihre Männer, weil sie ohne ihre Männer handlungsunfähig sind. Das ist nicht zeitgemäß und sehr unemanzipiert. Es ist mir zu edwardesk.« Ich lachte trocken auf. Gianna konnte es nicht lassen, das Mahruniversum mit allen gängigen Fantasy-Ausgeburten aus Literatur und Film zu vergleichen – vorneweg mit den modernen Vampirgestalten. Edwardesk war ihre neueste Wortschöpfung. »Lach nicht! Wir sollten unser Leben auch allein in die Hand nehmen können, Ellie. Ich mag nicht länger sinnlos herumlungern.«

»Oh, Mama tut das bereits«, erwiderte ich spitz. »Siehst du doch, Yogakurse, ein Studium, ein Brunnen im Garten …« Den Brunnen nahm ich ihr besonders übel. Papa hatte ihn nie haben wollen, weil das perlende Wasser an Sommertagen das Licht zu sehr spiegelte und reflektierte – Gift für seine »Migräne«. Aber jetzt hatte Mama ihren Traum von einer plätschernden Fontäne neben dem Rosenhain verwirklicht – als würde Papa nie wiederkommen.

»Ach, Ellie, das alleine macht doch kein glückliches, erfülltes Leben aus. Yoga, Studium, Gartengestaltung. Sei nicht ungerecht!«, rief Gianna belustigt. »Deine Mutter will eben nicht in Trauer und Apathie versinken, sondern etwas tun. Sie ist stark. Und ich bin froh und dankbar, dass sie mich aufgenommen hat.«

Es war Mamas ausdrücklicher Wunsch gewesen, Gianna nicht zurück nach Hamburg fahren zu lassen. In dieser Verfassung konnte sie sich sowieso nicht ins Auto setzen, zumal ihr alter Fiat dringend durch den TÜV musste. Wir hatten Gianna außerdem angeboten, ihr finanziell unter die Arme zu greifen, doch sie wehrte sich mit Händen und Füßen dagegen. Ihr werde schon etwas einfallen, womit sie dieses Problem lösen könne. Dabei war Gianna gar nicht mehr in der Lage, Einfälle zu haben. Ihre kreative Energie war verpufft und ich selbst war nie besonders kreativ gewesen.

Doch sie nahm immerhin das Angebot an zu bleiben. Es gab nur einen, der damit nicht einverstanden war: Mister X. Schon am ersten Abend waren Gianna und ich uns in die Haare geraten, weil sie es für unverantwortlich befand, nachts die Katzenklappen offen zu lassen. Rufus sei ein Stubenkater und mit der Realität dort draußen überfordert. Doch Mister X einzusperren, machte ebenso wenig Sinn, wie es bei seinem Herrchen zu versuchen. Er randalierte unter lang gezogenen, kehligen Rufen, die selbst den ausgeglichensten Menschen aus der Fassung bringen mussten, im Wohnzimmer und pinkelte anschließend die Tür des Wintergartens voll. Außerdem schien es im Keller Streit um das Katzenklo zu geben. Die Hälfte der Hinterlassenschaften landete einen halben Meter neben der Plastikschale, bestäubt mit Einstreu, die während der Revierrangeleien um den angestammten Kackplatz im gesamten Keller verteilt wurde. Vor lauter Stress hatte Rufus auch noch Durchfall bekommen.

Mama freute sich, dass endlich wieder Action im Hause Sturm war, doch nachdem wir das Frühstück appetitlos und mit gerümpfter Nase zugebracht hatten, entschied sich Gianna, den Tränen nahe, Rufus in die Freiheit zu entlassen. Er stapfte über den Rasen, als verätzten die grünen Halme seine empfindlichen Pfoten, und verhedderte sich gleich beim ersten Ausflug im Zaun unseres Nachbarn, wo er in eine Art Schockstarre fiel und jämmerlich weinte. Gianna und ich mussten Hausfriedensbruch begehen, um ihn zu befreien.

Doch langsam schienen Rufus und Mister X sich zu arrangieren. Zumindest hatten heute Morgen keine größeren Fellbüschel mehr auf der Einfahrt gelegen.

»Ja, Mama ist okay«, gab ich zu. »Und du – gibt es bei dir denn keine Mutter?« Himmel, was für eine blöde Frage.

»Keine, zu der ich mit meinen Sorgen gehen könnte«, antwortete Gianna in einem Ton, der mir jedes weitere Bohren untersagte. Ihre Mutter war also tabu. Und leider hatte sie mit dem, was sie über unsere Situation sagte, recht, ohne zu ahnen, *wie* recht sie hatte.

Auch wenn es nicht so aussah, wartete Mama wahrscheinlich insgeheim ebenso sehnlich auf Papa wie ich. Außerdem warteten Mama und ich auf Paul, genau wie Gianna. Ich selbst wartete sogar insgesamt auf vier Männer: Papa, Paul, Tillmann und Colin. Papa strich ich in Gedanken gleich wieder von der Liste. Selbst wenn Papa auftauchte, würde sich an meiner Warterei auf die anderen Männer nichts ändern. Denn damit wäre nur eine Aufgabe gelöst. Für die zweite hatten wir immer noch keine Lösung parat. Und obwohl ich Tag und Nacht das Internet durchkämmte, wusste ich, dass wir nur mit Colins Erscheinen aktiv werden konnten. Alles andere war eine vage Vorbereitung, mehr nicht.

Ja, es war so, wie Gianna sagte. Wir waren handlungsunfähig. Immerhin wollten Paul und Tillmann sich bald auf den Weg zu uns machen, vielleicht morgen schon. Doch das nützte alles nichts, solange Colin uns keine Botschaft überbrachte.

»Hast du eigentlich mal was von Colin gehört?«, erriet Gianna meine Gedanken. »Weißt du, ob er es geschafft hat?« Ich schüttelte den Kopf. »Ich meine – du hattest auch keine … ähm …« Gianna schien die Worte mit der Pinzette auszuwählen und einzeln zu begutachten, bevor sie entschied, sie zu benutzen. »Keine … Eingebungen?«

Eingebungen. Haha. Meine letzte Eingebung hatte darin bestanden, Grischa eine Mail zu schreiben, die mindestens ebenso wirr ausgefallen war wie der Brief, den ich ihm damals in der Schule geschickt hatte. Dieses Mal aber hatte ich immerhin eine Botschaft mitzuteilen. Ich berichtete, dass ich von ihm geträumt hatte und er in diesem Traum meine Hilfe brauchte und dass dieser Traum so eindringlich gewesen war, dass … Ja, dass. Ab dieser Passage verlor ich mich in Gedankenpunkten und Fragezeichen. Denn ich hatte nicht den blassesten Schimmer, wobei Ellie Sturm jemandem wie Grischa Schönfeld helfen konnte. Wie konnte ich hoffen, dass er überhaupt daran dachte, mir zu antworten? Bis auf diese merkwürdige Episode mit der Mail, ausgelöst durch einen melancholisch-süßen Grischa-Traum wie in meinen besten Teenagerzeiten, war mein Dasein eingebungsfrei geblieben.

Sollte ich Gianna jetzt schon in meine Recherchen einweihen? Würde das etwas ändern? Immerhin hatte sie Geschichte und Literatur studiert. Und sie dachte darüber nach, was mit Colin geschehen sein konnte, ob er zurückkam. Doch obwohl ich schon den Mund geöffnet hatte und sie mich gebannt anstarrte, hielt ich inne und sagte nichts. Nein, besser war es, noch zu warten. Es würde ohnehin schwierig werden, sie von unseren Mordplänen zu überzeugen, denn Gianna hatte wie Paul Tessa nie zu Gesicht bekommen, sie konnte nicht wissen, was für eine Ausgeburt des Grauens sie war. In Hamburg hatten Tillmann und ich Gianna eines Abends überrumpelt, als wir ihre Hilfe gebraucht hatten, um Paul zu retten, und es hatte funktioniert. Es war geschickter, wenn wir sie auch dieses Mal überrumpelten, sobald es so weit war und ich die Botschaft von Colin erhalten hatte. Wusste sie vorher Bescheid, würde sie ins Nachdenken geraten und aus lauter Dankbarkeit womöglich sogar Mama davon erzählen. Deshalb schloss ich den Mund wieder und schluckte, um so zu tun, als sei ich traurig und kämpfe gegen die Tränen an. Gelogen war das nicht.

»Nein, keine Eingebungen«, antwortete ich bitter. Ich träumte von Colin, immer wieder, aber es fühlte sich an wie diese typischen Erinnerungsträume, zusammengefügt aus tatsächlich Erlebtem, doch unbeeinflusst von ihm, und leider war dieses Erlebte nun mal von schrecklichen Szenarien durchsetzt gewesen.

Unsere telepathische Verbindung war wie durchgeschnitten. Vielleicht hatte Colin sie durchtrennt, um mich zu schützen. Tessa hatte gar nicht mehr unser vollkommenes Glück gebraucht, um uns zu orten. Ihr hatte eine vertraute, intime Nähe ausgereicht. Ich redete mir ein, dass die Gefahr, von ihr gewittert zu werden, der Grund war, weshalb Colin seinen Geist meinem nachts nicht mehr näherte. Oder er war viel zu weit weg von mir.

Wie immer, wenn ich darüber nachsann, bekam ich das Gefühl, die Situation nicht mehr ertragen zu können. Ich musste *Swing of Things* von a-ha hören und mir das Video dabei ansehen, dessen Link Gianna mir eines Nachts geschickt hatte, jetzt, sofort. Ich rief YouTube auf, damit der Clip schon einmal laden konnte, während Gianna noch hier war, schaltete die Boxen am PC aber auf stumm. Ich wollte es erst dann hören, sobald Gianna sich wieder in das Nähzimmer verzogen hatte.

»Ellie … worauf warten wir eigentlich konkret? Worauf wartest du?«, fragte sie beiläufig, doch die Ungeduld in ihrer Stimme war wie ein Tritt in die Kniekehlen. Mach was, Ellie. Unternimm etwas.

Ehe ich es verhindern konnte, sprangen die Worte über meine Zunge, kalt und höhnisch. »Darauf, dass Colin mir sagt, wie wir Tessa lynchen können.«

Lynchen klang gut – vor allem klang es weniger gefährlich als Mord. Lynchen hörte sich in meinen Ohren herrlich fern und altmodisch an, als würde dabei kein Blut fließen. Gianna erschauerte sichtlich, bevor sie in ein gläsernes, unechtes Lachen ausbrach.

»Haha, sehr witzig, Ellie. Und der kleine Scheißer, will der da auch mitmachen?«, hakte sie ironisch nach.

»Klar. Tillmann brennt darauf«, entgegnete ich barsch. »Und Colin wird mir eine Botschaft überbringen und sagen, wie es geht. Vielleicht schon morgen.«

Ich klang wie ein weltfremder, naiver Teenager. Gianna verkniff sich eine Antwort, stand von meinem Bett auf und streckte sich gähnend. Sie nahm mich nicht ernst. Dachte, ich hätte einen Witz gemacht. Glück gehabt! Ab jetzt sollte ich meine Zunge besser im Zaum halten.

Für Gianna war Tillmann sowieso nur ein halbgarer Jugendlicher mit Hang zur Gesetzesübertretung, für mich aber inzwischen einer der wichtigsten Menschen in meinem Leben. Nach unseren Abenteuern im vergangenen Sommer hatten wir beide gemerkt, dass wir uns eigentlich gar nicht kannten, und Tillmann war auf Abstand gegangen. Doch im vergangenen Frühjahr hatten wir beinahe jede Nacht nebeneinander geschlafen und das hatte ein Band zwischen uns gewoben, das fester kaum hätte sein können. Ja, es war tatsächlich so, als hätten sich in den dunklen Stunden unserer Bewusstlosigkeit unsere Träume einander genähert, sich überlagert und unsere Seelen fester aneinandergeknüpft, als wahrhaftige Erlebnisse es jemals tun konnten – und das, obwohl Tillmann nur noch stundenweise schlief und meistens erst gegen Morgen eindämmerte. Daran hatte sich nichts geändert.

Nun hatte er zwei Nächte in Dr. Sands Schlaflabor verbracht, denn die in meinen Augen wichtigste Kompetenz des Sandmanns rührte daher, dass er an die Existenz von Mahren glaubte. So hatten wir ihm vorher ausführlich geschildert, wie Tillmanns Kontakt mit Tessa ausgefallen war und worin seine Schlafstörungen bestanden. Gedankliche Ruhelosigkeit, die nur mit Haschisch ein wenig gedämpft werden konnte.

Es gab immer noch vieles an Tillmann, was meine Nerven strapazieren konnte – vorneweg seine kühle Schnoddrigkeit und seine Weigerung, mit mir zu flirten, wenigstens ab und zu ein paar nette Dinge über mich zu sagen, mich fühlen zu lassen, dass ich eine Frau war und nicht sein bester Kumpel. Doch wann immer wir uns zusammen in einem Raum befanden, waren mein Kopf und mein Herz von einem einzigen Gedanken beseelt. Ich mag dich.

Ich vermisste es, neben ihm zu liegen, obwohl es mir im Winter oft genug wie ein Angriff vorgekommen war, weil ich nach Colins Erinnerungsraub auf Trischen keine menschliche Nähe mehr ertragen konnte. Doch jetzt, in manchen meiner unendlich langen Nächte, die so ruhelos und gedankenzerfurcht geworden waren, wünschte ich mir ihn herbei, nicht nur in den gleichen Raum, sondern auf das gleiche Lager – ohne Berührungen, nein, Berührungen musste es nicht geben. Ich wollte ihn nur neben mir wissen. Seinen Atem hören. Sein charakteristisches trockenes Räuspern, das er ab und zu von sich gab. Die Vorstellung, dass jener Mensch neben mir lag, der mich tagsüber so oft zur Furie werden ließ, stimmte mich kurioserweise friedlich.

»Wenn sich morgen nichts tut, unternehmen wir aber mal etwas«, verscheuchte Gianna meine Sehnsucht nach Tillmann. »Wir machen etwas, anstatt hier rumzusitzen, und wenn wir uns nur ein Paar Socken kaufen oder Locken in die Haare drehen. Okay, du brauchst das nicht.« Ein neidvoller Blick streifte meinen wilden Schopf, den ich schon lange seinem Eigenleben überlassen hatte. »Dann backe ich eben einen Kuchen. Einen Apfelkuchen.« Nun, das würde die Emanzipation im Westerwald nur schwerlich vorantreiben. »Nacht, Ellie.«

»Nacht.«

Gianna tapste an mir vorbei und schloss vorsichtig die Tür hinter sich, als könne sie das Haus in die Luft jagen, wenn sie zu heftig ins Schloss fiel. Ich schnaubte grinsend. Giannas Eigenheit, etwas besonders sanft und rücksichtsvoll zu tun, wenn sie eigentlich das Gegenteil wollte und genau spürte, dass Dynamit in der Luft lag, konnte mich zur Weißglut bringen. Doch mir war klar, warum sie sich so verhielt. Weil sie ebenfalls zu viel wahrnahm und interpretierte und nicht immer damit umgehen konnte, genau wie ich.

Ihr Freund aber war ein größtenteils normaler Mann, der viel zu abgekämpft war, um sie jemals derart in Gefahr zu bringen, wie Colin es bei mir vermocht hatte. Ich hatte es nicht anders gewollt. Ich hatte mich entschieden, meinen Bruder zu retten – um jeden

Preis. Dass Gianna und Paul ein Paar werden konnten, hatten sie Colin und mir zu verdanken. François hätte Paul vernichtet.

Aber ich fühlte weder Triumph noch Stolz, wenn ich mir diesen Zusammenhang bewusst machte. Ich wollte jetzt nur eines: in der Musik versinken, bis ich das Gefühl hatte, von den Worten gestreichelt zu werden. Der Clip, den ich eben geladen hatte, war zu meiner privaten Foltermethode geworden, denn Gianna war überzeugt davon, dass er Colin am Schlagzeug zeigte. Das Schlimme war, dass ich es ebenfalls glaubte. Die Qualität des Clips war mies, sowohl was das Bild als auch den Ton betraf, und die Band selbst offenbarte noch viele Entwicklungsmöglichkeiten nach oben. Es musste eine Aufnahme aus den Achtzigern sein. Niemand würde sich heute freiwillig so anziehen wie Sänger, Keyboarder und Gitarrist. Nur der Drummer stach angenehm dezent heraus. Trotzdem war auch seine Frisur eigenwillig. Im Nacken kurz und auf dem Oberkopf aufgeplustert – etwas, was Colins Haare gerne ohne Spray und Gel erledigten. Sich aufplustern. Und dabei sacht hin und her wiegen. Manchmal auch züngeln.

Das Gesicht des Drummers war kaum zu erkennen – und doch sah ich genug, um weiße Haut, einen betörend schönen Mund, kantige Wangenknochen und eine markante Nase auszumachen. Die Band spielte *Swing of Things* von a-ha, einen Song, den ich bis zu Giannas Videoclipattentaten nie zuvor gehört hatte, doch sie sendete mir umgehend das Original als MP3, wodurch dank des ländlich langsamen DSL beinahe eine Stunde lang unsere Internetverbindung blockiert war. Seitdem hörte ich diesen Song mindestens einmal am Tag, meistens vor dem Einschlafen oder beim Autofahren, und bekam bei den letzten Takten unweigerlich Gänsehaut, weil ich den Videoclip vor Augen hatte samt dem unruhigen Flimmern und Flackern, wenn die Kamera wenige Sekunden lang auf den Schlagzeuger – Colin? – gerichtet war. Denn er trommelte nicht nur, er sang auch die zweite Stimme, und genau das war es, was mir den letzten Zweifel nehmen wollte. Sie klang tief und rein und klar und … sexy. Oder wie Gianna es formulierte: »Die Stimmfärbung macht einiges wett und immerhin trifft er die Töne.« Ich fand ihn um Längen besser als den Sänger, der in den hohen Passagen regelmäßig scheiterte.

Trotzdem hielten sich meine Zweifel, denn sie erlaubten mir, jene junge schwarzhaarige Frau zu ignorieren, die in der ersten Reihe stand und mit glasigem Blick auf die Bühne starrte. Für je zwei Sekunden war sie am Anfang und am Schluss des Songs im Bild und jedes Mal glaubte ich, das Mädchen in ihr zu erkennen, das ich hatte küssen wollen, als ich bei der Achtzigerjahre-Party im vergangenen Sommer während *Being Boiled* von Human League in Colins Erinnerungen gerutscht war.

Das Video war Fluch und Segen zugleich und dennoch das Wertvollste, was ich an Colin-Andenken besaß. Immerhin konnte ich ihn ansehen, wenn auch in einer Zeit, in der ich nicht einmal ein Gedanke gewesen war – und er bereits zwanzig und offensichtlich verliebt. In ein schwarzhaariges Mädchen, das ganz bestimmt nicht auf Mahrjagd gegangen war und sich von ihm in den Bauch treten ließ, damit er ihren Bruder retten konnte.

»Oh, but how can I sleep with your voice in my head, with an ocean between us and room in my bed …« Ich stöpselte die Kopfhörer in die PC-Buchse, drehte auf volle Lautstärke und startete den Clip, um mir einmal mehr zu wünschen, ich sei die schwarzhaarige Frau, die in der ersten Reihe stand und noch nicht ahnte, dass Tessa kommen würde, um ihr zu nehmen, was sie gerade erst zu lieben begann.

Einen Dämon in Menschengestalt.

Odi et amo

Ich musste nicht die Augen aufschlagen, um zu überprüfen, was ich fühlte. Binnen Sekunden hatte es mich aus dem Tiefschlaf gerissen, aus einem bleiernen Nichts ohne Zeit und Raum, das keinen Platz für Gedanken und Empfindungen gelassen hatte.

Es war wie früher in Kindertagen, als ich genau wusste, dass sich eine Spinne in meinem Zimmer befand, selbst wenn Papa sie nirgendwo finden konnte – sie war da. Sie war da! Vielleicht nur in meinen Gedanken, ja, aber von dort aus besetzte sie jede Zelle und jeden Winkel, nahm mich für sich und ihre Ziele ein und nährte diesen Zustand der Besessenheit mit meiner eigenen Angst.

Ich hatte mich als Kind klein gemacht, war von der Wand weg zum Fußende meines Bettes gekrochen, hatte die Decke über meinen Körper gezogen, die Knie angewinkelt, bis die Knorpel zu bersten schienen.

Doch jetzt war keine Regung mehr möglich. Selbst mein Atem wurde flach. Ich wagte es nicht, meinen ausgedörrten Mund zu benetzen, indem ich ihn schloss und mit der Zunge über den Gaumen fuhr. Das Wesen über mir sollte mich nicht bemerken. Ein widersinniger Gedanke, denn die Lähmung war sein Werk. Es war egal, ob ich mich rühren wollte oder nicht. Es hatte mich schon von Weitem gewittert.

Trotz der aufbrandenden Emotionen arbeitete mein Gehirn zuverlässig und kühl und erinnerte mich daran, dass ich diese Situation schon einmal erlebt hatte. Nein, nicht ausgelöst durch einen Spinnenalbtraum in Kindertagen, sondern ganz real. Und obwohl ich halb wahnsinnig gewesen war vor Panik und ungebremster Paranoia und schon tags zuvor wie eine Verrückte über das feuchte Pflaster der Speicherstadt gekrochen war, hatte meine Furcht ihre Ursache gehabt, eine konkrete, sichtbare Ursache, größer und mächtiger, als die giftigste Spinne es jemals sein konnte. Sie hing über mir, an der Zimmerdecke, bereit zum Angriff. Ich hatte mir den Angriff herbeigewünscht, damit das Bangen endlich seinen Sinn bekam – und dennoch mit Flucht reagiert, als ich mich wieder bewegen konnte.

Jetzt aber standen Angst und Verstand sich als klare Gegner gegenüber. Es war ein gerechter Kampf. Ich konnte sie ohne Zögern gegeneinander antreten lassen. In einem waren sie sich ohnehin einig: Etwas war da. Keine Einbildung. Keine Halluzination. Kein Wachtraum. Es hatte sich durch mein Fenster geschlichen. Es wollte mich erschrecken. Mir die Luft nehmen.

Sie wurde bereits knapp. Das Atmen fiel mir immer schwerer, der verbrauchte Sauerstoff drang gepresst und gequält aus meinen Lungen, als würden mich zwei starke Hände würgen. Doch mein Verstand hatte die stärkeren Waffen. Er schaltete meine Fluchtinstinkte aus, damit er sich mit meinem Zorn verbünden konnte.

Wütend schrie ich auf, als das Wesen sich auf mich fallen ließ und seine kalte, samtige Wange meinen Mund streifte. Seine Klauen bohrten sich in meine Handgelenke und drückten sie fest ins Laken. Eisig glitt sein Atem über meinen nackten Hals, fast wie eine Berührung, wie ein Stück Stoff, das mich erdrosseln sollte.

»Kein Wort«, grollte er. »Und keine Freude.«

»Leck mich«, knurrte ich erstickt, doch er presste mich noch tiefer in die Matratze, um mich zum Schweigen zu bringen. Ich rammte meine Knie in seine Lenden und hebelte meinen Ellenbogen nach oben, vermochte aber nichts gegen ihn auszurichten. Stattdessen stieß ich mir mein Gesicht an der Bettkante. Er schien Tonnen zu wiegen, als er mit einer einzigen geschmeidigen Bewegung mein wehrhaftes Strampeln unterband. Meine Waden erschlafften und ein grelles Ziehen schoss in meinen Unterbauch.

»Du tust mir weh!«, klagte ich, dieses Mal ein wenig deutlicher.

»Das ist meine Absicht, also wehr dich verdammt noch mal nicht, sonst tu ich es wieder«, zischte er. »Wenn du dich freust, sind wir tot und deine Familie dazu. Und wenn du dich nicht wehrst, fällt es dir leichter, mich zu hassen.«

»Spar dir deine psychologischen Vorträge und komm zur Sache«, zischte ich zurück. Es gelang mir, meinen Kopf für einen Sekundenbruchteil aus seinem eisenharten Griff zu befreien und ihm in die Wange zu beißen.

»Verflucht, lass das bleiben, du blöde Kuh, und hör mir endlich zu! Sei nicht albern!«

»Arschloch.« Ich keuchte auf, weil er seinen Daumen auf meinen Kehlkopf drückte. Nicht brutal, aber fest genug, um mich am Sprechen zu hindern. Aufgebracht versuchte ich, mich unter seinem Körper hervorzuwinden.

»Hör mir zu. Still jetzt und hör mir zu!« Seine Stimme dröhnte wie das Donnern über dem Meer und mir wurde schwindelig. Doch mein Verstand blieb rein und aufmerksam. Ich konnte spüren, wie sich jene Zonen meines Gehirns öffneten, in denen sich all das einbrannte, was ich niemals vergessen würde, selbst wenn ich es noch so sehr wollte. Meine Schädelwände schienen sich zu weiten, obwohl schwarze Flecken vor meinen Augen tanzten und Colins weiße, schimmernde Haut überströmten. Etwas Warmes sickerte pulsierend durch meine Haare. Colins Wimpern warfen Schatten auf sein Gesicht, als er sich zu meinem Ohr hinunterbeugte. Mit der anderen Hand verschloss er meine Nase, damit ich seinen Duft nicht einsaugen konnte. Wieder schleuderte ich meine Hüfte gegen seine, um ihn von mir zu wälzen, doch ich tat mir nur weh damit. Es wurde still um uns, still in unseren Herzen.

»Dich kann nur töten, wer dich liebt«, bohrten sich Colins Worte in meinen Kopf. »Schmerz öffnet die Seele.«

Schlagartig ließ er von mir ab. Mein Tritt verfehlte ihn um Meter. Er stand bereits am Fenster, drehte sich aber noch einmal zu mir um und neigte sein Haupt galant zu einem kurzen Diener. »Wir sehen uns zum Tee.«

Ich stürzte ihm hinterher, um ihn aufzuhalten, doch ich konnte nur noch zuschauen, wie er rücklings und mit dem Kopf nach unten in verdrehter Haltung die Hauswand hinunterkletterte und sich wenige Meter über dem Boden fallen ließ. Es sah grotesk aus. Ein Speichelfaden zog sich von seinem Kinn bis zum Asphalt und seine Pupillen leuchteten grünlich auf, als er auf allen vieren davonhuschte, ein Panther, dessen Hunger blindwütig in seinen Eingeweiden wühlte.

Ich wollte fluchen, aber aus meiner Kehle schlüpfte nur ein schmatzendes, gieriges Fletschen. Speichel überschwemmte meinen Rachen. Ich sah mir dabei zu, wie ich aufs Pferd sprang und mit ihm in den Wald hineinjagte, hinunter ins Tal, über halsbrecherisch schmale Pfade und quer liegende Baumstämme und Wurzeln. Ich wusste genau, wie ich Louis lenken und voranpeitschen musste, seine Scheu war mir gleichgültig, es zählte nur noch mein Hunger, denn mich trieb ein Wettlauf mit der Kälte in meiner Brust – eine Kälte wie ein schwarzes, klaffendes Loch, das meine ganze Welt verschlingen konnte. Meine Welt war klein. Sie bestand aus dem, was ich hasste. Mir selbst. Dem, was ich liebte. Elisabeth Sturm. Das war alles. Zwei Wesen in einem.

Die Spinnweben zwischen den Bäumen wurden dichter und zäher, legten sich trotz des scharfen Galopps auf meine Augen und meinen Mund. Ich musste schreien, um sie zu zerstören. Louis stieg und wollte umkehren, doch er fügte sich meinem harschen Diktat und galoppierte weiter durch die Finsternis, während die Kälte meines Herzens sich mit den reißenden Schmerzen in meinem Bauch vereinte und mir beinahe die Besinnung raubte. Da war er wieder, der Hufabdruck unter meinem Nabel, ein letzter Abglanz meines Menschseins, mein ewiges Tattoo, das mir täglich bewies, was ich verloren hatte – nur durch meine Gier und meinen Hunger …

»Hör auf!«, brüllte ich gegen die Spinnwebfetzen in meinem Mund an, die sich mit meinem Geifer zu einer zähen, klebrigen Masse verbanden und meine Luftröhre zu verschließen drohten. »Hör auf, lass mich raus, es ist genug! Genug!«

»Ellie … Ellie, was ist passiert? Oh Gott, das ist ja ekelhaft …«

Ich schlug Giannas Hände weg, doch als die Spinnweben sich verflüchtigten und ich mich wieder in meinem Zimmer befand und nicht mehr in Colins Körper auf Louis' Rücken, sah ich an ihrem Gesichtsausdruck, dass Gianna gar nicht erpicht darauf war, mich anzurühren. Ich wischte mir den Speichel vom Mund und krümmte mich im gleichen Augenblick vor Schmerzen. Wimmernd rollte ich mich auf dem Boden zusammen. Mein Gesicht war nass.

»Soll ich einen Arzt rufen? Ich rufe einen Arzt … Da ist überall Blut …«

»Nein.« Ich packte Giannas Knöchel, um sie am Fortlaufen zu hindern, denn das war es, was sie wollte. Nur fort von mir. Sie fürchtete mich, weil ich Colin in mir trug, verblassend zwar, aber gerade noch war er da gewesen. Er hatte mich mit sich genommen. Ich wusste, warum er das getan hatte. Freude hatte ich keine in mir gespürt, aber sehr wohl den Drang, mich ihm zu ergeben, von ihm zu träumen – glücklich von ihm zu träumen. Die Gefahr war sein Duft gewesen. Ich hatte ihn einatmen und tief in mich aufnehmen wollen, um in bittersüßen Fantasien zu versinken, sobald er davongehuscht war. Sie konnten sich ganz ähnlich anfühlen wie Glück. Colins Maßnahme war notwendig gewesen, aus seiner Sicht, wie so viele der unangenehmen Dinge, die er in letzter Zeit mit mir veranstaltet hatte.

Wieder raste der Schmerz durch meinen Bauch, doch ich biss die Zähne zusammen und ließ Giannas Bein nicht los. Ein Arzt würde mir nicht helfen und noch weniger würde mir Mama helfen können, wenn sie auf das Chaos in meinem Dachzimmer stoßen würde. Mein Bett stand schräg im Zimmer, die Decken lagen zerwühlt auf dem Boden, mein Nachthemd war an der Schulter eingerissen, die Lampe lag in Scherben auf dem Boden. Die zerplatzte Glühbirne dampfte stinkend vor sich hin. Blut lief meine Kopfhaut entlang und sickerte in meinen Nacken. Meine Lippen schwollen bereits an. Hatte er mich geküsst? Er hatte mich geküsst? Ich konnte mich nicht daran erinnern. Oder hatte mein Biss meine Lippen anschwellen lassen? War Colins Haut giftig, wenn er Hunger hatte? Und warum war mein Kopf verletzt? Ich war mit meinem Gesicht an die Bettkante gestoßen, nicht aber mit dem Schädel. Wieso blutete er so stark? Während meine rechte Hand weiterhin Giannas Knöchel umklammerte, griff ich mit der linken tastend unter meine Haare und hielt sie mir vor die Augen. Meine Finger waren dunkelrot.

»Ellie …« Gianna versuchte, ihr Bein anzuheben. Keine Chance. Ich war kräftiger als sie und zu allem bereit, um dieses nächtliche Intermezzo vor Mama zu verbergen.

»Keinen Arzt, kein Wort zu meiner Mutter, kapiert? Ich hatte einen schlechten Traum, das war alles«, log ich.

»Komm schon, Ellie, das nehm ich dir nicht ab! Er war da, oder? Colin war da. Ich hab es gespürt, ich konnte mich plötzlich nicht mehr bewegen und dann … es war nur ein Fauchen, ich dachte erst, Rufus und Mister X kämpfen wieder, aber es kam aus deinem Zimmer und … du hast eine Platzwunde am Kopf!«

»Ich brauche keine Nacherzählung, ich hab's selbst erlebt«, unterbrach ich sie ruppig. »Geh wieder ins Bett. Wir reden morgen darüber.«

»Und dein Kopf? Vielleicht muss der Schnitt genäht werden. Dein Bauch tut dir auch weh, oder?«

Ich hatte Gianna inzwischen losgelassen und mich aufgerichtet, konnte aber immer noch nicht gerade stehen. Trotzdem war ich mir sicher, dass der Schmerz bis morgen früh verschwunden sein würde. Die Wunde an meinem Schädelknochen spürte ich kaum; was ich dort fühlte, war keine Pein, sondern eher ein Gleißen, wie die Hitze der prallen Mittagssonne im August. Noch zweimal schoss pulsierend Blut aus der Wunde, die sich in einem feinen Bogen unter meinen Haaren entlangwand, einer Schlange gleich, dann begann sie zu versiegen, von ganz alleine. Plötzlich kamen mir Colins letzte Worte in den Sinn. Ich stutzte.

»Wir sehen uns zum Tee«, wiederholte ich sie ratlos.

Gianna kniff die Augen zusammen und legte den Kopf schräg, als habe sie sich verhört. »Bitte?«

»Doch, das hat er gesagt. Wir sehen uns zum Tee.« Ich fasste mir ratlos an die Stirn.

»Britischer Humor, hm?«, meinte Gianna ebenso ratlos wie ich. »Er kommt nachts zu dir und richtet dich dermaßen zu, um dir das zu sagen? *Wir sehen uns zum Tee?*«

Ich antwortete nichts mehr, sondern taumelte zurück zu meinem Bett, um es an die Wand zu schieben und schwerfällig meinen lädierten Körper unter die Decke zu hieven. Die Scherben ließ ich liegen. Darum konnte ich mich morgen kümmern. Jetzt musste ich schlafen. Lange und fest schlafen. Doch bevor meine Lider zufielen, wandte ich mein Gesicht noch einmal Gianna zu und sah sie fest an.

»Gianna, ich habe gestern Abend nicht gescherzt. Colin hat mir eine Nachricht überbracht – eine Art Formel. Gerade eben. Ich weiß sie im Moment nur nicht mehr.« Ich war so müde, dass ich lallte.

Gianna schüttelte den Kopf, doch in ihren Augen keimte furchtsame Erkenntnis auf. Ich machte keine Witze. Vor wenigen Minuten war etwas Wichtiges geschehen. Etwas, was mich hätte umbringen können. Das spürte ich genau. Gianna spürte es auch.

»Du bist ganz schön hart im Nehmen, Ellie«, hörte ich sie noch sagen, bevor das Licht ausging und die Tür ins Schloss fiel.

»Bin ich nicht«, widersprach ich leise und weinte mich mit lautlosen, hungrigen Schluchzern in die Bewusstlosigkeit.

It's teatime

Ich benötigte drei Anläufe, bis ich endlich das brummende Handy aus den Scherben neben meinem Bett gefischt und unter Ächzen an mein Ohr geführt hatte. Normalerweise hätte ich sein Vibrieren ignoriert. Ich fühlte mich nicht in der Lage, mehr zu tun, als mich ins Bad zu schleppen und zu duschen, und selbst darüber dachte ich schon seit Minuten nach, ohne mich aufraffen zu können. Telefonieren war anstrengender als Duschen, denn dabei musste ich sprechen und mein Mund schmerzte ebenso wie meine rechte Schläfe, mein Schultergelenk und meine Knie. Außerdem spannte meine Haut, als hätte jemand mindestens einen Quadratmeter davon herausgeschnitten und den Rest mit Gewalt über meinen Knochen zusammengenäht. Nur eine Bewegung zu viel und sie würde reißen – überall. Ich fasste an meinen Hinterkopf. Meine Haare klebten aneinander, das Blut war getrocknet. Die Wunde kitzelte, als ich sie berührte, und schlagartig begannen meine Ohren zu sirren.

Doch es konnte sein, dass Tillmann oder Paul anrief. Wer außer ihnen würde es so lange läuten lassen? Ich konnte es mir nicht erlauben, das Brummen zu ignorieren. Sonst musste ich heute Nachmittag Locken in Giannas Haar drehen oder einen Kuchen backen.

»Ja, hallo?«, murmelte ich mit belegter Stimme.

»Moin, Stürmchen! Na, wach?«

Mit einem gepeinigten Seufzen drückte ich mein Gesicht ins Kissen.

»Lars, ich hab doch gesagt, du sollst nicht mehr anrufen …«

»Jou.« Ich hörte, wie er seine Hanteln ein Stück höher legte. Anscheinend konnte er nicht mehr trainieren, ohne mich dabei telefonisch zu belästigen. Es gab einen Rumms in der Leitung und auch er ächzte. Er lag wieder auf seiner Bank. Schwitzend wahrscheinlich. »Wenn Frauen Nein sagen, meinen sie Ja, das wissen wir doch.« Er lachte dröhnend. »Gell, Stürmchen?«

»Nein«, erwiderte ich kühl. Das Ziehen in meiner Schläfe verwandelte sich in ein Pochen. Wieso tat der Stoß an der Bettkante, den ich mir selbst zugefügt hatte, mehr weh als der Schnitt am Kopf? Mit meiner freien Hand begann ich sie zu massieren und zuckte zusammen, als meine Finger über die Schwellung neben meinem Auge tasteten. »Alles okay da unten im Westerwald, hm? Los, Sturm, Bericht ablegen, zack, zack …«

Ich schwieg. Manchmal half das. Dann verlor Lars die Lust, plärrte noch ein paar frauenfeindliche Sprüche in den Hörer und legte schließlich auf, um weiter Gewichte in die Höhe zu stemmen. Seit Tagen schon rief Lars regelmäßig an – genau genommen, seitdem seine Frau ihn verlassen hatte, eine Tat, die von einer Einsicht und Weisheit zeugte, die ich dieser blondierten Solariumsüchtigen niemals zugetraut hätte.

Lars war unausgeglichen, ihm fehlte das weibliche Gegenüber, an dem er seinen Testosteronüberschuss abreagieren konnte. Nun war ich sein neues Opfer und überdies hatte er sich in den Kopf gesetzt herauszufinden, was genau ich mit dem Kampf gemeint hatte, bei dem ich hätte draufgehen können, als ich mich nach unserem letzten Training von ihm verabschiedet hatte. Es ließ ihm keine Ruhe. Ich bereute bitter, ihm davon erzählt zu haben, denn jetzt hatte er einen Anhaltspunkt und war nicht willens, ihn zu vergessen.

Er rief nicht nur bei mir an, sondern auch bei Mama, die ihn »gar nicht sooo schlimm« fand. Immerhin mache er sich Sorgen um mich. Ich interpretierte das anders. Er mutierte zum Stalker. Mama trug nicht unwesentlich Schuld daran, da sie ihm in einem weichherzigen Moment meine Handynummer gegeben hatte. Das hatte ich nun davon. Ihm hatte ich zu verdanken, dass Mama überhaupt von einem Kampf wusste, auch wenn ich ihr immer wieder sagte, dass Lars den Verstand eines Primaten besaß und sich schlichtweg verhört hatte.

»Stürmchen … komm schon … was treibst du so?«

»Nichts.«

»Was war das für ein Kampf, hm? Ich weiß, dass du es mir eigentlich sagen willst … bin doch der gute alte Lars …«

Ja, sich selbst gönnte Lars einen Vornamen. Allen anderen Menschen jedoch nicht. Mich nannte er Sturm und in guten Augenblicken Stürmchen und Colin hatte er den schrecklichen Spitznamen »Blacky« verliehen. Blacky! Ich dehnte mein Schweigen aus und überlegte, ob ich nicht einfach auflegen sollte. Das Problem war nur, dass nichts Lars so sehr zu einem weiteren Anruf auf der Festnetznummer ermunterte, als wenn ich unser Gespräch abbrach. Er redete sich dann ein, die Verbindung sei schlecht gewesen. Er war wie ein Terrier, er hatte eine Spur und er würde nicht eher aufgeben, bis er sie zu Ende verfolgt hatte und im Hasenbau festsaß.

Auf der anderen Seite der Leitung hustete er sich nun lautstark Schleim aus dem Hals. Eine Gänsehaut kroch über meinen Rücken und setzte sich fröstelnd in meinem Nacken fest. Schleimige Geräusche konnte ich nicht mehr ertragen, seitdem wir den Kampf gegen François angetreten hatten. Doch Lars' Husten erinnerte mich auch an heute Nacht. Mir selbst war der Speichel in Strömen aus dem Mund gelaufen. Jetzt war meine Zunge trocken wie immer, wenn ich morgens aus meiner nächtlichen Starre erwachte. Aber heute Nacht …

»Was ist los, Sturm?« Lars klang ungewöhnlich ernst und gar nicht mehr so prollig wie sonst. Verdammt, er ahnte wirklich etwas.

»Nichts«, wiederholte ich, doch selbst ein emotionaler Trampel wie er musste hören, dass das eine Lüge war.

»Trainierst du noch, hm? Hm?«

»Ja.« Keine Lüge. Mein Training verschaffte mir die einzigen Unterbrechungen meiner ewig fruchtlosen Versuche, bei meinen Recherchen den roten Faden zu finden oder mich von meinen nächtlichen Internetsessions auszuruhen. Zweimal in der Woche fuhr ich nach Rieddorf, um mich den Übungsstunden jenes Karatevereins anzuschließen, in dem auch Colin Mitglied gewesen war. Mich beschlich ein beinahe ehrfürchtiges Gefühl, wenn ich durch die Tür trat und mich verbeugte, um dem Dojo und meinen Mitkämpfern Respekt zu erweisen. Ich liebte Karate inzwischen, liebte es, meinen Körper zu straffen und zu stärken und auf die Sekunde genau zu funktionieren, doch es war unmöglich, die Bewegungen auszuüben und nicht an Colins und meine erste Begegnung in dieser Turnhalle zu denken, als er abends im Dunkeln seine verwobenen Schattenkämpfe vollführt hatte. Genauso unmöglich war es, mich nicht im gleichen Atemzug an unsere Trainingstage auf Trischen zu erinnern – an meine Wut und unser Begehren und wie beides sich plötzlich so haltlos miteinander vereint hatte. Jesus, war ich wütend auf ihn gewesen.

Schon damals hatte er meine Wut ganz bewusst angefacht, damit sie so blind und gedankenlos werden konnte, wie sie es sein musste, um François zu vergiften. Ich hatte sie in Gedanken stets als Tier bezeichnet, das in meinem Bauch lauerte und vor allem dann angriff, wenn mein Gehirn kapitulierte. Oder brachte es mein Gehirn zum Kapitulieren?

Auf dem Höhepunkt des Kampfes, als ich mir sicher gewesen war zu sterben, hatte Colin mir all meine Wut und Angst aus dem Leib gesaugt und ich hatte mich gefühlt wie neugeboren. Doch die Wut war schneller nachgewachsen, als wir beide geahnt hatten, wie ein aggressives Krebsgeschwür, das nach der lebensrettenden Operation bösartiger denn je wucherte und seine Metastasen in sämtliche Organe des Körpers aussäte. Überall in mir saßen nun diese kleinen Geschwüre, als würden sie nur darauf warten, groß genug zu werden, um sich miteinander zu vereinen.

Doch kopflos war meine Wut nicht mehr, auch bewegte sie sich nicht mehr in Sphären, die andere, ohne zu zögern, als fortgeschrittenen Irrsinn bezeichnet hätten. Ich wusste genau, worauf ich wütend war. Es waren Kleinigkeiten, die ich nicht mehr tolerieren konnte, selbst wenn ich mich noch so bemühte. Mamas fragende Blicke. Der Brunnen im Garten. Die Wolken. Der böige Wind. Der nächtliche Regen. Die stechenden Schmerzen in meinem gerade erst verheilten Finger. Meine ständigen Kopfschmerzattacken. Mein leeres E-Mail-Postfach. Ein Messer, das mir herunterfiel, wenn ich die Spülmaschine ausräumte. Ein Mückenstich. Ein Wäschezeichen, das mich kratzte. Alles Quellen meiner Wut.

Ich hegte die wohltuende Fantasie, dass die Wut sich auflöste, wenn ich es endlich schaffen würde, mich zu erholen, und das konnte niemals hier im Westerwald bei Mama gelingen, sondern nur weit weg. Irgendwo im Süden. Vielleicht sogar in Italien. Italien war nicht mehr ausschließlich das Land, in dem Tessa hauste und Papa verschleppt worden war. Nein, durch meine nächtlichen Recherchen war es auch eine Verheißung geworden, weil ich mich ständig von Werbeseiten locken und ablenken ließ, die mir luxuriöse Hotels an Traumstränden oder romantische Agricultura-Arrangements inmitten der toskanischen Hügellandschaft unter die Nase rieben. Jetzt zuschlagen und Frühbucherrabatt sichern! Oder besser Last Minute? Ich wusste, dass es paradox war, doch meine Wut diktierte mir, nach Italien zu fahren, um Tessa zu töten und mich zu erholen – aber nicht unbedingt in dieser Reihenfolge. Manchmal erschien es mir fast logischer, mich erst zu erholen und dann Tessa zu töten, obwohl ich wusste, dass dies reiner Selbstmord wäre.

Beim Karate konnte ich meine Wut jedoch einigermaßen zähmen, obwohl ich mir eingestehen musste, dass ich mich manchmal fast nach Lars' Brutalo-Lektionen sehnte. Mein neuer Karatetrainer war ein netter, einfühlsamer, älterer Mann, der geradezu väterliche Gefühle für mich entwickelte. Doch ich wollte keine väterlichen Gefühle. Nicht von einem Fremden. Und auch nicht von Lars.

»Was hältste von einem Sparring, Sturm, hm? Nur wir zwei? Ein fairer Kampf? Ich setz mich in mein Auto und …«

Ich legte auf. Konnte der Gorilla neuerdings Gedanken lesen? Das konnte doch nicht sein Ernst sein. Hierherfahren, um mit mir zu trainieren. Vielleicht sollte ich seine Frau anrufen und sie bitten, zu ihm zurückzukehren, damit er wieder zu Sinnen kam.

Wieder vibrierte mein Handy und ich wollte es schon von mir werfen, als ich erkannte, dass es keinen Anruf, sondern eine Kurznachricht meldete. Eine SMS? Das sah Lars nicht ähnlich. Lars schickte keine Kurznachrichten. Vermutlich rutschten seine dicken Affenfinger von den Tasten, wenn er sie tippen wollte. Und siehe da – die Nachricht stammte nicht von Lars, sondern von Tillmann.

»Brechen in einer Stunde auf, sind nachmittags da. Ciao.«

»Ich hab dich auch gern«, flüsterte ich ironisch, doch mir war sofort leichter ums Herz. Tillmann und Paul würden zurückkehren. Nun konnte ich meine Gedanken auch das tun lassen, was sie schon die ganze Zeit wollten: sich dem dritten Mann im Bunde widmen und Colins »Besuch« von heute Nacht analysieren.

Sofort verflog die Leichtigkeit und meine Schläfe begann erneut zu ziehen und zu pochen – jene Art von Kopfschmerzen, die mich in den vergangenen Wochen immer öfter heimsuchte und gegen die kein Kraut gewachsen war. Tabletten halfen nicht, mein japanisches

Minzöl brachte keinerlei Erleichterung, frische Luft und Bewegung machten sie nur schlimmer. Irgendwann fraßen sie sich so unnachgiebig fest, dass sämtliche Muskeln in meinem Nacken und meinen Schultern krampften. Ein paarmal hatte ich daran gedacht, Tillmann um eine Massage zu bitten, mich aber nicht getraut, meinen Wunsch auszusprechen. Nach spätestens zwei Tagen verebbte der Krampf von allein und ich schlief einige Stunden, in denen meine Muskeln sich langsam entspannten. Bis dahin ging ich am Stock. Ich konnte Schmerzen eigentlich gut aushalten, wenn ich wusste, woher sie rührten. Doch diese Schmerzen blockierten mein Denken. Jeder Gedanke tat weh und seltsamerweise auch jedes Gefühl.

Moment – Schmerzen ... der Schmerz und das Gefühl ... Auch jetzt stolperten meine Gedanken und rempelten sich gegenseitig an, doch sie befreiten dabei jene Region meines Gedächtnisses, in dem die größten Schätze und auch meine schlimmsten Erlebnisse lagerten. Direkt unter dem gewundenen Schnitt auf meinem Hinterkopf.

Ich wälzte mich aus dem Bett, stieg unter die Dusche, drehte den Wasserhahn auf und ließ den Massagestrahl der Brause auf meinen Nacken prasseln. Heute Nacht hatte ich mich nur noch an Colins süffisantes »Wir sehen uns zum Tee« erinnern können. Trotz meiner lädierten Verfassung musste ich kurz grinsen. Damit hatte ich wahrhaftig nichts anfangen können. Nein, natürlich hatte er mir vorher schon etwas gesagt, dicht an meinem Ohr – vielleicht hatte er es auch nur gedacht und für Sekunden die telepathische Verbindung zwischen uns wieder aktiviert. Ich beugte meinen Kopf und ließ den Strahl langsam nach oben wandern, die Wunde entlang. Es brannte kurz, mehr ein starkes Jucken als eine quälende Empfindung, und das heiße Wasser vertrieb die letzten Nebel aus meinem Kopf.

»Dich kann nur töten, wer dich liebt. Schmerz öffnet die Seele.«

Das waren Colins Worte gewesen. Nur diese beiden Sätze. Mit geschlossenen Augen prägte ich sie mir ein, zweimal, dreimal, viermal. Ich war nicht fähig, darüber nachzudenken, was sie meinten, nicht hier unter der Dusche, während ich gerade erst wieder zu leben begann. Ich hatte Rätsel schon immer gehasst; ich fand sie ebenso langweilig wie Gesellschaftsspiele. Vielleicht musste man ein paar Wörter rückwärts buchstabieren, um die Formel zu entschlüsseln, vielleicht ergab sie plötzlich einen Sinn, wenn ich sie laut aussprach, doch das wollte ich verschieben, bis Paul und Tillmann da waren. Vorher wollte ich mir nicht einmal die Mühe machen, sie zu verstehen. Es waren nur Worthülsen, mehr nicht, wie eine seelenlose Mathematikgleichung. Sobald ich mich abgetrocknet hatte – beim Blick in den Spiegel stellte ich erleichtert fest, dass man den Schnitt auf dem Hinterkopf nicht sehen konnte; er war gut unter meinen dichten Haaren verborgen –, notierte ich die Formel auf einen Zettel und steckte ihn in meine Hosentasche, obwohl mir das irgendwie frevelhaft und gefährlich vorkam. Doch ich hatte Angst, sie in meiner Übermüdung wieder zu vergessen.

Dann nahm ich die Treppe nach unten, wo Mama und Gianna bereits ihr Frühstück beendet hatten und zeitunglesend auf mich warteten.

»Morgen«, begrüßte ich sie beiläufig, setzte mich und schob die Kaffeekanne vor mein Gesicht. Aber ich war zu langsam.

»Wie siehst du denn aus?«, fragte Mama und musterte mich besorgt.

Ja, das hatte ich mich eben beim Blick in den Spiegel auch gefragt. Noch immer war meine Lippe geschwollen und die Beule über der Schläfe hatte ein bläuliches Schimmern angenommen. Ich sah aus wie eine Frau, die eine Tracht Prügel abbekommen hatte. Dabei hatte Colin mich nicht verprügelt. Er hatte mich lediglich festgehalten, damit ich mich nicht rührte. Und natürlich hatte ich mich deshalb erst recht gerührt. Ich selbst hatte mich so zugerichtet – was jedoch keine Entschuldigung für Colins lieblosen Umgang war. Andererseits hätte ich Tessa angelockt, wenn er mich anders behandelt hätte. Die Wunde am Hinterkopf konnte zum Glück niemand sehen und ich hoffte, dass Gianna ihre Klappe hielt.

»Bin aus dem Bett gefallen«, redete ich mich heraus. »Halb so wild. Nur eine Beule.«

Gianna zog scharf die Luft ein, doch mein warnender Blick sorgte dafür, dass ihr redebereiter Mund sich zu einem falschen Lächeln verzog.

»Ist mir auch schon passiert«, sagte sie schnell. »Was man manchmal so träumt … verrückt … Man glaubt tatsächlich, es ist echt.«

Du doofe Gans, dachte ich. Du kannst es einfach nicht lassen, oder? Gianna war grundsätzlich verschwiegen, aber anscheinend hatte sie Spaß daran, beim Lügen die Wahrheit in Metaphern, Fabeln oder Allegorien verpackt hinterherzuschicken. Sie sollte dringend einen Roman schreiben, um sich darin ausleben zu können. Ihre Metaphern gingen mir auf den Keks. Außerdem machten sie Mama misstrauisch, sie war schließlich nicht blöd. Wann immer das Gespräch auf Träume und merkwürdige Vorkommnisse im Schlaf kam, horchten wir Sturms auf. Das hatte sich uns in Fleisch und Blut gegraben.

Doch Mama beließ es dabei, mich unentwegt zu mustern, was enervierend genug war und meine Kopfschmerzen nur steigerte. Es konnte gut sein, dass nicht nur Gianna etwas gehört hatte heute Nacht, sondern auch Mama. Und nun reimte sie sich die Vorkommnisse zusammen.

Deshalb startete ich umgehend ein Ablenkungsmanöver und berichtete von Tillmanns SMS. Sofort hellten sich Mamas und Giannas Gesichter auf und sie beschlossen, gemeinsam einen Kuchen zu backen, um die beiden Herren standesgemäß zum Kaffee zu empfangen.

»Sehr emanzipiert«, murmelte ich zynisch und kassierte unter dem Tisch einen Hackentritt von Gianna, der sich gewaschen hatte. Kochen und Backen seien per se nichts Unemanzipiertes, wenn der Mann diese Aufgaben ebenfalls regelmäßig übernehme, predigte sie mir wenige Stunden später, als wir an der Küchenanrichte lehnten und in den Ofen starrten, wo der Kirschkuchen gerade an Höhe gewann und einen appetitlich süßen Duft verströmte.

»Ja, mag sein. Aber ich finde, Kaffeeklatsch und ein Gespräch über das Töten von Nachtmahren passen nicht besonders gut zusammen.«

»Ellie, Colin hat gesagt: ›Wir sehen uns zum Tee.‹ Das soll die Methode sein, um Tessa zu töten? Ganz ehrlich, der macht sich einen Spaß daraus … Der will nicht, dass du überhaupt daran denkst. Und ich will es übrigens auch nicht.«

»Ach, das mit dem Tee meinte ich doch gar nicht«, verteidigte ich mich. »Er hat noch mehr gesagt. Ich hatte es nur vergessen. Diese Tee-Sache war wahrscheinlich irgendein blöder Witz.«

Ein sehr blöder Witz. Mahre tranken keinen Tee und es gab wohl keinen ungeeigneteren Platz für sie als in einer familiären Runde am reichlich gedeckten Tisch.

»Ehrlich?« Gianna überflog mein Gesicht misstrauisch mit verengten Augen. »Ellie, redest du dir jetzt was ein oder hast du …? Hast du wirklich noch etwas anderes gehört? Du …« Sie brach seufzend ab. »Merda«, setzte sie nach einer kleinen Pause entmutigt hinterher. Allmählich dämmerte ihr, dass weder Colin noch ich Witze machten, aber glauben wollte sie es noch nicht.

Nachdem wir den Kuchen zum Auskühlen in den Windfang gebracht hatten, saßen Gianna und ich mehr tot als lebendig im Wintergarten und sahen dabei zu, wie Mama bei Wind und Regenschauern Unkraut jätete und den Rasen für ihr neuestes Attentat vorbereitete. Sie hatte heute Morgen einen Baum gekauft. Garantiert zusammen mit Herrn Schütz. Und dieser Baum sollte heute noch eingepflanzt werden. Wie idyllisch.

Paul und Tillmann trafen pünktlich ein. Tillmanns Begrüßung fiel gewohnt unterkühlt aus. Immerhin drückte er mich an seine Schulter und klopfte mir kumpelhaft den Rücken. Zwei prägnante Schläge, fertig, abtreten. Gianna hingegen war für einige Sekunden nicht mehr zu sehen, weil sie in den Tiefen von Pauls starken Beschützerarmen verschwand. Erst nachdem Mama ihren Sohn mit einem verräterischen Glänzen in den Augen auf beide Wangen geküsst hatte, schnappte ich mir Paul.

»Na, Kleine?«, brummte er in meine Haare und schnüffelte wie ein Jagdhund, während er mich fest an seine breite Brust drückte. Er roch das Blut. Er musste es riechen, er war Mediziner. Ich schluckte gegen das enge Gefühl in meiner Kehle an. Paul wirkte immer noch nicht viel gesünder und kraftvoller als bei unserer Rückkehr. Sein Atem ging schwer. Trotzdem fühlte ich mich in seinen Armen geborgen.

»Kommst du mal kurz mit in den Windfang?«, flüsterte ich in sein Ohr und spürte, wie er nickte.

»Sind gleich wieder da!«, rief ich den anderen zu, die sich verlegen gegenüberstanden – Gianna und Mama auf der einen Seite, Tillmann auf der anderen – und nicht recht wussten, was sie miteinander reden sollten.

»Was ist passiert?«, fragte Paul, sobald wir die Tür hinter uns geschlossen hatten, und zeigte auf meine Schläfe.

Ohne etwas darauf zu erwidern oder gar zu erklären, drehte ich ihm den Rücken zu und deutete auf meinen Hinterkopf. »Kannst du das mal untersuchen? Diese Wunde war plötzlich da und ich weiß nicht, woher.«

Paul machte ein grunzendes Geräusch, als er meine Haare vorsichtig teilte und die Verletzung entdeckte.

»Ellie … erzähl keinen Mist. Wer hat dir das angetan?« Sanft strich er über die Biegung des Schnitts. »Und warum hat Mama mir nichts davon gesagt? Das muss doch schon vor Tagen geschehen sein, sie ist …«

»Heute Nacht«, unterbrach ich ihn. »Es ist heute Nacht passiert.«

»Kann nicht sein. Unmöglich. Der Riss beginnt doch schon zu verheilen!«

»Paul, ehrlich.« Ich drehte mich wieder zu ihm um, um ihn anzusehen. »Ich lüge nicht. Und es hat niemand Hand an mich gelegt. Ja, Colin war da, aber er hat mich nur festgehalten, nicht geschlagen. Auf einmal blutete mein Kopf. Ich weiß, es klingt total irre, aber ich lag auf meinem Kissen! Ich hab mir nur die Schläfe angeschlagen, weil ich mich herauswinden wollte, kurz vorher, aber nicht meinen Kopf!«

»Die Schläfe sitzt am Kopf, Ellie.«

Ich stöhnte genervt auf. »Aber nicht am Hinterkopf, oder? Ich kann das schon unterscheiden, ganz unterbelichtet bin ich nicht. Ich will nur wissen, wie so etwas passieren kann.«

»Gar nicht.« Pauls Lippen verhärteten sich und sein Blick wurde stählern. »So etwas kann nicht passieren. Nicht einfach so. Du sagst, es geschah oben in deinem Zimmer?«

Ich nickte. »Ja. Mitten in der Nacht. Ich lag im Bett.«

»Hatte er eine Waffe bei sich, ein Messer oder so?«

»Nein!« Ich musste mich zwingen, nicht zu schreien. »Keine Waffe, nichts. Mahre brauchen keine Waffen. Er hat mich dort nicht einmal berührt.«

Wieder begann Paul die Wunde zu untersuchen. Schließlich löste er die Hände von meinem Kopf und blinzelte mich ratlos an.

»Es sieht aus wie eine Wunde, die durch etwas sehr Scharfkantiges, Hartes verursacht wurde. Ein heftiger Schlag gegen einen Felsen oder gegen einen Stein, sodass der Kopf aufplatzt … Die Holzkante deines Bettes könnte solch eine Verletzung nicht hervorrufen. Sie ist zu stumpf. Ellie, sag mir doch die Wahrheit, bitte.«

Nun wurde auch mein Blick kühl. »Das tue ich bereits. Du kannst Gianna fragen; sie hat gesehen, dass der Schnitt heute Nacht geblutet hat. Und noch etwas, Paul ... Ich habe von Colin eine Botschaft bekommen. Wir müssen darüber reden. Jetzt. Mit Gianna und Tillmann, aber auf keinen Fall mit Mama. Kann ich mich auf dich verlassen?«

»Was hast du vor?« Paul klang streng – eben so, wie ein großer Bruder klingen sollte, wenn seine kleine Schwester drauf und dran ist, Blödsinn zu machen. Doch ich erkannte in seinen Augen auch die Bereitschaft, mich anzuhören, allein deshalb, weil er es so lange nicht getan hatte und deswegen beinahe gestorben war. Nein, weil ich dadurch beinahe gestorben war. Dieses Mal würde er nicht alles kategorisch zurückweisen, was ich sagte. Er würde Colin vielleicht weiterhin ablehnen, aber zuhören würde er mir.

»Du erfährst es gleich«, beschwichtigte ich ihn leise. »Und ich werde es nicht ohne dich tun, okay?«

»Was tun, Ellie? Wovon redest du?« Paul umfasste meinen Hinterkopf, sodass ich ihn ansehen musste. Doch ich nahm nur seine Hand, küsste sie flüchtig und lief mit ihm zurück zu den anderen. Mama hatte inzwischen den Tisch gedeckt und Kaffee gekocht. Das Gespräch würde warten müssen.

Entspannt war niemand von uns. Es war wie immer ein schwieriges Unterfangen, mit Mama am Tisch zu sitzen und jene Klippen zu umschiffen, die verraten würden, dass viel mehr geschehen war, als sie wusste. Denn sie war inzwischen sehr gewieft im Stellen von raffinierten Fangfragen. Ich blieb schweigsam und irgendwann schlossen Paul, Tillmann und Gianna sich mir an.

Nur unser Besteck klapperte beflissen und der Sahnespender gab ordinäre Geräusche von sich, wenn Paul seine überdimensionierten Kuchenstücke unter weißem Fettschaum erstickte. Gesund war sein Essverhalten immer noch nicht.

Schließlich knallte Mama ihre Serviette auf den Teller, stand wortlos auf und ging hinüber in die Garage, um lautstark bei geöffneter Tür zwischen alten Gartengerätschaften zu wühlen. Vielleicht war das ja ihr Trick. Sie wollte einen der Männer dazu ermuntern, ihr zur Hand zu gehen, und ihn dann im Einzelverhör mit Suggestivfragen martern.

»Endlich«, seufzte ich, als ich mir sicher war, dass sie uns nicht belauschen konnte. »Also, ich hab eine Nachricht bekommen.«

»War er das?«, fragte Paul und deutete auf meine Schwellung an der Schläfe, als hätte es unser Gespräch im Windfang nicht gegeben. Er erreichte damit, was er wollte. Die anderen beiden sahen sich die Beule auch an. Gianna zum hundertsten Mal an diesem Tag, Tillmann zum ersten Mal.

»Ist das wichtig?«, gab ich gereizt zurück. »Nein, ist es nicht …«

»Ist es schon«, beharrte Paul. »Ich mag es nicht, dass er dich so behandelt.«

»Ich hab mich selbst so behandelt und vor allem ist es meine Privatsache, okay?« Ich wartete eine kleine Weile ab, ob Paul widersprechen würde, doch er tat es nicht. Noch nicht. »Zurück zu der Nachricht. Ich habe heute Nacht die zweite Methode erfahren, mit der Mahre getötet werden können. Sie können im Kampf gegeneinander sterben, das ist die erste Methode, die bei Tessa aber nicht infrage kommt, da sie viel zu alt und zu stark ist. Colin hätte keine Chance.«

»Und wenn wir jemand finden, der noch älter ist? Und ihn antreten lassen?«, unterbrach Tillmann mich. Nur zwei Sekunden Tessa-Gespräch und er war mitten im Thema. Er musste sehnlichst darauf gewartet haben.

»Moment, Moment …« Paul richtete sich auf, wobei seine Wirbel leise knackten. Paul war nicht besonders groß gewachsen, aber ein Sitzriese. Vielleicht war das der Grund, weshalb er trotz der hörbaren Verschleißerscheinungen in seinen Schultern sofort unsere Aufmerksamkeit erweckte. »Verstehe ich dich richtig, Ellie? Du willst Tessa töten? War es das, was du eben angedeutet hast? Hast du denn völlig den Verstand verloren? Ich dachte, wir suchen Papa, wenn überhaupt!«

»Ja, wir wollen Papa suchen, richtig«, lenkte ich ein. »Aber das eine geht nun mal nicht ohne das andere. Wir müssen erst Tessa erledigen, um Papa suchen zu können«, verkündete ich, was ich mir in etlichen Nächten zurechtkonstruiert hatte, weil die umgekehrte Reihenfolge sich durchweg falsch anfühlte. Sie fühlte sich nicht nur falsch an. Sie *war* falsch.

Giannas Lider begannen zu flattern. »Nein … nein. Da mache ich nicht mit«, stieß sie hervor. »Das schaffe ich nicht! Nicht noch einmal!«

»Du sollst sie ja auch nicht töten. Das erledigen – wir«, sagte ich mit kratzendem Hals und deutete auf Tillmann, der gelassen nickte. »Ihr müsst verstehen, dass wir keinen Schritt in die Welt der Mahre machen können, ohne damit rechnen zu müssen, dass Tessa es bemerkt. Ihr erinnert euch an François? Was er getan hat, wie er war, welche Macht er hatte?«

Gianna und Paul blieben stumm, doch ich wusste, dass sie sich erinnerten. Einen solchen Horror konnte man nicht vergessen.

»Multipliziert das mit hundert. Dann habt ihr Tessa. Wenn sie begreift, dass Colin und ich uns wieder zusammentun und was wir vorhaben, dann …« Ich wollte es mir selbst nicht ausmalen. »Noch einmal von vorne. Für unsere Suche nach Papa brauchen wir Colin, zur Vermittlung, denn er hat einen besonderen Status unter den Mahren. Welchen, weiß ich zwar nicht genau und er auch nicht, aber ohne ihn können wir die Suche vergessen, und wenn er und ich zusammen glücklich sind, wird Tessa angelockt. Ich kann also nicht in Ruhe gemeinsam mit ihm Papa suchen, weil wir früher oder später glücklich sein werden und er – na ja, er wieder auf der Flucht ist. Wir brauchen Colin für die Suche nach Papa. Ich komme alleine nicht weiter. Oder hast du etwas gefunden?«

Ich warf Tillmann einen fragenden Blick zu. Er schüttelte den Kopf.

»Nichts. Nichts, was Leo betrifft.«

Die Skepsis in den Augen der anderen war nicht zu übersehen, als sie über meine Worte nachdachten. Warum, konnte ich mir denken, denn meine Beule und meine bleichen Wangen sahen nicht nach Glück aus. Doch Colins und mein Glück würde wiederkommen und dann hatten wir dieses alte Weib am Hals. Tessa musste weg; je schneller, desto besser. Ich hoffte, dass Paul nicht den Vorschlag äußerte, Colin allein loszuschicken. In meinen Augen war dieser Vorschlag absurd. Colin in die Nähe von Tessa zu treiben, ohne mich? Nein. Außerdem würde Tillmann sowieso nach ihr suchen. Ich hatte schon meine Schwierigkeiten gehabt, ihn in Hamburg davon abzuhalten. Und wie gesagt – ich wollte ebenfalls nach Italien. Ich musste nach Italien! Wenn ich nur eine weitere Woche Nacht für Nacht ins Leere recherchierte, konnte man mich einliefern.

»Ich denke auch, dass das die richtige Reihenfolge ist«, äußerte Tillmann nach einer längeren Denkpause. »Bevor Tessa nicht Geschichte ist, können wir gar nichts machen.«

»Und wenn Tessa hinter Papas Verschwinden steckt?«, warf Paul in die Runde. Auch ein Einwand, mit dem ich gerechnet hatte.

Ich schüttelte entschieden den Kopf. »Nein. Glaube ich nicht. So weit denkt sie nicht. Sie ist auf Colin fixiert und möglicherweise auf … mich.« Ganz sicher war ich mir bei dieser Argumentation nicht. Es stimmte, dass Tessa versessen darauf war, Colins Metamorphose zu vollenden und ihn endgültig zu ihrem Gefährten zu machen. Doch das allein war kein Beleg dafür, dass sie nichts mit dem Verschwinden meines Vaters zu tun hatte. Trotzdem vertraute ich in diesem Punkt Colin. Er kannte Tessa besser als ich. Ich beschloss weiterzureden, um gar nicht erst Zweifel an meinen Worten aufkommen zu lassen.

»Was du vorschlägst, ist natürlich theoretisch möglich«, stimmte ich in sachlichem Ton Tillmanns Gedanken zu, einen noch älteren Mahr als Tessa zum Mord an ihr aufzufordern. »Doch wo sollten wir suchen? Mahre gibt es auf der ganzen Welt. Und von Menschen lassen sie sich nicht zu Kriegen untereinander anstacheln. Von einem Cambion erst recht nicht. Sie dulden sich gegenseitig, sofern sie sich nicht ihr Futter streitig machen. Dass Colin François angegangen ist, ist eine absolute Ausnahme und wir wissen nicht, welche Konsequenzen das für ihn – oder uns – haben könnte.«

»Habt ihr nicht darüber geredet, als ihr euch … wiedergesehen habt?«, fragte Paul und beäugte erneut meine Beule. »Ellie, ich halte das alles …«

»Nein. Konnten wir nicht«, brachte ich seine Einwände zum Verstummen. »So, und das hier ist die zweite Methode – oder wollt ihr die nicht erfahren?«

Ich kramte den Zettel aus meiner Hosentasche und reichte ihn zuerst Gianna. Erneut breitete sich Schweigen aus. Immer wieder wanderte der Zettel von einem zum anderen.

Schließlich war es Tillmann, der das Schweigen brach. »Hast du das aufgeschrieben?«

Ich nickte. »Er hat es mir nur gesagt, aber ich bin mir sicher, dass es exakt diese Worte waren und keine anderen.«

»Vielleicht hast du ihn falsch verstanden …« Gianna spitzte die Lippen, als sie meinen zornigen Blick wahrnahm.

»Ich hab ein Einserabitur, ich weiß, was ich mir richtig merke und was nicht, okay?«, wehrte ich mich gegen ihre Unterstellung. Nicht wieder wütend werden, Ellie, mahnte ich mich. Nicht jetzt. »Auswendiglernen ist eine meiner leichtesten Übungen. Das ist sein Wortlaut. Habt ihr eine Idee, was diese zwei Sätze bedeuten könnten?«, fragte ich etwas zahmer. »Ich kenne nur den zweiten, aber in einem anderen Kontext. Wenn Mahre bei großem Hunger rauben oder eine Metamorphose erzwingen wollen, schlagen sie ihre Krallen in die Haut ihres Opfers, meistens auf dem Rücken, damit Blut fließt. Der Schmerz macht den Weg frei für die schönsten Erinnerungen und Gefühle. Schmerz öffnet die Seele, diese Formulierung hat auch Colin mal verwendet, als er mir das erklärt hat. Ich hab aber keine Ahnung, wie dieser Satz im Zusammenhang mit dem Töten zu deuten ist.«

Mahre töteten Menschen nicht, jedenfalls nicht absichtlich. Sie wollten lediglich ihre Gier stillen. Dass die Menschen dabei ums Leben kommen konnten, war allenfalls ein Nebeneffekt, aber nicht das Ziel ihres Angriffs.

»Dich kann nur töten, wer dich liebt«, las Gianna murmelnd. »Wenn man es wörtlich nimmt, ist es einfach – und gleichzeitig unmöglich. Wer tötet schon freiwillig jemanden, den er liebt, außer wenn es sich um Sterbehilfe handelt oder gemeinsamen Suizid, aber das kommt bei Mahren wohl weniger infrage, oder meinst du, dass …« Sie brach mitten im Wortfluss ab und steckte den Zettel in ihren Ausschnitt, weil Mama die Treppe zum Wintergarten hinaufstiefelte, mit versteinertem Gesicht an uns vorüberlief und sich in der Küche zu schaffen machte. Ich senkte meine Stimme.

»Wir sollten jedenfalls darüber nachdenken, was es bedeuten könnte und wie es umgesetzt werden kann. Immerhin gibt es eine zweite Methode«, versuchte ich mich in Optimismus, obwohl ich mittlerweile ahnte, dass Gianna recht hatte. Es war einfach und doch unmöglich. Es sei denn, es steckte eine ganz andere Bedeutung dahinter. »Sie lebt wohl in Italien. Immer wenn Colin ihr entkommen ist, kehrte sie dorthin zurück. In den Süden Italiens. Offensichtlich ist Colin ihr erneut entkommen, sonst wäre er nicht hier. Papa hat zuletzt in Italien Spuren hinterlassen. Wir müssen nach Italien reisen«, sprach ich aus, was ich mir so sehnlichst wünschte und zugleich fürchtete wie die Pest.

»Das müssen wir nicht«, entgegnete Paul entschieden. »Wir müssen gar nichts. Wir können auch ganz normal weiterleben und akzeptieren, dass Papa …« Er verstummte.

»Ich kann es nicht«, sagte ich, als Paul seinen Satz auch nach mehreren gequälten Atemzügen nicht zu Ende zu führen vermochte. »Kannst du es?«

Das Leid, das seine Augen verdunkelte, als ich fordernd hineinsah, ließ mein Herz hart und finster werden. Er konnte es ebenso wenig wie ich. Normalität gab es für uns nicht mehr. Manchmal wusste ich nicht genau, ob es noch die Folgen von François' Befall waren, die meinen Bruder niederdrückten, oder seine eigenen Schuldgefühle, weil er weder Papa noch mir geglaubt hatte. Ja, er fühlte sich schuldig für das, was ich durchgemacht hatte, um ihn zu retten. Ich wollte das nicht, aber es war so. Und er würde mich nicht ohne seinen Schutz ziehen lassen. Allein wegen seiner Schuldgefühle würde er das nicht, ganz gleich, was er von unserem Vorhaben hielt.

Paul wandte sich mit einem Stöhnen, das tief in seiner Brust hängen zu bleiben schien, von mir ab und blickte Gianna an.

»Also Italien«, sagte er heiser.

»Ja. Italien«, bekräftigte Tillmann. Ich nickte nur. Auch Tillmanns und meine Augenpaare ruhten nun auf Gianna, die nicht glauben wollte, was sie sich hier anhören musste. Sie wich ein Stück zurück und sah uns in einer Mischung aus Gekränktheit und Entrüstung an.

»Mal abgesehen davon, dass ihr alle komplett wahnsinnig seid: Ich kann doch jetzt nicht nach Italien! Ich bin arbeitslos, hab Schulden und …« Mit einer ausladenden Geste wedelte sie eine Fliege fort, die sich auf ihrem Kuchen niedergelassen hatte. Unter ihren Achseln hatten sich dunkle Flecken auf ihrem Shirt gebildet.

»Du hast keine Schulden mehr«, berichtigte Paul sie. »Ich hab das Geld ans Finanzamt überwiesen.«

»Du hast – was?!« Gianna schnappte nach Luft. »Woher weißt du überhaupt, dass … ach, so ist das. Der Geldadel hält zusammen.«

Ich zuckte nur mit den Schultern. Ja, ich hatte Paul eine Kopie des Finanzamtsschreibens geschickt, das Mama und ich gemeinsam mit Gianna studiert hatten, um irgendeine Gesetzeslücke zu finden, die ihr die Nachzahlungen ersparen konnten. Erfolglos allerdings. Danach hatte ich es an Paul gefaxt und ihm in wenigen Sätzen erklärt, in welcher Zwangslage Gianna steckte. Von mir hatte sie das Geld ja nicht annehmen wollen. Wie es aussah, nahm sie von niemandem gerne Geld an.

Sie ging Paul nur deshalb nicht an den Kragen, weil Mama zu uns an den Tisch kam und mir eine frische Kanne Tee vor die Nase setzte. Kaffee machte meine Kopfschmerzen nur noch schlimmer, und dass sie nun von allein auf die Idee gekommen war, extra für mich Pfefferminztee zuzubereiten, ließ mich betreten auf die Fransen der Tischdecke blinzeln. Wir schlossen Mama aus, obwohl es hier um ihren Mann ging. Anständig war das nicht.

Die Stimmung war so aufgeladen, dass wir alle zusammenfuhren, als es an der Tür klingelte.

»Macht euch keine Mühe, ich gehe schon.« Mama verbeugte sich übertrieben und rauschte aus dem Wintergarten.

»Oh nein …«, stöhnte ich. »Er hat es also tatsächlich ernst gemeint und ist in den Westerwald gefahren …«

»Wer?«, riefen Gianna, Tillmann und Paul im Chor.

»Lars. Er hat mir heute Morgen schon damit gedroht. Seine Frau hat ihn verlassen und seitdem stalkt er mich.«

»Lars, der Gorilla?« Giannas Nase kräuselte sich. Die Ablenkung war ihr willkommen. »Den wollte ich doch schon immer kennenlernen.«

»Mir hat einmal gereicht. Oh, bitte nicht ...« Schon näherten sich Mamas Schritte und das Klappern von Lars' wild gemusterten Cowboystiefeln. Fluchtartig erhob ich mich, um in Papas Büro Asyl zu suchen. »Sagt ihm, dass es mir nicht gut geht und ich ...« Zu spät. Sie standen schon hinter mir. Giannas Augen weiteten sich. Ja, Lars' Anblick war kein ästhetischer Genuss. Modetechnisch war er in den Neunzigern hängen geblieben. Dazu sein Schumacher-Kinn und die niedrige Stirn – fertig war der Proll. Ich legte den Finger an meine pochende Schläfe und drehte mich langsam um. »Lars, ich hab dir doch gesagt, ich ... oh mein Gott.«

»Colin genügt vollkommen, danke.« Er zwinkerte mir jovial zu und widmete seine Aufmerksamkeit den anderen drei, die es nicht schafften, ihre Münder geschlossen zu halten. »Gianna, Tillmann, Paul.« Die Art, wie Colin ihre Namen nannte, nahm uns für einige Augenblicke gefangen. Er sprach sie so bedeutsam und wissend aus – es war mehr als eine Begrüßung. Ich sah, dass Gianna sich aufrichtete, etwas, was sie selten tat. Meistens hielt sie sich krumm wie ein Fragezeichen. Colin schien unsere Reaktion nicht zu kümmern. Er setzte sich ungerührt auf den freien Stuhl neben meinem. Zögernd nahm ich ebenfalls wieder Platz.

»Ach, wie schön. Kirschkuchen. Darf ich?«, fragte er höflich und bedachte Mama mit einem glitzernden Blick. Da draußen gerade ein Schauer niederging, ersparte das düstere Wetter uns feuerrotes Haar und hellgrüne Augen. Colins dunkler Schopf – nun wieder etwas kürzer, aber immer noch länger als bei unserem Kennenlernen – war von kupfer- und tizianroten Strähnen durchsetzt und seine Augen waren ein irisierendes Muster aus Braun und dunklem Türkis. Ansonsten präsentierte er sich uns geschmackvoll, aber eigentümlich wie eh und je: ausgetretene Stiefel, schmale dunkle Hose, ein Hemd aus dem vorigen Jahrhundert; dazu das breite Lederband am Arm, ein abgewetzter Gürtel und eine ganze Riege silberner Ringe in beiden Ohren.

Mama nickte knapp, die Arme verschränkt, ihre Miene eine einzige Anklage. Colin ignorierte sie und lud sich ein Stück Kuchen auf den Teller. Fassungslos sah ich dabei zu, wie er sich mit der Gabel den ersten Bissen in den Mund schob, kaute und schluckte. Er aß!

»Köstlich«, lobte er Mamas (und Giannas) Backkunst mit einem anerkennenden Nicken. Ich konnte beim besten Willen nicht sagen, ob er uns auf den Arm nahm oder es ernst meinte. Diese Situation war so bizarr, wie ich es sonst nur in Träumen erlebte. Und auf gewisse Weise war sie auch furchtbar komisch. Gianna unterdrückte ein Prusten, worauf Colin etwas auf Italienisch zu ihr sagte, was sie im Nu erröten ließ.

»Ich verbitte mir, dass Sie meine Tochter ein weiteres Mal so zurichten«, stellte Mama klar, bevor wir noch anfingen, uns zu amüsieren.

»Das sollten Sie auch. Es kann meine Tat nicht entschuldigen, aber ich musste mich ihr auf diese Weise nähern, um Ihre Familie zu schützen. Alles andere hätte Sie unnötig in Gefahr gebracht und die Möglichkeit, Ihren Mann zurückzuholen, in weite Ferne rücken lassen«, erwiderte Colin ruhig. Mama stieß einen gefährlich zischenden Laut aus und marschierte mit wehenden Locken zurück in den Garten. Colin schob den Kuchenteller von sich weg, bevor er sich zu mir wandte und mich ansah – mit gewohnt arroganter Miene und Spott in seinem Blick. Trotzdem war da auch ein leises Bedauern, zu leise, um meine Verletzungen in den Hintergrund rücken zu lassen. Meine Kopfschmerzen rasten durch meine Adern, als wollten sie sie zum Bersten bringen. Der Schnitt an meinem Hinterkopf begann zu jucken.

»Hättest du mir nicht auch auf diesem Weg die Botschaft überbringen können? Beim Tee?«, fragte ich bissig.

»Nein, Ellie. Du hättest dich gefreut. Jetzt aber findest du mich nur noch ätzend. Dank unseres kleinen Stelldicheins zu mitternächtlicher Stunde.«

»Ja. Du bist wirklich ätzend.«

Gianna prustete erneut, während Paul und Tillmann sich darauf beschränkten, uns zu beobachten. Mister X, der eben noch im Garten Falter gejagt hatte, hatte Colin gewittert und kam herbeigaloppiert, um mit einem eleganten Satz auf seinen Schoß zu springen und schnurrend und sabbernd seine Schultern zu erklimmen. Colin drapierte ihn wie einen Schal um seinen Hals, sodass seine Oberschenkel wieder frei waren und der eifersüchtige Rufus hinterherhechten konnte.

»Na, was bist du denn für ein hässliches Ding?« Colin strich Rufus sanft über die Narbe, die anstelle seines rechten Auges auf seinem eckigen Kopf prangte. Dann setzte er ihn nachsichtig auf dem Boden ab, um Mister X' Heldentenorjaulen zu unterbinden, das er soeben wieder angestimmt hatte.

»Mein Kater mag ihn. Damit ist die Sache für mich geklärt«, sagte Gianna wie zu sich selbst. Colin sah sie offen an, doch sie wagte nicht, seinen Blick zu erwidern.

»Und? Habt ihr schon eine Idee?« Uns allen war klar, worauf er anspielte. Auf seine Formel. »Ich selbst möchte sie in eurer Gegenwart nicht noch einmal aussprechen. Das ist zu riskant. Es handelt sich dabei um uraltes Wissen, das im schlechtesten Falle an jenes Hirn geknüpft ist, das es gestohlen hat. Die Formel selbst kann nicht geortet werden, weil sie geraubt wurde und damit vergessen ist. Der Dieb jedoch schon. Also, wie sieht euer Plan aus?« Der letzte Satz klang überheblich, und wenn meine Kopfschmerzen mich nicht so sehr gemartert hätten, hätte ich zumindest den Versuch unternommen, ihn ans Bein zu treten. Ich schaffte es ja kaum zu verstehen, was er uns eben gesagt hatte, und auch die anderen blickten verwirrt drein.

»Ich glaub, ich bin in irgendeinem schlechten Film gefangen …«, murmelte Gianna. Colin beachtete sie nicht, sondern wartete auf meine Antwort.

»Wir haben noch keinen richtigen Plan«, entgegnete ich ausweichend. »Keinen richtigen« war eine wohlwollende Formulierung. Wir hatten gar keinen. Ich hatte es gerade mal geschafft, Paul zu überzeugen, mit uns nach Italien zu fahren.

»Gut. Dann ist das ja geklärt. Ansonsten biete ich euch an, euch bei der Suche nach eurem Vater …«

»Ist es nicht!«, fuhr ich dazwischen. »Wir haben eben das allererste Mal darüber gesprochen, vielleicht lässt du uns ein wenig Zeit, nachdem du monatelang deinen Hintern nicht hast blicken lassen. Dafür hatten wir schließlich auch Zeit. Für mich ist die Sache offensichtlich. Wir finden einen Mahr, der Tessa liebt, und …«

»Oh, Elisabeth, ich bitte dich, es gibt keine Mahre, die …« Colin unterbrach sich selbst und erhob sich, um sich mit dem Rücken zu uns an die mit Wein bewachsene Fensterfront des Wintergartens zu stellen. »Du wirst keine Mahre finden, die Tessa lieben. Auch wir haben Geschmack.«

»Aber du hast sie doch … ähm …«

»Ich habe gar nichts. Verwechsle Begehren nicht mit Liebe, Ellie«, sagte er kühl.

»Warum hast du mir das Gleichnis denn überhaupt mitgeteilt, wenn du gar nicht daran glaubst, dass wir es lösen können?«

»Ich habe damit meinen Teil unseres Versprechens gehalten. Es liegt an dir, ob du deinem auch nachkommst.« Colin sprach wie über einen belanglosen, harmlosen Deal – und meinte seinen eigenen Tod. Ich wischte diesen Gedanken so schnell weg, wie er erschienen war. Das war der letzte Punkt auf der Liste und im Moment irrelevant. Erst Tessa, dann Papa, dann konnte ich an meinen Teil des Versprechens denken. Vorher nicht. Denn wenn alles gut ging, war er anschließend nicht länger von Bedeutung.

Colin schlenderte zurück zum Tisch und gab den Blick frei auf den Garten, wo Mama sich im Regen damit abquälte, ein Loch in den lehmigen Boden zu graben. Immer wieder rutschten ihre Hände an dem schweren Spaten ab. Es sah aus, als wolle sie ein Grab schaufeln. Möglicherweise dachten unsere Nachbarn das auch. Lautlos glitt Colin auf seinen Stuhl. Eine narkotische Stille breitete sich aus. Gianna und Paul schauten Mama zu, als sei es ihnen verboten, Colins Augen zu begegnen, doch Tillmann stierte grübelnd ins Nirgendwo, als wäre er ganz mit der Lösung eines Problems beschäftigt. Der Lösung unseres Problems? Ich wunderte mich, als ich Tillmanns Sinnieren bemerkte. Colin jedoch überraschte es anscheinend nicht. Er machte den Eindruck, als habe er darauf gewartet. Tillmanns Lippen wurden schmal. Dann räusperte er sich.

»Muss es denn ein Mahr sein? Oder könnte es auch ein Mensch sein? In der Formel ist keine Rede von einem Mahr«, sprach er seine Gedanken halblaut aus.

Colin sah ihn lange an und ließ sich Zeit, ihn zu mustern, bevor er mit unergründlicher Miene antwortete.

»Ihr seid eine Teufelsbrut, du und Elisabeth.«

Tillmanns Gesicht verzog sich zu einem frechen Grinsen. Es gefiel ihm, von Colin als Teufelsbrut bezeichnet zu werden, doch meine Kopfschmerzen hinderten mich zu verstehen, was gerade vor sich gegangen war, sosehr ich auch gegen sie ankämpfte.

»Ihr wollt nach Italien?«, wechselte Colin so abrupt das Thema, dass ich daran zweifelte, ob der kurze Dialog zwischen ihm und

Tillmann überhaupt stattgefunden hatte. Bei dem Wort »Italien« lösten Gianna und Paul ihre müden Augen vom Fenster, als hätte Mamas Werkeln sie für wenige Minuten in eine Art Trance versetzt. Doch es war nicht Mama gewesen. Es war Colin gewesen. Er hatte sie ausgeschaltet. Und sie merkten es nicht einmal. Vielleicht waren solche Zustände für Paul seit François' Befall zur Normalität geworden. Er fuhr nur noch ungern Auto, weil er abends immer öfter in den Sekundenschlaf fiel. Auch eine der vielen Spätfolgen.

»Ja, Italien«, bestätigte Gianna mechanisch. »Mein Vater hat ein Ferienhaus, nichts Besonderes und ziemlich abgeschieden. Kaum Tourismus. In Kalabrien.« Als sie begriff, was sie da gerade gesagt hatte, schlug sie sich erschrocken die Hand vor den Mund. Sie hatte uns den Joker auf den Tisch gelegt, ohne es zu wollen – weil sie unkonzentriert gewesen war.

»Aber das ist doch genial!«, rief ich, bevor Gianna es sich anders überlegen konnte. Genau auf so etwas hatte ich gebaut. Jetzt musste sie mitkommen. Und nicht nur Paul brauchte sie, ich brauchte sie auch. Ich hätte nie gewagt, ihr das zu sagen, aber es war so. Sie war meine einzige Freundin.

»Nein, das sehe ich nicht so«, wiegelte Gianna ab. »Der Schlüssel liegt bei meinem Vater an der Adria und ich bekomme ihn nur, wenn ich ihm endlich verspreche, dass ich einen italienischen Mann heirate und mindestens drei bambini in die Welt setze.«

Ich kicherte, was das Zerren in meiner Schläfe vervielfachte, sodass mir vor Schmerzen beinahe übel wurde und Hitzewellen über meine Wangen rasten. Automatisch griff ich nach Colins kühler Hand und legte seine Finger an meine Stirn und ebenso automatisch strich er sanft über meine geschwollenen Adern. Dann berührte er den Schnitt auf meinem Hinterkopf. Er begann zu prickeln. Kurz sah ich vor mir, wie die Haut sich vollkommen schloss und nur eine feine weiße Narbe übrig blieb. Colin hatte mich geheilt. Ein erlöstes

Seufzen floh über meine Lippen. Ich spürte, dass die anderen uns ansahen, gefesselt von unserer plötzlichen Zärtlichkeit, doch es gab nur noch uns, uns zwei. Colin und mich. Colin, dachte ich sehnsüchtig. Da bist du ja endlich … Doch ehe ich mich an ihn lehnen konnte, verwandelte sich seine Hand in einen leblosen Eisklumpen. Ich zuckte erschrocken zurück, senkte meine Lider und stemmte die Füße in den Boden, um mein Zittern zu unterdrücken, das die kalte Verachtung in seinen Augen ausgelöst hatte. Verachtung, die unser Glück verhindern sollte, um uns zu retten. Ich war dieses Spiels überdrüssig.

»Nimm ein Aspirin oder Paracetamol, Ellie«, riet Paul mir mitfühlend.

»Hab ich schon. Zwei sogar. Nützt nichts«, entgegnete ich matt. »Geht schon.«

Doch als Mama die Tür aufriss und zu uns stürmte wie eine Furie, brandeten die Schmerzen erneut auf, so stark, dass ich leise stöhnte. Colin übertönte es mit dem Klappern des Geschirrs, das er aufeinanderstapelte. »Ich mag dein Stöhnen«, hatte er auf Trischen zu mir gesagt. Auch das Stöhnen vor Schmerz, denn es sei dem anderen ganz ähnlich. Mamas Stimme zersprengte meine weichen, warmen Erinnerungen und das Kribbeln in meinem Bauch im Nu.

»Wenn ihr glaubt, ich bin Hotelier, Restaurant, Katzenpension und Wäscherei zugleich, habt ihr euch getäuscht! Ist das klar?«

»Oje«, flüsterte Gianna beschämt. »Mia, ich … oje …«

»Ich werde euch nicht einfach so nach Italien fahren lassen, es geht hier um meinen Mann und ich habe das Recht …«

»Kann ich Ihnen vielleicht helfen, den Baum in den Boden zu setzen, Frau Sturm? Die Erde im Westerwald ist wirklich sehr schwer und lehmig«, unterbrach Colin sie liebenswürdig und stand auf.

»Ja, von mir aus, bitte«, erwiderte Mama konsterniert und folgte ihm wie ein Hündchen nach unten in den Garten. Fachmännisch stemmte Colin den Spaten in den Boden und hatte mit wenigen Stichen genügend Platz für die Wurzeln geschaffen, die er nicht minder fachmännisch positionierte, festigte und anschließend ein paar Äste stutzte. Die Stimmen der beiden schallten gedämpft zu uns herauf. Ich trat an die Tür, um ein paar Worte aufschnappen zu können.

»... habe auch keine große Lust, einen 600-Kilo-Friesen durch die Hitze zu ziehen«, hörte ich Colin sagen und wunderte mich mindestens genauso wie die anderen drei über diese skurrile Gartenbegehung, die wohl in erster Linie dazu diente, gemeinsam über die ungezogenen Kinder da oben im Wintergarten zu klagen. Einträchtig schritten Mama und Colin von Beet zu Beet, an denen Colin hier und da etwas erklärte, welke Blätter zupfte, bevor er sich schließlich an der Pumpe unseres verhassten Brunnens zu schaffen machte, die jeden zweiten Tag verstopfte.

»Er bearbeitet sie«, stellte Gianna staunend fest. Und damit meinte sie gewiss nicht die Pumpe, sondern meine Mutter. Ja, Mama wirkte nicht mehr wie eine Löwin, die ihr Junges verteidigte. Ihre Schultern entspannten sich und ab und zu lächelte sie sogar. Zum ersten Mal sah ich in aller Ruhe dabei zu, wie Colin das tat, wovon Papa immer geredet hatte: Er manipulierte.

Ich wusste nicht, ob ich Gefallen daran fand oder nicht, aber Colin tat das für mich. Er hatte nicht lange mit uns reden müssen, um zu wissen, wie es um unser Vorhaben stand – viel besser, als Paul und Gianna es im Moment begreifen konnten. Tillmann und ich übertrumpften uns in unserer finsteren Entschlossenheit gegenseitig. Wir würden nach Italien fahren, wenn auch aus jeweils unterschiedlichen Motiven heraus. Das hatte ich Colin schon vor unserem Abschied im April gesagt.

Jetzt brachte er Mama hoffentlich schonend bei, dass sie uns allein ziehen lassen sollte. Denn das war mein innigster Wunsch, auch wenn er mein permanent schlechtes Gewissen verschärfte. Ich mochte sie nicht dabeihaben.

»Ihr wollt das also wirklich durchziehen, oder?«, fragte Paul gähnend, zu müde, um sich erneut aufzuregen. Er wirkte ausgelaugt. Auch ich musste mich hinlegen. Die Kopfschmerzen wurden gnadenlos. Tillmann und ich nickten, ohne etwas zu sagen.

»Und du ziehst da mit, stimmt's, Paul? Oh nein …« Gianna ließ seufzend ihre Stirn gegen Pauls muskulöse Schulter sacken.

»Ich muss das tun, Schatz.« Zu hören, wie er Gianna Schatz nannte, versetzte mir einen Stich. Seit unserem Wiedersehen hatte Colin mich noch kein einziges Mal Lassie genannt. Oder »mein Herz«. Nur Ellie und Elisabeth, und das meistens in eher abfälligem oder drohendem Ton.

»Meine Schwester hat alles aufs Spiel gesetzt, um mich zu retten. Ich kann sie nicht allein da runterfahren lassen. Tillmann auch nicht. Er hat François getestet. Beide hätten draufgehen können.«

Ich wollte Paul und Gianna nicht anschauen, weil es wehtat, doch ich musste es tun. Eben noch hatten sie mich angesehen, mich mit Colin, fasziniert und befremdet; so wie man sich einen gruseligen, aber handwerklich gut gemachten Film ansieht. Wir waren spannend für sie. Aber Gianna und Paul waren kein Filmpaar. Sie waren echt. Sie mussten sich keine Sekunde lang verstellen, um nicht in Gefahr zu geraten, und einer würde für den anderen durchs Feuer gehen und wieder zurück. Auch Tillmanns Miene verschloss sich, als er sie betrachtete. Sie merkten davon nichts.

»Okay.« Gianna seufzte noch einmal. Es klang fast, als würde sie weinen. »Dann fahren wir eben nach Kalabrien.«

Mangelerscheinungen

»Mach hin, Ellie, und schalte endlich den Computer aus! Ich will heute noch ankommen ...«

Ich sparte mir die Mühe, Tillmann zu fragen, was er nun wieder mit mir vorhatte und wo er bitte schön ankommen wollte, und gab ihm lediglich mit erhobener Hand zu verstehen, dass er sich ein wenig gedulden müsse. Zu schnellen Reaktionen war ich nicht mehr fähig. Nach anderthalb Tagen Dauerkopfschmerzen fühlte ich mich wie gefoltert. Das Sprechen tat weh, ja, selbst das Stillliegen tat weh, weil ich keine Position fand, in der die verknoteten Muskeln in meinen Schultern sich nicht zusätzlich verkrampften. Ich hätte nie gedacht, dass Liegen so anstrengend sein konnte. Schlafen war sowieso in weite Ferne gerückt. Unter diesen Kopfschmerzen wälzte ich mich lediglich ruhelos hin und her, müde und gerädert, aber unfähig zu träumen.

Also hatte ich mich doch wieder an den Schreibtisch gesetzt, um meine Recherchen fortzuführen. Erst hatte ich mich mit der Fauna Italiens beschäftigt, den Gedanken, über die Tierwelt Rückschlüsse auf die Mahre ziehen zu können, aber bereits nach einer halben Stunde wieder aufgegeben. Die Tierwelt Italiens kam mir gänzlich uninteressant vor. Und dass es in Apulien Schwarze Witwen gab, wusste ich schon. Nach dieser ermüdenden Recherche folgte ein kurzer Ausflug zu den Freimaurern – ohne nennenswerte Ergebnisse –, ein quälend langweiliger Artikel über das Geschlecht der Medici, zur Erholung ein paar YouTube-Clips zur Blumenriviera (mein Fernweh brachte mich fast um, als ich sie mir anschaute – nun wusste ich, warum Italien die Touristen zum Schwärmen brachte), bis ich an der Adria strandete. Dort, wo Giannas Vater lebte. Die Adria war nicht das, was ich mir unter einem Ferienparadies vorstellte – enge Liegestuhlreihen, fantasielose Bars und planierte Strände –, aber sie war allemal besser als der Westerwald und immerhin stand nun fest, dass wir zunächst an die Adria fuhren, um den Schlüssel für das Ferienhaus im Süden zu holen. Möglicherweise konnte Giannas Vater uns ja indirekt einige hilfreiche Informationen geben. Gianna war gebildet; die Chancen standen gut, dass ihre gesamte Familie es war. Es war denkbar, dass er irgendwelche alten Sagen kannte, die wir ganz anders interpretieren konnten als er. Weil wir wussten, dass es Mahre gab. Oder redete ich mir da etwas ein?

Tillmann trat hinter mich und griff sich die kleine Europakarte von meinem Schreibtisch, die ich im Winter bei Papa im Safe gefunden hatte: eine DIN-A5-große ungenaue Abbildung, wie aus einem Atlas für Kinder ausgeschnitten. In den Ländern waren lediglich die Hauptstädte, Gebirge und großen Flüsse oder Seen verzeichnet, sonst nichts. Mehr hatte Papa mir nicht hinterlassen. Ich hatte in den ersten Nächten nach unserer Rückkehr aus Hamburg nachts, wenn Mama schlief, seine kompletten Patientenakten durchgearbeitet, in der Hoffnung, dort geheime Dokumente über die Mahre zu finden. Das einzige Ergebnis war, dass ich mich anschließend selbst reif für die Klapse fühlte. Mir war nicht entgangen, dass er neben manche Notizen ein M gesetzt und dick umkringelt hatte – vermutlich hatte er damit Patienten gekennzeichnet, die seiner Meinung nach von Mahren befallen worden waren. Es waren weniger, als ich gedacht hatte. Doch außer diesen Ms gab es nur die Landkarte. Die Kreuze waren gut sichtbar, am deutlichsten hatte er Süditalien markiert, doch sie zogen sich durch ganz Europa, vornehmlich durch die wärmeren Gefilde und meistens irgendwo am Meer. Dass es nur eine Europakarte und keine Weltkarte war, irritierte mich. Es gab sicher auch auf den anderen Kontinenten Mahre. Warum hatte Papa nicht gleich eine Weltkarte genommen? Außerdem: Italien war ein schmales Land, von Meer umgeben. Ausgerechnet dort hauste Tessa? Sie fürchtete das Meer. Aber das bedeutete auch, dass wir sicher waren, wenn wir uns direkt am Wasser aufhielten. Wäre das dann nicht auch schon das Ende unseres Vorhabens, sie anzulocken? Gut, dass das Haus von Giannas Familie sich im Hinterland befand – oder lag es doch zu nah am Meer, als dass Tessa kommen würde? Oder wäre sie sogar nach Sylt gekommen, auf eine Insel, wenn Colin und ich nur etwas glücklicher gewesen wären? Oh Gott, es war zum Mäusemelken, ich wusste nichts … Seufzend schaltete ich den Computer auf Stand-by.

»Nur diese eine dicke Markierung in Süditalien?«, fragte Tillmann, nachdem er die Karte ausgiebig betrachtet hatte. Er drehte sie prüfend um, doch das würde ihn nicht weiterbringen. Papa hatte nichts auf ihr notiert. Ich hatte sie sogar schon gegen das Licht gehalten, um eine eventuelle Geheimschrift erkennen zu können. Sie geföhnt, weil ich hoffte, er habe mit Zitronensaft geschrieben und die Buchstaben würden nun braun hervortreten. Doch es blieb eine abgegriffene, dünne Europakarte mit Kreuzen. Mehr nicht.

»Ja«, erwiderte ich knurrig. »Und ich weiß nicht mal, ob die Markierungen einen konkreten Ort meinen oder nur die Gegend oder nur das Land …«

»Vermutlich wechseln Mahre ihren Aufenthaltsort innerhalb einer Region ständig und haben keinen festen Wohnsitz. Sonst wird die Nahrung ja langweilig.«

»Dann hätte er sich diese blöde Karte auch sparen können!« Aufgebracht riss ich sie Tillmann aus den Händen. Er nutzte die Gelegenheit, mich am Arm zu packen, vom Stuhl zu ziehen und rüber ins Bad zu zerren.

»Hey, was soll das?«, rief ich bockig, doch die Schmerzen in meinem Kopf machten es mir unmöglich, mich auch nur auf eine Karatetechnik zu besinnen. Erst vor dem Spiegel blieb Tillmann stehen und zeigte auf das, was wir beide dort erblickten: eine fremde, verbiesterte Frau mit dicken Lidern und Ringen unter den Augen. Geschätztes Alter zweiundvierzig.

»Hier«, sagte Tillmann und deutete auf meine Mundwinkel. »Mach so weiter und du siehst in fünf Jahren aus wie Angela Merkel.«

Er übertrieb, doch der Schmerz hatte bereits Spuren hinterlassen. Der Schmerz und Colins nicht vollzogener Abschied von mir. Nachdem Mama und er sich bei der Gartenarbeit verbündet hatten, war das Hämmern in meinen Schläfen so unbarmherzig geworden, dass ich mich auf mein Zimmer verzogen hatte. Ich war davon ausgegangen, dass Colin mir noch Adieu sagen würde. Tat er aber nicht. Er war weggefahren, ohne nach mir zu sehen, zusammen mit Mister X, was Rufus' Alltag in unseren vier Wänden zwar erheblich erleichterte, für mich aber einem persönlichen Angriff gleichkam.

Eigentlich hatte Tillmann sofort nach unserem mordlüsternen Kaffeekränzchen mit mir reden wollen, doch ich hatte ihn abgewimmelt. Nun ließ er sich nicht mehr abwimmeln.

»Lass mich in Ruhe«, bat ich ihn grantig und wollte wieder zurück in mein Zimmer verschwinden. Aber er stellte sich in den Türrahmen. »Na gut, wenn du schon hierbleiben willst, dann erzähl mir wenigstens endlich, was *du* dir für Gedanken über unseren Trip gemacht hast. Denn ich recherchiere Tag und Nacht. Wir müssen dringend …«

»Mann, Ellie, draußen ist das schönste Wetter und du hockst nur noch hier drinnen an deinem Computer!«, unterbrach Tillmann mich kopfschüttelnd. »Das bringt doch nichts!«

»Schönstes Wetter! Das nennst du schönes Wetter?« Ich wies anklagend durch das kleine Badfenster nach draußen.

»Für den Westerwald schon. Mehr kannst du Anfang Juni nicht erwarten. Nun komm schon mit. Komm jetzt!«

Er nahm zwei Handtücher aus dem Badregal, sauste in mein Zimmer, stopfte sie zusammen mit meiner Wasserflasche in meinen Rucksack und stellte mir die Schuhe vor die Füße. Handtücher? Wollte er baden gehen? Es war kein Tag zum Badengehen. Der Himmel zeigte sich diesig, morgens waren sogar Nebelschwaden über dem Flüsschen aufgestiegen und im Westen brauten sich schon wieder neue Regenwolken zusammen. Dazu herrschte der übliche böige Wind, der sich heute allerdings in Grenzen hielt. Dennoch – Badewetter stellte ich mir anders vor. Vor allem, seitdem ich ständig auf Seiten mit Italiens Urlaubsangeboten versandete.

Trotzdem folgte ich Tillmann willenlos nach unten ins Freie und aus dem Dorf hinaus in den Wald hinein, die rechte Hand an meine Schläfe gepresst. Da hatten die Bewohner ja wieder was zu gucken.

»Gianna und Paul nicht mit?«, fragte ich ihn nach einigen Minuten im Telegrammstil, da jedes Wort eines zu viel war für mein schmerzgeplagtes Gesicht.

»Die poppen«, meinte Tillmann kurz angebunden.

»Bäh«, machte ich abwehrend, obwohl er damit vermutlich ins Schwarze getroffen hatte. Seitdem Paul zurückgekommen war und Gianna nichts mehr zu tun hatte, verbrachten sie die meiste Zeit zurückgezogen im Nähzimmer und ich stellte jedes Mal vorsichtshalber meine Ohren auf Durchzug, wenn ich an ihrer Tür vorbeigehen musste. Sich seine Geschwister beim Sex vorzustellen, war für mich ähnlich indiskutabel, wie sich die Eltern beim Sex vorzustellen. Geschwister und Eltern hatten keinen Sex, basta.

Ich dackelte Tillmann mit der Hand an der Schläfe hinterher und hatte schon nach wenigen Biegungen und Abkürzungen die Orientierung verloren. Ich fragte mich, ob er uns zu Colins Haus führen wollte, aber bei dieser Variante bekamen die beiden Badetücher noch weniger Sinn.

Obwohl Tillmann in spontaner Kavalierslaune meinen Rucksack auf den Rücken genommen hatte, fehlte es seinen Schritten nicht an Eile. Ich hatte nie zuvor einen jungen Menschen gesehen, der so schnell lief, ohne dabei hektisch oder panisch zu wirken. Es war, als ob in seinen Hüften Räder kreisten und seine Beine antrieben, Räder, die man nicht einfach so stoppen konnte, die seine Bewegungen aber stets geschmeidig aussehen ließen. Ja, er lief nicht schnell, weil er flüchtete, sondern weil er ein Ziel hatte – oder beides?

Nach einer weiteren Abkürzung über einen Wildpfad durchs Dickicht gelangten wir an einen der vielen Bäche. In malerischen Windungen plätscherte er einen sanft geneigten Hang hinunter, auf dem die Bäume vom letzten Wintersturm noch kreuz und quer lagen und teilweise schon von Moos bewachsen waren. Am Ufer befand sich eine kleine runde Lichtung mit einer Feuerstelle, die nur notdürftig abgedeckt worden war – einer der vielen verborgenen Schlupfwinkel im Wald, an denen Tillmann Indianerles spielte –, und zum Glück eine, die nicht von Spinnweben bedeckt war. Sie lag weit weg von Colins Haus und ebenso weit weg von jenen unwirtlichen Gegenden, in denen der Kampf mit Tessa stattgefunden hatte.

Tillmann machte sich am Rande der Lichtung an einer Plane zu schaffen, unter der ich einen Holzstoß vermutet hatte, der vor der Feuchtigkeit geschützt werden sollte. Doch zum Vorschein kam kein Brennholz, sondern eine Schwitzhütte, deren runde Öffnung zum Bach und den näher kommenden Regenwolken zeigte. Stöhnend legte ich das Gesicht in meine Hände und ließ mich auf einem Baumstumpf nieder. Ein Schwitzzelt. Ich sehnte mich nach Kühle, hatte vorhin sogar einen Plastikbeutel mit Eiswürfeln auf meine Stirn gelegt, um mir Linderung zu verschaffen, und Tillmann wollte mich in ein Schwitzzelt setzen? Mitten im Wald? Wollte er mich umbringen? Mein Kopf würde platzen wie eine überreife Melone.

Ich blieb starr und angespannt sitzen, während Tillmann das Feuer anfachte und runde Steine in seine Mitte legte. Dann kroch er in das Zelt, um es herzurichten – was auch immer er dafür tun musste. Vielleicht ein paar indianische Jagdszenen an die Planen kritzeln.

Die Vögel über uns tschilpten vergnügt, als wäre heute der schönste Sommertag, und hätte ich ein Gewehr bei mir gehabt, hätte ich ohne das geringste Bedauern den Specht abgeknallt, der gut verborgen hinter den hellgrünen Zweigen rhythmisch klackernd wie ein Metronom nach Insekten suchte. Ich wollte ihn aus zweierlei Gründen tot ins Laub fallen sehen: weil er meine Schmerzen anfeuerte mit seinem ewigen Tackern und weil er mich unweigerlich an jene Sekunden erinnerte, in denen Colin und ich Tessa mutwillig vergessen und sie damit angelockt hatten, in der Lausitz bei den Wölfen und an einem Morgen, der mir erschienen war wie der Auftakt zu allem Guten und Leichten. Selten hatte ich mich fataler geirrt als in diesem Moment.

Ich stand auf, zog das zusammengefaltete DIN-A4-Blatt aus meiner Hosentasche, das ich gestern dort versteckt hatte, und wollte es in das Feuer werfen.

»Hey, hey, nicht so schnell«, kam Tillmann mir in letzter Sekunde dazwischen, um das glimmende Papier aus den Flammen zu retten. »Ist das Colins Brief?«

Ich nickte verbissen. Ja, das war er. Tillmann hätte ihn gar nicht retten müssen. Ich kannte ihn leider sowieso auswendig. Zu oft hatte ich ihn durchgelesen, weil ich hoffte, eine verborgene Botschaft zu finden, die etwas anderes meinte als diese trockenen, sachlichen Zeilen, die auch an einen Fremden hätten gerichtet sein können. Erst nach dem zehnten Lesen hatte ich aufgegeben. Nun wollte ich ihn nicht mehr haben.

Während Tillmann ihn entzifferte, erschienen Colins geschwungene Lettern wie ein Fluch vor meinem geistigen Auge – geschwungen und in sepiafarbener Tinte, aber nicht ganz so edel und aristokratisch wie in den anderen Briefen, die er mir geschrieben hatte. Auch darin sah ich einen Affront. Er hatte geschludert.

»*Hallo, Ellie,*

ich werde in den kommenden Tagen meine Reise und Louis' Transport organisieren. Hier kann und will ich nicht länger bleiben.

Fahrt innerhalb der nächsten zwei Wochen in den Süden. Ich werde etwas später zu Euch stoßen.

Wenn wir in Italien zusammentreffen, dürfen wir nicht über die Formel sprechen. Weder Du mit mir noch Gianna, Paul oder Tillmann mit mir. Daran müsst Ihr Euch halten. Ihr dürft nur untereinander darüber sprechen und selbst das solltet Ihr nur dann tun, wenn es nicht zu vermeiden ist.

Es ist damit zu rechnen, dass ich die Formel nach und nach vergesse, da ich sie an Dich weitergegeben habe. Ich versuche diesen Prozess mit Meditation aufzuhalten. Umso besser solltest Du die Formel in Deinem Gedächtnis bewahren und sie gleichzeitig gegen Eingriffe von außen abschirmen. Es sollte Dir gelingen.

Wie ich gehört habe, trainierst Du ja weiterhin fleißig.

Ich denke nicht, dass es Euch glücken wird, etwas an meinem Schicksal zu ändern, doch möglicherweise kommt sie gar nicht und dann können wir immerhin nach Eurem Vater suchen. Und Du kannst über die Einlösung Deines Versprechens nachdenken.

Bis dann, Colin«

»Weißt du, welchen Satz ich an diesem Brief am meisten verabscheue?«, grummelte ich. »›Wie ich gehört habe, trainierst du ja weiterhin fleißig.‹ Bah! Das ist ein gönnerhafter Lehrersatz!«

Tillmann grinste. »Echt? Ich dachte, es ist das ›Bis dann‹.«

»Das auch. Ach, ich hasse alle Sätze in diesem Brief. Dieser

Schmierzettel hat die Bezeichnung Brief gar nicht verdient«, lästerte ich. Doch Tillmanns Grinsen wich einer Ernsthaftigkeit, die ich schon auf dem Weg hierher befürchtet hatte. Dieses bescheuerte Schwitzzelt war nur Staffage. Er hatte vor, gewisse Dinge mit mir zu besprechen, und wie ich ihn kannte, wollte ich einige davon nicht hören. Gleichzeitig war es Zeit, unsere Köpfe zusammenzuschließen. Wir besaßen die Formel, doch einen Plan hatten wir immer noch nicht. Ich stand auf, zog ihm den Brief aus den Fingern und warf ihn ins Feuer. Es tat wohl zuzusehen, wie er sich zischend zusammenrollte und zu schwarzer Asche zerfiel.

Tillmann beugte sich vor, um mit einem langen Stock die Steine zu wenden, damit sie vollkommen durchglühen konnten.

»Du bildest dir doch nicht etwa ein, ich würde mich nackt mit dir in dieses Zelt setzen?«, moserte ich.

»Du kannst dich auch gerne angezogen reinsetzen, aber das wird unangenehm«, erwiderte Tillmann, ohne seine Aufmerksamkeit von den Steinen zu lösen. »Stell dich nicht so an, Ellie.«

Diese Aufforderung hörte ich ständig von ihm. Stell dich nicht so an. Mach dich mal locker. Entspann dich. Dumme, nutzlose Ratschläge. Noch dümmer und nutzloser als die in Colins Brief. Denn …

»Ich an deiner Stelle würde den Satz am meisten hassen, in dem er schreibt, dass Tessa womöglich sowieso nicht kommt.«

Mit diesem Einwand hatte ich gerechnet. Trotzdem fing ich fast an zu geifern, als ich antwortete.

»Tessa anzulocken, war bisher noch nie ein Problem, Tillmann. Wahrscheinlich reicht es ihr, wenn Colin und ich uns anlächeln.«

»Wäre immerhin ein Fortschritt«, meinte Tillmann. »Dass ihr euch anlächelt. Nein, Ellie, ehrlich. Colin wird das nicht ohne Grund geschrieben haben. Ich glaub auch, dass es schwierig wird. So toll ist es zwischen euch nicht gelaufen in der letzten Zeit und …«

»Sind wir hier, um meine Beziehungsprobleme zu diskutieren? Dann gehe ich sofort wieder und du kannst dich alleine braten. Er tut das doch alles, damit sie nicht jetzt schon kommt, wo wir nicht vorbereitet sind, denn ein drittes Mal werden wir sie nicht mehr abwimmeln können. Colin ist es leid zu fliehen und ich bin es auch. Aber in Italien wird es anders sein. Bestimmt. Dann können wir endlich so sein, wie wir sein wollen.«

»Okay, ist gut. Beruhig dich, Ellie, du springst ja gleich ins Feuer.« Tillmann hob beschwichtigend die Hände. »Ich wollte hier eigentlich saunieren und keine Hexenverbrennung veranstalten.«

Ich war den Flammen tatsächlich gefährlich nahe gekommen. Das Gummi meiner Chucks begann bereits zu qualmen und zu stinken. Ich trat einen großen Schritt zurück.

»Es wäre abgesehen davon ja auch gar nicht schlecht, wenn sie in Italien nicht sofort kommen würde«, redete Tillmann weiter, nachdem er sich vergewissert hatte, dass ich nirgendwo kokelte. »Dann haben wir mehr Zeit, alles genau zu planen und – jedenfalls haben wir Zeit. Ihr solltet euch also nicht sofort in euer Liebesglück stürzen.«

»Hmpf«, machte ich, denn ich war noch nie jemand gewesen, der sich kopflos ins Glück stürzen konnte wie andere Menschen. Wenn überhaupt, dann stolperte ich hinein, unversehens, unwissend. Ungeplant. Verdammt, Tillmann und Colin hatten diese Zweifel nicht grundlos. Aber es hatte bei Paul geklappt, das Glück zu organisieren, und so würde es auch bei uns klappen. Außerdem liebten Colin und ich uns bereits. Paul und Gianna hatten sich noch ineinander verlieben müssen. Das war doch weitaus schwerer herbeizurufen, als eine bereits vorhandene Liebe wieder aufleben zu lassen. Eine bereits vorhandene Liebe, wiederholte ich meine eigenen Gedanken sarkastisch. Das klang ja grauenhaft. Nein, ich wollte es gar nicht in Worte fassen, weder im Gespräch mit Tillmann noch im inneren

Monolog. Es würde sich alles fügen, sobald wir im Süden waren. Es musste sich fügen.

Ich sah das Problem ohnehin nicht im Anlocken, sondern im Mord selbst. »Dich kann nur töten, wer dich liebt.« Erst heute Morgen hatte ich in ein paar kurzen Momenten, in denen das Eis den Schmerz in meinen Schläfen kurz gedämpft hatte, begriffen, was Tillmann gestern zu Colin gesagt hatte. Ich musste ihn darauf ansprechen, auch wenn mein Verdacht wahrscheinlich völlig absurd war.

»Warum hast du Colin gefragt, ob nur ein Mahr einen anderen Mahr töten kann – mit der zweiten Methode?«

Tillmann legte erst Holz nach und prüfte die Temperatur der Steine, bevor er mich ansah. Ein plötzlicher Windstoß brachte die riesigen, dicht stehenden Tannen um uns herum zum Rauschen, ein hypnotisches, mächtiges Summen.

»Vielleicht könnte *ich* sie töten. Ich hab sie immerhin geliebt. Es könnte wieder passieren …«

»Tillmann, bitte!«, brauste ich auf und kam dem Feuer wieder gefährlich nahe. Störte ihn die Hitze denn gar nicht? Er stand ja fast in den Flammen. »Du hast sie nicht geliebt! Sie wollte dich aussaugen und zum Gefährten machen! Erinnere dich daran, was Colin zu mir gesagt hat – dass ich Liebe nicht mit Begehren verwechseln soll!« Ich hatte Lust, ihn zum Bach zu zerren und seinen Dickschädel unter Wasser zu tauchen, damit er wieder zu sich kam.

»Nein«, widersprach er. »Bei mir war es Liebe. Liebe und nichts sonst. Ich hab sie geliebt. Vielleicht liebe ich sie sogar noch.«

»Mensch, Tillmann, du bist siebzehn, du weißt doch gar nicht, was …«

»Ach ja? Sicher, Ellie? Wie alt warst du, als du Colin kennengelernt hast? Auch siebzehn, oder nicht?«, fuhr er mich an. »Und jetzt bist du nur ein Jährchen älter und willst mehr darüber wissen als ich?

Glaub mir, ich hatte öfter Sex als du und ich kenne den Unterschied zwischen Sex und Liebe sehr gut! Bei Tessa war es Liebe, auch wenn du das nicht hören willst! Es war Liebe!«

»Das ist nicht wahr«, flüsterte ich und dachte an den Augenblick zurück, in dem Tillmann aus dem Dickicht hervorgetreten war und sich das Hemd zerrissen hatte, um ihr entgegenzutreten. Er hatte geglüht. Er war schön gewesen. Und so von Sinnen … Er verwechselte da etwas. Er irrte sich!

»Aber du hast sie doch … nein, hast du nicht«, korrigierte ich mich. Immer wieder vergaß ich, dass ich der einzige Mensch war, der einen Kampf zwischen zwei Mahren beobachtet hatte. Tillmann war nicht dabei gewesen, als Colin Tessa die Knochen zerschmetterte und sie schmatzend wieder zusammenwuchsen. Es hätte ihm die Liebe aus dem Leib getrieben. Aber so? Nur dieser eine Moment, als die Sonne unterging und sie ihn lockte? Reichte ein solch kurzer Augenblick für die Liebe oder war er gerade flüchtig genug, um Liebe entstehen zu lassen? Vielleicht durfte er gar nicht länger andauern. Vielleicht hatte auch Colins Karatetraining im Dunklen gereicht. Ja, ich hatte ihn bereits damals geliebt, als ich ihn heimlich bei seinem Schattenkampf beobachtet hatte. Und was hatte Tillmann zu mir gesagt, als wir nach unserer Flucht vor Tessa auf der Bank vor der Garage saßen und über alles redeten? »Sie war so schön.« Er hatte nicht gesehen, gar nicht sehen können, dass Tessa eine ordinäre, ungepflegte Vettel war, das Haar durchsetzt von Milben und Zecken, die Augen wässrig, böse und tumb. Ich musste ihm das ausreden.

»Tillmann, hör mir zu.« Ich klang mütterlich, doch das war mir egal. Ich holte Luft und redete weiter. »Ich habe Tessa beim Kampf mit Colin gesehen. Ich wünschte, ich hätte eine Kamera dabeigehabt, um dir zeigen zu können, was sich dort abgespielt hat. Colin hat ihre Wirbelsäule zerschmettert und sie hat nur gegrunzt und dann sind all die Knochen und Knorpel wieder von alleine zusammengewachsen, innerhalb von Sekunden!« Mir wurde übel, als ich an das Geräusch dachte, das sie dabei von sich gegeben hatten. »Sie hat ihn ausgelacht, ihn gelockt, obwohl er sich mit den Gedärmen und dem Blut des getöteten Keilers eingerieben hatte, trotzdem wollte sie ihn haben und sich nehmen …«

Oh nein. Es war wie an dem Abend, als ich versucht hatte, Paul von diesem Kampf zu erzählen. Ich konnte es nicht. Es klang wie erfunden. Es konnte den Horror nicht widerspiegeln, den ich erlebt hatte. Doch so schnell durfte ich nicht aufgeben. »Außerdem … erinnerst du dich gar nicht mehr daran, wie sie aussieht? Tillmann, du hast doch Sinn für Ästhetik, oder? Man kann sie nicht ernsthaft schön finden!«

»Klar kann man das. Ich tue es. Sie *ist* schön, das hab ich dir schon mal gesagt. Die schönste Frau, die mir je begegnet ist, wenn du es genau wissen willst.«

»Nein. Nein!«, rief ich aufgebracht, obwohl ich befürchtet hatte, dass Tillmann sie immer noch für schön hielt. »Das ist sie nicht. Sie hat dumme, hohle Augen, schmuddeliges Haar, ein einfältiges Puppengesicht und einen klebrigen Mund. Sie stinkt!«

»Ich habe das nicht so wahrgenommen. Vielleicht hast du sie auch nur so gesehen, weil du sie hasst. Ich habe eine schöne Frau gesehen, mit langem rotem Haar und weichen grünen Augen. So weiche Augen … Wenn ich hineinblickte, hatte ich das Gefühl, nie wieder einen Fehler machen zu können und jedes Problem zu bewältigen, egal, wie groß es ist. Dass sie mir alles verzeiht.« Tillmanns Blick wirkte plötzlich weggetreten. Ich stieß einen Ast ins Feuer, um ihn aufzurütteln.

»Du redest hier von Tessa. Von Tessa! Begreifst du das nicht?«

»Doch. Ich will meine Gefühle ja selbst nicht glauben. Mir wäre es lieber, sie wäre hässlich gewesen. Aber ich habe sie so gesehen, wie ich es dir eben beschrieben habe. Und womöglich würde es wieder so sein.«

»Scheiße«, murmelte ich. »Das darfst du nicht, Tillmann, bitte nicht …«

»Es könnte einfacher sein, als Colin noch einmal dazu zu bringen, sie zu lieben. Falls das überhaupt geht. Er sagt ja, er habe sie nur begehrt, nicht geliebt.«

Tillmanns Argumente pferchten mich ein. Sie waren zu gut, um sie von der Hand zu weisen. Um mir Raum zu verschaffen, lief ich wie Rumpelstilzchen um das Feuer herum; ich konnte angesichts seiner Überlegungen nicht mehr ruhig stehen bleiben. Er selbst konnte das sehr wohl. Auch das beengte mich.

»Aber sie wird versuchen, dich auszusaugen!«, rief ich. Die ersten Regentropfen trafen meine Wangen und meine nackten Unterarme; kleine kühlende Punkte auf meiner Haut. »Und sobald sie das getan hat, wirst du gar nicht mehr daran denken können, sie zu töten, du wirst ihr Gefährte sein wollen und dafür sorgen, dass sie sich auch Colin wieder nehmen kann … Du wirst zu unserem Feind!«

Tillmann reagierte nicht. Aber er stritt meine Schlussfolgerungen auch nicht ab. Ich lehnte meinen Kopf an einen Baumstamm, als könne er mir die Lösung für all unsere Schwierigkeiten verraten. Er roch würzig nach Harz und uraltem Holz. Irgendwie magisch. Meine Finger strichen über einen schwammigen Pilz, der an der Rinde haftete.

»Wenn wir nur Träume erschaffen könnten – oder sie selbst rauben und uns einflößen …«, redete ich halblaut grübelnd vor mich hin. »Dann wäre alles einfacher. Dann könnten wir sie täuschen. Aber wie soll das gehen? Das geht nicht, es gibt nur echte Träume, keine falschen.«

Genau darüber hatte ich vergangene Nacht stundenlang nachgedacht, nachdem mein wiederkehrender Albtraum von meinem verlorenen Sommer mich geweckt hatte. Wie so oft in den vergangenen Wochen hatte ich geträumt, dass ich aufwachte und mit Schrecken feststellte, den Sommer verpasst zu haben. Es war bereits Herbst. Und ich wusste, dass ich einen weiteren Winter nicht überstehen würde. Ein solcher Traum würde einen Mahr auf der Stelle vergiften. Aber wie sollte ich ihn dazu bringen, ihn sich zu nehmen? Das ging nicht. Genauso wenig konnte ich schöne Träume erfinden und mir nehmen lassen, ohne dass es uns schaden würde. Auch Tagträume waren Träume, geboren aus meinen Gefühlen und Wünschen. All meine Träume rührten aus mir selbst und ich wusste zu gut, welchen Verlust es bedeutete, wenn sie einem genommen wurden. Noch einmal würde ich einen solchen Raub nicht überstehen.

Ich hörte auf, vor mich hin zu schimpfen, weil ich spürte, dass Tillmann mich lauernd beobachtete. Langsam löste ich meine Hand von dem Baumstamm und sah ihn durch die züngelnden Flammen an. Einen Moment lang kam er mir selbst vor wie ein Dämon, unnahbar und gefährlich. War es etwa das, was ihn antrieb? Wollte er Tessa gar nicht besiegen, sondern ihr Gefährte werden? Nein. Nein, das würde er nicht wollen. Dafür war er zu schlau. Aber er wollte wissen, was es war, das sie bei ihm ausgelöst hatte, er wollte sich mit ihr konfrontieren, um seine Liebe zu ihr zu entschlüsseln. Plötzlich konnte ich es kaum mehr abwarten zu erfahren, was Dr. Sand herausgefunden hatte. Falls er etwas herausgefunden hatte. Ich hatte dieses Thema eigentlich erst ansprechen wollen, sobald ich wieder schmerzfrei und damit stabil genug für neue Hiobsbotschaften war, doch nun war mir das Hämmern in meinen Schläfen beinahe gleichgültig.

Gebannt schaute ich dabei zu, wie Tillmann zum Schwitzzelt ging, eine Art Paddel herausholte, das er sich irgendwann zurechtgezimmert haben musste, und damit die rot glühenden Steine in das Innere der aufgespannten Planen rollte, langsam und andächtig, einen nach dem anderen. Als er fertig war, legte er noch etwas Holz ins Feuer und zog sich seinen Pullover über den Kopf.

Das Schwitzzelt war also angerichtet. Jetzt ging es ans Entkleiden. Ich war durchaus nicht unerfahren im Saunieren. Jenny, Nicole und ich waren fast jedes Wochenende zusammen in einen Spa gegangen, anfangs in öffentliche Bäder, deren brüllender Lärm mir jede Entspannung vermieste. Dann hatte ich mich bereit erklärt, mein üppiges Taschengeld in unsere Saunagänge zu investieren und uns Zugang zu den Wellnesslandschaften der größeren Hotels zu ermöglichen. Zwar wurden wir auch dort nicht von Cellulitisbergen, schrundigen Zehen und tief hängenden Testikeln verschont, aber meine Rezeptoren mussten nicht ganz so viele Reize verarbeiten wie in den öffentlichen Anstalten. Einen positiven Nebeneffekt hatten die Saunabesuche immer ausgelöst: Sie führten mir gnadenlos vor Augen, welch schöpferische Missgriffe der liebe Gott beim Gestalten des menschlichen Körpers gemacht hatte, und so fühlte ich mich selbst dank meiner Jugend und Unverbrauchtheit gleich ein bisschen schöner.

Ein Schwitzzelt mitten im Wald aber war etwas komplett anderes als Spaßbäder und Hotelsaunen. Es war intimer, rustikaler, direkter, es fehlten die sanft perlende Entspannungsmusik und der Duft künstlicher Aromen. Vor allem aber war es eine gemischte Sauna. Eine gemischte Zweiersauna.

Von Jeans und Unterhose befreite Tillmann sich in einem Rutsch und drehte mir seinen blanken (wohlgeformten) Hintern zu. Ich stellte zufrieden fest, dass mir bei diesem Saunagang tief hängende Testikel erspart bleiben würden. Konnte ich mich denn auch sehen lassen? Wenn Tillmann vorhin nicht maßlos übertrieben hatte, war er mit der weiblichen Anatomie vertraut. Mit etwas Glück durchlöcherte er mich nicht mit Blicken. Doch selbst wenn – meine Brüste waren das einzig Durchschnittliche an mir; nicht groß, aber auch nicht zu klein, rund und fest. Sie waren keiner Rede wert. Der Rest war nicht mehr so mager wie im Winter, gestutzt und gepflegt, alles andere konnte ich ohnehin nicht ändern. Und ich wollte Tillmann ja nicht verführen. Wir wollten nur zusammen schwitzen. Wir hatten bereits nächtelang nebeneinander geschlafen, er hatte meinen Rücken massiert, wir hatten zusammen getanzt, uns geküsst, ich hatte seine Narben berührt – er konnte mich ruhig auch nackt sehen. Was war schon dabei?

Meine Schulter knirschte wüst, als ich mein T-Shirt über den Kopf streifte, und beim Ausziehen der Hose musste ich mich mit aller Macht davon abhalten, nicht an die Nacht zu denken, in der Colin und ich im Bach gebadet hatten. Als Tillmann vorhin dem Wasserrauschen entgegengegangen war, hatte ich plötzlich die irreale Angst gehabt, er würde mich genau dorthin führen. An Colins und meine Badestelle, jenen Ort, an dem meine Liebe Tessa das erste Mal auf unsere Spur gebracht hatte. Aber es war eine andere Stelle und ein anderer Tag. Ein anderes Leben.

Ich wickelte mir das Handtuch um die Hüften und trat zu ihm.

»Ich erklär dir kurz die Regeln des Inipi. Wenn wir schwitzen und die Zeltklappe zu ist, schweigen wir. Sobald ich die Klappe öffne, können wir reden.«

»Kein Problem.« Wir bückten uns und krochen durch den niedrigen Eingang ins Innere. Die Hitze schlug mir wie eine Ohrfeige ins Gesicht und raubte mir den Atem. Wie heiß war es hier drinnen? Hundert Grad? Eine finnische Sauna fühlte sich im Vergleich zu diesem Höllenfeuer nahezu erfrischend an. Keuchend versuchte ich, Sauerstoff aus der Luft zu filtern. Sofort schloss ich den Mund. Meine Kehle brannte, wenn ich zu heftig einatmete. Ich riss hektisch meine Kette vom Hals, weil sie mir die Haut versengte.

»Ich bin aus der Übung«, jammerte ich. Tillmann überhörte mein Klagen. Richtig, sprechen war hier verboten. Indianer redeten nicht.

Ich setzte mich brav auf mein Handtuch, schlug seine Enden um meine Hüften und wartete darauf, dass meine Augen sich an die Dunkelheit zu gewöhnen begannen, damit ich das tun konnte, womit ich mir in der Sauna am liebsten die Zeit vertrieben hatte: dabei zusehen, wie winzige glitzernde Schweißtropfen aus meinen Poren brachen, auch dort, wo ich sonst nie schwitzte, auf den Unterarmen, den Knien, meinen Handflächen. Jetzt musste ich nur noch hocken bleiben und warten, bis mein Kopf die Spannung meiner pulsierenden Venen nicht mehr halten konnte und meine Schädelwände aufbrachen. Das würde eine hässliche Sauerei geben. Doch überraschenderweise ließen die Verkrampfungen ein wenig nach. Obwohl ich regungslos dasaß, knackte es immer wieder in meiner Wirbelsäule und meinen Schultergelenken und nach jedem Knacken seufzte ich wohlig auf. Es tat gut. Irgendetwas löste sich. Aber es war zu heiß hier drinnen, viel zu heiß. Man hätte ein Ei auf meinen Oberschenkeln braten können.

Ich schaute prüfend zu Tillmann hinüber, der mit gesenktem Kopf auf die glühenden Steine zwischen uns starrte. Wie ernst waren die Regeln der indianischen Sauna wohl zu nehmen? Nicht zu ernst, beschloss ich.

»Wie hältst du das eigentlich aus?«, fragte ich in das Knistern der Steine hinein. »Du kannst doch gar nicht mehr schwitzen, hast du gesagt.«

Tillmann zog genervt die Brauen nach oben. »Ich hab's gewusst, dass man mit einem Mädchen nicht ins Schwitzzelt gehen kann. Ihr müsst immer irgendwas brabbeln.«

»Ich brabbel nicht«, wies ich ihn würdevoll zurecht. »Ich stelle eine berechtigte Frage.«

Als er nicht antwortete, kroch ich auf Händen und Knien durch das raschelnde Laub zu ihm hinüber und begutachtete aus einem höflichen Fünfzigzentimeterabstand seine nackte Brust. Die Narben, die er sich bei seinem Sonnentanz zugezogen hatte, waren immer noch wulstig und traten deutlich aus seiner hellen Milchhaut hervor.

»Hm«, machte ich nachdenklich und rückte vorsichtig ein weiteres Stückchen näher. Denn der Schweiß in meinen Augen machte es mir schwer, Einzelheiten zu erkennen.

»Es ist nicht so, dass ich gar nicht mehr schwitze. Es ist nur … ach, schau doch selbst«, sagte Tillmann unwillig. Während mein Körper langsam von einem durchgehenden Feuchtigkeitsfilm überzogen wurde, beobachtete ich mit angehaltenem Atem, wie sich in einzelnen, weit voneinander entfernten Punkten auf Tillmanns Brust und Rücken schillernde, stecknadelgroße Tropfen durch seine Poren drückten und dann wie Tränen hinabsickerten.

»Dein Körper weint«, sagte ich leise. »Es sieht aus, als ob er weint.« Tillmann löste seine dunklen Augen von den Steinen und blickte mich an und ich verstand, was sie mir bedeuten wollten. Sie selbst konnten es nicht mehr. Ich hatte ihn nie weinen sehen, kein einziges Mal. Ich hatte ihn aggressiv und wütend und zornig und herumalbernd erlebt, aber niemals weinend. Eine Folge von Tessa oder eine typische Form übertriebener Männlichkeit?

Ich las einen der schillernden Tropfen mit dem Zeigefinger auf und führte ihn an meine Zunge. Er schmeckte salzig und würzig, ein ganz normaler, dezenter Männerschweißgeschmack. Tillmann griff zur Seite, um die Klappe zu öffnen.

»Du hältst ja doch nicht den Mund.«

Der feuchte Luftzug von draußen war wie ein Geschenk. Ich schloss die Augen und genoss die Kühle auf meiner nassen Haut, bevor ich wieder an meinen alten Platz robbte, rückwärts, damit Tillmann mir nicht auf meinen nackten Hintern glotzen konnte.

»Was hat Dr. Sand gesagt? Konnte er eine Diagnose stellen?«, fragte ich nüchtern und legte das Handtuch wieder um meinen Bauch.

»Ja.«

Verblüfft sah ich auf. Damit hatte ich nicht gerechnet.

»Ja? Nun sag schon, was hat er herausgefunden?«

»Serotoninmangel. Na, was heißt Mangel …« Tillmanns Mundwinkel vertieften sich – eine Regung seines Gesichts, die ich erst nach seiner Begegnung mit Tessa entdeckt hatte und die zeigte, dass er in seinem zarten Alter mehr erlebt hatte als die meisten anderen Jugendlichen. »Ich produziere vermutlich so gut wie gar kein Serotonin mehr. Du weißt, wozu Serotonin da ist?«

Ich nickte. Ja, das hatten wir in Biologie gelernt – einer von Herrn Schütz' Exkursen, dieses Mal zum Thema Winterdepression und Heißhungerattacken auf Schokolade. Serotonin spielte bei allerlei Vorgängen im Körper eine Rolle, die für das seelische Gleichgewicht unverzichtbar waren. Dunkle Schokolade kurbelte die Serotoninausschüttung an.

»Wirklich gar kein Serotonin mehr?«, fragte ich unbehaglich. Was Tillmann hier andeutete, klang nicht nur dramatisch, sondern auch gefährlich.

»Um das zu wissen, müsste man Langzeitstudien mit mir anstellen und in mein Gehirn gucken. Denn dort finden die eigentlichen Ausschüttungen statt. Im Blut und im Urin war auf jeden Fall kriminell wenig vorhanden und Dr. Sand meint, dass daraus meine Schlafstörungen resultieren und noch … andere Dinge.« Die kleine Pause vor »andere Dinge« trieb meinen Forschergeist an. Ich musste von diesen anderen Dingen erfahren.

»Was für andere Dinge?«

Tillmann schwieg sich aus. Ein permanent niedriger Serotoninspiegel konnte Depressionen auslösen, das wusste ich, doch die Wirkungen des Botenstoffs waren so komplex, dass ich allein aus diesem Zusammenhang keine verlässlichen Rückschlüsse auf Tillmanns Gesundheitszustand ableiten konnte. Ernsthaft depressiv erschien er mir jedenfalls nicht; dazu war er zu aktiv und zu energiegeladen.

»Gibt es denn Therapiemöglichkeiten?«

»Antidepressiva. Hab ich gleich abgelehnt. Will ich nicht.«

Draußen begann es wie zur Bekräftigung in Strömen zu regnen, ein beruhigendes, gleichmäßiges Prasseln auf dem Dach des Zeltes. Tillmann ließ die Klappe wieder zu Boden gleiten und wir tauchten erneut ein in die nächtliche Schwärze des Inipi, erhellt nur durch das sanfte Glühen der Steine. Es dauerte eine Weile, bis Tillmanns Umrisse als rötliche Silhouette hinter ihnen auftauchten, ein Geist, der aus der Dunkelheit erschien. Seine Augen hinterließen feurige Spuren in der Finsternis, als er seinen Kopf wendete.

»Aber wenn die Medikamente dir helfen würden …«

»Lieber schlafe ich nicht mehr, als rammdösig zu werden.«

»Man wird von Antidepressiva nicht rammdösig.« Das wiederum wusste ich von Papa. Die modernen Antidepressiva linderten, ohne abhängig zu machen oder zu schwere Nebenwirkungen auszulösen.

»Aber sie verändern etwas in mir, oder? Das tun sie. Sonst würden sie ja nicht wirken. Ich möchte so wie jetzt bleiben, auch wenn es schwer ist. Ich muss so bleiben, wenigstens eine Weile noch, bis alles erledigt ist.«

Bis alles erledigt ist. Keine Einkaufsliste, sondern ein Mord. Ja, es würde einen Mord geben. Es musste ihn geben.

In gedankenverlorenem Schweigen blieben wir sitzen, bis die Hitze mich schwindelig machte und der Schweiß in winzigen Tränen über Tillmanns Narben rann. Sogar das Handtuch hatte ich neben mich gelegt, weil jeder Millimeter meiner Haut nach Luft lechzte. Um nicht zur Seite zu kippen, richtete ich meinen Blick auf das matte Glühen der Steine, die durch das Flimmern der Hitze ihre Größe zu verändern und zu atmen schienen. Sie lebten … gleich würden sie auf mich zurollen, wie bei einem Erdbeben … Ich wollte

Tillmann gerade darum bitten, die Luke zu öffnen, als seine Stimme durch das Dunkel schwebte, so greifbar und plastisch, als könne ich sie aus der Luft klauben und auf meine Zunge legen.

»Was hast du gesehen, als wir uns in Trance getanzt haben? Erinnerst du dich noch? Was hast du gesehen, bevor du in den Schlaf gefallen bist?«

Oh ja, ich erinnerte mich – an diese kalte, dunstige Hamburger Nacht, in der wir in aller Stille tanzten, die Musik in unseren Ohren, hörbar nur für uns, um den Schlaf auf Abstand zu halten, während Paul nebenan nichts ahnend Träume tankte, die François ihm aussaugen würde. Kaum etwas hatte mich stärker an Tillmann gebunden als diese entrückten Stunden. Wäre ich ein Künstler gewesen, hätte ich meine Vision längst auf einer Leinwand festzuhalten versucht. War es denn eine Vision gewesen? Oder eine Halluzination?

Mein Atem strömte sengend wie Wüstenwind durch meine Kehle, als ich zu erzählen begann, schleppend und mit trockener Zunge, die nur widerwillig Laute formte.

»Das Zimmer hatte plötzlich keine Wände mehr … Ich hab das vorher schon gespürt, aber nicht gesehen, weil ich meine Augen geschlossen hielt, doch als ich merkte, dass ich müde wurde, hab ich sie geöffnet und dich gesehen. Wir waren nicht mehr in unserem Zimmer in Hamburg, sondern in einer Art Wüste, vor einem Feuer, wir tanzten um das Feuer und dann hast du einen Ast hineingestoßen und Funken sprühten …« Ich brach frustriert ab. Ein Erstklässler hätte besser beschreiben können, was vor sich gegangen war, als ich, überwältigt von schmeichelnder Todessehnsucht und dem lähmenden Hunger nach Schlaf, gegen die Heizung gerutscht war. Meinen Worten fehlte die Magie, die ich dabei empfunden hatte.

Doch Tillmann wollte gar nichts Genaues wissen. Er stellte keine Fragen mehr. Sein Kopf hatte meine Schilderung bereits verarbeitet und abgespeichert, befand sich schon wieder drei Stationen weiter.

Was hast du nur vor?, fragte ich ihn im Geiste. Worüber denkst du nach? Warum hast du danach gefragt, was bezweckst du damit?

Sprechen konnte ich nicht mehr. Es war zwar eine Wohltat zu spüren, dass die Kopfschmerzen mich aus ihrem unbarmherzigen Foltergriff entlassen hatten, aber ich würde nicht viel davon haben, denn in wenigen Sekunden würde ich vornüber in die Steine kippen. Falls sie mich nicht vorher erschlugen …

Endlich öffnete Tillmann die Klappe. Wie ein Baby krabbelte ich dem rettenden Ausgang entgegen. Tillmann musste mich stützen, als ich mich aufrichtete. Dankbar legte ich meinen Kopf in den Nacken und öffnete meinen Mund, um die Regentropfen aufzufangen. Alles drehte sich, auf eine schwebende, nachsichtige Art und Weise. Wenn ich nun fiel, war es nicht schlimm. Das Laub unter meinen Füßen würde mich abfedern und die Kälte des Grunds würde mich erquicken. Doch die Schwerkraft hielt mich im Gleichgewicht. Ich blieb stehen.

Unsere Körper dampften unter dem prasselnden Regen vor sich hin. In verschlungenen Zirkeln stiegen die Nebel aus unserer Haut hinauf in die Baumwipfel und vermischten sich dort mit den tief hängenden Wolken. Die Natur hatte uns in ihre Arme geschlossen. Versunken schauten wir auf den schäumenden Bach, den die Wasserlasten dieses Frühsommers zu einem wütenden, von Strudeln durchsetzten Höllenschlund verwandelten. Wie bei Colins und meiner ersten Begegnung im Gewitter. Erinnerungen … Dieser Wald barg zu viele Erinnerungen. Und keine von ihnen konnte ich mehr genießen. Doch der allumfassende Schwindel linderte nicht nur die Pein in meinen Schläfen, sondern nahm auch meine Seelenschmerzen für eine kleine Weile mit sich.

»Ich habe das Gleiche gesehen, Ellie. Ich hatte die gleiche Vision«, sagte Tillmann leise, als es vorüber war und wir zu zittern begannen.

»Ich weiß«, erwiderte ich tonlos. Ich hatte es die ganze Zeit gewusst.

»Wir tun es, egal, was Gianna und Paul machen. Wir tun es, oder?«

Es war keine Frage und ich musste auch nicht antworten. Unsere Entscheidung befand sich weit außerhalb jeder vernünftigen Diskussion. Sie hatte mit dem Leben aller anderen Menschen nichts mehr zu tun – und sie stand felsenfest.

Tessa hatte uns beiden einen Schaden zugefügt, wie andere ihn niemals erahnen konnten. Wir mussten unsere Haut retten. Giannas und Pauls Beschluss gestern war einer jener Beschlüsse gewesen, die man am nächsten Morgen gerne mal als Schnapslaune bezeichnete und schnell wieder verwarf, obwohl er einem am Abend vorher noch spannend und aufregend und vielleicht auch ein bisschen verrückt vorgekommen war.

Bei Tillmann und mir sah es anders aus. Tillmann kämpfte darum, Tessa hassen zu können. Und ich kämpfte darum, Colin lieben zu können. Ohne diesen Kampf würden wir uns selbst nicht mehr lieben können.

Kein Weg zurück

Als ich aufwachte, herrschte um mich herum eine alles verschlingende Dunkelheit, wie es sie nur noch abseits der Dörfer und Städte in der freien Natur gab, und ich hatte jegliches Zeitgefühl verloren. Möglicherweise vermisste mich jemand und fragte sich, wo ich blieb, doch diese Gedanken blieben flüchtig und rührten nichts in mir, zu betörend war die Trägheit, in der mein Kopf und mein Körper sich ungeahnt friedvoll miteinander vereint hatten. Ich fühlte mich vollkommen und ich wollte diesen Zustand so lange wie möglich bewahren. Er stellte sich selten genug ein.

Nachdem der Regen uns ausgekühlt hatte, waren Tillmann und ich zurück unter die schützenden Planen der Schwitzhütte gekrochen, wo die Steine immer noch genügend Wärme abgaben. Der Schwindel war verflogen, doch sein Nachhall ließ uns beide gleichzeitig gähnen.

»Ich glaube, ich bin müde«, sagte Tillmann verwundert. »Richtig müde. Bettschwer.« Ja, er sah mindestens so müde aus, wie ich mich fühlte. Noch einmal öffnete er seinen Mund, und ehe ich seine scharfen Raubtierzähne im Dunkel aufleuchten sah, tat ich es ihm gleich. Wir gähnten um die Wette. Es wäre töricht gewesen, diesen Zustand nicht auszunutzen. Unsere Kleider waren ohnehin im strömenden Regen aufgeweicht, weil wir vergessen hatten, sie ins Zelt zu legen, bevor wir es betreten hatten. Nur unsere Handtücher waren trocken geblieben. Wir hatten sie neben den Steinen zurückgelassen, wo die Hitze unseren Schweiß sofort wieder aus dem dicken Frottee gezogen hatte.

»Ich will jetzt nicht nach Hause. Erst recht nicht mit einem Saunatuch um die Hüften«, stellte ich klar, dass ich bei ihm bleiben würde. Doch Tillmann hatte schon einen alten grünen Armeeschlafsack aus dem hinteren Teil des Schwitzzelts gekramt und breitete ihn neben den Steinen aus. Er war großzügig geschnitten, aber eben nicht so großzügig, dass man sich zu zweit in einem für platonische Freunde angemessenen Abstand hineinlegen konnte. Einen zweiten Schlafsack gab es nicht. Schniefend kniete ich in der Hütte und sah dabei zu, wie Tillmann den Reißverschluss öffnete und sich unter die wärmenden Fasern schob. Es war ein unglaublich hässlicher Schlafsack, aber das himmlischste Lager, das ich mir in diesem Augenblick vorstellen konnte. Und da Tillmann den Reißverschluss nicht wieder zuzog oder mich gar wegschickte, verwarf ich meine Überlegungen zum Thema angemessene Distanzen und schob mich frierend neben ihn. Unsere Hände berührten sich, als wir gleichzeitig nach dem Reißverschluss griffen. Ich überließ es Tillmann, ihn zuzuziehen.

Das, was wir hier taten, war angeblich das beste Mittel gegen Erfrieren. Das hatte ich mal in einem dieser Survival-Magazine gelesen, in denen Papa während unserer unwirtlichen Urlaube hoch im Norden gerne geschmökert hatte. Man legte sich zu zweit in einen Schlafsack. Nackt. Ich hatte mir das immer sehr romantisch vorgestellt. Trotzdem war ich froh, mir ein Handtuch um die Beletage gewickelt zu haben, bevor ich daran scheiterte, mich neben Tillmann in dieses knisternde Ganzkörperkondom zu quetschen, ohne ihn zu berühren. Dazu waren wir nicht anorektisch genug gebaut. Ich entschied mich notgedrungen für die Löffelchenstellung. Mit einem leisen Knurren, das ich als Wohlgefühl interpretierte, legte Tillmann seinen linken Arm um meine Schultern. Ich fühlte mich herrlich eingepackt, so herrlich, dass ich mutig genug wurde, um auch noch meine eisigen Fußsohlen gegen seine warmen Unterschenkel zu stemmen. Meine Lider wurden bleischwer. Das sanfte Kribbeln auf meiner Kopfhaut verriet mir, dass mein Haar zu trocknen begann.

»Hmmm«, seufzte ich, ohne es zu wollen, und betete im gleichen Moment, dass Tillmann dieses Hmmm nicht in den falschen Hals bekam. Es war kein Aufforderungs-Hmmm und erst recht kein lüsternes Hmmm, sondern ein »Gleich schlafe ich ein«-Hmmm. Ich liebte kaum etwas so sehr wie die Gewissheit, in den nächsten Sekunden in den Schlaf zu fallen, einen erholsamen Schlaf, kein rastloses Herumwälzen, in dem sich immer noch genügend Gedanken bildeten, um die Ruhe trügerisch werden zu lassen. Nein, jetzt würde ich schlummern wie ein Baby. Tillmann hoffentlich auch. Er hatte es dringender nötig als ich.

»Sorry«, murmelte er nach einigen Atemzügen. Ich war schon so weggetreten, dass ich mehrere Versuche benötigte, um zu antworten. Immer wieder rutschten die Worte weg, als ich sie mir schnappen wollte. Irgendwann gehorchte meine Zunge. »Macht nix«, lallte ich. Ich hatte die kleine Erhebung sehr wohl bemerkt, die sich in einem sehr eigenmächtigen Drängen gegen meinen Hintern drückte, aber ihr keine größere Bedeutung beigemessen. Wie hatte Colin im Sommer gesagt? »Löffelchenstellung. Gefährliche Schlüsselreize.«

Plötzlich glaubte ich, ihn neben uns zu spüren. Er sah uns an, wie wir dicht beieinander schliefen, vollkommen vertraut. Mochte das, was er sah. Gestattete es uns ohne Eifersucht und Missgunst, weil niemand besser wusste als er, dass ich nur ihn … nur ihn … Bevor ich meine Gedanken zu Ende führen konnte, war ich eingeschlafen.

Nun hatte die Kühle der Nacht mein Bewusstsein aus den Träumen gekitzelt. Meine Schulter und mein Hals lagen im Freien; Tillmann hatte den Reißverschluss vorhin nicht vollkommen geschlossen. Wie in Slow Motion hob ich meine Hand, griff nach hinten und zog ihn zu. Ich durfte Tillmann auf keinen Fall aufschrecken, dazu war sein Schlaf zu kostbar. Doch es gelang mir, den Schlafsack so weit zu schließen, dass nur noch unsere Köpfe herausschauten. Am liebsten wäre ich vollständig hineingekrochen, denn meine Haare waren immer noch klamm, aber das hätte tatsächlich für monumentale Missverständnisse sorgen können.

Also blieb ich still liegen und lauschte auf das, was der Wald mir erzählte. Es war nicht meine erste Nacht, die ich im Freien verbrachte, und auch nicht meine erste Nacht mit Tillmann. Schmunzelnd dachte ich an unsere Flucht vor Colin zurück, als wir seinen Traumraub bei den Heckrindern im Grenzbachtal beobachtet hatten. Damals litt Tillmann noch unter Asthma. Ich war fast durchgedreht, als er nach einem halsbrecherischen Sturz in eine Schlucht einen Anfall hatte und wir das Spray nicht finden konnten. Kurze Zeit später stellten wir fest, dass wir uns hoffnungslos verlaufen hatten und erst bei Anbruch des Tages wieder zurückfinden konnten. Unser erstes gemeinsames Abenteuer.

Dann war da noch meine Nacht mit Colin, die wir neben seinem Waldkindergarten verbracht hatten. Vorher hatte er mich im Traum seine Erinnerungen erleben lassen – seine Erinnerungen an die Metamorphose mit Tessa. Außer mir vor Schrecken, Schmerz und Angst war ich in den Wald gerannt, um ihn zu suchen. Ich fand ihn auf einer Lichtung, wo er in aufreizender Gelassenheit eine Schonung baute, mit Werkzeuggürtel um die Hüften und Nägeln in seinem Mund. Bob, der Baumeister, dachte ich und kicherte unterdrückt. Schließlich war der Wolf gekommen und hatte uns beide von seinen Träumen kosten lassen, damit Colin mich wärmen konnte …

Der Wolf war nicht mehr da, grundlos erschossen im vergangenen Winter. Sie hatten ihn einfach abgeknallt. Mein Speichel schmeckte bitter, als ich schluckte, um meine Tränen auf Abstand zu halten. Die Flut an Erinnerungen, die sich in mir aufgestaut hatte, rollte über mich hinweg, doch ich hielt sie aus und sah sie mir an, versuchte trotz ihrer Last weiterzuatmen. Denn die unverhoffte, wärmende Zweisamkeit mit meinem besten Freund gab mir die Sicherheit, den Gedanken aushalten zu können, dass ich nur noch diese Erinnerungen hatte. Es gab keinen Weg zurück. Es würde nie wieder so werden wie am Anfang.

Der Wald hatte seinen Zauber nicht verloren, das nicht. Ich erlebte ihn so intensiv wie lange nicht mehr – die Rufe der Käuzchen, das Knistern im Unterholz, wenn Wild an uns vorüberzog, das Rauschen des Baches, den flüsternden Wind in den Tannenwipfeln und das vorsichtige, zögernde Zirpen der ersten Grillen. Die Grillen zirpten bereits und ich hatte nicht einen einzigen Sommertag genießen können. Wenn die Sonne sich einmal gezeigt und gegen die Wolken gesiegt hatte, hatten mich meistens die Kopfschmerzen aus dem Garten vertrieben. Doch nun war schon Anfang Juni und es kam mir vor wie in meinen wiederkehrenden Träumen: Ich verpasste den Sommer. Ich wachte irgendwann auf und er war schon fast vorüber und ich fragte mich panisch, wie ich diesen Verlust bewältigen konnte. Ja, wie sollte ich den Verlust des Sommers bewältigen? Wie sollte ich die Vorstellung ertragen können, dass all diese Erinnerungen auch Erinnerungen blieben, nicht wiederbelebt werden konnten, wie sollte ich jemals ohne Wehmut und Melancholie an sie denken können?

Ich musste Abschied nehmen. Wir würden nicht auf den Sommer warten, sondern ihm entgegenfahren. Fort von allen Altlasten. Aber auch fort von dem, was ich geliebt hatte. Während meine Tränen warm über meine Nase perlten und in den Schlafsack sickerten, reiste ich noch einmal zurück zu Colins Haus, ohne Spinnweben, die sich von Baum zu Baum zogen, ohne Tessas wollüstigen Tanz in der Abenddämmerung, ohne Wassergräben, die Colin aus der schweren Erde gehoben hatte, um sie auf Distanz zu halten. Ich fühlte die samtige dunkelrote Decke unter meinen Fingern, auf der ich das erste Mal meinen Kopf an seine kühle Schulter gelegt und neben ihm geschlafen hatte, ließ meine Augen über die frappierend moderne Kücheneinrichtung gleiten, spürte das prasselnde Kaminfeuer in meinem Rücken, ergötzte mich an dem Anblick der Katzen, die sich so gerne um Colin drapierten, wenn er meditierte. Ich hockte wieder auf dem umgeklappten Klodeckel, während er in seinem Designerbad meine Wunden versorgte, saß gemeinsam mit ihm auf der alten Holzbank unter dem Dach und sah den Fledermäusen zu, die über uns durch die Dunkelheit schwirrten.

Colins Haus war uns genommen worden.

»Ich kann hier nicht mehr bleiben«, hatte er geschrieben, der einzige Satz in seinem Brief, in dem ich eine menschliche Regung wahrgenommen hatte. Ich kann nicht. Es bedeutete nicht »Ich will nicht«, sondern meinte genau das, was er geschrieben hatte. Er konnte nicht. Er hatte kein Zuhause mehr. Ich wusste nicht, was genau in diesem Haus im Wald vor sich ging, aber vermutlich war es ein Spuk, den man weder sehen noch hören noch riechen konnte. Die Mauern hatten aufgenommen, was in ihnen geschehen war. Colin und ich würden sie nie wieder betreten können, ohne dabei an Tessa zu denken. Vielleicht war das Haus aber auch von Insekten, Spinnen und Schaben besetzt und dieser Anblick würde all die schönen Erinnerungen nur gefährden.

Ich biss mir auf die Zunge, um nicht zu schluchzen, als ich begriff, dass ich es ernst meinte. Ich würde dieses Haus nie wieder betreten. Colin würde dort nicht mehr wohnen. Er würde es verkaufen. Ich hatte heute Morgen eine Immobilienanzeige in der Zeitung gelesen, deren Beschreibung exakt auf dieses Haus zutraf. Wahrscheinlich würde es niemand haben wollen. Es würde zerfallen und die Natur würde sich die Ruine zurückerobern. Dort, an diesem verwunschenen Platz, hatte Tessa gesiegt.

Aber wenn wir sie erst einmal aus der Welt geschafft hatten, würden wir neu beginnen können, woanders, nicht hier im Wald, sondern vielleicht in einer Stadt. Ich hatte keine Idee, wo das sein sollte, doch dieses Land war groß genug, um einen Platz für uns zu finden, an dem wir endlich aufatmen konnten.

Noch stand mir nicht der Sinn danach, einen solchen Platz zu suchen. Zwei Aufgaben lagen noch vor mir, eine wichtiger als die andere. Doch die Gewissheit, dass Tillmann und ich gemeinsam in diesen Krieg ziehen würden, war die stärkste Waffe, die ich bekommen konnte.

»Leb wohl, ich liebe dich«, flüsterte ich und meinte dabei nicht Colin, sondern sein Haus, den Wald, unseren Sommer, das Glück, das ich hier gefunden und verloren hatte, den schlafenden Menschen neben mir und auch ein kleines bisschen mich selbst.

Nur ohne meine Mutter

»Lars, nein, stopp, nein! Bist du noch dran? Lars!! Kacke!«

Ich knallte das Handy auf den Tisch und fuhr mir durch meine Haare, um endlich einen klaren Kopf zu bekommen, doch eine neue Niessalve erschütterte mich, bis der Rotz über dem gesamten Computerbildschirm versprüht war. Für andere Menschen war Schnupfen nur ein Schnupfen und mit Nasenspray behebbar. Für mich, Elisabeth Sturm, war Schnupfen eine der schlimmsten Krankheiten, denn ich vertrug kein Nasenspray. Weil ich aber mit dichter Nase nicht denken konnte, nahm ich es trotzdem und wurde mit trommelfeuerartigen Niesattacken bestraft. Ich bekam Gesichts- und Bauchmuskelkater davon. Die anderen amüsierte es, wenn ich zehn-, fünfzehnmal hintereinander öffentlich explodierte, aber ich litt.

Ich wartete, bis der Anfall vorüber war, und betupfte meine geschwollene Nase notdürftig mit meinem durchweichten Taschentuch. Putzen durfte ich sie nicht, das würde einen neuen Anfall auslösen. Das hatte ich nun von unserem indianischen Saunieren und einer Nacht im Freien. Eine dicke, fette Erkältung.

Schnorchelnd griff ich nach meinem Handy. Ich musste Lars zurückpfeifen. Dieses Mal hatte er aufgelegt, nicht ich. Er war schon unterwegs! Lars wollte tatsächlich zu uns kommen, mitten in der Nacht, er schlängelte sich gerade durch Hamburgs Großstadtverkehr und würde bald die Autobahn erreicht haben. Jemand wie Lars scherte sich nicht um Besuchszeiten. Er würde auch morgens um drei bei uns Sturm klingeln und erwarten, dass alle Gewehr bei Fuß standen. Ich musste ihn zur Vernunft bringen. Doch er ignorierte mein Klingeln. Er nahm nicht ab, so wie ich in den Tagen zuvor.

Ich hatte eben nur abgenommen, weil ein alter Automatismus durchgebrochen war. Als ich noch mit Nicole und Jenny befreundet gewesen war, verabredeten wir uns oft im Chat und hatten unser Handy immer griffbereit neben dem PC, um die Feinheiten abzusprechen. In alter Gewohnheit hatte ich auf den grünen Hörer gedrückt, ohne die Nummer auf dem Display zu checken. Dabei chattete ich nicht, sondern hatte mich in eine Infoseite über Serotoninmangel vertieft. Sofort war mir ein Satz ins Auge gesprungen, der schon jetzt wie ein Stein in meinem Bauch lag: »Ein Serotoninmangel steigert die Wirksamkeit von Kokain als positivem Verstärker.« Und auf einer anderen Seite las ich: »Serotoninmangel kann in Extremfällen sogar zu dem Wunsch führen, Kokain zu konsumieren.« Ich fand diese These zwar nicht sehr wissenschaftlich, denn wie sollte jemand den Wunsch verspüren, Kokain zu nehmen, der von dessen Effekt gar nichts ahnte? Dieser Wunsch konnte nur dann entstehen, wenn der Betroffene sowieso schon einmal von der Wirkung des Kokains profitiert hatte. Wie Tillmann. Er hatte Kokain geschnupft, um wach zu bleiben, als wir François filmen wollten. Er kannte die Wirkung. Er hatte behauptet, dass ein Mal nicht ausreiche, um abhängig zu werden. Ich hatte ihm geglaubt. Aber damals hatten wir beide noch nicht gewusst, dass er unter chronischem Serotoninmangel litt. Ich würde ein Auge auf ihn haben müssen.

Doch nun waren andere Maßnahmen dringender. Lars erreichte ich auch beim fünften Versuch nicht, er schaltete auf stur. Also kam nur eine frühere Abreise infrage. Ich fühlte mich von Kopf bis Fuß elend und eigentlich außerstande, stundenlang im Auto zu sitzen. Ich hatte Fieber, Halsschmerzen, hustete wie ein räudiger Hund und vor allem hatte ich Schnupfen. Doch Lars' Wille herauszufinden, von welchem Kampf ich gesprochen hatte, war mir nicht geheuer. Wir mussten abhauen, bevor er hier sein würde. Meine Recherchen waren ohnehin wieder in einem Strandhotel stagniert, das mich beinahe den Schnupfen hatte vergessen lassen, weil es auf mich wie ein Ort wirkte, an dem man selbst die größten Probleme und die schlimmsten Enttäuschungen auskurieren konnte. Weiße Liegestühle unter Schatten spendenden Pinien, ein eiförmiger Pool mit Wasserspielen und goldenen Fliesen auf dem Grund, im Hintergrund das Meer … Blumen überall … Je eher wir unsere Pflichten hinter uns brachten, desto schneller würde ich all das genießen können. Denn meine Erkältung hatte meinen Wunsch, mich zu erholen, nur noch drängender werden lassen – und auch meine Wut, die in mir wucherte, wann immer sie einen Grund fand. Leider wurden diese Gründe immer nichtiger.

Entschlossen wählte ich Tillmanns Nummer. Ein Gutes hatte sein Serotoninmangel. Er war fast immer wach und er hatte in seiner typischen Gerissenheit Dr. Sand zu einem Attest überredet, in dem dieser dazu riet, Tillmann für einige Wochen der Sonne des Südens auszusetzen, da Licht und Wärme einen günstigen Einfluss auf die Serotoninausschüttung hätten. Meine Recherchen hatten mir das sogar bestätigt. Eine Tageslichtlampe hätte zwar einen ähnlichen Effekt, aber mit diesem Attest hatte Tillmann seinem Vater die Erlaubnis abringen können, mit uns nach Italien zu fahren. In den Urlaub, wie er behauptete. Herr Schütz willigte ein, weil er glaubte, dass Mama uns begleiten würde. Unglücklicherweise glaubte Mama das auch. Wenigstens schien Herr Schütz nicht der Meinung zu sein, ebenfalls sein Köfferchen packen zu müssen. Doch das konnte mich kaum trösten. Von wegen, Colin hatte Mama manipuliert … Was auch immer die beiden bei ihrer Gartenbesichtigung besprochen hatten: Mama sah nach wie vor nicht ein, uns alleine nach Italien aufbrechen zu lassen.

Uns waren jedoch ein paar Tage geblieben, sie zu überreden, denn Gianna wollte noch einmal nach Hamburg fahren, um einige Unterlagen aus der Redaktion zu holen und ihre Wohnung aufzulösen. Gestern war bereits Pauls Umzugswagen gekommen und hatte seine Sachen gebracht, die wir mit vereinten Kräften in den Keller geräumt und dabei schon einmal kräftig sortiert hatten. Möglichst unauffällig bildeten wir zwei Abteilungen: eine sehr kleine, die mit auf die Reise gehen sollte, und eine andere, die wir erst einmal nicht brauchten. Zu der kleineren Abteilung gehörte auch der Inhalt von Pauls Apothekerschrank. Mir war bis dato nicht klar gewesen, dass Kleptomanie ebenfalls zu den Folgen eines Befalls zählte. Die Schubladen bargen nicht nur jene Schlaf- und Beruhigungsmittel, die mir nach Colins Erinnerungsraub zugutegekommen waren, sondern darüber hinaus hoch dosierte Antibiotika, Einwegspritzen, Operationsbesteck, Infusionen mit allerlei lebensrettenden Inhalten, ein mobiler Tropf samt Schläuchen, selbstauflösender Faden plus sterile Nadeln, kurz: ein gut ausgerüstetes Arztköfferchen für Erwachsene; das, wovon Paul in seinen frühen Jugendjahren immer geträumt hatte.

Gianna und ich konnten uns kaum von dem Inhalt der Schubladen losreißen. Paul hatte uns aufgetragen, ihn in zwei Ledertaschen zu verpacken, die er uns in die Hand gedrückt hatte.

»Was will er mit dem Zeug?«, fragte ich beklommen. »Ich hab kein gutes Gefühl dabei, das alles mitzunehmen.« Ich dachte an Tillmann, nicht an einen misstrauischen Zollbeamten. Wer wusste schon, ob und wie er sich in seiner grenzenlosen Experimentierfreude daran bediente?

»Colin hat gesagt, Paul solle für alles gerüstet sein«, rückte Gianna nach längerem Herumdrucksen mit der Wahrheit heraus.

»Colin? Ihr habt noch mit ihm geredet?« Ich fühlte mich plötzlich wie ein Kind, das von den Erwachsenen ausgeschlossen wurde. Mir hatte er nicht mal Tschüss gesagt, aber mit Gianna und Paul über Italien gesprochen. Obwohl er sie kaum kannte.

»Nichts Wichtiges«, meinte Gianna wegwerfend, weil sie genau spürte, dass mir nicht passte, was ich da erfuhr. »Er wollte eigentlich nur betonen, dass wir Tillmann und dich auf keinen Fall alleine fahren lassen sollen.«

Bestens, dachte ich bissig, als ich mit laufender Nase darauf wartete, dass Tillmann endlich ans Telefon ging und abnahm. Dann werdet ihr mir jetzt wohl kaum einen Strich durch die Rechnung machen. Ihre Wohnung konnte Gianna auch schriftlich kündigen und die Sachen in der Redaktion waren vermutlich keinen Pfifferling wert.

»Was ist? Ich ess gerade einen Hamburger«, meldete Tillmann sich schmatzend.

»Dann iss schnell. Wir fahren heute Nacht. Es ist etwas dazwischengekommen. Pack deine Sachen und komm her, aber bitte sei leise. Warte beim Volvo. Auf keinen Fall klingeln!«

»Was ist denn los? Außerdem weißt du genau, dass ich es hasse, wenn du mir …«

»Tillmann, ich muss auflegen, ich krieg einen Niesanfall. Komm her, sonst reisen wir ohne dich ab.«

Ich hatte Tillmann seit unserer Übernachtung im Wald nicht mehr zu Gesicht bekommen, weil er seinen Dad zwecks Italienurlaub-Erlaubniserzwingung zu einem Wochenendkurztrip nach Holland überredet hatte. Doch ich wusste, dass ich mich auf seine Neugierde verlassen konnte. Er würde kommen.

Ich hatte nicht gelogen. Der neue Anfall war heftiger als alles, was ich bisher an Schnupfenattacken erlebt hatte. Nach siebzehn Niesern im Sekundentakt sank ich schwer schnaufend auf mein Bett. Ich hätte kein Nasenspray nehmen sollen. Wann kapierte ich das endlich? Jetzt waren meine Nebenhöhlen zwar einigermaßen frei, aber ununterbrochen sickerte wässriger, klarer Schleim aus meinen Nasenlöchern, der schlimmer juckte als jeder Insektenstich. Ich musste meine Ekelmethode anwenden, um den Juckreiz im Zaum zu halten, und unterschied mich dabei nur unwesentlich von François im Hungerrausch. Ich ließ die Rotze laufen, zog sie jedoch abwechselnd ein und prustete sie dann wieder aus. Ich war ein Schleimmonster. Und nun musste das Schleimmonster seinen Koffer packen.

Mit klebrigen Fingern wirbelte ich Klamotten aus dem Schrank, restlos überfordert damit zu entscheiden, was ich für einen Mordurlaub in Süditalien brauchen würde. Wurden die Abende kalt? Wahrscheinlich. Ich wähnte Giannas Haus im Gebirge und in den Bergen kühlte es abends immer ab. Also Jeans und Fleecepullis und Kapuzenjacken. Kurze Jeans. Röcke. Tops. Badezeug? Badezeug, für alle Fälle, vielleicht konnten wir mal einen Abstecher ans Meer machen. Bademantel. Handtücher. Bettwäsche, wir brauchten auch Bettwäsche, hatte Gianna gesagt. Es gab keine Bettwäsche im Ferienhaus. Kurz entschlossen zerrte ich meinen virenverseuchten Bezug von der Decke, weil die frische Wäsche im Wandschrank neben Mamas Schlafzimmer lagerte, und die wollte ich auf keinen Fall auf mich aufmerksam machen. Und jetzt? Bücher? CDs? Wir brauchten Musik. MP3-Player, CDs fürs Auto, Aspirin, Notizblock, Geld – viel Geld, vielleicht ließen Mahre sich bestechen –, EC-Karte, Sonnenöl, Duschgel, Zahnbürste, Pyjama, feste Schuhe, Sandalen, Flipflops, Boots … Ich hetzte auf Zehenspitzen zwischen Bad und Schlafzimmer hin und her, geschüttelt von Niesanfällen und besabbert wie ein kleines Kind, bis ich zu erledigt war, um weiterzumachen, und darauf hoffte, an alles gedacht zu haben.

Auf der Treppe durfte ich nicht niesen. Also musste ich sie zweimal gehen, einmal pro Koffer, da ich die linke Hand dazu benutzte, mir mit Gewalt die Nase zuzuhalten. Das half manchmal. Mein

Handy konnte mich nicht verraten, ich hatte es auf stumm geschaltet. Doch ich hatte nicht an Rufus gedacht. Er kauerte auf der untersten Stufe, gut verborgen im Schatten der Treppe.

Als ich meinen Fuß auf seinen pelzigen Rücken setzte und ins Straucheln geriet, kreischte er empört auf und jagte mit gesträubtem Fell unter den Küchentisch.

»Scht!«, zischte ich, nachdem ich mein Gleichgewicht austariert hatte, ohne den Koffer zu verlieren. »Was machst du eigentlich hier?«

Rufus begann sich hektisch zu putzen. Er wirkte angepisst. Ich fragte mich, warum er auf der Treppe kauerte und ein Gesicht machte, als sei ihm der Teufel persönlich begegnet. Normalerweise verschlief er fünfundneunzig Prozent des Tages in Mamas Nähzimmer. Niemals würde er es freiwillig verlassen, wenn Gianna sich ebenfalls darin aufhielt. Vielleicht hatte Paul ihn rausgeworfen, weil die Katzenhaare sein asthmatisches Husten verschlimmerten.

Das Nähzimmer befand sich im gleichen Flur wie Mamas Schlafzimmer – zwar am anderen Ende, aber dicht genug, um äußerste Vorsicht walten zu lassen. Ich hielt inne und horchte argwöhnisch in mich hinein. Bahnte sich wieder ein Niesanfall an? Nein. Nein, im Moment nicht. Ich konnte es wagen.

Zusammen mit Rufus näherte ich mich schleichend dem Nähzimmer. Die Lichter im Flur waren gelöscht und ich glaubte, belanglos dahinplätschernde Entspannungsmusik zu hören, als ich mein Ohr an den Türspalt legte. Schliefen die beiden etwa schon? Paul hatte es sich in Hamburg zur Gewohnheit gemacht, zum Einschlafen Chill-out-Sampler abzuspielen. Nun gut, dann musste ich ihn und Gianna eben wecken, ohne allzu großen Lärm zu machen.

Langsam drückte ich die Klinke hinunter, als ich plötzlich Giannas Stimme vernahm – ein kurzer, prägnanter Satz, den ich nicht verstand oder vielleicht gar nicht verstehen wollte, doch Paul hatte ihn offenbar verstanden, denn er brach in schallendes Gelächter aus. Prima, dann hatte ich mich geirrt, als ich verstanden hatte, was ich nicht verstehen wollte, und konnte reingehen.

»Ach, du Scheiße …«

»Ellie!« Paul lachte immer noch, doch Giannas Gesicht war glühend rot angelaufen. Pikiert hielt sie sich die Decke vor die blanke Brust. Viel musste sie nicht verbergen. Ganz anders stand es um Paul, der allem Anschein nach gerade erst von ihr runtergepurzelt war und mir alles zeigte, was er so hatte. »Hör auf zu lachen«, blaffte Gianna ihn an und warf die Bettdecke über seine Scham.

»Oh Gott, Entschuldigung … tut mir leid …«, stotterte ich. Noch konnte ich mich nicht dazu überwinden, meine Augen wieder scharf zu stellen. Zum Glück hatte ich wegen meiner Erkältung auf meine Kontaktlinsen verzichtet. Trotzdem hatte ich zu viel gesehen. »Ich wusste nicht, dass ihr … wie dem auch sei … leiser, Paul, bitte. Wir müssen heute Nacht schon fahren. Lars hat angerufen, er ist auf dem Weg hierher. Wir müssen abhauen, bevor er ankommt und Mama einen Floh ins Ohr setzt«, stammelte ich flüsternd.

»Welchen Floh?«, fragte Gianna, die Pauls Lachen deutlich mehr zu ärgern schien als mein Hereinplatzen. »Hör doch mal auf, so lustig war es nicht. Es war eigentlich überhaupt nicht lustig.«

»Doch.« Pauls Bauch bebte immer noch. »Es war lustig.«

»Ich will es gar nicht wissen«, sagte ich schnell, bevor sie sich in Einzelheiten verloren. »Packt eure Koffer, wir müssen so schnell wie möglich abfahren. Tillmann weiß schon Bescheid. Los, aufstehen, anziehen, worauf wartet ihr?« Ich wusste, dass es auf ein oder zwei Minuten nicht ankam, doch endlich, endlich konnte ich etwas tun und musste nicht länger sinnlos im Web surfen.

»Willst du nicht vielleicht eine Ausbildung bei der Bundeswehr machen?« Gianna sah mich verbiestert an. Noch immer loderte die Röte in ihrem Gesicht und auf ihrem nicht vorhandenen Dekolleté prangten dunkle Flecken. »Dort kannst du von morgens bis abends Befehle austeilen und niemand stört sich daran. Was ist überhaupt so schlimm daran, wenn Lars kommt? Warum diese Hektik?«

Gianna gelang es nicht mehr, leise zu sprechen. Warnend legte ich meinen Zeigefinger an den Mund. Paul hatte sich beruhigt und hangelte mit den Zehen nach seiner Unterhose. Ich hob sie auf, um sie ihm zuzuwerfen. Geschickt fing er sie auf.

»Weil Lars sich an der Idee festgebissen hat, dass ich ein Geheimnis verberge, und er hat keine Ahnung, welche Dimension dieses Geheimnis hat. Trotzdem weiß er in diesem einen Punkt mehr als Mama. Ich hab ihm gegenüber angedeutet, dass ich draufgehen kann im Kampf gegen François, und anscheinend hat er kapiert, dass ich es ernst meinte. Wenn er mit Mama darüber redet und sie merkt, dass kein Missverständnis dahintersteckt – und das wird sie merken –, dann wird sie uns niemals fahren lassen. Weder alleine noch zusammen mit ihr. Sie muss ja denken, dass es sich um Tessa gehandelt hat, sie weiß doch nichts von François …«

Ich musste innehalten, um zu Atem zu kommen. Mit den Fingern presste ich meine Nase zu und zog Luft ein, bis es in meinen Ohren schmatzte. Nun konnte ich etwas besser hören und mein Trommelfell war wieder in der richtigen Position.

»Äääh, mamma mia.« Gianna sah mich kopfschüttelnd an. »Mit dir sollen wir uns in ein Auto setzen? Das ist ja widerlich.«

»Ja, sollt ihr. In spätestens einer Stunde. Ansonsten fahren Tillmann und ich allein.«

»Und wo wollt ihr dann wohnen?« Giannas Bernsteinaugen wurden schmal. »Wie wollt ihr euch verständigen?«

»Bagatellen«, knurrte ich abfällig und Giannas Ehrgeiz war entfacht. Sie wollte dabei sein, ich sah es ihr an. Pauls Mundwinkel zuckten immer noch, was ihm einen heftigen Ellenbogenstoß von Gianna einbrachte, doch auch er rollte sich aus dem Bett und stellte sich nackt vor seinen geöffneten Schrank, um T-Shirts herauszuziehen und mit Schwung hinter sich aufs Bett zu werfen, wo Gianna sie einhändig entgegennahm. Mit der anderen Hand hielt sie immer noch die Decke vor ihre Brust. Wenigstens konnte ich dank meines Schnupfens nichts riechen. Hier roch es bestimmt nach Moschus, Massageöl und Körperflüssigkeiten. Nicht unbedingt konzentrationsfördernd, auch für mich nicht.

Ich ließ die beiden mit Rufus allein und schlich schniefend durch Haus und Garten, um meine Koffer ins Auto zu verfrachten, Tillmann zu empfangen, Proviant zu sammeln und mir einen letzten Erkältungstee zu kochen, den ich mit einer guten Portion Wick MediNait vermischte. Vielleicht konnte ich im Auto ein wenig schlafen.

Wir versammelten uns nach ziemlich exakt einer Stunde geschäftigen Packens und Räumens im Wintergarten zur letzten Lagebesprechung. Mama schlief, Lars war noch nicht da – eigentlich alles perfekt. Schon während ich meinen Tee geschlürft hatte, war mein Erkältungsdämmer einer fiebrigen Vorfreude gewichen, die meinen Bauch zum Kribbeln brachte. Ich kam mir vor wie ein Teenager, der zusammen mit seinen besten Freunden aus dem Internat türmte, um gemeinsam mit ihnen in einer selbst gebauten Hütte im Wald zu leben. Doch meine Euphorie wurde abgewürgt, bevor ich mich an ihr laben konnte, und in der nächsten Sekunde von einem Gefühl absoluter Niederträchtigkeit vernichtet. Eine fünfte Person stand im Raum – und sie gehörte nicht zu unserer illustren Reisegesellschaft.

»Ihr haltet mich wohl für total bescheuert, was?«, fragte Mama mit einer Milde in der Stimme, die ich nicht einordnen konnte. War es jene mütterliche Milde, die meistens den bittersten Vorwürfen vorausging? Eine resignierte Milde? Eine zynische Milde? Mütter hatten so verwirrend viele unterschiedliche mildtätige Stimmungen parat. Oder war es vielleicht doch eher eine verständnisvolle Milde? Letztere brauchten wir dringend. Obwohl sich ein neuer Niesanfall anbahnte und mein Medikamentencocktail mich bereits gedanklich zu vernebeln begann, war ich die Erste, die sich traute, den Mund aufzumachen.

»Mama, bitte, du … hätsch! … musst uns alleine fahren lassen, es geht nicht anders, wir müssen allein nach Italien, ich möchte mich endlich mal ausruhen und ein bisschen Sonne tanken, ich war doch noch nie im … hätsch! … Süden …« Mit der Hand wischte ich mir den Schnodder ab. »Der Winter war so anstrengend für uns, Paul muss sich ausruhen, Gianna hat ein Burn-out, ich muss nachdenken, viel nachdenken, wir brauchen das einfach und ich … hätsch!!«

»Ach, Ellie, Liebes …« Mama ging auf mich zu und griff nach meiner schmierigen Hand. »Ich bin hier, um mich zu verabschieden und dich von deinem schlechten Gewissen zu befreien. Ihr könnt fahren, ihr seid erwachsen. Ich wusste sowieso, dass ihr fahrt. Macht euch eine schöne Zeit.«

Tja. So war das mit Müttern. Wenn sie unser schlechtes Gewissen entlasten wollten, sorgten sie im gleichen Atemzug dafür, dass es noch größer wurde. Heulend stürzte ich in ihre Arme und war für einen kurzen Moment bereit, all meine Pläne fallen zu lassen, das Auto wieder leer zu räumen, mich in mein kuscheliges Bett zu legen und gesund zu schlafen. Woher kam ihr plötzlicher Sinneswandel? Ich verstand ihn nicht. Sie benahm sich so … großzügig. So selbstlos. Wieso benahm sie sich dermaßen selbstlos? Und warum wurde ich den Verdacht nicht los, dass gar keine Selbstlosigkeit dahintersteckte, sondern … sondern? Warum ließ sie uns ziehen? Sie war doch meine Mutter. Machte sie sich denn gar keine Sorgen?

»Versprecht mir, dass ihr wiederkommt, alle vier.«

Niemand von uns antwortete. Wir konnten es nicht versprechen und auch das nahm Mama klaglos hin, als habe sie genau gewusst, dass wir ihren Wunsch nicht erfüllen konnten. Versprechen konnten wir ihr gar nichts.

»Pass auf dich auf, Ellie. Und folge deinem Herzen«, flüsterte sie mir ins Ohr, als ich sie das letzte Mal umarmte und Paul mich von ihr wegziehen musste, weil ich sie nicht loslassen konnte. Eigentlich mussten wir doch gar nicht mehr so überstürzt abreisen. Mama ließ uns gehen, allein, und sie würde uns auch nicht folgen können, weil wir niemandem gesagt hatten, wo genau sich das Ferienhaus befand. Italien war groß und Vespuccis gab es viele. Mama hatte weder die Adresse von Giannas Vater noch die vom Ferienhaus.

Aber womöglich war ihre Milde eine Laune und dann sollten wir sie nutzen, bevor sie es sich anders überlegte. Trotzdem schämte ich mich zutiefst. Ich zog aus, um meine Liebe zu retten, und erwartete von Mama, dass sie ihre Bedürfnisse hintanstellte. Ich nahm mir vor, sie zu uns in den Süden zu bitten, sobald die Sache mit Tessa ausgestanden war. Dann konnte sie kommen. Dann würde sie Colin von einer ganz anderen Seite erleben und verstehen, was mich mit ihm verband, und wir konnten gemeinsam nach Papa suchen.

»Du kommst nach, wenn wir so weit sind und nach Papa forschen, okay?«, rief ich von der Treppe aus. Die anderen warteten bereits am Wagen auf mich.

»Ist schon gut, Ellie«, sagte Mama leise. Ihre Wangen waren tränennass. Der Anblick, wie sie am Fenster des Wintergartens stand, die Hand zum Gruß erhoben, die Haltung gerade und trotzig wie ich in meinen besten Momenten, verfolgte mich, bis wir die Autobahn erreicht hatten und ein finaler Niesanfall mich schachmatt setzte. Mit dem Kopf am Fenster, meinen schlotternden Körper in eine Decke gewickelt, fiel ich in einen kränklichen, unruhigen Schlaf.

Kulturschock

Jetzt reichte es mir. Ich wollte nicht mehr. Sie sollten ihre Behandlung abbrechen, es hatte ohnehin keinen Sinn. Alles, was sie taten und versuchten, machte es nur noch schlimmer. Sensationslüstern gafften sie mich an, während ich bewegungsunfähig im Behandlungsstuhl lehnte und eine quälende Prozedur nach der anderen über mich ergehen lassen musste. In dem erstickend engen Raum roch es so durchdringend nach Kampfer und Menthol, dass mir übel davon wurde, und doch richtete es nichts aus, meine Nase war dicht, als wäre sie mit Beton zugeschüttet worden. Ich konnte nur noch durch den Mund atmen und fragte mich, warum ich die ätherischen Öle trotzdem roch, aber wahrscheinlich hatten sie sich bis in meine Blutbahnen vorgearbeitet und ich würde mein Leben lang nichts mehr anderes riechen. Sie hafteten in meinen geschwollenen Schleimhäuten, lagerten in den wunden Falten meines Gaumens und durchwanderten meine Zunge, die sich anfühlte wie ein trockener Lappen, muffig und starr. Das Rotlicht, mit dem die Ärzte meine Nebenhöhlen auf der rechten Gesichtshälfte bestrahlten, brachte meine Schläfen zum Glühen. Schweißnass klebten meine Haare an der Stirn.

Hört auf!, wollte ich sie bitten, doch ich konnte nicht sprechen. Das Menthol hatte meine Zunge gelähmt. Sie begannen zu lachen, schamlos und lauthals, ja, sie lachten mich aus, ihre Köpfe zu mir heruntergebeugt und ihre schadenfrohen Visagen dicht vor meinem

Mund. Ich spürte ihren Atem auf meiner Haut. Er kitzelte meine Lippen.

»Aufhören!«, versuchte ich es noch einmal. Meine Kehle brachte nur ein sandiges »Agggh« hervor. Das Gelächter schwoll an, wurde hämisch und gehässig. Gedemütigt schloss ich die Augen, um sie nicht mehr sehen zu müssen.

»Es reicht, Jungs. Erlöst die Arme doch mal …«, hörte ich Gianna kichern.

»Nee, das ist so lustig – hast du die Kamera gefunden?« Pauls Stimme war vom Lachen schon belegt.

»Nein. Keine Ahnung, wo die ist …« Gianna schnaufte beim Sprechen, als würde ihr jemand die Luft abdrehen. Das tiefe Blubbern direkt neben mir war mühelos Tillmann zuzuordnen. Er konnte gar nichts mehr sagen vor lauter Heiterkeit.

»Dann nimm doch dein Handy«, presste Paul wiehernd hervor. Gianna, Paul, Tillmann. Okay, prima, ich befand mich nicht in einem engen Behandlungszimmer, sondern nach wie vor in unserem Volvo. Das Behandlungszimmer war ein Traum gewesen. Ein Scheißtraum wohlgemerkt. Aber was in der Realität gerade so lustig sein sollte, verstand ich auch im Wachzustand nicht. Worüber lachten die anderen? Und warum zum Henker stank es immer noch nach Menthol und Kampfer? War ein Teil von mir im Traum hängen geblieben? Denn meine Zunge und mein Mund blieben unverändert trocken und ätherisch. Ich konnte nur durch meinen entzündeten Schlund atmen.

Möglicherweise ein Staffeltraum, mutmaßte ich. Ich hasste Staffelträume. Man wachte sukzessive aus ihnen auf. Irgendwann registrierte man zwar, dass man träumte, konnte seinen Körper aber trotzdem nicht aus dem Schlaf befreien. Wie jetzt.

Nun hörte ich das leise, elegante Einrasten einer Handykamera. Blinzelnd schlug ich die Augen auf. Das Lachen schwoll erneut an.

»Aggh«, machte ich noch einmal. Kein Zweifel, ich war wach. Aber warum …?

Schmatzend löste sich meine verschwitzte Schläfe von der Fensterscheibe, als ich mich aufrichtete und meine Nase abtastete. Es steckte etwas darin, auf beiden Seiten. Etwas Großes, Stinkendes. Außerdem standen wir. Warum fuhren wir nicht mehr? Waren wir schon in Italien?

Gianna, Paul und Tillmann guckten mich fasziniert an und drehten sich abwechselnd wieder weg, geschüttelt von ihren nicht enden wollenden Lachkrämpfen, die immer ausgelassener wurden, je intensiver ich mich mit meiner Nase beschäftigte.

Meine tauben Finger bekamen einen dünnen Faden zu greifen, der über meinen Lippen baumelte und mich kitzelte. Zornig packte ich ihn und riss daran. Mit einem Plopp löste sich der Pfropfen aus meiner Nase und sofort ließ der penetrante Mentholgestank nach.

Tillmann kippte gackernd nach hinten, während Gianna und Paul sich wie in einem fanatischen Gebet krümmten und ihre Bäuche umklammerten. Wenigstens hatten auch sie Schmerzen.

»Was soll das?«, fragte ich grantig und hielt anklagend den Tampon in die Höhe, den ich soeben aus meinem rechten Nasenloch befreit hatte. Der linke saß etwas fester, doch da meine Nase ohnehin ruiniert war, gab ich mich nicht zimperlich und zog ihn mit einem kräftigen Ruck heraus. Sofort schoss eine Ladung durchsichtiger Glibber hinterher.

»Iiiiiiihhhhhh«, gellte Gianna. »Och, Ellie, jetzt hab dich nicht so …«, setzte sie rasch hinterher, als ich sie finster ansah.

»Warum steckt ihr mir Tampons in die Nase? Was soll der Mist?«

Doch die beiden Herren waren noch nicht des Sprechens fähig und widmeten sich stattdessen der Aufgabe, die Szenerie fotografisch und filmisch festzuhalten. Es war Gianna, die den Job der Diplomatin übernehmen musste.

»Du hast im Schlaf die ganze Zeit vor dich hin gesabbert und deshalb kam Tillmann auf die Idee, Tampons mit Erkältungscreme einzuschmieren und dir in die Nase zu stecken …«

»So. Tillmann. Und ihr fandet das natürlich spitzenklasse. Wie alt seid ihr, vierzehn? Paul, du bist Arzt, du müsstest wissen, dass ätherische Öle nicht direkt auf die Schleimhaut aufgetragen werden dürfen …«

»Mann, Schwesterchen, wo ist dein Humor geblieben? Beim Niesen verloren gegangen? Ich hätte sie schon wieder rausgezogen, aber es sah so witzig aus …«

»Wo sind wir überhaupt?« Ich nahm die glitschigen Tampons in die Hand und öffnete mit dem Ellenbogen die Tür. Ich brauchte frische Luft. Auch die anderen stiegen aus. Gähnend und stöhnend – Gianna, Paul und Tillmann außerdem immer noch kichernd – stellten wir uns in die Morgensonne und dehnten unsere verkrampften Gliedmaßen. Trotz meiner geschwollenen Schleimhäute merkte ich, dass die Luft rein und klar war. Sie musste köstlich riechen, nach Steinen, Schnee und Tautropfen. Sie erinnerte mich an die norwegischen Winter. Wir waren doch nicht etwa ….? Oh nein. Wir fuhren gar nicht nach Italien. Um uns herum erhoben sich wuchtige Berggipfel, die sich in einem dunkelblauen See spiegelten, dessen steiniges Ufer nur wenige Meter vor unserem Parkplatz begann – das *war* Norwegen! Das musste Norwegen sein! Wahrscheinlich war es nicht einmal ein See, sondern der Ausläufer eines Fjords. Sie hatten mich in den Norden verschleppt! Deshalb hatte Mama uns ohne Gegenwehr abreisen lassen.

»Schweiz. Vierwaldstätter See. Ein Pflichthaltepunkt auf dem Weg nach Italien«, befreite Gianna mich von meinen paranoiden Befürchtungen. Schweiz. Gott sei Dank, wir waren in der Schweiz. Schweiz war gut. Gegen die Schweiz hatte ich nichts einzuwenden. Tillmann schon.

»Ich wäre trotzdem lieber über Österreich und einen Pass gefahren«, nölte er, während ich mich erleichtert an Paul lehnte und erneut tief einatmete. Paul strich mir entschuldigend über meine Haare.

»Das ist ein Umweg, wie oft soll ich es denn noch sagen?«, rief Gianna genervt. »Kein Mensch fährt freiwillig über einen Pass, außerdem gibt es dann keinen Gotthard-Effekt. Wir wollten doch den Gotthard-Effekt.«

»Ihr wolltet den Gotthard-Effekt. Ich nicht.«

Ich verstand gar nichts. Doch mir waren Tillmanns und Giannas Routendiskussionen relativ gleichgültig. Ich musste einen Kaffee trinken, um meine ausgedörrte Kehle zu benetzen, und ein kleines Frühstück konnte auch nicht schaden.

»Was soll ich mit denen machen?«, fragte ich spitz und schwenkte die Tampons hin und her. »Wegwerfen? Oder habt ihr vielleicht noch Verwendung dafür? Ich könnte sie dir zum Beispiel in den Hintern stecken, Tillmann.«

Tillmann grinste trotz seines Unmuts über unseren Zwischenstopp von einem Ohr bis zum anderen, doch Giannas Fröhlichkeit fiel von ihrem Gesicht ab wie eine Faschingsmaske, deren Befestigungsgummi gerissen war. Blankes Entsetzen zeichnete sich auf ihren übermüdeten Zügen ab.

»Oh nein! Nein! Scheiße! Ich hab mein Kosmetikköfferchen bei euch zu Hause vergessen … das brauche ich doch … Jetzt hab ich nichts dabei, um mich zurechtzumachen, gar nichts! Nicht einmal meine Bürste!«

Gianna schlug die Hände vors Gesicht, als hätten wir gerade erfahren, dass in den nächsten Minuten ein Meteorit auf unseren Planeten krachen und alles für immer zerstören würde. Tillmann und Paul schienen noch zu überlegen, ob sie versuchte, einen Witz zu machen, oder ihr Lamento ernst meinte. Doch sie meinte es ernst.

»Das gibt es doch nicht«, jammerte sie den Tränen nahe. »Ich hatte immer Albträume, dass mir so was passiert, weil ich überstürzt irgendwohin fahre, und jetzt ist es wirklich passiert …«

»Du wirst dir ja wohl heute Abend ein paar Dinge kaufen können, oder? Zumindest das Notwendigste«, versuchte Paul ein wenig Sachlichkeit in die Diskussion zu bringen, ohne seine Belustigung verbergen zu können.

»Ich hab keine Ahnung, ob die in Italien all das haben, was ich brauche, und … ach, das verstehst du nicht«, motzte Gianna.

»Nee. Verstehe ich wirklich nicht. Kosmetikköfferchen …«

Ich hingegen verstand genau, was Gianna aus der Fassung brachte. Ich hatte diese Träume, von denen sie gesprochen hatte, auch schon oft gehabt – Träume, in denen ich ungewohnt spontan und planlos verreiste und fast nichts dabeihatte. Meistens hatte ich in diesen Träumen auch nichts an, allenfalls ein Hemdchen, das kaum über meinen Hintern reichte. Aber es waren nicht einfach nur peinliche Träume. Es waren Albträume, die mich bis in die Erschöpfung trieben, weil ich in ihnen pausenlos damit beschäftigt war, mir in unübersichtlichen, fremden Geschäften kurz vor Ladenschluss das Wichtigste zusammenzusuchen, und mich dabei nie entscheiden konnte, was ich wählen sollte. Giannas vergessene Kosmetiktasche war nicht das eigentliche Drama. Das Drama war unsere Planlosigkeit. Sie war es, die Gianna in Aufregung versetzte. Ich musste sie ablenken und vor allem musste ich mich selbst ablenken, bevor ich mich ihr anschloss und zusammen mit ihr durchdrehte.

»Können wir frühstücken?«, fragte ich so fröhlich wie möglich. »Sollen wir irgendwo einkehren oder was besorgen?«

»Ich geh einkaufen.« Gianna drehte sich zackig von uns weg – in ihren Augen waren wir persönlich schuld an ihrer Kosmetikmisere (im Grunde war ich es ja auch) – und marschierte der Straße entgegen. Eine Viertelstunde später war ihr Ärger verraucht und wir saßen einträchtig nebeneinander auf einer Bank, aßen Plunderteilchen, schlürften einen überteuerten Mövenpick-Kaffee und genossen die prachtvolle Bergkulisse. Sogar Tillmann gab sich friedlich. Für ein paar Minuten konnte ich den Zweck unserer Reise und meine Erkältung vergessen.

Obwohl Paul und Gianna Händchen hielten, wagte ich es, meinen Kopf an seinen Oberarm zu lehnen und ein wenig von seiner Wärme zu kosten. Noch war es empfindlich kühl und etliche Schäfchenwolken zogen über den azurblauen Himmel, doch in gesundem Zustand und mit anderen Reiseplänen als einem unausgereiften Mordkommando wäre das Glück greifbar gewesen.

Kurz vor Mittag jedoch befand es sich weiter weg denn je, obwohl die anderen sich in bester Stimmung wähnten – Giannas viel gepriesener Gotthard-Effekt war eingetreten. Vorher hatten wir uns noch in gemäßigtem, mitteleuropäischem Klima bewegt, doch nachdem der Tunnel uns wieder ausgespuckt hatte, umfing uns die Sahelzone. So fühlte es sich für mich jedenfalls an. Mir war es viel zu heiß und die Klimaanlage unseres betagten Volvos kam mit der südlichen Wärme ebenso schlecht zurecht wie ich.

Bis vor wenigen Kilometern hatte sie immerhin halbwegs kühle Luft in den Wagen gepustet, nun spendete sie nur noch lauwarme. Bald würden wir in einem Föhn mit 190 PS sitzen. Ich flüchtete mich in eine Mischung aus Märtyrertum und Apathie und hoffte, ein weiteres Mal schlafen zu können. Stattdessen forderte der Kaffee seinen Tribut. Hundert Kilometer nach Mailand legten wir einen Stopp ein, um zu tanken und unseren körperlichen Bedürfnissen nachzugehen.

Doch die Raststätte war ein Schock – und ich reagierte wie in einem Schockzustand darauf. Nämlich gar nicht mehr.

»Geh weiter«, forderte mich Gianna stupsend auf, als wir die übervolle Toilettenanlage erreicht hatten. Ich blieb reglos stehen.

Ich konnte meine Füße nicht mehr anheben. Ich wollte dort nicht rein. Ich roch die Pisse jetzt schon, der Gestank war überall, unterwanderte sogar den Raststättengeruch nach Öl, Diesel, schimmelnden Essensresten und modrigem Papier, doch am meisten lähmten mich die vielen Menschen, die so unbekümmert miteinander schnatterten und palaverten, laut und leutselig. Sie ließen sich durch die schmuddelige Umgebung nicht im Geringsten stören. Es machte mich vollkommen irre, dass ich kein Wort von dem verstand, was sie in die stickige Luft brüllten, nicht eine winzige Silbe herausfilterte, die ich übersetzen konnte. Sie schlossen mich aus.

Ich fühlte mich augenblicklich schmutzig, ja, es genügte, diese benzingeschwängerte, staubige Luft zu atmen, sich in ihr zu bewegen, um schmutzig zu werden. Es würde nicht ausreichen, sich nach dem Toilettengang die Hände zu waschen. Diese Menschen fassten alles an, sie machten sich keine Gedanken darüber, was kontaminiert sein könnte und was nicht. Ihre Fingerabdrücke hafteten auf jedem Quadratmillimeter dieses architektonischen Verbrechens. Gerade kam eine Mutter mit ihrem kleinen Kind aus einer der Kabinen und ging schnurstracks wieder nach draußen, sie hatte die Waschbecken nicht einmal angeschaut … Und ringelte sich da nicht Klopapier auf dem feuchten Boden? Wahrscheinlich gab es in den meisten Kabinen gar kein sauberes Klopapier. Man musste es von den versifften Kacheln klauben.

Vor uns begannen zwei italienische Omas lebhaft miteinander zu plaudern, als hätten sie alle Zeit der Welt, und die ältere von ihnen hielt ununterbrochen die Türklinke der Toilettenanlage in ihrer Hand – eine Klinke, die schon Tausende andere Menschen berührt hatten. Bei Temperaturen um die 37 Grad wuchsen Bakterienstämme innerhalb einer Stunde um mindestens das Doppelte an. Meiner Meinung nach hatten wir 37 Grad. Diese Toilettenanlage war eine einzige gigantische Petrischale.

»Ellie! Was ist denn jetzt?« Wieder stupste Gianna mich in den Rücken. Ich machte ein Hohlkreuz, um ihrem Finger auszuweichen, und drehte mich um, ohne sie anzusehen.

»Ich muss nicht mehr«, murmelte ich und stürzte an ihr vorbei zum Auto zurück, um nach der Tasche mit Pauls Medikamenten zu suchen, denn dort würde sich auch Desinfektionslösung befinden. Ich musste mir meine Hände reinigen, sofort. Doch Tillmann blockierte den Kofferraum, die Arme tief im Gepäck vergraben. Auch er würde sich seine Hände reinigen müssen. Alle mussten das tun, sie mussten mir gehorchen, ganz egal, ob sie über mich lachen würden oder nicht.

»Wo sind Pauls Medikamente? Geh mal bitte zur Seite … Ihr habt doch das Pinimenthol rausgesucht, wo …«

»Das war in deiner Tasche. Hey! Ellie, weg da!«

Tillmann stieß mich unsanft von sich fort und verschwand wieder mit dem gesamten Oberkörper im Kofferraum. Es sah aus, als würde er sämtliche Taschen umschichten, dabei hatte Paul millimetergenau gepackt, damit wir auch all unsere Habseligkeiten unterbringen konnten. Es gab keinen Grund, dieses System zu ändern. Der Platz im Auto war begrenzt genug.

Ich wollte erneut dazwischengehen, doch meine Knie fühlten sich plötzlich so weich an und mein Magen so flau, dass ich mich auf die Rückbank schob und meine Hände notdürftig mit meinem Trinkwasser reinigte. Trinken würde ich sowieso nichts mehr. Bis Verucchio – so hieß der Ort, in dem Giannas Vater lebte – musste ich abstinent bleiben, damit meine Blase es ebenfalls blieb. Ich konnte gut einhalten, das war eine meiner Spezialitäten.

Dass dieses Vorhaben nur in einem Desaster enden konnte, musste drei Stunden später auch ich einsehen. Nach einem Stau kurz vor Parma hatte die Wageninnentemperatur die 45-Grad-Marke geknackt. Wir hatten Handtücher angefeuchtet und in die Scheiben geklemmt, um uns vor der sengenden Sonne zu schützen, die im Zenit stand und das dunkle Wagendach in eine Kochplatte verwandelte. Doch diese Handtücher hatten den Nachteil, dass sie die Luftfeuchtigkeit ansteigen ließen und die Sauerstoffzufuhr blockierten, während durch die Düsen der Klimaanlage Benzingestank ins Auto gepustet wurde.

Selbst unsere Musik, die wir ununterbrochen abspielten, brachte mir keine Ablenkung, sondern untermalte mein Elend nur noch, und das hatte ich ausgerechnet meinem demokratischen System zu verdanken, laut dem jeder von uns abwechselnd einen Sampler oder ein Album aussuchen durfte. Soeben war Tillmanns Eminem-Gebrüll verklungen und durch Giannas Keane-Album ersetzt worden. Der Sänger wusste offenbar, was ich durchmachte, denn auch seine Lieder enthielten allerhand Agonie in unterschiedlichsten Tonlagen.

Er erklärte uns gerade in herzerweichenden Lyrics, warum er ein »broken toy« war, als ich meine Fingerkuppen und Zehen auf einmal nicht mehr spürte. Ich war so dehydriert und überhitzt, dass mein inzwischen sehr zäher Kreislauf sich an alte Tage erinnerte und mir mit Ohnmachten drohte. Es war ausnahmsweise Gianna, die bemerkte, dass es mir beschissen ging, und nicht Paul. Paul hatte seine Adleraugen auf die Straße gerichtet und regte sich immer noch über die ständigen Mautgebühren auf. Geizanfälle gehörten bedauerlicherweise ebenfalls zu François' Spätfolgen.

»Ellie, alles okay? Ellie … hörst du mich? Hallo?«

Ich wollte Gianna antworten, aber das Würgen in meiner Kehle hielt mich davon ab, auch nur irgendeinen Laut zu artikulieren.

»Paul, du musst mal rausfahren, sie atmet so flach und ihre Hände sind kalt …«

»Wenn ich rausfahre, muss ich wieder blechen, reicht es nicht, wenn wir die nächste Raststätte ansteuern?«

Nein, bitte nicht. Keine neue Raststätte. Mein akuter Anfall von vorurteilsgespickter Fremdenfeindlichkeit, der mich vorhin in eine Art Hygienewahn getrieben hatte, war mir zwar ein wenig peinlich und ich hatte mich bei Gianna auch schon dafür entschuldigt, ohne eine Erklärung davongestürmt zu sein, doch einer weiteren Raststätte sah ich mich nicht gewachsen. Zum Glück ahnte Gianna das.

»Ich glaub, eine Raststätte ist nicht das Richtige. Schau mal, da vorne ist eine *uscita*, fahr irgendwo ins Feld rein, bitte, Paul.«

Ja, mach das, Paul, dachte ich. Felder gab es hier wahrlich genug. Noch immer befanden wir uns in der Poebene, einer Einöde, wie ich sie niemals in Italien vermutet hätte. Keine Palmen, kein Meer, keine schmucken Häuser, sondern Industrieansiedlungen und dazwischen nichts als Äcker und Bauernhöfe. Auf keiner einzigen Touristikseite im Internet hatte ich derartige Bilder gesehen. Sie hatten sie mir verschwiegen. Diese Landschaft stimmte einen depressiv und die stolzen Gipfel der Apenninen am Horizont unterstützten diesen Eindruck nur. Sie erschienen mir wie eine Fata Morgana, viel zu weit weg und nur eine Fantasie. Wenn man sich ihnen näherte, würden sie sich auflösen.

»Leiser«, wollte ich Gianna bitten, die Musik zu dämpfem, doch sie hatte sich zu mir umgedreht, um mir mit einem feuchten Handtuch die Haare aus der Stirn zu streichen. Ihre Hände waren warm, ihre Berührungen kamen mir klebrig vor. Der Sänger hatte derweil sein Klagen unterbrochen, um sich in schwebenden, weibisch hohen Falsettgesängen zu suhlen, die mich im Kreis wirbelten, im gemeinsamen, schwerfällig tanzenden Rhythmus des Kribbelns in meinen Armen und Beinen. Seine Stimme raubte mir mein Blut.

Ich spürte, wie Paul die Autobahn verließ. Der Wagen legte sich schräg. Ich fiel, ohne zu stürzen. Kurz darauf begannen die Räder unter uns zu rumpeln.

»Da vorne, schau mal, da stehen ein paar Bäume, vor dem Gebäude! Sie muss in den Schatten«, wies Gianna Paul an.

Wie wollten sie mich aus dem Wagen bekommen? Ich hatte keine Konturen mehr, keine Festigkeit. Ich war mir sicher, dass man mich nicht berühren konnte. Die lockenden Falsettgesänge und das Klagen der Gitarren hatten mich aufgelöst. Ich fühlte nichts, als sie die Tür öffneten, meinen Körper herauszogen und hinüber zu den Bäumen trugen. Ich ließ mich mitnehmen wie eine Porzellanpuppe, ungelenk und steif. Selbst meine Eingeweide hatten es aufgegeben zu arbeiten.

Meine Kehle konnte und wollte nicht mehr schlucken, als Paul eine Flasche an meine Lippen drückte. Das Einzige, was noch seinen Dienst verrichtete, waren meine Ohren. Die hohen, rufenden Gesänge hatten sich in ihnen verankert, begleiteten mich noch immer, obwohl Gianna die Musik längst ausgeschaltet hatte.

Ich sah von weit oben zu, wie sich mein Körper aufrichtete und das tat, was die Klänge ihm befahlen. Mit staksigen, ungelenken Schritten, eine Marionette an unsichtbaren Fäden, lief er in einer kerzengeraden Linie dem verlassenen, zerfallenen Haus entgegen, dessen dunkle Fensterhöhlen mich wie Augen anschauten. Es wollte, dass ich zu ihm kam.

»Ellie, nicht bewegen, du warst gerade ohnmächtig, setz dich wieder hin …«

Gianna und Paul rannten mir nach, um mich aufzuhalten. Ich ging schneller. Meine Knie knackten bei jeder Bewegung, meine Schultern drehten sich ruckartig nach rechts und links, wenn meine Beine nach vorne klappten, Blut hatte ich keines mehr, Muskeln auch nicht, doch sie konnten mich nicht stoppen, zu stark war der Drang zu sehen, was sich in diesem Haus verbarg. Es rief mich. Dort drinnen war etwas, was ich entdecken musste. Ich hatte mein Leben lang danach gesucht.

Mein Blick saugte sich an den Überresten der Fensterläden fest, die schief in den rostigen Angeln hingen und im trockenen Wind quietschten. Mechanisch klappten meine Wimpern herunter, weil Sand in meine Augen wehte, und öffneten sich sofort wieder mit einem kaum hörbaren Klicken. Das Gras wurde dichter und höher, je näher ich dem Gebäude kam. Der hintere Bereich des Hauses war bereits eine zerfressene Ruine. Dornige Büsche wucherten über die Steine, als würden sie die Mauern verschlingen wollen.

Die morsche Eingangstür stand weit offen und gab den Blick auf die Schwärze im Inneren frei, ein gähnender Schlund, aus dem kalte, verbrauchte Luft flimmernd in die Hitze des Nachmittags brandete. Nein, es war nicht mehr das Lied, das meine Ohren erfüllte. Es war die Luft, die sang, bedrohlich und schön. So schön …

Nur noch wenige Schritte. Die Fäden zogen an meinen Ellenbogen und hoben meine Arme an, richteten sie nach vorne, wie ein Schlafwandler schritt ich der Tür entgegen. Dann wurde es still. Das Zirpen der Grillen brach von einer Sekunde auf die andere ab, der warme Wind legte sich, auch das warnende Rufen der anderen verstummte. Sie hielten den Atem an. Sie hatten Angst.

Ich hingegen war ruhig und gefasst, fast erwartungsfroh, als das verdorrte Gras sich teilte und die Schlange mit erhobenem Kopf und weit geöffnetem Kiefer auf mich zuschnellte. Ich wollte mich niederknien, um ihr mein Handgelenk entgegenzuhalten, damit sie ihren schlanken, gemusterten Leib um meinen Arm winden konnte. Ihre weißen Zähne klappten auf, als das Gift sich aus seinem Reservoir befreite.

»Ellie! Verdammt noch mal, Ellie, lauf! Lauf!«, brüllten die anderen. Jemand zerrte an meinem Arm.

»Lasst mich«, wehrte ich mit blecherner Stimme ab, verwundert und entzückt darüber, dass die Angst nicht kam, obwohl der Schauder sich in einer eisigen Klammer um mein Genick gelegt hatte. Die

Kiefer der Schlange schlugen in der Luft aufeinander, als ich meinen Arm in letzter Sekunde zurückzog.

»Noch nicht«, sagte ich tröstend. Bedauernd wandte ich meine Blicke ab, und sowie ich mich von der Schlange und dem Haus losgerissen hatte, eroberte mein Körper mich wieder zurück, gehorchte seinen eigenen kranken Gesetzen und flößte mir die Angst ein wie altvertraute Medizin.

Jetzt rannte auch ich. Die trockenen Grashalme schnitten in meine nackten Füße, als ich einem Hundertmetersprinter gleich auf das Auto zuflog. Im Laufen hob Paul das Handtuch auf, auf das sie mich gebettet hatten; meine Schuhe nahm ich. Gianna schluchzte laut.

»Mach auf!«, schrien wir gleichzeitig und rüttelten kopflos an den verriegelten Türen. Paul drückte den Knopf der Fernbedienung. Endlich öffneten sich die Schlösser. Tillmann lag längs auf der Rückbank und schlief fest. Er schlief? Am helllichten Tage?

Der Wagen sprang erst beim zweiten Versuch an. Steine und trockener Lehm spritzten auf, als Paul ihn den schmalen Feldweg entlang der Autobahn entgegenprügelte, doch kurz vor der Mautstelle – das verlassene Haus lag schon weit hinter uns – fuhr er auf den Seitenstreifen und hielt wieder an.

»Du«, sagte er streng und deutete auf die heulende Gianna, »reißt dich jetzt mal am Riemen, okay? Und du«, er deutete auf mich, »trinkst etwas, sonst halte ich bei der nächsten Raststätte, setze dich raus und rufe Mama an, damit sie dich abholt! Das meine ich ernst! Ihr macht mich völlig jeck, und das nur wegen einer mickrigen Blindschleiche!«

»Es war eine Natter«, widersprach Gianna schwach. »Und ich hab zufällig schreckliche Angst vor Schlangen.«

»Ach …«, schnaubte Paul wegwerfend. »Das war höchstens eine Babynatter. Trotzdem kein Grund, sie zu streicheln. Man streichelt keine Schlangen, Ellie! Sie mögen es nicht, wenn man ihre Haut berührt, das stresst sie. Ihr seid alle vollkommen überdreht. Ich sitze seit Stunden am Steuer, habe heute Nacht kein Auge zugetan und ihr raubt mir den letzten Nerv. Ich bin auch nicht gerade fit, falls ihr das noch nicht bemerkt habt!«

Oh doch, das hatte ich bemerkt. Ich war sogar die Erste, die es bemerkt und, ohne zu zögern, ihr Leben für ihn riskiert hatte. Von seinem chronischen Phlegma hatte es ihn nicht befreien können. Leider. Dennoch nahm ich artig einen Schluck Wasser, um meinen Bruder zu besänftigen. Ich wollte nicht, dass er sich meinetwegen aufregte. Er hatte einen Herzfehler. Danke, François.

»Tut mir leid, ich dachte, da ist etwas, ich … ich musste … ich weiß es nicht. Ich weiß nicht, was mit mir los war«, stotterte ich, während sich die Tränen in meinen Augen sammelten. Gleich würde auch ich anfangen zu weinen. Pauls Gesichtsausdruck wurde etwas versöhnlicher.

»Dein Kreislauf ist zusammengebrochen. Da können die verrücktesten Dinge passieren. Ist schon okay, Schwesterchen.«

Nein, das war es nicht. Ich wollte nicht behaupten, dass ich keine Kreislaufprobleme gehabt hatte. Aber da war noch etwas anderes gewesen. Wie eine Vorahnung. Das alles hatte eine Bedeutung gehabt, aber welche? Was hatte es mir zu sagen? Hatte es etwa mit Tessa zu tun? Hatte sie mich in dieses Haus locken wollen? Während ich in kleinen Schlucken trank und versuchte, ruhig und tief in den Bauch zu atmen, kam Tillmann langsam zu sich.

»Was ist?« Er gähnte und rieb sich die Augen. »Warum stehen wir?« Doch niemand hatte Lust zu antworten. Was wir gerade erlebt hatten, war nur schwer in Worte zu fassen. Ich hatte die anderen in meinen eigenen Albtraum entführt. Ja, es war eine Szenerie aus einem Psychothriller gewesen: ein einsames, verlassenes Haus im Nirgendwo, die lockenden Gesänge, die plötzliche Stille … Der einzige Unterschied: meine Furchtlosigkeit. Ich hatte in dieses Haus hineingehen wollen. Ich wusste, dass dort etwas Schreckliches auf mich wartete, aber es wäre mir eine Freude gewesen, ihm zu begegnen.

»Hier, iss das.« Gianna hatte auf ihren Knien einen Apfel geschält und reichte mir einen Schnitz nach hinten.

»Nein danke.« Sie hatte vorhin diese grauenhafte Toilettenanlage benutzt, und selbst wenn sie sich anschließend die Hände gewaschen hatte, hieß das nicht, dass …

»Iss es, Elisabeth!«, donnerte Paul. Oh. Der Stier in ihm war erwacht. Sogar Tillmann hatte sich erschreckt. Ich nahm Gianna das Apfelstück mit spitzen Fingern aus der Hand, wischte es unauffällig an meinem T-Shirt ab und steckte es in den Mund. Als meine Geschmacksknospen trotz des Schnupfens die fruchtige Säure erkannten, kehrte der Speichel zurück und überströmte süß meine Zunge. Erstaunt stellte ich fest, dass ich wieder atmen konnte. Meine Nase war frei. Bereitwillig nahm ich drei weitere Apfelschnitze entgegen.

Tillmann sah sich nervös nach den Mautbeamten um. Sie beobachteten uns. Vielleicht war ihnen unsere gestresste Streiterei aufgefallen. Vielleicht dachten sie auch, wir könnten unser Ticket nicht bezahlen. Doch wie immer war Geld unser kleinstes Problem. Paul ließ seufzend den Motor an.

»Ab Modena übernehme ich«, säuselte Gianna aufmunternd, die ihre Tränen inzwischen getrocknet hatte. »Wir sind außerdem bald da.«

Ja. Bald würden wir da sein. Am Meer. An der Adria. Adriaküste mutete nach Massentourismus an, aber auch nach Leichtigkeit und Lebensfreude. An der Adria gab es keine verlassenen Häuser, keine Schlangen im Gras und bestimmt auch keine überfüllten, dreckigen Raststätten.

Ich verwarf die Demokratie als ein veraltetes System, das der Realität nicht standhielt, und führte kurzerhand die Diktatur ein. Nun sollte meine Musik gehört werden, auch wenn ich eigentlich noch nicht an der Reihe war. Statt einer Moby-CD wählte ich meinen liebsten Chill-out-Mix und gab ihn nach vorne zu Gianna, damit ich zu *Fatal Fatal* von DJ Pippi mit voller Blase und leerem Bauch meiner allerersten italienischen Sommernacht entgegenreisen konnte.

Fatal Fatal

Als wir uns der Küste näherten und ich mich danach verzehrte, endlich ein Stückchen Meer zu erblicken – ich konnte es kaum verwinden, mich seit Stunden in Italien zu befinden und es noch nicht gesehen zu haben –, wurde Gianna auffällig kleinlaut. Wir sollten nicht zu viel erwarten und auf alles gefasst sein, gab sie immer wieder zu bedenken, bis sie schließlich gar nichts mehr sagte. Sie nickte nur noch, wenn Paul fragte, ob sein Navigationssystem ihn richtig leite, doch ich war überzeugt davon, dass es sich irrte. Es musste sich irren. Wir bewegten uns wieder von der Küste weg und einem Gebirgszug entgegen. Das war tatsächlich nicht das, womit ich gerechnet hatte.

»Verkehrte Richtung!«, rief ich und beugte mich nach vorne, um auf das Display des Navis zu schauen. »Das kann nicht stimmen.«

»Warum soll das bitte schön nicht stimmen?«, verteidigte sich Gianna aufbrausend. »Was passt dir denn nicht?«

»Hier ist kein Meer«, antwortete ich lahm und merkte, dass ich mich anhörte wie ein verzogenes Kind. Doch genau so fühlte ich mich. Ich war ein kleines Mädchen, dem man statt des versprochenen Eises einen winzigen Lolli mitgebracht hatte, und das auch noch in der falschen Geschmacksrichtung. Hier würde es nicht einmal nach dem Meer riechen! Die Küste war mindestens zwanzig Kilometer weit weg. Stattdessen kroch der Wagen eine schmale Straße zu einer Art Festung hinauf, die sich beinahe drohend über uns erhob.

»Was ist das für eine Burg?«, fragte ich, nun etwas höflicher, denn Giannas Anspannung wuchs sekündlich. Ihr Hals verschwand beinahe zwischen ihren hochgezogenen Schultern. Was beschäftigte sie? Ich hatte die Angst anderer Menschen schon immer spüren können und war mir absolut sicher, dass sie sich fürchtete. Aber wovor? Heute erwartete uns doch noch gar kein Abenteuer.

»Das ist keine Burg, Ellie. Das ist der Ort, in dem mein Vater lebt. Verucchio.« Giannas Ton bedeutete mir unmissverständlich, dass ich gefälligst keine weiteren blöden Fragen mehr stellen sollte. Fahrig griff sie nach vorne und drehte die Lautstärke des CD-Players hoch.

Vielleicht war ja auch Tanita Tikarams *Twist In My Sobriety* dafür verantwortlich, dass das Festungsstädtchen, dessen Häuser an abenteuerlich steilen Abhängen klebten, einen bedrückenden Eindruck auf mich machte, als der Volvo langsam hindurchrollte und die Bewohner uns mit ihren Blicken verfolgten. Zu diesen melancholischen Klängen konnte einen kein Ort dieser Welt in lebensbejahenden Optimismus versetzen.

Gianna hatte ihrem Ruf als musikalische Allesfresserin während der letzten hundert Kilometer alle Ehre gemacht – wohlwollend formuliert. Meine Diktatur hatte sich nur einer kurzen Halbwertszeit erfreut. Gianna war ihr gegenüber im Vorteil, da sie vorne saß. Sie hatte sich nicht gescheut, eine ihrer selbst gebrannten Mixed-CDs in den Schlitz zu schieben, die Kopie einer alten Kassette, die sie auf ihrem PC digitalisiert hatte. Uns schlug eine wilde Mischung aus Radiomitschnitten sämtlicher Stilrichtungen um die Ohren. Die meisten Songs brachen mittendrin ab, weil Gianna beschlossen hatte, dass die Hälfte genügte, um sie zu kennen, oder der Verkehrsdienst dazwischenfunkte. Ihre digitalisierten Tapes waren vollkommen unberechenbar und so fuhren wir peinlicherweise zu dem auf volles Volumen gedrehten Eurobeats-Gassenhauer *Please Don't Go* in eine Tankstelle ein und zu *Give In To Me* von Michael Jackson wieder heraus.

»Ich bin halt ein Kind der Neunziger«, stopfte Gianna uns trotzig die Mäuler, als wir uns über ihren Musikgeschmack lustig machten. Immerhin sammelte sie ausschließlich Songs, die auf irgendeine Art und Weise Gefühle weckten, wenngleich diese Gefühle nicht immer erwünscht waren und erst recht nicht zu unserem Vorhaben und dem Ambiente um uns herum passten. Wie jetzt. Ich fühlte mich schon beim Durchfahren des Örtchens eingeschlossen und hatte keinerlei Bedürfnis, unser Auto zu verlassen. Obwohl Verucchio eine pittoreske Ansammlung von Mauern, Torbögen, Gässchen und Nischen war, hatte ich das Gefühl, mich hier vor nichts und niemandem verbergen zu können.

»Sehr cool«, murmelte Tillmann anerkennend, der Giannas Musik entflohen war, indem er seine iPod-Kopfhörer eingestöpselt und die Lautstärke bis zum Anschlag hochgedreht hatte. Möglicherweise empfand man Verucchio zu frauenfeindlichem Hip-Hop anders als ich.

Meine Enttäuschung erhielt neue Nahrung, als wir eine schmale Gasse erreicht hatten und Gianna Paul zeigte, wo er parken konnte. Richtige Parkplätze gab es hier nicht, aber immerhin eine Möglichkeit, den Volvo so dicht neben eine Mauer zu quetschen, dass wir allesamt auf der linken Seite aussteigen mussten. Doch noch stärker als die Enttäuschung fühlte ich Giannas Angst. Ich sah, wie sie angestrengt schluckte, als würde ihr gleich schlecht werden.

»Das hier ist es«, verkündete sie bedrückt. Oje. Das Haus ihres Vaters war zweifellos das schäbigste, heruntergekommenste Anwesen dieser ohnehin schmucklosen Gasse. Die Fassade bröckelte fleckig vor sich hin, das Dach sah verwittert aus und die Scharniere der zugeklappten Fensterläden waren von dickem Rost überzogen.

»Sieht doch ganz hübsch aus«, sagte ich optimistisch, obwohl ich das Gegenteil dachte, doch Giannas Angst ging mir so nahe, als gehörte sie zu meinen eigenen Gefühlen, und die bekamen bereits Gesellschaft von einer sehr ungesunden Wut, die sich wie ein Tsunami in mir aufbaute. Ich kam mir betrogen vor, betrogen um das, was ich erwartet hatte.

»Vielleicht gehe ich besser alleine rein und frage …«

Zu spät. Gianna blieb wie angewurzelt stehen, als ein kleiner, drahtiger Mann mit kobaltblauen Augen und wirrem schwarzem Haar durch die Tür auf die Straße schoss und lamentierend auf sie zuwankte. Ja, er wankte. Entweder hatte er sich schon einen üppig bemessenen Aperitif genehmigt oder aber er litt unter einer Beinverletzung. Ich tippte auf den Aperitif, denn meine spontangeheilte Nase roch Alkohol.

Gianna ließ die merkwürdig dramatische Begrüßungszeremonie des Mannes klaglos über sich ergehen, obwohl er sie abwechselnd anschrie und dann wieder im Überschwang der Gefühle an sein Herz presste und in weinerlichem Ton »mia piccola bambina« nannte. Mein kleines Mädchen. Dabei überragte die hochgewachsene Gianna ihn um mindestens einen Kopf.

»Das ist Enzo«, stellte sie ihn uns betreten vor, nachdem sein Gefühlssturm sich gelegt hatte und er ihr die Gelegenheit gab, ebenfalls etwas zu sagen. Er drückte uns einem nach dem anderen die Hände, begleitet von lautstarken Worten, von denen wir nichts verstanden, doch er schien einiges an uns zu bemängeln.

»Was hat er denn?«, fragte ich Gianna unsicher.

»Ihr seid ihm nicht braun gebrannt genug.«

Erstaunt blickten wir uns an. Das war also sein Problem? Unsere mangelnde Sommerbräune?

»Süditaliener nehmen das sehr wichtig«, erklärte Gianna verlegen. »Für ihn sind wir Bleichgesichter.« Immerhin schloss sie sich ein. Sie wirkte in der Tat blutleer, ganz im Gegensatz zu ihrem Vater, dessen *abbronzatura* durch die vielen geplatzten Äderchen auf Wange und Nase Verstärkung bekam. Keine Frage, er war ein Trinker. Ich konnte mir nicht vorstellen, dass sein Zustand ein Zufall war – und Gianna war sein Auftritt sichtlich unangenehm. Sie erlebte ihn nicht das erste Mal in dieser Verfassung.

Ich hingegen musste meine Hoffnung, von ihm wertvolle Informationen oder Hinweise zu erhalten, begraben. Wieder eine Spur weniger. Ein weiterer Angstschauer, begleitet von schwarzer Wut, kroch mein Rückgrat hinauf, doch nicht weil ich mich schämte wie Gianna, sondern weil mir bewusst wurde, dass ich nichts in der Hand hatte. Meine Computerausdrucke hatte ich zu Hause gelassen, ebenso wie meinen Laptop und Papas Patientenakten. Sie hätten mir sowieso nichts gebracht. Alles, was ich besaß, war die abgegriffene Europakarte aus dem Safe. Giannas und mein Albtraum war wahr geworden, auch wenn wir beide vollständig bekleidet waren. Wir wollten nackt durchs Feuer rennen. Wir mussten irre sein.

Wieder griff Enzo nach Gianna und knetete ihre Wangen. Ich hatte mir gedacht, dass wir nicht einfach den Schlüssel abholen und uns verdrücken konnten, denn Gianna hatte ihren Vater lange nicht mehr gesehen und ich hatte darauf gebaut, die Zeit gut nutzen zu können und vielleicht nebenher ein erfrischendes Bad in der Adria zu nehmen. Doch mit Armut und Alkoholismus hatte ich nicht gerechnet. Ich wusste nicht, wie es weitergehen sollte.

Nachdem Enzo kapiert hatte, dass Paul Giannas neuer Freund war – Grund genug, seine Tochter ein weiteres Mal vor den Blicken der auf der Straße sitzenden Nachbarn auszuschimpfen –, bestand er darauf, dass er und sie bei ihm übernachteten. Anscheinend hegte er trotz seiner Trinkerei noch hohe Moralansprüche. Ich traute ihm zu, dass er sich neben das Bett seiner abtrünnigen Tochter postierte und wie ein Schießhund darauf aufpasste, dass Paul ihr nicht zu nahe kam.

»Ihr besorgt euch wohl besser ein Zimmer in einer Pension«, raunte Gianna Tillmann und mir zu, nachdem Enzo Paul am Ärmel in das Innere des Hauses gezogen hatte. »Zu wenig Platz hier.«

Ich versuchte, sie anzulächeln und ihr zu sagen, dass das alles okay sei, schaffte es aber nicht. Meine Kopfschmerzen waren zusammen mit der Wut machtvoll wie eh und je zurückgekehrt, nachdem wir aus dem Auto gestiegen waren, und ich fühlte mich schwindelig und weichgekocht. Eigentlich wollte ich mit niemandem mehr sprechen, sondern mich nur noch in ein kühles Zimmer legen und die Beine ausstrecken, und gleichzeitig fürchtete ich, ins Nachdenken zu verfallen und zu kapieren, dass meine Italienrecherchen bisher vollkommen für die Katz gewesen waren.

Das hier war nicht das Land, das sich mir im Internet präsentiert hatte. Es war etwas völlig anderes. Als hätte Italien eine zweite Identität, die von seinen Bewohnern und Fürsprechern künstlich im Verborgenen gehalten würde. So musste es sein, wenn man eine Prüfung absolvieren wollte und bei der ersten Frage bemerkte, dass man sich auf ein falsches Thema vorbereitet hatte. Übrigens auch einer meiner wiederkehrenden Albträume seit dem Abitur.

Das kühle Pensionszimmer blieb ebenfalls ein Luftschloss. Eine halbe Stunde später öffneten Tillmann und ich die Tür zu einer überhitzten Kammer mit großen Fenstern zur Straße hin, die nach Mottenkugeln stank und uns mit einem quietschenden Einzelbett und einem Schrankbett entzückte. An den Wänden hingen kitschige Gemälde; ein kunterbuntes Blumengesteck und ein grinsender Harlekin in gestreiften Pluderhosen. Ich hasste Clowns seit meiner Kindheit und versuchte, es abzuhängen, doch der Haken ließ sich nicht vom Nagel lösen. Nach kurzem Überlegen wählte ich das Schrankbett, da es sich näher am Fenster befand und ich seit dem Betreten des Raums unter Erstickungsängsten litt. Vor allem aber musste ich von diesem Bett aus nicht auf den Clown blicken.

Tillmann bestand darauf, seinen eckigen, sperrigen Koffer mit ins Zimmer zu nehmen, obwohl wir extra leichte Reiserucksäcke für die Übernachtung auf halber Strecke gepackt hatten. Langsam ging seine Gepäckbesessenheit Gianna und Paul auf den Wecker. Mich nervte sie nicht nur, mich beunruhigte sie auch. Wieder musste ich daran denken, dass Serotoninmangel Lust auf Kokain hervorrufen konnte. Aber Kokain nahm kaum Platz weg; um es zu transportieren, brauchte man keinen Koffer. Das konnte nicht der Grund sein.

Als Tillmann duschen ging, lupfte ich vorsichtig den geöffneten Deckel und tastete mit der anderen Hand den Inhalt ab. Alles ganz normal: Klamotten, Badeschlappen, Socken und – nanu, was war das? Eine Pappkiste in Schuhkartongröße. Ich hob die Shirts an, die sie bedeckten, um einen Blick darauf werfen zu können.

»Was soll das? Warum wühlst du in meinen Sachen?«

»Du linke Ratte!«, fauchte ich Tillmann an. Manchmal war Angriff die beste Verteidigung und meine Wut suchte ohnehin nach einem Ventil. »Lässt die Dusche laufen und schleichst dich an mich heran? Was ist in dem Karton?«

»Eigentlich geht es dich einen Scheißdreck an«, entgegnete Tillmann kalt. »Aber wenn du es unbedingt wissen willst, bitte.« Er gab den Blick frei auf den Kartondeckel. Inhalt: eine Großpackung Biobitterschokolade aus fairem Anbau. Herr Schütz ließ grüßen. Ich verstand sofort, warum Tillmann diese Schokoladenmassen mit sich führte. Dunkle Schokolade kurbelte die Serotoninausschüttung an. Wahrscheinlich hatte er deshalb ständig umgepackt – er hatte Angst, dass sie in der Hitze schmelzen könnte. Trotzdem leuchtete mir sein Verhalten nicht ganz ein. Es war nur Schokolade, keine Großpackung Antidepressiva, also nichts, wofür man sich schämen musste. Außerdem passte es nicht zu Tillmann, sich für etwas zu schämen. Das war gewiss nicht der Grund, weshalb er die Antidepressiva als Therapie ablehnte.

Trotzdem beließ ich es dabei, gnädig zu nicken und ihn den Koffer wieder schließen zu lassen.

»Schnüffel nicht in meinen Sachen rum, Ellie, ich hasse das«, warnte er mich mit einem Blick, der mir eindringlich zeigte, dass er bei diesem Thema keinen Spaß verstand. Fügsam zog ich mich auf mein Schrankbett zurück, das den halben Raum blockierte, wenn es aufgeklappt war, und wartete darauf, dass Tillmann seine Körperpflege beendet hatte. Immerhin hatten wir ein Bad (rosa Fliesen und ein angelaufener Spiegelschrank) und die Möglichkeit zu duschen, Tillmann husch, husch, ich ausgiebig, obwohl das Wasser nur in einem dünnen Sprühregen aus dem verkalkten Duschkopf tröpfelte.

Danach versuchte ich, ein Nickerchen zu machen und mich abzuregen, doch mein Kopf war zum Bersten voll. Wie in einer unendlichen Diashow zeigte er mir all die neuen Bilder, mit denen er heute konfrontiert worden war, und blendete dabei beklemmend häufig die Aufnahme des verlassenen Hauses ein, das mich so magisch angezogen hatte. Auch die Schlange schoss erneut auf mich zu.

Eine Blindschleiche, hatte Paul gesagt. Gianna hatte auf eine Natter getippt. Doch in den Augen beider war die Schlange klein gewesen. Ich konnte nicht sagen, ob sie groß oder klein gewesen war – es war vor allem ihre aggressive Angriffsposition, die in meinem Gedächtnis haftete. So etwas hatte ich noch nie gesehen und eigentlich hätte es mich sofort in die Flucht treiben müssen. Stattdessen hatte ich ihr nahe kommen wollen. Ihre wunderschön gezeichneten Schuppen berühren. Ich hatte nach ihrem Biss gegiert. Es war, als ob ich ihn brauchte. Doch hatte sie wirklich *mich* beißen wollen? Mir war es eher so vorgekommen, als wolle sie mir zeigen, wozu sie imstande war. Eine Demonstration ihrer geschmeidigen Stärke und Schnelligkeit. Aber wozu? Im Gegensatz zu Gianna hatte ich mich vor Schlangen nie gefürchtet, jedoch auch nicht übermäßig für sie interessiert. Und ich konnte mich nicht daran erinnern, jemals zuvor von Schlangen geträumt zu haben.

Einen Moment lang war ich froh, dass Papa nicht bei uns war. Beschämt erkannte ich, wie er dieses spukhafte Erlebnis interpretieren würde. In diesem Punkt war er ein hoffnungsloser Freudianer. Schlangen waren Penisse. Ich biss in meine Fingerknöchel, um nicht zu lachen. Sorry, Papa, bei aller Liebe zu deinen psychologischen Interpretationen – mit Penissen hatte diese Episode nichts zu tun gehabt. Weder Sex noch Liebe hatten dabei eine Rolle gespielt. Eine größere, bedeutendere Sehnsucht schien dahinterzustecken – aber gab es die überhaupt?

Erhitzt zog ich das dünne Laken von meinem Oberkörper und versuchte, mich wieder zur Vernunft zu bringen. Die Gefühle, die ich in meinen Träumen erlebte, waren oft intensiver und mächtiger als die im tatsächlichen Leben. Dennoch – oder gerade deshalb? – sollte ich ihnen nicht zu viel Bedeutung beimessen. Wahrscheinlich war es nur eine unselige Überlagerung von Ohnmacht und Wachtraum gewesen. Schließlich war ich auch mal als Hirsch durch einen Bach galoppiert und hatte mich dabei großartiger und stärker gefühlt, als ich es als Mensch jemals erleben würde. Also nur eine Finte meines Bewusstseins? Eine Spielerei meiner Sinne?

Ich hatte keine Zeit, weiter darüber nachzudenken, denn Gianna orderte uns per Handy zum Restaurant La Rocca in der Nähe der Festungsanlage, wo Enzo uns zum Essen einladen wollte. Das konnte ja heiter werden.

Ich nahm mir für alle Fälle eine Kapuzenjacke mit und zog eine Jeans an, da es im Sitzen und nach Sonnenuntergang sicher frisch werden würde. Doch als wir das Hotel verließen und durch die Gassen zur Festung hinaufliefen, konnte ich kaum fassen, wie warm die Luft über unsere Haut strich. Für ein paar Sekunden rückten sogar meine Kopfschmerzen in den Hintergrund, weil das Gefühl, gar nicht erst frieren zu können, mich in ein hellwaches, erquickendes Delirium versetzte.

Auch Enzo hatte seinen Rauschzustand beibehalten. Gianna saß mit Leichenbittermiene neben ihm und ließ gerade einen recht feuchten Wortschwall über sich ergehen. Paul hatte die Not derweil zur Tugend erklärt. Vor seinem Gedeck stand ein gut gefülltes Glas Rotwein, an dem er ab und zu verklärt nippte. Tillmann schloss sich ihm motiviert an. Sogar Gianna schien sich Mut antrinken zu wollen. Nur ich verzichtete. Wenn ich jetzt Alkohol zu mir nahm, würden meine Kopfschmerzen sich ins Unendliche schrauben. Rotwein war dabei besonders gefährlich. Ich wählte eine *aranciata*, die sich als eine simple Fanta entpuppte und mir in einer Dose nebst Glas serviert wurde. Irgendwie schmeckte sie anders als in Deutschland, fruchtiger und säuerlicher. Oder lag es an der lauen Brise des Südens?

Enzo konnte Deutsch sprechen, das wusste ich von Gianna. Er hatte jahrelang in Deutschland bei Mercedes gearbeitet. Doch uns gegenüber sah er nicht ein, auch nur eine einzige deutsche Silbe zu verwenden. So hatte Gianna die mühselige Aufgabe, seine Wortgewitter zu sortieren, das Wichtigste herauszupicken und zu übersetzen. Es waren in erster Linie zwei Themen, die Enzo beschäftigten: Essen und *bambini*. Beim Essen kannte er sich aus wie kein anderer und würde natürlich alles besser machen als die Inhaber dieses Restaurants, wenn es denn seines wäre. *Bambini* waren ebenfalls ein Reizthema, denn er fand, dass Giannas Kinderplanung schon lange überfällig sei. Je später die Frauen *bambini* bekämen, desto schneller würden sie dahinwelken, und er wolle keine verdorrte Rose als Tochter haben. Im gleichen Atemzug zweifelte er vehement Pauls Fortpflanzungsfähigkeit an. Paul nahm es gelassen und mit seinem typisch derben Humor, was Enzo immer öfter zu einem johlenden Lachen ermunterte, bei dem wir nie genau wussten, ob es dazu diente, Paul zu verhöhnen oder sich gemeinsam mit ihm zu freuen.

Mich überanstrengte bereits die Auswahl des Essens. Die Speisekarte hätte genauso gut auf Chinesisch erstellt worden sein können. Ich konnte nicht eine einzige Zeile übersetzen. Vielleicht hätte ich besser daran getan, Italienisch zu lernen, anstatt beim Surfen ständig auf unwichtige Werbeseiten abzudriften. Hilfe suchend blickte ich Gianna an, die sogleich ihren Vater befragte, und obwohl Enzo an vernichtender Kritik nicht sparte, attestierte er dem Laden die besten Nudeln der Provinz Rimini. Ich entschied mich dazu, ihm zu vertrauen – schließlich sagten Kinder und Betrunkene gemeinhin die Wahrheit –, und bestellte Nudeln mit *sugo*, was immer das auch sein mochte.

»Gut, Nudeln, und dann?«, dolmetschte Gianna.

»Nichts dann. Nudeln«, antwortete ich spröde und kam mir furchtbar dumm dabei vor. Hatte ich etwa immer noch nicht verstanden, was die beiden mir sagen wollten? Enzo redete aufgeregt weiter und stieß beim Gestikulieren beinahe sein randvolles Weinglas um.

»Er will wissen, was du danach möchtest? Hase? Taube?«

»Taube? Ihr esst Tauben?«, fragte ich mit unverhohlenem Entsetzen und biss mir sofort auf die Lippen. Enzo wollte zwar kein Deutsch sprechen, doch ihm entging bestimmt nicht, was ich gesagt hatte. »Nein, lieber nicht, danke. Ich esse nur die Nudeln. Das reicht mir.«

Gianna winkte resolut ab und wirkte dabei höchst italienisch, was sie mir ein wenig entfremdete, denn ich fragte mich nach diesem langen Tag zum wiederholten Male, warum Italien eigentlich für seine Schönheit und Harmonie gepriesen wurde wie kaum ein anderes Urlaubsziel. Italien war das Land der Liebe, das Land, in dem die Zitronen blühten, das Land der Kunst, Architektur und Mode und augenscheinlich auch das Land der Völlerei. Nudeln als Vorspeise – das war ein Attentat auf mich und für Paul das Schlaraffenland. Ich wusste sofort, dass ich meinen *primo piatto*, wie der Berg an Tagliatelle verniedlichend genannt wurde, nicht würde aufessen können. Die Soße war zwar eine Offenbarung, aber sie hinterließ einen See aus Olivenöl. Ich hatte schon immer eine Abneigung gegen zu viel Fett gehabt. Es verschloss mir den Magen.

Enzo jedoch nahm bereits meine Taubenverweigerung persönlich und attackierte mich fortwährend mit neuen Wortkaskaden. Gianna hatte es aufgegeben zu übersetzen und es brachte mich zunehmend in Bedrängnis, ihm nicht antworten und sagen zu können, dass ich zufrieden mit meinen Nudeln war und das alles doch nicht böse gemeint war. Ich hatte das ungute Gefühl, nach allen Regeln der Kunst ausgeschimpft zu werden. Warum half mir denn keiner? Ich wollte mit einem flehentlichen Blick Pauls Aufmerksamkeit wecken, doch er guckte mit schweren Lidern ins Nirgendwo, während Tillmann ungeniert ein paar steilen Italienerinnen nachglotzte. Sämtliche Männer an diesem Tisch waren betrunken.

Ehe ich Gianna ansprechen konnte, die gerade mit dem Kellner schnatterte, packte Enzo mein Handgelenk und rüttelte es. Was wollte er? Ich ahnte, was geschehen würde, wenn ich die Kontrolle über meine Wut verlor. Schon bauten sich Fantasien in meinem Kopf auf, in denen ich die komplette Tischdecke wegzog und das Geschirr krachend auf dem Steinboden zerschellte, Soße und Hasenknochen überall, und die anderen anschrie … Nein, das durfte ich nicht. Ich ballte meine linke Hand zu einer Faust, bis die Nägel sich in die Haut bohrten, und führte mit der rechten trotz Enzos Klammergriff eine weitere Gabel Pasta zum Mund.

Mühsam schluckte ich, doch eine besonders hartnäckige Nudel blieb an meinem Gaumen kleben, weil die Tränen sich in meinem

Schlund zu einem ihrer berühmten Gewaltangriffe sammelten, wie immer, wenn ich meiner Wut keinen Raum ließ. Dann gab sie einer übermächtigen Trauer freies Geleit. Dabei war die Situation lediglich unangenehm; ich war es nicht alleine, die mir leidtat. Enzo tat mir ebenfalls leid. Es war mir, als ob sein Lebensglück davon abhinge, was ich aß. Auf einmal hatte ich den irrigen Gedanken im Kopf, dass er nur von seiner Trunksucht loskäme, wenn ich noch eine Taube und einen gebratenen Hasen bestellte. Doch mir war bereits schlecht. Und wenn sich in Pauls, Giannas und Tillmanns Leben nichts änderte, würden sie ebenfalls anfangen zu trinken. Alles nur meinetwegen. Ich hatte die Mahre auf sie angesetzt.

Ich musste weg, sofort. Ich wischte mir den Mund mit der Papierserviette ab, leerte im Stehen meine Limonade, um die störrische Nudel wegzuspülen, und verließ mit einem zittrigen Gruß das Restaurant, bevor ich die Herrschaft über mich verlor.

Mein Kanal war voll. Ich konnte nichts mehr von dem, was mir hier geboten wurde, in mich aufnehmen, geschweige denn verarbeiten: den Anblick von Tillmann und Paul, die mit Macht versuchten, Enzos Alkoholspiegel zu überbieten, die unglückliche Gianna, wie sie sich bemühte, die Macken ihres Vaters zu vertuschen, und mir völlig fremd vorkam, wenn sie mit ihm auf Italienisch über mich redete, die Beflissenheit der Kellner, die unaufgeforderte Anteilnahme an allem, was ich tat, und vor allem an dem, was ich nicht tat.

Ich konnte es ihnen nicht recht machen. Dazu hätte ich ein anderer Mensch werden müssen. Oh, wie oft schon hatte mich das zum Weinen gebracht – dieses lähmende, erdrückende Gefühl, nicht zu genügen, den anderen nicht fröhlich und witzig und stark und oberflächlich genug zu sein. Sondern stets zu kompliziert und sensibel und schwierig. Vor allem schwierig. Eine einzige Spaßbremse.

Ich war aber nun mal Elisabeth Sturm, ich konnte es nicht ändern und sehnte mich plötzlich in die eisige Polarnacht zurück, wo die

Sturms Sturms sein konnten, ohne bewertet und diskutiert zu werden. Weil wir es allein taten. Hier aber hatte ich das Gefühl, ein Hemmschuh zu sein, indem ich war, wie ich war.

Wie meistens, wenn ich die Einsamkeit suchte, verflog meine Wut, doch der Eindruck, mir selbst ausgeliefert zu sein, blieb. Wurde das denn nie besser? Als Colin und ich uns im Wald bei den Wölfen versöhnt hatten, war ich der festen Überzeugung gewesen, zäher und robuster geworden zu sein. Dass mich nichts mehr so leicht aus der Balance bringen würde. Welche Balance, zum Teufel? Es gab keine Balance. Selbst wenn ich mit mir im Reinen war, konnten mich immer noch die Sorgen und Probleme der anderen Menschen von jetzt auf nachher hinunterziehen, als wären sie meine eigenen. Ich fand keine Distanz zu ihnen. Ich fühlte Tillmanns brennende Sehnsucht nach Tessa, Giannas Angst und Scham, Pauls krankhafte Schwere. Es war zu viel für mich.

Wie sollte ich so nur leben, mit all dieser Trauer und Wut und diesem verdammten Mitgefühl? Ich konnte es ja nicht einmal vernünftig umsetzen! Stattdessen haute ich ab.

Während ich in meinem Kopf Argumente zurechtlegte, mit denen ich später meinen plötzlichen Aufbruch begründen wollte, ohne jemanden zu verletzen, lief ich mehr blind als sehend dem Burghof entgegen, der sich ohne jegliche Brüche in das mittelalterliche Stadtbild einfügte. Erst als ich die Mauerbrüstung erreicht hatte, beschloss ich, meine Umgebung wahrzunehmen, und wurde mit einem Panoramablick belohnt, der mir den Atem stocken ließ.

Ich sah hinab auf eine ausgedehnte Landschaft mit sanft gerundeten Hügeln, in deren flachen Tälern sich die Felder und Wiesen wie Teile eines antiken Mosaiks aneinanderfügten, eine berückende Sinfonie aus Blau- und Grüntönen, die nicht kühl ozeanisch wirkten, sondern warm und verspielt. Ganz in der Ferne, wo die Hügel einer Ebene Platz machten, glaubte ich, einen Streifen Meer zu erkennen.

Trotz der Lieblichkeit, die dieser Ausblick barg, war dies kein lieblicher Ort. Links und rechts von mir thronten zwei schwarze Kanonen vor der Mauer, stabilisiert durch uralte, verwitterte Holzbalken. Sie wirkten intakt und schussbereit, als müsste man sie nur mit Munition füttern und befeuern, um einen neuen Krieg anzuzetteln. Ja, ich konnte mir gut vorstellen, dass man von hier aus Ränke schmieden und Schlachten führen konnte, bei denen es keinerlei Zweifel gab, dass man sie gewinnen würde. Koste es, was es wolle. Die bauchigen Blumentöpfe, die den Burghof säumten und vor den Häusern der Anwohner standen, milderten das kriegerische Ansinnen dieser Festung kaum, nein, die blutroten Blüten der Gewächse betonten es sogar.

Auf einmal wollte ich vergessen, was wir vorhatten und planten. Nämlich genau das: einen Krieg. Es genügte mir, hier zu sein, hinunter auf die Schönheit dieser Welt zu blicken und mich selbst aus der Verantwortung meines Daseins zu ziehen. Ich wünschte mir eine Macht, die mich führte und mir genau sagte, was ich zu tun und zu lassen hatte. Das Diktatorendasein war anstrengend geworden. Meine Blicke tauchten erneut in das Blaugrün vor mir ein, um sich zu beruhigen. Es half.

»Ist das wirklich das Meer?«, flüsterte ich wie im Traum.

»Ja, das ist es.« Gianna war neben mich getreten und richtete ihre gelblichen Augen, die mich immer an nasse, glänzende Bernsteine erinnerten, fest auf den Azurstreifen am Horizont. Die Sonne war bereits untergegangen, doch der Himmel wollte sich seine Helligkeit nicht nehmen lassen. Er strahlte immer noch.

»Eigentlich liebe ich dieses Land«, sprach Gianna leise weiter. »Es ist so schön. Aber das kann man nicht immer sehen und oft täuscht es einen auch, deshalb … Ellie … es tut mir leid, ich hatte gehofft, dass mein Vater aufgehört hat zu trinken oder dass ich mich darin geirrt hatte und es nur eine Phase war, aber …« Sie schüttelte so heftig den Kopf, dass ihre seidigen Haare wie Krähenfedern durch die Luft wirbelten. »Falsch gehofft. Er tut es immer noch. Scusa. Er meinte es nicht böse, als er dir das Essen anbot, aber …«

»Das weiß ich doch, Gianna.« Ich bereute meinen überstürzten Aufbruch mit einem Mal so sehr, dass ich Gianna nicht ins Gesicht sehen konnte. Ich hatte mich unhöflich verhalten, nicht nur Giannas Vater gegenüber, sondern auch gegenüber ihr selbst. Denn genau so etwas hatte sie befürchtet. Deshalb hatte sie Angst gehabt. Angst vor unseren Reaktionen. Außerdem hatte ich nicht verbergen können, dass ihre Heimat eine riesengroße Enttäuschung für mich war, angefangen von der Raststätte, den labberigen Sandwiches, die wir unterwegs verspeist hatten, dem Temperament der Menschen bis hin zu der Qualität unserer Herberge heute Nacht und dem Mottenkugelgestank im Zimmer. Wie hatte ich mich nur so gehen lassen können?

»Ich weiß auch nicht, was in mich …«

»Nein, Ellie, lass mich ausreden«, bat Gianna. Ich wagte, sie anzuschauen. Eine Träne rann über ihre Wange. »Du kannst doch nichts für das Alkoholproblem meines Vaters. Ich weiß außerdem sehr gut um dieses Land. Es kann einen erschlagen. Italien ist krass. Ich kann es besser kaum ausdrücken. Es ist ein krasses Land. Es überwältigt einen und wirft einen auf sich selbst zurück. Manche Menschen können damit umgehen, vor allem die, die nur Spaß haben wollen und alles oberflächlich betrachten, aber wer so ist wie du oder ich, steht unter Schock. Auch ich stehe jedes Mal unter Schock, wenn ich hierherfahre. Du musst dich diesem Land ergeben, sonst wird es dich ausspucken wie eine faule Frucht.«

Ja, genauso hatte ich es empfunden. Das hätten meine Worte sein können, wenn ich Giannas sprachliches Talent besessen hätte. Sie hatte sich viele Gedanken über meinen Zustand gemacht, stellte ich erstaunt fest – und sie verstand mich sogar. Umso stärker belasteten mich meine Schuldgefühle. Doch noch immer wollte sie mich nicht darüber reden lassen.

»Ich weiß, dass die Autobahnraststätten zwischen Mailand und Modena manchmal eine Zumutung sind, und auch die Poebene – na ja, es ist nicht das, was man sich vorstellt, oder?« Ertappt. Sie lächelte mich schief an. »Ich hab mir auch gedacht, dass du glaubst, wir fahren heute ans Meer, aber ich … ich konnte dir das nicht sagen, genauso wenig, wie ich euch sagen konnte, dass mein Vater …« Ihre Tränen hinderten sie daran weiterzusprechen.

»Ach, Gianna …« Ich war noch nie außergewöhnlich begabt im Trösten gewesen und schätzte Gianna nicht als eine Frau ein, die von einer Jüngeren in den Arm genommen werden wollte. Deshalb entschied ich mich, sie sanft anzurempeln, froh darüber, dass sie über sich redete, anstatt mich auszuquetschen. »Man kann sich seine Eltern eben nicht aussuchen.«

Hätte ich denn einen anderen Vater haben wollen? Einen echten Menschenvater? War es Papas Mahrblut, das ihn für mich so besonders machte, oder wäre unser Verhältnis noch viel inniger gewesen, wenn er niemals angefallen worden wäre? Was wusste ich überhaupt wirklich über ihn?

»Er liebt mich über alles. Ich bin sein kostbarster Schatz, sein Engelchen«, sagte Gianna erstickt. »Aber er kann nicht begreifen, dass ich anders leben will, als es in Italien für mich möglich wäre. Er kann und will das nicht begreifen. Ich könnte hier nicht leben, ich könnte das nicht … obwohl ich jedes Mal, wenn ich herkomme, denke, ich müsste es tun, weil es keine einzige Straße in Deutschland gibt, über die ich so selbstsicher laufen kann wie durch diese Gassen. Ist das zu wirr?«

Ich schüttelte den Kopf. »Nein, gar nicht.«

Gianna seufzte schwer. »Er hat sich von Kind an durchbeißen müssen, weißt du. Er ist in nackter Armut groß geworden, dann ist er nach Deutschland gegangen, um sich den Buckel krumm zu arbeiten, hat sich nichts gegönnt, alles gespart, sich das Haus im Süden gebaut, um den anderen zu zeigen, dass er es geschafft hat. Und keiner will dorthin. Meine Mutter lehnt es ab, ich war seit Jahren nicht mehr unten, es steht die meiste Zeit leer. Sein ganzes Erspartes hängt darin. Er will dort nicht einziehen, weil er darauf wartet, dass ich es tue, samt italienischem Mann, und lebt stattdessen hier im Norden in der Absteige seiner verstorbenen Tante, wo jeder auf ihn herabschaut und niemand ihn respektiert …« Gianna schluchzte auf und wischte sich über die Nase. »Es ist nicht fair, aber ich kann ihm nicht helfen. Ich kann nicht!«

Meine Hände schwitzten vor Scham. Enzo mochte mittelalterliche Vorstellungen von Moral und Familienplanung hegen, doch wahrscheinlich hatte ich ihn mit meinem zurückhaltenden Benehmen beleidigt. Ich hatte mich benommen wie ein Trampeltier, so, wie man es meinen Landsleuten im Ausland gerne nachsagte. Eigentlich fehlten nur noch die Speckhüften und der Sonnenbrand.

»Gianna, es tut mir furchtbar leid, ich konnte das alles nicht mehr filtern, es war zu viel. Es ging nicht.«

»Hör schon auf, Ellie, ist doch okay … Mann, du warst heute Mittag mindestens eine Viertelstunde lang ohnmächtig, eigentlich hätten wir dich in ein Krankenhaus bringen müssen!« Gianna tätschelte mir die Schulter, aber ich begann zu frösteln, obwohl die Luft nichts von ihrer liebkosenden Wärme verloren hatte.

»Eine Viertelstunde?«

»Ja. Vielleicht auch zwanzig Minuten, ich habe nicht auf die Uhr geschaut, aber es war richtig schwierig, dich wieder wach zu kriegen … Ellie, alles in Ordnung?«

»Nein«, wisperte ich und setzte mich auf die Mauerbrüstung. »Ich dachte, ich hätte nur ein paar Sekunden lang auf dem Boden gelegen und sei sofort wieder aufgestanden, weil das Haus …« Ich brach ab. Weil das Haus mich zu sich gerufen hatte? Gianna nahm neben mir Platz und sah mich forschend an.

»Es kann schon sein, dass man während einer Ohnmacht das Zeitgefühl verliert, so ähnlich wie bei einer Narkose. Das ist nicht ungewöhnlich, oder?«

»Nein, aber …« Wieder wusste ich nicht, wie ich formulieren sollte, was mir durch den Kopf ging. Vielleicht, weil sich der konkrete Gedanke zu plump anhörte. »Ich hab mich gefragt, ob … ob in diesem Haus vielleicht ein Mahr wohnt.«

Gianna fing lauthals zu lachen an. »Ellie, das war ein Heuschober! Das würde dem Bauern aber auffallen, wenn da jemand drin wohnen würde.«

»Es war kein Heuschober, es war ein … ach, egal.« Anscheinend hatten mir meine überreizten Sinne einen Streich gespielt. Auch mir kam die Vorstellung, ein Mahr – oder gar Tessa persönlich – würde einige Hundert Meter von der Autobahn entfernt in einer bäuerlichen Scheune wohnen, absurd und lächerlich vor. Mein Verhalten war ebenfalls lächerlich gewesen. Ich hatte nichts mehr getrunken, um nicht pinkeln zu müssen, weil ich die Klos nicht betreten wollte. Das war kindisch.

»Vielleicht lag's auch an der Musik. Keane, der Song, der gerade lief«, versuchte ich mich halbherzig zu erklären.

»Ja, der geht unter die Haut. Wusstest du, dass der Sänger schwer drogenabhängig war?« Gianna nutzte jede Gelegenheit, um meine musische Bildung voranzutreiben, und ich hatte ihr soeben eine geboten. Sie stürzte sich darauf wie ein Raubvogel. »Angeblich hat er sich in seine Kokainsucht geflüchtet, weil er darunter litt, dass viele Musikerkollegen ihn als weichlichen Jammerlappen verspotteten. Keane gilt als uncool. Es ist eben keine Männermusik.«

Ich schluckte einen spitzfindigen Kommentar hinunter. Ich hatte anfangs ähnlich gedacht. Doch dieser eine Song hatte mich mit sich gezogen. Noch immer schwirrten seine Harmonien durch meine Ohren, obwohl wir anschließend etliche andere Nummern gehört hatten.

»Manchmal denke ich, er hat *Broken Toy* unter Drogen geschrieben …« Gianna schüttelte sich, als wolle sie unsere Aussprache mit dieser Hypothese abschließen. Sie griff in die Tasche ihres abenteuerlich kurzen Rocks und zog einen kleinen unauffälligen Schlüsselbund hervor. »Schau mal, was ich hier habe. Unser Schlüssel zum Glück«, flötete sie sarkastisch und wir mussten beide grinsen. Sie hatte es geschafft, das Ferienhaus zu bekommen, ganz ohne Heiratsversprechen und Braten im Ofen. Wir konnten unsere Reise morgen fortsetzen. »Lass uns wieder zu den anderen gehen. Die Männer sind knülle und warten auf ihre Frauen.«

Gianna sollte recht behalten. Enzo, Paul und Tillmann hingen friedlich und sturzbetrunken an ihrem Terrassentisch und brachen in hochemotionales Wehklagen aus, als sie uns erblickten. Vermutlich schweißte Männer nichts enger zusammen als das gemeinsame Aufzählen und Diskutieren weiblicher Unzulänglichkeiten. Damit sollten sie ruhig noch ein Weilchen weitermachen. Für mich war der Abend trotz Giannas und meinem Burgmauerngespräch und meiner abflauenden Wut gelaufen, ich wollte schleunigst ins Bett, um morgen nicht wieder auf halber Strecke einer Ohnmacht zu erliegen.

Ich drückte Enzo ein Küsschen auf seine erhitzten Wangen, als ich mich von ihm verabschiedete, und hoffte, dass er diese scheue Zärtlichkeit als Entschuldigung akzeptierte. Er strahlte selig. Meinen dürftigen Appetit hatte er schon wieder vergessen. Gianna begleitete mich noch bis zum Hotel, wo wir uns Gute Nacht sagten.

»Mach dich auf was gefasst, Ellie. Das heute war nur eine Einstimmung«, unkte sie. »Süditalien ist ein anderes Kaliber. Hier ist es warm. Da unten ist es heiß.«

Wir einigten uns darauf, schon bei Sonnenaufgang zu starten; die ersten Etappen konnte Gianna übernehmen, bis Paul entsprechend ausgenüchtert war. So würden wir es eventuell vermeiden können, in die sengende Nachmittagshitze zu geraten. Falls wir gut durchkamen.

Ich fühlte mich wie im siebten Himmel, als ich mich aus meinen viel zu warmen Klamotten befreite und auf meinem quietschenden und wackelnden Schrankbett ausstreckte. Ich rieb mir die Schläfen mit Pfefferminzöl ein, was sie sofort angenehm kühlte, doch der Schlaf ließ sich trotz meiner Müdigkeit bitten. Bei geschlossenem Fenster bekam ich keine Luft und das offene Fenster war wie ein Verstärker für das, was sich draußen auf der Piazza und in den Sträßchen abspielte. Die Einwohner machten die Nacht zum Tage. Immer dann, wenn sich die Lage gerade zu beruhigen schien und meine Nerven sich entspannten, jaulte eine Vespa auf und schoss knatternd um die Ecke, als wolle sie die Mauern des Hotels rammen, und fast immer hielt diese Vespa mitten auf der Piazza bei laufendem Motor an, weil ihr Fahrer jemanden gesehen hatte, mit dem er (wahlweise auch sie) sich schreiend und rufend unterhalten musste. Es war eine Tortur.

Trotzdem genoss ich es, allein sein zu können und meinen Frieden zu haben. Mein Körper schlief sogar schon; ich merkte es daran, dass ich mich nicht überreden konnte, meinen Arm zu heben und nach der Wasserflasche zu greifen, die ich neben mir auf den Boden gestellt hatte. Mein Durst und der Lärm jedoch hielten meinen Geist lange Zeit davon ab, sich ebenfalls dem Schlaf zu fügen, und so blieben meine Träume rätselhaft und unklar, bis ich ausgerechnet davon erwachte, dass es still geworden war. Die Bewohner Verucchios waren endlich schlafen gegangen. Wahrscheinlich lag auch Tillmann schon in der anderen Ecke des Zimmers, ausgeknockt vom Wein und dem mächtigen Essen. Wenn er bei Sinnen gewesen wäre, hätte ich das gespürt. Die Luft in unserer Kammer war frischer geworden – immer noch lau, aber aromatisch und würzig.

Jetzt konnte ich meinem Arm endlich den lange überfälligen Befehl erteilen, nach der Wasserflasche zu greifen. Ich hob ihn an, drehte ihn zur Seite, ließ ihn herabsinken und tastete mit den Fingern den Boden ab. Ich zuckte zurück, als hätte mich etwas gestochen, dabei war das, was ich gespürt hatte, weich und samtig gewesen. Eine Spinne mit Fell? Und wo war die Flasche geblieben? Mein Herz pochte erzürnt, als ich erneut meine Finger nach unten bewegte. Mit Schrecken stellte ich fest, dass mein Tastsinn mich nicht in die Irre geführt hatte. Ich spürte Fell unter meinen Fingerkuppen, Fell und die zarten Rundungen sanft gebogener Rippen, die sich durch dünne, zähe Haut drückten.

Mit angehaltenem Atem öffnete ich meine Augen. Über mir spannte sich der tiefschwarze Nachthimmel, dessen Abertausend Sterne mich blinkend begrüßten. Ich lag wie vorhin auf dem Rücken, die Beine ausgestreckt. Aber ich befand mich im Freien. Links neben mir berührten meine Fingerspitzen sonnenwarme Steine und … Fell. Was aber war auf der anderen Seite? Ich ließ meinen rechten Arm hinabgleiten, doch meine Hand fasste ins Leere. Da war nichts. Ganz langsam, bei jedem Millimeter darauf bedacht, mein Gleichgewicht zu kontrollieren, richtete ich mich auf. Trotzdem hatte ich das Gefühl zu fallen, als ich den Abgrund neben mir sah. Jede hektische, unkoordinierte Bewegung konnte meinen Tod bedeuten.

Ich wagte erst wieder zu atmen, als ich mich von der Mauer weg auf die Pflastersteine der Gasse gesetzt hatte. Schlotternd lehnte ich meinen Rücken gegen die niedrige Mauer hinter mir und zog die Beine an, um mich eine Weile an mir selbst festzuhalten, bis die Gewissheit, dem Sturz ins Nichts entronnen zu sein, auch in meinem ungestüm schlagenden Herzen angekommen war.

Nun sah ich, was ich berührt hatte, als ich nach der Flasche greifen wollte: eine Katze. Mindestens ein Dutzend von ihnen hatte sich um mich geschart und blickte mich an; unzählige schillernde Augen, in denen sich das Licht der Sterne und der altertümlichen Straßenlaternen mit einem matten, künstlich wirkenden Grün brach. Sie belauerten mich. Worauf warteten sie? Sie sahen mich an, als wäre ich gekommen, um ihnen ein Geheimnis zu überbringen – nicht misstrauisch oder angriffsfreudig, sondern geduldig, gelassen, vertraut. Betrachteten sie mich als eine von ihnen, als ein Wesen der Nacht? Sie verfolgten jede meiner Regungen, selbst meine Wimpernschläge und das Heben und Senken meiner Brust entging ihnen nicht.

Ungläubig registrierte ich, dass ich ein dünnes, ausgeschnittenes Sommerkleid trug – ein Kleid, das ganz unten in meinem Koffer gelegen hatte, weil ich es beim Packen als Erstes aus dem Schrank gezogen hatte. Seidenweich strich der Saum um meine Knie.

»Ich muss euch wieder allein lassen«, flüsterte ich. »Ich gehöre hier nicht her.« Die Katzen blieben still sitzen, als ich aufstand und die gepflasterte Gasse entlangrannte, ohne dass meine nackten Sohlen auch nur den geringsten Laut verursachten. Ich passierte Torbögen, nahm Abkürzungen durch aberwitzig enge Gässlein, überquerte einen verlassenen Hof, kletterte über eine Mauer und ließ schließlich den mit trockenem Gras bewachsenen Burghof hinter mir, bis ich vor dem Hotel stand. Ich hatte mich kein einziges Mal verirrt – als würde ich diese Stadt kennen. Das war es, was mir so bedrohlich vorgekommen war, während wir hineingefahren waren. Ich war schon einmal hier gewesen, und wenn es nur in meinen Träumen geschehen war. In diesen Sträßchen würde ich mich niemals verlaufen können. Es war jemand bei mir, der mich führte und meine Blicke leitete. Er war in meinen Träumen da gewesen und war es jetzt. Er war es auch, der mich gestern in das leere Haus gerufen hatte. Bei ihm fühlte ich mich sicher und leicht. Ich blieb stehen.

Lauschte. Kein Geräusch außer meinem fließenden Atem. Doch er war da. Hinter mir. Ganz dicht. Langsam drehte ich mich um, damit ich ihn ansehen konnte, und blickte ins Nichts. Die Piazza lag leer vor mir. Wann würde er sich mir endlich zeigen? Ich sehnte mich nach ihm. Doch die Zeit war noch nicht reif.

Ich wandte mich wieder dem Hotel zu und dachte kurz darüber nach, die Hauswand bis zu unserem weit geöffneten Fenster zu erklimmen, verwarf die Überlegung aber im gleichen Atemzug. Es ging auch einfacher. Ohne zu zögern, drückte ich die Klingel des Portiers – wahrscheinlich der Besitzer, denn einen Nachtwächter konnten sich die Inhaber bestimmt nicht leisten. Nach einigen Minuten erschien er im Morgenmantel an der Glastür und drückte auf die Entriegelung. Summend schwang sie auf.

»Entschuldigen Sie bitte die späte Störung, ich hatte mich verlaufen«, erklärte ich freundlich und deutete auf die Schlüsselwand über der Rezeption. »Zimmernummer 8. Wären Sie so lieb?«

Mit einem schlaftrunkenen Nicken schlurfte er hinter den Tresen der Rezeption und reichte mir den Schlüssel.

»Vielen Dank! Und gute Nacht.«

»Gute Nacht, Signorina.«

Tillmann saß aufrecht und mit geröteten Lidern im Bett, als ich die Tür öffnete und zu ihm ins Zimmer trat. Seine Haare sahen zerwühlt aus.

»Ellie, endlich! Wo bist du gewesen? Ich warte schon seit Stunden auf dich. Ich dachte, du wärst vor uns schlafen gegangen!«

Ich setzte mich auf meine Matratze. Noch immer haftete das Lächeln auf meinen Lippen, mit dem ich den Portier um den Schlüssel gebeten hatte. Es fiel mir so leicht, dass ich es behalten wollte.

»Bin ich auch. Ich war hier. Ich dachte jedenfalls, ich wäre hier gewesen.« Verzückt lauschte ich dem Klang meiner Stimme. Sie hörte sich wundervoll an. Ein bisschen rau, aber auch sehr weiblich.

»Dann wurde ich plötzlich wach und lag auf der Stadtmauer. Seltsam, oder?«

Tillmann runzelte seine dichten Brauen. »Was ist los mit dir, Ellie? Hast du was getrunken?«, fragte er mit schwerer Zunge.

Ich lachte. »Keinen Schluck. Wie gesagt – ich hatte eigentlich schon geschlafen.«

»Aber wie bist du dann aus dem Zimmer gekommen? Die Tür war abgeschlossen. Und dein Schlüssel hing ja eben unten, sonst hättest du nicht aufschließen können, oder?« Tillmann hielt inne, um die Logik seiner Worte zu überprüfen, doch sie war korrekt. Wir hatten beide jeweils einen Schlüssel ausgehändigt bekommen.

»Vielleicht durch das Fenster«, vermutete ich gelassen. Man konnte sich problemlos von dem Sims auf die Straße hinabfallen lassen, ohne sich Verletzungen zuzuziehen. Ich hatte jedenfalls keine davongetragen. Lediglich meine nackten Sohlen brannten vom schnellen Laufen.

»Hast du dann gerade unten geklingelt oder was?« Tillmann strich sich über den Nacken, sein typisches Zeichen für Anspannung.

»Ja«, erwiderte ich achselzuckend. »Klar. Ich hab den Besitzer aus den Federn geholt und höflich um meinen Schlüssel gebeten. Was denn sonst?«

»Ellie …« Tillmann rückte ein Stück zu der kahlen Wand hinter sich, als wolle er bei ihr Schutz suchen. »Wie ist der Schlüssel denn dann an das Bord gelangt, wenn du aus dem Fenster geklettert bist? Wer hat ihn da hingehängt? Außerdem hast du den Pförtner nicht darum bitten können. Du kannst kein Italienisch.«

Dieser letzte Satz war wie ein Eimer kaltes Wasser, das über meinem Kopf ausgeschüttet wurde. Erneut begann ich zu schlottern, doch dieses Mal hoffte ich, dass es sich nicht wieder legen würde. Es musste mich wach und bei Sinnen halten. Ehe Tillmann sich meinen Überfall verbitten konnte, war ich zu ihm ans Bett gestürzt und klammerte mich an ihm fest wie eine Ertrinkende. Doch auch er hatte Angst. Er erwiderte meine Umarmung, als würde ich ihn vor allem Bösen retten können. Ich spürte, dass er eine Gänsehaut auf seinen Armen und seinem Nacken hatte. Er zitterte.

»Scheißalkohol«, murmelte er und verströmte dabei eine pikante Fahne nach Wein, Zwiebeln und Knoblauch. »Ich vertrag den Mist nicht. Ich hätte nicht so viel trinken sollen …«

»Wie konnte der Portier mich nur verstehen?«, wimmerte ich. Wir legten uns nebeneinander auf die harte Matratze und zogen das Laken bis zu unserem Kinn hoch. »Und dann die Sache mit dem Schlüssel … Tillmann, hier stimmt gar nichts mehr … Ich hab eben gedacht, dass da jemand bei mir ist, unten auf der Straße, ich war mir sicher, dass ich nicht alleine bin. Ich hab ihn gespürt, er war da!«

»Bist du vielleicht auf den Kopf gefallen?«, fragte Tillmann lallend. »Hab mal gelesen, dass …« Er unterbrach sich, um zu rülpsen, und ich hatte eine kurze Vision von dem armen gebratenen Hasen, der uns serviert worden war. »… dass eine amerikanische Frau plötzlich einen chinesischen Dialekt sprach, nachdem sie eine Amnesie erlitten hatte. Keiner konnte sich erklären, woher das kam.«

»Mag sein, aber ich könnte dir jetzt keinen einzigen Satz auf Italienisch sagen. Oh Gott … was passiert da mit mir? Wie hab ich eben ausgesehen, als ich ins Zimmer gekommen bin?«, fragte ich flehend, obwohl ich mich vor Tillmanns Antwort fürchtete.

»Hübsch. Nicht so blass und zerknittert wie im Auto. Du hast geblüht, als kämest du von der besten Party deines Lebens. Du sahst irgendwie … na ja … versteh mich nicht falsch, aber manche Menschen sehen so aus, wenn sie gerade Sex hatten.«

»Ich hatte keinen Sex. Ich hab doch keinen Sex mit Katzen!«, rief ich empört.

»Katzen? Katzen!? Oh Mann, warum hab ich nur so viel getrunken?«

»Du hast schon richtig gehört«, beschwichtigte ich ihn. »Um mich herum saßen lauter Katzen und schauten mich an. Mindestens zwölf Stück. Aber ein Mensch war nicht da. Und auch kein … auch kein Mahr.« Ich musste plötzlich an Grischa denken und fühlte mich mit einem Schlag ernüchtert. Aber natürlich – ich hatte öfter Träume von fremden, unbekannten Orten oder Städten, in denen ich schließlich Grischa begegnete. Und obwohl ich diese Orte nicht kannte, fand ich mich in ihnen zurecht. Ohne nachzudenken, wusste ich, wohin ich gehen musste, um ihn zu finden. Wahrscheinlich war es nur wieder einer dieser Grischa-Träume gewesen. Ein Grischa-Traum ohne Grischa. Weil ich vorher aufgewacht war. Auf einer Stadtmauer. Und Italienisch sprechen konnte …

»Okay, okay, warte.« Tillmann kroch unter dem Laken hervor und setzte sich auf. »Warte, ich hab's.« Er wollte den Zeigefinger recken, stach ihn sich aber in die eigene Nase. Trotzdem dachte er scharf nach. Seine Augen verengten sich. »Das kann man alles erklären. Frei lebende Katzen halten nachts gerne Konferenzen, das ist bekannt, und vielleicht dachten sie, du hast was zu essen für sie. Punkt eins. Punkt zwei: Du bist geschlafwandelt. Kann passieren, oder? Ist es dir schon einmal passiert?«

Ich nickte. Nichts war tröstender als seine Sachlichkeit und ich wollte mehr davon hören.

»Dann hast du den Schlüssel wahrscheinlich im Schlaf unten abgegeben und bist rausgegangen und niemand hat gemerkt, dass du eigentlich gar nicht wach warst.«

Ich erwiderte nichts, obwohl ich an Tillmanns Version zweifelte. Wie hätte ich das tun sollen? Aber ich hatte mir auch ein Kleid angezogen, das ganz unten in meinem Koffer gelegen hatte.

»Punkt drei. Der Pförtner. Hast du geredet oder hat er geredet?«

»Ich hab geredet. Er hat mir nur Gute Nacht gesagt.«

»Was heißt Gute Nacht auf Italienisch?« Über das Wort »Italienisch« stolperte Tillmann ein bisschen, doch seine Zunge fing sich wieder.

»Buona notte.« So viel wusste ich immerhin.

»Gut. Das ist der Beweis, dass du kein besseres Italienisch als jetzt können musstest, um ihn zu verstehen.« Tillmann presste die Faust an die Lippen, um einen weiteren Rülpser zu unterdrücken. Trotzdem drang ein schwaches Hasenaroma zu mir durch. »Wahrscheinlich hast du aus Gewohnheit Deutsch geredet und er hat dich nur deshalb verstanden, weil deine Bitte ein typisches Touristenanliegen war, oder? Und selbst wenn nicht, so war ihm klar, dass du deinen Schlüssel haben willst, und mit Sicherheit konnte er sich an dich erinnern. Dein Gesicht vergisst man nicht so schnell wieder, Ellie.«

Die Logik in Tillmanns Worten war bezwingend und für den Moment wollte ich ihr glauben, um mich hinlegen und schlafen zu können. Doch meine Angst zweifelte an seinem Konstrukt. Dazu war das Gespräch mit dem Portier zu selbstverständlich gewesen und ich selbst zu souverän und charmant. Das war eigentlich nicht meine Art, auch wenn ich mir oft gewünscht hatte, so zu sein. Es hätte eher zu mir gepasst, die ganze Nacht vor dem Hotel zu kauern und zu warten, bis Tillmann aufwachte oder mich zu suchen begann. Aber es war sinnlos, sich zu dieser späten Stunde den Kopf darüber zu zerbrechen, denn trotz meiner Angst fühlte ich mich nicht in Gefahr und in Tillmanns Nähe hatte ich schon ganz andere Widrigkeiten durchgestanden.

Wir löschten das Licht, um nicht noch mehr Motten anzulocken, als bereits jetzt durch das Zimmer torkelten, und schliefen Rücken an Rücken ein, bereit, die Geister, die um uns kreisten, zu jeder Sekunde anzugreifen und zu vertreiben.

Toter Winkel

»Paul, Achtung, der Lkw! Paul!!«

»Mensch, Paul, mach doch was …«

»Paul, wach auf! Paul!«

Ohne mich zu regen oder in das Schreien von Gianna und Tillmann einzustimmen, sah ich mit befremdlicher Ruhe zu, wie unser Auto dem schweren Lkw neben uns immer näher kam und wir von der anderen Seite ebenfalls in den Schwitzkasten genommen wurden. Die schmutzige Wand des Schwertransporters war nur noch wenige Millimeter von der Karosserie des Volvos entfernt. Sie würde uns zerquetschen wie ein Elefantenfuß ein winziges Käferchen. Der Fahrer sah uns wahrscheinlich nicht einmal. Ich beobachtete die Lage, als handele es sich um ein wissenschaftliches Experiment, interessiert und mit angemessener Spannung, aber nicht übermäßig aufgeregt – bis Paul erwachte und um unser Leben zu hupen begann. Es dauerte mehrere Sekunden, bevor der Lastwagenfahrer begriff, dass da noch jemand auf der Spur und er drauf und dran war, unseren Volvo zusammenzufalten, unendlich lange Sekunden, in denen wir nur darum beten konnten, dass es schnell gehen würde oder aber ein Wunder geschah.

Das Schicksal entschied sich für ein Wunder.

Hupend wie wir scherten die beiden Lkws auseinander und gaben uns frei. Doch Gianna stoppte ihr Geschrei erst, nachdem Paul rechts rangefahren war und den Motor abgestellt hatte. Eine Weile blieb er wie versteinert sitzen, seine schönen, großen Hände auf das erhitzte Lenkrad gelegt. Dann stieß er die Tür auf und verließ das Auto, um über die Leitplanke zu klettern und ein paar Meter hinunter in das dornige Gestrüpp zu stiefeln, das sich neben der Autobahn ausbreitete. Wir befanden uns in der Nähe von Bari und natürlich hatten wir die Mittagshitze nicht umgehen können, weil wir auf der Höhe von Rom in den Berufsverkehr geraten waren. Das Autofahren wurde immer krimineller, je weiter wir in den Süden kamen, und jetzt war Paul auch noch am Steuer eingenickt.

Gianna, Tillmann und ich stiegen ebenfalls aus und spähten zu Paul hinunter. Das Gestrüpp führte in ein ausgetrocknetes Flussbett, auf das Paul nun unterdrückt schimpfend zustapfte. Um uns herum sah es aus wie in einer Westernlandschaft, es gab sogar mannshohe Kakteen, fleischige mattgrüne Gewächse mit gefährlich aussehenden Stacheln, auf deren Armen feigenartige Früchte wuchsen.

Wir folgten Paul über Steine und Geröll und mussten aufpassen, dass wir uns dabei nicht die Knöchel stauchten. Das Flussbett war so ausgedörrt, dass jeder Schritt Staub aufwirbelte. Paul hatte aufgehört zu schimpfen und blickte uns mit müdem Blick entgegen.

»Beruhigt?«, fragte er knapp. Wir nickten. »Wisst ihr, was mir gerade durch den Kopf geht?« Wir verneinten eingeschüchtert. Pauls Nerven waren bis aufs Äußerste angespannt und in solchen Situationen war es besser, wenn man sich auf wenige Worte beschränkte oder am besten gar keine verlor und ihn in aller Ruhe runterkommen ließ. Im Frühjahr war er auf mich losgegangen, weil ich bei einer Diskussion nicht lockergelassen hatte. Ich hatte seine Aggressivität im Nachhinein mit seinem Befall begründet, doch ich wusste nicht, ob die latente Gewaltbereitschaft sich schon vollkommen gelegt hatte. Um meinen Lieblingsspruch zu zitieren: Vorsicht ist die Mutter der Porzellankiste.

»Wir unternehmen diese Reise, um einen Mahr zu töten und unseren Vater aus den Fängen der Mahre zu befreien. Richtig?«

»Richtig«, murmelten wir im Chor.

»Und ihr dreht schon durch, wenn uns ein Lastwagen zu nahe kommt?«

Gianna knabberte auf der Innenseite ihrer Lippe herum, ich betrachtete ausführlich den großen ausgewaschenen Stein vor meinen Zehenspitzen, Tillmann stierte in den Himmel, wo es nichts anderes zu sehen gab als gleißendes Sonnenlicht. Der Himmel war nicht einmal blau. Er war weiß.

Wir wagten alle drei nicht zu sagen, dass Paul gerade am Steuer eingenickt war und die Situation verschuldet hatte.

»Ach …«, rief Paul wegwerfend und entfernte sich mit schleppenden Schritten von uns, ohne den Volvo aus den Augen zu lassen. Gianna verharrte eine Weile, dann trippelte sie ihm in gebührendem Abstand hinterher. Pauls Worte hatten bei mir ins Schwarze getroffen – aber auf andere Weise, als er beabsichtigt hatte. Er glaubte, dass wir dieser ganzen Geschichte nicht gewachsen waren. Ich hingegen glaubte, dass diese ganze Geschichte nicht zu der Art passte, wie wir unsere Reise gestalteten. Wir benahmen uns immer mehr wie ganz normale, ein wenig erschöpfte Touristen, die in den Sommerurlaub fuhren. Dieses Land war schuld daran. Italien ließ uns keine Chance, uns mit unseren eigentlichen Vorhaben zu beschäftigen. Es kostete unsere volle Aufmerksamkeit, auch in positivem, aber meistens in negativem Sinne. In einem einsamen Haus am Fjord konnte man vielleicht einen Meuchelmord planen, nicht aber hier, nicht in dieser Hitze und diesen Extremen, mit denen das Land uns ununterbrochen konfrontierte. Mir war schleierhaft, warum sich ausgerechnet an diesem Fleck Erde solch kriminelle Energie, wie sie die kalabrische Mafia an den Tag legte, entwickeln konnte.

Seit dem späten Vormittag befanden wir uns in einem Brutkasten. Das Innenthermometer des Volvos war bei 50 Grad ausgefallen und zeigte nur noch zerstückelte digitale Nonsenszahlen an. Unsere wenigen dünnen Kleider klebten an unserer Haut, unsere Haare waren verschwitzt, das Gebaren der italienischen Autofahrer verlangte Pauls Fahrkünsten das Letzte ab und die Raststätten waren nicht nur Seuchenherde, sondern hochgradig gefährlich, weil dort Banden ihr Unwesen trieben. (Wann immer ich diesen Gedanken im Geiste formulierte, konnte ich nicht glauben, was ich da dachte. Doch es war so.)

Als wir nach Rom das erste Mal Rast gemacht hatten, hatte Gianna uns eingebläut, das Auto niemals allein und unbewacht stehen zu lassen, und kaum hatte sie zu Ende gesprochen, lief ein junger, schlaksiger Italiener auf Tillmann zu und versuchte, ihm einen DVD-Rekorder aufzuschwatzen, während der andere darauf wartete, dass wir uns an dem Verkaufsgespräch beteiligten. Laut Gianna war genau das der Plan: massive Ablenkung, damit in unseren Rücken die Autos von ihren wichtigsten Wertsachen befreit werden konnten. Gerade die Touristen aus dem Norden waren dank der Hitze und ihrer Ermüdung leicht einzuwickeln und damit ein gefundenes Fressen.

Eher belustigend fand ich die Erkenntnis, dass die Süditaliener mich für blond hielten, obwohl meine Haarfarbe eindeutig in die Kategorie brünett fiel. Doch alles, was sich auf dem Kopf einer Frau befand und heller als schwarz war, brachte ihre Hormone in Wallung und ihren Jagdtrieb zum Erblühen. Noch nie war mir bei einem Gang vom Auto zur Tankstelle so oft hinterhergepfiffen und nachgerufen worden wie hier. Gianna brachte mir anschließend einen Satz bei, der meine Verehrer auf Abstand halten sollte. Er bedeutete übersetzt nichts anderes als »Was willst du, Schwanz?« und brachte auf den Punkt, dass man sehr wohl verstanden hatte, worum es hier ging, und den läufigen Italiener auf das reduzierte, was aus ihm sprach.

Ich nahm mir jedoch vor, diesen Satz, der sich genauso ordinär anhörte wie das, was er meinte, nur in Ausnahmefällen zu verwenden. Bei aller Skepsis gegenüber italienischen Liebesbeteuerungen fand ich ihn sehr beleidigend. Doch selbst Tillmann fühlte sich von den Flirtattacken in seiner Funktion als Beschützer angespornt. Bei unserem nächsten Halt positionierte er sich wie ein Bodyguard neben mich, um mich vor weiteren schändlichen Verbalangriffen zu bewahren. Und siehe da, die Gigolos hielten sich zurück (allerdings nur mit Worten, nicht mit Blicken).

Es waren nicht allein die Umgebung und die Menschen, die mich ablenkten. Auch meine diversen Körperfunktionen ließen es nicht zu, dass ich mich mit unseren Plänen beschäftigen oder ihr Ausmaß gar begreifen konnte. Nachdem meine beschleunigte Verdauung (die Nudeln!) mich schon vor Tillmann wieder aus dem Bett getrieben hatte und mein Kreislauf sich auf Notfunktionen beschränkte, war ich unsere zweite Reiseetappe wie einst die Bundesjugendspiele in der Schule angegangen: Man konnte sich leider nicht davor drücken, wollte sie aber mit Anstand und Disziplin über die Bühne bringen, denn noch schlimmer als Bundesjugendspiele waren Bundesjugendspiele, bei denen man versagte. Ich trank genug Wasser, pinkelte statt auf Klos hinter Büsche und hoffte darauf, dass meine minimale Nahrungszufuhr meine Verdauung in Schach hielt.

Doch wie Paul es gerade bemängelt hatte, brachten selbst Kleinigkeiten uns aus der Fassung. Zum Beispiel der Borkenkäfer, der sich bei der Mittagsrast aus einer der Schatten spendenden Pinien in meinen Ausschnitt hatte fallen lassen. Zu diesem Zeitpunkt wusste ich allerdings noch nicht, dass es sich um einen Borkenkäfer handelte, und vermutete zappelnd und kreischend das Schlimmste.

Doch ich war zu aufgepeitscht, um nachsehen zu können. Ich hatte Angst durchzudrehen, wenn ich in mein Shirt lugte und die haarigen Beine einer überdimensionierten Spinne entdeckte. Also griff ich durch den Stoff hindurch nach dem Vieh und zerquetschte es mit den Fingern, bis sich ein ölig brauner Fleck auf meinem Hemdchen ausbreitete, der einen strengen, harzigen Geruch aufsteigen ließ. Seitdem stank ich nach Borkenkäfer und sah aus, als hätte ich mich mit Exkrementen beschmiert.

All diese kleinen und großen Ereignisse hatten dazu geführt, dass ich mich nüchterner denn je fühlte, abgesehen von unserer allgemeinen Dünnhäutigkeit. Ich war wie die anderen drei in hohem Maße gestresst und ausgelaugt, doch mein Schlafwandeln und die seltsame Vision von dem verlassenen Haus kamen mir vor wie Träume aus längst vergangener Zeit. An diesem heutigen Tag gab es nicht ein einziges Quäntchen Magie und ich empfand es als taktlos, dass Paul Tessa überhaupt zur Sprache brachte. Konnten wir nicht erst einmal ankommen, bevor wir darüber nachdachten, warum wir eigentlich hier waren?

Abwartend blieben Tillmann und ich in der prallen Sonne stehen und sahen Gianna nach, die zu Paul aufgeschlossen hatte und auf ihn einredete.

»Er hinkt«, sagte ich besorgt. »Auf der rechten Seite. Sein Knie scheint zu schmerzen.«

»Kommt bestimmt vom Sex«, meinte Tillmann. »Die Missionarsstellung schlägt auf die Gelenke.«

»Du bist ziemlich sexfixiert in letzter Zeit, weißt du das?«

»Was heißt denn sexfixiert? Die beiden sind noch nicht lange zusammen und poppen, bis der Arzt kommt. Ist doch klar, dass das irgendwann auf die Knochen geht.«

Ich ließ Tillmann seine Meinung, denn Gianna kehrte gerade zu uns zurück, während Paul Steinchen durch die Gegend kickte.

»Gebt ihm noch fünf Minuten«, vermittelte Gianna zwischen meinem Bruder und uns. »Ihm geht's nicht so gut.«

»Verdammt«, flüsterte ich und wie gestern schon plagte mich das schlechte Gewissen. Ich mutete meinem Bruder zu viel zu. Er war gerade erst seinem Mahr entronnen, hatte eine Herzblockade, litt unter Verschleiß in Knien und Rücken und kämpfte fast unentwegt mit verschleimten Bronchien. Eine Kur an der Nordsee wäre der geeignetere Urlaub für ihn gewesen. »Wir hätten ihn nicht mitnehmen dürfen«, sprach ich aus, was ich dachte.

Gianna schüttelte entschlossen den Kopf. »Er hätte dich niemals alleine ziehen lassen. Er fühlt sich verantwortlich für dich – und deinem Vater gegenüber. Außerdem will er eine Gegenleistung erbringen für das, was du ihm zuliebe auf dich genommen hast.« Sie verzog ihren Mund zu einem verständnisvollen Grinsen. »Hier geht es auch ein bisschen um männliche Ehre. Glaub mir, er sieht es als seine persönliche Pflicht, dir bei der Suche nach eurem Vater zu helfen, wo er ihn doch so lange Jahre der Lüge bezichtigt hat.«

Mit einem unguten Gefühl im Bauch beobachtete ich, wie Paul hinkend auf und ab lief, Steine kickte und schließlich zu uns zurückkam. »Weiter geht's«, forderte er uns kurz angebunden auf, wieder in den Wagen zu steigen.

Auf den letzten 200 Kilometern, die sich endlos dahinzogen, weil wir sie größtenteils auf einer Serpentinenlandstraße direkt am Meer zurücklegten, erschien mir die Kluft zwischen dem, was wir in diesem Land beabsichtigten, und unserem allgemeinen Grundgefühl immer unüberbrückbarer. Ich war tatsächlich nur noch eine Urlauberin, die endlich ankommen und sich erfrischen wollte. Vielleicht brachte mich das Haus in den Bergen ja wieder auf den richtigen Pfad und machte mir unser Vorhaben bewusst. Ich malte mir ein Anwesen wie die urigen Fincas aus, die Mama auf Ibiza fotografiert hatte, renovierte bäuerliche Häuser mit weitläufigen Gärten und uralten Bäumen, von denen aus man die gesamte Landschaft überblicken konnte – samt einer 1,50 Meter großen Mahrin, die sich mit Trippelschritten näherte, um Colins Glück zu zerstören. Das Haus musste eine Festung sein, wie Verucchio, nur kleiner, mit dicken Mauern, hinter denen wir uns verbergen konnten.

Erst das Bremsen des Wagens riss mich aus meinen Träumereien. Meine rechte Pobacke war eingeschlafen, die Unterseiten meiner Oberschenkel hafteten am Sitzbezug und meine Füße fühlten sich geschwollen an. Ich hob meine Haare, damit der Wind meinen Nacken kühlen konnte, doch trotz der weit geöffneten Fenster gab es keinen Luftzug. Das Erste, was ich von unserer neuen Umgebung wahrnahm, war das Brüllen der Zikaden. Kein vorsichtiges, dezentes Zirpen, sondern so laut und aggressiv, dass man sein eigenes Wort kaum verstand. Ich streckte meinen Kopf aus dem Fenster und sah mich um. Paul stieg bereits aus.

»Wo sind wir hier?«, rief ich skeptisch. Das Meer lag zu unserer Rechten, halb verborgen hinter einer Häuserreihe, aber so nah, dass wir die seichte Brandung hören konnten. Links von uns erstreckte sich ebenfalls eine Häuserreihe. Eine staubige, unbefestigte Straße mit Häusern rechts und links. Gut, und weiter?

»Wir sind da, Ellie«, sagte Gianna. »Willst du nicht aussteigen?«

Nein, wollte ich nicht. Nein! Und die anderen sollten es auch nicht tun. Das war nicht der richtige Platz. Niemals war er das. Es musste sich um einen gigantischen Irrtum handeln. Doch als keiner ins Auto zurückkehrte und sie mich alleine sitzen ließen, öffnete ich die Tür und trat zu ihnen auf die Straße. Gianna schloss gerade ein niedriges eisernes Törchen zu einem Vorgarten auf, in dem ein paar steinerne Treppenstufen auf eine Terrasse führten, an die sich ein kleines unauffälliges Haus anschloss. Eine Terrasse zur Straße hinaus. Na, prost Mahlzeit. Das Schaufenster eines Einkaufszentrums war ein abgeschiedenerer Ort als das hier.

Wunderhübsch war auch der Gitterkasten einige Meter weiter, in dem die Anwohner ihre Müllbeutel lagerten. Nur dank der lärmenden Zikaden hörte man die Schmeißfliegen nicht summen. Aber immerhin gab es etwas, was die Zikaden übertönen konnte: die italienische Eisenbahn. Unter ohrenbetäubendem Lärm ratterte ein Zug hinter dem Haus vorüber.

Mit unsicheren Schritten, aber voller Wut und Unglauben, trat ich durch das Tor und nahm die kleine Treppe hinauf zu den anderen, die darauf warteten, dass Gianna die Haustür aufschloss. Ich nahm ihre Hand und schob sie weg.

»Du brauchst gar nicht erst aufzuschließen, Gianna«, raunzte ich sie an. »Dieses Haus ist ein Griff ins Klo. Es liegt am Meer!«

»Und?«, fragte sie ratlos. »Ist das ein Problem?«

»Natürlich ist das ein Problem!«, schrie ich sie an. Keine Kraft mehr, um mich zu kontrollieren. Ich hatte gerade erst die Enttäuschung von gestern Abend verarbeitet. Das hier sprengte meine Kapazitäten. Ein paar Kinder, die mit ihren bunten Fahrrädern die Straße auf und ab fuhren, hielten neben dem Volvo und schauten neugierig zu uns hinauf. Ich ignorierte sie, obwohl ich sie gerne ebenfalls angebrüllt hätte. Gianna verschränkte die Arme und trat einen Schritt von mir weg.

»Tessa hasst das Meer, sie hat Angst vor dem Meer! Und wir steigen in einem Haus am Meer ab, um sie zu uns zu locken? Klingelt es?«

Giannas Mund verkrampfte sich. »Vielleicht hättest du mir das vorher mal sagen sollen! Was dachtest du denn, wohin wir fahren?«

»In das, was du uns angepriesen hast – ein abgelegenes Anwesen in den Bergen!«

»Ich habe gar nichts angepriesen und von Bergen war nie die Rede!«, keifte Gianna zurück. »Du solltest mal lernen zuzuhören, dann hättest du auch begriffen, dass Verucchio kein Badeort ist, wie du dachtest. Dir kann man es nie recht machen, Ellie. Erst ist Madame die Dependance zu weit vom Meer entfernt, nun ist sie zu nah am Meer – was willst du eigentlich? Herrgott, kannst du dich nicht einfach mal entspannen und fünf gerade sein lassen?«

»Es geht nicht darum, was ich will, es geht darum, was Tessa lockt, und das Meer gehört ganz bestimmt nicht dazu! Es hält sie ab! Hab ich dir das nicht gesagt?«

»Du hast gesagt, dass Colin auf Schiffe und Inseln geflohen ist! Das hier ist keine Insel! Das ist ein stinknormaler Strand und total harmlos!«

Ja, so harmlos, dass es nicht einmal echte Wellen gab. Die Brandung, die sich dem wenig idyllischen Kiesstrand ergab, hatte ihre Bezeichnung nicht verdient. Ein deutscher Baggersee hatte mehr Wellengang als diese Suppe hier. Trotzdem war es das Meer, Wasser bis zum Horizont, und ich fragte mich ernsthaft, wie wir Tessa auf diesem Terrain anlocken sollten.

»Komm wieder runter, Ellie«, mischte sich Tillmann mit einem seiner abgegriffenen Standardsprüche ein. »Tessa ist irgendwo hier unten und ich glaube kaum, dass dieser Strand sie daran hindert zu kommen, wenn Colin und du … na ja.« Er verzichtete darauf, den Satz zu Ende zu führen. Vermutlich kam es ihm zu abwegig vor, dass jemand mit mir glücklich sein konnte. Ich hatte sowieso keine Aufmerksamkeit mehr für ihn übrig, da im Haus nebenan (das übrigens schöner und größer und üppiger bewachsen war als unseres) ein junger Mann in Badehose im Garten zu duschen begann und dabei lautstark sang.

»Wer ist das?« Ich funkelte Gianna drohend an. Wir waren also nicht nur direkt am Meer, sondern auch umgeben von anderen Menschen. Sogar von Kindern, die uns immer noch mit großen Augen musterten und keine Lust hatten, auf dieses teutonische Spektakel zu verzichten.

»Andrea«, antwortete Gianna mit erzwungener Ruhe. »Das ist Andrea. Und ...«

»Andrea? Willst du mich verarschen? Das ist ein Mann!« Es war eindeutig ein Mann. Gerade schäumte er seine bis zu den Schultern wuchernden schwarzen Brusthaare ein, begleitet von einer neuerlichen Arie, die selbst das Kreischen der Zikaden aus dem Takt brachte. Doch schon nach einer kurzen Pause setzten sie ihr heilloses Sägen noch ehrgeiziger fort als zuvor.

»Andrea ist ein Männername, Ellie!« Sie hatte recht. Andrea. Andrea Bocelli zum Beispiel. Der war mir bei meinen Recherchen schließlich andauernd begegnet. Mein Hirn war nur noch Matsch. »Und du brauchst nicht gleich in die Luft zu gehen, er ist meistens nur an den Wochenenden hier.«

»Na, dann wollen wir mal hoffen, dass Tessa an einem Werktag angreift«, erwiderte ich spitz.

»Ich dachte, sie kommt nicht, weil wir zu nah am Meer sind?« Gianna baute sich zu ihrer vollen Kriegerinnengröße auf. Ihre Augen waren nur noch Schlitze und sendeten einen Giftpfeil nach dem anderen zu mir aus.

»Soll ich euch mit einem Wasserschlauch abspritzen? Oder kriegt ihr euch von alleine wieder ein?«, ging Paul dazwischen. Entschieden nahm er Gianna den Schlüsselbund aus der Hand, suchte den passenden heraus und schloss die Holztür auf. »Ihr regt euch jetzt ab, sonst sperr ich euch ins Auto. Leute, wir sind am Meer und wahrscheinlich die ersten Menschen auf dieser Welt, die sich darüber ärgern. Das ist was fürs Witzblatt.«

Grummelnd gehorchten wir. Auch im Innern dieses Hauses stank es nach Mottenkugeln. Da in jedem Raum die Fensterläden geschlossen waren, mussten wir das Licht anknipsen, um etwas zu erkennen. Lampen gab es keine. Schmucklos hingen die Glühbirnen an Kabeln von der Decke. Wir hatten uns schnell einen Überblick verschafft, ohne ein Wort miteinander zu sprechen, und es brauchte auch keine Worte, um Tillmann und mir zu signalisieren, dass Gianna und Paul in dem einzigen richtigen Schlafzimmer des Hauses unterkommen würden, einem großen Raum mit altertümlichem Himmelbett, der zum Garten hinaus lag, direkt hinter dem Bad und der Küche, aus der eine Tür nach draußen führte.

Ich inspizierte erst einmal den Außenbereich und fühlte mich ein wenig erleichtert. Wenigstens war der Garten groß genug, um Louis ein provisorisches Zuhause zu bieten. Den leeren Schuppen würden wir mit Stroh auslegen und zum Stall umbauen, auf dem quadratischen Rasenstück konnte er stehen und sich ein bisschen die Hufe vertreten. Denn das war Colins einzige Bedingung gewesen (abgesehen von meinem Versprechen, das ich weiterhin tapfer verdrängte): Louis musste mitkommen. Dieses Grundstück war zwar nicht für ein Pferd konzipiert, doch für Louis war es das Wichtigste, dass Colin in seiner Nähe war. Colin war sozusagen seine Herde.

Es war das erste Mal seit Stunden, dass ich wieder bewusst an Colin dachte, und es deprimierte mich sofort. Wahrscheinlich würde er uns auslachen, wenn er dieses Haus sah. Oder es war ihm nur recht, dass wir solch miserable Voraussetzungen für unseren Plan gewählt hatten, denn so konnten wir gar nicht erst in die Versuchung geraten, ihn umzusetzen. Colin würde abreisen, ohne dass wir uns wieder nahegekommen waren. Mein Seufzen ging in dem Brüllen der Zikaden unter. Colin passte nicht hierher, noch weniger als ich selbst. Dabei sehnte ich mich nach ihm; seit gestern mehr denn je. In seiner Gegenwart wurden meine Gefühle nur selten zu meinem eigenen Feind. Vorausgesetzt, er raubte gerade keine Erinnerungen von mir und wir hatten keinen Kampf gegen einen Wandelgänger zu bestehen.

Aber Colin war nicht da und auch ich musste mir jetzt einen Schlafplatz suchen. Ohne nachzudenken, nahm ich die Treppe, die

Tillmann vorhin zielsicher hinaufgestapft war, und erreichte einen ausgebauten Speicher mit Schrägen bis zum Boden, an den sich ein kleiner Balkon und ein komplett ausgestattetes Bad anschlossen. Zwei Klappbetten standen nebeneinander und warteten darauf, bezogen zu werden. Die Hitze staute sich, doch dieser Dachboden fühlte sich an wie ein eigenes Reich und war wie geschaffen für uns beide.

»He, was machst du da?«, fragte Tillmann, der gerade mit auffälliger Behutsamkeit seinen Koffer auf sein Bett hievte. Vielleicht hatte er ja eine Liebesbeziehung mit seiner Schokolade angefangen. Sie würde unter seinen Händen zerfließen, dachte ich spöttisch.

»Ich leg mich hin. Darf ich das etwa nicht?«

»Schon. Aber auf dein Bett.«

»Das ist mein Bett«, sagte ich und stopfte das weiche Kopfkissen unter meinen Nacken, eine Bewegung, die von Neuem den Schweiß aus meinen Schläfen sickern ließ.

»Irrtum. Das ist mein Bett. Und das andere ist für meinen Koffer. Nimm es nicht persönlich, Ellie, aber unten sind noch zwei Zimmer und ich möchte hier oben gerne allein schlafen.«

Ich hatte in meinem Leben noch nie einen erniedrigenderen Korb bekommen als diesen hier. Selbst Colins Zurückweisungen am Anfang unserer Beziehung waren leichter wegzustecken gewesen. Ich war davon ausgegangen, dass Tillmann und ich in einem Raum leben und schlafen würden; so wie letzte Nacht, so wie im Schwitzzelt und vor allem so wie in den Wochen in Hamburg. Wie sollte es auch anders sein?

Jetzt erkannte ich, dass ich die Einzige war, die das dachte. Lag es an meinem Verhalten gestern Abend? Oder war ich ihm im Schwitzzelt zu nahe gekommen? Ich war ihm zu anstrengend, das musste es sein. Mir schoss das Blut in den Kopf und ich bekam kein Wort mehr heraus. Doch vor allem erfüllte mich Zorn, ein mit Tränen vermischter, schamerfüllter Zorn. Ich versuchte, eine stolze Haltung zu wahren, als ich mich aufsetzte. Es war sehr schwierig, stolz zu wirken, wenn man so verletzt, verschwitzt und zerzaust war wie ich.

»Wie soll ich das denn bitte nicht persönlich nehmen?« Oh Gott, nun fing ich auch noch an zu betteln.

»Weil es nicht persönlich gemeint ist. Ich möchte ein bisschen Privatsphäre haben, ist das zu viel verlangt? Wir waren in den vergangenen Monaten ständig zusammen, haben in Hamburg in diesem engen Zimmer gehaust, Tag und Nacht. Ich muss auch mal atmen können.«

»So. Du kannst in meiner Gegenwart also nicht atmen. Gut zu wissen. Dann viel Spaß beim Onanieren.«

Tillmann erwiderte nichts und ich ersparte es mir, in sein Gesicht zu blicken, denn ein dreistes Grinsen à la Schütz junior hätte ich nicht verkraftet. Mit eingezogenem Kopf umrundete ich das Bett, um mich nicht an der Schräge zu stoßen, und hielt mich mit der Hand am Geländer fest, als ich die Treppe hinunterstieg. Tillmann Schütz, du bist ein Riesenarsch, dachte ich wutentbrannt. Keinerlei Taktgefühl, keine Rücksichtnahme, keinen Instinkt für die Emotionen anderer.

Das Blut wogte immer noch klopfend durch meine Wangen, als ich mir »mein« Zimmer aussuchte. Zwei standen noch zur Wahl: ein dunkler, muffiger Salon mit einem Klappbett und einem lang gezogenen Tisch samt Stühlen und mächtiger Vitrine und ein weiß getünchtes Zimmer, in dem lediglich ein Schrank und ein Bett standen. Wie überall im Haus war der Boden mit kühlenden Terrakottafliesen ausgelegt. Gegenüber dem Bett führten zwei verglaste Flügeltüren zur überdachten Terrasse hinaus. Ich öffnete sie und stieß die Fensterläden zur Seite. Direkt vor mir stand ein runder Tisch mit Plastikstühlen; die passenden Polster stapelten sich auf dem

Bett hinter mir. Im Salon wollte ich nicht nächtigen, er war mir zu düster und er gruselte mich. Hier aber befand ich mich auf dem Präsentierteller. Tessa musste nur hereinspazieren, mich vom Bett auflesen und aussaugen. Denn bei geschlossenen Türen würde ich in der Hitze eingehen. Eine Klimaanlage hatte offensichtlich nicht mehr in Enzos Budget gepasst. Ich würde quasi auf der Straße schlafen.

Wie in Trance blieb ich auf der Terrasse stehen und betrachtete das Spiel der Blätter in den Silberpappeln, die sich direkt neben der Umzäunung des Hauses erhoben. Ja, es war ein leichter, salziger Wind aufgekommen. Unauffällig linste ich zum Nachbargrundstück hinüber. Andrea hatte seine Duschorgie beendet und marschierte mit einem Badetuch über dem Rücken und Adiletten an seinen verbrannten Füßen seinen Gartenweg entlang.

»Buona sera!«, rief er laut und winkte mir fröhlich zu. »E benvenuti in Italia!«

Ich hob ebenfalls meine Hand und versuchte mich an einem unmelodischen »Buona sera«, obwohl die Sonne noch hoch am Himmel stand. Dann schob ich die Läden wieder zu, befreite mich aus meinen feuchten Klamotten, zog meinen Bikini an und warf ein dünnes Strandkleid über – und das nur, weil ich es als unpassend empfand, nur im Bikini durch das Haus zu laufen. Eigentlich wäre pure Nacktheit die passende Variante für die unmenschliche Hitze gewesen. Ich nahm mir ein Kissen von meinem Bett, legte es auf die Steinstufen der Treppe, die zum Vorgarten führte – nicht um mein Hinterteil vor Kälte zu schützen, sondern um Brandwunden zu vermeiden –, und setzte mich. Ermattet stützte ich meine Arme auf die Knie und legte meinen Kopf auf ihnen ab.

Ich hörte, wie sich surrend ein paar Fahrräder näherten, abbremsten und wieder weiterfuhren. Ja, die Kinder hatten was zu gucken an diesem Nachmittag. Ich war Mittelpunkt eines großen italienischen Panoptikums geworden, die unverhoffte Exotin in der Manege der Sommerfrische.

»Hier, trink mal was, du alte Hexe.« Gianna setzte sich neben mich und reichte mir ein Glas Wasser, in der eine Brausetablette sprudelnd an die Oberfläche stieg. »Vitamine und Mineralien. Vielleicht besinnst du dich dann wieder auf ein paar Benimmregeln.«

Ich nahm einen Schluck, ohne zu antworten. Das Prickeln auf der Zunge tat wohl. Ja, Magnesium war gut für die Nerven. Wir brauchten alle eine kräftige Dosis davon.

»Grazie«, setzte ich nuschelnd hinterher. Mein Italienisch hörte sich schrecklich an.

»Das Wasser aus der Leitung solltest du übrigens nicht trinken und auch keine Eiswürfel davon machen. Putz die Zähne am besten mit Trinkwasser aus der Flasche. Und, ach ja, tagsüber ist das Wasser oft abgestellt. Wir sollten morgens immer ein paar Eimer füllen, um ein bisschen was vorrätig zu haben. Für die Toiletten und so.«

Dieser Urlaub entwickelte sich zu einem echten Kuraufenthalt. Wahrscheinlich warteten auch noch giftige Tiere und Krankheiten auf uns, die eigentlich als längst ausgerottet galten.

»Außerdem solltet ihr die Matratzen prüfen, bevor ihr euch ins Bett legt. Nur sicherheitshalber. Das Haus war lange unbewohnt und es könnte sich ein bisschen … Ungeziefer eingenistet haben.«

»Ungeziefer?«

»Oh, nur winzige Skorpione oder eventuell Schlangen, aber richtig gefährlich sind hier im Süden lediglich die Schwarzen Witwen und die wurden ausnahmslos in Apulien gesichtet.« Und, nicht zu vergessen, in meinem westerwäldischen Dachzimmer. »Die Skorpione sind nicht allzu giftig; trotzdem will man ja nicht zusammen mit ihnen in einem Bett schlafen, oder?«

Nein, das wollte man nicht. Ich fragte mich, was wir hier eigentlich den ganzen Tag machen sollten. Das Haus deckte die Grundbedürfnisse. Ein Gasherd und ein Kühlschrank für die Ernährung, Betten zum Schlafen und zwei pastellfarben gekachelte Bäder für die Körperpflege. Ansonsten gab es nichts. Keinen Fernseher, keinen Computer, keine Bücher, keine Musikanlage bis auf das winzige Radio in der Küche. In langen, durstigen Zügen leerte ich das Glas und stellte es neben mich auf die Stufe.

»Nicht«, sagte Gianna und nahm es mir ab, um mir im Gegenzug ein Badetuch auf die Knie zu legen. »Das lockt die Termiten an.« Allerliebst. Termiten gehörten also auch zu unserer neuen Familie.

Gianna brachte das Glas in die Küche und kehrte sofort wieder zu mir zurück. Die Sohlen ihrer Holzpantoletten klapperten auf den glatten Fliesen. »Was macht Tillmann?«

Weil Gianna sich nicht mehr neben mich setzte, erhob ich mich stöhnend. Wenn es heute Abend nicht wenigstens zwei Grad kühler würde, würde ich diesen Tag nicht überstehen.

»Fummelt an sich herum«, antwortete ich biestig. Gianna verkniff sich ein Grinsen.

»Paul hat sich auch hingelegt. Schlafend hoffentlich. Dann gehen wir beiden Hübschen jetzt baden.«

Ich fand es aberwitzig, so etwas Profanes zu tun, wie im Mittelmeer zu planschen, doch Gianna duldete keine Widerrede. Es geschah das, was sie gestern angedeutet hatte: Hier, im tiefen Süden, wirkte sie souveräner und selbstbewusster. Ich verblasste neben ihr, und das nicht nur wegen meiner bleichen Hautfarbe. Gianna fand sich blind zurecht, während mich jeder neue Sinneseindruck folterte. Es war so hell! Wir ließen das Törchen hinter uns ins Schloss fallen und nahmen einen schmalen Pfad, der zwischen zwei größeren und deutlich luxuriöseren Anwesen zum Strand führte. Eidechsen sonnten sich in den Mauerfugen und verschwanden lautlos, sobald sie unsere Schritte spürten.

Als wir den sandigen Kies erreicht hatten, musste ich eine Pause einlegen. Mir ging die Luft aus. Schwer atmend blickte ich auf das Meer. Ich hatte nicht gewusst, dass es im Süden solch lang gestreckte, leere Strände gab. Ja, einige Menschen saßen in Grüppchen auf bunten Laken und hatten Sonnenschirme in den rauen Grund gesteckt, doch zwischen ihren Lagern blieb genug Platz, um ein Haus zu bauen, und abseits der Straße, aus der unsere winzige Siedlung bestand, war nichts zu sehen außer gelben, vertrockneten Ginsterbüschen und dem Grau des glühend heißen Kieses. Strandbars, Duschen und Umkleidekabinen? Fehlanzeige. Hier ging nur baden, wer in einer der beiden Häuserreihen wohnte und die Stranddusche wie Andrea in seinem Garten hatte.

Gianna wartete, bis ich mich erholt hatte, doch ich spürte ihre Ungeduld. Sie wollte ins Wasser. Und plötzlich wollte ich es auch. Es konnte mir nicht schnell genug gehen. Zwei Minuten später standen wir bis zum Bauch in den sanften Wellen und ich lachte vor Überraschung vergnügt auf.

»Das ist ja gar nicht kalt!«, rief ich und fuhr mit den Fingern durch das durchsichtige Blau. Ich konnte bis zu meinen Füßen blicken. Wohlig krallten sich meine Zehen in den weichen Sand, bevor ich mich abstieß und langsam hinabsinken ließ, sodass das Wasser mich ganz umfing. Ich wäre gerne minutenlang am Grund des Meeres geblieben, um die Hitze aus meinem Körper zu verscheuchen, doch meine schlecht trainierten Lungen trieben mich schon nach Sekunden zurück an die Oberfläche. Ja, hier musste ich selbst atmen. Hier gab es keinen Cambion, der mich von seiner Luft trinken ließ.

Um mich von Colin abzulenken, schaute ich auf den Strand, wo sich Paul und Tillmann näherten. Sie waren doch nicht in ihren Betten geblieben. Ohne uns hielten sie es nicht aus. Paul hinkte immer noch und Tillmanns Schnelldiagnose von vorhin erinnerte mich an die Nacht vor unserem Aufbruch.

»Tut mir übrigens leid, dass ich euch vorgestern Abend gestört hab beim … äh …«

»Oh, macht nichts!«, versicherte Gianna großzügig. »Paul konnte sowieso grad nicht mehr. Er war aus dem Konzept geraten.«

»Keine Einzelheiten«, verbat ich mir weitere Schilderungen. Gianna, die ihren Mund bereits geöffnet hatte, schloss ihn wieder und schluckte. »Na gut. Sind zwei schöne Kerle, oder?«

Ja, das waren sie, obwohl Paul gerade einen übertrieben gezierten Tuntengang nachahmte – eine seiner Spezialitäten – und damit sämtliche Blicke der anderen Badenden auf sich zog. Es war seine Art, mit seiner sexuellen Irreführung durch François umzugehen, und wir alle gönnten sie ihm. Tillmann strich sich lachend und ein bisschen gedankenverloren über den Bauch.

»Bist du nicht manchmal in Versuchung?«, fragte Gianna verschwörerisch und kickte mich unter Wasser mit dem Knie an.

»Heute nicht«, antwortete ich trocken. »Nein, ganz ernsthaft, eigentlich bin ich es nie. Ich mag ihn über alles, meistens jedenfalls, aber Colin … Colin ist … unvergleichlich. In allem. Denke ich mal.«

Gianna griff in die Wellen und benetzte ihre dunklen Haare.

»Ich mag ihn, weißt du das?«

»Wen – Tillmann?« Wieder musste ich lachen. Die meiste Zeit ignorierte Gianna ihn, und wenn sie mal mit ihm sprach, dann eher mütterlich-streng als freundlich oder gar liebevoll.

»Nein. Den mag ich auch, aber er ist ein ungezogener, naseweiser Lümmel. Nein, ich meine Colin. Ich mag ihn. Er macht mir Angst, doch … ich respektiere ihn. Ich finde, er hat Größe. Er ist unser tragischer Held.«

Giannas Worte lösten eine tiefe, ziehende Wehmut in mir aus, die mich hilflos und klein machte.

»Gianna, was tun wir denn jetzt?«, brach es aus mir heraus. »Was tun wir hier nur?«

Paul und Tillmann hatten die Brandung erreicht und wanden sich aus ihren Shirts.

»Ganz einfach, Ellie. Heute tun wir gar nichts. Und morgen auch nicht. Colin wird uns Zeit geben, uns einzugewöhnen, und die werden wir nutzen. Bevor er nicht hier ist, kommt Tessa nicht. Das ist doch so, oder?«

Ich nickte. Ja, dieses Versprechen konnte ich Gianna geben. Ich hätte es gespürt, wenn sie in der Nähe gewesen wäre. Aber das war sie nicht. In diesem Moment, wo die Wellen so sanft und spielerisch gegen meinen Bauch schwappten, war ich mir nicht einmal sicher, ob es sie überhaupt gab.

»Okay. Dann sage ich dir, was wir tun«, plapperte Gianna drauflos. »Wir gehen nachher in aller Ruhe Lebensmittel einkaufen, machen uns etwas zu essen, sitzen auf der Terrasse und trinken Rotwein, bis die Temperatur unter 25 Grad sinkt. Wir können nichts anderes tun als genau das. Und morgen, vielleicht auch erst übermorgen, denken wir noch einmal über die Formel nach. Vorher nicht.«

Nichts tun. Das klang zu banal, zu beliebig. Wollte Gianna wirklich warten und Zeit verstreichen lassen, bis wir über die Formel sprachen? War das nicht riskant? Aber ich hatte keine bessere Idee parat. Und schlug sie nicht genau das vor, wonach ich mich das ganze Frühjahr über gesehnt hatte? Im Meer baden, die Sonne genießen, ausruhen? Nichts mehr denken, am besten gar nichts fühlen? Sollte ich nicht wenigstens davon kosten, bevor der Horror seinen Lauf nahm?

Ich versuchte es, zuerst zerstreut und ohne es genießen zu können, doch nach zwei ausgedehnten Wasserschlachten mit Paul und Tillmann, bei denen ich mich vor Lachen verschluckte und Salzwasser spuckte, dem erhitzten Kampf um die zwei Duschen im Haus und einem fulminanten Mahl, das Gianna uns zauberte, erfasste mich zum ersten Mal seit Hamburg die beruhigende Gewissheit, eine ganze Nacht durchschlafen, vielleicht sogar schön träumen zu können.

Schweigend saßen wir auf der Terrasse und lauschten in all die Geräusche der Dunkelheit hinein – das ständige Zirpen der Grillen, das Knirschen der Fahrradreifen im Sand der Straße, melodische Rufe auf Italienisch, die ich nicht verstand –, bis die Lichter in den anderen Häusern ausgingen und meine Kopfschmerztablette endlich zu wirken begann. Ich war die Letzte, die ins Bett ging, beruhigt von der Gewissheit, dass wir uns seit unserer Ankunft nicht mehr gestritten hatten. Sie waren noch da, bei mir, und ich hätte dieses Haus mit keinen anderen Menschen teilen wollen als mit diesen drei: Paul, Tillmann und Gianna. Wir gehörten zusammen. Es fehlte nur Colin.

Ohne nach Skorpionen, Termiten oder Schlangen zu sehen, legte ich mich nackt auf das schmale Lager, die Läden geschlossen, die gläsernen Terrassentüren weit geöffnet, und ließ mich von dem beständigen Rauschen der Silberpappeln und des Meeres in einen sanften, heilenden Schlummer wiegen.

Denn ich war nicht allein. Ich hatte Freunde.

Mania

Herzensangelegenheiten

»Was weißt du eigentlich genau über Tessa – also, ich meine über ihre Lebensgewohnheiten?«

Ich schälte erst eine weitere Nektarine und zerteilte sie sorgfältig in mundgerechte Stücke, bevor ich antwortete. Tagelang hatten wir das Thema Tessa umwandert und jetzt schnitt Gianna es ausgerechnet während unseres eher schweigsamen Mittagsrituals an: Wir saßen gemeinsam in der Küche und bereiteten eine große Schüssel *macedonia* zu; Obstsalat aus dem, was die Gärten Süditaliens so hergaben und der fliegende Händler uns feilbot, der alle zwei Tage unter brachialem Lautsprechergebrüll in unsere staubige Straße raste, um deren Anwohner mit Vitaminen zu versorgen. Italiener liebten Lautsprecher, das war eines der vielen Dinge, die ich seit unserer Ankunft gelernt hatte. Und die Hitze ertrug man am besten, wenn man viel Obst aß.

Unsere Mittagsmahle bestanden aus Pasta, Gemüse, Fisch und Obstsalat, weil Gianna der Meinung war, wenn wir schon dem Tod entgegenschritten, so sollten wir es wenigstens gesund und wohlgenährt tun. Über unglaubwürdig abgebrühte Bemerkungen hinaus hatten wir es bisher nicht gebracht, wenn wir um das Thema Tessa kreisten, denn eine zündende Idee, wie die kryptische Formel umzusetzen sei, war noch niemandem von uns eingefallen. Und falls doch, war es im Verborgenen geschehen. Obwohl wir wegen Tessa in ihre Heimat gefahren waren, hatten wir sie klammheimlich zum Tabu erklärt. Wie fast alle Tabus war auch dieses hochgradig gefährlich.

»Ich weiß nicht besonders viel«, gab ich seufzend zu. Mit Schwung ließ ich die Nektarinenstückchen in die große Schüssel fallen. Gianna schüttete etwas Zitronensaft nach, um den Salat anschließend kräftig umzurühren, während ich überlegte, wie ich mein Wissen über Tessa darbieten sollte, ohne Colin dabei zu nahe zu treten. »Über ihre Lebensgewohnheiten weiß ich eigentlich fast gar nichts. Nur über ihre Jagdgewohnheiten. Vielleicht ist das sowieso dasselbe.«

Meine Begegnungen mit Tessa waren eher einseitiger Natur gewesen. Ich hatte sie gesehen, sie mich aber nicht. Ich fand sie abstoßend und auf eine sehr stupide Weise boshaft. Kaum in Worte zu fassen war ihre grenzenlose Gier, die ihr Handeln vor allem dann bestimmte, wenn sie sich in Colins Nähe befand. Im Paarungsrausch war sie unberechenbar. Ansonsten folgte sie vermutlich den gleichen Gesetzen wie jeder Mahr: tagsüber ruhen, nachts jagen.

»Vielleicht kann Tillmann mehr darüber sagen«, schlug ich vor, nachdem ich Gianna in wenigen Sätzen meine Theorien dargestellt hatte. Immerhin hatte Tillmann sie anders wahrgenommen als ich. Colin konnten wir nicht zurate ziehen. Er war noch nicht hier.

»Ja, vielleicht kann er das«, brummte Gianna und hieb eine importierte Banane in Stücke. »Falls Graf Koks sich denn mal herablässt, mit uns zu kommunizieren, und nicht nur zu den Mahlzeiten erscheint.«

»Hmpf«, machte ich. Wir waren alle nicht sonderlich kommunikativ, weil die Hitze es einem verbot, zu viel zu denken und zu reden, doch Tillmann hielt sich seit unserer Ankunft aus Gesprächen und Unternehmungen raus und machte sein eigenes Ding. Stundenlang hockte er oben in seinem Dachzimmer, brütete über seinen Büchern oder lag auf dem kleinen Balkon im Schatten. Er verließ sein Refugium an manchen Tagen sogar nur, um die Toilette aufzusuchen oder sich auf der Terrasse den Bauch vollzuschlagen. Hin und wieder konnten wir ihn überreden, mit uns baden zu gehen, meistens in den späten Nachmittagsstunden, wenn die Hitze etwas nachließ, doch er hielt es nie lange am Strand aus und zog sich bald wieder in sein Kabuff zurück. Weder konnten wir verstehen, was ihn bewegte, sich derart vehement auszuschließen, noch warum ausgerechnet er sich zurückzog. Denn er war geradezu heiß darauf gewesen, Tessa herbeizulocken und sich ihr zu stellen – mehr als jeder andere von uns.

»Ich glaube, er ist nicht teamfähig, Ellie.« Gianna ließ ihr Messer sinken und sah mich fest an. Die wenigen Sonnentage hatten ausgereicht, um ihren olivfarbenen Hautton mit einem dunklen bronzenen Schimmer zu überziehen, während ich mit einer schauderhaften Mallorca-Akne in den Kniekehlen und Armbeugen kämpfte, die erst Bläschen warf, dann juckte und nach dem Aufkratzen wie Feuer brannte. Doch langsam heilten die offenen Stellen ab und ich sah nicht mehr aus wie eine lepröse Krabbe.

»Ich weiß, dass du ihn magst«, sprach Gianna weiter und gestikulierte dabei mit dem Messer gefährlich nah vor meiner Nase herum. »Aber mein Eindruck hat sich bestätigt: Er ist ein verzogener, unreifer Lümmel, der versucht, sich vor allem zu drücken, was Arbeit bereiten könnte.«

Das stimmte allerdings. Paul hatte den Stall im Garten alleine herrichten müssen; außerdem hatte er mit Giannas Dolmetscherhilfe Heu- und Strohballen organisiert und liefern lassen. Tillmann hatte nicht einen Finger krumm gemacht, um ihm zur Hand zu gehen, obwohl Paul ebenso unter der Hitze litt wie ich.

Trotzdem musste ich Gianna widersprechen. »In den wirklich riskanten Situationen konnte ich mich bisher auf Tillmann verlassen. Er war immer loyal und hat seine eigene Sicherheit hintenangestellt. Er hat sich sogar François angeboten, um zu testen, ob er noch in der Lage war zu rauben!«

»Mag sein, aber Menschen verändern sich. Ich habe den Eindruck, er wollte nur weit weg von der Schule und seinen Pflichten, um in aller Ruhe seinen Egotrip durchzuziehen. Und das dulde ich nicht.« Gianna schlug mit der flachen Hand auf den Tisch.

Ich trat zur Spüle und hielt meine klebrigen Finger unter den Hahn, damit Gianna mein Grinsen nicht sehen konnte. Ich amüsierte mich immer wieder über das fast herrische Selbstbewusstsein, das sie an den Tag legte, seitdem wir in Kalabrien waren. »Matrönchen« nannte Paul sie manchmal zärtlich, wenn sie uns aus der Küche scheuchte – die Küche war ihr Hoheitsgebiet und auch ich durfte diese heiligen Hallen nur zum Schnibbeln des Obstsalats betreten –, unser Italienisch korrigierte oder beim Einkaufen hitzige Diskussionen mit dem Metzger führte. Paul nahm ihr auffrischendes Temperament gelassen, denn es gab immer noch genügend Momente, in denen Gianna sich schutzbedürftig wie ein kleines Kind an ihn lehnte und der Neid mir das Herz zerfraß.

Ich fühlte mich einsam, obwohl ich es kaum eine Minute war, und je mehr Tage verstrichen, ohne dass Colin auftauchte, desto weniger ertrug ich meine Ruhelosigkeit. Oft hatte ich keinen Hunger und konnte nur mit viel Disziplin ein paar Bissen herunterwürgen, Schlafen war eine reine Glückssache geworden, und das nicht nur wegen der Hitze, die einen selbst im Ruhen schwitzen ließ. Sogar das Atmen war anstrengend. Immer wieder begann mein Herz zu rasen, weil ich den Eindruck hatte, nicht genügend Luft in meine Lungen pumpen zu können. Außerdem begann Tillmann mir zu fehlen.

Ohne ihn fühlte ich mich oft wie das fünfte Rad am Wagen. Ich konnte Paul und Gianna nicht ansehen, ohne mich zu fragen, wann Colin endlich kommen würde, und gleichzeitig bohrte die Sorge um Paul in mir, denn noch immer zeichneten ihn die Spuren des Befalls. Ich hatte gehofft, er würde innerhalb weniger Tage aufleben und zu seiner alten Form zurückkehren, jetzt, wo wir weit weg von Hamburg und im Süden waren. Doch ich wusste, dass er sich ständig mit der Frage quälte, wie es überhaupt so weit kommen konnte, wie er François so viel Macht hatte verleihen können, ohne von ihm dazu gezwungen oder bedroht worden zu sein. Paul wiederum beobachtete mich, versuchte, meine Gedanken zu lesen und zu ergründen, was mich trieb, mit einem Mahr zusammen zu sein, obwohl er zu den Wesen gehörte, die so viel Leid und Elend über unsere Familie gebracht hatten. Ich hätte gerne mehr mit Paul geredet und Zeit zu zweit mit ihm verbracht, doch ich wusste zu gut, worauf es hinauslaufen würde: anstrengende Diskussionen über meine Partnerwahl und die Frage, ob wir nicht besser die Koffer packten und abhauten, solange wir noch die Chance dazu hatten. Derlei Diskussionen wollte ich nicht führen, weder mit Paul noch mit Gianna. Deshalb versuchte ich mich abzuschotten und nur oberflächliche Gespräche zuzulassen – und das wiederum verschärfte mein Gefühl der inneren Abgeschiedenheit. Doch nun mussten wir uns ernsthaft austauschen. Nicht über François, nicht über Colin, auch nicht über mich. Sondern über Tessa.

Ich drehte mich wieder zu Gianna um, die mit kritischem Blick den Obstsalat inspizierte.

»Wir müssen endlich darüber reden, oder?«

Sie nickte langsam. »Aber mit Tillmann. Nicht ohne ihn. Er wollte hierher, also muss er dabei sein. Kümmerst du dich darum?«

»Ich versuche es.« Leicht würde es nicht werden, meistens wies Tillmann mich schon auf der Treppe zurück, wenn ich nach ihm sehen wollte. Er verteidigte sein kleines Reich heftiger als Gianna ihre Küche. Auch dieses Mal passte er mich auf dem oberen Treppenabsatz ab, bevor ich den Dachboden betreten konnte.

»Was gibt's?«

Argwöhnisch musterte ich ihn. Seine Augen wirkten glasig und seine Wangen waren gerötet. Hatte er gerade geschlafen? Oder … oje, ich hatte ihn wohl wirklich beim Liebesspiel mit sich selbst erwischt. Denn sein glasiger Blick bekam gerade Gesellschaft von einem debilen, befriedigten Grinsen.

»Wir wollen heute Abend über Tessa und unseren Plan sprechen. Wir müssen eine Lösung finden. Mit dir, nicht ohne dich. Wirst du dabei sein?«

»Ja, passt mir gut. Ciao.«

Schon war er wieder weg und schlug mir die Tür vor der Nase zu. »Passt mir gut.« Was war denn das für eine Antwort – und wieso war es so einfach gewesen? Hatte er doch nicht vergessen, warum wir hier waren?

Während ich die steilen Stufen hinunterlief, um den Tisch zu decken, musste ich mir eingestehen, dass ich selbst dazu neigte zu verdrängen, warum wir hier waren. Denn sobald ich mir unser Vorhaben bewusst machte, fürchtete ich, in der nächsten Sekunde verrückt zu werden oder vor Anspannung zu platzen.

Doch dieses Land war gnädig. Es machte einem das Verdrängen leicht. Dank Giannas unermüdlichem Aufklärungsunterricht hatte ich inzwischen einiges über Italien gelernt. Ich wusste, dass man sich ab zwei Uhr mittags Guten Abend sagte, obwohl die Sonne dann erst richtig in Fahrt kam. Ich wusste, dass man sich nach dem Mittagsmahl für mehrere Stunden zurückzog und in einen lethargischen Dämmerzustand verfiel, und diese Siesta nahmen die Italiener sehr, sehr ernst. Ich wusste, dass es ihnen ein Bedürfnis war, abends im *corso* durch die Straßen zu ziehen und sich einander wie siegreiche Helden zu präsentieren, nachdem sie sich tagsüber beim Baden nicht über die Brandung hinausgewagt hatten. Denn Süditaliener schwammen nicht. Sie dümpelten. Es könnte ja eine *medusa* kommen, eine der giftigen Quallen, die sich manchmal versehentlich dem Strand näherten. Wenn dies geschah, kreischte irgendjemand panisch »Una medusa, una medusa!« und binnen Sekunden war das Meer wie leer gefegt. Italiener waren am Strand, um sich zu bräunen, nicht um zu baden oder gar zu schwimmen. Als ich das erste Mal weit hinausgekrault war, musste Gianna Andrea davon abhalten, mit seinem kleinen Motorboot hinterherzufahren, weil er glaubte, ich sei in Seenot geraten. Und wie gesagt – Italiener liebten Lautsprecher. Nicht nur der Obsthändler sorgte für ohrenbetäubenden Lärm, indem er einen werbegeplagten Radiosender durch seine miesen Boxen quälte und gleichzeitig ins Megafon brüllte. Auch der Brotwagenmann und der Alteisenhändler schrien sich die Seele aus dem Leib, sobald sie die Kurve zu unserer Siedlung nahmen. Am Strand wurde es nur zwei Mal am Tag laut. Dann nahm das Discoboot seinen Kurs von Mandatoriccio nach Calopezzati und pries uns zu dröhnenden Bässen die Vergnügungsetablissements der nächsten größeren Städtchen an. Außerdem liebten die *bambini* der Italiener Spielzeug mit Lautsprechern. Es gab nicht viele Menschen hier in der Straße, aber sie verstanden es vortrefflich, sich bemerkbar zu machen.

Glücklicherweise wusste ich nun auch, dass die meisten Anwohner wohlhabende Geschäftsleute, Ärzte oder Anwälte waren, die sich nur am Wochenende in der Piano dell'Erba aufhielten. Unter der Woche wurde es ruhig, denn der klassische italienische Ferienmonat war der August und der Kalender zeigte erst Mitte Juni.

Ich nahm dieses Bündel an neuen Eindrücken wahr wie einen Film, der mich hin und wieder emotional überforderte. Ich vermochte es nicht, mich hineinfallen lassen, bevor Colin hier war. Nach unserer Höllenfahrt konnte ich mir ausmalen, was für Strapazen eine solche Reise barg, wenn man einen Pferdeanhänger zog und nicht schneller als Tempo 100 fahren durfte. Wegen Louis musste er wahrscheinlich mehr Zwischenstopps einlegen, als wir es getan hatten.

Doch so langsam, fand ich, konnte Colin eintrudeln. Nein, um Himmels willen, er durfte es nicht, berichtigte ich mich und versuchte, tief zu atmen, um das flaue Gefühl in meinem Magen zu vertreiben. Wir hatten noch nicht über die Formel gesprochen. Wenn er heute Nachmittag hier eintraf, konnte es sein, dass Tessa unsere Fährte aufnahm und wir nicht die geringste Ahnung hatten, wie wir sie – ich machte eine kleine Pause, bevor ich das Wort in Gedanken formulierte – umbringen sollten.

»Also …«, übernahm ich den schwierigen Anfang, nachdem wir uns nach dem Abwasch um den Terrassentisch versammelt hatten. Die beiden Geckos, die über uns an der Decke hafteten und auf Insekten warteten, leisteten uns wie jeden Abend Gesellschaft. Paul hatte ein paar Windlichter auf die Mauerbrüstung des Geländers gestellt und das Brüllen der Nachmittagszikaden war dem gemäßigteren Singen der nächtlichen Grillen gewichen. Im Garten schwirrten Fledermäuse und Nachtfalter durch die weiche Luft – alles in allem wäre es ein wundervoll romantisches Ambiente gewesen, wenn wir uns nicht einem solch grauenhaften Thema hätten widmen müssen. »Gianna hat mich gefragt, was ich über Tessa weiß. Viel ist es nicht, das hab ich ihr schon gesagt. Tessa lebt irgendwo in Süditalien, möglicherweise Sizilien, ist ständig hungrig, und sobald sie wittert, dass Colin glücklich ist, macht sie sich auf den Weg.«

»Was bedeutet das – sie macht sich auf den Weg?«, fragte Gianna sachlich nach, doch ihre Finger zitterten. »Sie setzt sich ins Auto? Nimmt den Zug?«

Ich lachte humorlos auf. »Sie trippelt.«

»Trippelt?«, echoten Paul und Gianna.

»Ja, sie trippelt. Sie ist vergangenen Sommer zu Fuß von Italien bis in den Westerwald gelaufen. Es sieht aus, als würde sie eine gerade, exakte Linie vor sich erblicken, der sie folgen muss – wie wenn sie von einem durchsichtigen Faden gezogen würde. Sie ist sehr klein, hat winzige Füße. Sie trippelt. Vermutlich macht sie keine einzige Pause, bis sie am Ziel ist.«

Gianna zog unbehaglich die Schultern hoch. »Was schätzt du, wie lange sie braucht, bis sie hier ist, sobald sie euer Glück gewittert hat?«

»Ein paar Stunden?«, mutmaßte ich. »Genau kann ich es nicht sagen, aber ich denke, wenn sie in unmittelbarer Nähe wäre, hätte ich es gemerkt. Oder, Tillmann?«

Tillmann hob seine Lider. Die ganze Zeit hatte er stumm auf den Tisch gestarrt. Doch seine Augen hatten ihre Glasigkeit von heute Mittag verloren. »Interessiert dich das alles gar nicht?«, setzte ich gereizt hinterher, als er nicht sofort antwortete.

»Doch, tut es. Ich denke auch nicht, dass sie in nächster Nähe ist. Ich würde es fühlen.« Er presste die Lippen aufeinander und faltete den Bierdeckel, auf den er sein Glas gestellt hatte, so rabiat zusammen, dass die Pappe bröckelte.

»Seid ihr euch sicher? Ellie, hast du nicht gesagt, du hättest Tiere als Radar benutzt?«

»Ja, zufällig hat die Witwe Tessas Schwingungen aufgenommen. Stimmt. Ich habe an ihrem Verhalten erkennen können, dass sie kommt. Aber bei François hat das nicht funktioniert.« Bis auf die Tatsache, dass Berta eines Nachts aus ihrem Terrarium verschwunden war – ihr Todesurteil. Ich wusste immer noch nicht, ob ich versehentlich den Deckel nicht richtig verschlossen oder aber François seine teigigen Finger im Spiel gehabt hatte. Ich hatte mir vor unserer Abreise nach Italien überlegt, wieder Tiere zu beobachten, doch bei den Wölfen hatte ich Tessa ohne tierische Hilfsmittel ahnen können. Ich hatte ein Gespür für sie entwickelt. Colin erst recht. Nicht nur sie witterte uns, auch wir witterten sie. Immerhin ein kleiner Vorteil.

»Aber was war mit den Ratten?«, wandte Gianna ein. »François hatte doch immer Ratten im Schlepptau!«

»Ich glaube, die Ratten hatten sich an seine Fersen geheftet, weil er sich gerne in seinem Müll aufhielt. Sie witterten die Verwesung in seinem Körper. Ich denke nicht, dass es Sinn macht, wahllos Tiere zu beobachten. Und ich möchte nicht wieder eine Spinne auf meinem Nachttisch stehen haben. Ich werde es merken, wenn sie kommt, glaubt mir, und wenn Tillmann und ich es nicht merken, wird Colin es spüren und er wird uns auch sagen können, wie viel Zeit uns noch bleibt.«

Für einige Augenblicke hatte ich ein schlechtes Gewissen, weil ich den anderen verschwieg, was heute Nacht geschehen war. Ein fast unhörbares Knistern auf dem groben Verputz der Wand hatte mich geweckt – das Knistern von chitinüberzogenen Beinen, die sich ihren Weg bahnten, vorsichtig, aber unaufhaltsam. Ich hatte nicht das Licht angeknipst, sondern darauf gewartet, dass meine Augen in der Dunkelheit sehen konnten. Als das Knistern verklang, war es so weit. Der längliche Schatten direkt neben meinem Gesicht, der sich so elegant und kraftvoll an die Wand schmiegte, bekam Sekunde für Sekunde deutlichere Konturen. Es war nur ein kleiner Skorpion, nicht größer als mein Daumen und gezeichnet von einer auffällig gelb-schwarzen Maserung, doch in sich vollkommen, eine perfekte, Ehrfurcht gebietend schöne Schöpfung, von Meisterhand erschaffen.

Still blieb ich liegen und dankte ihm für sein Kommen, dankte ihm dafür, dass ich ihn ansehen durfte, bei ihm sein konnte. Ich hätte gerne über seine prall gefüllte Giftblase gestrichen, unter der das Serum senfgelb glitzerte, hätte gerne seine Scheren berührt und meine Fingerspitzen auf seinen kühlen Panzer gelegt. Doch ich wollte seine Ruhe nicht stören. Er würde mir nichts tun, solange ich ihm nichts tat. Er hatte sich nur bei mir verirrt und sammelte neue Kräfte, bis seine Instinkte ihm wieder sagen konnten, wohin er gehen musste.

Nein, der Skorpion hatte nichts mit Tessa zu tun. Gianna hatte uns vor diesen Tierchen gewarnt, doch ihr Biss war nicht gefährlicher als ein Wespenstich und vor allem hatte er sich nicht unnatürlich oder gar krank verhalten. Ich wollte ihn nicht verraten. Ich hoffte sogar, dass er wiederkam. Wenn ich mein Zusammentreffen mit ihm erwähnte, würde ich nur blinde Hysterie auslösen. Und wie ich Paul kannte, würde er sich sofort berufen fühlen, den Kammerjäger zu spielen und das komplette Haus auszuräuchern.

»Allora«, holte Giannas Stimme mich in die Gegenwart zurück. Das Bild des Skorpions verblasste langsam vor meinen Augen. »Ihr werdet es spüren. Wenigstens etwas. Aber wie töten wir sie?«

»Vielleicht stellt sich eher die Frage, wer sie tötet«, wandte Tillmann ein.

»Jetzt fang nicht schon wieder damit an …«

»Genau das ist aber die zentrale Frage!«, rief Tillmann und fegte die Überreste des Bierdeckels zu Boden. »Genau das. Colin liebt sie nicht und er wird sie nicht töten können. Sei doch froh, dass es so ist, Ellie! Einen anderen Mahr werden wir nicht finden. Also kann nur ich es tun und ich will es tun.«

Für Minuten herrschte entsetztes Schweigen. Ich war hin- und hergerissen. Mich überraschte Tillmanns Vorschlag nicht so sehr wie die anderen, doch auf der anderen Seite wurde mir mein Zwiespalt schmerzlich bewusst: Ich hoffte und fürchtete zugleich, dass er es tun würde.

Paul räusperte sich drohend. »Ich dachte eigentlich, wir sehen spätestens heute Abend ein, dass es zwecklos ist, und fahren wieder nach Hause, bevor Tessa sich überhaupt nähern kann.«

»Du spinnst ja wohl«, motzte ich, obwohl ich gewusst hatte, dass Paul das sagen würde. »Ich haue nicht ab. Wir haben für dein Glück gekämpft, also werde ich mir das Recht nehmen, für mein Glück zu kämpfen. Und ich will Papa wiederfinden.« Gegen diese Argumente war Paul machtlos. Er lehnte sich aufseufzend zurück und verschränkte die Arme vor seiner breiten Brust, widersprach aber nicht. Es tat mir leid, ihn damit in die Ecke zu drängen, sehr sogar. Denn das bedeutete für ihn, sich erneut den Beschlüssen anderer zu beugen und passiv zu verharren. Doch es ging nicht anders.

»Ich will es tun«, wiederholte Tillmann drängend. »Ich werde sie töten.«

»Nein. Ausgeschlossen. Das lasse ich nicht zu. Du bist minderjährig und …«

»Jetzt komm nicht mit so etwas an, Gianna! Minderjährig!« Tillmann lachte höhnisch. »Was spielt das denn für eine Rolle? Hier geht es um Mahre, die scheren sich auch nicht um dein Geburtsdatum!«

»Ja, aber ich schere mich um dich! Ich hab Verantwortung für dich! Das hier ist mein Haus, du wohnst bei mir, ich möchte nicht deine Leiche in meinem Wohnzimmer liegen haben, capisci?«

»Lass uns wenigstens darüber nachdenken, Schatz«, sagte Paul mit ruhiger Stimme. Überrascht sah ich auf. »Nur nachdenken. Denn wenn es Colin nicht gelingt, sie zu erledigen, und sie uns anfällt, kann es ein Massaker geben. Tillmann ist der Einzige, der sie liebt.«

Wieder überflutete uns das Gefühl, schweigen zu müssen. Der Einzige, der sie liebt. Tillmann hatte Paul nicht widersprochen. Es war also, wie er mir gegenüber behauptet hatte: Er liebte sie.

»Damit wäre aber nur das Wer geklärt«, setzte ich der lastenden Stille ein Ende. »Nicht das Wie.«

»Schmerz öffnet die Seele …«, sinnierte Gianna und spielte mit ihren Fingernägeln auf dem Tisch Klavier, ein aufreibendes Geräusch. Ich griff nach vorne und drückte ihre Hände flach hinunter, damit sie es bleiben ließ. Ich konnte dabei nicht denken.

»Viel wichtiger ist doch, sich zu überlegen, wie wir Tillmann davor bewahren, sich verwandeln zu lassen!«, lenkte ich ab, denn mit dem von Gianna zitierten Teil der Formel war ich von Beginn an überfordert gewesen.

»Das habe ich schon«, entgegnete Tillmann gefasst. »Und ich habe bereits eine Idee. Ich kann nur noch nicht darüber sprechen.«

»Tillmann, es geht hier um Leben und Tod, wir können uns keine Geheimniskrämerei leisten!« Paul beugte sich vor und sah Tillmann mahnend an. »Wenn wir uns diesem Wahnsinn schon stellen, muss jeder von uns wissen, was der andere tut.«

»In Hamburg wussten wir es auch nicht. Und? Du lebst«, erwiderte Tillmann kühl. Ich seufzte tief. Verdammt, er hatte recht. Wir hatten beide nicht gewusst, was Colin im Schilde geführt hatte. Aber Colin war ein Mahr. Tillmann hingegen war ein Mensch und ein sehr junger dazu. Vor einigen Monaten hatte er noch an Steinen befestigte Tarotkarten durch unsere Fenster geworfen, um mir seine Vision mitzuteilen, und nachts im Grenzbachtal Colin aufgelauert und geglaubt, sein Traumraub an den Rindern wäre ein kühnes Rodeo.

»Kann ich offen sprechen?« Paul hustete sich kurz frei. Da keiner etwas dagegen einwendete, fuhr er fort: »Ich bin im Frühjahr beinahe draufgegangen und meine Schwester hat ihr Leben aufs Spiel gesetzt, um mich zu retten. Dabei habe ich meine Freundin kennengelernt, mit der ich noch möglichst lange zusammenbleiben möchte. Diese beiden Menschen sind mir wichtig. Wichtiger als du, Tillmann. Deshalb ist es mir lieber, wenn du es versuchst, als wenn keiner es tut und Tessa Rache an einem meiner Mädchen übt, vielleicht sogar an beiden.«

Das war starker Tobak und schnitt unser Gespräch erneut ab. Paul hatte Tillmanns eigene Geschütze gewählt. Schonungslose Ehrlichkeit. Im Grunde musste Tillmann damit umgehen können. Doch Einblick in seine Seele gestattete er uns nicht. Mit niedergeschlagenen Wimpern saß er vor uns und dachte nach. Es war unmöglich zu sagen, ob Pauls Worte ihn verletzt oder gar angespornt hatten. Ich hielt es für denkbar, dass Paul ihn derart provozierte, damit er aufgab. Doch ich kannte Tillmann besser als er. Tillmann würde nicht aufgeben.

»Ich bin also dafür«, ergriff Paul erneut das Zepter. »Ellie? Was ist mit dir?«

Ich überlegte nicht lange. Wenn ich ihn in seinem Vorhaben bestärkte, würde er mich vielleicht wieder als Freund wahrnehmen, mich in seine Überlegungen einbeziehen und sich nicht länger in seinem Dachzimmer von mir abschotten. Ich wusste nicht mehr, ob ich ihm vertrauen konnte, doch ich wollte es tun. Wenn nicht ihm, wem dann?

»Ebenfalls dafür.«

»Ich bin dagegen, ohne Kompromisse«, sagte Gianna. »Ich lasse keinen Siebzehnjährigen ins Messer laufen.«

»Dann sind es ja drei Stimmen gegen eine und die Entscheidung ist gefallen. Danke.« Tillmann ließ uns noch immer nicht in seine Augen blicken, doch Pauls Versuch, ihm Angst zu machen, war ins Leere gelaufen. Mein Bruder akzeptierte seine Niederlage stumm. Vielleicht war er es inzwischen gewohnt zu verlieren. Gianna stand auf und drehte sich von uns weg, um ihre Arme auf die Brüstung zu stützen und in die Nacht zu schauen. Wahrscheinlich brauchte sie einen Moment, um ihre Fassung zurückzugewinnen. Uns durften jetzt nicht die Nerven durchgehen. Noch war erst der Anfang geklärt, aber nicht die entscheidenden Punkte. Deshalb wollte ich meine Jastimme sofort als Druckmittel benutzen.

»Bedingung ist aber, dass du uns sagst, was genau du vorhast und wie du dich schützen willst.«

»Kann ich noch nicht. Aber ich glaube, dass meine Idee funktioniert – nein, Ellie, schau mich nicht so an, ich kann es nicht sagen! Noch nicht! Ich werde dich einbeziehen, sobald ich es weiß. Du wirst eingeweiht, versprochen.«

»Und wir?«, fragte Gianna, ohne sich umzudrehen. »Was ist mit uns?«

»Ihr nicht.«

Aufgebracht schlug Gianna ihre Faust auf die Brüstung. Ein Windlicht fiel auf die Terrakottafliesen und erlosch klirrend. Gianna fluchte auf Italienisch, was sich sehr grob und unanständig anhörte. Wir ließen sie gewähren. Fluchen war besser als Weinen. Sobald Gianna weinte, konnte man nicht mehr vernünftig mit ihr reden. Diese Erfahrung hatte ich schon in Hamburg machen müssen.

»Zum Thema ›ins Messer laufen lassen‹: Wie machen wir es eigentlich konkret? Pistole? Messer? Gift?« Tillmann sah uns abwartend an. »Irgendwelche Vorschläge?«

»Keine Pistole!«, rief ich vorschnell, ohne zu wissen, was mich dazu trieb. Meine Gedanken folgten meiner Intuition nur holpernd. »Es macht Lärm und geht zu schnell, um Schmerz auszulösen. Es muss wehtun. Schmerz öffnet die Seele. Gift kannst du vergessen, das wird bei ihr nicht wirken. Sie ist selbst hochgiftig.«

Gianna setzte sich wieder zu uns an den Tisch, presste sich aber den rechten Handrücken gegen den Mund. In Angstsituationen wurde ihr gerne mal übel. Ich hoffte, dass sie das Abendessen drinbehalten würde und weiter zuhören konnte. Wider Erwarten mischte sie sich sofort wieder in unser Gespräch ein.

»Eine Pistole könnte ich wahrscheinlich sogar organisieren, aber ehrlich gesagt …«

»Wo willst du denn eine Pistole organisieren?« Tillmann war baff und auch Paul schaute Gianna an, als würde er zum ersten Mal ihr wahres Gesicht erkennen.

»Mafia. 'Ndrangheta, die gefährlichste Mafiaorganisation Europas – und direkt vor unserer Nase. Einer von ihnen wohnt da vorne, in dem Haus mit den Eichenholzsäulen im Garten. Willkommen in Kalabrien.«

»Aha.« Mein Mund wurde trocken. »Ist ja beruhigend.«

»Ach, keine Sorge, solange wir hier nicht zu Geld kommen wollen, lassen sie uns in Frieden. Doch von ihnen eine Waffe zu leihen, wäre ein willkommener Anlass, uns ein bisschen Schutz anzubieten. Also besser doch keine Pistole. Außerdem glaube ich, dass man das mit dem Schmerz nicht nur wörtlich nehmen sollte. Es ist sicher auch metaphorisch gemeint.«

»Sicher«, pflichtete ich ihr schwach bei. Ich kam mir vor wie in der Schule. Grundkurs Deutsch. Gedichtinterpretation.

»Für alle Fälle sollten wir körperlichen Schmerz auslösen und sie zusätzlich mit etwas konfrontieren, was sie seelisch schmerzt.«

»Tessa schmerzt nichts«, entgegnete ich bitter.

»Vielleicht doch ...«, meinte Tillmann grübelnd. »Vielleicht ist es Schmerz genug, wenn sie mich im letzten Moment doch nicht kriegen kann?«

»Das macht sie höchstens wütend.« Unsäglich wütend ...

»Und wenn wir irgendwas Schlimmes mit Colin anstellen?«, überlegte Paul. Ja, das würde ihm so passen.

Ich schüttelte erneut den Kopf. »Schlimmer als das, was er schon erlebt hat? Nein, das ist aussichtslos.«

Nur Gianna wusste, worauf ich anspielte: Colins Tage im Konzentrationslager. Außerdem war Tessa nicht empfänglich für die Leiden anderer; selbst dort hatte Colin sie rufen müssen, damit sie ihn rettete. Leid kümmerte sie nicht, was sie in Aufruhr versetzte, war das

Glück anderer, nicht deren Kummer. »Tessa ist nicht empathiefähig«, fasste ich meine Schlussfolgerungen zusammen. »Wir werden uns auf den körperlichen Schmerz beschränken müssen. Ein Stich ins Herz tut weh, oder, Paul?«

»Ein Stich ins Herz verlangt vor allem ordentlich Kraft und eine scharfe Klinge. Hat Tessa überhaupt ein Herz? Ich meine, hat sie ein Organ namens Herz? Hat Colin ein Herz?«

Pauls Wissenschaftlichkeit war sicherlich angebracht, aber seine Frage erschien mir viel zu intim, so intim, dass ich lieber weglaufen als darauf antworten wollte. Doch ich zwang mich, sitzen zu bleiben.

»Ich höre bei ihm keinen Herzschlag, aber … eine Art Rauschen in seiner Brust, genau dort, wo bei uns das Herz sitzt. Es fühlt sich energetisch an. Deshalb könnte es klappen, wenn man hineinsticht, obwohl …« Obwohl ein Schnitt bei Colin innerhalb kürzester Zeit wieder heilte, ohne eine Narbe zu hinterlassen. Aber es hatte ihm noch niemand die Haut aufgerissen, der ihn liebte, nicht mit dem Wunsch, ihn dabei zu töten. Als ich ihn auf Trischen in die Schulter gebissen hatte, hatte ich ihn nicht töten wollen, sondern auf ewig bei mir halten, in mir spüren, meine Hände über seine Haut wandern lassen, obwohl meine Gedanken einen kleinen Tod starben und mein Körper sich angefühlt hatte, als würde ich mich auflösen. »Wir müssen es einfach probieren«, stotterte ich und hoffte, Gianna, Paul und Tillmann bemerkten die Hitzewellen nicht, die durch meinen Körper schossen und mich einen Moment lang erheblich vom Morden ablenkten. »Ich kann sowieso nicht mehr klar denken.«

Gianna sah Tillmann bittend an. »Mach keinen Scheiß, Kleiner, okay? Überleg dir das noch einmal in aller Ruhe, und wenn du dich im letzten Moment anders entscheidest, wird dir niemand einen Vorwurf daraus machen. Dann setzen wir uns ins Auto und hauen ab, in Ordnung?«

»Ja, Mama.« Tillmann grinste sie verächtlich an. Giannas Hand zuckte. Ich konnte sie gut verstehen. Manchmal wollte man ihm einfach nur eine Ohrfeige verpassen, auch wenn das nicht ganz dem Stand moderner Erziehungsmethoden für aufsässige Jugendliche entsprach.

Wir erklärten unsere Konferenz für abgeschlossen – vorläufig abgeschlossen –, schalteten Pauls iPod an, den er an zwei Boxen gehängt hatte und der uns mit chilligen Klängen versorgte, und warteten schweigend darauf, dass die Dunkelheit uns ein wenig Kühle schenkte.

Tillmann verzog sich als Erster auf seinen Dachboden, Gianna und Paul folgten kurze Zeit später. Nur ich saß noch bis spät in die Nacht auf der Terrasse, lauschte dem Spiel der Silberpappeln und hoffte, den Motor eines schweren amerikanischen Geländewagens zu hören, der in die Straße einbog und sich dem Haus näherte.

Doch es blieb still um uns herum.

Fremdenverkehr

Obwohl ich sofort zu mir kam und meine Gedanken klar wurden, als das Motorengeräusch die Stille der Nacht zerriss, blieb ich stocksteif auf meinem verschwitzten Laken liegen. Wirklich still war es hier nie – ab und zu fuhr ein Zug vorbei und sorgte dafür, dass man seine Unterhaltungen abbrechen musste, die Zikaden geigten ohne Unterlass, das Meer rauschte, die Silberpappeln flüsterten im Wind. Doch sobald die Menschen sich schlafen legten und aufhörten, zu reden, singen und rufen, ob des Nachts oder in den brütend heißen Mittagsstunden, empfand ich dieses Land als still.

Deshalb war ich mir sicher, dass meine Ohren mich nicht trogen. Das Tuckern des Wagens war zu markant, um es für eine Einbildung zu halten. Erneut begannen meine Schläfen zu ziehen und zu klopfen, aber diese Variante konnte ich besser ertragen als die Eisenklammer, die sich heute Nachmittag um meinen Hinterkopf gelegt und mich außer Gefecht gesetzt hatte. Paul hatte mich irgendwann dazu überredet, eine starke Schmerztablette zu nehmen, und danach hatte der Druck auf meinen Schädel ein wenig nachgelassen und war schließlich dem üblichen Pochen in meinen Schläfen gewichen. Ich schob es auf das Wetter. Die Sonne schien zwar jeden Tag unvermindert stark vom meist wolkenlosen Himmel – laut Paolo, unserem Gemüsehändler, hatte es seit März nicht mehr richtig geregnet –, aber die Hitze barg viele Facetten. Heute war fast kein Wellengang zu verzeichnen gewesen, der Wind blies vom Land her und die Luft war schwül geworden. Selbst die hartgesottenen Einheimischen hatten sich unter ihre Sonnenschirme verzogen und die Siesta bis ultimo ausgedehnt. Das provisorische Volleyballfeld am Strand war leer geblieben.

Ich lauschte in die Nacht hinein, während mein Herz das Blut im stampfenden Rhythmus durch meine Venen und meine Schläfen hämmerte. Nun bog der Wagen in unsere Einfahrt ein, die wir vorsorglich zu jeder Stunde freihielten, und fuhr am Haus vorbei nach hinten in den Garten. Dann hörte ich, wie eine Metalltür entriegelt wurde und schwere Hufe über einen dünnen Holzboden polterten.

Sie waren da.

Ich verbot es mir aufzuspringen und nachzusehen. Das war zu riskant. Ich musste erst prüfen, ob es mich glücklich machen würde – so glücklich, dass wir Tessa anlocken würden, ehe wir uns richtig begrüßt hatten. Auf dem Dachboden über mir quietschten die Federn von Tillmanns Bett, aber es ertönten weder Schritte noch Türklappen. Im Haus blieb es ruhig. Vielleicht wollten die anderen mir alleine die Willkommenszeremonie überlassen. Ich wusste jedoch nicht, wie sie aussehen sollte. Ich konnte nicht einfach fähnchenschwingend und mit Begrüßungsdrinks in den Garten spazieren und Hallo sagen oder ihm gar um den Hals fallen. Das wäre leichtsinnig gewesen.

Wie gut kenne ich mich eigentlich?, fragte ich mich misstrauisch. Was genau waren das für Gefühle, die mich bewegten – abgesehen von dem Ärger darüber, dass meine Kopfschmerzen immer noch nicht vollständig abgeklungen waren? Ich versuchte, mich so nüchtern, wie ich es bei einem Fremden tun würde, zu analysieren. Ich war aufgeregt, das auf jeden Fall, vielleicht sogar freudig aufgeregt. Alles in mir bettelte darum, Colin zu begegnen. Wenn ich jetzt nicht nachsehen ging, würde ich die ganze Nacht kein Auge zumachen und mein Bauch würde zum Flugzeuglandeplatz mutieren. Aber

Glück, reines Glück, fühlte sich leichter an und überschäumender, ließ die Gedanken an die Zukunft stärker in den Hintergrund rücken. Ich konnte gar nicht zu Colin gehen, ohne an die Zukunft zu denken – und auch nicht, ohne an die Vergangenheit zu denken, die in manchen Momenten beinahe noch schwerer wog als das, was uns bevorstand.

Leise erhob ich mich und zog mir ein knielanges Trägerhemdchen über. Wie immer hatte ich nackt geschlafen. Um nach Unterwäsche zu suchen, hätte ich die schlecht geölten Türen des Schranks öffnen müssen und ich wollte die anderen nicht auf den Plan rufen. Ich musste mich dieser Situation allein stellen.

Auf dem kurzen Weg durch den Flur zur Küche blieb ich immer wieder stehen und horchte in mich hinein, doch das Kribbeln in meinem Bauch und mein fast ängstlich schlagendes Herz machten sich zwar stärker bemerkbar, veränderten sich aber nicht. Trotzdem ging ich nicht sofort hinunter in den Garten, nachdem ich die Küchentür nach draußen geöffnet hatte, sondern stellte mich auf den balkonartigen obersten Treppenansatz, über dessen breites Geländer wir unsere Handtücher zum Trocknen hängten, und beobachtete, was sich vor mir abspielte.

Ja, du bist es wirklich, dachte ich, als ich Colins lange, schmale Gestalt durch das Dunkel der Nacht gleiten sah. Mit Sicherheit hatte er mich bemerkt, doch seine Aufmerksamkeit galt Louis. Er hatte bereits den Gartenschlauch an die Außendusche angeschlossen und füllte die Wassertröge, bevor er den Strahl auf Louis' Hufe und Fesseln richtete und ihm Abkühlung verschaffte.

Nicht nur Tessas Fluch, sondern auch das Pferd hielt mich davon ab, Colin entgegenzustürzen. Wie immer, wenn ich Louis das erste Mal seit längerer Zeit wiedersah, wallte meine alte Pferdephobie auf, obwohl ich seine Schönheit und Eleganz anerkennen musste und sogar bewunderte. Doch Louis wirkte wie ein Absperrgitter für mich. Er machte es mir nicht schwer, hier oben stehen zu bleiben. Andererseits war der pechschwarze Hengst vielleicht genau das Sicherheitsnetz, das ich benötigte. Angst und Glück widersprachen sich.

Deshalb stieß ich das imaginäre Absperrgitter kurz entschlossen um und schritt Mann und Pferd auf dem trockenen Kiesweg entgegen, obwohl Colin Louis noch am Führstrick hielt und ihm beruhigend den muskulösen Hals klopfte. Seine Mähne hatte Colin in lange, dünne Zöpfe geflochten; vielleicht, um die Wärme im Transportwagen erträglicher zu machen.

Ich hatte keine Ahnung, was ich jetzt sagen sollte. Jede Begrüßungsformel kam mir unangemessen vor. Auch brachte ich es nicht fertig, Colin direkt anzusehen. Ich ließ meinen Blick weich und verschwommen werden, als ich zu ihm trat und mit gesenkten Lidern dicht vor ihm stehen blieb.

Auch Colin sagte nichts und ließ seine rechte Hand auf Louis' schimmerndem Fell ruhen. Der Hengst prustete leise, als er mich erkannte. Ich lehnte meine Stirn ganz leicht gegen Colins Schulter, nur meine Stirn, nicht mein volles Körpergewicht. Inmitten der eher gedrungenen Süditaliener – auch Paul und Tillmann waren nicht besonders hochgewachsen – hatte ich ganz vergessen, wie groß er war.

Er ließ einige Sekunden verstreichen, bevor er seinen linken Arm hob, ihn wie zufällig um meine Schulter legte und mit seinem Daumen über meine Wange strich. Ein einziges kurzes Streicheln, mehr nicht, aber genug, um meine Hilflosigkeit auf die Spitze zu treiben. Wir hatten schon miteinander geschlafen – wieso benahm ich mich, als wäre das unser allererstes Date? Und warum erwiderte er meine Zurückhaltung? War sie ihm etwa recht? Trotz meines rasenden Herzschlags und der Zweifel, die mich bestürmten, spürte ich die Innigkeit, die von uns ausging, als wir reglos in der Nacht standen, wie zwei Pferde, die sich nur mit den Nüstern berührten und gegenseitig schützten, während sie wachsam dösten.

»Zerfällst du zu Staub, wenn du mich ansiehst, Lassie?« Colin hob kaum seine Stimme, doch ihre Klangfarbe und sein weicher Akzent brachten mein Blut in Aufruhr. Das Kribbeln in meinem Bauch rutschte eine Etage tiefer.

Tatsächlich hielt mich eine unerklärliche Scheu davon ab, ihm ins Gesicht zu blicken. Hatte ich Angst, dort etwas zu entdecken, was das Kribbeln ersterben ließ – oder es außer Kontrolle brachte, sodass ich mich und damit auch Tessa vergaß? Nein, das passte nicht zu mir. Oder doch?

Meiner lähmenden Schüchternheit zum Trotz hob ich langsam meinen Blick. Colin musste unterwegs Rast gemacht haben, um zu jagen, denn er machte keinen hungrigen Eindruck. Seine helle Haut schien zu leuchten und seine pechschwarzen Augen funkelten, doch obwohl jemand wie Colin keinen Schlaf brauchte, wirkte er müde.

»Vielleicht zerfalle *ich* ja zu Staub, wenn ich dich ansehe«, raunte er anzüglich. Ich musste lächeln und er erwiderte es, ein schmerzliches, aber auch sehr liebevolles Lächeln. Noch immer konnte ich nicht sprechen. Colin betrachtete mich in aller Seelenruhe. Dann nahm er eine der Strähnen, die sich über meine Brust wanden, zwischen seine Finger und zog sanft daran.

»Hattest du schon immer so lange Haare?«

»Nein«, erwiderte ich heiser vor Anspannung. »Das Meer«, zitierte ich ihn ironisch und sein Lächeln verbreiterte sich zu einem Grinsen. Plötzlich konnte ich mit der Situation nicht mehr umgehen und verlor die Regie über das, was ich sagte und dachte.

»Oh Gott, Colin, ich weiß gar nichts über dich, nichts, ich meine, ich weiß nicht, wie groß du bist und wie viel du wiegst, ich weiß nicht mal dein Sternzeichen, gar nichts! Ich kenne deinen Geburtstag nicht …« Ich schlug mir die Hand vor den Mund, um diesem unseligen Geplapper einen Riegel vorzuschieben, doch meine kindlichen Fragen waren ohne Vorwarnung in meinen Kopf geschossen und kamen mir drängender vor als alles andere.

»Oh, das sind wirklich überaus wichtige Punkte«, erwiderte Colin in seinem üblichen Spott und gab meine Haare wieder frei. Er stellte sich in Pose, wofür er sogar Louis losließ, und präsentierte sich mir wie ein Model am Ende des Laufstegs. Er machte sich über mich lustig – das alte und schon lieb gewonnene Spiel.

»1,92 Meter, Kampfgewicht 86 Kilogramm, Schütze, Augen- und Haarfarbe changierend, Lieblingsessen: der Kirschkuchen deiner Mutter, Lieblingsfarbe Schwarz – nein, warte, warte. Natürlich ist es die Farbe deiner Augen, für die es noch keine Bezeichnung gibt, aber …«

»Du hast sie vergessen«, unterbrach ich ihn vorwurfsvoll.

»Es gibt keine Bezeichnung dafür, Ellie. Glaube mir.«

Ich musste die Kurve kriegen. Und zwar schnell. Mit glühenden Wangen deutete ich auf den Schuppen, den Paul aufgeteilt hatte – die eine Hälfte war für Louis reserviert, die andere, auf einer kleinen Erhöhung, bot ein provisorisches Lager für Colin.

»Ist das in Ordnung für dich? Ich meine, wir … wir …« Wir hatten noch zwei Betten im Haus, eines davon sogar im Salon gegenüber meinem Zimmer, aber Colin mochte keine geschlossenen Räume und ich hatte aus Pauls Worten herausgehört, dass er gerne in mahrfreier Umgebung schlafen wollte, ihm und Gianna zuliebe. Colin hatte in seiner Zeit als Stallbursche immer auf Heu und Stroh gelegen; er kannte das. Trotzdem kam ich mir schäbig dabei vor, ihn nicht ins Haus zu lassen. Zumindest nicht jetzt, bei Nacht.

»Ihr traut mir nicht«, vollendete Colin meine Gedanken gleichgültig. »Ich schlafe sowieso nicht und werde nicht viel hier sein. Es ist mir nicht wichtig, wo ich liege. Übrigens, Ellie …« Er hob den Arm, um zur Straße zu zeigen. Der köstliche Duft, der dabei aufstieg, bekräftigte das Kribbeln darin, dass es den richtigen Platz für seine Eskapaden gefunden hatte. Ich fürchtete, das Gleichgewicht zu verlieren, und hielt mich kurz an Colins Gürtel fest, um nicht zu kippen. »Ein Haus am Meer? Ihr steigt in einem Haus am Meer ab?«

»Ja, ich, äh, wir …« Stammelnd brach ich ab. Deutete ich seinen Gesichtsaudruck richtig? Es erheiterte ihn? »Was ist?«, blaffte ich ihn an. »Ich weiß, es ist nicht das Richtige, aber ich hatte Gianna falsch verstanden und Gianna hatte mich falsch verstanden und wir … ach, Scheiße.«

»Keine Sorge, Ellie. Es ist eigentlich gar nicht so verkehrt. Falls sie kommt, wird sie dadurch mehr Zeit brauchen und das wiederum verschafft euch Zeit. Aber abhalten wird es sie nicht.« Er nahm diesen logistischen Missgriff so locker? Dann hatte ich mich ja umsonst aufgeregt. »Es ist seltsam, oder?«, fuhr er beiläufig fort. »Die Menschen hier haben Angst vor ihrem größten Gut, dem Meer. Alle älteren Städtchen kleben an den Bergen. Fast niemand hat früher gewagt, direkt an der Küste zu bauen.«

»Rührt daher ihre Angst vor Wasser?«

»Ich weiß es nicht. Es ist möglich. Vielleicht ist es noch ein Überbleibsel aus ihrer Zeit als Mensch, das die Metamorphose nicht vollständig vernichtet hat. Die Sarazenen kamen meistens über die See und verübten so grausame Überfälle, dass das Blut manchmal in Strömen durch die Stadttore floss.«

»Im Vergleich dazu ist ein Mahr im Garten ja richtig harmlos«, kommentierte ich Colins kleine Geschichtsstunde trocken, bevor sie mich zum Gähnen bringen konnte. Und doch liebte ich es, ihm dabei zuzuhören. »Kann ich heute Nacht bei dir bleiben?« Ich hasste es, danach fragen zu müssen. Gianna würde Paul so etwas niemals fragen. Es war selbstverständlich, dass die beiden sich das Bett teilten, und wenn es noch so schmal war. Colin und ich mussten diese Angelegenheit jede Nacht aufs Neue aushandeln.

»Es ist zu gefährlich, oder?«, beantwortete ich meine eigene Frage, als er nicht reagierte, sondern mich ansah wie eine Sphinx – absolut undurchschaubar, was mich, gelinde ausgedrückt, rasend machte. »Klar, ich verstehe, es ist zu gefährlich. Wir haben zwar eine Idee, wie wir – du weißt schon.« Oh Gott. Das war ja wie bei Harry Potter. Ich wagte es nicht mal, ihren Namen auszusprechen. »Aber noch sind wir nicht so weit. Sagt Tillmann. Er muss noch etwas … ja, was muss er eigentlich? Ich weiß es nicht«, schloss ich entnervt.

Colin versuchte, sein Grinsen zu verbergen, doch das gelang ihm mehr schlecht als recht und zu meiner Schande stellte ich fest, dass ich ebenfalls grinste, obschon es nicht einen vernünftigen Grund dafür gab. Es war ein Verzweiflungsgrinsen.

»Hattest du wieder die Pocken?« Er berührte mit seinen kühlen Fingern meine malträtierte Armbeuge, um seine Hand nach einer kurzen Pause abwärtswandern zu lassen und unter mein Hemdchen zu schieben. Wie ein Eroberer, der endlich das Gelobte Land gefunden hatte, legte er sie besitzergreifend um meine linke Pobacke.

»Die Sonne …«, sagte ich schwach und seufzte auf. Allmählich begannen mich Colins ständige Themenwechsel zu überfordern (und auch seine Hand auf meinem Hintern). Während er die Ruhe selbst war, bekam ich größte Schwierigkeiten, einen einzigen grammatikalisch korrekten Satz zu formulieren.

»Ich hätte mir deine Akklimatisierungsschwierigkeiten zu gerne live angeschaut, aber ich hatte noch etwas zu erledigen.« Abrupt ließ Colin los. Sein Lächeln war verschwunden. »Wir sind nicht in Gefahr, Ellie. Oder bist du glücklich?«

»Ich …« Schnaufend stoppte ich mich, bevor ich in Versuchung geriet zu flunkern. Es hatte noch nie Sinn gehabt, Colin meine Seelenlage zu verleugnen. Er konnte in mich hineinsehen, eine Fähigkeit, die ich schon oft zum Teufel gewünscht hatte. »Nein«, entgegnete ich bockig. »Nein, glücklich würde ich es nicht nennen. Aber ich möchte bei dir sein, ich möchte mit dir sprechen, dich anfassen und … könntest du bitte dein Hemd ausziehen?«

Ich trug keinen Slip und er würde sich gefälligst von seinem Hemd befreien. Ich fand, dass das ein fairer Deal war. Lachend nahm Colin meine Hand und ging mit mir – er schlenderte, ich schwankte – zur offenen Seite des Schuppens hinüber, wo Gianna und ich sein Lager errichtet hatten. Louis stand bereits kauend an der Heuraufe. Mein Nacken verkrampfte sich, als wir dicht an seinen schweren Hinterhufen vorbeischritten, doch ausnahmsweise war mir seine Gegenwart willkommen.

»Eigentlich kann ja nichts passieren, wenn Godzilla dabei ist. Ich hab viel zu große Angst vor Louis, als dass …«

»Du hast keine Angst vor Louis«, widersprach Colin. »Verkauf mich nicht für dumm, Ellie.«

»Ich habe sehr wohl eine Pferdephobie!«

»Du magst ihn nicht, weil er auf dich unberechenbar wirkt. Du bist ein Kontrollfreak. Alles, was du nicht bestimmen und leiten kannst, möchtest du am liebsten aus dem Weg schaffen. Du bist ein herrschsüchtiges Fräulein geworden.«

»Tsss«, machte ich, weil mir nichts Besseres einfiel. Nun fing er wieder an zu psychologisieren, ganz wie zu Beginn unseres Kennenlernens. Ich hatte es noch nie gemocht.

»Wir brauchen Louis nicht, um das Glück auf Distanz zu halten.« Colin lehnte sich an einen Heuballen und bedeutete mir, mich neben ihn zu setzen. Als ich es tat, nahm er meine Hand und führte meine Fingerknöchel an seine Lippen. Sie legten sich auf genau jene Stelle, wo gerade erst der Bruch verheilt war. Zertreten von seinem Stiefelabsatz. »Ich habe selbst dafür gesorgt. Das Böse fällt mir leicht.«

»Hör auf, so eine Scheiße zu reden!«, zischte ich und zog meine

Hand weg. Entschieden machte ich mir an den Knöpfen seines ausgewaschenen Hemdes zu schaffen. Die meisten standen sowieso schon offen. Colin ließ es zu, dass ich ihm das Hemd über seine sehnigen Schultern streifte. Obwohl ich vor Tränen kaum etwas sehen konnte, legte ich mich neben ihm auf die Decke, die Gianna und ich vor einigen Tagen über das frische Heu gebreitet hatten, und schaute ihn an, mein Arm auf seinem Oberschenkel. Nach einer Weile hatte ich mich so weit beruhigt, dass ich näher rücken konnte und meine Finger einen außerordentlich verlockenden Platz zwischen seinem Hosenbund und seiner samtigen, haarlosen Haut fanden.

»Ich werde heute Nacht nicht mit dir schlafen, Lassie. Du bist noch nicht so weit.«

Ich fuhr hoch, als hätte mir jemand eine spitze Nadel in den Rücken gestochen. »*Du bist noch nicht so weit?* Was soll denn das bedeuten? Halten wir hier gerade eine Therapiesitzung? Was glaubst du eigentlich, wer du bist, dass du mir vorschreiben kannst, wann ich Sex habe und wann nicht?«

»Nun ja … vielleicht hat meine Wenigkeit dabei auch noch ein Wörtchen mitzureden?« Trotz des Humors in seiner Stimme lächelte Colin nicht, als er seinen schwarzen Blick in meine vor Wut brennenden Augen versenkte.

»Also bist *du* noch nicht so weit«, giftete ich, wohl wissend, dass das ausgemachter Blödsinn war. Mahre waren allzeit bereit.

»Nein. Du bist noch nicht so weit«, wiederholte Colin und zog mich an seine Brust, obwohl ich mich sträubte. »Das bedeutet nicht, dass ich es nicht wollte. Seitdem ich deinen entzückenden Hintern in meiner Hand hatte, kann ich an nichts anderes denken.« Ich glaubte ihm nicht und berührte forsch die Knopfleiste seiner Hose. Hoppla. Ich sollte ihm besser doch glauben.

»Oh Gott, Ellie, nicht … bitte …« Mit einem leisen Keuchen nahm er meine Finger und legte sie an seine Brust, in der es pulsierend rauschte, ein Geräusch, das mich an das Spiel des Windes in den Silberpappeln erinnerte. Ich versuchte, Ordnung in meine kaum vorhandenen Gedanken zu bringen, indem ich meine Schläfe an seine untertemperierte Haut schmiegte. Beinahe wäre ich zurückgezuckt. Ich hatte nicht mehr daran gedacht, wie frostig sie sein konnte. In der Wärme der italienischen Nacht war ihr Kontrast zur Luft tausendmal stärker, als ich es zuletzt an der Nord- und Ostsee erlebt hatte. Auf Trischen hatte Colin sich sogar angefühlt wie unter lebensbedrohlichem Fieber, nachdem er die Wale beraubt hatte.

Und Ordnung in meine Gedanken brachte seine Kühle auch nicht. Deshalb beschränkte ich mich darauf, ihm zuzuhören, selbst wenn mir nicht gefiel, was er heute Nacht so von sich gab.

»Jedes Eindringen hat mit Gewalt zu tun. Es ist immer ein kleiner Krieg.«

Ich errötete. »So ein Bullshit«, wehrte ich ab. Was sprach da gerade aus ihm – Chauvinismus oder etwa Einfühlungsvermögen? Mussten wir überhaupt darüber diskutieren? Colins Offenheit rührte mich, aber sie machte mich auch schrecklich verlegen.

»Nein, das ist es nicht. Du hast genug Schlachten erlebt und ich möchte dir nicht wieder Gewalt antun. Nicht jetzt.«

»Es ist keine Gewalt«, widersprach ich erneut und drückte meine Lippen auf die zarte Haut unterhalb seiner Brustwarzen. »Bei jedem anderen wäre es vielleicht Gewalt, bei dir nicht.«

»Das magst du jetzt so empfinden, ja, und es ehrt mich sehr, mein Herz. Würden wir es tun, könnte es jedoch anders kommen, und wenn ich eines auf keinen Fall möchte, dann ist es, dass du so reagierst wie die anderen Frauen, mit denen ich geschlafen habe. Du sollst keine Angst dabei haben.«

Nun weinte ich. Ich wusste nicht, was ich tun sollte – ob ich einfach aufstehen und in mein Zimmer verschwinden oder bei ihm bleiben sollte, ob ich ihn berühren durfte oder nicht, wie weit ich gehen konnte, ohne den Verdacht zu wecken, ich hätte es besonders nötig oder würde mich ihm gar aufdrängen. Nichts lag mir ferner als das. Colin nahm mir die Entscheidung ab, indem er mich auf seinen Schoß zog und seine Hand zwischen meine bloßen Beine legte. Mit meiner Zungenspitze streifte ich seinen Mundwinkel, mehr nicht, doch er erwiderte mein Herantasten mit einem unmissverständlichen und sehr männlichen Kuss.

»Du bist ja ein kleines Feuchtbiotop«, murmelte er dicht an meinem Ohr und meinte dabei nicht meinen Mund. Wir verharrten, ohne uns zu rühren, und drosselten unseren Atem, seiner kühl, meiner heiß, bis er bedauernd seine untätige Hand wieder zu sich nahm und ich mich aufgewühlt und mit vibrierenden Nerven neben ihm ins Stroh rollte. Wenn er mich so hundsgemein auflaufen ließ, um mich bloß nicht glücklich zu machen, war ihm das bestens gelungen.

»Was musstest du denn eigentlich noch erledigen?«, fragte ich, nachdem ich wieder den Weg zu meinem Kopf und damit auch zu meinem Denkzentrum gefunden hatte.

»Meinen Kater einschläfern lassen und ihn begraben.«

»Was?« Fassungslos richtete ich mich auf. »Du meinst doch nicht etwa …«

»Doch. Mister X. Mein guter, alter Zausel. Schlaganfall. Er lag eines Abends vor dem Haus, konnte seine Hinterläufe nicht mehr bewegen und hat vor Schmerzen geschrien. Eine Stunde später hielt ich ihn in meinen Armen und half ihm zu sterben.«

Eben noch hatte ich vor Erregung weder vorwärts noch rückwärts gewusst, jetzt schüttelte mich das Schluchzen, als würde unter uns die Erde beben. Mister X war nicht nur Colins Kater gewesen, sondern auch mein Kater. Seine Gegenwart hatte mich getröstet, wenn Colin nicht da gewesen war – und Colin war die meiste Zeit nicht da gewesen. Mister X hatte mich durch seine hochmütige Eleganz immer wieder erfreut und abgelenkt, ganz besonders dann, wenn sie sich mit jener drolligen Tapsigkeit, die selbst den stolzesten Katzen eigen war, vermischt hatte. Ich konnte mir nicht vorstellen, dass er nicht mehr lebte, nie mehr durch Mamas Blumenbeete streifen, auf meinen Füßen schlafen, Weinkorken über die Fliesen jagen und panisch vor dem Geruch seiner eigenen Kacke wegrennen würde, sondern auf immer und ewig kalt und starr unter der Erde lag. Doch vor allem tat es mir leid für Colin. Die beiden hatten eine symbiotische Beziehung gepflegt.

Colin sah mich lange an und erwiderte meine Traurigkeit, nicht aber mein Weinen. Er konnte nicht weinen. Ich fragte mich, vor welchem Haus es geschehen war. Vor unserem oder vor seinem? Vermutlich vor seinem, denn ich konnte mir nicht vorstellen, dass Mister X sich freiwillig bei uns aufhielt, wenn sein heiß geliebtes Herrchen im Wald war. Dann ist es Tessa gewesen, dachte ich spontan und meine Trauer wurde von blankem Hass überdeckt. Ihr Einfluss hatte dem Kater den Garaus gemacht.

»Er hatte einen Herzfehler, schon die ganze Zeit. Dafür schlug er sich tapfer. Niemand hat Schuld, Ellie. Es geschieht, wie es bei all meinen Katern und Katzen bisher geschehen ist. Was glaubst du, warum er Mister X hieß? Und die kleine schwarze Madame Miss X?«

Ich wischte meine Tränen ab. »Weil es nicht die ersten waren, oder?«

»Ich hatte immer Katzen, mein Leben lang. Sie werden nun mal meistens nicht älter als zwanzig Jahre, in freier Wildbahn schaffen sie es kaum über fünfzehn hinaus. Er war der dreizehnte Mister X. Schöner und arroganter als die anderen, ja, aber ich wurde es irgendwann leid, mir neue Namen auszudenken, also – Mister X oder Miss X für jene Katzen, die auffällig stark meine Nähe suchten. Die anderen haben gar keine Namen.«

»Wo hast du ihn begraben?«

Colin griff um meinen erstarrten Nacken und zog mich behutsam zu sich. Nun konnte ich mich an ihn kuscheln, ohne Angst zu haben, aufdringlich zu werden. Der Gedanke, Mister X nicht mehr wiederzusehen, erstickte jegliches Begehren im Keim.

»Er liegt bei euch im Garten, an einem schönen schattigen Platz zwischen zwei Rosenbüschen. Bei mir hätte er keine Ruhe gefunden.«

Ein eisiger Schauer wanderte über meine Oberarme. Niemand würde in diesem Haus Ruhe finden, weder die Toten noch die Lebenden. Es war verflucht. Nur Colin zuliebe sprach ich nicht aus, wovon ich fest überzeugt war – dass Mister X noch leben würde, wenn Tessa dieses Haus nicht betreten hätte.

»Du warst bei uns? Hast du meine Mutter …?« Ich konnte meinen Satz nicht zu Ende führen. Meine Mutter … Wir hatten sie nach unserer Ankunft angerufen und gesagt, dass alles in Ordnung sei. Seitdem ließen wir unsere Handys die meiste Zeit des Tages ausgeschaltet, weil wir sowieso nur schlechten Empfang hatten und uns auf keinerlei Diskussionen einlassen wollten.

»Nicht nur deine Mutter. Ich habe auch einen …« Colin machte eine kleine Pause und ich spürte, dass er schmunzelte. »… einen alten Bekannten wiedergetroffen, der sich offenbar als Faktotum in eurem Haus verdient machen möchte. Ich habe ihn mal als Arschloch betitelt.«

»Oh ja. Er ist nicht nur ein Arschloch, sondern auch ein Stalker.«

»Kein Mitleid, Ellie. Das hast du nur deinem losen Mundwerk zuzuschreiben. Warum musstest du ihm gegenüber etwas andeuten? Er hat einen Narren an dir gefressen und war drauf und dran, ganz Italien abzuklappern, um dich zu finden. Und zwar zusammen mit deiner Mutter.«

Ich stöhnte vor Unmut auf. Lars steckte immer noch bei meiner Mutter? Das durfte doch nicht wahr sein.

»Wir haben uns fair geeinigt«, sprach Colin weiter. »Der Schaukampf in eurem Garten ging drei zu null für mich aus und eure Nachbarn werden es wahrscheinlich nicht mehr wagen, auch nur ein böses Wort über deine Mutter oder eure Familie zu äußern. Aber Lars ist ein guter Verlierer. Er wird nicht kommen.«

»Gut. Sehr gut. Danke. Hast du ihn fertiggemacht? Okay, ich weiß, darum geht es bei Karate nicht. Es sei denn, man wendet es im Kampf gegen die Mahre an. Dann ist alles erlaubt, was?«, fügte ich so schnippisch hinzu, dass ich über mich selbst erschrak. Ich hatte dieses Thema nicht anschneiden wollen und Colin den Mund verboten, als er es getan hatte. Und jetzt? Holte ich selbst zu einem Tiefschlag aus.

Colin schwieg ein paar Minuten und seine Muskeln unter meiner Wange spannten sich an, bis sie hart wie Stahl wurden.

»Du bist jederzeit frei zu gehen«, sagte er schließlich gedämpft. Er nahm die Arme von mir und verschränkte sie im Nacken. »Es wäre die einfachste Lösung für alle Beteiligten.«

»Danke, ich bleibe.« Und das tat ich auch. Heute Nacht würde ich hier bei ihm schlafen, für wie bösartig er sich auch halten mochte. Wir mussten dabei nicht reden oder etwas tun. Ich wollte damit ein Zeichen setzen, obwohl er eigentlich besser als alle anderen wissen musste, dass ich nicht so schnell zu vergraulen war. Es gestaltete sich jedoch kompliziert, eine geeignete Position zu finden, in der ich Colin nahe war und mir keine Erfrierungen zuzog. Das Rauschen strömte gleichmäßig durch seinen Körper und verriet mir damit, dass er keinen Hunger litt, doch noch immer kam mir seine Haut ungesund kalt vor. Trotzdem wollte ich ihn fühlen und den Kontakt zu ihm bewahren, auch im Schlaf. Unruhig probierte ich Stellungen aus und verwarf sie wieder.

»Haben wir es bald?«, fragte er irgendwann mit einer solch mokanten, aber auch vertrauten Zärtlichkeit, dass ich mich entspannte und die Nische unter seiner Achsel als den passenden Schlafplatz auserkor. Mit meiner Nasenspitze an seiner Haut und meinen Fingern in seinen Gürtelschlaufen dämmerte ich schließlich ein, während er, die Lider geschlossen und das Gesicht unbewegt, seine Gedanken auf Reisen schickte.

Mein Schlaf blieb unruhig. Deshalb hörte ich Giannas Schritte von Weitem nahen und erschrak nicht, als sie sich bei den ersten Sonnenstrahlen mit besorgter Miene neben unser Lager kniete. Verwundert stellte ich fest, dass Colin sich aufgerichtet hatte, während ich geschlummert hatte. Die Decke hatte er unter meinen Kopf geschoben, sodass ich weich und warm auf seinen Oberschenkeln lag.

»Morgen«, lallte ich schlaftrunken.

»Seid ihr glücklich?«, fragte Gianna lispelnd vor Anspannung. Ihre Nervosität übertrug sich sofort auf Louis, der aus dem Schatten des Schuppens hervortrat und aufgeregt schnaubte. Alarmiert drehte sich Gianna zu ihm um. »Mamma mia, ist der schön …«, flüsterte sie andächtig.

»Schön und groß«, pflichtete ich ihr ohne jegliche Begeisterung bei. »Vor allem groß.« Ich stützte mich auf Colins Knie und hievte mich in den Schneidersitz.

Gianna eiste ihre Augen von Louis los und blinzelte uns an. Sie bemühte sich, freundlich zu gucken, doch ihre Furcht war nicht zu übersehen.

»Und – seid ihr glücklich? Ihr seid glücklich, oder?«

»Nein«, gestand ich und fühlte mich dabei wie ein Versager.

»So schnell wird es nicht gehen«, bestätigte Colin ruhig. Er hörte sich an, als würde er allein über mich sprechen, nicht über sich. Aber was war mit ihm? War er glücklich? Immerhin hatten wir die Nacht miteinander verbracht. Forschend sah ich ihn an, doch er schüttelte bedauernd den Kopf. Gianna folgte unserem Blickwechsel gebannt. Ich kam mir schon beinahe vor wie in einer Paartherapie und das ärgerte mich.

»Müssen wir denn beide glücklich sein, damit sie kommt? Reicht es nicht, wenn du es bist?«, fragte ich ungehalten, denn der Druck, möglichst bald vor Glück platzen zu müssen, belastete mich mehr denn je.

»Ich bin keine Insel, Ellie«, erwiderte Colin scharf. »Nein, es reicht nicht. Glück ist etwas, was nur blühen kann, wenn man es teilt.«

»Das ist wohl wahr«, pflichtete Gianna ihm eingeschüchtert bei. »Also ist Tessa …?«

»Nein, sie ist noch nicht unterwegs«, sagte Colin etwas ruhiger. »Keine Sorge, Gianna.«

»Gott sei Dank.« Gianna griff sich an die Brust und brabbelte ein kurzes Gebet. Dann streckte sie ihre Hand nach Colin aus. »Hallo, Colin. Schön, dass du da bist.«

Als er ihre zarten Finger in seine schloss, fuhr Gianna heftig zusammen. Natürlich, seine kalte Haut. Doch sie zog sie nicht zurück, sondern ließ sie bei ihm. Mutig sah sie ihm in die Augen, deren Schwarz mit der ersten Helligkeit des Tages in ein grünliches Braun überging. Gleich würde es sie müde machen.

»Guten Morgen, Gianna«, erwiderte Colin höflich und verzog seinen geschwungenen Mund zu einem charmanten Lächeln. Dann gab er ihre Hand frei. Sie respektierten sich tatsächlich. Ob ich es gut fand oder eher nicht, musste ich mir noch überlegen, aber für das Erste war es besser als weitere Streitereien.

»Wenn sie sich schon auf den Weg gemacht hätte …« Gianna musste Luft holen und strich sich unwillkürlich über ihre Hand, auf der sich eine feine Gänsehaut gebildet hatte. »Tillmann hat uns eben gesagt, dass er … im äußersten Notfall gewappnet wäre. Wir könnten es also riskieren.« Weil sie Colins warnenden Blick sah und meinen empörten dazu – denn ich konnte nicht verstehen, wieso Tillmann Gianna und Paul Bescheid gab, aber nicht mir –, sprach sie schnell weiter. »Ich dachte, wir könnten vielleicht heute Abend in Calopezzati etwas essen gehen, oben in den Bergen. Alle zusammen, meine ich.« Sie setzte sich neben uns ins Stroh, schaute jedoch immer wieder zu Louis hinüber.

»Oh, ich bin kein guter Esser«, bemerkte Colin lakonisch.

»Aber was war mit dem Kirschkuchen?« Gianna sah ihn fragend an. »Du hast Kirschkuchen gegessen! Ich hab es gesehen! Du hast deinen Bissen runtergeschluckt.«

»Ich wollte eure Mutter beeindrucken.«

Ich musste grinsen, weil Colins Tonfall und seine Worte gegensätzlicher nicht hätten sein können, aber Giannas Züge wurden weich und verletzlich.

»Eure Mutter«, sprach sie ihm leise nach. Jetzt erst begriff ich, was Colin gesagt hatte. Stimmt, eigentlich war Mama nur Pauls und meine Mutter, nicht Giannas. Er hatte sie in einem Satz auch zu ihrer Mutter erklärt. Konnte er in ihre Seele blicken wie in meine? Spürte er, dass sie zu ihrer Mutter ein schlechtes Verhältnis hatte – falls überhaupt?

»Ich reite mit Louis sowieso gleich hinauf in die Berge, er braucht Bewegung und ich muss jagen«, erklärte Colin wie nebenbei. »Wir können uns gerne heute Abend dort oben treffen. Gegen 21 Uhr?«

Gianna nickte eilig. Ich schloss mich ihr verdattert an. So leicht war es, Colin zum gemeinsamen Essen zu überreden?

»Dann geht ins Haus und schlaft noch ein bisschen. Ihr habt nichts zu befürchten, ich bin in fünf Minuten fort. Und wir beide …«, er zog mich am Ohrläppchen zu sich und biss mir sacht in die Lippen, obwohl seine Stimme vor Ironie troff, »haben heute Abend unser erstes Candle-Light-Dinner.«

Fertilitätstheorien

»Was ist mit ihr? Ellie, sag was, bitte! Oh Gott, Paul, sie wird doch nicht …«

Gianna streckte die Hand nach mir aus. Gleich würde sie mich anfassen. Nicht, dachte ich. Tu es nicht. Du wirst es bereuen.

Im letzten Moment zog sie den Arm zurück. Meine Lider gehorchten mir noch nicht, aber ich sah Giannas Umrisse. Sie zeichneten sich wie durch eine Wärmekamera vor meinen geschlossenen Augen ab. Ihre Wangen waren heiß vor Schreck. Violett.

»Sie atmet, ganz sacht, aber sie atmet, regelmäßig sogar«, stellte Paul fest. »Ich verstehe nicht … Ellie? Ellie, hörst du uns?«

Nun konnte ich blinzeln, wenn auch nur wie in Zeitlupe. Meine Linsen stellten sich scharf, sobald mein Lid nach oben wanderte, und verloren sofort ihren Sehwillen, wenn ich es wieder schloss. Was ich in mir selbst sah, war ohnehin verlockender als die Wirklichkeit. Ich wollte es bewahren, für einige Minuten noch. Ich nahm merkwürdig versöhnlich hin, dass ich mich nicht bewegen konnte. Mein Körper war starr wie ein Brett.

Schon seit Minuten war ich wach, anfangs hatte ich meine Traumbilder noch wie einen Film betrachtet, dessen Geschehen ich nicht beeinflussen konnte, dann waren sie verblasst, doch das berauschende Gefühl, das sie in mir ausgelöst hatten, würde erst vollkommen verschwinden, wenn ich mich rührte.

Gianna und Paul durften mich nicht anfassen. Nicht nur deshalb, weil sie mich dann herausholen würden. Sie durften es nicht, weil sie sich dabei erschrecken würde. Sie würde beißen. Verzückt wand meine Seele sich in dem Gefühl ihrer Kühle an meinen Beinen, ihrer glatten, schuppigen Haut, die sich in meine Kniekehlen schmiegte, und des kaum spürbaren Gewichts ihres ovalen Kopfes, den sie auf meinen Oberschenkel gebettet hatte. Ich sah ihre leuchtend orangen Augen und die gleichmäßige grau-schwarze Musterung entlang ihres Rückgrats, ein Geschenk der Natur, harmonischer, als wir es je sein würden.

»Ellie, wach auf!«, rief Gianna. Nun klang sie nicht nur besorgt, sondern auch panisch und hilflos. »Sie wacht nicht auf … Es kann doch nicht sein, dass sie seit heute Nachmittag um zwei geschlafen hat. Fünf Stunden lang! Ellie …«

Sosehr ich es auch auskosten wollte, hier zu liegen, ohne meinen eigenen Körper bewegen zu können: Gianna durfte mich nicht berühren. Es war an der Zeit, wieder die Gewalt über diese lästige Hülle zu bekommen, die mich umgab und so selten nach meinem Willen funktionierte. Jetzt musste sie es tun. Ein letztes Mal versank ich in den kühlen Blutbahnen des Wesens, das sich anmutig um meine Beine schlang, und zapfte Kraft aus ihm. Dann, im allerletzten Moment, einen Sekundenbruchteil bevor Gianna meine Schulter packen wollte, reagierte meine Wirbelsäule.

Mein Kopf schnellte nach oben und aus meinem Mund ertönte ein warnendes Zischen, aggressiv und giftig. *Weiche von mir!* Gianna zuckte so heftig zurück, dass sie ihren Ellenbogen in Pauls Bauch rammte. Oh, was waren wir nur für missgebildete Konstruktionen. Kein Tier würde torkeln, wenn es erschrak, und erst recht nicht die stolze Jägerin, mit der ich mein Lager und meine Seele geteilt hatte. Sie blieb immer geschmeidig und elegant und kühl … so kühl …

Doch sie witterte die Fremden um uns herum. Sie fühlte sich von ihnen gestört wie ich. Sie rollte sich zwischen meinen Knien zusammen, hob den Kopf leicht an und zischte ebenfalls.

»Was war das?«, flüsterte Gianna. »Das klang wie … oh nein …«

»Eine Schlange«, vollendete ich ihren Gedanken ungerührt, obwohl es mir wie ein Frevel vorkam, meine Zunge zu menschlichen Lauten zu formen. Ich umfasste den Kopf der Viper – zärtlich, vertraut – und zog sie langsam unter meinem dünnen Laken hervor. Ich kam mir ungelenk und fehlgesteuert vor, vom Haupt bis zu den Füßen schlecht durchdacht und zusammengebaut, als ich mich erhob, zur Terrasse stakste und die Schlange über die Brüstung des Geländers hinab in den Garten gleiten ließ. Gianna und Paul folgten meinen Bewegungen mit aufgerissenen Augen und offenen Mündern.

»Madonna!« Gianna bekreuzigte sich rasch. »Zum Glück hab ich dich nicht angefasst … Deshalb hast du so steif und reglos dagelegen! Es sah aus, als wärst du gelähmt!«

»Das dachte ich auch«, fiel Paul lebhafter als üblich ein, offensichtlich erleichtert, dass alles seine natürliche Erklärung hatte. »Eine Schlaflähmung. Du hattest geträumt, oder? Deine Lider haben gezuckt, und als deine Augen zwischendurch offen waren, hast du nichts gesehen, richtig? Das ist ein beschissenes Gefühl, kommt aber ziemlich häufig vor. Hatte ich auch schon.«

Du Tor, dachte ich mit mildem und mir selbst befremdlichem Spott. Ich hatte alles gesehen – und noch viel mehr. Ja, ich war gelähmt gewesen. Gelähmt, als ich aufwachte, und gelähmt, als Gianna und Paul Minuten später ins Zimmer kamen. Aber Furcht? Angst? Entsetzen? Keinen einzigen Moment lang. Ich hatte mich höchstens darüber gewundert, bevor ich mich dem Anderssein ergab, und es fehlte mir jetzt schon. Ich hätte gerne die zarten, erquickenden Nachwehen ausgekostet, alleine, und spürte, wie sich Wut in mir zu regen begann; Wut darüber, gestört worden zu sein. Doch

Paul und Gianna sahen nicht ein, mich in Ruhe zu lassen. Je länger sie bei mir blieben und mich anstarrten, desto wacher wurde ich. Wacher und klarer.

»Ob sie giftig war?« Gianna hob das Laken an und blickte skeptisch auf meine Matratze, als könnten sich weitere Schlangen darunter verbergen.

»Ja, das war sie«, entgegnete ich ruhig und begann gleichzeitig zu frösteln. Wo blieb meine Angst? Herrgott, unter meiner Bettdecke hatte eine Viper gelegen. Ich musste Angst haben! »Sie beißt nur, wenn sie angegriffen wird oder sich belästigt fühlt.« Meine Intuition gab mir diese Worte vor. Etwas tief in meinem Innern sagte mir, dass diese Schlange mich nicht hatte beißen wollen. Niemals.

»Woher weißt du …?« Gianna stockte. »Warum hast du nicht geschrien? Du konntest nicht, oder? Was hattest du eigentlich geträumt?«

»Geht euch nichts an.« Nein, mein Traum ging sie wahrhaftig nichts an, obwohl mir mein eigenes Benehmen langsam unheimlich wurde – und peinlich dazu. Was war da eben mit mir geschehen? Vor allem musste ich die Wut eindämmen. Sie rang bereits mit mir.

»Okay, ist ja gut.« Gianna hob beschwichtigend die Hände. Paul schüttelte den Kopf. Er setzte an, etwas zu sagen, stoppte sich aber selbst. Mein Blick hielt ihn sowieso ab, seine Gedanken auszusprechen. Stört mich nicht in meiner Welt, zischte es plötzlich in mir, wie eine letztes Aufbäumen meiner Entrücktheit, die mich vor wenigen Minuten noch vollkommen umfangen hatte. Aber Gianna und Paul hätten meinen Traum sofort fehlgedeutet, weil sie nicht verstehen konnten, was mit mir passiert war. Keiner konnte es verstehen und deshalb machte es auch keinen Sinn, davon zu erzählen – abgesehen davon, dass ich all das, was mir eben widerfahren war, aus unerfindlichen Gründen für mich behalten wollte, als mein Kleinod, meinen Schatz, meine Gabe. Die Viper war für einige Momente meine Gefährtin gewesen, deren Zauber nur ich begreifen konnte. Ich hatte mich wohl mit ihr gefühlt.

»Wie spät ist es?«, fragte ich, um Gianna und Paul von mir abzulenken, und setzte mich wieder auf mein Bett. Gianna hatte vorhin eine Zeitangabe gemacht, doch Zahlen und Fakten waren in diesem Augenblick uninteressant und nebensächlich für mich gewesen.

»Kurz nach sieben«, antwortete Paul. Noch immer las ich Skepsis und wissenschaftliches Interesse in seinen stahlblauen Augen. Aber ich war nicht sein Forschungsobjekt. Er sollte seinen Medizinergeist woanders ausleben. »Wir haben uns Sorgen um dich gemacht, weil du nicht an den Strand gekommen bist. Deshalb haben wir nach dir gesehen. Und dann – das hier.«

Kurz nach sieben. Ich hatte noch knappe drei Stunden, bis ich mich mit Colin am Meer treffen würde. Aber Gianna hatte richtig gerechnet: Ich hatte viel zu lange geschlafen und ich wusste nicht, ob ich von allein wieder aufgewacht wäre. Einen Atemzug lang gruselte ich mich vor mir selbst. Immer öfter hatte ich in den vergangenen Tagen während der Siesta schwere, hypnotische Träume gehabt, die mich so fest umschlangen, dass ich um das Erwachen kämpfen musste. Und wenn es mir endlich gelang, wollte ich am liebsten sofort wieder einschlafen. Auch jetzt hatte ich nicht das geringste Bedürfnis aufzustehen.

»Ich glaube, ich bleib noch bisschen liegen. Mein Kopf …«, murmelte ich entschuldigend. Ich wollte allein sein, damit ich Gianna und Paul in meiner plötzlich wieder aufflackernden Wut nicht noch verärgerte. Es genügte, dass ich sie in Sorge versetzt hatte.

Paul legte mir prüfend die Hand auf die Stirn. »Hast du vielleicht zu viel Sonne abbekommen?«

»Kann sein.« Ich zuckte verlegen mit den Schultern. »Ich war eben gar nicht richtig bei mir.« Aber eine Schlange war bei mir gewesen.

So nah bei mir … Wie war sie überhaupt ins Zimmer gekommen? Durch die Ritzen der Fensterläden?

»Dann ruh dich aus, Schwesterchen. Ich bring dir was zu trinken. Und danach suche ich dieses verfluchte Biest …«

Versteck dich, schnell!, dachte ich inbrünstig und sah noch einmal kurz die Viper vor mir, wie sie sich lautlos durch das trockene Grün des Gartens davonschlängelte. Sie musste sich verstecken. Ich wollte nicht, dass sie meinetwegen sterben musste. Sie hatte mir nichts getan.

Nachdem Paul mir ein Glas Wasser gebracht hatte, streckte ich mich wieder lang aus und drehte mich zur Wand, meine Augen auf jene Stelle gerichtet, an der sich Nacht für Nacht der Skorpion zeigte. Ich gehörte zu seinem Revier. Seine Besuche waren zu einem geliebten Ritual geworden. Ich hatte vor ihm ebenso wenig Angst, wie ich sie vor der Schlange gehabt hatte.

In Gedanken kehrte ich zurück zu meinen Träumen. Zwei waren es gewesen, die ineinander übergegangen waren, rekapitulierte ich mit geschlossenen Lidern. Der erste … oh. Ja, es ging wirklich niemanden etwas an. Jetzt konnte ich seine Bruchstücke wieder zusammensetzen. Grischa. Schon wieder. Ich knurrte vor Unwillen, als ich mich erinnerte. Dieses Mal hatte mein Unterbewusstsein noch eine Schippe draufgelegt. Ich hatte mit ihm schlafen wollen. Er offensichtlich auch mit mir. Dass wir das wollten, war keine Frage, kein einziges Wort wert gewesen, es war so klar und natürlich und von unserem Schicksal vorherbestimmt, dass wir alles andere vergaßen, es hatte nur noch uns gegeben. Keine Familien, keine Freunde, keine Aufgaben. Nur uns und unsere Körper, die ohne einander nicht konnten. Ich hatte mir etwas davon versprochen, alles sogar, es war, als könne ich dadurch ein anderer Mensch werden …

Und das, während eine Schlange in meinem Bett lag. Freud hätte seine helle Freude an diesem Traum gehabt.

Doch die Schlange hatte mir keine Angst eingeflößt, nicht einen Atemzug lang, und auch keine Lust. Als ich sie gespürt hatte, war Grischa sofort verblasst, ohne die bohrende Wehmut zu hinterlassen, mit der seine Träume mir sonst den Tag verdarben. Denn ich wusste, dass ich jederzeit zu ihm zurückkehren konnte, wenn ich nur mit mir geschehen ließ, was der Traum von mir verlangte.

Nein, Freud, du liegst falsch, dachte ich triumphierend. Ich selbst war die Schlange gewesen. In meinem zweiten Traum hatte mein Körper gar nicht mehr existiert. Ich hatte ihn verlassen, um den Leib der Schlange mit meiner Seele zu besetzen. Pure Harmonie hatte mich durchwoben. Eine Harmonie, wie ich sie als Mensch niemals empfinden würde.

Ich hatte schon einmal geträumt, mich in ein Tier zu verwandeln, und auch damals war es mir erstrebenswert vorgekommen. Ich war mir beim Aufwachen sofort dessen bewusst geworden, dass ich ein Mensch war, auch wenn ich versucht hatte, die Energie des Tieres in mir zu bewahren. Doch jetzt hatte ich minutenlang im Bett gelegen und mich nicht bewegen können, weil etwas von mir immer noch unter den Schuppen der Schlange weilte und nicht fortwollte. Ich hatte Gianna angezischt ... Wäre sie noch näher gekommen, hätte ich nach ihr geschnappt ... Aber hatte ich tatsächlich Gianna beißen wollen? Oder etwas anderes, einen drohenden dunklen Schatten, der bereit war, sich auf mich herabzusenken? Tessa?

Seufzend drehte ich mich auf den Rücken und schaute auf die flirrenden Schatten an der Zimmerdecke, Reflexionen des stetigen Spiels des Windes in den Silberpappeln.

Mehrere Tage waren bereits vergangen, seitdem Colin zu uns gestoßen war, und ich hatte ihn in dieser ganzen Zeit nur wenige Stunden zu Gesicht bekommen. Das Candle-Light-Dinner war zwar keine Katastrophe geworden, hatte aber auch nicht einen Funken Romantik innegehabt.

Colin konnte ich das schlecht vorwerfen, obwohl eine hartnäckig flüsternde, enervierende Stimme in meinem Kopf das gerne getan hätte. Es war vor allem mein Bruder gewesen, der die Atmosphäre ruiniert hatte. Anders konnte man es nicht sagen, so ungern ich das auch tat. Paul gelang es nicht, Colin zu akzeptieren. Und wir waren – ausgenommen Tillmann – zu feinfühlig, um das zu ignorieren und uns trotzdem einen schönen Abend zu machen. Paul hatte sich zwar Mühe gegeben, aber es war nicht zu übersehen, dass er jede Bewegung Colins belauerte und sich in seiner Gegenwart unbehaglich fühlte. Das ging übrigens nicht nur Paul so, sondern allen Menschen, die in unsere Nähe kamen. Am liebsten hätten sie uns aus dem Restaurant geschmissen, obwohl wir uns mustergültig benahmen, unsere Rechnung bezahlten, ein großzügiges Trinkgeld hinterließen und das Essen lobten (von dem Colin nur wenige Bissen herunterwürgte). Die Stimmung war aufgeladen: das ständige Gebell der Hunde – in Italien gab es viele Hunde –, das Quengeln und Heulen der Kinder und das fast läufig wirkende Anbiedern der Dorfkatzen, die um Colins Beine strichen und immer wieder versuchten, auf den Tisch zu springen. Natürlich konnten die Menschen die Quelle dieser Unruhe nicht zuordnen, doch eines war klar: Wir störten.

Ich war bereits ernüchtert gewesen, als wir den Ort erreichten. Ich hatte mir ein malerisches Bergdörfchen vorgestellt, ähnlich wie Verucchio, das mir inzwischen wie die Heilige Stadt erschien. Doch die Armut Calopezzatis schrie einem aus jeder Gasse, jeder Nische, jedem Hauseingang entgegen. Die Fassaden der Häuser wirkten schmutzig, die Mauern bröckelten, die Straßen hätten dringend saniert werden müssen. Ich fragte mich, ob es in diesen kurios schmalen Gassen überhaupt eine funktionierende Kanalisation gab.

Trotzdem: Auch von hier oben bot sich uns ein sagenhafter Ausblick auf das Meer und das ewige Farbspiel aus dem Grau des Strandes, den trockenen Ginsterhainen und dem ruhigen, unendlichen

Azur des Wassers, das ich langsam zu akzeptieren und vielleicht sogar zu mögen begann. Über die Pizzeria konnte man sich auch nicht beklagen. Plastikstühle und -tische wie überall, aber sauber und mit anfangs noch sehr freundlicher Bedienung.

Ich bemühte mich, die positiven Aspekte zu sehen und mich daran zu ergötzen, dass Colin bei uns saß. Doch Pauls Beobachten und Missbilligen und die furchtsam-feindseligen Reaktionen der anderen Menschen verdarben es mir. Gianna mochte ja richtigliegen, wenn sie dachte, dass ein gemeinsames Essen in schönem Ambiente glücklich stimme. Doch das traf nicht zu, wenn man einen Mahr bei sich hatte.

Colin zog sich bald zurück. Nicht eine einzige Zärtlichkeit hatte es zwischen uns gegeben, weil Colin seine Hände bei sich hielt, um meinen Bruder nicht zu verärgern (ich hoffte jedenfalls, dass das der Grund war), und mir nicht nach Nähe zumute war, während die Kellner uns finster taxierten und die *bambini* zu kreischenden Wutbündeln mutierten. Ich fühlte mich schuldig. Wie mochte es erst Colin ergehen?

Er brach mitten im Essen auf, tippte sich nur kurz an die Schläfe und lief lässig, aber unnahbar wie immer die Straße hinab, um Louis aufzulesen, den er in einem verlassenen Stall abseits der Stadt angebunden hatte, und zum Jagen in die Berge zu reiten.

Danach hatte Colin sich zwei ganze Tage und Nächte lang nicht mehr blicken lassen. Erst am dritten Tag tauchte er bei Sonnenuntergang plötzlich mit Louis am Strand auf, während wir Volleyball spielten, und dieses Mal reagierten die Menschen zwar verhalten, aber nicht unfreundlich. Dabei zuzusehen, wie Colin Louis überredete, in die Brandung zu laufen und dort mit ihm baden zu gehen, war ein willkommenes Spektakel und der Abstand zwischen den Menschen und dem Dämon so groß, dass sie seine Aura nicht bemerkten, vielleicht auch nicht bemerken wollten. Außerdem sah Colin satt aus.

Und es war ja auch ein Schauspiel! Man war versucht, die Szenerie zu filmen, Andrea tat es sogar, doch – oh Wunder – seine Handykamera streikte. Man konnte bei aller intuitiver Zurückhaltung und vielleicht Furcht nicht übersehen, welch vertrauensvolle, kompromisslose Zwiesprache Mann und Pferd miteinander verband, und ebenso wenig, was für ein fantastischer Reiter Colin war. Als es ihm endlich gelang, Louis im kontrollierten Galopp durch die wogende Brandung zu treiben, klatschten einige Sonnenanbeter sogar Beifall. Gianna begaffte ihn mit unschuldiger Faszination und überlegte laut, ob er ihr vielleicht mal Reitstunden auf Louis geben könnte.

Ich jedoch war still stehen geblieben, den sandigen Volleyball in meinen Händen, und hatte mir gewünscht, trotz meiner Pferdeangst ein Teil dieses Spiels sein zu können. Colin hielt nur kurz bei uns an, nachdem er seine Pferdeschwimmstunde beendet hatte, und fragte mich, ob ich ihn am nächsten Abend gegen 22 Uhr am Strand treffen könnte. Es war eine so normale Frage gewesen, dass ich verdutzt Ja gesagt und ihn weiter zu unserem Haus ziehen lassen hatte. Er müsse etwas mit mir besprechen, hatte er noch hinzugefügt, bevor er Louis die Fersen in die Flanken gedrückt hatte.

Wahrscheinlich ging es um Tessa, um die Formel und um das, was wir vorhatten. Er wollte erneut wissen, ob wir einen Plan geschmiedet hatten. So musste es sein. Aber in diesem Punkt würde ich ihm nicht helfen können. Ich wusste es selbst nicht. Bisher hatte Tillmann mich nicht in sein Vorhaben eingeweiht, was mich mitunter zum Kochen brachte, aber auch eigentlich nicht nötig war, denn vom Glück waren Colin und ich weit entfernt. Es frustrierte mich ungemein, das vor mir selbst zuzugeben, doch meine Schuld war es nicht – wenn er tagelang verschollen blieb, war das nun mal eher kontraproduktiv und das musste er eigentlich wissen. Warum also tat er es? Warum mied er mich?

Nein, ich sollte mich nicht meines Grischa-Traumes schämen, beschloss ich starrköpfig. Träume wie dieser würden mich gewiss nicht heimsuchen, wenn Colin mir ein klein wenig mehr Aufmerksamkeit schenken würde. War sein Hunger wirklich so stark, dass er sich ständig oben in den Bergen herumtreiben musste?

Doch das konnte ich ihn jetzt ja direkt fragen. Allein, ohne die anderen und ohne fremde Zuschauer, denn sobald es dämmerte und die Essenszeit heranrückte, leerte sich der Strand. Es gab weitere Fragen, die mir auf der Seele lasteten. Schon seit einigen Tagen beschäftigten sie mich, wenn ich zu viel Zeit zum Nachdenken hatte. Also ziemlich oft.

Mein Gefühl der Einsamkeit hatte sich mit Colins Ankunft verschärft und nicht gemindert. Sein Fehlen wurde mir nur allzu deutlich bewusst und meine gefräßige Sehnsucht kaum besser, wenn ich von morgens bis abends mit einem frisch verliebten Pärchen konfrontiert wurde. Oft fühlte ich mich vollkommen überflüssig. Ja, es wurde Zeit, dass sich etwas änderte.

Ich stand auf, duschte, zog mir einen kurzen Jeansrock und ein Spaghettiträgershirt über und ging in die Küche. Während Gianna Töpfe und Pfannen scheppern ließ – in einem Bottich verlebten Muscheln aus dem Meer gerade ihre letzten Minuten, bevor sie ins Kochwasser geworfen wurden –, nahm ich mir ein kaltes Stück Pizza aus dem Kühlschrank, aß es eilig und trank ein paar Schlucke Bier hinterher. (Das italienische Bier war so dünn, dass selbst ich kaum etwas davon spürte.) Dann verließ ich mit einem knappen Gruß das Haus. Vielleicht waren Gianna und Paul sogar froh, einen Abend ohne mich verbringen zu können. Tillmann hockte sowieso wieder auf dem Dachboden und strafte uns mit Abwesenheit.

Mein Herz klopfte schneller, als ich Colin in der Brandung stehen sah, allein und mit dem Rücken zu mir, doch es war ein unruhiges Klopfen, kein gleichmäßiges und belebendes. Eine Vorahnung? Ich hielt inne und prüfte mit gerunzelter Stirn, ob ich lieber wieder ins Haus verschwinden wollte. Nein, auf keinen Fall. Also lief ich zu ihm.

»Hey«, begrüßte ich ihn. Der Sonnenuntergang tauchte ihn in rötliches Licht. Alles an ihm schien zu lodern, doch bald würden seine Haare und Augen sich ihre gewohnte Schwärze zurückerkämpfen. Die Punkte auf seiner Haut waren schon kaum mehr zu erkennen. Einen Blick in seine Augen gewährte er mir nicht; sie waren auf das Wasser gerichtet, doch ich sah vor mir, wie sie in diesem verwirrenden Kaleidoskop aus Grün, Türkis und Braun das schwindende Blau des Meeres spiegelten.

»Und, worüber möchtest du mit mir sprechen?«, fragte ich betont kühl, um ihn aus der Reserve zu locken. Er sollte nicht glauben, ich hätte mehr erwartet, hoffte aber im Gegenzug, dass *er* sich mehr wünschte als nur ein Gespräch.

Colin schaute noch immer auf den Horizont, als er antwortete. »Ich wollte dich an dein Versprechen erinnern.«

Mir wurde kalt und heiß zugleich. Hatte ich ihn richtig verstanden? Deshalb hatte er mich hergebeten?

»Du wolltest – was? Aber …«

Endlich drehte er sich zu mir um. Nein, er erlaubte sich keinen Spaß. Unergründlicher Ernst lag in seinem Blick und zugleich eine Ermahnung, die ich gerne mit Füßen getreten hätte. »Ich habe mein Versprechen gehalten, Ellie. Was ist mit deinem?«

»Ich kann nicht glauben, dass du jetzt und hier damit anfängst, Colin! Ich kann das nicht glauben!«, rief ich. Meine Stimme klang gequetscht, weil meine Wut und Hilflosigkeit mir die Kehle zuschnürten.

»Glaube es. Es ist so. Was ist mit deinem Versprechen?«, wiederholte er emotionslos, obwohl seine Augen kurz aufglühten, als schwele in ihnen ein tödlicher Zorn. Ich wich einen Schritt zurück, nicht aus Angst vor ihm, sondern weil ich verhindern wollte, dass ich ihn trat oder schlug.

»Ich sollte darüber nachdenken, das war mein Versprechen und das habe ich getan! Nur darüber nachdenken!«

»Lüg mich nicht an, Ellie.« Colin verkürzte den Abstand zwischen uns, ohne mich zu berühren, doch ich fühlte seinen kalten Atem auf meinem Gesicht. Seine Haare streckten sich spielerisch nach meinen aus. Wieder wollte ich zurückweichen, aber ich stemmte die Fersen in den Sand, denn er sollte sich nicht einbilden, ich fürchte mich vor ihm. »Du hast nicht darüber nachgedacht, keine einzige Sekunde. Du schiebst es nur von dir weg.«

»Weil es sinnlos ist, jetzt darüber nachzudenken! Absolut sinnlos!«, schrie ich. Ich verfluchte die Verzweiflung, die in meinem hohlen Schreien lag. Es dröhnte in meinem Kopf und drückte gegen die dünnen Wände meiner Adern. Trotzdem fühlte es sich machtlos an. Er konnte das doch nicht so meinen, wie er es sagte, das musste ein Test sein, vielleicht sogar ein Scherz, womöglich irgendeine blöde Samurai-Prüfung, die ich vergessen hatte. »Es ist sinnlos, solange Tessa nicht gekommen ist, und vorher werde ich nicht darüber nachdenken! Ich werde es nicht tun! Denn danach wirst du es gar nicht mehr wollen, weil du frei bist!«

»Ach, entscheidest du alleine, wann deine Versprechen eingelöst werden? So ist das also?«, höhnte Colin. »Du irrst. Ich werde niemals frei sein. Ich bin gefangen in mir selbst.«

»Hör auf, so pathetisch daherzulabern, bitte, Colin! Ich ertrage das nicht! Bald wird Tessa kommen und dann wirst du bereuen, so etwas überhaupt gedacht zu haben …«

»Nun, bisher ist sie nicht gekommen oder habe ich etwas verpasst?« Oh, wie ich ihn hasste, seinen überheblichen Blick, seine maskenhaften, kantigen Züge, sein arrogantes Lächeln.

»Nein, ist sie nicht, aber wundert es dich, wenn du tagelang weg bist und mich nicht einmal anrührst, sobald wir zusammen sind? Wie soll sie denn deiner Meinung nach angelockt werden?«

»Das ist unser Alltag, Elisabeth. So sähe unser Alltag aus. Ich bin weg, du wartest auf mich, und wenn ich da bin, musst du alle anderen Menschen fortschicken, weil sie sich in meiner Gegenwart unwohl fühlen. Falls sie nicht von allein gehen, was sie aller Wahrscheinlichkeit nach tun werden. Du wirst vereinsamen, nach und nach, vielleicht deinem Beruf nicht mehr nachgehen können, weil du unter deiner Isolation leidest und krank oder depressiv wirst. Du wirst versuchen, das Altern aufzuhalten, damit ich dich weiterhin begehre, deiner selbst unsicher werden, alles an dir anzweifeln, wie du es jetzt schon oft tust. Die Menschen werden ihren Abscheu gegen mich auf dich übertragen, ohne dass sie es merken, und wenn wir mal zusammen sind, wirst du mit mir streiten, anstatt mit mir zu schlafen. Du bist ohne mich …«

»Hör auf! Colin, bitte hör auf!« Ich presste die Hände auf meine Ohren, doch seine Worte hallten in meinem Kopf nach wie ein unendliches Echo. »Hör auf damit, ich will das nicht hören!«

»Es ist nicht fair, Ellie«, flüsterte Colin und ich wusste nicht, ob er damit mich oder sich meinte – oder uns beide?

»Hör auf.« Nun wimmerte ich, weil ich keine Kraft mehr zum Schreien hatte. Er hatte mich zermürbt. Ich sank auf die Knie und bewegte mich nicht, als eine Welle auf mich zurollte und meinen Rock durchnässte.

»Lass das, Ellie. Ich mag es nicht, wenn du vor mir kniest.« Colin zog mich am Ellenbogen hoch. Wie immer tat er mir dabei nicht weh, doch sein Griff war unmissverständlich. Er duldete meine Schwäche nicht. Er pochte auf das Versprechen.

»Du gibst mir keine Chance«, klagte ich, als ich wieder reden konnte, ohne zu schluchzen, obwohl jede Silbe in meiner Kehle schmerzte. »Du gibst mir keine Chance zu beweisen, dass wir zusammen glücklich sind, sodass Tessa kommen kann und wir dir zeigen können, dass du …« Zu viele »dass« in einem Satz. Er glaubte mir sowieso nicht. »Außerdem kann ich nicht darüber nachdenken, bevor ich nicht einige Dinge über dich weiß, die mir nicht einleuchten. Ich habe noch ein paar Fragen.« Meine Argumente waren reine Verhandlungstaktik und ich war mir sicher, dass Colin das durchschaute. Andererseits klangen sie logisch und er nutzte stets jede ihm dargebotene Gelegenheit zu erklären, dass er mit Menschen inkompatibel war. Er musste es auch jetzt tun.

»Dann frag«, erwiderte er kurz angebunden.

»Okay. Okay …« Ich ließ mir etwas Zeit, um meine Gedanken zu sammeln und durchzuatmen. Ich wollte nicht hysterisch wirken, während ich solch intime Themen ansprach. Sie waren unangenehm genug für mich, doch sie ließen mir keine Ruhe, seitdem wir uns an der Ostseeküste das letzte Mal getrennt hatten. Trotzdem gelang es mir nicht, sie hübsch zu verpacken. Ehe ich es verhindern konnte, rutschte mir eine grobe Zusammenfassung meiner Gedanken heraus, verschnürt in einer plumpen, verschrobenen Frage.

»Warum schläfst du nicht richtig mit mir?«

Colin hob erstaunt die Brauen und sein linker Mundwinkel zuckte.

»Nicht richtig? Was ist denn deiner weitreichenden Erfahrung nach richtig, Ellie?«

»Ja, gut, auf Trischen war alles … ähm … so, wie man sich das vorstellt«, umwanderte ich die Details. »Aber danach … es war nur ein einziges Mal ein richtiger – Beischlaf, verstehst du? Im Frühling, als ich zu dir nach Trischen kam. Danach … danach war es nur …« Ich beendete mein Stottern resigniert. Ich sollte ein für alle Mal akzeptieren, dass ich nicht über Sex sprechen konnte. Und das Wörtchen »nur« passte eigentlich auch nicht zu dem, was mir dabei widerfahren war. Für ein »nur« war es verdammt viel gewesen. »Weißt du denn gar nicht, was ich meine?«, fragte ich verunsichert, als Colin mich nur leicht amüsiert musterte, aber keine Anstalten machte, helfend einzugreifen.

»Beischlaf«, ahmte er mich kopfschüttelnd nach. »Ellie, du verstehst es wahrhaftig, gemeinsam in schönen Erinnerungen zu schwelgen. Und doch, ich weiß, was du meinst. Ja, stimmt, es war so, wie du es sagst.«

»Und warum war das so? Gut, dass wir hier in Italien noch keinen Sex hatten, hast du begründet, auch wenn ich die Begründung bescheuert finde, aber … von mir aus. Trischen, nach dem Karatetraining, na ja, vielleicht die Vorstufe für die Askese, oder?« Ich äugte zu ihm hoch und er wedelte lässig mit der Hand, um mir zu sagen, dass ich fortfahren könne. »In Ordnung, Askese. Aber im Wald bei den Wölfen, da hätten wir es tun können. Uns war klar, dass wir Tessa locken würden, wir hatten sogar darüber gesprochen und ich war noch berauscht von der Erinnerung, niemals hätte ich Angst vor dir bekommen!«

Colin setzte sich im Schneidersitz auf den Sand. Ich folgte ihm. Unsere Knie berührten sich, als er sacht über meinen nackten Oberarm strich.

»Es gab zwei Gründe. Den einen kennst du. Es ist der, weshalb ich dich jetzt auch noch nicht angerührt habe, obwohl du es mir in deinen knappen Röcken reichlich schwer machst. Aber es gibt noch einen anderen. Ich wollte nicht, dass du dich sorgst, du könntest schwanger sein.«

»Dass ich – was?« Ich war plötzlich atemlos – nicht, weil mich seine Worte überraschten, sondern weil mir in der Zeit nach unserem Abschied am Meer genau diese Befürchtung durch den Kopf gegangen war und ich sie nur mit dem beruhigenden Wissen über Colins Unfruchtbarkeit ad acta legen konnte. Ich wollte Colins Blick ausweichen, als er sich vorbeugte und mich forschend ansah, doch meine Schultern verweigerten sich meinem Befehl. Errötend senkte ich meine Lider.

»Blutest du noch, Ellie?«, fragte Colin leise.

Es dauerte einige angestrengte Atemzüge, bis ich aufspringen und mich so echauffieren konnte, wie es meine aufgewühlte Seele von mir verlangte. »Das geht dich einen feuchten Kehricht an, Colin Blackburn!« Ich drehte mich auf dem nackten Absatz herum und stapfte an ihm vorbei den Strand hinab. Der leichte Abendwind konnte mein flammendes Gesicht kaum kühlen. Nach ein paar Schritten ahnte ich, warum ich mich dermaßen aufregte. Es war nicht nur das pikante Thema, sondern auch Colins Formulierung gewesen, die mich aus der Haut fahren ließ. So direkt, so treffsicher und so … so indiskret! Niemand durfte mich derlei Sachen fragen, nicht mit diesen unverblümten Worten.

»Autsch!« Ich hatte nicht gesehen, wo ich hinlief, und war frontal gegen seine harte Brust gekracht. Natürlich. Er war schneller als ich, lautloser, gewiefter. Er machte mich verrückt damit.

»Lassie … es ist nur eine Frage. Und überdies eine berechtigte. Wenn ich nicht danach fragen darf, wer denn dann? Ich hatte dich als weniger verklemmt eingeschätzt.«

»Das hat nichts mit Verklemmtheit zu tun!«, widersprach ich heftig. »Überhaupt nichts! Es geht niemanden etwas an, niemand anderen außer mir, das ist meine ureigene Sache, ich rede mit niemandem darüber, auch mit meinen Freundinnen habe ich das nicht getan, nicht mit meiner Mutter und nicht mit meinem Vater, weil es nur mir gehört, es ist meine Auszeit, meine Zeit für meinen Körper und mich!« Ich verschränkte meine Arme so fest vor der Brust, dass meine Muskeln sich verkrampften. »Keiner hat mich in diesen Tagen anzurühren oder mir nahe zu kommen und ich hatte nie das Bedürfnis, das auszudiskutieren, nie!«

Ich übertrieb nicht. Es war die Wahrheit, auch wenn meine Mutter dieses Verhalten während meiner Pubertät sehr persönlich genommen hatte und auch meine Freundinnen nie hatten verstehen können, warum ich mich konsequent aus ihren Frauengesprächen ausschloss. Doch Colin hörte mir aufmerksam zu und sah mich dabei unvermindert offen an, als würde ihm einleuchten, was ich zu erklären versuchte.

»Deine Auszeit, sagst du?«

Ich nickte und lockerte meine Arme ein wenig.

»Und jetzt fehlt sie dir, diese Auszeit. Wie lange schon?«

»Seit … ich hatte kurz nach Trischen das letzte Mal eine Blutung, aber nur schwach und dann … nicht mehr.« Ich wusste nicht, warum ich auf einmal weinte. Es gab nichts Beklagenswertes an dieser Situation, ich hatte es sogar als praktisch empfunden, wäre da nicht die unterschwellige Angst vor einer Schwangerschaft oder einer Erkrankung gewesen. Doch was ich jetzt fühlte, war Trauer und eine quälende Angst vor dem, was Colin mir sagen würde.

»Weißt du, Ellie …« Colin versuchte nicht, mich zu berühren, doch ich fühlte, wie er mir geistig wieder näherkam, sich behutsam an mich herantastete. »Wir Mahre sind nicht per se zeugungsunfähig. Du hast sicher gelernt, was mit Rattenweibchen geschieht, wenn sie unter starkem Stress stehen?«

»Willst du mich etwa mit einem Rattenweibchen vergleichen?«

»Ich dachte, ich könnte es dir leichter machen, darüber zu reden, indem ich die vertrauten Gefilde der Wissenschaft heranziehe«, entgegnete Colin mit feiner und sehr weltmännischer Ironie. »Sie werden unfruchtbar, eine sinnvolle, natürliche Reaktion, wenn man es genau betrachtet, denn im Dauerstress lassen sich keine Jungen gesund zur Welt bringen oder gar großziehen. Ich fürchte, dass unsere Wirkung auf die Menschenweibchen ähnlich ist, eine Art Gnade der Natur. Es ist nicht so, dass meine nutzlosen Dinger, wie du sie mal nanntest, keine Spermien produzieren.«

Oh Gott, nun wurde er schon wieder so offenherzig. Irgendwie liebte ich es, aber es machte mich auch sprachlos und verlegen. »Stattdessen setzt der Zyklus der Frauen aus, sie haben keinen Eisprung mehr, oder – noch viel schlimmer, aber angeblich nur durch Sex mit Halbblütern möglich – sie empfangen ein Kind und verlieren es in den ersten Wochen.«

Ich begann zu frösteln. Eine Fehlgeburt gehörte zu einem meiner ewigen Albträume, denn ich hatte erlebt, wie Mama eine erlitten hatte. Nach Papas Befall. Natürlich nach Papas Befall – vor seinem Befall war ich nicht auf der Welt gewesen. Oh Gott, nach Papas Befall … Warum hatte ich vorher nie daran gedacht, nie in Zusammenhang mit dem, was Papa widerfahren war? Erst jetzt fielen mir diese düsteren Tage wieder ein; Mamas übernächtigtes, verweintes Gesicht, ihre Appetitlosigkeit und die erstickende Traurigkeit, die sich über das gesamte Haus gelegt hatte; die Blutspritzer auf dem Badezimmerteppich, auf die ich gestarrt hatte, nachdem Papa Mama ins Krankenhaus gebracht und Paul und mich angewiesen hatte, brav zu sein, sie würden bald wieder zurückkommen. Stundenlang saß ich da, auf dem kalten Badezimmerboden, und konnte mich nicht von der Stelle rühren. Ich war fünf Jahre alt gewesen, doch nun erinnerte ich mich wieder an jedes Detail, als wäre es gestern erst geschehen. Dabei hatte ich dieses dunkle Kapitel unserer Familie jahrelang verdrängt.

Colin log nicht. Es stimmte, was er sagte. Meiner Mutter war es passiert. Oder hatte es an etwas anderem gelegen? Es gab viele Gründe für eine Fehlgeburt. Doch mein Bauchgefühl wusste, dass es bei Mama nur diesen einen gegeben hatte.

»Vielleicht existiert eine Art Intelligenz des Körpers, der ahnt, dass es kein normales Kind ist, das in ihm heranwachsen soll, und es abstößt. Vielleicht ist es auch nur der Stress, den wir Mahre oder Halbblüter bei den Menschen verursachen, wenn wir uns ihnen nähern. Doch es geschieht sehr selten und bei mir passiert es gar nicht. Ich bin ein Cambion. Auf Trischen bestand nicht die geringste Gefahr. Nachdem du in meine Erinnerungen gerutscht bist, warst du völlig außer Takt geworfen. Meine Wirkung auf den weiblichen Zyklus setzt meistens sofort ein. Du wirst niemals ein Kind von mir empfangen, niemals.«

»Wer sagt denn, dass ich Kinder haben will?«, fragte ich tonlos, immer noch viel zu erschrocken, um verdauen zu können, was ich eben erfahren hatte. Ich räusperte mich, um meine Stimme zurückzugewinnen. »Ich will keine Kinder haben, ich wollte es noch nie.«

»Du lügst schon wieder«, sagte Colin hart und packte mein Handgelenk, bevor ich erneut fliehen konnte. »Ellie, vergiss nicht, wer ich bin und welche Fähigkeiten ich habe! All deine Gefühle, die jetzt in dir toben, widersprechen deinen Worten. Verkauf mich nicht für dumm!«

Mein Frösteln verwandelte sich in ein Schlottern, als ich begriff, welche Empfindungen Colin eben in mir gelesen hatte.

»Ja, es stimmt, ich dachte mal, schwanger zu sein, nachdem ich mit Andi geschlafen hatte, und als ich merkte, dass ich es doch nicht war, es ganz sicher wusste, fühlte ich einen Moment lang so etwas wie … Enttäuschung? Traurigkeit?« Ich sah Colin fragend an. Seine Augen waren nun, da die Sonne untergegangen war, wieder tiefschwarz, doch ihnen fehlte der schimmernde Glanz. Auch die kleine vertraute Sorgenfalte hatte sich in seinen Mundwinkel gegraben.

Ich hatte damals ebenfalls eine Falte in meinem Gesicht entdeckt, als ich in den Spiegel geschaut hatte, zwischen meinen Augen. Ich hatte nicht verstanden, wieso ich Enttäuschung fühlte, wo ich doch die Wochen zuvor keine ruhige Minute hatte durchleben können und meine Grübeleien einzig und allein um die befürchtete Schwangerschaft kreisten. »Ja, vielleicht war es Traurigkeit und ich spüre diese Traurigkeit jedes Mal, wenn ich darüber nachdenke. Für einen kurzen Augenblick. Doch das heißt nicht …« Ich musste nach Luft ringen, um weiterreden zu können. »Das heißt nicht automatisch, dass ich Kinder haben will oder von Andi eins haben wollte. Ich will kein Kind haben, Colin, schon allein deshalb nicht, weil ich es so über alle Maßen lieben würde, dass ich keinen Tag mehr existieren könnte, ohne aus Angst, ihm könne etwas zustoßen, wahnsinnig zu werden … Ich könnte diese Liebe nicht ertragen. Das weiß ich, Colin. Ich fühle zu viel, das tue ich immer und in diesem Fall würde es mir den Lebensmut rauben. Ich könnte keinen Schritt mehr gehen ohne Angst in meinem Nacken.« Erschöpft hielt ich inne. Ich hatte diese Gedanken bislang mit keinem Menschen geteilt und nun tat ich es mit einem Wesen, das nie die Liebe einer Mutter erfahren hatte. Verletzte ich ihn damit? Sah er mich deshalb mit diesem beinahe verbitterten Ausdruck an?

»Colin, ich …«

Bevor ich einen Satz finden konnte, der ausdrücken konnte, was in mir vor sich ging, drehte er sich um und verschwand wortlos in der milden, seidigen Dunkelheit des Südens.

Ich ließ mich auf den Sand fallen und blieb sitzen, obwohl die Brandung sich näherte und wie ein hungriges Tier an meinen Füßen leckte, doch hier gab es weder Ebbe noch Flut. Sie konnte mich nicht zu sich ziehen.

Als es so finster geworden war, dass ich nicht mehr erkennen konnte, wo das Wasser und der Himmel sich trafen, erhob ich mich ebenfalls und lief zu unserem Haus zurück.

Paul und Gianna saßen gemeinsam auf der Terrasse, hörten Musik und tranken Wein. »War ja ein kurzes Date«, bemerkte Gianna salopp, doch ich erwiderte nichts. Sie hatten keine Ahnung, wie furchtbar ein Date werden konnte, wenn man es mit einem Cambion teilte. Anstatt sich zu lieben, sprach man über Tod, Fehlgeburten und Unfruchtbarkeit.

Wie paralysiert verharrte ich auf meinem Lager, bis Paul und Gianna sich tuschelnd auf ihr Zimmer zurückzogen und die Terrasse den Grillen, Eidechsen und Geckos überließen.

Erst als der Skorpion knisternd die Wand hinaufgekrochen war, um dicht neben meinem Gesicht sitzen zu bleiben, konnte ich mich zur Seite drehen und endlich einschlafen.

Intermezzo

»Hilfe … Hilfe!« Es war ein piepsiges, mickriges Rufen und denkbar ungeeignet, um irgendeine Menschenseele zu wecken oder gar zu alarmieren. Der Skorpion neben mir huschte lautlos unter mein Bett. Er spürte wie ich, dass jemand hier war. Ich füllte meine vor Schreck erstarrten Lungen keuchend mit Luft, um erneut nach Hilfe zu rufen, dieses Mal lauter und kräftiger. Doch ich kam nicht dazu.

»Scht, ich bin's, keine Angst … Lassie, ich bin es …«

»Mensch, hast du mich erschreckt.« Mein ganzer Körper schüttelte sich, und obwohl ich nun wusste, dass es keinen Grund für seine Reaktionen gab, spielten meine Nerven noch einige Sekunden verrückt, bevor auch sie akzeptierten, dass der Mann in meinem Zimmer eigentlich ein Vertrauter war. »Oh Gott, bin ich erschrocken …«, sagte ich noch einmal, um mein wunderliches Verhalten zu erklären. Ich hatte wohl mit allem gerechnet in diesen späten Nachtstunden, aber nicht mit jenem Mann, der wie ein dunkler Schatten, mehr Sinneseinbildung als greifbar, vor meinem Bett stand.

»Da komme ich ausnahmsweise wie ein normaler Sterblicher zu dir, nämlich durch die Tür, und du machst dir in dein nicht vorhandenes Höschen. Ich hatte sogar angeklopft.«

Er war es tatsächlich. Unverkennbar Colin. Ich wäre wahrhaftig weniger erschrocken gewesen, wenn er sich über mir an die Decke gehängt hätte. Ich hatte an einen Einbrecher gedacht oder an einen Überfall, vielleicht sogar an einen fremden Mahr … aber nicht an ihn. Was hatte ich eben eigentlich geträumt? Ich konnte mich nicht entsinnen. Und hatten wir uns nicht wenige Stunden zuvor im Streit getrennt? Ja oder nein?

Verdrossen stellte ich fest, dass ich durchweg zu wenig wusste, um souverän mit dieser Situation umgehen zu können, zumal Colin, wenn mich meine Sinne nicht täuschten, splitterfasernackt war. Nackt bis auf das Lederarmband an seinem Handgelenk. Schon hatte er sich zu mir aufs Bett gesetzt. Noch immer konnte ich ihn nur als vagen Schemen erkennen, allein seine Augen schickten ab und zu Funken durch das Dunkel meines Zimmers. Zögernd streckte ich meine Hand aus und berührte sein Knie.

»Du hast nichts an«, bemerkte ich tadelnd. Colin und nackt – das war keine gute Grundlage für ein sachliches Gespräch. Doch vielleicht wollte er das ja gar nicht mit mir führen.

»Du auch nicht, Ellie. Ich dachte, nachdem du bei meiner Ankunft mein Hemd für überflüssig erklärt hast, würde dir meine Gegenwart leichter fallen, wenn ich sämtliche Kleidung ablege.«

Ja, natürlich. Ihn trieb allein die barmherzige Selbstlosigkeit, was auch sonst?

»Leichter ist nicht das richtige Wort …«, gab ich mich kapriziös. »Und ich … ich muss dich sehen können. So geht das nicht.«

Ich musste ihn sehen und ich brauchte frische Luft und vor allem musste ich etwas tun, von dem ich mir sicher war, dass ich dabei nicht versagen oder dummes Zeug reden würde. Ich rollte mich von ihm weg ans Fußende des Bettes, stand auf, tapste zu den hohen Fensterläden, die hinaus zur Terrasse führten, und stieß sie von mir weg, sodass eine dürftige, aber ausreichende Helligkeit ins Zimmer drang – das Licht des Mondes, der endlich aufgegangen war und seinen silbrigen Streifen auf das Meer warf. Sogar auf den Blättern der Pappeln spiegelte er sich wider. Ein Hauch salzig-warme und dennoch belebende Luft traf meine Brust. Ich erschauerte wohlig.

»Bleib so stehen, Lassie. Nur für einen Moment.«

Ich spürte, wie seine Blicke meine nackte Haut streichelten; ich bildete mir sogar ein, sagen zu können, wo genau sie sich gerade befanden. Auf meinem Hintern. Zweifelsfrei auf meinem Hintern. Oder doch auf meinen Armen? Meinen Kniekehlen? Wieder traf mich ein Windhauch und trocknete kühlend die winzigen Schweißperlen auf meinen Schläfen und meiner Stirn. Meine Haare knisterten wie dünnes Papier. Langsam drehte ich mich zu Colin um. Oh ja, er war nackt. Und wie nackt er war. Seine Haut schimmerte im Mondschein, als bestünde sie aus den Blütenblättern einer seltenen, bläulich weißen Pflanze, die sich nur dann zeigte, wenn alle Menschen schliefen. Ich war die Einzige, die sie betrachten und berühren durfte.

Errötend, aber gebannt studierte ich all die kleinen Wölbungen und Erhebungen seiner Muskeln, die sich im Zwielicht auf seinem Oberkörper abzeichneten. Kein Bobybuilder, sondern ein Athlet. Auch andere Dinge zeichneten sich ab. Und zwar noch deutlicher. Seine Haare knisterten wie meine, sie bezirzten mich, doch mich beruhigte, dass er mich nicht minder gebannt ansah als ich ihn. Wir waren einer für den anderen das achte Weltwunder. Vielleicht sollte ich noch ein Weilchen hier stehen bleiben, denn das bot mir eine bessere und machtvollere Ausgangsposition für schwierige Diskussionen, als wenn ich neben ihm im Bett lag.

»Ich möchte nicht streiten, Ellie«, kam Colin mir zuvor. »Es könnte die anderen wecken und das wäre doch schade, oder?«

Möglicherweise wäre das schade gewesen. Darin hatte er recht.

»Aber ich … als wir vorhin …«

»Es tut mir leid, dass ich dich am Strand stehen ließ«, erlöste er mich von meinen Wortfindungsstörungen. »Manchmal gerate auch ich an meine Grenzen und weiß nicht weiter. Ich hatte vergessen, was für ein unsäglich stures und halsstarriges Weib du bist.«

»Ach«, erwiderte ich belämmert. »Du entschuldigst dich also?«

»Nein. Ich glaube nicht, dass ich mit dem, was ich sagte, Schuld auf mich geladen habe. Doch ich bedauere, dich aus der Fassung und zum Weinen gebracht zu haben. Einiges war selbst mir nicht klar.«

»Bedauern?«, fragte ich mit zärtlicher Strenge. »Bedauern ist mir ein bisschen zu wenig.«

»Oh, Bedauern ist weitaus mehr, als du von einem Nachtmahr erwarten kannst, mein Herz. Vor allem dann, wenn er mit einer Erektion auf deiner Bettkannte sitzt.«

Ein albernes Kichern stieg meine Kehle hinauf. Vielleicht sollte ich für heute Nacht Frieden einkehren lassen. Immerhin schnitt Colin das Thema Tessa nicht mehr an und auch nicht das seines eigenen Todes. Keine Fertilitätstheorien, keine Frauengespräche. Nur wir zwei, bei Mondschein, ohne unsere Kleider. Das waren günstigere Voraussetzungen, alles zu vergessen, als wir sie bisher in diesem aberwitzigen Urlaub gefunden hatten.

Es fiel mir schwer, aufrecht und gefestigten Schrittes zurück zum Bett zu gehen und mich so geschmeidig, wie ich es mir wünschte, zu ihm zu legen, doch als unsere Lippen sich trafen, zeigte mein Bauch mir mit einem ziehenden Flattern, dass Laufen jetzt sowieso nicht zu meinen bevorzugten Aktivitäten gehörte und völlig unnötig war. Colin musste gejagt haben; seine Haut war wärmer als sonst und sein Duft verführerisch. Ich musste mich beherrschen, ihn nicht zu beißen. Irgendwann tat ich es doch. Es war reine Notwehr.

»Mein Gott, wie viele Hände hast du eigentlich? Siebzehn?«, seufzte ich nach ein paar stillen, geschäftigen Minuten.

»Nur zwei, allerdings zwei sehr erfahrene und geschickte.«

»Äußerst geschickt, du alter Angeber«, lobte ich gnädig und lauschte auf das Rauschen in seiner Brust. Es pochte im gleichen Rhythmus wie mein jagender Puls.

»Ich spüre dein Herz schlagen, Lassie.«

»Das hier ist nicht mein Herz«, berichtigte ich ihn. Nein, es war nicht mein Herz, aber auch die intimsten Regionen meines Körpers hatten sich mit seinen Schlägen vereint. Colin lachte leise, ohne seine Hand wegzuziehen. Ich drehte mich zur Seite, damit ich meine Stirn, wie ich es so gerne tat, an seine Schulter lehnen konnte, die langsam kühler wurde. Ich hatte definitiv nur zwei Hände, aber auch sie waren weder ungeschickt noch vollkommen unerfahren – und sie wollten Eroberungszüge unternehmen.

Ich überlegte, ob ich meine Augen offen lassen oder schließen sollte, und entschied mich fürs Schließen, damit mich der Mut auf halber Strecke nicht verließ. Ich hatte Colins Körper zwar schon einmal erforscht, und das offenen Auges, und damals war von Liebe noch keine Rede gewesen. Nicht einmal geküsst hatten wir uns. Doch ich hatte geglaubt, nur seine Hülle vor mir zu haben, und mich flugs darangemacht, sie gründlich auf Herz, Nieren und Körperbehaarung zu untersuchen. Colins höchst anwesender Geist hatte mich glücklicherweise unterbrochen, bevor ich zu kühn werden konnte. Trotzdem hatte es mir die Angelegenheit leichter gemacht zu glauben, er sei gar nicht richtig da. Jetzt war er da und mich ergriff eine mädchenhafte Scheu, als ich meine Finger über seine Brust und seinen Bauch wandern ließ, aber noch stärker war meine Neugierde.

Zwanzig Zentimeter weiter Richtung Süden ließ ich meine Finger kurz verharren. Hm. Ich hatte mich immer gefragt, was der liebe Gott sich eigentlich dabei gedacht hatte, als er die unteren Regionen unseres Körpers erschaffen hatte. Vielleicht war er einfach müde gewesen von all seinen anderen Taten und hatte geschludert. Schön waren sie jedenfalls nicht geworden, weder beim Mann noch bei der Frau – eben nicht das, was man unter traditioneller Ästhetik verstand. Sie passten nicht zum Rest der menschlichen Anatomie, fand ich. Nur hatten wir Frauen den eindeutigen Vorteil, dass wir unser Kabinettstückchen der Schöpfung besser verbergen konnten. Bei einem nackten Mann war es nicht zu übersehen. Es musste ein seltsames Gefühl sein, ständig etwas zwischen den Beinen baumeln zu haben, ohne es dabei großartig steuern zu können. Andererseits … Ich strich verzückt über die samtige Stelle, auf der bei anderen Männern zumindest Stoppeln sprossen, und griff dann mutig nach unten, um meine Untersuchungen fortzusetzen.

Colins Oberkörper erbebte. Überrascht hielt ich inne. Das bisschen reichte aus, um ihn in Ekstase zu versetzen? Ich hatte doch noch gar nichts gemacht. Sein unterdrücktes Stöhnen ging in ein herzhaftes Lachen über. Er lachte über mich!

»Himmel, Ellie …«

»Könntest du mir erklären, was gerade so überaus witzig ist?«

»Deine Gedanken …« Colin schob sich die Hand auf seinen Bauch, der immer noch von seinem Lachen geschüttelt wurde. »Jeder andere hätte ein akutes Potenzproblem, wenn er sie lesen könnte …«

»Dann ist es ja gut, dass ich nicht mit jedem anderen ins Bett gehe«, konterte ich und suchte nach geschickten Verteidigungsstrategien. »Ich finde nur, dass es eine sehr seltsame Konstruktion ist.«

»Es? Es ist ein Er.«

»Ein Er?« Ich musste erneut kichern. »Deine zweite Persönlichkeit, was? Nein, ein Es.«

»Wieso es?«

»Das Teil.«

»Sehr charmant, Ellie. Du solltest besser keine Liebesromane schreiben.«

»Habe ich auch nicht vor«, entgegnete ich kühl. »Jedenfalls … *es* hat ein Eigenleben. Völlig unabhängig von allem anderen, wie es scheint …« Denn Colins Heiterkeit irritierte es nicht im Geringsten.

»Oh, im Moment sind wir beide ganz auf einer Wellenlänge, es und ich, glaub mir«, entkräftete Colin meine semiwissenschaftlichen Ausführungen.

»Hmmmm … ich habe heute Mittag übrigens geträumt, ich sei eine Giftschlange«, erzählte ich schläfrig, weil es laut Freud gerade zum Thema passte.

»Ja, manchmal beginnt die Selbsterkenntnis im Schlaf«, frotzelte Colin. Ich öffnete ein Auge, um ihn anzusehen. Er feixte mich freimütig an, die Haare wirr und züngelnd, die Augen entbrannt in schwarzer Glut. Ich hielt ein Schäferstündchen mit Mephisto. Zufrieden ließ ich mein Lid wieder hinabsinken.

»Ach, Colin Jeremiah Blackburn …«, murmelte ich und dehnte jede Silbe, weil ich es so sehr liebte, seinen Namen auszusprechen. Trotzdem kam es mir schwierig vor, meine Stimme zu gebrauchen oder gar Sätze zu bilden. »Diese Augenblicke sind mir die liebsten. Mit dir zusammen … nackt zu sein und … blödes Zeug zu reden … aber dennoch …« Ich hatte keine Kontrolle mehr über das, was ich sagte und sagen wollte. Es perlte von meiner Zunge, als stünde ich unter Hypnose. »Dennoch käme es mir wie Verrat vor, wenn wir jetzt … weitermachen und …« Ein paar Sekunden lang war ich vollkommen weg, dann kämpfte ich mich wieder ins Bewusstsein zurück. Ich musste doch meinen Satz fertig sprechen. Er würde sonst nie verstehen, was ich meinte. »Aber Verrat an wem?«, fragte ich – oder dachte ich es nur? »An wem?«

»An dir selbst, Lassie.«

Colin nahm meine Hand behutsam von sich weg und legte sie in meinen eigenen Schoß. Bei meinem nächsten tiefen Atemzug, ohne dass ich das Geringste dagegen tun konnte, fiel ich hinab in eine liebkosende, weiche Schwärze und ergab mich dem Schlaf.

Rufmord

»Und? Glücklich?« Oh nein. Nicht Gianna. Und vor allem nicht jetzt. Doch sie stand schon in meinem Zimmer. Ergeben öffnete ich meine Augen. »Kommt sie? Colin war heute Nacht bei dir, nicht wahr? Ich hab euch gehört und … ähm …« Giannas Nasenflügel bekamen winzige Dellen. »Ich hab ihn auf der Terrasse stehen sehen. Nackt. Deshalb … ihr wart glücklich, oder? So etwas machen nur glückliche Männer, sich nachts nackt auf eine Terrasse stellen. Ein unglücklicher Mann tut das nicht. Never ever!«

Ich sagte nichts. Ich war noch zu geschockt von dem, was ich eben erlebt und gesehen hatte. Dass es ein Traum gewesen war, machte keinen Unterschied. Nervös fuhr ich mit der Zunge über meine Zahnreihen und zuckte zusammen, als ich sie mir mit meinen scharfen Backenzähnen beinahe aufschlitzte. Doch der Schmerz brachte Erleichterung. Ich hatte sie noch, allesamt. Vor einigen Minuten war mein Mund eine tote schwarze Höhle gewesen. Nein, meine Zähne waren da und sie wackelten auch nicht.

Waren Colin und ich glücklich gewesen? Es gelang mir nicht, die letzte Nacht in mein Gedächtnis zu rufen. Zu mächtig war das Angstgespenst meines Traumes. Ich saß bereits seit Minuten aufrecht im Bett, doch ich konnte ihn nicht von mir abstreifen. Der Schuss dröhnte noch immer in meinem Kopf.

»Also nicht glücklich? Elisa, ganz ehrlich – das kann so nicht weitergehen. Ich schaffe das nicht mehr! Ich bin kurz vorm Durchdrehen. Diese Warterei macht mich krank. Mir ist dauernd schlecht, ich kann nicht mehr schlafen, hab Panikattacken und … Was ist eigentlich los mit dir? Ellie? Oje, sie kommt. Natürlich, sie kommt und du spürst es gerade …«

»Nein. Gianna, bitte, reg dich ab. Sie kommt nicht.«

»Hast du geweint?« Gianna trat zu mir ans Bett. Ich schüttelte den Kopf und sofort begannen meine Schläfen zu pochen und zu schmerzen, doch dieses Mal wunderte es mich nicht. Mir war gerade eben eine Kugel durch das Hirn gejagt worden.

»Nein, aber …« Trotz meiner Schmerzen schüttelte ich erneut den Kopf. Ich konnte nicht fassen, was ich da geträumt hatte. Wie konnte mein Unterbewusstsein sich nur so etwas ausdenken? Bisher hatte ich jeden meiner Träume irgendwie zuordnen können, einen Bezug zur Realität, und war er noch so bizarr, hatte es immer gegeben. Doch bei diesem hier fehlte er vollkommen. Hoffentlich tat er das.

Ich konnte mit dem Traum nicht länger allein bleiben. Ich musste davon erzählen.

»Ich hab geträumt, meine Mutter … sie … oh Gott …«

»Spann mich nicht so auf die Folter, Ellie. Ich werde sehr unangenehm, wenn meine Nerven überreizt werden, und sie sind schon überreizt. Mehr geht kaum noch.«

»Ich war krank. Sterbenskrank«, begann ich das, was ich erlebt hatte, stockend zusammenzufassen. »Ein Gehirntumor, bösartig und wahrscheinlich tödlich. Die Diagnose hatte mich nicht überrascht, doch ich war entschlossen zu kämpfen, es wenigstens zu versuchen. Auch wenn die Chance, gesund zu werden, verschwindend gering war. Nachdem die Ärzte mir mitgeteilt hatten, wie es um mich stand, hab ich mich in mein Bett gelegt … Es war übrigens zu Hause in Köln, in meinem alten Zuhause, und ich war auch jünger als jetzt, sechzehn, glaube ich …«

Ich musste schlucken, weil ich das Gefühl hatte, mich gleich übergeben zu müssen. Gianna griff nach meiner klammen Hand und streichelte sie.

»Sprich weiter, Ellie. Es wird nicht besser, wenn man es verschweigt.«

Ich sah zu ihr auf. »Es gibt nichts, wodurch dieser Traum besser werden könnte. Gar nichts.« Zitternd atmete ich aus. »Ich lag also in meinem Bett und versuchte mich für das zu wappnen, was mir bevorstand, als meine Mutter zu mir ins Zimmer kam und sich neben mich stellte, die Fäuste in ihre Hüften gestemmt und mit einem kalten, abweisenden Gesichtsausdruck. Das habe doch alles sowieso keinen Sinn, sagte sie, die Behandlung wäre zu teuer und zudem aussichtslos, ich würde nur eine Belastung für sie sein, um dann doch zu sterben, und das könnten sie sich nicht leisten. Ich wollte widersprechen, ihr sagen, dass ich kämpfen wollte, doch ich konnte nichts sagen, weil ich plötzlich keine Zähne mehr hatte. Sie waren alle ausgefallen!« Wieder schluckte ich. »Und dann ... dann ... hat sie eine Pistole aus ihrer Tasche gezogen, sie an meine Schläfe gepresst und abgedrückt. Sie hat einfach abgedrückt! Meine eigene Mutter hat mich umgebracht!«

»Madonna ...« Giannas Finger schlossen sich fester um meine Hand, als es der Wunsch, mich zu trösten, eigentlich erlaubte, doch ich wehrte mich nicht. Ich war froh, jemanden zu spüren, der mich ganz gewiss nicht umbringen wollte. »Ellie, niemals würde deine Mutter so etwas tun wollen, niemals. Und du bist nicht krank. Du bist kerngesund. Zähne hast du auch noch ...«

»Das allein ist es nicht, Gianna. Ich bin nicht sofort aufgewacht. Ich habe gespürt, wie sich die Kugel durch meinen Kopf bohrte und ich starb. Es driftete auf einmal alles weg, meine Gedanken, meine Gefühle, alles ... und dann kam Schwärze und mein Bewusstsein schwand, für immer ... Für immer! Ich war tot!«

»Nein! Nein. Du bist nur aus deinem Traum erwacht, das kann sich manchmal so ähnlich anfühlen und …« Gianna fürchtete sich, wie ich. Ich sah es an dem Flackern in ihren gelben Augen. Sie mochte nichts mehr davon hören. Nun würde sie mit Macht versuchen, mich abzulenken, und ich wollte es annehmen. Über das Ende meines Traums gab es nichts zu reden. Ich konnte nur hoffen, dass sich mein Unterbewusstsein in seiner Illustration des Todes geirrt hatte und diesem verschlingenden Nichts etwas folgte. Irgendetwas, in dem ich noch denken und fühlen konnte, anstatt vollkommen und auf ewig ausgelöscht zu werden.

»Ich hab auch manchmal seltsame Träume. Weißt du, was meine Spezialität ist? Promiträume«, quasselte Gianna wild drauflos. »Ja, ich träume von Prominenten und seltsamerweise handelt es sich meistens um Promis, die mich vorher überhaupt nicht interessiert haben. Zum Beispiel die Klitschkos. Von beiden hab ich schon geträumt, mehrfach! Jedes Mal bin ich mit einem von ihnen verlobt, weiß aber nicht, mit welchem. Dann, auch sehr schön, meine rein platonische Nacht mit Richard Gere. Oder – was ich mir nicht erklären kann – meine Küsserei mit Gary Barlow. Er hatte furchtbar trockene Lippen und wirkte so traurig dabei. Ich war nie Take-That-Fan, aber seitdem ich Gary im Traum begegnet bin, schau ich immer doppelt hin, wenn er im Fernsehen kommt … Es ist fast, als gäbe es eine Verbindung zwischen uns, nur durch diesen Traum. Dabei finde ich Robbie Williams eigentlich viel spannender!«

»Gianna …«

»Ich bin ja schon still. Bist du dir denn sicher, dass Tessa nicht unterwegs ist? Ganz sicher?« Es ließ ihr keine Ruhe. Argwöhnisch schob sie die Hand auf ihren Bauch. »Ich sollte längst Frühstück machen, aber mir ist übel vor Anspannung, ich kann nichts essen, weil ich immerzu denke: Heute kommt sie vielleicht. Heute kommt sie! Ellie, mich kostet das langsam den Verstand …«

»Colin hätte mich kaum allein gelassen, wenn wir sie angelockt hätten. Außerdem spüre ich sie nicht nahen. Es ist alles so wie immer.«

»Aber ihr habt heute Nacht schon ... ähm ... palim, palim?« Palim, palim. Was immer Gianna auch damit meinte.

»Wir waren zusammen«, antwortete ich reserviert.

»Und er war nackt!« Gianna machte ein Gesicht, als gälte es, einen komplizierten Kriminalfall aufzuklären. »Trotzdem habt ihr nicht miteinander ge–«

»Ich wüsste nicht, was dich das interessiert«, stoppte ich sie und stand auf, das Laken um meine bloßen Hüften gewickelt, um ins Bad zu verschwinden, doch Gianna stellte sich abwehrend vor die Tür. Sobald ich meine Hände hochnehmen würde, um sie zu verscheuchen, wäre ich nackt und ich wollte mich in diesem Moment vor Gianna nicht nackt zeigen. Ich fühlte mich ohnehin schon entblößt und gedemütigt, allein durch ihre hartnäckigen Fragen.

»Es geht mich in dem Moment etwas an, in dem es eine Dämonin anlocken könnte, die uns alle wahlweise ebenfalls in Dämonen verwandeln oder die Gurgel umdrehen kann! Ellie, ich meine das ernst: So läuft das nicht! Wenn nicht bald etwas passiert, werden Paul und ich abreisen. Es geht auch Paul nicht gut damit und er ist gerade erst seinem Mahr von der Schippe gesprungen.«

»Willst du mich etwa auffordern, mit Colin zu schlafen, damit Tessa endlich kommt?«, schnauzte ich sie an. Die Demütigung kannte also doch noch Steigerungen.

»Nein, um Himmels willen!«, wehrte Gianna mit erhobenen Händen ab. »Ich wünsche mir viel eher, du würdest begreifen, dass das vielleicht gar nicht mehr geht ...«

»Dass was nicht mehr geht?« Herausfordernd blitzte ich sie an, obwohl mein Herz sich gekränkt zusammenzog.

»Mit ihm glücklich zu sein«, antwortete Gianna mit erstaunlich fester Stimme. »Vielleicht geht es nicht mehr und dann wäre es das Beste, wir reisen ab oder machen uns wenigstens auf die Suche nach deinem Vater. Alles ist besser als die elende Warterei auf etwas, was vielleicht niemals eintritt.«

Ich konnte vor Empörung nichts mehr sagen. Stattdessen bemächtigte sich auf einmal eine Szene meines Kopfes, an die ich mich beim Aufwachen gar nicht mehr erinnert hatte. Dafür tat ich es jetzt umso konkreter und lebendiger. Colin hatte mich noch einmal geweckt. Oder war er mir im Schlaf begegnet? Ich hatte meine Augen geöffnet und ihn angesehen, meine Hand immer noch in meinem Schoß, meine Gefühle gefangen in einem tosenden Strudel aus Begehren, Sehnsucht und Wehmut.

»Mir kommt mein Dasein sinnlos und getrieben vor, Lassie. Bitte versuch das zu verstehen. Ich möchte, dass es mit etwas Schönem endet. Ich will nicht, dass sich mit dir wiederholt, was bei den anderen immer wieder geschah. Du sollst mich nicht fürchten.«

Warum musste ich mich ausgerechnet jetzt daran erinnern? Es nahm mir jegliche Konzentration für meine Gegenangriffe. Noch viel schlimmer: Meine Augen wurden verdächtig heiß und ich spürte, dass sich eine ganze Flutwelle an Tränen hinter meiner Stirn aufbaute. Gegen sie gewann ich nur selten.

»Wie kannst du behaupten, dass es niemals eintritt?« Ich rang um Haltung und Würde, so gut ich konnte.

»Weil ich das alles kenne. Ich weiß, was du durchmachst.« Giannas Augen verloren ihren Glanz, als sie mich am Ellenbogen zum Bett führte und mich dazu bewegen wollte, mich zu setzen. Ich blieb steif stehen. »Ich hab dir doch mal erzählt, dass ich mit diesem manipulativen Arschloch zusammen war. Rolf. Am Anfang war alles super, er machte mir den Hof, schrieb mir Kärtchen mit romantischen Botschaften, faselte von Schmetterlingen im Bauch und der großen Liebe …«

»… alles Dinge, die Colin niemals getan hat und auch niemals tun wird!«, mischte ich mich frostig ein.

»Es geht mir ums Prinzip, Ellie. Fakt war, dass ich glaubte, vor Liebe zu glühen und endlich mein Gegenüber gefunden zu haben. Ich wollte das glauben, mit aller Macht. Und deshalb glaubte ich es auch dann noch, als er anfing, mich schlecht zu behandeln. Ich wollte an diesem Traum festhalten, füreinander bestimmt zu sein, dass alles gut werden würde, wenn wir nur irgendwann die richtigen Voraussetzungen geschaffen hatten, uns besser kannten, all unsere Skeptiker überzeugt hatten … Dabei war es schon in dem Moment zu spät, als er mir das erste Mal Gewalt angetan hatte. Darüber kommt man nicht hinweg. Man versucht es, natürlich, ich hab es auch versucht, zwei geschlagene Jahre lang. Doch die Seele verweigert sich. Ich war in dieser ganzen Zeit kein einziges Mal richtig glücklich und gelöst und zufrieden, es war immer Angst dabei und Misstrauen, obwohl ich glaubte, diese Gefühle ignorieren zu können, sie ignorieren zu müssen, als sei es meine Pflicht. Letztlich waren sie stärker. Sie haben alles vergiftet. Ich habe mich selbst vergewaltigt, indem ich bei ihm blieb.«

»Hast du dir das in einem Fachbuch angelesen?« Giannas Ausführungen klangen in meinen Ohren abgekupfert und klinisch, so, als hätte sie sie irgendwo aufgeschnappt und auswendig gelernt – ja, als hätten sie gar nichts mit ihr selbst zu tun.

»Ich kann es nicht anders formulieren, Ellie. Ich brauche diese Distanz. Wenn ich sie nicht habe, dann … dann ist es zu nah. Verstehst du das? Es ist zu nah … Ich träume immer noch jede Nacht von ihm. Jede verdammte Nacht!«

Ich glaubte ihr sofort. Ich kannte den Fluch wiederkehrender Träume.

»Und warum hat dein Rolf das getan? Dich so schlecht behandelt und manipuliert? Warum?«

Gianna lachte traurig auf. »Er hatte offensichtlich Spaß daran, Menschen zu seinen Werkzeugen zu machen. Es gibt eben Arschlöcher auf dieser Welt, Ellie. Er merkte es ja nicht einmal richtig. Letztens schrieb er mir, er würde ab und zu an die schönen alten Zeiten zurückdenken. Was für schöne Zeiten, frage ich mich? Es gab keine schönen Zeiten.«

»Siehst du – und das ist der Unterschied. Er war ein Arschloch. Er machte das einfach, ohne es zu reflektieren.« Jedes Wort strengte mich so sehr an, dass ich ungewöhnlich langsam und akzentuiert sprach, beinahe wie eine überstrapazierte Lehrerin. »Bei Colin aber war es eine Notwendigkeit. Er gab mir eine Ohrfeige, um mein Leben zu retten; und er hat mir die Hand zertreten und mich beinahe ertränkt, um Paul retten zu können – deinen eigenen Freund! Ich hatte ihn darum gebeten, alles dafür zu tun, ich habe mein eigenes Leben riskiert! Oder fändest du es besser, Paul wäre draufgegangen?«

Schwer seufzend ließ Gianna sich auf mein Bett sinken.

»Wenn mir damals jemand das alles gesagt hätte wie ich jetzt dir, hätte ich genauso wie du reagiert. Ich hätte es abgewehrt und für Unsinn erklärt. Doch im Nachhinein wäre ich froh gewesen, wenn irgendeiner da draußen den Mut gehabt hätte, mir den Kopf zu waschen. Also, von mir aus kannst du mich von jetzt an hassen, ich sag es dir trotzdem. Er hat dich in den Bauch getreten, Ellie, und …«

»Ich frag mich, wie ihr das überhaupt sehen konntet! Wie konntet ihr das sehen?« Auf der Terrasse ertönte plötzlich Stühlerücken und das Klappern von Geschirr. Paul hatte sich freiwillig darangemacht, das Frühstück zu richten. Mit Schwung schlug ich die offen stehenden Glastüren zu. Sollten wir hier drin doch ersticken – Paul durfte nichts von diesem Gespräch mitbekommen. Das wäre, als würde man Benzin ins Feuer gießen. »Selbst wenn ihr es gesehen habt, Colin hat mich nur in den Bauch getreten, um meine Wut zu vervielfachen und François vergiften zu können …«

»Das weiß ich doch, Elisa. Du musst Colins Verhalten nicht rechtfertigen. Ich hab dir gesagt, dass ich ihn mag, und daran hat sich nichts geändert, im Gegenteil. Ich bin überzeugt davon, dass er diese Dinge weder gern noch leichtfertig getan hat. Aber er hat es getan und für deine Seele spielt es keine große Rolle, ob es eine lebensrettende Maßnahme war oder nicht. Das ist ja das Tragische. Gewalt bleibt Gewalt.«

Jetzt fiel sie schon wieder in diesen Psychoseminar-Jargon. Ja, sie hatte sich bestimmt wunderbar mit meinem Vater unterhalten auf diesem Kongress, bei dem sie sich kennengelernt hatten. Auch Papa verstand es vortrefflich, wie aus dem Lehrbuch zu rezitieren.

»Vielleicht könnt ihr einen Weg finden, damit umzugehen, aber Glück …«, fuhr Gianna etwas sanfter fort, als ich nichts entgegnete, weil mir die Argumente fehlten. Denn sie hatte trotz allem recht. Gewalt blieb Gewalt. »Jetzt schon, so kurz danach … ich weiß es nicht …«

»Ich finde das ziemlich unfair, was du hier abziehst, Gianna.« Ich konnte nicht anders, als sie erneut anzugreifen. Das, was sie sagte, nahm mir jeden Halt. Ich musste zurückschießen, um nicht unterzugehen. »Weißt du eigentlich, in was für einer Situation Colin und ich festhängen? Jeder hier wartet darauf, dass wir glücklich werden, obwohl genau dann etwas Schreckliches passieren wird – selbst das zufriedenste, normalste, gewaltfreiste Paar bekäme damit Probleme! Bei Paul war der Glücksangriff noch einfach, der wusste nichts von unseren Plänen und hat sich mitreißen lassen, aber bei Colin und mir …«

Verdammt. Jetzt hatte ich ihr sogar, ohne es zu wollen, beigepflichtet. Wir konnten das Glück nicht erzwingen, nicht für uns selbst. Nicht, wenn wir wussten, dass wir es versuchten.

»Elisa, du hast mir doch erzählt, dass Colin in dem Konzentrationslager war und Tessa ihn herausgeholt hat …«

»Nein, das habe ich dir nicht erzählt. Nicht, dass Tessa es war, die ihn befreite.« Woher wusste Gianna das? Ich war überzeugt, Tessa in diesem Zusammenhang nicht erwähnt zu haben.

Gianna blickte betreten zu Boden. »Okay, ich gebe es zu, er hat es mir selbst erzählt. Heute Nacht. Wir haben uns kurz unterhalten …«

»… als er nackt war?«, unterbrach ich sie ungläubig.

»Er hat sich in den Schatten gestellt, sodass ich nur seine Augen leuchten sah, sonst nichts.« Nun, alles andere leuchtet auch nicht, dachte ich müde. »Keine Bange, ich hab ihm nix abgeguckt. Ich hab ihn danach gefragt, weil es mich interessierte, und aus seinen Schilderungen hörte ich heraus, dass sie ihn gerettet hat.«

Colin berichtete Gianna freiwillig von seinen traumatischsten Erlebnissen? Einen Moment lang konnte ich nicht mehr denken vor lauter Eifersucht.

»Er hat nicht viel gesagt, Ellie, ich hab rasch gemerkt, dass er darüber nicht sprechen will und schnell wieder zu dir möchte.« Wo er nicht aufgetaucht war. Wenigstens hatte er Gianna abgewimmelt. »Nur … wenn Tessa ihn da rausgeholt hat, frage ich mich, wie sie auf ihn aufmerksam wurde. Denn glücklich war er dort ja wohl nicht. Also muss es noch eine andere Möglichkeit geben, sie zu locken … vielleicht, wenn es ihm sehr schlecht geht? Kommt sie dann auch?«

»Nein«, flüsterte ich, wohl wissend, dass ich nun tatsächlich einen Verrat beging, denn es gab kaum etwas, wofür sich Colin mehr schämte als das. »Er hat sie gerufen.«

»Puh«, machte Gianna nach einer kleinen Pause und pustete sich ein paar ihrer dunklen Strähnen aus der Stirn, die heute noch keine Bekanntschaft mit Kamm und Bürste gemacht hatten. »Er hat sie gerufen. Das war sicher erniedrigend für ihn, aber auf der anderen Seite … es gibt diese Möglichkeit. Er kann sie rufen«, überlegte sie. »Und sie hat die Metamorphose nicht vollendet?«

Darüber hatte ich noch gar nicht nachgedacht. Wie hatte Colin das geschafft? Oder hatte sie erneut etwas auf ihn übertragen? War er vorher weniger dämonisch gewesen als heute?

»Er kann sie rufen«, wiederholte Gianna laut. »Oder, Ellie?« Meine beunruhigenden Gedanken zerstreuten sich.

»Er kann es. Aber er wird es nicht tun. Niemals. Gianna, bitte verlange das nicht von ihm, er darf nicht wissen, dass du das weißt, selbst ich sollte es eigentlich nicht wissen! Oh Mann, warum hab ich dir das nur gesagt? Tu ihm das nicht an …«

Es würde das Ende von Colins und meiner Beziehung bedeuten, wenn er erfuhr, dass ich es jemand anderem verraten und damit ihn verraten hatte – seinen schwächsten Moment, seine größte Niederlage gegen sich selbst.

»Willst du ihn nicht wenigstens fragen?«

»Nein. Nein, das kann ich nicht. Gianna, das geht nicht und er würde es sowieso nicht tun, dafür kenne ich ihn gut genug.«

»Frühstück ist fertig!«, rief Paul von draußen. Wie viel mochte er von unserem Gespräch gehört haben? Genug, damit auch er wusste, auf welche Weise Colin sich befreit hatte? Wieso hatte ich meinen Mund nicht gehalten? Wollte mein viel beschworenes Unterbewusstsein Colin damit strafen? Aber wofür nur – dass er mich und meinen Bruder hatte retten wollen? Niemand durfte ihn dafür strafen, selbst ich nicht, die für diesen Plan durch die Hölle gegangen war.

»Frühstück ist fertig … Hast du gehört, Ellie?«, wisperte Gianna. Sie sah leicht abgedreht aus und ihre Wimpern flatterten. »Es gibt Frühstück. Brötchen, Kaffee, Honig, Marmelade, frisch aufgeschnittene Melone. Danach werden wir an den Strand gehen, baden, Volleyball spielen, Mittag essen, Siesta halten, wieder an den Strand gehen … und immer darauf warten, dass sie sich plötzlich entschließt zu kommen … Ich werde noch wahnsinnig dabei!«

»Dann fahrt doch nach Hause«, sagte ich kalt. »Fahrt nach Hause! Ich will niemanden zwingen hierzubleiben.« War es das, wovon Colin gestern Abend gesprochen hatte? Ich würde meine Freunde vertreiben, weil sie mit ihrem tief verwurzelten Abscheu und ihrer Angst nicht klarkamen und sie auf mich übertrugen? Geschah es etwa schon?

»Ach, Ellie … Das ist keine Lösung, ich weiß das, aber …« Nein, so schnell durfte es nicht gehen. Ich musste um sie kämpfen, nicht nur um Gianna, sondern auch um Paul und Tillmann. Vor allem um Tillmann. Tillmann hielt zwar ebenfalls gerne Vorträge, aber wenigstens krittelte er nicht ständig an Colin herum. Jedes Mal, wenn Gianna meine Beziehung mit Colin infrage stellte, beschlich mich das Gefühl, sie stellte mich selbst infrage. Trotzdem wollte ich keinen der drei verlieren. Ich hatte nie Freunde gehabt wie sie.

»Die nächsten Tage ist Colin sowieso in der Sila«, begann ich zu verhandeln, bevor es zu spät war.

Gianna horchte auf. Natürlich war ihr die Sila ein Begriff; wahrscheinlich kannte sie den ausgedehnten, wilden Höhenwald Kalabriens und wusste daher, dass dieses Gebiet für Colin ein ideales Jagdrevier sein musste.

»Colin hat gesagt, dass es dort Wölfe gibt«, fuhr ich hastig fort, als ich sah, dass ihre Aufmerksamkeit geweckt war. »Die gibt es doch, oder?«

»Ja, das erzählt man sich zumindest …«, bestätigte Gianna zögerlich.

»Er wird sie suchen. Wenn wir uns nahe waren wie heute Nacht, muss er erst einmal ausführlich jagen. Bis dahin kann uns nichts passieren, das verspreche ich dir. Ich will jetzt nicht nach Hause,

Gianna. Ich möchte noch Zeit mit euch verbringen, hier in Italien. Bitte.«

Meine Tränen tropften auf das Laken und meine nackten Knie. Ich verlor immer gegen sie. Manchmal hasste ich mich dafür.

»Einverstanden. Nicht heulen, Ellie, es ist gut, wir fahren nicht. Dann betrachte ich meine Übelkeit eben als Diät. Ich habe sie zwar nicht nötig, aber na ja …« Gianna nahm meine Haare und bettete sie auf meine Schultern, um mir ins Gesicht sehen zu können. »Hey, Kleine, nicht weinen …«

»Worüber hast du denn noch mit Colin gesprochen?«, fragte ich schluchzend, weil ich weitere Psychodialoge vermeiden wollte.

»Nichts Besonderes. Was man halt so redet, wenn man einen nackten Mahr auf der Terrasse trifft. Viel Bla und Blubb ohne Sinn und Verstand. Aber, ach ja … er meinte, das Haus würde schimmeln und modern. Er roch etwas, was er nicht einordnen konnte und ihn stutzig werden ließ. Verstehe ich nicht. Es wäre das erste Haus, das in dieser Trockenheit modert.«

»Colin hat eine Nase wie ein Hund. Er riecht alles.« Doch auch ich hatte keine Ahnung, was es gewesen sein konnte.

»Um ehrlich zu sein, er hat mich so verwirrt, dass ich nicht einmal daran dachte, ihn nach eurem Glück zu fragen. Es fiel mir gar nicht ein. Mir kamen ausschließlich düstere Themen in den Sinn. Deshalb auch das mit dem KZ … Er trug ja nur sein Armband. Na komm, jetzt lass uns frühstücken. Weckst du Tillmann?«

Gianna öffnete die Terrassentüren, bevor wir einen Hitzschlag erlitten. Es war noch nicht mal zehn Uhr und das Thermometer auf meinem Nachttisch zeigte bereits 32 Grad an.

»Klar.« Tillmann musste man neuerdings zwingen, seinen Dachboden zu verlassen, und das ging am besten mit Essen. Vielleicht sollte ich das Thema Colin und Tessa wirklich für einige Tage hintanstellen und mich um meinen (ehemals?) besten Freund kümmern. Nach Giannas weitschweifigen Psychologisierungen erschien mir seine Wortkargheit erstrebenswert, auch wenn sie ohne Vorwarnung umschlagen konnte und Tillmann nicht minder weitschweifig zu dozieren begann. Doch mir war beides lieb.

Es würde mir schon reichen, stumm neben ihm zu sitzen, wenn ich nur wieder fühlen konnte, was uns verband.

Colin durfte auf keinen Fall recht behalten. Meine Freunde mussten meine Freunde bleiben. Ich durfte sie nicht verlieren.

Wir hatten uns doch gerade erst gefunden.

Das Fleisch Gottes

Ich wollte noch ein paar Minuten verstreichen lassen, bevor ich mich anzog und zu Tillmann ging, und lauschte auf die Geräusche von der Terrasse, wo Gianna und Paul friedlich beim Frühstück saßen. Es erstaunte mich, wie gut sie sich verstanden, da ich Gianna als nicht sehr pflegeleicht empfand. An ihren guten Absichten zweifelte ich fast nie, doch sie konnte hektisch und penetrant sein, dazu zeigte sie eine bohrende Neugierde und unerwartete Dominanz, die in manchen Lebensbereichen hervorbrach und alle anderen zu ihren Haussklaven degradierte. Wenn ich darüber nachdachte, fühlte ich mich stets wie ertappt, denn Colin hätte mir diese Eigenschaften auch nachgesagt. Bis auf die Hektik. Hektisch war ich nicht mehr. Es war zu heiß dafür.

Paul nahm Giannas Macken mit einer engelsgleichen Geduld hin, ebenso wie Gianna Pauls Konstitutionsschwierigkeiten und seine mahrbestimmte Vergangenheit mit Humor und schrägen Lebensweisheiten kompensierte. Es wäre zu viel gesagt gewesen, Paul als Trauerkloß zu bezeichnen, doch seine Schwere und die unterschwellige Melancholie, die er früher nicht in sich getragen hatte, wichen nie von ihm. Ich erinnerte mich mit Unbehagen an unser kurzes Gespräch gestern Abend, als ich ihn besorgt gefragt hatte, ob alles okay sei, weil er in der Haltung eines Siebzigjährigen, der es mit dem Rasenmähen übertrieben hatte, im Stuhl hing und rasselnd atmete. Und das nur, weil er eine Ladung Wäsche im Garten aufgehängt hatte. Paul hatte versucht, mich zu beschwichtigen, das sei alles nicht so schlimm, doch ich wusste, dass er seinen Zustand herunterspielte. Also ließ ich nicht locker, bis er mir den väterlichen Ratschlag gab, mich nicht immer so sehr mit dem Leid anderer Menschen zu überidentifizieren. Überidentifizieren! Als ob ich das planen würde. Ich konnte ihn doch nicht ansehen und nichts fühlen, wie sollte das gehen? Er war mein Bruder! Und wäre das denn wirklich erstrebenswert? Warum dachten die Leute eigentlich immer, ich könne beschließen, mir von jetzt auf nachher ein dickeres Fell wachsen zu lassen? Dass es mir allein am guten Willen mangelte? Wenn ich das beschließen könnte, hätte ich es längst getan.

Doch ich stritt nicht mit Paul darüber. Das hatte keinen Sinn. Er war eben anders als ich. Ich versuchte mich damit zu trösten, dass eine Genesung ihre Zeit brauchte, und wünschte mir im Stillen Colin herbei, der mir noch nie vorgeworfen hatte, ich würde zu viel fühlen.

Wenn meine Sorge um Paul zu belastend wurde, versuchte ich mich außerdem damit zu beruhigen, dass sich sein Faible für derbe Witze trotz Befall wacker gehalten hatte, und als charismatisch empfand ich ihn nach wie vor. Ganz abgesehen davon war ich mir sicher, dass er einen guten Arzt abgeben würde. Vielleicht machte er seine vorsichtigen Überlegungen ja wahr und griff sein Medizinstudium wieder auf. Dann konnte er Giannas kaputte Schultern reparieren und sich um ihren Reizmagen kümmern.

Dass ihre Nerven blank lagen und sie dauernd mit nervositätsbedingten Zipperlein zu kämpfen hatte, nährte mein schlechtes Gewissen. Ich hatte schon in Hamburg gemerkt, dass ihr Magen auf jeglichen Stress sofort reagierte, und ja, auch mir verging in letzter Zeit oft der Appetit. Trotzdem machte Gianna keinen schwächlichen Eindruck. Sie hielt sich aufrechter und stolzer als zuvor, wenn sie durch die Straße lief, und ich fand, dass ihre kühnen Züge weicher geworden waren. Italien stand ihr.

Ob es mir stand, wusste ich nicht. Es war immer noch ungewohnt für mich, nie mehr als maximal drei Kleidungsstücke zu tragen und stundenlang im Bikini herumzulaufen; meine Haut bräunte nur langsam und meine Haare wehrten sich mit aller Macht gegen den Wind, das Salzwasser und die unbarmherzige Sonne.

Es gab noch weitere Aspekte, die mir das Zuhausefühlen erschwerten. Zum Beispiel das italienische Brot. Deshalb entschloss ich mich, erst einmal auf das Frühstück zu verzichten. Nach meinem Albtraum und meinem Gespräch mit Gianna hatte ich sowieso keinen Hunger und des ewigen Weißbrots wurde ich langsam überdrüssig. Die Italiener kannten kein Schwarzbrot. Es gab nur ein längliches, plattes Weißbrot, das schon nach dem ersten Tag eine harte Kruste bekam und, wenn überhaupt, nur ofenfrisch eine Köstlichkeit war – nämlich dann, wenn man es mit verschiedenen Auflagen (am besten dick Marmelade oder Honig) genießbar machen konnte. Ansonsten schmeckte der Teig nach gar nichts. Es wunderte mich, dass wir uns noch nicht mit chronischer Verstopfung herumplagten. Eigentlich hätte das Brot unsere Verdauung außer Kraft setzen müssen.

Nein, frühstücken wollte ich nicht. Und sollte Tillmann immer noch nicht mit mir reden wollen, konnte ich mich bei ihm auf den Balkon setzen und zur Ruhe kommen; dagegen durfte er nichts einwenden, es war der Balkon, nicht sein Zimmer, und er würde sowieso nach unten gehen. Schon als ich die Stufen zum Dachboden nahm, hörte ich das Rauschen der Dusche in seinem winzigen Badezimmer. Umso besser. Dann konnte er weder meine Schritte hören noch mich vorzeitig davonscheuchen.

In seinem Zimmer herrschte Chaos; Klamotten waren auf dem Boden verstreut, der MP3-Player lag auf dem Kissen, zwei leere

Wasserflaschen standen neben dem Nachttisch, die Bücher stapelten sich kreuz und quer, das Bett war nicht gemacht und der Boden sandig. Ich stapfte durch die Unordnung und zog mich sofort auf den Balkon zurück, der sich noch im Schatten befand und auf dessen Fliesen Tillmann eine Luftmatratze gelegt hatte. Ein einfaches, aber gemütliches Plätzchen. Außerdem konnte man von hier aus das Meer überblicken.

Erst setzte ich mich nur auf die Matratze, dann wurde mir mein Kopf eine solche Last, dass ich dem Sog der Schwerkraft nachgab und mich ausstreckte. Seit Hamburg war ich kein Langschläfer mehr wie früher, doch sobald ich vormittags ins Nichtstun verfiel, wurde ich sehr schnell wieder müde, vor allem dann, wenn ich nachts nur wenig Ruhe gefunden hatte. Mein Körper begegnete mir selten so weich und entspannt wie morgens. Es war das pure Luxusgefühl, zu den Zeiten ein Nickerchen zu machen, in denen ich früher hatte in der Schule sitzen müssen und alle anderen Menschen arbeiten gingen.

Diese Vorstellung zog mich sogar in unserem Urlaub in ihren Bann. Ich wollte gerade die Augen schließen, nur für einen Moment, bis Tillmann im Bad fertig war, als mir die Kiste mit der Bioschokolade auffiel. Sie stand in Griffweite unter dem Dachvorsprung. Tillmann lagerte seine Schokolade im Freien? Wollte er sich ein Schokofondue zubereiten? Oder waren die Temperaturen auf dem Balkon tatsächlich niedriger als im Zimmer, wo die Hitze niemals wich und auch nachts noch durch das Dach drückte, weil die Holzbalken und Steine sie in sich aufgenommen hatten?

Plötzlich lief mir das Wasser im Munde zusammen. Schokolade … Ich hatte seit Tagen keine Schokolade mehr gegessen. Vielleicht war es genau das, was mir fehlte. Wenn es so heiß war wie hier, dachte ich nicht einmal an Schokolade, aber zu Hause, in Köln und im Westerwald, hatte es keinen einzigen Tag ohne Schokolade gegeben. Schokolade war mein Lebenselixier. Wenn keine Schokolade im Haus war, wurde ich nervös.

War das die Lösung – so naheliegend und simpel? Ich brauchte Schokolade? Manchmal waren die einfachsten Lösungen die genialsten. Und es hätte auch niemand gedacht, dass Penizillin auf schimmeligem Brot wuchs. Vielleicht brauchte ich Schokolade zu meinem Glück, ja, vielleicht löste sie genau das Quäntchen Serotonin aus, das mir dringend fehlte.

Schaden würde sie mir jedenfalls nicht und Tillmann würde es verschmerzen können, wenn ihm ein oder zwei Stücke fehlten. Ohne mich zu erheben, griff ich mit dem ausgestreckten Arm nach vorne und zog die Kiste zu mir herüber. Dann stützte ich mich in stiller Vorfreude auf meine Ellenbogen und lupfte den Deckel an.

»Buah«, entfuhr es mir. Was war denn das für ein Geruch? Erdig und feucht und sehr herb – herber, als dunkle Schokolade es jemals sein konnte. War sie verschimmelt oder verdorben? Nein, Schokolade schimmelte nicht. Sie wurde höchstens blass und verlor ihr Aroma. Ich schob den Deckel zur Seite und lugte hinein.

»Pilze?«, fragte ich mich konsterniert. »Tillmann züchtet Pilze?« Von der Terrasse drang leises Lachen nach oben, anscheinend war Gianna wieder im Gleichgewicht und verlor doch nicht den Verstand. Ich hingegen hatte den Eindruck, dass meiner mir einen Streich spielte. In dem Karton wuchsen Pilze. Kleine hässliche Pilze auf dünnen Stängeln, die ihre feinen Wurzelgeflechte in einen hellen Substratkuchen gewunden hatten, der feucht und glitschig aussah. War Tillmann nun unter die Mykologen gegangen? Und warum in Gottes Namen versteckte er diese Pilze in einem Schokoladenkarton – nicht nur das, er verschwieg sie auch vor uns. War ihm sein neues Hobby peinlich? Nein, das war alles nicht logisch. Vor allem fühlte ich, dass es nicht logisch war. Nur eines erklärte sich wie von selbst: Diese Pilze mussten es gewesen sein, die Colin heute Nacht gewittert hatte. Sie müffelten.

»Pilze ...«, murmelte ich ratlos. »Was will er nur mit Pilzen?«

»Tessa austricksen«, ertönte Tillmanns oft so gefühlsarme Stimme hinter mir – doch dieses Mal hatte sie ein unüberhörbar verärgertes Timbre. Ich fuhr zusammen und schob rasch den Deckel auf die stinkenden Gewächse. Tillmann trat den Karton mit der Fußspitze aus meinen Händen, vorsichtig, aber bestimmt. »Hatte ich nicht gesagt, du sollst von meinen Sachen wegbleiben?«

»Kann sein. Du hast dich auch schon an einiges nicht gehalten, worum ich dich gebeten hatte. Es sind nur Pilze! Warum züchtest du Pilze? Ich verstehe es nicht. Oder träume ich?«

Ich setzte mich auf und schaute zu ihm hoch. Seine Haare waren noch nass, doch er war angezogen.

»Du träumst nicht und es sind nicht nur Pilze. Mann, Ellie, du hast echt keine Geduld, oder? Ich hab dir gesagt, dass ich dich einweihe, wenn es so weit ist. Du kannst einfach nicht warten.«

»Hör mal, es war reiner Zufall, dass ich die entdeckt habe, ich wollte ein Stück Schokolade essen, ehrlich! Wenn du es genau wissen willst, hab ich nicht mehr viel an dich gedacht in den vergangenen Tagen. Was wahrscheinlich in deinem Sinne war, oder? Außerdem hatte ich anderes im Kopf.«

Tessa zum Beispiel. Moment, was hatte Tillmann eben gesagt? Er wollte mit den Pilzen Tessa austricksen? Wie bitte sollte das denn vonstattengehen? Waren es vielleicht Stinkpilze, die ihre Witterung irritieren sollten? Dann mussten sie noch etwas wachsen. Sie rochen zwar nicht gut, aber Tessa stank definitiv schlimmer. Ich konnte mir nicht vorstellen, dass Tessa sich von etwas irritieren lassen konnte, was angenehmer roch als der Mief in ihren modrigen Gewändern. Außerdem wollten wir sie anlocken und nicht vertreiben.

Tillmann begann zu grinsen. Mit zwei Fingern deutete er auf seine Stirn und dann auf meine.

»Du kriegst Falten, Ellie. Noch nie was von Magic Mushrooms gehört?«

»Magic Mushrooms? Magic Mushrooms«, echote ich und durchwühlte mein Gehirn nach verborgen abgelagertem Wissen. Hatte ich diesen Begriff schon einmal irgendwo gelesen? Magische Pilze. Was war an ihnen magisch? Ihr Aussehen bestimmt nicht. Oder vielleicht ihr Geschmack? Ihre Wirkung? Oh, ihre Wirkung … natürlich … »Das sind Psychopilze! Es sind Psychopilze, oder?« Wie in der Schule hatte ich versehentlich meinen Arm nach oben gereckt, als wolle ich mich melden, was Tillmanns blödem Grinsen nur neuen Zunder gab.

»Korrekt. Halluzinogene Pilze. Meine erste Zucht. Ich wollte dir davon erzählen, wenn ich mir sicher sein konnte, dass sie auch wirken, aber … sie tun es«, schloss er sachlich. Sie tun es. Also hatte er es ausprobiert. Ich schüttelte perplex den Kopf.

»Du baust hier oben Drogen an? Was wächst denn noch in diesen vier Wänden? Hanf? Mohn? Hast du vielleicht auch einen Chemiebaukasten mitgenommen? Tillmann, weißt du eigentlich, in welche Gefahr du uns damit bringst? Die italienischen Bullen sind bei solchen Sachen sicher nicht zimperlich und außerdem wohnt die Mafia in dieser Straße …«

»Oh Ellie, jetzt spiel nicht wieder die Tugendwächterin. Von dem anderen Kram hatte ich nur kleine Mengen dabei und die Pilze habe ich selbst angebaut, weil ich mir von ihnen die beste Wirkung erhoffte, aber eben nur, wenn keine chemischen Dünger und Zusatzstoffe verwendet werden und …«

»Augenblick. Anderer Kram? Was für anderer Kram? Und was hat die ganze Chose eigentlich mit Tessa zu tun?«

Falls es doch ein Traum war, begann er anstrengend zu werden.

»Dann lass mich doch mal ausreden, ohne ständig dazwischenzuquäken und alles moralisch infrage zu stellen, okay? Und lass uns vor allem im Zimmer reden und nicht hier draußen; ich trau in dieser Sache weder Gianna noch Paul über den Weg. Die schwenken noch größere Moralkeulen als du.«

»Na gut.« Ich stand auf und nahm es trotz der wachsenden Hitze hin, dass Tillmann die Balkontüren bis auf einen schmalen Spalt schloss. Wir setzten uns nebeneinander auf die kühlen Fliesen und lehnten unsere Rücken an die Wand, in der die Wärme leise knackte.

»Dann erzähl. Was für anderer Kram? Und warum?«

»LSD, Ecstasy, Speed … das Übliche eben, was man zur Bewusstseinserweiterung so einschmeißt.«

»Das Übliche? Dir ist aber schon klar, dass es Menschen gibt, die so etwas nicht nehmen und auch nicht brauchen?«

»Ellie … wenn du nicht sofort still bist, erzähle ich dir gar nichts mehr.«

»Ich kann nicht still sein! Ich war blind genug, ich hätte es wissen müssen …« Ich presste meine Hände an die Wangen und fuhr mir dann angestrengt durch die schweißfeuchten Haare. »Mensch, Tillmann, ich hab deinem Dad versprochen, dass wir auf dich aufpassen, was soll er denn sagen, wenn du zurückkommst und drogensüchtig bist?«

»Oh Mann, die kapiert es nie …«, knurrte Tillmann und legte kurz den Kopf auf seine Knie. Mit einem tiefen Atemzug brachte er sich wieder zur Räson. »Ich bin nicht drogensüchtig. Ich hab all die Sachen nur ein einziges Mal ausprobiert und …«

»Wie vor ein paar Tagen, als du so glasige Augen hattest, oder? Oder? Du hattest gar nicht mastur– … äh …« Ich schaute betont unbeteiligt aus der Balkontür. Ups. Verplappert.

»Du dachtest, ich hätte mir einen runtergeholt? Das denkst du von mir? Dass ich das Zimmer hier oben haben wollte, damit ich in Ruhe – ey, Ellie, das wird ja immer krasser …«

»Na ja, du bist ein Mann! Ohne Freundin! Du wolltest mich loshaben, brauchtest Luft zum Atmen, was sollte ich denn da denken?«

»Sind Männer das für dich – Masturbationsmaschinen?« Tillmann war offensichtlich ernsthaft beleidigt; etwas, was bei ihm ungefähr so oft vorkam, wie der Halleysche Komet über das Firmament kreiste.

»Neiiin«, widersprach ich gedehnt. »Natürlich hast du auch noch gelesen und geschlafen – obwohl du nicht schlafen kannst –, nachgedacht … nachgedacht? Und Drogen ausprobiert.«

»Drogen ausprobiert. Damit ich weiß, wie sie wirken. Das kann man sich nun mal nicht anlesen. Die synthetischen Drogen sind Mist, das hatte ich mir schon gedacht. Sie haben schon gute Effekte, aber ich glaube, sie fallen zu unecht aus, stören zu sehr unsere Körperchemie. Das könnte Tessa stutzig machen. Aber die Pilze … mit den Pilzen könnte es klappen …«

»Was?«, fragte ich entkräftet. »Was könnte klappen?«

»Künstliche Träume. Deine Idee! Du hast mich erst darauf gebracht, erinnerst du dich nicht?«

Oh doch. Ich erinnerte mich. Unser Saunatag im Wald. Ich hatte laut überlegt, ob es eine Möglichkeit gäbe, Träume zu kreieren, und den Gedanken im gleichen Atemzug wieder verworfen.

»Ich habe aber nichts von Drogen gesagt«, ermahnte ich Tillmann streng.

»Nee. Darauf kam ich, als ich dich angeschaut hab, wie du da am Baum gelehnt und über den Stamm gestrichen hast. War fast wie eine Vision. Und genau das ist die Lösung, genau das will ich tun. Ich möchte künstliche Träume erschaffen.« Tillmann drehte sich zu mir um, um mich anzusehen, Flammen in seinen mahagonifarbenen Augen und ein zarter Triumph in seinem Lächeln. »Ich werde Tessa täuschen. Wenn sie mir den Rausch nimmt, ist nichts verloren, denn ohne die Drogen wäre er ja nicht da, oder? Sie raubt etwas, was ich gar nicht verlieren kann, weil ich es normalerweise nicht hätte. Also kann sie mich nicht verwandeln. Wenn alles gut läuft, kann ich in diesem Moment wieder klar denken und das tun, was getan werden muss, und sie ist überrumpelt. Wir können sie damit in die Irre führen.«

Mein Mund klappte auf, als ich begriff, was er meinte. Es war ungewöhnlich, illegal und riskant – aber es barg eine bezwingende Logik. Sein Vorhaben war geradezu genial.

»Du bist ein verflucht schlaues Kerlchen, weißt du das?«, raunte ich, obwohl das Lob eigentlich zur Hälfte mir selbst gebühren musste. Tillmanns Grinsen übertrug sich auf mich. Auch meine Mundwinkel wanderten nach oben, während mein Hirn im Sekundentakt Gegenargumente produzierte.

»Ein Kerl, kein Kerlchen. Und übrigens ohne Schwielen an den Händen. Ich hatte anderes zu tun. Es ist nicht so leicht, diese Pilze zu züchten, ich musste die Saat in Holland besorgen, sie heil über die Grenze schmuggeln, zusammen mit dem anderen Kram. Und das alles mit meinem Vater am Steuer.«

»Dazu diente also euer Hollandurlaub … du Sack …«

»Och, am Meer war es auch ganz schön. Das Schlimmste war die Fahrt hierher. Ich hatte Angst, dass die Keimlinge zu viel Hitze abbekommen, das vertragen sie nicht. Und sie waren schon gewachsen. Geht bei der Wärme schnell. Außerdem wolltet ihr unbedingt durch die Schweiz fahren … wo an den Grenzen gerne mal kontrolliert wird …«

»Und wir alle im Knast gelandet wären, wenn sie es getan hätten. Mensch, Tillmann, du hast dir wirklich eine Tracht Prügel verdient. Du hättest uns einweihen müssen! Ich finde das nicht kollegial, wie du vorgehst. Erst ausschweigen, dann Vorträge halten. Das mag ich nicht, ehrlich nicht.«

Tillmann lachte auf. »Einweihen? Hättet ihr denn zugestimmt? Im Leben nicht. Du vielleicht, Gianna und Paul nicht. Aber auch dir hätte ich es nicht zugetraut.«

Trotz meines Ärgers schlich sich wieder ein Grinsen auf mein Gesicht, als ich die Puzzleteile ordentlich aneinanderfügte und endlich ein Bild daraus entstand. Tillmanns Umpackerei, seine Dauerabwesenheit, sein Wunsch, allein zu sein, seine glasigen Augen – er hatte sich selbst zum Versuchskaninchen umfunktioniert, um eine Lösung für unser Problem zu finden. Mich wurmte zwar, dass er es wieder einmal in Alleinregie durchgezogen hatte, doch gleichzeitig war ich froh, weil ich nun wusste, dass sein Verhalten nichts mit mir zu tun gehabt hatte. Zumindest nicht mit seiner Freundschaft mir gegenüber. Er hatte nur in aller Ruhe in seiner Hexenküche herumwerkeln wollen.

»Aber ist das nicht trotzdem zu riskant? Wie genau wirken die Pilze? Was weißt du über sie?«

»Es ist auf jeden Fall weniger riskant, als gar nichts zu tun und Tessa von mir selbst nehmen zu lassen. Irgendetwas wird sie haben wollen, denn sie hat es das letzte Mal nicht bekommen. Aber ich weiß nicht, ob ich mich noch einmal zurückhalten kann, und … und sie soll glauben, dass ich sie liebe. Irgendein Teil von mir tut das ja, das habe ich dir gesagt, doch mein Verstand wehrt sich dagegen. Und mein Verstand ist sehr stark.«

»Ja, das weiß ich«, entgegnete ich ruhig.

»Es ist ein Spagat, aber es kann hinhauen. Es wird eine Sache von Sekunden sein, ich muss zustechen, bevor die Wirkung völlig verflogen ist, denn es muss ja jemand tun, der sie liebt. Aber sie darf mich vorher auf keinen Fall verwandeln können. Deshalb der Rausch. Es gibt verschiedene Sorten von Psychopilzen, doch ihre

Wirkung ist ähnlich. Die mexikanischen Indianer nennen ihre Pilze das Fleisch Gottes und nehmen sie für ihre religiösen Rituale ein, sie achten sie als Geschenk der Natur und betrachten sie als heilig, ähnlich wie die nordamerikanischen Indianer ihre halluzinogenen Kakteen. Ich kann schlecht beschreiben, was sie auslösen, aber es ist … fantastisch. Mystisch. Als würden Träume wirklich werden, Träume, in denen alles möglich wird. Es muss unwiderstehlich schmecken für einen Mahr. Ich glaube nicht, dass Tessa den Unterschied erkennt. Schließlich ist es reine Natur, was wir uns da reinpfeifen …«

»Wir? Hast du eben wir gesagt?«

»Ja. Ich brauche einen Kopiloten, Ellie.« Tillmann sah mich ernst an. »Ich möchte dich als Kopiloten.«

»Kopilot? Kannst du mal deutsch reden? Ich kenne mich im Drogenslang nicht aus!« Und ich würde es sowieso nicht tun. Auf gar keinen Fall würde ich es tun. Tillmann sollte sich gefälligst alleine in andere Sphären beamen und dem Fleisch Gottes frönen. Ich hatte von klein auf eine immense Angst vor Drogen verspürt. Ich fand die Vorstellung, dass durch sie etwas Unberechenbares mit mir passierte und mir die Klarheit meiner Gedanken nahm, seit jeher unheimlich. Mir war stets schleierhaft gewesen, warum die Menschen sich freiwillig so etwas aussetzten und das auch noch unter der Gefahr, abhängig zu werden. Bewusstseinserweiterung? Mein Bewusstsein war mir erweitert genug. Mehr wollte ich gar nicht. Mehr würde ich nicht ertragen können. Ich hätte es lieber begrenzt anstatt erweitert.

»Kopilot bedeutet, dass man sich gemeinsam auf den Trip begibt. Das ist besser, als wenn man es allein tut. In unserer Situation trifft das doppelt und dreifach zu.«

»Warum?« Ich fragte mich, wozu ich mir das überhaupt anhören sollte. Ich würde nicht den Kopiloten spielen.

»Okay, pass auf … Ich will einen künstlichen und dennoch natürlichen Rausch erzeugen. Wenn ich mich allein in diesem Rausch befinde, bin ich isoliert. Alle nüchternen Menschen befinden sich außerhalb meines Radius. Ich nehme sie zwar noch wahr, aber sie dringen nicht mehr zu mir durch. Keine gemeinsame Basis. So wie ich dich einschätze, wird dein Rausch schwächer sein als meiner, weil deine Vernunft sich weniger gut ausschalten lässt. Außerdem liebst du Tessa nicht und hast sie nie geliebt. Du wirst dich rechtzeitig darauf besinnen, was wir eigentlich mit ihr tun wollten, und mich im Notfall daran erinnern können. Du hast es schon einmal geschafft …«

Ja, aber in einer komplett anderen Situation. In letzter Sekunde hatte Tillmann registriert, dass auch die menschliche Welt etwas Lohnenswertes an sich hatte, und auf mich gehört.

»Kann das nicht jemand anderes tun, den Kopilot spielen?«

Tillmann schnaubte abfällig. »Wer sollte das denn sein? Gianna? Oder etwa Paul? Ausgeschlossen. Gianna und Paul kommen für mich als Kopiloten nicht infrage. Und sonst haben wir niemanden. Bei Colin werden Drogen nicht wirken.«

»Aber ich hab Angst davor!«, versuchte ich das Unvermeidliche aufzuhalten. »Ich kann keine Drogen nehmen!«

»Das hast du doch schon. Freiwillig.«

Erstaunt blickte ich auf. Tillmann nickte.

»Ja, hast du, Ellie. Vor Colins Kampf mit Tessa, im Wald. Du hast anschließend sogar halluziniert!«

Verflucht, er hatte recht. Ich hatte Blüten von Nachtschattengewächsen zerrieben, mit Wasser und Erde vermischt und getrunken, ein widerliches Gebräu. Trotzdem konnte man diese Sache nicht mit dem vergleichen, was Tillmann mir nun abverlangen wollte.

»Das zählt nicht. Ich habe das gemacht, damit Tessa mich nicht bemerkt, und nicht, um high zu werden. Ich wusste doch gar nicht, dass die Blüten mich in einen Rausch versetzen würden! Mir war außerdem speiübel. Ich kann echt nicht begreifen, warum du ausgerechnet mich dabei brauchst.«

»Weil wir manchmal eine gemeinsame geistige Ebene haben. Es gibt Momente, in denen wir exakt das Gleiche sehen und spüren, Ellie. Und es passiert meistens dann, wenn du mal nicht ununterbrochen nachdenkst und grübelst. Du wirst es spüren können, wenn ich mich ihr zu sehr ergebe, bevor es sichtbar wird. Ich traue das nur dir zu. Niemand anderem. Weißt du noch, die Nacht in Hamburg, als wir getanzt haben? Wir hatten die gleiche Vision. Es hat keinen Unterschied mehr zwischen uns gegeben – bis auf den einen, dass deine Müdigkeit stärker als meine war. Vermutlich weil deine Trance schwächer ausfiel. Oder nimm den Abend im Wald, in meinem Schwitzzelt … den Moment, als François die Wand hochkroch … unsere Panik, nachdem wir Colin bei seinem Traumraub beobachtet haben …«

»Ich hab es verstanden«, unterbrach ich ihn murrig. Mir schmeichelte sogar, was er sagte. Ich hasste nur die Konsequenz, die daraus resultierte. »Was für Nebenwirkungen hat das Zeug eigentlich?«

»Keine Nebenwirkungen. Es gibt nur Wirkungen. Der Begriff ›Nebenwirkung‹ ist eine Erfindung der Pharmaindustrie. Ich werde dir nicht sagen, wie genau es wirkt und was passieren kann, weil du den Rausch sonst nicht mehr genießen kannst«, belehrte mich Tillmann. »Dann wirst du dir irgendwelche Begleiterscheinungen einbilden, bevor es überhaupt begonnen hat.«

»Ich werde es sowieso nicht genießen können. Ich kann es doch gar nicht mehr steuern!« Der Begriff »Pilot« war ein schlechter Witz. Niemand von uns würde eine Route vorgeben können, geschweige denn sie befolgen.

»Du widersprichst dir. Genießen bedeutet, etwas nicht mehr zu steuern. Wie machst du das denn beim Sex – denkst du da auch über alles tausendmal nach?«

Ich schwieg verlegen. Früher hatte ich das wirklich getan. Ich hatte schlichtweg nicht aufhören können zu denken. Mir war es sogar vorgekommen, als hätte ich noch mehr nachgedacht als ohne Fummeleien.

»Ellie, ich kann mir echt nicht vorstellen, dass Colin mit einer Frau Sex hat, die kein bisschen abschalten kann. Das muss ihm doch sämtlichen Appetit versauen. Mir würde es das übrigens auch.«

»Ja, okay«, nuschelte ich. »Bei ihm kann ich es.« Wir hatten zwar heute Nacht nicht miteinander geschlafen, waren uns aber sehr nahe gewesen. Das ein oder andere Hochgefühl hatten mir seine geschätzten siebzehn erfahrenen Hände verschafft. Und ich ihm mit meinen zwei unerfahrenen Händen anscheinend auch. Ohne dass ich es sofort analysiert und bewertet hätte.

»Dann betrachte es wie Sex. Lass dich darauf ein. Wir passen aufeinander auf, vertrau mir. Es ist Natur, sonst nichts. Kein synthetischer Kram. Du musst dich ihr nur ergeben. Das Gute und gleichzeitig Schlechte an einem Rausch ist, dass er irgendwann verfliegt. Vielleicht beruhigt dich das ja. Ich verlange es nicht von dir, aber … es ist sicherer. Für uns alle. Ich will kein Mahr werden, Ellie.«

»Ich auch nicht«, erwiderte ich mit dünner Stimme, obwohl es einiges leichter gemacht hätte.

»Wir können dabei Musik hören. Musik ist großartig, wenn man die Pilze genommen hat. Manchmal wird sie sogar farbig …«

Farbig? Das klang abenteuerlich. Von diesem Phänomen hatte ich schon gehört. Synästhesie. Es gab Menschen, die ganz ohne Drogen den Tönen, die sie hörten, Farben zuordnen konnten. Der Gedanke, vertrauten Klängen zu lauschen, während ich mich mit Tillmann auf einen Trip begab, besänftigte mich etwas.

»Moby? Können wir Moby hören?«

Tillmann verzog leidend sein Gesicht. »Von mir aus. Ist vielleicht gar nicht so schlecht dafür. Es darf nichts Lautes und Hektisches sein.«

Nein, das Album, das ich meinte, war nicht hektisch. Sondern Moby, wie ich ihn kannte und wie er meiner Meinung nach sein sollte.

Noch war das alles sowieso nicht greifbar. Wenn Gianna recht hatte, würde Tessa nicht kommen. Dann würden wir noch ein paar Tage warten und nach Hause fahren. Oder ich würde allein hierbleiben, mit Colin. Was Colin nicht dulden würde … Doch darüber wollte ich jetzt nicht nachdenken.

Fürs Erste war ich froh darüber, dass Tillmann mir nicht seine Freundschaft gekündigt hatte und mich in seine Pläne einbezog, wie er es angekündigt hatte. Wenn auch unter Druck.

Ich streckte meine Beine aus, bis meine Kniekehlen den Boden berührten. Ich hatte meine Waden beim vielen Nachdenken und Diskutieren völlig verkrampft. Wie von selbst rutschte mein Kopf gegen Tillmanns Schulter. Er zog sie nicht weg.

»Ich hab dich vermisst«, gestand ich widerwillig.

»Musste halt sein. Ich hab hier oben keine Partys gefeiert, Ellie. Aber ihr hättet mich das Zeug nicht ausprobieren lassen. Du bist schon beim Kokain in die Luft gegangen … ach, schon beim Haschisch …«

»Und jetzt kennst du alles, was? Gibt es eigentlich eine Droge, die glücklich macht?«, fragte ich wie nebenbei.

»Nein. Wenn man nicht glücklich oder zufrieden ist, können Drogen auch nicht glücklich machen. Ist meine Meinung. Bei mir funktioniert es jedenfalls nicht«, stellte Tillmann in nüchternem Ton fest. »Glücklich müsst ihr schon von alleine werden.«

Ja, das mussten wir wohl. Ich konnte das Glück nicht beschwören zu kommen. Ich wusste ja nicht einmal genau, was Glück eigentlich war. Woraus es sich zusammensetzte, welche Komponenten es unweigerlich brauchte.

Jetzt zum Beispiel gab es sachlich betrachtet keinen Grund, glücklich zu sein. Colin hatte erneut nicht mit mir geschlafen, er war nachts aus meinem Bett geflüchtet, Gianna hatte ihn nackt gesehen und glaubte nicht mehr an unsere Beziehung, ich hatte wieder einmal Kopfschmerzen, Tillmann hatte den ganzen bisherigen Urlaub lang Drogen genommen, ich sollte sogar zusammen mit ihm Drogen nehmen, obwohl ich mich davor fürchtete wie vor kaum etwas anderem … Eine lange Liste an Glücksblockern.

Und doch fühlte ich mich für einen Moment lang so zufrieden und gelöst wie lange nicht mehr.

Glück war es nicht. Aber es gab plötzlich wieder eine Zukunft.

Der goldene Augenblick

»Fuori!«, rief Gianna triumphierend und hechtete dem davonrollenden Volleyball hinterher. »Der ist im Aus!«

Ich streckte Paul und Tillmann die Zunge raus. Geschah ihnen recht. Der nächste Punkt würde an uns gehen. Die sollten bloß nicht glauben, uns mit ihren geschnittenen Aufschlägen und brutalen Schmetterbällen beeindrucken zu können. Paul wackelte nur lasziv mit den Hüften, während Tillmann gewohnt breit grinste.

»Teambesprechung«, raunte ich Gianna zu, als sie mir den sandigen Ball in die Hand drücken wollte. »Wir brauchen eine neue Taktik.«

Wir wandten den Jungs unsere Hintern zu. Ich wusste genau, dass sie draufglotzten; wir trugen nur knappe Bikinis. Aber das zählte für mich bereits zur neuen Taktik. Mit Technik konnten wir offenbar nicht gewinnen. Also mussten wir es mit anderen Tricks versuchen.

Normalerweise spielten Tillmann und ich gegen Paul und Gianna. Das klappte ganz gut und war eine ausgeglichene Angelegenheit, denn ich war besser als Gianna und Paul war besser als Tillmann. Paul hatte zwar keine Kondition, aber ein sagenhaftes Ballgefühl. Genau das ließ Gianna und mich jetzt in die Blamage schlittern. Wir waren den beiden nicht gewachsen. Nicht mit normalen Spielmethoden.

»Was schlägst du vor?«, fragte Gianna flüsternd.

»Eierball statt Volleyball.«

»Waaas? Eierball?« Gianna begann zu kichern und auch ich fing wieder an zu lachen. Mein Zwerchfell schmerzte bereits. Ich wusste nicht, woran genau es lag, aber ich benahm mich, als hätte ich einen Schwips. Wir alle benahmen uns so. Vielleicht hing es mit dem Wetter zusammen. Die Luft war klarer und reiner als sonst und vor allem hatte der Wind kräftig zugelegt. Zum ersten Mal verwöhnte uns das Ionische Meer mit einer stürmischen Brandung und ich liebte es dafür, weil seine schaumbedeckten Brecher mich morgens von meinen Kopfschmerzen befreit hatten. Ich hatte nur zehn Minuten in den Wellen gestanden und es hatte ausgereicht, um mich wie neugeboren zu fühlen, weil die Wogen mich am ganzen Körper massierten. Ich vermisste Colin schmerzlich, doch solange er nicht da war, erwartete niemand von mir, glücklich zu werden, und noch weniger erwarteten wir Tessa. Ich wollte mich mit diesen Gedanken nicht belasten, nicht heute, wo die anderen vor guter Laune und Energie schier platzten. Außerdem gehörte das Meer uns allein. Die wenigen Italiener, die sich zu solch stürmischen Zeiten an den Strand gewagt hatten, streckten nicht mal den kleinen Zeh in die Brandung. Die Wellen könnten ja Medusen anspülen.

Das hatten sie tatsächlich. Ich war trotz der Dünung weit hinausgeschwommen und hatte ein stattliches Exemplar entdeckt, ein paar Meter vor mir. Ich tauchte sofort unter, um die Qualle beobachten zu können. Mittlerweile machte es mir nichts mehr aus, im Salzwasser die Augen zu öffnen, obwohl ich in den ersten Sekunden jedes Mal den Reflex verspürte, zu blinzeln oder zurück an die Oberfläche zu steigen. Aber die Qualle war so schön, dass ich sie mir ansehen musste. Immer wieder tauchte ich auf, holte Luft und ließ mich erneut hinabgleiten, um bei ihr zu sein, ganz nah bei ihr. Ihre Tentakel verursachten hässliche, entzündliche Brandwunden, die einem tagelang das Leben schwer machten, doch warum sollte sie mich mit ihnen streifen? Es gab keinen Grund dazu. Außerdem fühlte sich mein Körper heute so geschmeidig und kraftvoll an, dass ich mir zutraute, ihnen rechtzeitig ausweichen zu können.

Ihre geisterhaft elegante Ästhetik rührte mich. Am Strand, wenn der Sturm sie versehentlich an Land gespült hatte, waren Quallen unansehnliche, glibberige Schleimhaufen. Doch hier, in ihrem Element, zeigte die *medusa* sich mir als ein Wunderwerk der Evolution, das mich mit Neid und Ehrfurcht erfüllte. Sie schillerte rot, lila und blau in den Sonnenstrahlen, die durch die Wasseroberfläche brachen, und ihre Bewegungen blieben stets anmutig und sanft, waren niemals unkontrolliert oder gar aggressiv. Ich hatte beinahe das Gefühl, dass sie mich ansah und ihr tanzendes, gemächliches Pulsieren sich in meinen Blutbahnen verankerte, friedlich gestimmt durch die ewigen Mächte der Ozeane.

Nachdem ich mich von ihr verabschiedet hatte und von den Wellen zurück an den Strand hatte spülen lassen, waren kindische Blödeleien zwischen Paul, Tillmann, Gianna und mir losgebrochen und nur während der Siesta kurz abgerissen. Dieser Tag war ein Geschenk, das man nutzen musste. Schon am Abend sollte der Wind drehen und heißer werden, feinen roten Sand mit sich bringen – Wüstenwind. *Scirocco.* Ich liebte es, diesen Namen zu hören und auszusprechen. Scirocco. Das klang ein bisschen gefährlich, aufregend, schnittig. Laut Gianna würde es dann unmöglich sein, Volleyball zu spielen. Bei Scirocco wäre selbst Stricken Hochleistungssport. Doch jetzt konnten wir noch Sport treiben – oder wenigstens so etwas Ähnliches wie Sport.

»Genau. Wir spielen Eierball. Wir versuchen gar nicht mehr, echte Punkte zu machen«, erklärte ich Gianna stolz meine neue Taktik. »Wir zielen nur noch auf ihr Gemächt. Dann haben wir wenigstens Spaß, während wir verlieren. Oder wir gewinnen sogar!«

Gianna gluckste auf und zwinkerte mir begeistert zu. »Könnte klappen … Okay, weiter geht's!«

Wir richteten uns auf und strichen uns aufreizend langsam den Sand von den Pobacken. Erst dann drehten wir uns wieder zu den Jungs um, die uns anglotzten wie Kühe beim Donnern. »Ellie schlägt auf!«

Ich stellte mich in Position und überlegte, wen es als Erstes treffen sollte. Diese Entscheidung war schnell gefallen. Tillmann. Als Strafe. Ja, Tillmann musste bestraft werden. Für seine Egotrips, seine taktlose Klappe, seine Lehrervorträge. Für alles. Ich musste innehalten, um nicht laut loszulachen. Dann wurde ich wieder ernst und starrte drohend auf seine Badehose. Tillmann begann unruhig zu tänzeln, als würde er ahnen, was ich vorhatte. Doch mein Aufschlag saß. Bevor Tillmann seine Arme nach vorne ziehen konnte, um seine Hoden zu schützen, prallte der Ball mit einem satten Blopp zwischen seine Beine und rollte ins Aus. Kreischend schlugen Gianna und ich ein. Nun war es Gianna, die sich mit Argusaugen Pauls Intimbereich zuwandte.

Doch nur wenige Minuten später – nach drei weiteren gelungenen Tieffliegern – dämmerte den Jungs etwas und Paul schlug plötzlich einen Haken, um zu unseren nassen Handtüchern zu sprinten.

»Was hat er denn jetzt vor?«, fragte Gianna atemlos, denn wie ich steckte sie gerade mitten in einem Lachflash. Es sah einfach zu komisch aus, wie Tillmann und Paul versuchten, unseren Bällen auszuweichen. »Oh nein … nein … lauf, Ellie!«

Zu spät. Schon hatte das feuchte, sandige Frottee meine Waden getroffen. Ich kniff Paul in seinen Bauchspeck, doch er hörte nicht auf, mich mit dem Handtuch zu verprügeln, was mich wahlweise noch schlimmer zum Lachen oder aber zu schrillen Protestrufen nötigte. Neben uns gurgelte Tillmann, dem Gianna gerade in purer Notwehr eine Ladung feuchten Sand in den Mund gestopft hatte.

Ich hatte derweil endlich Pauls kitzlige Stelle gefunden, nicht unter den Achselhöhlen, sondern in den Kniekehlen, und befreite mich, um meinerseits ein Handtuch zu holen und brüllend auf ihn einzuschlagen. Eine Weile ging das hin und her, bis ich merkte, dass Paul die Oberhand gewann. In einem günstigen Moment wich ich ihm blitzschnell aus und Gianna und ich ergriffen die Flucht. Paul folgte uns, während Tillmann fluchend und spuckend in der Brandung liegen blieb. Der hatte erst einmal andere Sorgen.

Doch Gianna und ich schafften es nicht, Paul abzuhängen. Er jagte uns wie ein blutrünstiger Stier. Immer wieder schoss heiße Luft in meinen Nacken, weil er versuchte, mich im Lauf mit dem Handtuch zu erwischen. Und es war verdammt schwierig, Kurven zu rennen, wenn man vor lauter Lachen kaum Luft bekam.

Das Haus erschien mir wie eine rettende Festung. Wenn ich nicht bald aufhören würde zu lachen, würde ich Schluckauf bekommen und der konnte Stunden anhalten. Nach Luft schnappend schloss ich die Tür auf, während Paul begann, Gianna durchzukitzeln.

»Mamma mia! Stopp, Auszeit …« Schwer atmend stützte sich Gianna an die Wand im schmalen Flur und hob abwehrend die linke Hand. »Sonst kriegst du Sexverbot, Paul, ich meine das ernst! Ich kann nicht mehr!«

Paul zögerte sichtlich. Gianna mochte ja klein beigeben, aber ich war noch nicht bereit für einen Waffenstillstand. Drohend hob ich mein feuchtes Handtuch an und tat so, als wolle ich es über dem Kopf kreisen lassen. Der nasse Sand, der überall in den feinen Schlingen des Frottee klebte und unsere Handtücher in Geschosse verwandelte, rieselte knisternd auf die Fliesen.

»Schwesterchen, ich warne dich.« Pauls stahlblauer Blick verfing sich schalkhaft in meinem. »Du hast nicht die geringste Chance gegen mich. Außerdem muss ich sowieso kacken.«

Mit zwei übertrieben tuckigen Sprüngen hüpfte er zur Badezimmertür. Ich warf ihm das Handtuch hinterher, doch es streifte nur noch seinen Hintern.

»Oh Goooott …«, seufzte Gianna. »Guck mal, wie ich aussehe! Aua! Und wieso muss Paul eigentlich immer so grob daherreden? Kann er nicht sagen, dass er aufs Klo muss, wie alle anderen Menschen? Oder auf Toilette?«

»Paul kennt das Wort ›Toilette‹ nicht. Ich glaub, er hat es noch nie benutzt.«

Kichernd beäugten wir uns. Die sandigen Handtücher hatten rote Striemen auf unseren Oberschenkeln und Armen hinterlassen und Paul sah bestimmt nicht besser aus. Doch am meisten freute mich, dass er bisher nicht schlappgemacht hatte. Sein Atem hatte eben nicht einmal gerasselt. Es ging ihm besser, endlich!

»Los, lass uns unter die Dusche springen. Und dann denken wir uns einen Racheplan aus.«

Ich nickte nur, unfähig zu sprechen. Ja, dieser Nachmittag war noch lange nicht vorüber. Die Jungs sollten uns kennenlernen. Gemeinsam begaben Gianna und ich uns unter die Gartendusche, deren nachmittägliches Rinnsal kaum ausreichte, um uns den Sand vom Körper zu spülen. Hoffentlich wurde bald wieder das Wasser angestellt. Danach hängte ich die Handtücher zum Trocknen auf und Gianna huschte in die Küche, um uns einen Drink zu machen.

Der Garten lag bereits größtenteils im Schatten, was die Zikaden in ihrem stetigen Kreischen nicht aufhalten konnte. Bis zum Abend würden sie noch eine Schippe drauflegen, bevor ihre Konzertzeit beendet war und die Grillen übernahmen. Deshalb hörte ich nicht sofort, dass wir Gesellschaft bekamen, als ich auf dem kleinen Absatz vor der Küchentür stand, mich mit der Hüfte ans Geländer lehnte und meine langen, nassen Haare auswrang.

»Madame …« Colin tippte sich ehrerbietig, aber nicht minder spöttisch an die Stirn und führte Louis zum Stall, wo er ihn festband und sich daranmachte, den Gartenschlauch an den Wasserkanister anzuschließen, den er in den Nachtstunden gefüllt hatte, um sein Pferd jederzeit tränken und kühlen zu können.

»Wir haben Besu-huch!«, flötete ich zu Gianna in die Küche, die gerade die kleine MP3-Stereoanlage lauter stellte. Denn es lief *Welcome Home* von Radical Face, der Song aus der Werbung, in den wir uns alle verliebt hatten und der mich in diesen Tagen als Ohrwurm in den Schlaf begleitete. Laut trällerte Gianna den Refrain mit, und ohne es zu wollen, stimmte ich ein. Gianna hatte lange nicht mehr gesungen. Ich hörte ihr gerne dabei zu.

Mit wiegenden Hüften trat sie zu mir, in der Hand zwei leere Gläser, um zu sehen, wer uns mit seiner Anwesenheit beehrte.

»Ooooh, unser Stallbursche ist da!« Gackernd lehnte Gianna sich neben mich an das Geländer, wo wir mit wogendem Puls stehen blieben und Colin dabei beobachteten, wie er den Schlauch nahm, das Wasser anstellte und Louis abzuduschen begann – eine Zeremonie, der Louis immer noch mit Skepsis begegnete, auf der Colin jedoch bestand, da ein Friese seiner Meinung nach nicht für diese hohen Temperaturen konzipiert war.

Nervös tänzelte Louis auf der Stelle, schwenkte sein mächtiges Hinterteil hin und her und schüttelte seine lange, wellige Mähne, während Colin den Wasserstrahl ruhig über seine muskulösen Fesseln wandern ließ. Einen Moment lang sah es aus, als stamme der üppige Wasserstrahl nicht vom Schlauch, sondern von Colin selbst, und Gianna und ich kreischten pubertär auf. Colin schüttelte fast unmerklich den Kopf. Ja, ja, die blöden Weiber.

»Weißt du, woran mich diese Szene erinnert?«, fragte Gianna. »An diese alberne Werbung, in der die zwei Schickimickitussen auf der Terrasse ihres Anwesens sitzen, Sekt trinken und einem aalglatten Typen zusehen, der gerade sein Pferd striegelt … Weißt du, welchen Spot ich meine? Das ist genau wie hier! Wir brauchen Sekt, Elisa!«

Schon flitzte sie auf klappernden Sohlen in die Küche zurück. »Prosecco!«

»Nein, davon krieg ich Kopfweh! Was anderes!«

»Hmmm … Campari? Mit Zuckerrand?« Das war Pauls Erfindung. Er benetzte die Ränder der Gläser mit Zitronensaft und drückte sie in Zucker. Ich liebte Zuckerränder. Wir alle liebten sie. Trotzdem wäre Alkohol jetzt Gift für mich gewesen.

»Für mich irgendetwas ohne Stoff … Haben wir noch bitterini?«

Bitterini waren kleine Fläschchen mit einer roten Flüssigkeit, die nach Alkohol schmeckte, aber keinen enthielt. Eine Art Aperitif für abstinente Trinker.

»Allora, due bitterini!«

Eine Minute später stießen Gianna und ich klirrend an. *Bitterini* mit Zuckerrand. Das Leben war gut zu uns.

»Du, soweit ich mich erinnere«, bemerkte Gianna betont laut, obwohl Colin sicherlich auch dann noch alles hören konnte, wenn wir miteinander flüsterten, »hatte der Stallbursche in der Werbung kein Hemd an.«

Colin drehte uns ungerührt seinen Rücken zu. Wie immer trug er eine dunkle, schmale Hose und eines seiner maroden Leinenhemden. Die Hitze störte ihn schließlich nicht. Anscheinend liebte er es bedeckt. Zu bedeckt für unseren Geschmack.

Zieh es aus, dachte ich fordernd und grinste siegessicher, als Colin sich mit einer bestrickend vornehmen, aber maskulinen Bewegung zu uns herumdrehte und lässig an seinem Hemdkragen zog, sodass die Knöpfe aufsprangen und er sich den verwaschenen Stoff von seinen nackten Schultern streifen konnte. Die Belustigung in seinem grün-braun sprühenden Blick ließ unsere gedämpften Begeisterungsschreie nicht minder selig ausfallen. Er spielte mit uns. Louis schnaubte empört, als wäre er eifersüchtig. Wahrscheinlich war er das sogar. Colin wandte sich ihm wieder zu, nahm das Schweißmesser und zog es mit geübten, kräftigen Bewegungen über sein triefendes Ebenholzfell. Fontänen aus Tausenden winzigen Tröpfchen stiegen auf und glitzerten im schwindenden Sonnenlicht, bevor sie sich auf Colins nackten Rücken legten und sofort verdampften, obwohl seine Haut kühl war. Das Wasser blieb nie lange bei ihm.

Giannas und meine Albernheit wich stillem Staunen. Das hier war ein perfekter Augenblick, ein goldener Augenblick. Ich wagte nicht, mich zu rühren, und Gianna schien es ebenso zu gehen. Reglos standen wir am Geländer, unsere weit geöffneten Augen auf diesen einen Mann und sein Pferd gerichtet, die beide so schön und eigenartig zugleich waren, ein launischer Unfall der Natur; in ihrem eigenen, begrenzten Kosmos ohne jeden Makel – Furcht einflößend, aber auch so unwiderstehlich und über jeden Zweifel erhaben, dass wir die Luft anhielten, um die Zeit an ihrem unaufhörlichen Fortschreiten zu hindern und ja nichts zu verändern. Alles musste so bleiben, wie es war.

Ich liebe dich, dachte ich und es jagte mir keinen Schrecken und auch keine Eifersucht ein, als ich spürte, es nicht alleine gedacht zu haben. Wir dachten es beide, Gianna und ich, jede auf ihre eigene Weise; denn es war der einzige Gedanke, den diese verzauberten Sekunden zuließen. Colin hatte uns in seine Welt gelassen. Er hielt einen Atemzug inne, dann holte er erneut aus, um über Louis' nasses Fell zu streichen, dieses Mal aber nachdrücklicher und feinfühliger.

»Ich liebe euch auch, ihr unseligen Weibsbilder«, drang seine samtige Stimme in meinen Kopf.

Mit einem Schlag, als wären sie mitten in ihrer ewig gleichen, monotonen Bewegung von einer Seuche dahingerafft worden, verstummten die Zikaden. Louis wieherte schrill, ein panisches Kreischen in der plötzlichen, lähmenden Stille. Klappernd fiel das Schweißmesser auf die Pflastersteine. Der Wind drehte von einer

Sekunde auf die andere und wirbelte das Heu in einem heißen, ungesunden Schwall durch die Luft. Louis' Augen verdrehten sich, bis man das Weiße in ihnen sehen konnte. Selbst Colin musste geduckt seinen schweren Hufen ausweichen, als der Hengst sich auf seine Hinterbeine erhob und die Vorderläufe durch die Luft wirbeln ließ. Sein Strick wurde zum Zerreißen gespannt, schnitt dabei tief in seinen Hals, doch der Schmerz konnte seine Raserei nicht mäßigen.

Auch Gianna war das Glas aus den Händen gerutscht und vor ihren nackten Füßen zerplatzt. In einer schaumigen roten Lache ergoss sich das Getränk über den Steinboden. Sofort wuselten Termiten aus seinen Fugen, um sich an der blutig schimmernden Flüssigkeit zu laben, eine schwarze Armee, die über unsere Füße wimmelte und ein stechendes Prickeln auf unserer Haut hinterließ.

Die Zikaden setzten ihr Lied fort, leiser, gespenstischer, in schrägen, misstönenden Harmonien, als würden sie nicht für sich, sondern für jemand anderen singen. Sie spielten zu unserem Todestanz auf.

Während Colin erbittert mit Louis kämpfte und ihn zu beruhigen versuchte, drehte Gianna sich zu mir um, die Hand auf ihren Bauch gepresst, das Gesicht kreidebleich. Sie rang darum zu sprechen, vielleicht dachte sie, wenn wir miteinander redeten, würde der Spuk sich auflösen und alles wieder so sein wie vorher.

Doch sie schaffte es nicht. Stattdessen beugte sie sich würgend über die Brüstung und übergab sich ins Rosenbeet. Mit energischen Schritten kam Colin zu uns und nahm mich zur Seite, ohne sich um die kotzende Gianna zu kümmern.

»So, mein Fräulein, jetzt hast du ja erreicht, was du wolltest. Gratulation. Ihr beide geht ins Haus und dort bleibt ihr auch, verstanden? Sobald ich den Stall verbarrikadiert habe und Louis in Sicherheit ist, bringe ich euch weg und dann …«

»Das wirst du nicht! Colin, nein …«

Ich wand meinen Arm mit einer einzigen kratzbürstigen Bewegung aus seinen kühlen Fingern, die sich wie Klauen anfühlten. Colin trat einen lautlosen Schritt auf mich zu, bis mein Gesicht in seinem Schatten lag. Es kam mir vor, als habe die Welt sich verdunkelt. Vielleicht hatte sie sich das sogar.

»Elisabeth, du glaubst doch nicht im Ernst, ich lasse dich und deine Freunde gegen Tessa antreten? Ich habe deiner Mutter versprochen, dich nach Hause zu bringen, sobald du in Gefahr gerätst, und nun ist dieser Zeitpunkt gekommen.«

»Meine Mutter? Ich bin erwachsen, meine Mutter hat mir nichts mehr zu befehlen und du mir auch nicht!« Er hatte sich mit meiner Mutter abgestimmt? Das war ja ungeheuerlich. Und es erklärte, warum sie uns ohne großartige Gegenwehr hatte ziehen lassen. Colin hatte dahintergesteckt!

»Du leidest unter Hybris, das habe ich dir schon einmal gesagt. Tessa ist mein Schicksal, mein Fluch, und ich dulde nicht, dass andere sich dem Tod aussetzen, indem sie sich einmischen.«

»Ach, darum geht es hier also?«, fauchte ich. »Um männlichen Stolz, ja? Falls du es vergessen hast: Ich habe auch meinen Stolz!«

Wendig schwang ich mich auf das Geländer, sprang hinunter und rannte auf den tänzelnden und steigenden Louis zu. Natürlich hätte Colin mich aufhalten können, er hatte weitaus bessere Reaktionen als ich und Schwerkraft und Zeit zählten für ihn nicht, doch er tat es nicht, weil ich dabei gestürzt wäre oder mir wehgetan hätte. Das war mein Vorteil. Den musste ich nutzen.

Obwohl sich meine alte Angst vor Louis angesichts seiner fliegenden Hufe und seines wilden Tanzes um die eigene Achse in ungeahnte Höhen schraubte, lief ich an ihm vorbei und drückte mich in den kleinen Spalt zwischen ihm und dem Stall. Ich hatte mich selbst eingekesselt. Ich hob meine Hände und krümmte meine Finger zu Raubtierkrallen, die ich in drohenden Bewegungen durch die Luft kreisen ließ. Pferde fürchteten Raubtiere, aber Louis liebte Colin und fühlte sich bei ihm und bei seinem Stall in Sicherheit. Außerdem wollte er ihn verteidigen. Er würde hier weiterhin den Affen machen und seine Hufe würden mein Leben gefährden, wenn Colin versuchen würde, mich dort hinten herauszuholen. Das hoffte ich jedenfalls.

Colin näherte sich uns lautlos und bedächtig, aber ich konnte den Zorn in seinen Augen tosen sehen. Obwohl es noch hell war, hatte sich ihre Iris schwarz verfärbt. So wütend hatte ich ihn selten erlebt, vielleicht sogar noch nie.

Louis reagierte, wie ich es erhofft hatte. Er wollte seinen Herrn vor mir beschützen und fürchtete sich gleichzeitig vor mir, sodass er meine eigene innere Aufruhr gar nicht bemerkte. Oder aber sie peitschte ihn zusätzlich auf. Seine Ohren lagen so eng an, dass man sie nicht mehr sehen konnte, und immer wieder streckte er den Kopf in einer seltsamen Krümmung seines Halses nach vorne und schnappte in die Luft, wobei er mich eher an eine Hyäne erinnerte als an ein Pferd. Seine Hufe ließen den Boden erzittern. Er setzte in fliegendem Wechsel ein, was seine Natur ihm an Verteidigungsstrategien zur Verfügung stellte, und es blieb nicht ohne Wirkung. Mein Fluchtinstinkt trieb mich mit aller Macht von ihm weg, doch obwohl ich fest überzeugt war, in den nächsten Sekunden von Louis' Hufen getroffen zu werden, gab ich ihm nicht nach.

»Komm da raus, Elisabeth. Sofort.«

»Nein!«, schrie ich. »Tillmann und ich haben eine Idee und wir werden diese Idee durchführen, denn sie kann funktionieren, und du wirst …«

»Komm jetzt zu mir oder …« Colin hatte seine Hand erhoben, ließ sie aber sofort wieder sinken, da Louis erneut zu steigen begann. Colin wirkte nicht nur wütend dabei, sondern auch ratlos und verzweifelt. Gut so. »Ellie, komm da raus, in Gottes Namen, ich habe mir geschworen, dir keine Gewalt mehr anzutun, und das werde ich auch nicht, deshalb musst du jetzt ausnahmsweise auf mich hören! Wenn ich zu dir komme, wird er dich beißen oder treten!«

Colin legte sämtliche hypnotische Kraft, die ihm als Mahr eigen war, in seine Stimme und der Zauber war mächtig. Doch ich war es auch. So kurz vor dem Ziel würde ich mir den Sieg nicht aus den Händen nehmen lassen, auch wenn die Verlockung, es zu tun, stark war. Tessa würde kommen, ob wir hier im Haus blieben oder nicht. Sie würde ihn finden. Es sei denn, er floh erneut. Aber die ewige Flucht war er leid. Also würde Colin das tun, was er schon einmal getan hatte. Mit ihr kämpfen. Aussichtslos kämpfen, denn er war schwächer, da nützten ihm auch all sein Karate und seine meditative Energie nicht. Oder er würde sich gleich von ihr töten lassen. Beides würde ich nicht akzeptieren.

Doch Colin war ebenfalls stur. Mit einer geschickten Wendung duckte er sich unter Louis' wirbelnden Beinen an ihm vorbei und versuchte, ihn durch ein melodisches Brummen zum Stehen zu bringen. Louis reagierte nicht sofort. Seine Hufe trafen Colin an der Schulter, am Rücken, im Bauch. Wie damals Alishas Hufe. Louis konnte keine Narben mehr hinterlassen und trotzdem musste es Colin Schmerzen bereiten, von seinem eigenen Pferd getreten zu werden. Aber ich konnte mir jetzt keine Sentimentalitäten leisten.

Ohne mich zu berühren, stellte Colin sich vor mich, so nah, dass ich meine leuchtenden Augen in den schwarzen Spiegeln seines funkelnden Blickes sehen konnte und mich rücklings an den Schuppen lehnen musste. Erbittert stemmte ich mich gegen den Wunsch zu gähnen, meine Lider herabfallen zu lassen und an Colins Schulter zu sinken, um lange und fest zu schlafen.

»Tu es nicht, Colin. Auch das ist Gewalt. Oder zählt seelische Gewalt nicht? Ich finde schon, dass sie das tut. Beherrsche dich.« Die

Müdigkeit ließ ein wenig nach. »Wenn du mit ihr kämpfst, werde ich mich einmischen. Dabei sterbe ich, das weißt du.«

»Ich werde sie in den Wald locken, Ellie, ich werde es nicht hier tun …«

»Ja, aber dir ist hoffentlich klar, dass sie immer zuerst dorthin kommt, wo du glücklich warst. Und das war hier, in diesem Garten, oder? Wo Louis steht. Dein Pferd. Das dabei war, als wir glücklich waren. Sie wird über alles herfallen, auch über ihn … und ich werde dabei sein … Nur unter gröbster Gewalt kannst du mich davon abhalten.«

»Elisabeth …«

»Nein, Colin. Dieses Mal hast du keine Chance. Du musst mich schon töten oder verprügeln, um mich aufzuhalten, und die anderen übrigens auch.«

Das war eine dreiste Lüge. Gianna war lediglich zu schwach zum Fliehen, sonst wäre sie längst davongestürmt. Noch immer wurde sie von Magenkrämpfen geschüttelt. Aber Paul …

»Auch mein Bruder hat seinen Stolz. Er leidet darunter, dass er in Passivität verfallen ist und sich nicht selbst seinem Dämon stellen konnte. Er wird mir beistehen wollen und er will sich das alles ganz bestimmt nicht von dir nehmen lassen, wo du es doch warst, der mich so schlecht behandelt hat … Wenn du dich töten lässt und ich mein Leben lang unglücklich bin, wird er dich ebenso hassen, wie wenn ich dabei draufgehe, weil ich mich Tessa entgegenstelle, alle werden dich hassen und …«

»Genug jetzt!« Zornig hieb Colin seine Faust gegen den Schuppen, direkt neben meinem Ohr. Ich zuckte nicht mit der Wimper. »Du hast gewonnen, du kleine erpresserische Schlange. Gott, Ellie, du hast gar keine Angst, oder? Du hast keine Angst … Du musst vollkommen wahnsinnig sein.«

Colins Zorn wurde für einen Moment von Verblüffung verdrängt, als er spürte, was auch mir ein wenig spanisch vorkam. Ich hatte keine Angst. Und das wiederum musste mir Angst machen … Tat es aber nicht. Ich freute mich nicht auf das, was passieren würde, doch ich wollte es mir auch nicht nehmen lassen. Mich wunderte nur, dass ich es tatsächlich geschafft hatte, einen Mahr von seiner Meinung abzubringen.

»Schön, dass du es einsiehst. Wenn du nicht kämpfst, muss ich mich nicht einmischen und dann sieht sie mich vielleicht gar nicht. Versprich mir, dass du nicht kämpfst. Du schützt uns damit!«

Colin schüttelte stöhnend den Kopf, aber es sah nicht wie ein Verneinen aus, sondern wie Resignation. Ich interpretierte sein Schweigen als ein Ja.

»Wie lange noch?«, fragte ich gefasst. »Wie viel Zeit bleibt uns?«

»Ein paar Stunden. Sie ist schnell. Schneller als sonst. Ich denke, dass sie kurz nach Sonnenuntergang hier sein wird.«

Colin küsste mich besitzergreifend, fast strafend, aber nicht ohne Sorge und Zärtlichkeit. Auf einmal kam ich mir schwach und klein vor.

»Lass uns trotzdem nicht allein, geh nicht weg!«

»Ich bleibe hier, natürlich bleibe ich. Ich habe euch das doch alles eingebrockt. Ich werde mich zum Meditieren in den Stall zu Louis zurückziehen. Ich werde rechtzeitig bei euch sein, sobald sie sich nähert. Aber sollte es ausarten, packe ich euch und bringe euch weg, das kannst du mir nicht verbieten.«

Noch einmal küsste er mich, dann zog er Louis, der während unseres Gesprächs ruhiger geworden war, an der Mähne zur Seite und gab mir den Weg frei. Auf wackligen Knien lief ich durch den feurig heißen Wind zu Gianna zurück. Sie umklammerte immer noch das Geländer, hatte aber aufgehört zu würgen. Bevor ich an die Treppe gelangt war, trat Paul aus der Küchentür. Auch er sah blass aus.

»Was ist mit Gianna? Gianna, ist alles okay? Vielleicht haben wir was Falsches gegessen oder einen Sonnenstich, ich hab auch auf einmal Bauchkrämpfe bekommen, als ich auf dem Klo saß …«

»Nein!«, krächzte Gianna kehlig. »Nein, Paul, Tessa kommt! Sie kommt! Ich hab sie angelockt! Ich hab sie angelockt, weil ich … weil ich … oh Gott, ich hab gedacht, dass ich Colin liebe, einfach so, nicht wie du denkst, Paul, sondern anders … wie einen Freund, ich schwöre es, so wie man seine Katze liebt oder einen besonders schönen Abend oder den Mond oder …«

»Gianna, krieg dich wieder ein«, unterbrach ich sie bittend. »Ich hab das Gleiche gedacht und Colin hat es ebenfalls gedacht und das war zu viel für Tessa, das duldet sie nicht. Es war eine Überdosis. Ja, sie kommt, sie ist schon unterwegs.«

»Padre nostro«, flüsterte Gianna weinend und sank zu Boden, mitten in die Bitterino-Lache und das Gewimmel der Termiten, die sich sekündlich zu vermehren schienen. »Sie wird uns alle töten … Wir wissen doch gar nicht, was wir tun sollen.«

Ihre sonst so lebendigen Augen bekamen einen starren Glanz und ihre Lippen verfärbten sich bläulich, während ihr ganzer Körper in einem Krampfanfall geschüttelt wurde. Ich griff nach ihrer Hand, um sie zusammen mit Paul aus den Termiten zu ziehen. Kalter Schweiß lag auf ihrer Haut und verströmte einen scharfen, beißenden Geruch. Ihr Gewicht fühlte sich tonnenschwer an. Ununterbrochen wimmerte sie vor sich hin, während Paul und ich sie mit vereinten Kräften ins Schlafzimmer schleppten.

»Schock«, fasste Paul ihre Symptome in einem Wort zusammen, und obwohl auch er leicht zitterte und nach wie vor sehr blass war, wirkte er erstaunlich kaltblütig auf mich. »Ich werde ihr ein Beruhigungsmittel geben. Ich habe Valium mitgenommen.«

»Nein! Nein, kein Valium!«

Paul hob fragend den Kopf, während er Gianna routiniert den Puls maß. Ihr Kopf war zur Seite gekippt und sie heulte ohne Tränen. Unzusammenhängend stammelte sie vor sich hin, ein heilloses Gemisch aus Italienisch und Deutsch. Ich konnte hören, dass sie keinen Speichel mehr im Mund hatte. Die Silben klebten trocken aneinander, was sie umso mehr wie eine Geisteskranke wirken ließ, der gerade in einem wüsten Exorzismus der Teufel ausgetrieben wurde.

Es wäre zu leicht gewesen, sich von ihr anstecken zu lassen, auch ich wollte mich auf den Boden fallen und andere darüber entscheiden lassen, was mit mir geschah. Doch dafür war ich zu wichtig. Ich konnte mir das nicht erlauben.

»Warum kein Valium?«, fragte Paul und schob ein Kissen unter ihre Beine. »Es wirkt zuverlässig und nimmt ihr erst einmal die größte Angst …«

»Weil sie dann nicht mehr klar denken kann! Sie muss bei Verstand bleiben, wir alle müssen bei Verstand bleiben! Paul, bitte …« Ich dämpfte meine Stimme zu einem Flüstern. »Von mir aus sag ihr, dass du ihr Valium gibst, aber nimm ein Placebo. Baldrian oder so. Irgendetwas Harmloses. Es ist zu gefährlich, wenn sie ihre Sinne nicht mehr beieinanderhat!« Obwohl mir meine Worte wie Scheinargumente vorkamen, wusste ich, dass ich mit meinen Thesen richtiglag. Es war sicherlich leichter, jemanden zu verwandeln oder zu töten, der nicht ganz bei sich war und unter Medikamenten stand. Gianna war zwar auch jetzt nicht bei sich, doch ich hoffte, dass sie sich bis zu Tessas Ankunft wieder fangen würde – zumindest so weit, um logisch denken zu können. Unser Verstand war das, was wir Tessa voraushatten.

»Na gut, von mir aus. Ich probiere es«, willigte Paul ein.

So, und nun zu mir. Die Pilze. Oh nein, die Pilze.

»Wo ist Tillmann? Ist er etwa noch am Strand?«

»Ich denke schon. Er ist bestimmt ins Wasser gegangen …«

Verdammt. Ob er wohl auch spürte, was geschehen war? Doch auf seine Ankunft konnte ich nicht warten. Ich drückte meine Fäuste gegen meine Schläfen und zwang mich, Ordnung in meinen Kopf zu bringen. Colin wusste, dass Tillmann und ich eine Idee hatten, womit wir es schaffen konnten, Tessa zu überlisten und zu töten. Er hatte ihm versprochen, uns dabei nicht zu beeinflussen oder im Weg zu stehen – von ganz allein hatte er das getan, schon bevor ich wusste, wie diese Methode eigentlich aussah. Vermutlich, weil er sowieso davon ausgegangen war, uns in sein Auto zu setzen und wegzubringen.

Gianna und Paul hatten keine Ahnung, was wir im Schilde führten, aber sie durften uns keinesfalls dazwischenfunken. Tillmann hatte mir eindringlich gesagt, welche Punkte wichtig waren und was sie dabei nicht tun sollten.

»Paul, hör mir bitte einen Moment zu.« Ich lotste ihn in den Flur, um ungestört sprechen zu können. Giannas Leid nahm mich zu sehr gefangen; es lenkte mich vom Wesentlichen ab. »Tillmann und ich werden die Sache mit Tessa in die Hand nehmen. Wir haben einen Plan und er ist wirklich gut, ich habe lange darüber nachgedacht. Er mag euch seltsam vorkommen, aber ihr dürft auf keinen Fall dazwischengehen, bis … bis Tillmann zusticht. Was danach passiert – keine Ahnung.«

Weiterreden, Ellie. Nicht zu viel nachdenken. Nur abspulen.

»Eines ist ganz wichtig, sonst kann alles nach hinten losgehen und wir wissen nicht mehr, was wir tun: Wenn Tillmann und ich nachher vom Dachboden kommen – wahrscheinlich kurz nach dem Sonnenuntergang«, rechnete ich mir aus, »werden wir Musik anstellen. Bitte die Lautstärke auf keinen Fall verändern und erst recht nicht das Album wechseln, okay? Und bitte keine lauten Worte und hektischen Bewegungen.«

Paul wandte den Kopf und blickte zweifelnd zu Gianna hinüber, die wie eine Leiche auf dem Bett lag, die Augen geschlossen, die

Arme steif von sich gestreckt. Ja, im Moment waren von Gianna keine hektischen Bewegungen zu erwarten. Doch das konnte sich minütlich ändern. Gianna hatte die Hektik erfunden. Ich vertraute auf Pauls beruhigenden Einfluss, etwas anderes blieb mir nicht übrig. Tillmann hatte gesagt, dass Lärm und Stress, ja, manchmal nur eine einzige zu schnelle Geste die Wirkung der Pilze negativ beeinträchtigen konnten. Es gab noch einen Punkt, den wir klären mussten.

»Wir brauchen ein scharfes Messer, um ... du weißt schon. Kannst du eines heraussuchen und es gegebenenfalls schärfen?« Es war das erste Mal, dass ich das Wort »gegebenenfalls« benutzte, registrierte ich kühl. Bisher hatte ich es allenfalls schriftlich und abgekürzt verwendet. Vielleicht war es ein Wort, das dem Planen von Verbrechen vorbehalten war.

»Was genau habt ihr vor, Ellie? Und was sagt Colin dazu? Lässt er dich einfach so gegen Tessa antreten? Ist er ein solcher Feigling?«

»Er ist kein Feigling!« Sondern Opfer einer Erpressung. So ganz traute ich der Ernsthaftigkeit dieser Opferrolle nicht, aber ich hatte keine leeren Phrasen von mir gegeben, als ich drohte, mich einzumischen. Das würde ich tun. Ich würde ihn nicht sterben lassen, nicht im Kampf gegen Tessa. Er hatte einen würdigeren Tod verdient.

»Colin wird dabei sein und er ist mit unserem Plan einverstanden«, log ich. »Aber es wird nicht klappen, wenn wir euch davon erzählen. Bitte vertrau mir darin.« Es wird nicht klappen, weil ihr uns abhalten werdet. »Tessa ist sehr dumm, das ist ihre einzige Schwäche und genau damit werden wir sie kriegen. Sie wird uns drei vermutlich gar nicht wahrnehmen, nur Colin und Tillmann. Wir sind für sie nicht interessant. Außerdem liebt Tillmann sie wirklich.« Ich konnte nicht umhin, meinen Mund nach unten zu verziehen, als ich das sagte. In meinen Augen war Tessa kein Wesen, das man lieben konnte. Weder in Teilen noch am ganzen Stück. »Bleibt in unserer Nähe, schaut uns zu, bis es so weit ist. Was danach geschieht, weiß sowieso nur der Himmel.« Selbst der wusste es wahrscheinlich nicht.

Ich nahm die Fäuste von meinen Schläfen und strich Paul über beide Wangen.

»Halte alles bereit«, bat ich ihn. »Vielleicht brauchen wir dich.« Als Arzt und Lebensretter. Ich hoffte, dass es so weit nicht kam, aber aller Wahrscheinlichkeit nach war das der Grund gewesen, warum Colin ihn aufgefordert hatte, sein Klinikdiebesgut mitzunehmen. Immerhin war es eben sein erster Impuls gewesen, Gianna zu untersuchen und medizinisch zu versorgen. Er war nicht weggerannt, hatte sich nicht geekelt, und wenn, hatte er es unterdrückt. Das war ein Anfang.

Und wahrscheinlich leichter, als eine Drogenkarriere zu beginnen, die man niemals, auch nicht in seinen kühnsten Träumen, durchlaufen wollte. Da Tillmann immer noch nicht eingetroffen war, hetzte ich kurz entschlossen nach oben auf den Dachboden und begann in seinen Büchern zu wühlen. Vielleicht fand ich hier brauchbare Informationen, mit denen ich mich wappnen konnte. Ich durfte nicht aufhören, etwas zu tun oder anzuordnen, sonst würde ich in mich zusammenfallen wie Gianna … oder mich in den Volvo setzen und abhauen.

Vom Garten ertönten bedrohliche Schläge – Louis' Hufe, die gegen die Stallwand schlugen, und das Fixieren der Nägel an den Brettern, die das Pferd vorsorglich einsperrten. Ich wusste nicht, ob das notwendig war, denn Tessa hatte Louis vergangenen Sommer ebenso wenig wahrgenommen wie mich. Doch das hieß nicht, dass sie ihm nicht noch etwas angetan hätte. Wir hatten sie bei ihrem Raubzug unterbrochen.

Fahrig blätterte ich in einem Bündel Ausdrucke, die ich zwischen

Tillmanns Büchern gefunden hatte – da, ein Dossier mit dem Titel *Zucht und Verwendung von Magic Mushrooms.* Der Anbau interessierte mich nicht, ich brauchte Informationen zur Wirkungsweise und zum Konsum. Möglicherweise konnte ich schon etwas vorbereiten. Wie nahm man die Dinger eigentlich ein? Rauchte man sie? Oder aß man sie pur?

Hier, hier stand etwas dazu … Dosierungshinweise. Ich kniete mich auf den Boden, um die Zeilen aufmerksam zu studieren.

»*Zunächst muss Folgendes klar sein: Bevor Sie die Pilze konsumieren, sollten Sie sich sicher sein, dass Sie über eine gesunde Portion Selbstsicherheit verfügen und sich selbst gut leiden können.*«

»Oh nein …«, stöhnte ich und verbarg mein Gesicht in den eng bedruckten Papieren. War das ein Scherz? Eine gesunde Portion Selbstsicherheit? Mich gut leiden können? Ich hob meinen Kopf und las weiter. »*Sie sollten keine größeren Schwierigkeiten in Ihrem Leben haben.*«

Ich begann hysterisch zu lachen. Es *war* ein Scherz. Das war einer dieser berühmten Fälle, in denen das Leben nur noch aus Ironie bestand. Wie in dem Song von Alanis Morissette. Niemals durfte ich, Elisabeth Sturm, halluzinogene Pilze einnehmen, denn in größeren Schwierigkeiten hatte ich selten gesteckt, ganz abgesehen von all der Kritik, den Zweifeln und Vorbehalten, die ich mir gegenüber in petto hatte.

»Sie kommt, oder?«

Ich drehte mich zu schnell um, sodass mein Nacken knackte und ich mir beinahe den Kopf am Bettrand stieß. Tillmann stand hinter mir, triefnass, in Badehose und mit feuerroten Striemen an seinen Beinen. Hatten wir ihn dermaßen fest verprügelt? Nein, das war etwas anderes … die Wunden bluteten fast …

»Quallen«, erläuterte er und streifte seine Badehose herunter. Seinen Hintern hatten sie auch erwischt. »Sie haben mich plötzlich angegriffen, ein ganzer Schwarm. So schnell bin ich noch nie im Leben geschwommen.« Er war außer Atem und musste husten, als er sich bückte, um eine frische Hose und ein trockenes Shirt vom Boden aufzuklauben.

»Ein Quickie, hm?«, fragte er nur mittelmäßig neugierig, während er die Shorts ausschüttelte.

»Kein Quickie. Ich hab ihn nicht mal berührt. Was du immer denkst … Sex allein macht nicht glücklich«, zitierte ich Gianna. Vorwurfsvoll wedelte ich mit dem Dossier in der stickigen Luft herum. Noch nie war die Tatsache, dass ein nackter Mann vor mir stand, nebensächlicher gewesen als jetzt.

»Hast du mal gelesen, was da drinsteht? Von wegen Selbstbewusstsein und keine Probleme im Leben? Ich darf die Dinger auf keinen Fall nehmen! Die werden mich umbringen!«

»Ach, so ein Quatsch, Ellie!« Tillmann riss mir das Heft aus den Händen und schleuderte es in die Ecke, damit ich nicht weiterlesen konnte. Wer wusste schon, was es noch alles an klugen Ratschlägen enthielt. »Der Verfasser will sich nur absichern, falls jemand … falls etwas passiert«, beendete er seinen Satz schwammig, bevor er zu viel verraten konnte. Dabei wollte ich zu gerne wissen, was es mit diesem ominösen »falls etwas passiert« auf sich hatte. Und ganz so ungebildet war ich in Drogenangelegenheiten ja nun auch nicht.

»Er meint Horrortrips, oder? Kreislaufversagen, Zusammenbruch, Psychose?« Wieder brandete das hysterische Lachen von vorhin in mir auf. »Tillmann, das ist nicht das Richtige für mich, keine einzige Droge ist es …«

»Jetzt halt mal den Mund, Ellie! Wir haben keine Zeit, uns einen anderen Plan auszudenken, wir können nur diesen einen ausführen – oder abhauen. Willst du das? Abhauen?«

Ich gestattete mir eine Minute, um darüber nachzudenken. Oh, es war so verführerisch, so unendlich verführerisch. Doch es würde nichts an der Grundsituation ändern. Es würde die Konfrontation nur hinauszögern. Deshalb schüttelte ich den Kopf.

»Nein. Nein, das will ich nicht. Aber wie soll ich es bloß schaffen, bis zu ihrer Ankunft ein anderer Mensch zu werden? Wie?«

»Das musst du doch gar nicht. Ich hab Momente mit dir erlebt, in denen du sehr wohl selbstsicher warst, vielleicht sogar selbstverliebt. Es liegt in dir, Ellie.«

»Aber nicht jetzt! Nicht jetzt!«, protestierte ich. »Tessa ist unterwegs!«

»Ja, Tessa ist unterwegs. Genau das ist es doch. Wenn wir gewinnen, sind wir sie für immer los. Dann kannst du endlich mit Colin zusammen sein, ohne sie fürchten zu müssen. Ist es nicht das, was du die ganze Zeit wolltest? Es ist zum Greifen nah! Bevor die Nacht hereinbricht, werden wir vielleicht schon frei sein. Wir waren nie näher dran als jetzt.«

Pfarrer wäre auch ein guter Beruf für Tillmann gewesen, dachte ich bärbeißig. Eventuell sogar noch besser als Lehrer. Ja, er sprach das an, was ich wollte und wonach ich mich sehnte. Aber mir kam die Chance, dorthin zu gelangen, verschwindend klein vor. Unwirklich klein sogar. Colin hatte richtiggelegen. Ich hatte keine Angst, jedenfalls keine Panik. Dennoch strotzte ich nicht vor Selbstbewusstsein und war ebenso wenig in der Lage, die Probleme in meinem Leben zur Seite zu wischen. Sie waren da.

»Versuch es dir vorzustellen, Ellie. Du kannst doch tagträumen, oder? Dann fang damit an, jetzt! Jetzt sofort und wir sind in der richtigen Stimmung, die Pilze zu nehmen, sobald wir sie nehmen müssen. Ich kümmere mich um alles. Du wirst eine niedrige Dosis bekommen, niedriger als meine, denn bei dir werden sie stärker wirken. Der Effekt kommt ganz sanft, ich verspreche es dir … Ich hab alles genau berechnet. Ellie, stell dir einfach vor, du träumst …«

»Du musst mir dabei helfen.«

»Aber wie? Wie kann ich das denn?« Tillmann sah mich fragend an. Tja, wie konnte er das? Ich wusste es auch nicht. Ich hatte mich bisher immer allein meinen Tagträumereien überlassen, doch alles in mir sträubte sich dagegen, ihn auch nur zwei Meter weiter weggehen zu lassen. Wenn ich allein blieb, würde ich anfangen zu begreifen, in welchem Größenwahn wir uns da gerade verirrten.

Mit gerunzelten Brauen und unruhigen Händen dachten wir nach, suchten still nach Möglichkeiten und Ideen, nach Tricks, Selbstüberlistungen, Brücken und Wegen – bis ich begriff, dass wir sie einzeln nicht finden konnten.

»Du musst mein U-Boot sein«, murmelte ich schließlich gedankenverloren.

»Dein U-Boot? Bist du etwa schon auf einem Trip? Wieso denn U-Boot?«

»Ich … ich hatte mal eine Phase in der Schule, in der es mir nicht sehr gut ging.« Phase war gut. Diese Phase hatte Jahre angedauert. Es war keine Phase, sondern ein Martyrium gewesen. »Ich hatte jeden Tag Angst vor dem, was mich erwartete. Gleichzeitig wusste ich, dass ich ihm nicht entrinnen konnte, dass es zu meinem Leben dazugehörte, sein musste. Ist das nicht pervers? Dass jedes Kind in die Schule muss, egal, wie sehr es das belastet?«

»Ich dachte, du wärst immer eine Einserschülerin gewesen.«

»War ich auch. Es war trotzdem furchtbar für mich. Und so unausweichlich … Wenn ich abends nicht einschlafen konnte, weil ich mich vor dem fürchtete, was unweigerlich kam und dessen Schattenseiten ich schon so gut kannte, hab ich mir vorgestellt, in einem U-Boot durch die Tiefsee zu gleiten. Ein U-Boot nur für mich alleine. Da war es warm und geborgen und mich umgaben dicke Panzerglaswände. Ich konnte mir die vielen bunten Fische ansehen und schlafen, wann ich nur wollte. Niemand konnte mich dort unten erreichen. Ich hatte zu essen und zu trinken …«

»Hm«, machte Tillmann skeptisch. »Den Film *Das Boot* hast du nie gesehen, oder? Ein kuscheliges U-Boot … Mann, Ellie …«

»Ich war neun oder zehn, sei nicht so streng! Dieses U-Boot schützte mich, kannst du das nicht verstehen?« Selbst jetzt, wo ich doppelt so alt war, hatte die Vorstellung etwas Bezwingendes. Ich musste an meine Begegnung mit der Qualle denken. Ja, dieses verschworene Treffen unter dem Meeresspiegel hatte sich gar nicht so weit weg von meinen U-Boot-Fantasien bewegt. Ich hatte mich umfangen und geschützt gefühlt, als ich sie beobachtet hatte. Wasser war schließlich das Element, das Tessa fürchtete.

»Und du wolltest ganz allein in diesem U-Boot sein? Ohne andere Menschen?«

»Ja. Ganz allein. Es hätte nur jemand zu mir kommen können, der mich wahrhaftig verstand und akzeptierte und, ohne zu lügen, so mochte, wie ich war, genau so, aber …«

»Das tue ich, Ellie.« Während ich erzählte, hatte ich auf meine Handflächen gestarrt und war ihre Linien mit den Fingern nachgefahren, doch nun schaute ich auf. Tillmann erwiderte meinen Blick mit fast gewissenhaftem Ernst. Als gehörte es zu seinen Lebensaufgaben, mich zu akzeptieren. Zu respektieren. Und wieder war es da, dieses allumfassende »Ich mag dich«-Gefühl in meinem Kopf und in meinem Herzen, ich bestand nur noch aus diesen drei Wörtern. Ich mag dich. Vielleicht brauchte ich gar kein U-Boot. Vielleicht genügte es, nicht allein mit diesen drei Wörtern zu sein und zu wissen, dass sie erwidert wurden. Nein, ich brauchte kein U-Boot mehr.

»Komm«, sagte Tillmann so sanft, wie er noch nie mit mir gesprochen hatte, und ging hinaus auf den Balkon, wo er sich auf die Luftmatratze legte und mich zu sich zog. Ich schob meine Hände unter sein T-Shirt und legte meine Fingerspitzen auf sein Herz, um es schlagen zu fühlen und mich von seinem Rhythmus einlullen zu lassen, bis in meinem Kopf Musik dazu entstand, sphärische, beruhigende Klänge, die meinen Atem fließen ließen und es mir leicht machten, mich in meinen Sehnsüchten zu verlieren, für deren Erfüllung es so lange Zeit keine Hoffnung gegeben hatte.

Ich spürte, dass Tillmanns Gedanken sich zerstreuten und weich wurden, vielleicht erinnerte ihn meine zarte Berührung an etwas, was er vor langer Zeit verloren hatte, an seine erste Liebe, an ein Mädchen, das dieses Herz einst gebrochen hatte, aber meine Hand auf seiner nackten Brust war der Schlüssel zu dem goldenen Reich, das sich uns eröffnen sollte, um zu überstehen, wozu unsere eigenen Kräfte niemals ausreichen würden.

Tessa.

Heroinen

»Schaurig-schön, oder?«

Ich wusste nicht, was ich antworten sollte. Tillmann und ich waren exakt im gleichen Moment aus unserem träumerischen Schlummer erwacht, weil sich um uns herum etwas veränderte. Nun standen wir nebeneinander auf dem Balkon unseres Dachgeschosses und ließen unsere Augen schweifen.

Der Scirocco hatte schon in den ersten Minuten, nachdem wir Tessa auf unsere Spur gelockt hatten und das Wetter umgeschlagen war, die meisten Menschen in ihre Häuser getrieben. Jetzt lag die Piano dell'Erba ausgestorben vor uns. Sogar die Kinder, die ihren Tag normalerweise bis weit nach Einbruch der Dunkelheit damit zubrachten, auf ihren Fahrrädern hin und her zu pendeln, waren wie vom Erdboden verschluckt.

Die Natur hingegen spielte verrückt. Die Sonne, die in den Abendstunden stets von einem wolkenlosen Himmel gestrahlt hatte, wurde durch einen rötlich gelben Schleier verdeckt und erinnerte mich an eine infizierte Blutblase. Sie war nicht mehr rund, sondern oval. Nie zuvor hatte es in den Abendstunden derart dunstige Wolken gegeben. Obwohl es noch hell war – die Helligkeit einer schummrigen Bar, nicht die eines normalen Sonnenuntergangs –, schwirrten bereits Schwärme von Fledermäusen durch die heiße, sandige Luft. Im Staub der Straße raschelte es beständig, aufgewirbelt von winzigen Füßchen; ich wusste nicht, ob die Tiere flohen oder angelockt wurden. Das Meer lag grau und bleischwer vor uns. Nicht die winzigste Welle kräuselte seine Oberfläche. Der Kamm der Bergkette hinter uns glomm schwach auf – der erste Waldbrand, seitdem wir angekommen waren, weit genug weg, um ihn ruhigen Herzens beobachten zu können.

Es war nur ein Waldbrand. Nicht Tessa.

Doch auch der Gedanke an Tessa war wie der an ein notwendiges Übel, das man endlich hinter sich bringen und abhaken wollte. Noch immer verspürte ich keine Panik, sondern vielmehr nagende Ungeduld und den Wunsch, dass es bald losgehen sollte. Die meisten Sorgen bereitete mir nicht ihre Ankunft, sondern der Trip, dem wir uns gleich widmen würden. Aber im Großen und Ganzen war ich ruhig.

Auch die Lage im Untergeschoss hatte sich entspannt. Ab und zu hörte ich Schritte und ein Murmeln, mehr nicht. Das Schlagen von Louis' Hufen und Colins Hämmern waren verstummt.

Ich löste meine Augen vom Meer und warf einen Blick auf Tillmann. Ein ungewöhnlich weiches Lächeln umspielte seinen sonst so energischen Mund.

»Du freust dich … kann das sein? Du freust dich, oder?«, fragte ich ungläubig. Ich selbst mochte ja (noch) ruhig sein, aber Freude erfüllte mich wahrlich nicht. Tillmann verzog leicht genervt die dunklen Brauen, hörte jedoch nicht auf zu lächeln.

»Ellie, etwas in mir liebt sie und ein anderer Teil will Rache an ihr üben … Beides geht nur, wenn sie kommt. Natürlich freue ich mich darauf, sie zu sehen. Das ist das, worauf ich die ganze Zeit gewartet habe.«

»Und woher bist du dir so sicher, dass der richtige Teil reagiert, wenn sie da ist? Der, der Rache üben will, und nicht der, der sie liebt?«, erwiderte ich härter, als ich beabsichtigt hatte. Doch meine Frage war berechtigt. Möglicherweise bestand Tillmann nur noch aus Liebe und Ergebung, wenn die alte Vettel die Straße hochtrippelte.

»Weil ich diesen Schritt in Gedanken jeden Tag und jede Stunde trainiert habe. Ich habe kaum mehr etwas anderes getan. Und ich hatte viel Zeit. Ich schlafe so gut wie gar nicht mehr.«

Damit musste ich mich zufriedengeben. Ich glaubte ihm, dass er es trainiert hatte. Trotzdem wollte er mich als Kopiloten haben, zur Sicherheit … Er zweifelte also selbst daran. Meine Stimmung war gerade dabei zu kippen, als mein Handy klingelte. Ich hatte es vorhin aktiviert, während ich zu Tillmann nach oben gerannt war, denn sicher war sicher. Vielleicht ergab sich die Situation, dass wir einen Notarzt oder die Polizei alarmieren mussten – was auch immer Ärzte und Bullen gegen Tessa und für uns tun konnten.

Einen Anruf konnte ich jetzt allerdings nicht gebrauchen. Es war definitiv der falsche Zeitpunkt für Telefonate.

Doch Tillmann nickte mir zu. »Geh ran, ich muss unten noch ein paar Sachen holen.« Aha. Ein paar Sachen. Die Drogen und das Messer? Wie um Himmels willen sollte ich mich angesichts solcher Umstände nur auf ein Gespräch konzentrieren – vor allem, wenn es Mama war?

Oder war es Grischa? Diese Idee schoss ohne Vorwarnung durch meinen geplagten Kopf und versetzte mich sofort in Aufregung. Es war immerhin plausibel – ich hatte ihm in dem unsäglichen Brief meine Handynummer hinterlassen; etwas, was ich normalerweise bei Fremden niemals tat, doch Grischa war kein Fremder für mich, sondern seit Jahren Dauergast in meinen Träumen. Vielleicht hatte er etwas Anlaufzeit gebraucht, um sich zu einem Anruf zu überwinden, den er nun tätigte, weil seine Neugierde zu stark geworden war …

»Hallo?«, sprach ich gedämpft in mein Handy, nachdem Tillmann nach unten verschwunden war.

»Oh Elisabeth, ich hatte ja keine Ahnung … ich hatte keine Ahnung!«

Nein. Das war nicht Grischa. Das war Herr Schütz. Tillmanns Vater! Ausgerechnet jetzt! Und wovon redete er da eigentlich?

»Hallo, Herr Schütz«, antwortete ich artig und zwang mich zu einem höflichen, freundlichen Ton, obwohl ich ihn am liebsten angepflaumt und gefragt hätte, was ihm einfalle, jetzt hier anzurufen.

»Elisabeth, wenn ich all das gewusst hätte, dann … dann … du bist ein sehr tapferes Mädchen. Sehr tapfer.«

»Ähm … ja. Geht schon.« Oje, oje. Ich ahnte, was geschehen war. Mama hatte ihm etwas von den Mahren erzählt. Aber was? Die ganze Geschichte? Nein, das konnte sie nicht, denn sie kannte die ganze Geschichte nicht. Sie dachte, wir wollten in Italien Urlaub machen und ein wenig nach Papa forschen. Der ein Halbblut und verschwunden war. Hatte sie das Herrn Schütz erzählt? Wenn ja, dann passte es nicht zu ihr. Sie musste einen sehr schwachen Moment gehabt haben.

»Das mit deinem Vater … ich weiß nicht, was ich sagen soll.«

Ich wusste es auch nicht und entschied mich für ein »Hmhm«.

»Mir fehlen die Worte! Das ist bitter, sehr bitter und gleichzeitig so unbegreiflich.« Da sagte Herr Schütz etwas Wahres. Doch mir gefiel der mitleidige Unterton nicht, der seine Worte begleitete. »Ihr müsst harte Zeiten durchgemacht haben. Oder tut es immer noch …«

»Oh, es geht schon«, wiederholte ich lahm. »Wir sind ja jetzt hier in Italien und …« Und warteten auf den schlimmsten aller Mahre, über den selbst Mama kaum etwas wusste. Hübscher Urlaub.

»Ja, erholt euch gut, vielleicht kommt dann alles wieder … äh, rückt sich alles zurecht, nicht wahr?« Rückt sich alles zurecht? Das hörte sich nicht an, als würde er auch nur ein Quäntchen von dem glauben, was Mama ihm erzählt hatte. Daher also das Mitleid in seiner Stimme. Ich war nur eine weitere Person im Bunde der armen, geistesgestörten Sturms. Eine nervenkranke Familie, einer schlimmer als der andere.

»Wie geht es denn meinem Sohn? Er hat ja auch kein leichtes Los mit seinem Serotoninmangel. Passt Paul gut auf ihn auf?« An der Art, wie Herr Schütz »Paul« sagte, erkannte ich, dass er Paul zumindest einen klaren Verstand attestierte. Paul, unserem ewigen Zweifler, der soeben ein Messer geschärft und gestohlene Medikamente durchforstet und herausgesucht hatte, wenn ich die Geräusche von unten richtig deutete.

»Elisabeth, bist du noch da?«

»Bin ich.«

»Was macht Tillmann? Geht es ihm gut?«

Ich sah mich um. Tillmann war wieder nach oben gekommen, mit zwei Drinks in seinen Händen und einem großen Fleischermesser unter dem Arm. Gleich würde er die kleine Musikanlage für die psychedelische Untermalung unseres Trips programmieren.

»Prima. Er hat gerade Cocktails für uns gemixt, weil wir heute Abend Besuch bekommen.«

Tillmann äugte fragend zu mir rüber und unterdrückte ein Prusten. Ich zuckte mit den Schultern.

»Dein Vater«, formte ich mit den Lippen. Sein Grinsen verstärkte sich. Ohne jegliche Hast nahm er mir das Handy aus den Fingern.

»Hi, Dad. Ja, alles okay, mir geht's gut. Ja, wir haben tolles Wetter, ist schön hier. Viel Sonne. Bisschen besser. Ach, was man halt so macht, schwimmen, essen, faulenzen.« Morden. »Ja, ich geb sie dir noch mal …«

Ich verdrehte die Augen, nahm das Handy aber an.

»Elisabeth! Ich wollte dir nur sagen, ich halte zu euch! Ich bin auf eurer Seite.«

»Danke. Herr Schütz, ich muss Schluss machen, unser Besuch

kommt gleich. Bis bald mal! Tschüss!« Ich legte auf und schaute Tillmann gepeinigt an. »So, jetzt denkt er, Mama und Papa und ich seien verrückt geworden. Sie muss ihm etwas erzählt haben! Warum erzählt sie ihm davon? Wie kann sie das nur tun?«

Hatte es sich etwa um Bettgeflüster gehandelt? Ich erinnerte mich daran, dass ich Colin gegenüber sehr redselig geworden war, nachdem wir miteinander geschlafen hatten. Meine Mutter und Herr Schütz im Bett – nein, diese Vorstellung musste auf morgen oder irgendwann warten, denn sie würde mir alles vernichten. Klar war, dass er uns nicht glaubte und für psychotisch hielt, sonst hätte er nicht so aufgeblasen und geschwollen dahergeredet. »Ich halte zu euch. Ich bin auf eurer Seite.« Was sollte das heißen – ich besuche euch in der Klinik und bringe euch Blümchen mit, wenn es so weit ist und man euch endlich eingesperrt hat? Aber wieso ließ er es dann zu, dass die verrückte Elisabeth mit seinem Sohn Urlaub machte? Das konnte er doch nur tun, wenn er mich aus dem Verrücktenbund ausschloss, wie Paul. Nun, eventuell tat er das sogar und hielt nur Mama für bekloppt. Ja, das ergab ein stimmiges Bild. Alle anderen Überlegungen wollte ich auf später vertagen. Falls es ein Später gab.

»Vorhin hast du entspannter ausgesehen, Ellie.« Tillmann blickte mich kritisch an. Er hatte die MP3-Anlage programmiert – Mobys *Pale Horses* in der Endlosschleife, wie ich es angeordnet hatte – und sich eine lange Hose angezogen, als wolle er besonders chic aussehen, wenn Tessa kam. Ich trug immer noch meinen Bikini, besaß aber nicht die Muße, mir unten etwas zum Ankleiden herauszusuchen. Kurzerhand nahm ich eines von Tillmanns Shirts, streifte es über und angelte mir einen Gürtel von seinem Bett, um es zu einer Art Kleid zu schnüren. Für Tessa musste ich mich nicht schön machen, aber halb nackt wollte ich ihr auch nicht gegenübertreten. Viel entspannter fühlte ich mich mit dem Shirt jedoch nicht. Es reichte nur knapp bis über meine Pobacken.

Waren die Pilze etwa in den Drinks, die Tillmann zwischen uns auf den Boden gestellt hatte? Ich wollte mich niederknien, um an ihnen zu schnüffeln, als plötzlich ein paar Fledermäuse durch die Balkontür ins Zimmer rauschten, klickend und zirpend den Wänden auswichen und sofort wieder verschwanden.

»Krass«, murmelte Tillmann. »Hör mal, Ellie, wenn du dir nicht sicher bist und Angst hast, dann lass es sein. Ist schon okay. Ich ziehe es auch allein durch.«

»Nein, ich hab keine Angst. Ich will, dass es passiert. Ich bin nur nicht gerade gelöst. Es ist irgendwie … ein Gefühl, als dürfe ich nicht gelöst sein oder gar lachen …«

»Du musst daran denken, dass der Trip deine Schutzhülle ist. Dein U-Boot.« Oh, nun war er aber wieder besonders schlau. »Er lässt dich alles anders erleben, faszinierender und weniger bedrohlich, wahrscheinlich sogar überhaupt nicht bedrohlich – wenn du ihn wirklich nehmen willst und dich auch sonst gut fühlst.«

Ein Trip als eine Schutzhülle? Tessa anders erleben als die letzten Male? Oh ja, das wollte ich. Es war eine reizvolle Vorstellung, sich in einen Zustand zu versetzen, der das Grauen ausschloss. In dem man all das erlebte wie einen Film, der gar nichts mit der eigenen Wirklichkeit zu tun hatte. Ich spürte, wie die Neugierde in mir zu bohren begann. Ja, verdammt, ich wollte diese Pilze nehmen. Ich wollte mein Drogen-U-Boot haben. Aber …

»Warte, ich habe eine Idee.« Tillmann machte sich ein weiteres Mal an der MP3-Anlage zu schaffen. »Okay, da hab ich es. Lehn dich zurück und hör zu …«

Überrascht nahm ich das Knistern einer Schallplatte wahr, die ohne technische Finessen digitalisiert worden war. Dem Knistern folgten sogleich die ersten langsamen Takte einer uralten Schnulze. Tillmann hörte Schnulzen?

»Was ist das denn? Das klingt nach Fünfzigerjahre oder so, wieso hast du so was in deiner Sammlung?«

»Das ist nicht aus meiner Sammlung, sondern aus Giannas.«

Aha, Giannas Sammlung. Dass Gianna in Verliebtheitsmomenten nicht einmal vor Schlagern zurückschreckte, wusste ich spätestens seit Hamburg. Doch dieser Sänger hatte eine tiefe, volle Stimme, die mir vage bekannt vorkam. Irgendwo hatte ich sie schon einmal gehört.

»Ich glaub, den kenne ich … Ist das nicht dieser fette Ami, der schon lange tot ist? Warum hörst du denn so etwas?«

»Ellie, wenn du nicht bald still bist, stopf ich dir eine Socke in den Mund!«

Ich zog übertrieben meine Lippen ein, um Tillmann zu demonstrieren, dass ich meine Klappe halten würde.

»Danke schön«, kommentierte er seufzend. »Das ist Elvis Presley, *Are You Lonesome Tonight*, die Lachversion. Er hat den Song live gesungen und dabei spontan den Text geändert. Statt der ursprünglichen Lyrics singt er ›Do you gaze at your bald head and wish you had hair?‹ und in dem Moment hat er einen Mann mit Glatze im Publikum gesehen und einen Lachanfall bekommen. Du verstehst, was er da gesagt hat, oder?«

Natürlich tat ich das. Starrst du auf deinen kahlen Schädel und wünschst dir, du hättest Haare? Ja, ganz lustig, es zeugte von Sprachwitz und Kreativität, aber ich bezweifelte, dass mich allein das und ein paar Lacher eines verstorbenen Schmalztollenträgers (laut Gianna übrigens befallen oder ein Halbblut) erheitern konnten. Dennoch fügte ich mich. Tillmann schaltete den Song wieder ein.

Nun kam der Part, den Tillmann zitiert hatte, und Elvis begann zu lachen, während die Band stur weiterspielte und die Backgroundsängerin in den höchsten Tönen und vollem Ernst tirilierte. Auch Elvis versuchte, den Song durchzuziehen, doch er scheiterte bei jedem neuen Versuch. Das alles war sicherlich komisch und ungeplant und für das Publikum sehr amüsant, doch was mich zutiefst berührte und mitriss (etwas, womit ich nicht gerechnet hatte), war die Art und Weise, wie er lachte. Es war ungelogen das schönste Männerlachen, das ich jemals gehört hatte. Man konnte an seinem Lachen – so offen, so spontan, so jung – hören, dass er musikalisch war, aber vor allem konnte ich hören, dass er nicht oft lachte, selten Grund zum Lachen hatte, eigentlich in Melancholie und Traurigkeit gefangen war. Umso mächtiger bahnte es sich jetzt seinen Weg, als habe es die Chance erkannt, das Bollwerk seiner Einsamkeit für einen Moment zu durchbrechen.

Es war unmöglich, nicht einzustimmen, denn man gönnte es ihm so sehr, diesen kostbaren Moment, in dem der Humor alles überwältigte und ihn mit den fremden Menschen im Saal stärker verband, als es in seinem echten Leben je geschehen konnte.

Er war mir plötzlich so nah, als stünde er neben uns, obwohl er schon seit Jahrzehnten tot und sein Lachen längst verklungen war. Wir spielten den Song drei Mal ab, bis sich auf unseren Gesichtern ein seliges Dauergrinsen breitgemacht hatte. Das Lachen hatte meine Bauchmuskeln gelockert und all die verkrampften Linien um meine Augen entspannt. Ich war so weit. Es konnte losgehen.

»Es lebe der King. Prost, Ellie. Auf einen guten Flug!« Tillmann nahm sein Glas und stieß mit mir an. Dann, wie auf eine längst getroffene Abmachung hin, kreuzten wir unsere Arme und tranken auf Bruderschaft. Mit Kussbesiegelung auf die Mundwinkel.

Das Gesöff schmeckte scheußlich, doch anstatt mich davor zu ekeln, brachte es mich zum Schmunzeln. Tillmann hatte versucht, den penetranten Geschmack mit Orangensaft und jeder Menge Crushed Ice abzumildern, doch er haftete streng und erdig auf unserer Zunge. Einen Moment lang fühlten wir uns wie Kinder, die als Mutprobe Insekten aßen, und leerten die Gläser kichernd und blödelnd, um anschließend mit vollen Mündern das Crushed Ice zu zerkauen.

»Und jetzt?«, fragte ich. Mein Bauch fühlte sich kalt an, meine Wangen und Hände erhitzt.

»Jetzt warten wir. Kann bisschen dauern, bis die Wirkung einsetzt. Mach's dir gemütlich.«

Auf einmal musste ich an die finsteren Tage nach Colins Erinnerungsraub denken, in denen ich mich von Paul mit harten Beruhigungstabletten und Schmerzmitteln hatte vollpumpen lassen, um alles zu vergessen und zu verdrängen. Damals hatte ich sehnlichst auf die Wirkung der Medikamente gewartet. Eigentlich war diese Situation also nicht neu, nur gab es jetzt nichts, was ich verdrängen musste, nicht einmal die Angst, Tessa auf uns aufmerksam zu machen. Dieses Mal hatten wir sie gezielt herausgefordert und ihre Ankunft geplant. Wir waren ihr mehrere Schritte voraus. Nicht nur das: Ich war inzwischen so kühn geworden, dass ich mit Quallen planschte, neben einem Skorpion schlief und die Berührungen einer giftigen Schlange genossen hatte. Von wegen kein Selbstbewusstsein. Mein Körper war mir oft hinderlich und kam mir fehlerhaft und schwach vor, aber bei diesem Kampf ging es um meinen Geist und der war stark.

Ich lehnte mich wie Tillmann mit dem Rücken an die Wand und schloss die Augen. Eine ganze Weile lang fühlte ich gar nichts und dachte schon enttäuscht, die Pilze seien eine Fehlzüchtung und erzielten keine Wirkung, bis sich vor meinen geschlossenen Lidern absolut exakt geformte grüne und blaue Ringe bildeten, die sich ineinander verschlangen, gemeinsam Muster erzeugten, sich wieder trennten, um erneut einander entgegenzutanzen – ein Festival der geometrischen Ästhetik und nur für mich, in meinem eigenen kleinen Kopfkino. Ich hätte Tillmann gerne davon erzählt, doch ich hatte keine Lust zu sprechen. Meine Zunge hatte nie perfekter an meinem warmen, weichen Gaumen geruht. Sie zu bewegen, wäre Verschwendung gewesen.

»Lass mich mal in deine Augen sehen, Ellie.« Oh, seine Stimme … sie knisterte und prasselte wie Feuer. Ich hörte sie nicht nur, ich spürte sie auch, jede Silbe, jedes Wort. Die Laute schossen in Funken durch die Luft. Widerwillig trennte ich mich von den wirbelnden Kreisen und blickte ihn an.

»Jawoll«, stellte er zufrieden fest. »Gutes Zeug.«

Deine Augen, dachte ich. Oh Tillmann, deine Augen. Auch er musterte mich staunend. Seine mahagonibraune Iris pulsierte, ich konnte seinen Herzschlag in ihr sehen. Bei jedem Pochen explodierten die Farbpigmente und verloschen, um anschließend umso stärker und intensiver wieder aufzuerstehen.

Was waren wir Menschen doch für wunderschöne, vollkommene Wesen! Allein unsere Augen waren Hunderte von Schreinen und Kunstwerken wert. Wir bestanden nur daraus, unseren Augen, alles andere war Dekoration, überflüssiger Ballast. Ich war überzeugt davon, dass wir den Rest unseres Körpers wegschneiden konnten, um allein über unsere Augen zu fühlen, zu denken, zu existieren. Unsere Augen waren unsere Seele, der Ursprung dessen, was wir waren und taten. Mehr brauchten wir nicht.

Doch unsere vier Augen, meine wie die See, Tillmanns wie das Feuer, genügten nicht. Zwei weitere warteten auf uns, schwarze Spiegel, die darauf hofften, ein Ebenbild zu bekommen, und die zu glitzern und zu funkeln beginnen würden, wenn wir ihnen Leben einhauchten.

»Lass uns hinuntergehen«, sagte ich träge. Auch meine Worte konnte ich fühlen, federleicht, ätherisch und grazil schwebten sie durch die heiße Luft. Wir ließen unsere Körper entscheiden, wann und wie sie aufstehen wollten; sie taten es ohne jegliche Eile, wozu Hektik? Wozu Getriebenheit? Unsere Gedanken konnten erst ihre

Knospen und Blüten entwickeln, wenn wir unserem Körper genügend Zeit und Raum gaben, und der war mir hier oben, zwischen den kahlen Wänden des Dachzimmers, zu eng.

Die Treppe war ein Abenteuer – ein Abenteuer ohne Aufregung und Spannung, aber berauschender als die mutigsten Unternehmungen, die ich bisher durchgestanden hatte. Das Geländer schmiegte sich in Wellen an mich, als ich meine Handfläche auf das glatte, geschmirgelte Holz legte und das Harz in ihm roch und auch das Laub, das es einst hervorgebracht hatte. Es war niemals gestorben. Die Stufen veränderten ihre Größe, als wollten sie uns necken, doch nie war ich in Gefahr zu fallen, weil ich die Fähigkeit hatte vorherzusehen, ob sie wachsen oder schrumpfen oder in eine Schräge rutschen würden. Ich hätte auch auf einem dünnen Seil laufen können, Hunderte Meter über der Erde.

Wir genossen es, unsere nackten Füße auf dem glatten Terrakottaboden zu spüren, nachdem wir die Treppe bewältigt hatten, ohne Sturz, ohne das geringste Straucheln oder Torkeln. Wir waren Trapezkünstler. Als Tillmann den Stecker der Anlage in die Buchse der Wand versenkte, sah ich, wie die Steine unter dem Verputz darauf reagierten, kurz erzitterten. Ja, die gesamte Wand fing an zu atmen, während die Musik einsetzte, wich vor uns zurück und näherte sich wieder.

Hinter mir nahm ich zwei Schatten wahr, ohne mich umdrehen zu müssen. Doch sie interessierten mich nicht, es waren lediglich Zuschauer, die still auf den Fliesen saßen und uns beobachteten, sie gehörten nicht zu unserer Welt.

Tillmann und ich hatten nur noch ein Bedürfnis: der Musik zu lauschen, sie zu sehen und zu schmecken und den schwarzen Spiegeln dort draußen zu begegnen. Wir waren für sie da, während der Kosmos für uns da war und uns in seine Geheimnisse eintauchen ließ.

Vielleicht war es so, wenn man tot war. Man bestand aus Augen, die mehr sahen, als es uns in unserem Leben je möglich gewesen war. Wie den kleinen, gelb gesprenkelten Käfer, der emsig den Verandapfosten emporkrabbelte. Vorher hatte ich Wesen wie ihn lediglich betrachten können, seine Ausmaße, seinen Körperbau, seine Färbung. Doch jetzt *sah* ich ihn, ich erkannte ihn, ich wusste um seine Fähigkeiten und auch, woher sie rührten, dass sie mit alldem zu tun hatten, was uns umgab, dem heißen Wind, dem Spiel der Silberpappeln, den Geckos, die zwischen den Steinen ruhten und darauf warteten, erwachen zu dürfen, den Fledermäusen, deren Ultraschalllaute violette Kringel in die Luft malten, dem Meer, dessen Fische ich durchs schwere, salzige Wasser flitzen spürte. Einzeln war dieser Käfer gar nicht zu begreifen. Wie nur konnte man auf die Idee kommen, ihn zu töten, aufzuspießen und unter einer Glasscheibe in einen Rahmen zu pressen? Ohne uns existierte er doch gar nicht, genau wie wir nicht ohne ihn existierten. Ich stand in Kontakt mit ihm. Ich war wichtig für ihn. Ich konnte ihn aufhalten oder antreiben, wenn ich wollte, doch es war viel verzückender, ihn einfach sein zu lassen. So wie er war.

Stundenlang, wie es mir schien, tauchte ich in seinen Organismus ein, bis ich erneut von den Klängen der Musik gestreift wurde und mich ihnen widmen wollte, ohne den Käfer vollständig zu verlassen.

Ich hatte immer geahnt, dass die Songs von Moby nicht nur das waren, was man hörte. Wenn ich sie beim Einschlafen laufen ließ, begannen ihre Harmonien in meine Venen und Adergeflechte zu fließen und entwickelten sich zu einem tiefen, beruhigenden Sog, der immer mehr Facetten und Schichtungen hervorbrachte. Nun konnte ich diese Schichtungen vor mir sehen, sie anfassen und kräuseln, wenn ich dagegenpustete. In den tiefen Lagen klangen sie blau – azurblau, kobaltblau, schwarzblau, graublau, türkisblau, tausend Schattierungen, die miteinander verschwammen und sich wieder trennten. In den höheren Lagen tönten sie silbrig und hell, wie Nebel, der vom Mond angeleuchtet wurde. Dazwischen Goldfäden. Ich glitt durch die Farben, als würde ich schweben, und nahm Tillmann mit mir. Die Spiegel … wir mussten die Spiegel finden … Hand in Hand liefen wir zur Geländerbrüstung.

Colin saß auf der Treppe, den rechten Arm lässig auf sein Knie gestützt, das linke Bein ausgestreckt, die Schultern entspannt. Die Haare fielen seidig in seinen Nacken und pulsierten ebenso wie die Natur um uns herum. Seine Haut leuchtete heller als sein verwaschenes Hemd; scharf und prägnant zeichneten sich seine Wangenknochen unter ihr ab – ein Bildhauer, der begnadetste aller Jahrtausende, musste sie erschaffen haben. Als er uns seine Augen zuwandte, verwandelten sich die schwarzen, toten Spiegel in Diamanten und seine Züge wurden lebendig und beseelt. Er war so unglaublich schön. Wir mussten ihn berühren. Beide. Wir gingen zu ihm, schmiegten uns an ihn.

Lächelnd sah ich dabei zu, wie Tillmanns Jungenhände über Colins Haar und seine Wangen tasteten und auch Colin zu lächeln begann, gelöst und glücklich. Er sagte nichts, sondern ließ uns wortlos gewähren, wie wir ihn müßig zu fassen und zu begreifen versuchten.

Ich nahm seine langen, gebogenen Wimpern zwischen meine Lippen, pudrig schmeckten sie und ein wenig bitter, und wollte das Glitzern in den Pigmenten seiner weißen Haut kosten. Tillmanns und mein Mund berührten sich dabei, denn auch er küsste ihn, dann sackte Tillmann gegen Colins Schulter, seine Hände immer noch an Colins Hals, wo das Rauschen aus seiner Brust sich mit dem Blau und dem Silber der Musik vermischte … diese Musik war für ihn geschrieben worden, sie wurde ihm gerecht … Ich fand tiefen Frieden darin, Tillmann fest in seinem Arm zu wissen, während ich immer noch versuchte, den Zauber seines Gesichts zu ergründen und in die Tiefe seiner schwarzen Augen einzutauchen, die mich zurückfedern ließen wie ein Trampolin.

Doch dann zog das Blau der Musik sich zwischen die wirbelnden Pappelblätter zurück und verharrte dort, um Platz zu machen für eine andere, größere, süßere und willkommenere Macht. Wir wandten gleichzeitig unsere Köpfe zur Straße, wo der Wind den Staub in Spiralen aufsteigen ließ – der Wind und ihre trippelnden Füße, zierlich und behände, dabei voller Kraft und beseelt von einer Entschlossenheit, die ich an mir so oft vermisst hatte. Ich konnte es kaum erwarten, sie zu sehen, ihr gegenüberzutreten, obwohl ich jetzt schon ihre Umrisse erahnte. Ihr samtener Umhang schleifte über die Straße wie der Leib einer Schlange und ihre wilden roten Haare wallten bis über ihre Hüften, spielten mit sich selbst, verkletteten und trennten sich wieder, aber immer strahlten sie, als wäre die Sonne nie untergegangen.

Ich wollte in ihre Augen sehen. Bitte. Bitte komm. Komm und erlöse uns, nimm uns mit in dein Reich.

Als sie vor unserem Tor erschien, stand ich nicht auf. Es gab keinen Grund dazu. Ich zeigte ihr meine Ehrerbietung nicht, indem ich wachte, sondern indem ich schlief. Warum hatte ich nie gesehen, wie ergreifend makellos und vollendet sie war, warum hatte ich nie wahrhaben wollen, was sie mir geben konnte, wenn ich ihr nur meine Träume überließ? Natürlich wollte Tillmann zu ihr. Ich wollte es auch. Alle Angst, alle Pein, alle Sorgen und Nöte, die mich jemals gequält hatten, drifteten von mir weg und konnten mir nichts mehr anhaben. Für einen aberwitzigen Moment glaubte ich, wieder im Bauch meiner Mutter zu liegen, rund eingekuschelt, geschützt und beschützt vor den Geistern und Dämonen dort draußen. Im Leib meiner Mutter, wo ich nur ich sein konnte, aber nichts musste. Keine Erwartungen, keine Aufgaben, meine einzige Herausforderung bestand darin, zu schlafen und mich ihrer Geborgenheit zu überlassen. Wieso kamen wir überhaupt zur Welt? Warum konnten wir nicht dort bleiben, wo es uns am besten erging? Was oder wer konnte mich davon abhalten, dorthin zurückzukehren? Ich musste nur in ihre Augen sehen, in dieses schmeichelnde, lockende Grün, der Anfang allen Lebens und das Ende allen Daseins, aller menschlichen Last …

Ich stützte mich mit der Hand auf der Stufe ab, um es zu vollenden und sie auf Knien zu mir zu bitten, als meine Pupillen sich wie von allein zur Seite bewegten und durch den verwaschenen Stoff von Colins Hemd blickten. Sie sahen etwas, was dort nicht hingehörte. Nein, das gehörte nicht dorthin und auch nicht zu uns! Es war verkehrt!

Eine plötzliche Unruhe überfiel mich. Die blauen Schlieren zerstreuten sich. Die Musik war keine Melodie mehr, sondern entwickelte kreischende, schrille Höhen, die meine Haut in dünnen Schichten von meinem Fleisch zu sägen begannen.

Ich hatte es richtig erkannt. Colin trug eine Waffe unter seinem Hemd, einen scharfen silbernen Dolch mit Verzierungen auf dem Schaft, asiatische Schriftzeichen. Was hatte das zu bedeuten? Colin saß links neben mir und trug einen Dolch. Tillmann saß rechts neben mir und trug ein Fleischermesser. Hier ging es nicht um Tessa. Es ging auch nicht darum, sie zu töten. Es ging darum, mich zu töten, mich! Colin wollte den Dolch in mein Herz stoßen und Tillmann wollte meine Augen und meine Organe entnehmen, um sie Tessa einzupflanzen, sie wollten mich ausschlachten, weil sie mich nicht mehr gebrauchen konnten, wie meine Mutter im Traum, ich war nicht mehr zu gebrauchen, sondern nur noch eine Last, ein Übel, das seine Daseinsberechtigung verloren hatte. Sie hatten alles Recht der Welt, es zu tun. Sie mussten es tun! Sie hatten endlich erkannt, was ich war. Ich war die Furie, das Ungeheuer, die Erinnye, getrieben von neidischem Zorn und unendlicher Wut, mich wollten sie loswerden, mich! Immer weiter säbelte die Musik meine Haut vom Körper und mit Entsetzen sah ich, dass keine Knochen darunter hervortraten, sondern Schuppen, eine schillernde graue Schuppenschicht, die mich von Kopf bis Fuß bedeckte und mein Blut gefror. Meine Zunge durchtrennte sich von selbst in der Mitte. Sie war gespalten. Ich würde nicht mehr sprechen, nicht um Hilfe rufen können. Denn obwohl ich böse und schlecht war, giftig sogar, wollte ich leben, ich wollte für immer und ewig leben …

Ich schrie gellend auf, als Tillmann das Messer hob und es in meine Brust rammen wollte, konnte aber im letzten Moment ausweichen, weil ich mich kringelte wie eine Schlange. Geschmeidig rollte sich meine Schuppenhaut auf dem trockenen Laub zusammen, doch dann kam wieder die Angst um mein Leben und das Schreien, dieses gellende, kreischende Schreien, das ich weder in meiner Lunge noch in meinem Gaumen spürte, das aber meinen gesamten länglichen, wendigen Reptilienkörper erbeben ließ.

Ich konnte nicht mehr damit aufhören, obwohl ich Luft holen musste und meine schrägen Augen mit ihren schlitzförmigen Pupillen schon aus ihren Höhlen quollen. In meiner Panik riss ich meinen Kopf zur Seite und blickte züngelnd Colin an, der ebenfalls den Dolch aus dem Gürtel gezogen hatte und seinerseits das Mordkommando übernahm. Ich bleckte meine Giftzähne, immer noch schreiend und kreischend, doch er stand auf und erhob sich zu seiner vollen Größe. Sein Schatten fiel auf mich, während ich ihn ansah und um mein Leben brüllte. Keine einzige Regung zeigte sich in seinem Gesicht, als er den Dolch weit über seinen Kopf streckte. Das letzte Abendlicht ließ die Klinge blutrot aufglänzen. Aber warum holte er jetzt schon aus? Er war noch gar nicht bei mir! Würde er den Dolch auf mich werfen? Nein, seine Finger hielten den Griff eisern fest, während die Klinge in einem eleganten Bogen nach unten wanderte, lautlos und zielsicher, nach unten auf seinen eigenen Körper zu … um sein Herz zu treffen, sein Herz!

Wieder schrie ich, lauter und schriller, als ich es je in meinem Leben getan hatte, doch er reagierte nicht auf mich, sondern sah beinahe befriedigt auf seine Brust, wo die Klinge sich in seinen Leib versenken wollte. Er tötete nicht mich. Er tötete auch nicht sie. Er tötete sich selbst!

Ich schoss nach vorne, um mich um die Klinge zu wickeln und ihre Wucht zu bremsen, und wenn es das Letzte war, was ich in meinem irren Schreien zu tun vermochte, doch Colin war schneller. Ohne das geringste Geräusch drang die scharfe Spitze durch seine Brust. Bläuliches Blut schoss in einer sprudelnden Fontäne in die Luft und spritzte auf meine Schuppen, ich atmete es ein, tief ein. Mein Schreien erstickte in meinem eigenen Gurgeln. Das Blut war eisig. Mein Körper erschlaffte augenblicklich. Stille breitete sich in mir aus. Ich fiel leblos auf den Boden, rührte mich nicht mehr. Eben noch hatte ich nicht sterben wollen, nun war es das Einzige, was ich mir wünschte. Tot zu sein. Denn Colin hatte sich den Dolch ins Herz gestoßen.

Doch ich durfte hier nicht liegen bleiben, auch wenn es keinerlei Willen mehr in mir gab, mich zu regen, und ich so lange schreien wollte, bis mein letzter Lebenshauch aus meinen Lungen gewichen war. Ich musste zu ihm. Ich war mir nicht sicher, ob ich Arme hatte, ob ich es schaffen würde, nach der Waffe zu greifen, um ihn einholen zu können und mit ihm zu gehen, indem ich sie mir selbst ins Herz stieß, aber versuchen wollte ich es. Ächzend rollte ich mich auf die Seite und robbte nach vorne, doch jemand griff nach meinen Beinen und zerrte mich von ihm weg. Ich hatte keine Kraft, mich zu wehren. Alles, was ich konnte, war zu schreien und nur deshalb gelang es diesem fremden Wesen, das mich festhielt und daran hinderte zu sterben, mir eine kleine Pille in den Mund zu schieben. Ich biss zu, erwischte einen Finger, der sich eilig zurückzog, doch meine scharfen Zähne begannen die Tablette zu zerkauen. Sie schmeckte säuerlich. Mein Schreien versiegte innerhalb weniger, quälender Herzschläge und meine Gedanken wurden klarer. Was geschah hier gerade mit mir? War ich überhaupt noch ein Mensch? Warum konnte ich nicht mehr laufen, nicht einmal mehr kriechen? Blinzelnd sah ich an mir herunter. Ich hatte Arme und Beine, ich konnte sie nur nicht bewegen, ich war gelähmt, und meine Haut … meine Haut … Zitternd strich ich über meinen nackten Arm. Meine Fingerkuppen waren beinahe taub, doch sie fühlten keine Schuppen, sondern weiche, warme Haut, die von einem kalten Schweißfilm überzogen war. Auch meine Zunge war nicht mehr gespalten. Ganz und gar menschlich lag sie in meinem Gaumen.

Und was war mit Colin? Hatte ich das alles etwa auch nur geträumt – dass er den Dolch in seinen eigenen Leib gestoßen hatte? Bitte, bitte lass es nur einen Traum gewesen sein, bitte, dachte ich flehentlich, als ich meinen Kopf hob und wimmernd zu ihm hinüberblickte.

»Oh nein … nein …«, flüsterte ich, meine Stimme nur mehr ein Schnarren. Seine linke Hand auf die Brust gepresst, in der immer noch der Dolch steckte, keine Einbildung, sondern gnadenlose Realität, starrte er an mir vorbei. Auch Paul, Gianna und Tillmann, der mich fest an den Schultern hielt, schauten in diese Richtung. Automatisch folgte ich ihren Blicken und betrachtete wie sie das zuckende, kleine Bündel, das hinter mir auf den Fliesen lag.

Tessa … Sie war noch immer hier! Ihre Haare bedeckten beinahe den gesamten Boden. Ich sah es in ihnen wimmeln. Ihr Gesicht war zu einer abartig hässlichen Fratze verzerrt. Erst beim zweiten Hinschauen erkannte ich das Messer, das aus ihren Gewändern ragte. Tillmann musste es bis zum Schaft in ihren Körper versenkt haben.

Doch es floss kein Blut. Ein gutturales Wehklagen drang aus ihren überschminkten, krümeligen Lippen und wir konnten dabei zusehen, wie das boshafte Flackern in ihren sumpfigen Augen verblasste und einer grenzenlosen, stupiden Leere Platz machte. Ich wusste nicht, ob wir sie getötet hatten. Aber etwas in ihr verendete gerade, als würde es von ihr weichen und sich in der heißen Abendluft auflösen.

»Mutter …«, flüsterte Colin, während sein blaues Blut immer noch auf seine Knie tropfte. Sein Blick war matt geworden und seine Hände bebten. Ihn sprechen zu hören, weckte mich vollends auf, obwohl seine Stimme in meinen Ohren unnatürlich fremd und kindlich klang.

»Reiß dich zusammen, verdammt noch mal!«, zischte ich, beugte mich nach vorne und wollte den Dolch aus seinem Leib ziehen. Doch mein Arm griff ins Leere. Ich hatte noch nicht die volle Kontrolle über meinen Körper zurückerlangt, obwohl ich geistig immer gegenwärtiger wurde – ich würde machtlos dabei zusehen müssen, wie er starb. Warum nur hatte er das getan? Warum? Und was geschah mit Tessa? War sie noch gefährlich? Unternahm deshalb niemand etwas? Mussten wir erst warten, bis sie tot war, bevor wir Colin helfen konnten?

Meine Augen flogen panisch zwischen Colin und ihr hin und her. Paul und Gianna schwiegen wie versteinert, ohne sich von Tessas Anblick lösen zu können. Nur Tillmann seufzte bei jedem Atemzug tief und gepeinigt auf, als würde eine stählerne Faust sein Herz zerquetschen – und als würde er genau dann atmen, wenn Tessa es tat. Nach und nach verebbte das Zucken in ihrem schmächtigen und doch so schwellenden Leib. Die rötlichen Haare auf ihren Handrücken fielen wie auf einen Schlag aus. Ihre Gesichtszüge glätteten sich, verloren alles Dämonische, als wäre es nie da gewesen. Schließlich, nach endlos langen Sekunden, klappten ihre Lider herab. Ein letzter Atemzug erschütterte ihre und Tillmanns Brust. Es war vorüber. Endlich war es vorüber.

Vor uns lag nur noch eine tote, hässliche, uralte, kleine Frau. Eine hoffentlich für immer tote, hässliche, uralte, kleine Frau. Doch auf die Gewissheit, dass sie wahrhaftig für alle Ewigkeit tot war, konnte ich nicht warten. Colin war wichtiger. Noch war er am Leben und hing wie die anderen mit seinen Augen an Tessa. Schmerzte ihn seine Wunde denn gar nicht?

»Paul! Mach etwas! Du bist Arzt, du musst ihn retten! Rette ihn, er stirbt!«, rief ich heiser. Wieso tat niemand was?

»Muss er nicht«, widersprach Colin mit hohler Stimme, ohne seine Aufmerksamkeit von Tessa abzuwenden. »Funktioniert nicht, das mit dem Suizid. Ich liebe mich nicht.« Mit einer schnellen Bewegung zog er den Dolch aus seiner Brust und riss sich das Hemd vom Leib. Binnen Sekunden begann die klaffende Wunde zu versiegen. Colin lachte bitter auf. Er hatte es nicht anders erwartet.

»Aber warum – warum tust du so etwas? Warum!?« Ich wollte auf ihn einschlagen, um ihn zur Vernunft zu bringen, aber es gelang mir nicht einmal, meine Hände zu Fäusten zu ballen.

Voller Abscheu vor sich selbst sah Colin mich an und ein müdes, freudloses Lächeln krümmte seinen Mund. »Ihr hattet einen Punkt vergessen, Elisabeth. Schmerz öffnet die Seele. Wo war der Schmerz? Wo war er?«

Ich fand nicht, dass das der richtige Augenblick war, mir Vorwürfe zu machen. Eben noch hatten sie alle mich töten wollen. Zumindest hatte ich das gedacht. Ich war überzeugt davon gewesen! Warum, konnte ich mir nicht sinnvoll erklären. Aber ich hatte Angst um mein Leben gehabt und diese Angst war real gewesen. Niemand hätte mich vom Gegenteil überzeugen können. Erst der Dolch in Colins Herzen und die kleine Tablette hatten dieses Gefühl in die

Flucht gejagt. Colin wartete gar nicht erst auf eine vernünftige Antwort.

»Für eine Mutter ist es das Schlimmste, wenn sie ihr Kind verliert, oder?« Er warf den Dolch achtlos weg. »Sie sollte glauben, dass ihr genau das passiert. Dass ihr Kind stirbt.«

Ihr Kind. Colin. Ich stöhnte erschauernd auf. Er hatte sich töten wollen, um Tessa töten zu können. Für uns … und für sich selbst. Aber er war nicht gestorben. Gott sei Dank, er war nicht gestorben. Colin war noch hier.

Und Tessa? Was war mit ihr? War sie wirklich tot? Hatten wir es geschafft, obwohl Colin gar nicht gestorben war? Hatte es ausgereicht, dass sie geglaubt hatte, ihr Kind zu verlieren?

Ich rutschte auf den Knien zu ihr hinüber, um ihr ins Gesicht sehen zu können. Hinter mir begann Gianna leise und abgehackt zu schluchzen, und als habe sie dieses Geräusch wieder zum Leben erweckt, schlug Tessa mit einem Mal die Augen auf.

Wir erstarrten. Keiner von uns wagte etwas zu sagen. Nur Gianna schluchzte weiter, obwohl sie versuchte, es zu unterdrücken. Ich rückte noch näher an Tessa heran. An dem Schatten über ihrem Körper konnte ich sehen, dass Tillmann sich hinter mich gestellt hatte und ebenfalls auf sie hinunterschaute. Vielleicht war die Bewegung ihrer Lider nur eine verspätete Reaktion ihrer Nerven gewesen, so wie die Beine einer Spinne zuckten, die man gerade zertreten hatte. Doch ich blickte in andere Augen als zuvor. Sie waren immer noch sumpfig grün, aber einfältig und stumpf, ohne jegliche übersinnliche Boshaftigkeit. Und eines wusste ich mit vernichtender Sicherheit: Diese Augen lebten. Denn sie sahen mich direkt an.

Ein Laut löste sich aus Tessas verschleimter Kehle; ich konnte nicht deuten, ob es ein Wort war oder vielleicht sogar ein Satz, es klang eher wie ein Katarrh, aber es konnte auch eine fremde Sprache gewesen sein.

»Was hat sie gesagt?«, brach meine Stimme dünn und blechern durch unser verstörtes Schweigen. Gianna hörte auf zu schluchzen. Sie schluckte verkrampft, bevor sie sich räusperte und übersetzte, was der getötete Mahr vor uns gerade von sich gegeben hatte. Tessas erste Worte seit Hunderten von Jahren.

»Wo bin ich?«

Pestilenz

»Autsch!« Der Stich brachte meine Motorik wieder in Gang. Ich sah verwundert dabei zu, wie meine Hand ausholte und auf meine Wade zuraste, doch das Mistvieh hatte sein Werk bereits vollendet. Wenige Millimeter bevor meine flachen, gestreckten Finger ihn trafen, sprang der Floh in hohem Bogen auf Nimmerwiedersehen davon. Ein Floh?

»Achtung, da sind noch mehr!«, rief Paul warnend. Angewidert wich ich zurück. Auch Gianna und Tillmann krabbelten rückwärts. Tessa lag steif auf dem Rücken und glotzte mit offenem Mund und blinkernden Augen an die Decke, doch aus ihren Haaren und Gewändern begann das Leben zu flüchten. Ich sah die Flöhe in einem wahren Freudenreigen durch die Luft tanzen, aber vor allem waren es Zecken, kleine graue Asseln und winzige Wanzen und Schaben, die sich aus ihren verklebten Strähnen und den modrigen Gewänderschichten befreiten und auf die Terrakottafliesen krabbelten.

»Zurück! Nicht anfassen!«, befahl Paul, obwohl keinem von uns der Sinn danach stand, denn nun nahmen wir auch den bestialischen Gestank wahr, der uns von Tessas Körper entgegenbrandete – nicht mehr jener schwüle, von Schimmel durchsetzte Moschus, der mir bei meinen vorherigen Begegnungen mit ihr in die Nase gestiegen war, sondern abgestandener Schweiß, gärende Hefe und dazu eine undefinierbar süßliche, teigige Ausdünstung. Sie roch, als hätte sie sich jahrhundertelang nicht gewaschen. Was vermutlich zutraf.

Ehe ich begriff, wo wir uns überhaupt befanden – nämlich nicht, wie ich gedacht hatte, draußen auf der Terrasse, sondern in unserem schmalen Hausflur –, sprühte Paul den Flohstich auf meiner Wade mit Desinfektionsmittel ein und wischte grob darüber. Die Asseln und Schaben krochen bereits die Wände hinauf. Paul ließ das Tuch, mit dem er meinen Biss bearbeitet hatte, fallen und rannte in die Küche, um bewaffnet mit Insektenvernichtungsmittel, das wir wegen der Termiten gekauft hatten, zurückzukommen und die Wände einzunebeln. Ein paar der Tierchen starben sofort, die anderen fielen herab und versuchten, sich in die Ritzen zwischen den Fliesen zu drücken.

Irritiert beobachtete ich Pauls Gebaren. Ich kannte meinen Bruder so nicht. Er war der Letzte, der sich vor Insekten fürchtete. Ja, eigentlich hätte er sich eher darum kümmern müssen, was mit diesem stinkenden Menschlein geschehen sollte, das vor uns lag und sich nur mäßig interessiert umsah, aber immer noch nicht rührte.

»Ausziehen!« Paul machte eine ungeduldige Handbewegung in unsere Richtung. »Los, zieht eure Klamotten aus, schnell!«

»Aber … warum …?«, fragte Gianna kläglich.

»Ausziehen!«, wiederholte Paul und dieses Mal war nicht zu überhören, dass er keine Gegenfragen mehr dulden würde. »Du auch!« Er deutete auf Colin. »Die Viecher könnten in euren Klamotten sein, wir müssen alles verbrennen.«

Verbrennen? Übertrieb er nicht ein wenig? Gianna zierte sich und wollte sich ins Schlafzimmer verdrücken, doch Pauls mahnender Blick ließ sie mitten in der Bewegung verharren. Ich wollte gerade dazu ansetzen, meinen Bruder zu fragen, was dieses Theater sollte, als Tessa zu husten begann. Ihre Lunge rasselte, dann würgte sie mit einem feuchten Blubbern blutig-schleimigen Auswurf hervor, der in Klumpen auf ihren Haaren und Gewändern landete.

»Scheiße«, murmelte Paul. »Hab ich nicht gesagt, ihr sollt euch ausziehen?«, setzte er drohend hinterher. Als wir ihn stumm ansahen, platzte ihm der Kragen. »Sagt mal, begreift ihr das denn nicht? Diese Frau hier ist mehrere Hundert Jahre alt und voller Parasiten und Krankheitswirte! Die Flöhe beißen und wer weiß, was sie alles in ihrem Blut haben! Sie können die Pest übertragen, wenn es ganz blöd läuft! Wollt ihr sterben?«

Die Pest. Die Pest! Jetzt kapierte ich schlagartig, was ihn antrieb. Und ich war bereits gestochen worden. Ich war für diesen Floh der erste menschliche Kontakt seit unendlich langer Zeit gewesen. Oder aber er war ein Nachkomme jener mittelalterlichen Flohbrut, die Tessa einst befallen hatte. Hilfe suchend drehte ich mich um. Gianna schlug bereits schonungslos auf ihre Arme und Beine ein, obwohl ich gar keine Flöhe mehr durch die Luft springen sah. Doch auch ich hatte das Gefühl, am ganzen Körper von ihnen befallen zu sein. Hastig schlüpften Tillmann und ich aus unseren wenigen Sachen; mit Nacktheit hatten wir beide kein Problem. Colin, der sowieso niemals Unterwäsche trug und keine Scham kannte – vielleicht, weil er davon ausging, dass die Menschen ihn hässlich fanden –, befreite sich ebenfalls von seiner Hose, um sie auf den Haufen unserer Klamotten zu werfen. Gianna folgte als Letztes, umständlich und stets darauf bedacht, Brust und Scham mit ihren Händen zu bedecken. Paul ließ seine Kleider an; warum, wusste ich nicht, doch ich hielt es für besser, nicht danach zu fragen. Mit einem Besen kehrte er den Klamottenhaufen an Tessa vorbei Richtung Haustür.

Tessas Hustenkrampf war abgeflacht. Sie wandte ihren Kopf zur Seite und schielte zu Colin hinüber, der nackt an der Wand lehnte. Ein Gurren drang aus ihrer Kehle – jenes Gurren, das ich so sehr an ihr gehasst hatte, nunmehr eher harmlos und ohne böse Absichten, aber immer noch lüstern. Sie sagte etwas und kicherte glucksend auf.

Fragend blickte ich Gianna an, die verspannt in der Ecke unter der Treppe stand und es kaum schaffte, ihre Hände ruhig zu halten.

»Er gefällt ihr«, übersetzte sie flüsternd.

»Kein Wunder, sie hat ihn ja auch erschaffen«, entgegnete ich knurrig. Paul scheuchte uns an das andere Ende des Flurs, nur Colin ließ er dort, wo er war. Mit ausgestrecktem Arm hielt er uns in Schach, während er sich Colin zuwandte.

»Kannst du mir helfen, sie auszuziehen? Wir müssen sie in den Salon bringen und waschen, aber ihre Gewänder müssen vernichtet werden, unbedingt. Wer weiß, was darin alles lebt.«

»Das kann er nicht!«, blökte ich dazwischen. »Verlang das ja nicht von ihm!«

»Wenn es einer kann, dann ich«, entgegnete Colin eisig. »Mir können Krankheitskeime nichts anhaben, euch schon.«

»Aber wenn du nicht krank werden kannst, kann sie es doch auch nicht und somit wird sie uns nicht anstecken …«

»Ellie, sie ist kein Dämon mehr! Und sie hat Wirte am ganzen Körper. Die Flöhe sind wohl keine Mahre, oder?«

»Nein«, gab ich Colin widerborstig recht. »Höchstwahrscheinlich nicht.«

Nun übernahm Paul erneut das Regiment. »Ihr geht duschen, schrubbt eure Körper ab und danach verschwindet ihr nach oben auf Tillmanns Zimmer, wo ihr auf mich wartet, alle drei. Los, Beeilung!«

Wieder fing Tessa zu husten an. Kleine wässrige Blutstropfen stoben durch die Luft. Ich löste mich als Letzte von dem grauenvollen Anblick der würgenden Frau in unserem Flur. Gianna hatte sich bereits im unteren Bad verbarrikadiert, also folgte ich Tillmann nach oben. Mit jedem Schritt, jeder Stufe manifestierte sich in mir das Bewusstsein, dass etwas Furchtbares geschehen war und möglicherweise noch viel Furchtbareres folgen würde. Mein Herz raste und auf meiner Stirn drückten sich immer wieder beißend kalte Schweißperlen durch die Poren. Mein Gehirn betete mir ungefragt vor, was es zu verarbeiten und einzuordnen versuchte, obwohl jede Schlussfolgerung das fliehende Hetzen meines Herzens beschleunigte. Einer der Flöhe hatte mich gebissen. Ein Floh, der in den Haaren und Kleidern einer Frau aus dem Mittelalter gehaust hatte. Im Mittelalter hatte die Pest gewütet. Sie hatte die Menschen in Scharen dahingerafft, ganze Dörfer ausgelöscht, Kinder zu Waisen gemacht, bevor auch sie dem Schwarzen Tod zum Opfer gefallen waren, in den Armen ihrer verwesenden Eltern. Ich kannte mich mit den Symptomen nicht genau aus, ich wusste nur, dass es ein rasanter, erbarmungsloser Tod war. Maximal drei Tage Krankheit, dann Exitus, unter schlimmsten Schmerzen und Fieberkrämpfen.

Taumelnd trat ich in das Badezimmer, die Hand vor den Mund gedrückt, um nicht wie ein Baby zu heulen. Tillmann hatte sich schon unter die Dusche gestellt und eingeschäumt. Ich schaffte es nicht sofort, meine Beine zu heben und zu ihm zu treten. Noch immer reagierten meine Muskeln mit Verzögerung. Doch den Flohstich fühlte ich überdeutlich. Er brannte wie Feuer. Schweigend wuschen wir uns, eilig und brutal, bis plötzlich der Strahl versiegte. Von unten hörten wir Wasser durch die Leitungen rauschen. Gianna. Wahrscheinlich trieb sie das Reinigen auf die Spitze, aber auch ich wollte gar nicht mehr aufhören, mich zu schrubben. Mit dem Bimsstein fuhr ich über meine Unterarme, obwohl sie schon zu trocknen begannen.

»Hör auf, Ellie. Du reißt dir die Haut auf.«

Geistesgegenwärtig, aber auffallend ungelenk nahm Tillmann mir den Stein weg und legte ihn auf das oberste Regalbrett. Dann schlang er sich ein Handtuch um die Schultern und stieg geduckt aus der Duschwanne. Seine Bewegungen wirkten verlangsamt, fast apathisch, und sein Gesicht war kreidebleich. Alle paar Sekunden räusperte er sich, um dann wie in einem spastischen Krampf zu schlucken.

Er hockte sich auf die Kacheln und lehnte seinen Rücken gegen die Wand, schloss die Augen. Auch ich nahm mir ein Handtuch, dabei hatte der Scirocco den Dachboden derart aufgeheizt, dass mir schon jetzt wieder der Schweiß aus allen Poren brach. Doch ich hatte den Wunsch, mich zu bedecken.

»Ich denke die ganze Zeit, ich müsste kotzen, aber ich muss nicht. Ich hab gelesen, dass man das tut, wenn man jemanden umgebracht hat.« Tillmanns Stimme klang gebrochen. Dennoch lenkten mich seine Worte ein wenig von meiner eigenen Panik ab. Immerhin hatte ich in ihm jemanden, mit dem ich über alles sprechen konnte. Sofort wurde ich etwas ruhiger.

»Du hast niemanden umgebracht. Sie ist nicht tot.« Sie war sogar so lebendig, dass sie Colin Komplimente machte. Und nebenbei ein bisschen Blut spuckte.

»Doch, den Dämon habe ich umgebracht, ich habe etwas umgebracht, Ellie, und es war so leicht! Erst dachte ich, ich kriege das Messer gar nicht durch die Haut, es ist am Knochen abgeprallt, mir tut jetzt noch das Handgelenk weh … Aber dann, als es klappte, war es, als würde ich in eine Luftblase hineinstechen. Es glitt einfach hindurch, als wäre da … als wäre da gar nichts? Wie durch eine leere Hülle!«

»Was ist eigentlich genau passiert? Ich weiß nur noch, dass ich plötzlich dachte, ihr bringt mich um.« Nur weiterreden, Ellie. Wenn du redest, musst du nicht so viel nachdenken.

»Du hast einen Horrortrip erwischt, Ellie, die totale Paranoia. Mann, du solltest echt keine Drogen nehmen. Trotzdem danke. Das meine ich ernst. Danke.«

»Wieso danke?«, fragte ich verwirrt. Ich hatte vorhin eher den Eindruck gehabt, als hätte ich alles durcheinandergebracht.

»Weil dein Horrortrip mich wachgerüttelt hat. Ich war die ganze Zeit mit dir auf einer Ebene, bin dir gefolgt. Das hab ich immerhin wochenlang trainiert. Berauscht zu sein und trotzdem konzentriert zu bleiben. Es hat geklappt, sogar als du dich in diesen blöden Käfer verguckt hattest. Und auch mit …« Tillmann machte eine kleine verlegene Pause. »Mit Colin. Bist du sauer, weil ich ihn angefasst habe?«

»Quatsch.« Trotz unseres Elends musste ich auflachen. »Ich weiß schon, wie du gepolt bist. Er war schön, unglaublich schön, man konnte nicht anders, als ihn zu berühren. Es hat ihm gefallen. Es musste so sein. Es hat bestimmt wundervoll ausgesehen, wie wir da zu dritt auf den Stufen saßen und uns nahe waren.«

»Ja. Hab ich auch gedacht und gefühlt. Ich hab Colin immer respektiert und bewundert. Mehr als jeden Menschen in meinem Leben. Aber vorhin, da … da habe ich ihm was gegeben. Ich! Wir waren auf Augenhöhe. Keine Grenzen mehr, verstehst du? Na, egal. Jedenfalls hab ich gemerkt, dass du Tessa erliegst, und genau das war die Gefahr. Du hast dich vergessen. Du bist ihr entgegengerobbt, Ellie, wolltest dich von ihr nehmen lassen und ich wollte es auch, zusammen mit dir. Wir waren wie ihre Kinder. Bis du Colins Waffe registriert hast und dein Horrortrip ausgelöst wurde. Manchmal können die kleinsten unvorhergesehenen Wendungen schlechte Trips verursachen. Ich hatte auch keine Ahnung von seinem Plan … Aber gut, dass er dran gedacht hat, oder?«

Ich nickte. Mit Grauen erinnerte ich mich an den Moment, als Colin sich den Dolch in die Brust gerammt hatte. Er hatte gehofft, dabei zu sterben, und hätte sich seine Hoffnung erfüllt, hätten wir nichts dagegen ausrichten können. Und dann seine Worte. »Ich liebe mich nicht.« Mir rann es eiskalt den Rücken hinunter. Als könne er mir Schutz bieten, setzte ich mich dicht neben Tillmann, doch während er weitersprach, fing er heftig zu bibbern an.

»Verstehst du jetzt, warum ich zu ihr wollte? Warum ich sie nicht vergessen konnte? Nun ist sie fort, für immer ... Ich hab sie umgebracht. Ich weiß, dass sie mein Verderben war, aber ich wollte dieses Gefühl noch einmal erleben, nur noch ein Mal ...«

Ja, ich verstand es. Die geborgene Euphorie, die ich während meines Rauschs in Tessas Nähe empfunden hatte, hatte etwas Magisches, Göttliches an sich gehabt. Vielleicht hatte ich dieses Gefühl aber nur wegen der Pilze so stark empfunden. Oder hatten die Pilze es überhaupt erst ausgelöst? Schließlich hatte ich Tessa bei meinen ersten Begegnungen so gesehen, wie sie tatsächlich war – klein, hässlich, schmuddelig.

Oder war sie beides, schön und schrecklich zugleich?

Ich sehnte mich nicht nach Tessa, doch ich sehnte mich nach dem Gefühl, mit dem ich von ihr beschenkt worden war. Vielleicht waren wir alle mit irgendeiner todbringenden Krankheit infiziert, die uns langsam dahinsiechen ließ und gegen die niemand ein Heilmittel hatte, eine Vorstellung, die sich immer stärker meines Kopfes bemächtigte und die ich bald nicht mehr verdrängen können würde, auch nicht mit Reden. Dann würde mich haltlose Panik überfallen und nicht wieder loslassen. Als Tessa bei mir gewesen war, hatte es keine Angst mehr gegeben.

Unauffällig lugte ich in die Fächer des Regals und erhob mich. Ob Tillmann noch Drogen übrig hatte? Vielleicht etwas anderes als die Pilze? Etwas Stärkeres? Da, diese kleine eckige Schachtel hinter dem Rasierer sah verdächtig aus ...

Ich hatte nicht bemerkt, wie Tillmann hinter mir aufgestanden war, und schrak zusammen, als er die Schachtel vom Regalbrett fegte, geschickt auffing und ihren Inhalt ins Klo kippte. Die Spülung war nur ein dünnes Bächlein, doch es genügte, um die kleinen Briefchen und Pillen ins Jenseits zu befördern.

»Denk nicht dran, Ellie!«, fuhr er mich an. »Das Zeug ist Gift für dich! Ich hatte dir eine so winzige Menge von den Pilzen gegeben, dass ich schon Angst hatte, es passiert gar nichts. Und dann hattest du einen megastarken Trip, mit Synästhesien und allem Drum und Dran. Du bist so empfindlich, das ist der absolute Wahnsinn!«

Der absolute Wahnsinn. Ja, vielleicht hätte ich ein bisschen von diesem Wahnsinn gebrauchen können, dem weichen, schönen, bunten Wahnsinn und nicht dem panischen, entsetzten Wahnsinn, der nun kommen und mich packen würde.

Noch immer rauschte das Wasser durch die Rohre. Trotzdem vernahmen wir von unten ein schleifendes Geräusch und ein gutturales Kichern. Paul und Colin brachten Tessa in den Salon. Ich hatte den Salon immer als unheimlich empfunden, nun hatte er seine passende Bewohnerin. Stühle wurden gerückt und die Fensterläden verrammelt. Sie bereiteten ihr ein Lager.

Tillmann sank wieder neben mir auf den Boden. Ich wickelte das Handtuch fester um meine Schultern, als ich mich dazusetzte, denn Tillmanns Schlottern übertrug sich auf mich.

»Oh Gott, Scheiße … Scheiße …«, flüsterte er. »Was haben wir nur gemacht? Was hab ich gemacht?«

Es dauerte einige Minuten, bis ich kapierte, dass er weinte. Ich hatte ihn noch nie weinen sehen. Als ein normales Weinen konnte man es jedoch nicht bezeichnen. Ab und zu durchlief ein Zittern seinen Körper, wie eine Welle, und er schluchzte kurz auf, ohne sein Gesicht zu verziehen, die Augen gesenkt, die geballten Fäuste gegen sein bebendes Kinn gedrückt.

Ich wusste nicht, was ich tun sollte. Ich sah ihn plötzlich wieder als das, was er im Grunde war: ein siebzehnjähriger Junge, fern von zu Hause, mit zerstrittenen Eltern und ohne greifbare Zukunft. Er war so jung! Tessa hatte dafür gesorgt, dass man es nicht sah und auch nicht spürte. Er wirkte viel älter, ganz besonders dann, wenn er wie so oft altklug daherredete. Aber er war siebzehn, nicht einmal volljährig. Siebzehn! Wo hatten wir ihn da nur hineingezogen? Er hatte einen Mord begangen, zumindest dachte er das, und ja, wir hatten diesen Mord auch als solchen geplant. Seine Hände, deren Knöchel nun weiß hervortraten, hatten das Messer geführt und in Tessas Brust gestoßen. Ich hatte es für das einzig Richtige gehalten, noch richtiger, als Colin gegen François antreten zu lassen, doch nun fragte ich mich verzweifelt, ob es nicht eine andere Möglichkeit gegeben hätte. Denn der wahre Horror sollte erst beginnen. Wenn wir an der Pest erkrankten, war dieser Abend nur die harmlose Ouvertüre gewesen.

Ich legte meine linke Hand um Tillmanns Hinterkopf und strich ihm über den Nacken, sobald das trockene Schluchzen ihn wieder erschütterte, mehr nicht. Ich konnte mir nicht vorstellen, dass er in den Arm genommen werden wollte oder gar von mir gehalten. Vielleicht wäre Colin der bessere Tröster gewesen in seiner Konsequenz und Lebenserfahrung, doch der war unten damit beschäftigt, seiner schlimmsten Heimsuchung die modrigen Kleider vom Leib zu streifen. Wie sehr es ihn ekeln musste …

Und Gianna? Noch immer brauste das Wasser durch die Leitungen. Was trieb sie da bloß? Plötzlich war sie meine größte Sorge. Wenn sie bei Tessas Ankunft immer noch unter Schock gestanden hatte, musste sie in einem katastrophalen Zustand sein.

»Tillmann, ich muss nach Gianna sehen. Ich komme gleich wieder hoch.«

Ja, ich musste mich um sie kümmern, auch um meinen eigenen Angstgedanken zu entfliehen, die immer greifbarer und gnadenloser wurden. Die Halluzinogene wichen endgültig aus meinem Blut. Wenn ich wieder vollkommen nüchtern war, würde ich die Wände hinaufkriechen vor lauter Panik. Schon jetzt schwebte das kleine Wörtchen »Pest« wie ein Damoklesschwert über meinem Haupt. Die Pest war kein Dämon, den man austreiben konnte. Sondern ein

Bakterium. Eine Geißel, gegen die wir nichts in der Hand hatten, keinen Zauber und keine symbolischen Formeln.

Ich fuhr Tillmann mit dem Zeigefinger über die Wangen, konnte aber kaum Tränen spüren. Womöglich rührte die wenige Feuchtigkeit von seinem Schweiß und dem Duschwasser. Sein Schluchzen war abgeklungen. Er würde sich hoffentlich beruhigen und ich würde Gianna überreden, so schnell wie möglich mit mir nach oben zu kommen, dann konnte ich mich um beide kümmern und wir konnten uns gegenseitig ablenken. Niemand von uns durfte jetzt allein bleiben.

Denn meine Befürchtungen bestätigten sich. Gianna präsentierte sich mir heulend wie ein Schlosshund, nachdem das Türschloss unter zwei gezielten Tritten nachgegeben hatte. Mit krummem Rücken und verkrampften Schultern hockte sie in der Badewanne, in die sie gerade wieder kochend heißes Wasser einlaufen ließ, geschüttelt vom Weinen und ihrer Angst. Ihre Haut war krebsrot wie meine. Im seifigen Wasser schwammen verschiedene Duschgeltuben, leer gedrückt, ihre Haare waren noch eingeschäumt. Ich jaulte auf, als ich die Geltuben aus dem Wasser fischen wollte. Es verbrühte mich fast.

»Gianna, komm raus, das ist bestimmt nicht gesund, was du da machst …«

Sie schlug meinen Arm von sich weg. »Fass mich nicht an! Du bist gestochen worden, du hast es wahrscheinlich schon in dir!« Nun fing sie an zu schreien, nicht sehr laut, aber umso aggressiver. »Weißt du eigentlich, was ihr getan habt? Ihr habt einen Menschen umgebracht!«

»Das haben wir nicht«, wiederholte ich gebetsmühlenartig, was ich vorhin auf dem Dachboden bereits zu Tillmann gesagt hatte. »Der Mensch lebt. Der Dämon ist tot. Es ist genau das passiert, was wir wollten …«

»Genau das, was wir wollten? Nein, Elisa! Nein! Da drüben liegt eine uralte Frau, weißt du, was das bedeutet? Sie kennt das alles hier nicht, sie kennt keine Autos, kein fließendes Wasser, keine Elektrizität …«

»Allerdings.« Ich drehte seufzend den Wasserhahn zu. Jetzt hörte Gianna es auch. Klick, klack. Ich hatte es vorhin schon wahrgenommen, als ich nach unten gegangen war. Paul und Colin hatten gerade lautstark in der Küche gewerkelt. Trotzdem war da dieses rhythmische Klacken gewesen, klick, klack, klick, klack. Tessa schaltete das Licht aus und an, wie ein kleines Kind, das zum ersten Mal begriff, wozu dieser Knopf an der Wand gut war. Es schien sie zu faszinieren. Nun begann sie zudem an der Tür zu rütteln. Paul hatte sie eingesperrt, aber sie wollte sich wohl gerne ein bisschen im Haus umsehen.

»Das ist so gruselig, Ellie.« Gianna starrte auf ihre schaumbedeckten Knie. »Ich werde nie wieder baden können, ohne an diese Situation zu denken, nie wieder.«

»Baden wird sowieso überbewertet«, versuchte ich unsere katastrophale Lage mit einem Witz zu entkrampfen, doch Gianna hatte keine Antennen für spaßige Bemerkungen, nicht jetzt. Ich konnte sie gut verstehen. Trotzdem durfte ich sie nicht in ihre Paranoia abgleiten lassen. Die Haut an ihren Fingern und Ellenbogen schrumpelte bereits und ihr rann der Schweiß in Strömen von den Schläfen, aber sie machte keine Anstalten, aus der Wanne zu steigen. Ich konnte ihr nicht länger dabei zusehen. Es war schädlich, was sie mit sich anstellte, hochgradig schädlich. Ich streckte meinen Arm ins heiße Wasser und zog den Stöpsel heraus, um ihn dann sofort über meine nackte Brust zu streichen. Infiziert. Gianna würde ihn nicht mehr nehmen wollen.

»Sorry«, murmelte ich. Sie schluchzte nur anklagend auf. Nach wenigen Minuten war das Wasser abgelaufen. Gianna blieb sitzen, dampfend, schwitzend und schlotternd und noch immer von glitzerndem Schaum überzogen.

»Gianna, du kannst nicht ewig in der Badewanne bleiben. Hier ist kein sicherer Platz für dich. Wir sollten nach oben gehen. Dieses Bad hier wird wahrscheinlich Tessa benutzen wollen und …« Benutzen? Wie sah das aus? Sie kannte keine Klos. Ob sie einfach in die Ecke schiss? Ich traute ihr das zu. Vielleicht war es schon geschehen. Im Salon gab es einen alten Kaminschacht, den man zur Latrine erklären konnte, wenn man aus dem Mittelalter kam. Wie sollte sie auch auf die Idee kommen, dass es eine andere Möglichkeit gab? Sie konnte nichts von Toiletten wissen.

Gianna regte sich nicht, sondern betete tonlos vor sich hin.

»Außerdem solltest du mit ihr sprechen, sobald es dir besser geht. Es kann sein, dass sie sich an etwas erinnert, uns Informationen über Papas Verbleib geben kann …«

»Mit ihr sprechen?« Gianna machte weiterhin Kreuzzeichen auf ihrer Brust. »Ich?«

»Du bist die Einzige, die sie versteht.«

»Ich verstehe fast nichts! Sie spricht Altitalienisch mit einem schrecklich groben Akzent, ich kann nur erahnen, was sie meint. Außerdem glaube ich nicht, dass sie etwas weiß. Sie wusste ja nicht einmal, wo sie war!«

»Trotzdem müssen wir es prüfen.«

»Ich kann nicht fassen, wie du jetzt, in diesem Moment, daran denken kannst, deinen Vater zu suchen!« Endlich erhob Gianna sich und schnappte sich ein Handtuch, bevor der ablaufende Schaum ihren nackten Körper entblößen konnte.

Ich antwortete nichts. Wie konnte ich denn nicht an meinen Vater denken? Es war mir, als sei er der Einzige, der uns aus diesem Albtraum retten konnte. Er war ausgebildeter Arzt. Er hatte seine eigene Klinik geleitet. Er hätte sicher gewusst, was zu tun gewesen wäre.

»Geh ein Stück zur Seite, Ellie, bitte.«

Meiner Meinung nach übertrieb Gianna in ihrem Wunsch, mir nicht zu nahe zu geraten, noch hatte ich keine Pestbeulen am Körper. Dennoch kam ich ihm nach und stellte mich an das kleine Fenster, während sie sich abtrocknete und etwas überzog.

Es war dunkel geworden, die Nacht war längst hereingebrochen. Im Garten begann Colin damit, die Kleider zu verbrennen. Seine harschen Bewegungen wirkten wütend. Ein beißender und zugleich süßlicher Gestank wehte zu uns herüber, als der Stoff in den Flammen aufging. Eilig schloss ich das Fenster, obwohl man in der dampfigen Luft des überhitzten Badezimmers kaum mehr atmen konnte.

Als Paul ohne Vorwarnung die Tür aufriss, zerstreute sich der Dunst, um sich sogleich in neuen Schlieren vor unsere Augen zu schieben.

»Was hab ich euch gesagt? Ihr sollt nach oben verschwinden! Fass nichts an, Ellie, Finger weg vom Treppengeländer, ich habe alles frisch desinfiziert.«

Im Flur roch es wie in einer Klinik. Ich hasste dieses Aroma. Man fühlte sich sofort krank, wenn man es inhalierte. Flach atmend stapfte ich hinter Gianna die Treppe hoch.

»Ich komme gleich zu euch, ich muss sie noch ins Bett bringen und ruhigstellen.«

Ja, bitte tu das, dachte ich gequält. Das Klicken des Lichtschalters und das Rütteln an der Tür wechselten sich im Sekundentakt ab. Es raubte einem den letzten Nerv.

Tillmann lag ausgestreckt auf dem Bett unter der Schräge, sein Gesicht immer noch bleich, die Augen geschlossen. Verlegen setzte sich Gianna auf das andere Bett. Ich, nun offenbar die Aussätzige unter uns dreien, schob die Luftmatratze an die Wand, so weit weg wie möglich von Tillmann und Gianna, zog es aber ebenfalls vor zu sitzen. Ich hatte das Gefühl, dass mein Immunsystem kollabieren würde, sobald ich mich hinlegte und meinem Körper Ruhe gönnte.

»Hat es eigentlich jemand bemerkt?«, fragte ich vorsichtig nach. »Mein Schreien? Und so?« Ich hatte geschrien wie eine Verrückte. Gerade jetzt, wo alle lieber schwiegen als redeten, schrillte es wieder als pfeifendes Echo durch meine Gehörgänge.

»Du hast nicht geschrien, Ellie«, berichtigte mich Tillmann. Er klang wie ein Roboter. »Das war Tessa. Sie ist nicht gleich … gestorben.«

»Hat aber niemand mitbekommen«, wisperte Gianna. »Fußball. Heute ist ein WM-Spiel. Wir haben doch Fußball-WM. Die haben alle gerade selbst gebrüllt wie blöd.«

Fußball-WM. Richtig, diesen Sommer fand ja die Weltmeisterschaft statt. Wie weit weg das normale Leben doch war! Wir hatten nichts mehr mit ihm zu tun. Ich hatte also gar nicht geschrien?

»Was hab ich denn dann gemacht, wenn ich nicht geschrien habe? Ich hab mich selbst nicht mehr gesehen. Jedenfalls nicht so, wie ich bin.« Ich war eine Schlange gewesen, ein schuppiges Reptil.

»Du wolltest auf sie draufkriechen. Wir haben es gerade so geschafft, dich von ihr runterzuziehen. Und dann …«

»Sei still, Tillmann, ich will davon nichts mehr hören!«, keifte Gianna. »Ich halte das nicht aus!« Wütend blitzte sie mich an. »Das gilt auch für dich, Ellie! Sag nichts mehr!«

Wir taten ihr den Gefallen, auch wenn ich mich danach sehnte, mit Gianna und Tillmann zu sprechen, um meinen eigenen Gedanken nicht lauschen zu müssen. Also schwiegen wir, bis Pauls schwere Schritte auf der Treppe ertönten. Ich kam mir vor wie in einer schlechten Arztserie, als er durch die Tür trat. Er trug einen kompletten grünen OP-Anzug, inklusive Häubchen und Schlupfschuhen. Seine großen Chirurgenhände hatte er in enge Gummihandschuhe gequetscht. Wir sahen nur seine Augen, weil er einen weißen Mundschutz übergestreift hatte. Unter anderen Umständen hätte ich über seinen Anblick gelacht. Jetzt aber kam mir mein Bruder vor wie ein Unheil bringender Geist, der uns mitteilen würde, wie viele Tage wir noch zu leben hatten. Er stellte sich vor die Wand, ohne irgendetwas zu berühren. Auch die Tür schloss er lediglich mit seinem Ellenbogen.

»Ihr müsst mir jetzt gut zuhören. Je aufmerksamer ihr das tut, desto höher stehen die Chancen, dass wir hier heil herauskommen. In Ordnung?«

Gianna und ich nickten, Tillmann zeigte keine Reaktion und blieb stumm liegen, seine offenen Augen auf die Decke gerichtet.

»Gut. Ist außer Ellie noch jemand gebissen worden?«

»Ich weiß es nicht«, antwortete Gianna mit vibrierenden Stimmbändern. »Ich hab das Gefühl, sie sind überall, kriechen auf mir herum …«

»Das ist normal und nur deine Angst«, entgegnete Paul mit überzeugender Ruhe. »Wie auch immer: Fasst einander nicht an. Benutzt nur das Bad hier oben, wascht euch anschließend gründlich die Hände. Verlasst dieses Zimmer nicht. Das Haus steht von nun an unter Quarantäne. Wir wissen nicht, ob und welche Keime Tessa übertragen kann. Es gab damals einige nette Krankheiten, nicht nur die Pest, sondern auch Cholera, die Blattern, Ruhr, Lepra … Kein Grund zur Panik!«, rief Paul, als Gianna zu wimmern begann. »Es kann auch sein, dass sie gar nichts von alldem hat. Außerdem spielen das Immunsystem und die Hygiene eine wichtige Rolle bei der Abwehr solcher Infekte. Früher haben die Menschen ihre Nachttöpfe in die Gassen ausgeleert und sich gar nicht gewaschen oder sich gemeinsam in Badestuben getroffen, wo sich Keime in Rekordzeit ausbreiten konnten. Genau deshalb müsst ihr euch so gut wie möglich isolieren. Ich hab euch Sagrotan in den Flur gestellt. Wir haben nur noch zwei Flaschen, also geht nicht allzu verschwenderisch damit um.«

Paul atmete tief durch, als müsse er sich selbst Mut zusprechen, um weiterzureden. Anscheinend war dieser Teil seines Vortrags noch der harmloseste gewesen.

»Falls diese Flöhe die Pest übertragen – falls! –, ist es höchstwahrscheinlich die Beulenpest.«

Nun entwich auch mir ein Keuchen. Die Beulenpest. Wenn's sonst nichts ist!

»Ihr müsst darauf achten, ob eure Lymphknoten stark anschwellen und dick und hart werden. Wenn ja, sagt mir sofort Bescheid.« Er zeigte uns, wo wir uns abtasten mussten. Hals, Achselhöhle, Leisten. »Das Gleiche gilt für Fieber, starken oder blutigen Durchfall, Erbrechen, Husten von Blut. Die Tuberkulose war damals auch weitverbreitet, doch sie hat eine sehr lange Inkubationszeit. Und man kann sie gut behandeln. Ein bisschen Durchfall ist nicht besorgniserregend und kann durch unsere Anspannung ausgelöst worden sein.«

»Und die Pest? Was hat die für eine Inkubationszeit?« Ich zwang mich, mir vorzustellen, in einer hochinteressanten medizinischen Vorlesung zu sitzen, die ich schon lange hatte hören wollen. Andernfalls würde ich ausrasten. Total ausrasten.

»Drei Tage bis zu einer Woche, wie auch die anderen Seuchen. So lange müsst ihr hier ausharren. Ich bringe euch zu essen und zu trinken. Außerdem spritze ich euch gleich ein vorbeugendes Antibiotikum.«

Was für ein Segen es doch war, dass Paul damals in der Klinik ohne Skrupel seiner Kleptomanie nachgegangen war. Trotzdem, nicht jedes Antibiotikum half gegen jede Krankheit, es gab verschiedene Erreger, sie waren im Laufe der Jahrhunderte mutiert, manche davon waren sogar resistent gegen Penizillin, und kein moderner

Wissenschaftler hatte je ein lebendiges Pestbakterium aus dem Mittelalter unter seinem Mikroskop gehabt.

Paul kam an unsere Lager, drehte uns zur Seite und hieb uns ohne jegliches Zögern die Spritzen in unsere blanken Hintern.

»Und was ist mit dir?«, fragte Gianna ängstlich, während Tillmann immer noch in totenähnlicher Lethargie auf seinem Laken ruhte. Während der Spritze hatte er keinen Laut von sich gegeben und war auf die Matratze zurückgerutscht wie eine Puppe, nachdem Paul ihn losgelassen hatte.

»Ich kümmere mich schon um mich, keine Sorge«, antwortete Paul. An seinen Augen konnte ich sehen, dass er lächelte – sein bezwingendes Lausbubenlächeln, dem ich nie hatte widerstehen können. Dann wurden sie wieder ernst. »Kommst du kurz mit mir, Ellie?«

Ich folgte ihm in den winzigen Flur, wo er die Tür zum Zimmer schloss und mich ins Badezimmer lotste. Aus dem Salon ertönte ein Poltern und ein Krachen.

»Räumt sie um?«, fragte ich gefasst.

Paul betrachtete mich einige Sekunden mit unergründlichem Blick, bevor er antwortete.

»Du bist tough, Schwesterchen. Verrückt, aber tough. Was habt ihr euch da eigentlich reingepfiffen?«

»Halluzinogene Pilze. Sie sollten künstliche Träume erzeugen, damit Tessa uns keine echten stehlen konnte und wir klar blieben. Anscheinend hat es funktioniert. Tillmann war vorhin schon wieder nüchtern. Was ist …?« Ich deutete nach unten. »Was ist mit ihr? Wie ist sie so drauf?« Jemine, was für eine Frage. Doch bei Tessa fehlten mir die Worte.

»Ich weiß es nicht genau«, gestand Paul. »Sie hat Fieber, das gerade steigt, ihre Lunge ist hochgradig verschleimt, sie hustet Blut, die Lymphknoten schwellen … ich kann es nicht sagen. Es kann alles sein. Bisher hat sie nur Urin gelassen – übrigens neben den Kamin –, etwas braun, aber ich habe keine Teststreifen dabei. Ich kann weder euer Blut untersuchen noch sonstige Laboranalysen machen. Wir praktizieren hier Medizin wie im Altertum. Bis auf die Medikamente. Und da bin ich auch schon bei meiner Bitte.«

»Deiner Bitte?«

»Ja.« Paul blickte mich fest an. Ich fand ihn immer noch befremdlich mit seinem Häubchen und dem Mundschutz und es tat mir weh, ihn nicht anfassen zu dürfen. Ich hätte mich gerne in seine Arme geflüchtet, wo schon die anderen mich am liebsten aus dem Zimmer werfen wollten. Doch Berührungen waren mir verboten worden.

»Ich will mir das Penizillin nicht selbst spritzen. Das kann schiefgehen. Es sollte nun mal in den Allerwertesten und ich habe mich vorhin verhoben, als wir Tessa in den Salon schleppten. Ich möchte, dass du es tust. Und noch etwas sollten wir gemeinsam entscheiden. Ich habe sechs Spritzen übrig. Ich will drei für euch reservieren, mindestens drei. Zwei für Tessa. Da sind wir schon bei fünf. Bleibt noch eine. Kann ich sie für mich nehmen oder nicht?«

»Da überlegst du noch?«, fragte ich entrüstet. »Natürlich musst du sie nehmen, wer denn sonst!«

»Ich bin nicht gebissen worden, Ellie. Du schon. Und du hast dich schon mal für mich geopfert. Außerdem könnte es sein, dass Tessa sie benötigt …«

»Oh, an Tessa musst du dabei nicht denken. Wieso braucht sie überhaupt eine?«, ereiferte ich mich.

»Na ja, gesund ist sie nicht, oder? Und ich bin Arzt. Es ist meine Pflicht, kranken Menschen zu helfen.«

War Paul bewusst, was er da gerade gesagt hatte? »Ich bin Arzt.« Trotz des Grauens um uns herum war das ein besonderer, ja, beinahe ein feierlicher Moment. Er bekannte sich endlich wieder zu

stand zu verlieren. Ich wusste nur nicht, wie lange ich das noch durchhalten konnte.

Ich musste mehr Kraft als erwartet aufbringen, um die feine Kanüle durch die Haut zu stechen. Ich hatte es mir wesentlich einfacher vorgestellt. Jetzt hatte ich eine Ahnung davon, welche Wucht Tillmann hatte aufwenden müssen, um das Messer in Tessas Brust zu versenken, und wie rücksichtslos Colin mit sich selbst umgegangen war. Doch ich versuchte mich auf das zu konzentrieren, was getan werden musste, und nicht auf das, was schon geschehen war.

»Tessa ist also krank«, fasste ich Pauls Bericht zusammen, nachdem er seine Hose hochgezogen hatte. »Schwer krank? Denkst du, dass sie es vorher schon war oder jetzt erst geworden ist … durch das, was wir getan haben?« Vielleicht hatte Tillmann ja ihre Lunge getroffen und nicht ihr Herz.

»Nein, nicht durch den Schnitt. Es ist seltsam, es befand sich kaum Blut am Messer. Die Wunde ist oberflächlich und ihr Herz schlägt schnell, aber in einem normalen, kräftigen Rhythmus. Vielleicht verträgt sie die moderne Welt nicht und die Umweltgifte und der Elektrosmog setzen ihr zu. Ich glaube aber eher, dass sie vorher schon krank war und es mit allem zusammenhängt.«

»Mit allem zusammenhängt?« Das war mir zu kryptisch.

»Überleg doch mal, Ellie. Gibt es einen besseren Grund, sich verwandeln zu lassen und ewiges Leben geschenkt zu bekommen, als todkrank zu sein? Sie hat es wahrscheinlich dankend angenommen oder sogar danach gegiert. Sie wirkt gierig auf mich. Gierig und dumm. Außerdem trägt sie das Kainsmal auf dem Nacken. Darauf hat Colin mich aufmerksam gemacht.«

»Das Kainsmal? Was ist das?«

»Ein Brandzeichen, mit dem man Huren im Mittelalter markiert hat, sodass jeder sehen konnte, was sie waren. Mal wurde es im Nacken angebracht, mal direkt im Gesicht. Ich will nicht sagen, dass sie deshalb schlecht ist, sondern vermutlich aus zerrütteten Verhältnissen kam und bettelarm war.« Paul hob entschuldigend die Achseln. »Wir haben es hier mit dem Menschen zu tun, nicht mit dem Dämon. Aber sympathisch ist sie mir nicht.«

Tessa war also eine Hure gewesen … Obwohl ich wusste, dass es ungerecht war und Paul mit seiner Theorie, dass sie aus ärmsten Verhältnissen stammte, recht haben musste, verstärkte dieser Gedanke meinen Abscheu ihr gegenüber. Colin hatte mal gesagt, dass Menschen, die von niedrigen Motiven getrieben wurden, sich zu den verheerendsten Mahren entwickelten, sobald sie verwandelt worden waren. Tessa hatte als Mensch vielleicht niemanden ermordet wie François, aber die Gier und die Wollust waren ihr schon immer eigen gewesen. Davon war ich überzeugt. Ob sie den Beruf der Hure sogar gerne ausgeübt hatte? War das denn überhaupt möglich?

»Alleine wegen des Kainsmals können wir sie nicht in ein Krankenhaus bringen, Paul. Das würde auch jemand anderem auffallen. Wir müssen hierbleiben!«

Das war die einzige Möglichkeit: Wir mussten hierbleiben. Und ich hatte die Spritze Paul gegeben, anstatt sie für mich reservieren zu lassen. Doch es war gut so, auch wenn es mich selbst in Gefahr brachte. Mein Bruder musste sich ebenso schützen können wie wir uns. Wieder krachte im Salon etwas auf den Boden und wir hörten ein entzücktes Glucksen, das in ein hässliches Lachen und dann in einen Gurgellaut überging.

»Mach, dass das aufhört, bitte«, flehte ich.

Paul nickte. »Sie will sich nicht hinlegen, aber Valium habe ich ja genug da. Braucht ihr welches?«

»Ich weiß es nicht. Ich glaube, ich möchte keines.« Ich hatte Angst, es zu verschlafen, wenn meine Lymphknoten anschwollen, oder andere Symptome nicht zu bemerken. Ich wollte wach bleiben.

»Gib Klopfzeichen, wenn ihr etwas braucht. Colin und ich kümmern uns um alles andere. Bleib stark, Schwesterherz, okay?«

Ich konnte nichts mehr sagen. Meine nur gewaltsam aufrechterhaltene Fassung würde sich auflösen wie Fleischbrocken in Salzsäure, sobald Paul die Treppe hinuntergegangen war. Doch er musste gehen. Seine Arbeit wartete auf ihn.

Als ich, den Tränen nahe, zurück ins Zimmer trat, lagen Gianna und Tillmann immer noch steif auf ihren Betten.

»Hey. Alles in Ordnung?«, fragte ich sie vorsichtig. »Wie geht es euch?«

Keine Antwort. Gianna drehte sich sogar von mir weg, als habe sie Angst vor meinem Atem.

»Tillmann, wollen wir uns nicht weiter unterhalten?«, versuchte ich es noch einmal. »Ich würde gerne wissen, wie dein Trip war und was du gesehen hast.« Seine Reaktion blieb aus. Hatte er mich überhaupt gehört? Ich spürte, wie die Verzweiflung in mir aufstieg.

Wieder probierte ich es bei Gianna. »Gianna, vielleicht geht's dir besser, wenn wir miteinander sprechen. Nein? Mir würde es jedenfalls besser gehen.« Viel besser. Merkte sie nicht, dass ich bettelte? Eine einzelne heiße Träne lief über meine Wange. »Wir können hier doch nicht die ganze Nacht liegen und vor uns hin schweigen, oder?«

Gianna stöhnte unterdrückt auf, vielleicht heulte sie sogar, aber sie machte keine Anstalten, sich zu mir umzudrehen. Nun wandte auch Tillmann seinen Kopf zur Wand. Sie fürchteten mich. Sie hatten Angst vor meinem Atem, vor meinen Händen und vor meiner Haut. Meine Nähe war ihnen zuwider.

Ich musste das alles ganz allein bewältigen. Ich hatte niemanden mehr. Meine zwei besten Freunde lagen nur wenige Meter von mir entfernt und taten so, als wäre ich nicht da. Und der Mann, den ich liebte, hatte nichts anderes im Sinn gehabt, als sich selbst zu töten.

Es war wie früher, in der Schule, wenn ich weinte und keine Menschenseele Notiz davon nahm, weil sie dachten, ich wolle nur Aufmerksamkeit erheischen. Doch jetzt war ich wirklich ein Außenseiter, und was mich dazu machte, konnte mich töten.

Ich schob meine Matratze dicht an die Balkontür, sodass ich das Meer im heißen Wind des Scirocco toben hörte, weil es das Einzige war, was mir blieb. Mit weit aufgerissenen Augen wartete ich, bis die Geräusche von unten verklungen waren.

Im Garten loderte noch immer das Feuer.

In meinen Träumen wurde es zu unserem Fegefeuer.

Wir würden alle sterben.

Erbarmen

»Gibt es einen besseren Grund, sich verwandeln zu lassen und ewiges Leben geschenkt zu bekommen, als todkrank zu sein?«

Pauls rhetorische Frage wollte mir nicht mehr aus dem Kopf gehen und verhakte sich erneut wie eine Harpune in meinen Gedanken, als ich nach einem kurzen, unruhigen Schlaf spät in der Nacht aus einem Albtraum erwachte. So schlimm viele meiner Albträume bisher auch gewesen waren – in den meisten Fällen hatte ich mich damit beruhigen können, dass sie niemals oder mit etwas Glück wenigstens nicht sofort eintreffen würden.

Dieses Mal nützten diese Phrasen nichts. Denn was ich geträumt hatte, lag im Bereich des Wahrscheinlichen, auch wenn es in der Realität weniger drastisch ablaufen würde, was seine optischen Finessen betraf. Die Schmerzen jedoch würden weitaus schlimmer sein und die finale Folge dieselbe. Tod. Schmerzen hatte ich im Traum noch kaum empfunden, ich war lediglich von einer dumpfen Schwäche befallen gewesen, wohl wissend, dass das nur der Anfang war. Denn ich war bereits entstellt. Faustgroße Pestbeulen prangten an meinem ausgemergelten Körper, violett schimmernd und so prall, dass sie im Takt meines Herzens pulsierten. Ab und zu brach eine auf und dann quollen nicht nur stinkender Eiter und zähes Blut aus ihr heraus, sondern auch unzählige Schaben und Asseln, die flugs hinauf zu meinem Mund und meinen Augen krabbelten, um dort Zuflucht zu suchen. Ein Albdruck, kreiert von François und Tessa.

Paul, Gianna und Tillmann hatten meine Krankheit in diesem Traum nur achselzuckend zur Kenntnis genommen, mehr nicht. Ich sei ja selbst schuld, warum hatte ich auch so nahe an Tessa herangehen müssen, kein Wunder, dass ich gestochen worden sei, und nun müsse ich eben zusehen, wie ich damit klarkomme. Kein Mitleid, keine Gnade.

Gibt es einen besseren Grund, sich verwandeln zu lassen und ewiges Leben geschenkt zu bekommen, als todkrank zu sein?

Nein, ich rechnete nicht damit, dass Insekten unter meiner Haut nisteten und daraus hervorbrachen. Doch seit heute Morgen waren meine Lymphknoten verdickt. Ich hatte es schon im Halbschlaf bemerkt, weil mein Gesicht beim Schlucken schmerzte und ein leichter Druck auf meinen Ohren lastete. Ich hatte sofort meinen Hals und meine Leisten abgetastet und mein Herz hatte dabei so schnell zu schlagen begonnen, dass mein Atem für einige Minuten beinahe pfeifend ging. Es gab keinen Zweifel: Sie waren dicker geworden. Außerdem hatte ich Fieber. Keine dramatische Temperatur, dazu war mein Kopf noch zu klar, aber in meinen Gliedmaßen nistete sich ein dezenter, allumfassender Schmerz ein, den ich nicht wegschieben konnte. Genau wie jetzt fühlte ich mich, wenn ich krank wurde. Oder wenn ich stundenlang geweint hatte. Aber ich hatte nicht geweint, keine einzige Träne. Ich hätte es gerne getan, um mir ein wenig Erleichterung zu verschaffen, doch ich hatte Angst, es würde mich zu sehr anstrengen.

Fing es schon an? War das der Beginn? Ich hatte Paul nichts davon gesagt. Als er frühmorgens in das überhitzte Dachzimmer gekommen war, um nach uns zu sehen und uns über unser Befinden auszufragen, hatte ich gelogen. Alles so weit okay, musst mich nicht untersuchen. Ich wusste, dass das fahrlässig und kindisch war, doch ich konnte es ihm nicht sagen, niemandem konnte ich es sagen, obwohl meine Vernunft in meinem Kopf mit einem permanenten

Dröhnen dagegen protestierte und mich anbrüllte, endlich meinen Mund aufzumachen. Doch ich hatte Angst, dass es dann erst wahr würde, wenn ich es aussprach. Dass ich damit einen Stein ins Rollen brächte und eine Kettenreaktion auslöste, die nicht mehr zu stoppen war und mit meinem Tod endete. Solange ich nicht über die geschwollenen Lymphknoten und das Fiebergefühl redete, würde sich womöglich alles in Wohlgefallen auflösen, als wäre es nie da gewesen. Doch sobald sich jemand damit befassen würde, sobald jemand das Wissen darum teilte, würde sich die Krankheit bemüßigt fühlen, mit aller Kraft ihren barbarischen Weg der Vernichtung zu beschreiten. Dann gab es kein Zurück mehr.

Außerdem fürchtete ich das, was Paul mit mir tun würde, wenn ich es ihm sagte. Er würde mich in eine Klinik bringen, hier in Süditalien, in einem Land, dessen Sprache ich nicht verstand und wo ich mich einsam und verlassen fühlen würde, weit weg von den Menschen, die mir etwas bedeuteten. Weit weg von Colin. Es würde Mama auf den Plan rufen, sofort, natürlich würde Paul sie informieren. Sie würden mich zum Sterben nach Hause holen und ich würde nichts mehr dagegen ausrichten können, weil ich zu schwach wäre. Vielleicht würde ich Colin dann niemals wiedersehen, weil Mama mir den Umgang mit ihm verbot und er sich schuldig fühlte.

Gianna und Tillmann hatten gut reden. Ihre Lymphknoten waren unverändert, Fieber hatten sie beide keines. Ihnen war im Laufe der Nacht übel geworden, zuerst Tillmann, wahrscheinlich doch eine Spätfolge des Mords und unseres Trips, dann gegen Morgen Gianna, mit Bauchkrämpfen und Durchfall, doch sie hatten sich jeweils schnell gefangen und Gianna meldete sogar einen kräftigen Appetit, was sie selbst verwunderte, mich aber weniger. Gianna schwankte ständig zwischen diesen beiden Extremen, Hunger und Übelkeit. Ihr Magen war ihr Stimmungsseismograf und ihre wechselnden

Launen hätte ich nicht einmal mir selbst zugetraut, nicht in meinen schlimmsten Phasen. Sie war unberechenbar geworden. Ja, wir standen alle unter großem Druck, aber sich mit Gianna zu unterhalten, glich einem Ritt auf dem Pulverfass.

Außerdem musste ich ihr den Rücken zuwenden, wenn ich mit ihr sprach, denn sie fürchtete meinen Atem. Tillmann blieb die meiste Zeit stumm und in sich gekehrt, ohne großartig auf uns zu achten. Er stand noch immer unter Schock. Das redete ich mir jedenfalls ein, denn sonst hätte ich seine permanente Abweisung nicht ertragen können. Doch Gianna verstand ich nicht. Als ich ihr von meinem Trauma wegen Colins Erinnerungsraub erzählt hatte, hatte sie mir zugehört und war für mich da gewesen, und das, obwohl sie in der Nacht zuvor mit Pfefferspray um sich gesprüht hatte vor lauter Panik. Sie hatte sich relativ schnell wieder gefangen und mir sogar Essen gekocht. Jetzt erkannte ich sie manchmal kaum wieder. Darüber hinwegsetzen konnte ich mich nicht, dazu spürte ich ihre Furcht vor meiner Gegenwart zu deutlich. Nahm sie mir übel, dass wir sie in das alles mit hineingezogen hatten? Oder war es wirklich allein die Angst vor meinen möglichen Keimen?

Nun schliefen Tillmann und Gianna, nur ich war wach. Ich hasste es, das zu tun, aber ich befreite erneut meine Hände aus dem schweißfeuchten Laken, in das ich mich gewickelt hatte, und tastete meinen Hals ab. Unverändert. Geschwollene Lymphknoten, die unter dem Druck meiner Finger wehtaten.

Obwohl ich gerne laut geschrien hätte, versuchte ich, sachlich zu bleiben. Noch konnte ich denken, also sollte ich es tun. Geschwollene Lymphknoten konnten durch alles und nichts ausgelöst werden. Sie zeigten lediglich, dass die Immunabwehr des Körpers angeregt worden war. Die Ursache konnte ganz simpel sein: vielleicht eine mild verlaufende Zahnfleischentzündung, eine leichte Erkältung oder ein Prozess, den wir gar nicht bemerkten. Ein Insektenstich.

Ein Flohstich? Ein Flohstich ohne Folgen? Es konnte sich auch um eine Nachwirkung handeln. Manchmal blieben Lymphknoten geschwollen, weil der Körper gerade etwas überwunden hatte. Ich hatte einen grippalen Infekt gehabt, als wir hierhergefahren waren. Doch das Anschwellen der Knoten war neu, es war vorige Nacht erst gekommen – vielleicht kämpfte mein Körper genau deshalb mit doppelter Kraft, weil er durch die Erkältung noch geschwächt war? Was wiederum bedeutete, dass ich anfälliger war als die anderen? Wer konnte mir das schon sagen? Es gab tausend Möglichkeiten. Jedenfalls war ich die Einzige, die gestochen worden und in der letzten Zeit krank gewesen war. Paul hatte eine Reihe von Zipperlein, die ihn nervten, aber krank war er nicht gewesen.

Und die anderen Symptome? Kurioserweise war mir als Einziger nicht schlecht geworden; ich aß allerdings auch wie ein Spatz, weil ich meinen Körper nicht mit den Verdauungsvorgängen belasten wollte. Ich trank vor allem Wasser und Tee, nicht viel, aber auch nicht zu wenig. Natürlich war mir flau und meine Gedärme rumorten, aus Nervosität und Hunger, doch eine Pestübelkeit stellte ich mir schlimmer vor.

Weiter im Symptomkatalog: schweres Krankheitsgefühl. Was zum Henker war ein schweres Krankheitsgefühl? Konnten die Mediziner sich nicht ein bisschen konkreter ausdrücken? Manchmal fühlte ich mich schwer krank, obwohl ich es gar nicht war. Bedeutete schweres Krankheitsgefühl, dass man glaubte, in den nächsten Sekunden den Löffel abzugeben, oder war es ungefähr so, wie wenn man eine Grippe bekam, mit Gliederschmerzen und Schüttelfrost?

Das war auch etwas, was mich beunruhigte (ach, von wegen beunruhigte – ich war kaum mehr bei Verstand vor Angst!): Immer wieder durchlief mich ein kaltes Frösteln, das mich schüttelte, bis ich das Zähneklappern nicht unterdrücken konnte. Dann brach mir der Schweiß aus, so schnell, dass innerhalb von Sekunden mein Gesicht damit bedeckt war, und das Schlottern ebbte ab. Ja, mein Körper kämpfte, doch gegen was? Hatte er noch mit dem Trip zu tun, waren es Nachwirkungen meiner Drogenreise oder begann die Pest sich in mir breitzumachen?

Gibt es einen besseren Grund, sich verwandeln zu lassen und ewiges Leben geschenkt zu bekommen, als todkrank zu sein?

Obwohl Gianna schnarchte und das Blut in meinen Ohren rauschte, versuchte ich, meine gesamte Aufmerksamkeit auf die Geräusche von draußen zu richten. Heute Nacht durfte ich ihn nicht verpassen. Irgendwann musste er Louis eine Pause gönnen, irgendwann würde er satt sein. Laut Pauls harschen Quarantäneregeln durfte ich unseren Dachboden nicht verlassen, aber eigentlich konnten Gianna und Tillmann froh sein, wenn ich es mal tat und sie nicht mit meinem Pestilenzatem behelligte. Ich würde nichts berühren im Haus und draußen auf der Straße war um diese Uhrzeit niemand unterwegs. Ich würde sowieso auf unserem Grundstück bleiben. Ich wollte nur etwas aushandeln, mehr nicht, das musste mir gestattet sein. Es ging schon gar nicht mehr um meine Sehnsucht oder das Gefühl, alleingelassen worden zu sein. Es ging nur noch ums Überleben.

Erst gegen Morgen, als ich schon erbitterte Kriege gegen meine Erschöpfung und den Schlaf focht, der sich auch von der größten Angst nicht seine Kraft nehmen ließ, vernahm ich plötzlich das Trappeln von Louis' schweren Hufen auf der staubigen Straße.

Geräuschlos wie ein Gespenst erhob ich mich von meinem Lager, schlich durch die Tür und tapste barfuß die Treppe hinunter. Als ich die Salontür passierte, wandte ich mich ab. Ich wusste nicht, was da drinnen vor sich ging, und ich wollte es auch nicht wissen. Noch immer roch es penetrant nach Desinfektionsmitteln und Krankenhaus. Pauls Arztkoffer stand aufgeklappt im Flur, doch er selbst schien zu schlafen. Es blieb alles ruhig.

Erleichtert flüchtete ich nach draußen, wo Colin Louis gerade durch die Garageneinfahrt in den Garten führen wollte.

»Hallo!«, rief ich mit gesenkter Stimme. Nach romantischeren Begrüßungen stand mir nicht der Sinn. Hier ging es nicht um Romantik, sondern ums schlichte Überleben. Trotzdem befiel mich ein galoppierender Zorn, als Colin Louis mit einem Klaps auf dem Hintern bedeutete, schon mal vorzugehen, und gemächlich zu mir herüberschlenderte.

»Solltest du nicht oben auf eurem Zimmer bleiben, Ellie?«, begrüßte er mich.

»Und solltest du dich nicht um mich sorgen, Colin?«, zischte ich. »Ist es dir eigentlich scheißegal, wie es mir geht? Du haust einfach so ab, um zu jagen, als wäre nichts passiert, fragst nicht mal nach mir, dabei könnte es sein, dass ich im Sterben liege …«

»Dein Gehirn wurde anscheinend schon in Mitleidenschaft gezogen«, unterbrach er mich ungerührt. Seine satanische Ruhe brachte mein Herz erneut zum Rasen. War ihm wirklich gleichgültig, was mit uns geschah? »Hast du vergessen, dass Mahre das Immunsystem der Menschen belasten? Es ist das Beste für euch alle, wenn ich mich von euch fernhalte, und zwar konsequent.«

»Für die anderen vielleicht. Nicht für mich«, widersprach ich zitternd. »Ich habe eine Bitte an dich. Wenn die Pest bei mir ausbrechen sollte, wenn ganz klar ist, dass ich sie habe, die Pest oder eine andere todbringende Krankheit, dann möchte ich, dass du mich verwandelst. Ich möchte die Metamorphose.«

Colin blieb wie eine Statue vor mir stehen, sah mir aber direkt in die Augen und sein Blick war so strafend und verachtend, dass ich meine Hände zu Fäusten ballte. War ihm eigentlich klar, dass man Lust bekam, ihn zu schlagen, wenn er einen so ansah?

»Du weißt wieder einmal nicht, was du sagst, Elisabeth.«

»Oh doch, das weiß ich, ich weiß es besser als jeder andere hier, vielleicht sogar besser als du. Du warst nicht krank, als sie kam und dich verwandelte, aber ich …«

»Du bist es auch nicht. Noch nicht jedenfalls.«

»Es ist ja schön, dass du über solch weitreichende medizinische Kenntnisse verfügst, um mich mit einem Blick für gesund zu erklären, aber meine Entscheidung steht, ich will lieber ewig leben und eine von euch sein, als hier elendig zu verrecken. Bitte, Colin, du musst mir das versprechen, bitte …«

»Schon wieder ein Versprechen, obwohl du deines immer noch nicht einlösen willst? Nein, Ellie.«

Colin wollte sich umdrehen, doch in meiner Not ergriff ich einen Zipfel seines Hemdärmels und hielt ihn fest. Unwillig riss er sich los, eine sehr menschliche Geste, die meine Verzweiflung nur noch steigerte.

»Du bist mir das schuldig! Ohne dich wäre das alles nie passiert! Außerdem wären damit doch alle Probleme gelöst und ich müsste nicht mehr über das Versprechen nachdenken, denn dann wären wir auf einer Stufe, das Alter würde keine Rolle mehr spielen … Mann, ich verstehe gar nicht, warum du überhaupt noch willst, dass ich über das Versprechen nachdenke! Wie kannst du das jetzt noch wollen!?«

Wieder versuchte ich, nach ihm zu greifen, weil die Angst, er könne davongehen und mich hilflos in diesem Gefängnis zurücklassen, mich in eine Klette verwandelte. Colin wich mir elegant aus. Meine Finger schnappten in die Luft.

»Mal ganz abgesehen von Tessa und dem Versprechen: Das Problem wäre damit nicht gelöst. Und jetzt verschwinde wieder nach oben und schone dich.«

»Wie soll ich mich denn schonen, wenn du so kalt und gefühllos zu mir bist? Nein, Colin, geh nicht weg, bleib hier …« Wieder griff ich ins Leere. Ich führte mich auf wie ein Mädchen, mit dem zum ersten Mal Schluss gemacht wurde und das alles versuchen wollte, um ihren Freund zu halten, ich diskutierte und jammerte, um Zeit zu schinden, ich benahm mich unreif, ich wusste das, doch ich sah keinen anderen Weg. Wenn ich betteln musste, würde ich eben betteln. Alles war besser, als ohne Gegenwehr dahinzusiechen. »Warum wäre das Problem nicht gelöst? Wir wären auf einer Stufe! Wir könnten ewig zusammen sein, für immer …«

»Weil ich dich nicht lieben würde, wenn du ein Mahr wärst. Ich liebe dich als Mensch, nicht als Mahr. Du wärst der grässlichste Mahr, den das Böse überhaupt hervorbringen könnte!«

Das saß. Seine Worte trafen mich so sehr, dass ich rückwärtstaumelte.

»Du bist ein gottverdammtes Arschloch, Colin.« Blanker Hass wallte in mir auf. »Wie kannst du so etwas sagen, jetzt, in dieser Situation?«

»Weil es die Wahrheit ist.«

»Dann finde ich eben jemand anderen, der es tut. Du bist nicht der einzige Mahr auf dieser Welt!« Wenn auch der einzige, den ich kannte. Die anderen zwei hatten wir wahlweise in den Irrsinn getrieben oder getötet. Doch es musste weitere Mahre geben, wahrscheinlich sogar hier in der Nähe, immerhin hatte Papa die Südspitze Italiens markiert auf seiner Europakarte, dick und fett, vielleicht würde ich rechtzeitig einen entdecken …

»Das wirst du nicht. Ende der Diskussion. Geh jetzt zurück ins Haus und …«

»Wie redest du überhaupt mit mir?«, schrie ich ihn an. Es war mir gleich, ob die anderen aufwachten oder nicht. »Hast du gar kein Mitgefühl, kein Mitleid? Ich sterbe vielleicht und du …«

»Elisabeth, geh ins Haus und ruh dich aus.«

Ich verschränkte meine Arme und schüttelte mit fliegenden Locken den Kopf. »Nein. Du kannst mich nicht zwingen zu sterben.«

Nun riss auch ihm der Geduldsfaden. Colin stieß das Törchen auf, hinter dem er die ganze Zeit gestanden hatte. Mit einer harschen Bewegung trat auf mich zu, fasste mich aber nicht an, sondern zeigte an mir vorbei auf die Eingangstür, ein erbostes Herrchen, das seinem ungezogenen Hund die Leviten las.

»Geh zurück ins Haus, sofort!«, brüllte er. Ich hatte ihn noch nie so brüllen gehört, er brüllte nicht wie ein Dämon, sondern ganz wie ein Menschenmann, gut wahrnehmbar für alle und ohne jegliche telepathische Finessen. Mehr als bei all unseren Gesprächen zuvor wurde mir sein schottischer Akzent bewusst. Ich wollte an ihm vorbei durch das Tor schlüpfen, stolperte aber über meine eigenen Füße und fiel beinahe auf die Knie. Hinter mir ertönten Schritte.

»Ellie, was tust du da draußen? Komm wieder rein, um Himmels willen, willst du denn die ganze Straße anstecken?«

Nun waren sie zu zweit. Zu stark, zu unerbittlich. Ich gab klein bei. Vorläufig. Paul nahm mich behandschuht am Arm und führte mich ins Haus, wo er mich umgehend nach oben schickte. Ein fremder Arzt, nicht mein Bruder. Von Colin kein Wort mehr.

»Tut mir leid, ich wollte ihn sehen … ich hab ihn vermisst …«

»Schlaf jetzt, Ellie. Wir brauchen alle unseren Schlaf.«

Ich gehorchte ihm. Fürs Erste hatte ich verloren. Dabei hatte ich doch nur ein Versprechen erzwingen wollen, ein Versprechen, das mich beruhigen konnte und der Situation ein wenig ihre Aussichtslosigkeit nehmen würde. Ich wusste nicht, was daran so verwerflich war. Es wäre mir leichter gefallen, hier zu liegen und zu wissen, dass ich dem Tod und der Krankheit entrinnen konnte, wenn sie sich näherten. Das war doch nur verständlich! Jeder würde ein solches Versprechen haben wollen, wenn er es bekommen konnte. Paul hatte mich sogar erst darauf gebracht; ich selbst hatte gar nicht daran gedacht, nie zuvor hatte ich daran gedacht.

Colin hatte regelrecht hasserfüllt auf mich gewirkt. Er würde mich nicht lieben, wenn ich ein Mahr wäre. Ich aber liebte ihn als Dämon … Wurde hier mit zweierlei Maß gemessen? Wenn ich eines verabscheute, dann das. Ungerechtigkeit. Ja, es war ungerecht, ungerecht und gemein. Es war menschenverachtend.

Voller Wut und Demütigung wälzte ich mich auf der knarzenden Luftmatratze hin und her, bis ich mich dem Schlaf hingab, weil ich irgendwann hoffte, er würde mir einen schönen Traum schenken, der mir neue Kraft und Hoffnung verlieh.

Doch die schönen Träume blieben aus. Grischa-Träume zählte ich nicht mehr als schöne Träume, auch in dieser Situation nicht. Sie blieben zu kurz und zu wenig greifbar, um mich darin zu vergessen. Nicht einmal er konnte mir Trost verschaffen. Zäh tröpfelten die Stunden dahin; Morgen, Vormittag, Mittagshitze, Nachmittagshitze, Abend. Dann die unbegreiflich lange, stille Nacht. Immer wieder stand ich kurz davor, mich erneut aus dem Haus zu schleichen und dieses Mal auch den Garten zu verlassen, um nach einem Mahr zu suchen, der sich alles von mir nehmen wollte, ausgehungert und gierig, und mich damit vor dem Tod rettete, doch ausgerechnet die Gedanken an Paul, der mich erst auf diese Idee gebracht hatte, hielten mich jedes Mal in letzter Sekunde davon ab.

»Willst du die ganze Straße anstecken?«, hatte er mich gefragt. Ich hatte es schon in der Schule gehasst, wenn meine Klassenkameraden hustend und schniefend zum Unterricht erschienen und alle anderen großzügig mit Grippeviren versorgten, ich hatte es als verantwortungslos und dumm empfunden. Wie verantwortungslos und dumm war es, gespickt mit Pest- und Choleraviren von einem Dorf zum anderen zu ziehen, um völlig planlos nach einem Mahr zu suchen? Hatte ich wirklich das Recht, so etwas zu tun?

Noch war es außerdem nicht so weit. Meine Lymphknoten waren auch an den folgenden zwei Tagen geschwollen und ich glaubte, leichtes Fieber zu haben. Doch weitere Symptome blieben aus. Inkubationszeit drei bis acht Tage. Mein Körper wehrte sich. Ich wusste nicht, ob er gewinnen konnte, doch er kämpfte. Ich betete um einen Sieg, betete darum, dass Colin es sich anders überlegen würde, wenn ich verlor.

In der dritten Nacht war es überraschenderweise niemand anderes als Paul, der mich aus unserem Gefängnis befreite. Ohne auch nur ein Wort zu verlieren, rüttelte er sanft an meiner Schulter (was nicht nötig war, ich hatte wach dagelegen und auf die Geräusche von der Straße gelauscht) und bedeutete mir, mit ihm zu kommen.

Auf Zehenspitzen nahmen wir die Treppe, bis wir vor der Tür des Salons standen. Paul legte seine Hand auf die Klinke, drückte sie aber nicht herunter.

»Was ist denn?«, fragte ich ungeduldig. Falls er bemerkt haben sollte, was mit mir los war und welche Symptome ich hatte, sollte er mich nicht zappeln lassen. Es ging hier um mein Leben.

Paul nahm die Hand wieder von der Klinke und zeigte mit dem Daumen auf die Tür – nein, auf Tessa, die dahinter auf ihrem Krankenbett lag. Randaliert hatte sie in den vergangenen beiden Tagen nicht mehr. Wir hatten nur hin und wieder ihr gurgelndes Husten und Röcheln gehört, was voll und ganz genügte, um unsere Folter zu vervollkommnen, weil es uns an das erinnerte, was uns möglicherweise ebenfalls blühte. Keiner von uns hatte nach ihr gefragt.

»Ich möchte nur kurz mit dir sprechen«, sagte Paul leise. Er griff in die Tasche seines Kittels. »Das ist die letzte Spritze. Penizillin. Und ich weiß nicht, ob sie helfen würde.«

Er hatte die anderen Dosen uns gegeben, rein prophylaktisch, wie er betonte. Nun hatte er nur noch diese eine.

»Aber – warum …?« Ein plötzlicher Brechreiz hielt mich davon ab weiterzusprechen. Was wollte er von mir?

»Ihr geht es sehr schlecht. Es ist ernst.« Paul sprach wie von einer ganz normalen Patientin, was mir zusätzliche Angst einjagte. »Tessa ist irgendwie deine Angelegenheit, deine und Colins, und ...« Paul atmete schwer aus. »Ellie, als Colin den Kampf gegen François aufgenommen hat, war ich bewusstlos. Danach konnte ich zumindest dabei zusehen, mich aber nicht bewegen. Ich war unfähig zu handeln und wie in all den Monaten zuvor haben andere mein Schicksal bestimmt. Deshalb ...« Er zögerte. »Wenn du sie noch einmal lebendig sehen möchtest, wäre jetzt ein guter Zeitpunkt. Sie ist nicht mehr gefährlich. Du hast nichts zu befürchten. Vielleicht willst du ihr noch etwas sagen oder ... ich weiß es nicht.«

Die Silben verschliffen sich miteinander, während Paul sprach. Er war so übermüdet, dass jedes Wort zu einer Hürde wurde. Immer wieder musste er blinzeln, um seine Augen zu befeuchten.

»Geht es dir denn gut?«, setzte er matt hinterher, als ich nicht reagierte.

»Ja«, log ich. »Alles in Ordnung.« Es war zumindest nicht schlimmer geworden. Nicht besser, aber auch nicht schlimmer.

»Es ist ein schmaler Grat zwischen Sterbehilfe und Behandlung.« Paul deutete erneut auf die Tür. »Ich habe keine Ahnung, ob diese Spritze sie retten kann oder es nicht besser wäre, sie ihrem Schicksal zu überlassen und die Medizin für euch aufzubewahren. Aus ärztlicher Sicht ist die Sache klar. Ich muss jene Patienten behandeln, die krank sind, mit allen mir zur Verfügung stehenden Mitteln. Vielleicht gibt es auch noch eine andere Sicht. Und ich denke, ich ...«

Er sprach nicht weiter. Doch mir war klar, wie Paul handeln würde. Er würde die Spritze für uns aufbewahren – und damit entgegen dem ärztlichen Kodex agieren. Wollte er deshalb, dass ich jetzt von Tessa Abschied nahm? Abrechnen mit Tessa – wie sollte das gehen? Wieder hatte ich das Gefühl, würgen zu müssen.

»Ich will da nicht rein.«

»Das musst du auch nicht! Ich wollte dir nur die Möglichkeit lassen, bevor es zu spät ist. Ich würde dir natürlich einen sauberen

Kittel geben und einen Mundschutz und Handschuhe, sodass du dich keiner Gefahr aussetzt.« Mit einer schwachen, langsamen Geste zeigte Paul schräg hinter sich auf die Küche. »Und ich … ich …« Kurz fielen ihm im Stehen die Augen zu, dann schreckte er wieder hoch und ließ sich auf die unteren Treppenstufen nieder, wo er den Kopf gegen die grob verputzte Wand lehnte. »Ach, Ellie, ich wollte immer den hippokratischen Eid schwören, das war mein großer Traum. Ich will ihn nicht brechen, bevor ich ihn überhaupt schwören darf …«

Paul war in Not, ich sah es ihm an. Er wollte etwas richtig machen, nachdem er so viel falsch gemacht hatte in den vergangenen Jahren, und hatte gleichzeitig Angst, den größten Fehler seines Lebens zu begehen. Doch was für einen Rat sollte ich ihm geben? Wenn ich meine geschwollenen Lymphknoten erwähnte, war klar, wie er sich entscheiden würde. Half ich ihm damit?

»Paul, ich muss dir etwas sagen. Ich habe …«

Verdutzt hörte ich auf zu sprechen und sah zu ihm hinunter. Doch ich hatte richtig gehört. Paul schnarchte. Mit offenem Mund hing er an der Wand und schlief. Wahrscheinlich hatte er bis jetzt kein Auge zugetan. Ich dachte an seine Herzblockade, an seine permanente Erschöpfung. An die Atemnot, unter der er immer wieder litt. Ich musste ihn schlafen lassen, wenigstens ein paar Minuten, damit er weiterhin durchhielt.

Besorgt musterte ich ihn. Die Penizillinspritze war ein Stück aus seiner Tasche gerutscht. Wenn er noch weiter zur Seite kippte, würde sie herausfallen und auf dem harten Boden zerschellen. Mit den Fingerspitzen zog ich die Injektion aus dem Stoff seines Kittels und stand da wie eine Medizinstudentin, die zum ersten Mal in ihrem Leben eine Spritze setzen musste und sich nicht traute. Ich tapste in die Küche, um sie dort abzulegen. Auf dem freigeräumten Tisch hatte Paul einen frischen Kittel, einen Mundschutz und Handschuhe ausgebreitet. Für mich. Falls ich Tessa noch einmal sehen wollte.

Und verflucht, das wollte ich. Nicht, um mit ihr abzurechnen, und erst recht nicht, um über ihr Leben zu entscheiden. Nein, ich musste Klarheit darüber gewinnen, wer sie war. Ob sie die kleine hässliche alte Vettel mit dem Puppengesicht war, die in ihrer abartigen Gier mein Leben verdunkelt hatte, oder jene beruhigend schöne, sanfte Frau, in deren ausgebreitete Arme ich mich hatte fallen lassen wollen. Oder ein Wesen, das ich nie gesehen hatte? Konnte ich erst jetzt ihr wahres Gesicht erkennen?

Mechanisch und ohne recht glauben zu können, was ich da tat, desinfizierte ich meine Hände und kleidete mich an: Kittel, Handschuhe, Mundschutz, dann, als wäre sie der letzte notwendige Teil dieser Ausrüstung, steckte ich die Spritze in meine Tasche. All das kam mir vertraut vor, als hätte ich es schon oft getan, als hätten diese Utensilien auf mich gewartet. Für einen Moment agierte ich nicht wie eine Patientin, sondern wie Pauls Kollegin, die ihn nun von seiner Schicht ablöste. Professionell und ruhig.

Gänzlich unprofessionell jedoch war der unterdrückte Schrei, der mir entfuhr, als ich die Tür des Salons hinter mir geschlossen hatte und Tessa anschaute. Ich erkannte sie nicht wieder. Was vor mir lag, war weder ein lüsterner Dämon noch eine Verheißung. Paul hatte ihre Haare abgeschnitten, nein, geschoren. Natürlich, er hatte das tun müssen, allein aus hygienischen Gründen. Tessa ohne Haare … Die Kopfhaut sah nicht aus, als hätten ihre Wurzeln vor, neue Haare zu produzieren. Sie war komplett kahl, ohne Flaum, ohne Stoppeln, ein schneeweißer, glatter Schädel, unter dem blaue Adern schwach pulsierten.

Tessas Augen waren geschlossen und tief in ihre braun umschatteten Höhlen gesunken. Mit seltsam abgespreizten Armen lag ihr abgemagerter Körper auf dem weißen Laken, von der Brust bis zu den

Knien durch ein Tuch abgedeckt. Paul hatte sie an den Tropf gehängt, um ihr Flüssigkeit zuzuführen, doch dieser Körper wollte sterben. Das war es, was er mir unmissverständlich bedeuten wollte; sein Geruch sagte es mir und auch seine wächserne Haut und die dünnen Knochen, die sich durch das Tuch drückten, ein Leichentuch, keine Bettdecke. Ich tat ihm einen Gefallen, wenn ich die Spritze in meiner Tasche ruhen ließ, wenn ich ihm das gestattete, was er seit Hunderten von Jahren vergeblich versuchte.

Doch wir Menschen bestanden nicht nur aus unserem Körper. Manchmal wollte der Geist leben, obwohl der Körper beschlossen hatte zu sterben. Wie bei mir. Ich wollte leben, leben mit allen Sinnen, ich wollte lange leben, uralt werden, ich wollte noch so viel sehen und entdecken und auskosten. Intensiver denn je. In diesem Moment, als ich sie betrachtete, wollte ich mich sogar vermehren, nicht nur ein Kind bekommen, sondern mindestens drei, ach nein, fünf! Dazu ein kleiner Zoo im Garten, um den ich mich kümmern konnte – überhaupt, ein Garten, Pflanzen und Sträucher. Gemüse und Obst ziehen und ernten. Wie Mama.

Vielleicht träumte Tessas Geist davon auch. Genau in diesem Augenblick träumte er von der Zukunft, sah nicht ein, dass jetzt alles zu Ende sein sollte. Andererseits: Was sollte er in dieser Welt? Diese Welt würde ihn überfordern. Tessa hatte keine Erinnerungen an ihr Dasein als Mahr; für sie hatte ihr räuberisches Dasein als Dämon niemals existiert. All die Jahre, in denen sie Träume und Erinnerungen stahl, waren wie fortgewischt.

Paul hatte sie befragt, mithilfe von schriftlichen Übersetzungen, die Gianna ihm notiert hatte. Tessa wusste nichts. Sie hatte etwas von einem Fischmarkt geredet und Blut, zumindest hatte Gianna das so interpretiert (falls Paul es richtig verstanden und wiedergegeben hatte); darauf konnte niemand von uns sich einen Reim machen. Vielleicht war es auf einem Fischmarkt geschehen und es waren ihre letzten Erinnerungen an die Metamorphose. Fische und Blut. Blut floss nämlich, wenn Mahre die Menschen verwandelten. Oder es war am Meer geschehen, unter Wasser womöglich, und deshalb fürchtete sie es …

Meine Gedanken drehten sich im Kreis, ohne dass ich zu einer Lösung gelangen konnte. Tessas Atem wurde zusehends flacher. Manchmal vergingen Sekunden, bevor ihre Brust sich wieder hob und ich ein kaum hörbares, feuchtes Rasseln wahrnahm, mehr vermochten ihre Lungen nicht mehr für sie zu tun.

Auch ich konnte nichts für sie tun. Entsprach es denn dem hippokratischen Eid, einen dummen, einfältigen und gierigen Menschen aus dem Mittelalter der modernen Welt auszusetzen? Ich konnte mir sogar vorstellen, dass sie, falls sie genesen sollte, durch die Straßen lief und wieder nach jemandem Ausschau hielt, der ihr ewiges Leben schenkte. Ob sie sich dann an Colin erinnerte? Ihn erneut heimzusuchen begann?

Oder war sie zeitlebens an uns gebunden, weil wir nicht wagten, sie der Öffentlichkeit preiszugeben, um uns nicht zu verraten? Eine Art Familienmitglied, das bei jedem Handgriff auf unsere Hilfe angewiesen war und auf das wir achtgeben mussten wie auf ein kleines Kind? Wollte ich das? Nein, weder ich noch sonst jemand von uns wollte das.

Wieder setzte ihr Atem aus. Ohne es entschieden zu haben oder gar zu wollen, legte ich prüfend meine Hand auf ihre Stirn. Sie glühte. Sie musste schon im Delirium sein … Ein leises Seufzen befreite sich aus ihrer Kehle. Ich zuckte zurück, doch sie schlug ihre Augen nicht auf. Nichtsdestotrotz hatte sie mich wahrgenommen.

»Mist«, flüsterte ich. »Verdammter Mist …« Sie wusste, dass ich hier war! Jemand stand an ihrem Bett und dachte über sie nach. Sie hoffte, dass ich ihr half, ging vielleicht sogar davon aus, weil Paul seit Tagen nichts anderes tat.

Folge deinem Herzen, hatte Mama gesagt, als sie mich zum Abschied in den Arm genommen hatte. Ja, ich musste auf mein Herz hören, auch wenn niemand mich darum gebeten hatte zu entscheiden, was ich nun entscheiden würde. Ich war die Einzige, die es tun konnte. Wenn die Pest bei mir ausbräche und ich würde im Fieberwahn fühlen, dass jemand neben mir stand und mich berührte, würde ich hoffen und wünschen, dass er mir half. Wie schrecklich war es gewesen, als Mama das in meinem Traum nicht getan und mir stattdessen eine Pistole an die Schläfe gehalten hatte … und abgedrückt hatte …

Routiniert trennte ich ein Stückchen Mull von der Rolle neben dem Bett ab, schob das Tuch ein Stück zur Seite, besprühte Tessas Oberschenkel mit Alkohol und tupfte ihn trocken. Dann setzte ich die Spritze an und injizierte ihr jene Lösung, die möglicherweise mein eigenes Leben hätte retten können. Als ich fertig war, begann ich von Kopf bis Fuß zu zittern, nur für wenige Sekunden, aber so gewaltvoll, dass ich beinahe den Tropf umgeworfen hätte.

Ich hätte gehen können, mehr war nicht zu tun, ich hätte mich sofort auf mein Bett legen und anfangen können zu bereuen, was ich entschieden hatte. Doch ich blieb stehen und schaute sie an, schaute zu, wie ihr Gesicht sich ein wenig zu entspannen begann, immer noch stupide und hässlich, aber zufriedener als zuvor. Es kam mir vor, als würden sich Geist und Körper einander annähern, verhandeln, sich umkreisen und dann vereinen. Ihre Lippen zuckten.

Ich beugte mich vor, obwohl ich mich vor ihr ekelte.

»Ja?«, fragte ich flüsternd. »Was ist?«

Hatte sie mir doch noch etwas zu sagen? Eine Information über Colin oder über meinen Vater? Eine letzte Botschaft, die mehr wert war als eine Penizillinspritze? Irgendetwas, was mich belohnen würde?

Doch es war nur ein einziges Wort, ein Wort, das ich ohne Mühe übersetzen konnte, weil es das erste gewesen war, das ich auf Italienisch gelernt hatte und selbst im übelsten Akzent und in tiefster Krankheit verstand.

»Danke.«

Danke wofür? Danke, dass ich ihr das Medikament gegeben hatte? Dass ich bei ihr war? Dass ich sie berührt hatte? Ihr zuhören wollte? Danke, dass wir den Dämon in ihr getötet hatten?

Oder danke, dass sie sterben durfte? Denn auf einmal wusste ich, dass es nutzlos gewesen war. Dieses Penizillin würde nicht wirken. Sie würde nicht mehr gesund werden. Wir hatten ihr nicht das Leben, sondern Sterblichkeit geschenkt.

Rückwärts stolperte ich aus dem Raum, die leere Spritze in der Hand, schlug die Tür zu und setzte mich neben Paul auf die Treppe, ausgelaugt und todmüde. Wie ein Arzt, der gerade eine stundenlange, aber erfolglose Operation beendet hatte, streifte ich mir den Mundschutz vom Gesicht.

»Paul.« Ich rempelte ihn vorsichtig an. »Paul, wach auf, bitte.«

Es dauerte einige Sekunden, bis seine Augen sich öffneten und sein Blick klar wurde, doch dann begriff er rasch, was geschehen war, und nahm die Spritze umsichtig aus meinen Händen, damit ich mich nicht daran verletzte, denn wieder überkam mich ein mächtiges Frösteln.

»Du hast sie ihr … ihr gegeben? Du hast ihr die Spritze gegeben?«

Ich nickte nur, obwohl ich gerne laut geheult und ihn angefleht hätte, mich festzuhalten. Paul musterte mich mit einem müden Kopfschütteln, ungläubig, aber auch anerkennend.

»Danke«, flüsterte er. »Es war das Richtige.«

Ja, möglicherweise war es das Richtige gewesen. Es hatte sich richtig angefühlt. Aber wieder war Paul einer Entscheidung beraubt worden. Doch das sickerte erst jetzt in mein Bewusstsein. Oh, es war so schwer, so grausam schwer, die richtigen Entscheidungen zu treffen, wenn das Leben so kurz und gefährdet wie das von uns Menschen war. Stundenlang saßen Paul und ich nebeneinander auf den Stufen und warteten schweigend auf das, was unausweichlich erschien, ihren Tod oder meine Krankheit, vielleicht auch beides. Nichts geschah.

Erst als beim ersten Morgengrauen eine feuchte, salzige Brise durch das geöffnete Küchenfenster wehte, die nächtlichen Grillen ihr Lied verklingen ließen und ich spürte, dass der Scirocco uns aus seinem feurigen Griff entlassen hatte, überkam mich ein erschöpfter, trügerischer Frieden. Für den Moment genügte er. Ich zog mich am Treppengeländer in die Senkrechte, weil ich meinen wackligen Knien nicht recht traute und Paul mit dem Gesicht in seinen Händen eingedöst war, und schlurfte um Jahre gealtert die Stufen hinauf.

Tillmann und Gianna schliefen noch, mit weggestrampelten Laken und unglücklichen Mündern, und ich wollte es nicht anders. Sie würden mich nicht ansehen und auch nicht berühren wollen, also sollten sie schlafen.

Ich lag wach, bis die Sonne aufgegangen war und die Fliesen des Balkons in ihrer Wärme nach Stein und Meer zu duften begannen. Ich stellte mir vor, wieder eine Schlange zu sein und mein kaltes Blut von ihren Strahlen aufheizen zu lassen, bis ich mich lebendig fühlte.

Dann schlief auch ich ein. Vielleicht für immer.

Eros

Exodus

Tessa starb noch am gleichen Morgen. Ich weiß nicht, ob es Zufall oder Schicksal war, dass es geschah, während wir alle schliefen. Paul wurde als Erster wach und versuchte, mit einer Herzmassage ihre Geschichte umzuschreiben, wovon ich wach wurde – hektische, rhythmische Geräusche, dazu eine Stille wie kalter Nebel. Ich wusste um ihren Tod, bevor ich meine Augen geöffnet hatte, ohne mich zu freuen oder es zu bedauern. Wir mussten es hinnehmen; in diesem Punkt war unsere Macht erschöpft. Wir hatten nichts mehr mitzureden und beugten uns dem Stärkeren.

Gianna und Tillmann taten, als ob sie weiterhin schliefen, auch als ich aufstand und ein zweites Mal ohne Erlaubnis unsere Quarantänehaft brach, um wenigstens die obere Treppenstufe zu betreten und nach unten zu sehen. Aus dem Salon ertönte ein dumpfes, fast verzweifeltes Fluchen, ein Stuhl fiel um, anschließend schallte ein weiterer Fluch durch die Ruhe des Hauses, dieses Mal schon etwas kraftloser.

Dann, nach einer Atempause für uns beide, öffnete sich die Tür und Paul stützte sich mit dem ausgestreckten Arm an der Wand ab, um zu mir hochzusehen, abgekämpft und gezeichnet von den vergangenen Tagen, mit Ringen unter den Augen und ungekämmtem Haar.

Ein Blick genügte, um mir zu sagen, was ich sowieso schon wusste. Ich ging zurück in unser Zimmer, wo Gianna und Tillmann immer noch die tief schlummernden Ahnungslosen mimten und sich erst rührten, als unten Schritte laut wurden, dieses Mal geschäftig und zielstrebig und nicht nur von Paul, sondern auch von Colin. Sie sprachen gedämpft miteinander, als würden sie etwas bereden und entscheiden, zwei Männer, die weder Tod noch Teufel fürchteten. Der eine, weil er nicht anders konnte, der andere, weil es sein Job war.

Die Siesta war schon angebrochen, Hitze und der Lärm der Zikaden, als erneut Geräusche erklangen. Nun schafften es auch Tillmann und Gianna nicht mehr, mir weiterhin ihren Tiefschlaf vorzugaukeln. Paul war nicht wie sonst zu uns gekommen und hatte Essen und Tee gebracht oder uns untersucht; es war auch ihnen klar, dass etwas geschehen sein musste – etwas, was nach Taten verlangte. Wir hatten einen Leichnam im Haus. Und es war zu heiß, um ihn hier liegen zu lassen. Alle üblichen Wege, wie mit ihm zu verfahren war, fielen für uns weg. Kleider im Garten verbrennen – das konnte man noch einigermaßen unbehelligt tun. Eine Leiche verbrennen jedoch nicht. Fleisch stank, wenn es verkohlte, es würde uns verdächtig machen.

Es war die Aufgabe ihres Sohnes, sie wegzuschaffen.

Wir standen auf dem kleinen Balkon, Tillmann und Gianna ganz rechts, ich in die linke Ecke gequetscht, weil sie mich immer noch mieden, und schauten zur Straße hinab, als Colin in der größten Mittagshitze auf Louis aus dem Hof trabte, über seinen Beinen ein verhülltes, schlaffes Bündel, das Louis sichtlich in Panik versetzte. Immer wieder begann der Hengst zu steigen und wollte tänzelnd und drehend seine verwesende Fracht loswerden, doch Colin setzte sich mit stoischer Miene durch und trieb ihn die Straße entlang und die Berge hinauf, sein Haar in Flammen, die Augen eisgrün und fern.

Trotz Giannas keifendem Protest und Tillmanns strafendem Blick ging ich Stunden später, nachdem sich Paul erneut als Einmannputztrupp durchs Haus gearbeitet hatte, nach unten. Mein Bruder saß auf der Schwelle der Eingangstür, wo er seinen letzten Putzeimer ausgeleert hatte. Die Handschuhe hatte er neben sich gelegt und die Unterarme auf die Knie gestützt. Ich fegte die Handschuhe mit den Zehen zur Seite und ließ mich neben ihm nieder.

Pauls blaue Augen waren dunkel vor Erschöpfung, als er mich ansah. Er wirkte nicht nur gerädert, sondern auch deprimiert.

»Meine erste Patientin, Ellie … und ich konnte nichts tun. Nichts.«

»Das ist nicht wahr, Paul. Du hast alles getan, was du konntest. Außerdem war sie nicht deine erste Patientin. Ich war deine erste Patientin!«, erinnerte ich ihn an Hamburg, wo er sich nach Colins Raub meiner angenommen hatte.

»Ja, und was ist geschehen? Ich hab dir viel zu starke Mittel gegeben und dich beinahe abhängig gemacht. Toller Arzt.« Er zog die Nase hoch wie ein trotziger Junge.

»Ich wollte es nicht anders und ich hab's überlebt«, versuchte ich ihn aufzumuntern, obwohl ich ahnte, dass das nicht in meiner Macht lag. Es war selten vorgekommen, dass einer von Papas Patienten sich das Leben genommen hatte, aber wenn es geschehen war, war er tagelang nicht ansprechbar gewesen, hatte sich in seinem Arbeitszimmer verkrochen und mit sich gehadert. Nachts hatte ich seine Schritte gehört, weil er ruhelos auf und ab ging und sich selbst ohne Unterlass infrage stellte – genau wie Paul es jetzt tat. Aber Tessa hatte sich nicht das Leben genommen. Es war das geschehen, was schon vor Jahrhunderten hätte geschehen sollen.

»Versteh mich nicht falsch, Ellie, ich weiß, was sie euch angetan hat, und ich mochte sie keine einzige Sekunde lang, aber sie war meine Patientin und ich hatte Verantwortung für sie, es war meine Aufgabe, sie vor dem Schlimmsten zu bewahren, und ich habe versagt …«

Deutete er an, dass ich ihn hätte wecken müssen? Dass ich diese Entscheidung nicht hätte fällen sollen?

»Vielleicht war es nicht das Schlimmste, sondern das Beste. Du hast selbst gesagt, dass es ein schmaler Grat ist. Paul, du hast die Situation bravourös gemeistert!« Ich fand mich irritierend erwachsen, Worte wie »bravourös« zu benutzen, doch sie trafen zu, ob ich ihm nun dabei geholfen hatte oder nicht. Paul hatte lediglich sein Grundstudium beendet und seit langer Zeit keine Vorlesung besucht oder gar als Sanitäter gearbeitet. Andere wären schreiend davongerannt, wenn sie sich mit einer so schwierigen Lage konfrontiert gesehen hätten. Paul hatte sofort funktioniert, wie eine Maschine, und erst dann damit aufgehört, als nichts mehr zu tun gewesen war. Wahrscheinlich hatte er nur stundenweise geschlafen. Es war eine abgedroschene Phrase, wie aus amerikanischen Serien, tausendmal von miesen Schauspielern dahergesagt, aber in diesem Falle musste ich sie selbst aussprechen. Ich wand mich dabei, weil ich wusste, dass Paul sie ebenso albern fand wie ich.

»Papa wäre stolz auf dich.«

»Pfff«, machte Paul und strich sich mit den flachen Händen über die blassen, stoppeligen Wangen. Sein Dreitagebart verlieh ihm das Aussehen eines Abenteurers, der wochenlang durch die Wildnis gestapft war. »Ellie … Ich weiß nicht, ob ich es dir erzählen soll, aber ich muss es jemandem erzählen und ich glaube nicht, dass Gianna die Richtige dafür ist …«

»Ja?«, fragte ich milde interessiert. Es Colin zu erzählen, kam für Paul offensichtlich nicht infrage, wobei Colin pikante Krankheitsgeschichten vermutlich besser wegstecken konnte als ich. Paul verlor sich zu gerne in ekelhaften Details. Oder verbarg sich doch etwas anderes dahinter?

»Tessa … Ich hatte sie doch zu Anfang gewaschen und untersucht, um herauszufinden, was mit ihr geschehen sein könnte und warum sie krank ist. Ich hab sie am ganzen Körper untersucht, wenn du verstehst, was ich meine.«

Ja, ich verstand es und ich fand es überaus abstoßend, aber ich nickte, wie ein gewiefter Medizinerkollege genickt hätte, und hoffte, dass mein leerer Magen Pauls Schilderungen hinnehmen würde.

»Sie hatte … es klebte getrocknetes Blut zwischen ihren Schenkeln, viel Blut, aber ich glaube nicht, dass sie vergewaltigt wurde, sondern …« Paul machte eine kleine Pause, um seine Gedanken zu ordnen. »Vergewaltigt worden ist sie sicherlich auch, das gehörte in ihrem Beruf wohl zur Tagesordnung, und ich habe verblassende Hämatome auf ihren Oberschenkeln entdeckt, aber was die neueren Verletzungen betrifft … ich denke, dass sie eine Abtreibung vorgenommen hat und deshalb krank wurde. Oder sie hat eine Fehlgeburt erlitten. Denn ihre Brüste gaben Milch.«

Ich erschauerte. Keines dieser medizinischen Details hatte ich jemals wissen wollen. Doch jetzt hatte ich sie gehört und mein Kopf fing automatisch damit an, die Informationen auszuwerten. Abtreibung. Ja, das passte irgendwie zu ihr, sich Kinder machen lassen und dann nicht haben wollen, dachte ich und wusste im selben Moment, dass meine vorschnellen Schlussfolgerungen ungerecht und oberflächlich waren, vielleicht sogar vollkommen falsch. Sie hatte als Hure gearbeitet, wahrscheinlich stammten diese Kinder von Freiern; sie hätte niemals daran denken können, sie zu bekommen, weil sie dann nicht hätte weitermachen können – oder war es den Männern damals egal gewesen, ob eine Frau schwanger war oder nicht? Hatte sie Kinder gehabt, ein ungeborenes vielleicht sogar während einer Vergewaltigung verloren? Paul nahm das an. Sie war Mutter gewesen.

Seine Stimme war belegt, als er weitersprach. »Ich hatte mir überlegt, sie zu obduzieren, um zu sehen, in welchem Zustand ihre Organe waren nach all der Zeit, aber … ich konnte es nicht. Ich konnte es einfach nicht. Es ging nicht. Ihr Körper war schon zu sehr missbraucht worden. Es war nicht recht. Verstehst du das?«

Ich entsann mich an unser kurzes, schläfriges Gespräch, das wir im April auf dem Weg zur Ostsee geführt hatten. Paul hatte gesagt, er würde gerne mal in Tessa hineinsehen. Das war keine scherzhafte Bemerkung gewesen, sondern sein Ernst. Nun hatte er die Gelegenheit gehabt und es sich doch selbst verwehrt – zum Glück. Ich hätte es ebenfalls nicht gewollt, nicht in unserem Haus, wenn auch aus anderen Beweggründen.

Trotzdem begann ich diese Frau, deren Leiche Colin vorhin weggeschafft hatte und irgendwo da oben in den Bergen verscharrte, mit finsterem Blick und einem rasenden Pferd, anders zu sehen als zuvor. Nicht mehr als dämonische Schreckensgestalt, sondern als ein gieriges, dummes Weib, auf seine eigene Weise Opfer seiner Umstände, Opfer jener Zeiten, in die es hineingeboren war. Sie hatte viel weniger als wir entscheiden können, wer sie war und was sie sein wollte. Es hatte nicht viele Optionen für sie gegeben und eine davon war die Hurerei gewesen, mit all ihren Konsequenzen.

Ein Kind hatte sie dennoch hervorgebracht. Colin. Sosehr mich dieser Gedanke beleidigte und anwiderte: Ich hatte ihrem Entschluss, sich verwandeln zu lassen, den Mann zu verdanken, den ich liebte. Unauffällig fuhr ich mit dem Daumen über meinen rechten Lymphknoten am Hals. Keine Veränderungen.

»Wie lange müssen wir noch oben bleiben?«

Paul schreckte hoch. Er war erneut im Sitzen neben mir eingenickt.

»Was? Ach so, oben. Noch drei Tage. Besser vier. Danach können wir sicher sein«, sagte er schleppend vor Müdigkeit. Nun tastete ich seine Lymphknoten ab. Kaum spürbar. Gesund. Erschöpft, aber gesund. Ja, Paul hatte sämtliche Hygienevorschriften eingehalten und wusste besser als wir alle, was er tun durfte und was nicht, aber ich empfand es als ein kleines Wunder, dass er so robust geblieben war. Es war ein Sieg gegen François, ein Sieg im Nachhinein, und vor allem war es sein eigener, selbst errungener Sieg. Irgendwann würde ich ihm das sagen, aber jetzt gehörte er ins Bett.

Die letzten drei Tage in unserem Gefängnis wurden zur Nervenprüfung. Obwohl uns allen leichter ums Herz war, nachdem Tessa gestorben und vergraben war, ohne dass es jemandem in der Straße aufgefallen war (das wiederum hatten wir Colin zu verdanken; wenn er auftauchte, zogen die Menschen sich von ganz allein in ihre Häuser zurück), gerieten wir in einen handfesten Hüttenkoller.

Nach wie vor durfte ich mich Gianna und Tillmann nicht nähern, was die beiden aber nicht etwa miteinander verband. Sie rasteten regelmäßig aus und schrien sich an, bis sie sich die Kopfhörer ihrer MP3-Player um die Ohren schlugen und sich mit saftigen Schimpfwörtern bedachten. Tillmann zog dabei den Kürzeren, weil Gianna irgendwann ins Italienische fiel, und dagegen klang selbst die drastischste deutsche Beleidigung lachhaft harmlos.

Ich musste mir gut zureden, um den beiden noch Sympathie entgegenzubringen. Gianna war zum zänkischen Weib mutiert, das abwechselnd heulte und schimpfte; Tillmann baute um sich herum eine undurchdringliche Mauer des Schweigens auf und warf ab und zu einen Stein durch seine Schießscharten, um zu beweisen, dass er noch da war. Dabei war seine Anwesenheit weder zu überhören noch zu überriechen, weil er Gianna gerne provozierte, indem er ungehemmt furzte und rülpste, etwas, was ich ihm nie zugetraut hätte. Aber nach fünf Tagen Knast missachtete anscheinend jeder Mann die Benimmregeln. Immer wieder musste Paul uns zur Vernunft bringen und uns gut zureden, damit wir uns nicht gegenseitig umbrachten.

Als mir einmal der Kragen platzte und ich den beiden ihre Kopfhörer aus den fuchtelnden Händen reißen wollte, wurde Gianna neurotisch und kreischte in den höchsten Tönen nach Paul. »Sie wollte mich anfassen, deine Schwester wollte mich anfassen!«

»Bäh!«, machte ich höhnisch und hob beide Hände, als wolle ich mich auf sie stürzen, doch Pauls Gebrüll trieb uns allen den Teufel aus. Wenn der Stier in ihm durchbrach, suchte man besser das Weite und hielt seinen Schnabel.

Irgendwann war der letzte Quarantänetag angebrochen und ich wartete sehnsüchtig auf den Abend und jene befreiende Stunde, wenn alle außer mir schliefen. Doch dieses Mal konnte auch ich nicht wach bleiben. Ich kam erst wieder zu mir, als mich ein widerwärtig farbenprächtiger Albtraum – eiternde Pestbeulen gehörten wohl fortan zum Horrorreservoir meines Unterbewusstseins und nun waren rote Haare auf ihnen gewachsen – aus meinem Schlummer vertrieben hatte. Wie immer, wenn ich erwachte, tastete ich meine Lymphknoten ab und seufzte vor Erleichterung laut auf. Die Schwellung war spürbar zurückgegangen. Auch der dumpfe Schmerz in meinen Beinen und Armen hatte sich abgeschwächt. Ich blieb noch einige Minuten reglos liegen und suhlte mich in dem tröstenden Gefühl, mich selbst aus diesem Horror befreit zu haben, dank der Zähigkeit meines manchmal so verhassten Körpers, und nun wieder in mein eigenes Zimmer zurückkehren zu können, zu meinem Skorpion, den ich in der vergangenen Woche trotz meiner Angst vermisst hatte.

Ob der Skorpion überhaupt noch zu mir kommen würde? Und würde ich mich jetzt endlich von meinen Strapazen erholen können? Loslassen und alles vergessen? Oh, ich sehnte mich nach dem Meer, nach seiner erfrischenden azurblauen Kühle. Den Eidechsen, die sich auf den Steinen sonnten, den schwerelos dahinschwebenden Quallen, der grauen Aspisviper, die sich mir vor Tessas Ankunft immer öfter gezeigt hatte, wenn ich nach der Siesta in den Garten kam. Sie schlief gerne auf dem kleinen Absatz hinter der Duschwanne. Bei unseren ersten Begegnungen nach ihrem Besuch in meinem Bett war sie noch scheu davongehuscht, doch ich war ruhig stehen geblieben und nach einiger Zeit schlängelte sie sich wieder hervor und streckte sich entspannt aus, um sich zu sonnen. Dann konnte ich mich neben sie setzen, um sie so zu betrachten, wie ich den Skorpion betrachtete: mit verträumter Bewunderung und einem ruhigen, gelassenen Lebensmut im Herzen.

Ich verließ mich darauf, dass der Skorpion und die Schlange mir nicht entfliehen würden und meine langersehnte Erholung auch nicht, denn zunächst waren andere Angelegenheiten wichtiger. Nein, heute Nacht gab es eigentlich nur eine, doch sie war in meinen Augen plötzlich eine größere Herausforderung als das, was ich gerade erst mit mehr Tiefen als Höhen gemeistert hatte. Ich musste mich mit Colin versöhnen. Ich wollte es – aber ich wusste nicht, wie ich es anstellen sollte.

Noch immer ärgerte mich sein Ausspruch, er würde mich als Mahr nicht lieben, noch immer fand ich, dass seine Haltung Bigotterie glich. Andererseits war Tessa tot und vielleicht sollte ich angesichts dieses bahnbrechenden Erfolges, dessen Glücksgefühl bisher allerdings ausfiel, nicht so kleinlich sein. Unser Weg war frei; wir hatten genügend Zeit, alles zu klären, was wir klären wollten, obwohl mir jetzt, in der ersten Nacht in Freiheit, nicht nach Diskussionen und Rechtfertigungen zumute war.

Ohne nachzusehen, wusste ich, dass er da war. Er kam meistens nachts, damit Louis sich in seinem Unterstand ausruhen und Heu fressen konnte, mistete den Stall aus und ritt oder fuhr dann gegen Morgen wieder für ein, zwei Tage hoch in die Sila. Seit Tessas Tod war er nicht mehr hier gewesen; er würde also ein paar Stunden lang bleiben können.

Deshalb ließ ich mir Zeit und duschte ausgiebig im Garten, bevor ich mir ein dünnes Strandkleid überwarf, meine Haare notdürftig zusammenband und hinüber zum Stall lief. Colin saß auf seinem Lager, wie immer ein Knie hochgestellt und den Ellenbogen daraufgelehnt, so wie ein Maler sein Modell positionieren würde, wenn er einen jungen Krieger abbilden wollte, doch ich brauchte einige Sekunden, um mich zu vergewissern, dass er es tatsächlich war.

Wie in den bronzenen Abendstunden, wenn Colin mit Louis am Strand baden gegangen war, hatte er sich ein schwarzes Piratentuch um den dunklen Schopf gewickelt, aber das allein war es nicht, was ihn mir so fremd erscheinen ließ. Es war seine Kleidung: ein graues, anliegendes Shirt mit kurzer Knopfleiste am Kragen (geöffnet natürlich) und eine verwaschene Jeans im Used-Look, beides neu. Hatte er etwa all seine Klamotten verbrannt? Seine uralten Hemden und diese elegant geschnittenen, schmalen und doch so lässigen Hosen? Etwa auch seine Stiefel? Oder trug er sie nur nicht, weil Tessas Leichengeruch noch an ihnen haftete?

Ich hatte nicht mit dem Schmerz gerechnet, den die Vorstellung auslöste, dass Colin seine Kleider vollständig vernichtet hatte und ich ihn nie wieder darin sehen würde. Instinktiv legte ich die Hand auf mein Herz, weil seine Schläge wehtaten. Herrje, wie konnte ich so oberflächlich sein? Es waren nur Klamotten, mehr nicht. Irgendwann wären sie sowieso dem Zahn der Zeit zum Opfer gefallen.

Ich fing mich wieder und wartete, bis er seinen schwarzen Blick hob und mich ansah. Doch das machte es auch nicht besser. Seine Augen bestürzten mich – ich hatte nicht mit jener Ruhelosigkeit und Erschöpfung gerechnet, die ich in ihnen erkannte, sondern eher mit teuflischem Schalk, gefolgt von einer arroganten Zote, doch dieser Ausdruck war mir selbst zu nah, mir selbst und meinen Empfindungen und auch dem erbitterten, acht Tage andauernden Versuch, nicht zu weinen, auf keinen Fall zu weinen, weil dann mein Körper meine Schwäche erkennen würde. Colin sagte nichts, während seine Augen fiebrig über mein Gesicht und meine Gestalt wanderten. Also musste ich es tun.

»Wie es aussieht, haben wir überlebt. Ich bin gesund.«

In dem Moment, als ich es aussprach, kam mir der Gedanke, an der Pest erkrankt zu sein, plötzlich grotesk und märchenhaft vor, doch Colins Reaktion zeigte mir, dass er das nicht gewesen war. Er murmelte einen kurzen Satz auf Gälisch, der wie ein Dankesgebet klang, und vergrub für einen Moment sein bleiches Gesicht in den Händen, ein Ausdruck tiefster Erleichterung, der mir den Boden unter den Füßen wegzog. Ich kippte nach vorne und sackte in seine Arme, die sofort nach mir griffen und mich an seine Brust zogen, wo mich ohne jegliche Vorwarnung ein unkontrollierbares Zittern überfiel, kein panisches Frösteln wie in den Tagen zuvor, sondern die bahnbrechende Erlösung nach einem langen Kampf. Jetzt erst merkte ich, dass ich meine Muskeln seit dem Mord beinahe ununterbrochen angespannt hatte, wahrscheinlich hatten daher die Schmerzen in Beinen und Armen gerührt und vielleicht sogar das Fiebergefühl. Meine Zähne klapperten, meine Knie bebten, als würde ich geschüttelt, und ich vermochte es nicht, meine Hände an Colins Brust ruhen zu lassen oder sie gar zu heben, um seine Wange zu streicheln, ihn endlich zu berühren und ihm zu verzeihen.

»Das erinnert mich an etwas …«, raunte er mit anzüglichem, aber liebevollem Spott und ich lachte reflexartig auf, weil er sich mir endlich wieder zeigte, wie ich ihn kannte, nie um eine sexuelle Anspielung verlegen, selbst wenn sie noch so unpassend erschien, und mit seinem Vergleich lag er gar nicht falsch.

Mein gewagtes Unterfangen, ihm einen Knuff zu versetzen, scheiterte, doch irgendwie gelang es mir, meine Hände unter sein T-Shirt zu graben und es ihm über den Kopf zu ziehen, wobei sich auch sein Piratentuch verabschiedete. Schon in der nächsten Sekunde hatten sich unsere Haare im Clinch, obwohl meine noch nass waren und eigentlich von einem Gummi gebändigt wurden. Seine Jeans jedoch hatte den üblichen dunklen Hosen gegenüber einen eindeutigen Vorteil, wie ich freudig feststellte – sie saß nicht allzu eng und ließ sich ohne viel Aufheben und Gestrampel von seinen Hüften ziehen.

»Warte«, bat mich Colin mit einem leisen Keuchen, griff neben sich und befreite den Gürtel aus den Schlaufen der Jeans. Dann legte er die Hände über seinen Kopf an den Holzbalken, gegen den er sich lehnte, und nickte mir auffordernd zu.

»Aber … aber sie ist doch …«, erwiderte ich verwirrt.

»Tessa ist tot, ja, aber ich bin immer noch ein Mahr, immer noch hungrig, oder hast du das etwa vergessen? Alles, was sich geändert hat, ist, dass wir mehr Zeit haben, uns gegenseitig auf die Nerven zu gehen. Nicht viel mehr Zeit als vorher, aber genug.«

Das klang nicht anzüglich, sondern viel zu ernsthaft für eine scherzhafte Bemerkung.

»Darüber will ich nicht reden. Nicht jetzt, okay?« Ich hatte eine vorwurfsvolle Schärfe in meine Stimme legen wollen, doch es war mir vollkommen missglückt. Meine Worte klangen flehentlich, nicht überlegen. Mit einer ruppigen Bewegung zerrte ich mein Kleid, das bei unserem kleinen zärtlichen Handgemenge nach oben gerutscht war, wieder über mein Hinterteil. Trotzdem waren dank unserer eigensinnigen Haare meine Lippen noch nah genug an Colins Mund, dass er sie mit seiner Zungenspitze berühren konnte. Und meine Lippen scherten sich nicht um Stolz und Eigensinn. Sie wollten ihn küssen, sie taten es, ohne mich zu fragen und meine Erlaubnis zu erbitten. Ich biss ihn, doch das störte ihn kaum. Seine Arme glitten wieder herab, schoben sich unter mein Kleid, bis seine kräftigen Fingerspitzen sich in die zarte Haut meines Rückens gruben.

»Okay, jetzt nicht«, wisperte er, befreite seine Arme aus meinem Kleid – ein Akt, der ihn spürbare Überwindung kostete – und drückte mir den Gürtel in die rechte Hand, weil die linke schon andere Ziele im Visier hatte. Einigen konnten sie sich nicht. Ich wollte den Gürtel fallen lassen. Er war mir egal.

»Lassie, rette dich vor mir, bitte …«

Ich löste meine Lippen frustriert von seinen und versuchte, mich zu konzentrieren. Fahrig hob ich den Gürtel auf, band seine Arme an den Balken und verknotete die Enden.

»Das genügt nicht.« Colins lange Finger bewegten sich zur Seite, um die Lederstriemen fester zu ziehen.

Ohne seine Hände auf meiner Haut wurde mir schlagartig kalt und ich fühlte mich mit einem Mal verraten und betrogen. Wieder lag alles, was jetzt geschah, an mir, und bei all unserer Vertrautheit und Zuneigung: Ich war nicht erfahren genug, als dass es mir bereits leichtfiele, nicht nach einer solchen Tortur, nicht nach Albträumen von Pestbeulen und mehrtägiger Todesangst. Vielleicht würde es mir niemals leichtfallen, aber eine andere Wahl hatte ich nicht. Es war idiotisch, gerade erst überlebt zu haben und in der nächsten Minute gedankenlos den Tod anzulocken – oder aber die Ewigkeit, mit dem Preis, dass Colin mich nicht mehr lieben würde. Deshalb musste ich es tun, und zwar so, wie das Schicksal es von uns verlangte, wenn wir weiter beisammen sein wollten. Er gefesselt, ich frei. Und doch so gefangen.

»Verflucht«, flüsterte ich unter Tränen, als ich Colin endlich wieder in mir spürte und dabei so gottverdammt alleine war. Wütend schlug ich meine rechte Faust auf seine Brust. Trotzdem wollte ich nicht weg, wollte ich hier mit ihm sein, zwei Wesen in einem Körper, denn das war es doch, was ich mir verdient und erfochten hatte …

»Du musst nichts tun. Bleib einfach bei mir.« Es besänftigte mich ein wenig, Colins samtene Stimme in meinem Kopf zu hören und von der Verantwortung befreit zu werden, erneut die Regie zu übernehmen. Nein, wir mussten uns nicht bewegen oder etwas entscheiden, es reichte vollkommen, gemeinsam da zu sein.

Ich weinte haltlos, ohne Trost zu finden, ohne Umarmung, sosehr ich mich auch an ihn schmiegte und dem Rauschen in seiner Brust lauschte, das stärker wurde, bis es wieder im Rhythmus meines Herzens pulsierte, schnell und aufgeregt, und ich unter Tränen lächelte, weil Colin etwas auf Gälisch zu mir sagte, was ich nicht verstand, aber fühlte. Ich gab ein Seufzen von mir, wie ich es früher nie gewagt hätte – doch Scham existierte in diesen Sekunden nicht, ebenso wenig wie die Gewissheit, die Leere in unseren Seelen mit dem füllen zu können, was wir hier taten.

Dennoch bereute ich keine einzige unserer Berührungen, denn der ganze erbärmliche Sieg war nichts wert, wenn er nicht damit besiegelt werden konnte. Wir waren unsere Trophäen, er für mich, ich für ihn. Wir für uns.

Als es vorbei war, ich den Gürtel lösen durfte und Colins Arme mich fest umschlossen, kehrte sein Hunger so schnell zurück, dass wir beide voneinander zurückwichen, erschrocken von seiner Stärke und Intensität. Schon begannen sich bläuliche Schatten unter Colins Augen zu bilden, die gefährlich kalt loderten, und seine Haut überzog meine mit einem frostigen Schauer.

»Das ist der Grund, warum ich ihr niemals verzeihen werde. Sie wirkt nach, immer und überall«, grollte Colin.

»Wie meinst du das? Sie ist doch tot!«

»Sie wirkt nach, weil sie mich erschaffen hat, als Dämon! Ich bin ihre Brut!« Mit einem Ruck stand er auf, wobei er mich abschüttelte wie eine lästige Fliege, zog sich an, holte Louis aus dem Garten, schwang sich ohne Sattel und Trense auf seinen Rücken und preschte in die Nacht davon.

»Ich hasse es. Ich kenne es, aber ich hasse es. Ich hasse es so sehr«, flüsterte ich, weil ich diesen gnadenlosen Absturz aus unserer verschworenen Intimität hinab in die nackte Einsamkeit nicht zu verkraften glaubte. Für einen Moment war alles sinnlos, unsere Liebe, unsere Nähe, mein ganzes Dasein. Sinnlos und nichtig. Und ich dachte darüber nach, mich zu erholen? Wie sollte das gehen, wenn ich mit einem Mahr zusammen war?

Ich duschte mich ab, streifte mein Kleidchen über den Kopf und rannte zurück ins Haus und die Treppen hinauf, wo Tillmann nun alleine lag, da Gianna meinem Beispiel gefolgt war und sich zu Paul geschlichen hatte. Vielleicht hatten sie keinen Sex, aber er durfte sie umarmen, die ganze Nacht bei sich halten, und zum Teufel, das wollte ich auch. Ich konnte nicht allein schlafen. Jetzt, wo Tessa tot war, musste ich doch wenigstens meine Freunde zurückgewinnen dürfen. Ich würde es nicht ertragen, noch eine weitere Nacht in mir selbst gefangen zu bleiben, chancenlos, die Nähe eines anderen Wesens zu spüren. Ohne zu fragen, schob ich mich zu Tillmann unter die Decke, doch als er wach wurde und mich erkannte, boxte er mich so schnell von sich weg, dass ich den Halt verlor und auf den Boden fiel.

»Was soll das, Ellie?«

»Ich bin nicht mehr ansteckend! Es ist alles gut. Wir haben überlebt! Du kannst wieder mit mir sprechen …«

»Das meine ich nicht. Du hattest gerade Sex und kriechst danach zu mir ins Bett? Ich bin nicht dein Fußabtreter!!«

»Aber ich …«

»Nichts aber! Denkt keiner von euch darüber nach, wie ich mich fühle zwischen zwei Pärchen? Die Frau, die ich geliebt habe, ist wegen mir gestorben! Ich hab sie umgebracht! Und dann schläfst du mit deinem Freund, nachdem ich eine Woche lang ohne jede Privatsphäre mit zwei Verrückten in einem Zimmer hausen musste, riechst noch nach seinem Sperma und kommst zu mir ins Bett?«

»Halt deine doofe Klappe!«, schrie ich zurück. Tillmanns schonungslose Offenheit war schlimmer als jede Ohrfeige. Meine Wangen brannten vor Verlegenheit. »Das geht dich alles gar nichts an!«

»Ganz richtig, Ellie!« Ganz richtig. Ich prustete verächtlich. Ganz richtig, er klang schon wie sein Vater. Das hatte Herr Schütz auch immer gesagt. Ganz richtig. »Es geht mich nichts an und deshalb will ich dich hier nicht haben! Du kannst mich nicht benutzen wie einen Ersatzliebhaber in spe, wenn es dir gerade so passt! Ich steh nicht auf dich, hast du das vergessen?« Zornig schleuderte er sein Kopfkissen gegen die Wand.

»Das hab ich niemals so gesehen, niemals!«, heulte ich erbost. »Ich dachte, wir sind Freunde!« Oh Gott, noch so ein abgedroschener Spruch. Das konnte ich besser und ich musste es besser hinkriegen. »Ich wollte eben nur … ich musste, ich …« Nein, ich konnte es nicht besser. Und Tillmanns glühender Blick sagte mir, dass ich es lieber gar nicht erst versuchte. »Dann leck mich doch am Arsch«, fauchte ich und rauschte aus dem Zimmer, die Treppe wieder hinunter und in mein eigenes Reich, ausgegrenzt von den anderen, wo ich frierend auf den Skorpion wartete und erst einschlafen konnte, als er im Morgengrauen neben mich gekrochen war und gelblich-giftig im Licht des untergehenden Mondes zu schillern begann.

Es kam mir vor, als sei er das einzige Wesen auf diesem Planeten, das mich noch verstand.

Er würde mich nur stechen, wenn ich es wollte.

Engelszungen

Ich lebe, war mein erster Gedanke, als ich am nächsten Morgen zu mir kam. Gott sei Dank, ich lebe. Und ich werde weiterleben.

Ich öffnete die Augen. An der schrägen Position, in der die Sonne durch die Ritzen der Fensterläden schien, erkannte ich, dass es schon spät am Vormittag sein musste, doch die anderen schienen noch zu schlafen. Es waren keine menschlichen Geräusche zu hören, nur das gedämpfte Rauschen des Meeres, das Flüstern der Silberpappeln und, wie immer, das Lied der Zikaden.

Ich selbst blieb still. Mein Atem floss lautlos und sanft durch meine geblähten Lungen, mein Herz schlug in ruhiger Regelmäßigkeit, um das zu bewahren, für das ich mich innerlich noch immer wie im Gebet bedankte: mein Leben. Ohne zu fühlen, wusste ich, dass meine Lymphknoten endgültig ihre normale, gesunde Größe zurückerlangt hatten. Nicht nur das: Meine Muskeln waren arbeitsbereit, aber entspannt, mein Geist klar, meine Organe befanden sich alle am richtigen Platz und verrichteten ohne großes Aufheben ihr Werk; ein perfektes Zusammenspiel, dessen Winkelzüge ich nur dann spüren würde, wenn es gestört wurde. Ich hatte ein wenig Hunger, was ich morgens aber durchaus mochte, denn dann gab es einen guten Grund, aufzustehen und den Tag zu beginnen.

Ich erinnerte mich daran, was in der Nacht geschehen war, und ich erinnerte mich auch an meine quälende Einsamkeit. Doch dann war ich eingeschlafen, weinend und mein Kissen im Arm, um mir wenigstens einzubilden, jemand hielte mich, und noch bevor ich vollkommen weg gewesen war, tauchte Grischa vor meinen Augen auf und dieses Mal war es anders gewesen. Schon die letzten Träume von ihm hatten nicht so sehr geschmerzt wie früher, als wäre mein Unterbewusstsein nachsichtiger geworden. Dieser Traum hatte mich sogar glücklich gemacht, denn ich hatte die beruhigende Gewissheit gespürt, dass jemand bei mir war, der mich kannte, stets mit einem Lächeln über mich wachte, beinahe wie ein Schutzengel. Ein Wächter über meine Seele, der darauf achtete, dass mich niemand zu sehr verletzte. Ich hatte mich diesem Gefühl hingegeben, bis meine Tränen langsam versiegten, und war mit einem süßen, erholsamen Schlummer belohnt worden. Ich machte mir nichts vor: Hier war niemand gewesen. Denn wer hätte das sein sollen? Colin schied aus, er hätte sich so schnell nicht satt essen können, um noch während der Nacht zurückzukehren. Die anderen schieden ebenfalls aus. Wahrscheinlich war es nur einer der geheimnisvollen Zauber gewesen, die der Schlaf für uns bereithielt; ich hatte dieses Phänomen nicht zum ersten Mal erlebt. So heilsam war es allerdings noch nie gewesen.

Ich löste meine Aufmerksamkeit von meinem Bauch und meinen Gliedmaßen und widmete mich meinem Gesicht. Kein Spannungsgefühl zwischen und über den Augen. Es lag glatt wie ein See, meine Lippen gelöst, meine Haut weich. Nicht trotz, sondern wegen der Tränen, die ich heute Nacht vergossen hatte. Ich kannte das aus früheren Zeiten. Manchmal fühlte ich mich wie neugeboren, nachdem ich mich in den Schlaf geweint hatte, als würde das Weinen alten, trüben Ballast aussortieren und Platz schaffen für Neues, das genau jetzt beginnen und mich zu einem anderen, besseren und gelasseneren Menschen machen könnte.

Ja, das hier wäre ein Moment für den grünen Knopf, dachte ich lächelnd. Ich hatte mir früher, als die Schule für mich noch eine

Qual gewesen und ich schon mit Übelkeit und innerem Frieren erwacht war, oft vorgestellt, ich würde einen kleinen schwarzen Apparat mit einem einzigen grünen Knopf in meiner Tasche tragen, der in direkter Verbindung zu meinem Organismus stand. Und sollte der Augenblick kommen, in dem ich mich vollkommen wohl in mir selbst fühlte – manchmal, selten, geschah es und meistens unverhofft –, dann konnte ich den grünen Knopf drücken und der Apparat würde diesen Zustand für immer konservieren.

Denn wenn ich mich weiterhin so fühlen könnte, dauerhaft, würde alles leichter von der Hand gehen und ich könnte jedes Hindernis spielerisch bewältigen, ohne mir selbst im Weg zu stehen, weil ich ständig auf mich und meine Regungen lauschte. Jetzt war einer dieser Augenblicke. Sogar meine aufgewühlte Seele hatte sich der Magie meines Körpers ergeben und vertraute darauf, dass er alles richten würde. So mussten sich andere Menschen fühlen, dachte ich neiderfüllt. Wenn man sich so fühlte, kam man gar nicht erst in Versuchung, sich zu viele Gedanken zu machen.

Bei mir würde dieser Zustand in wenigen Stunden verflogen sein. Ich konnte ihn nicht halten. Den Apparat mit dem grünen Knopf gab es nicht und ich wusste, dass sich bald die Spuren der vergangenen Tage zeigen mussten und mich wieder das Bedürfnis einholen würde, mich zu erholen. Mit einem Seufzen zwischen Wohlgefühl und Resignation schwang ich meine Füße auf den Boden und erhob mich, um die Läden zu öffnen und den Tag zu begrüßen, denn ich hatte Schritte und leises Geschirrklappern gehört. Wahrscheinlich war Gianna ebenfalls wach geworden.

Frische Klamotten hatte ich kaum mehr übrig; die meisten mussten dringend gewaschen werden und die anderen waren verbrannt worden. Doch in meinem Schrank fand ich noch einen schwarzen, knappen Bikini, eine abgeschnittene Jeans und ein leicht durchsichtiges Top. Flink schlüpfte ich in die Bikiniteile und zog den Rest darüber. Ich konnte es kaum erwarten, schwimmen zu gehen. Ich hätte auch nackt gebadet, doch blanke Busen und Hinterteile waren in Süditalien verpönt. FKK gab es hier nicht und wir wollten die anderen Menschen am Strand – so wenig es auch waren – nicht vor den Kopf stoßen, indem wir ihre ungeschriebenen Regeln ohne Rücksicht brachen.

Durch meine Terrassentüren trat ich barfuß ins Freie, atmete tief ein und setzte mich genau auf jene Stufe, wo Tillmann, Colin und ich in unserem Rausch auf Tessa gewartet hatten. Schon nach wenigen Sekunden zogen die Kinder vom Ende der Straße auf ihren Fahrrädern vorbei. Sie winkten und ich winkte zurück. Irgendwo ertönte aufgeregtes, aber fröhliches italienisches Geschnatter, dann fuhr ein Zug vorüber und vom Strand hörte ich das Geräusch des Volleyballes, der auf nackte Unterarme traf. Noch war ich stille Zuschauerin, aber zum ersten Mal mit all meinen Sinnen bereit, mich mitreißen zu lassen.

Nach ein paar Minuten kam Gianna zu mir und setzte sich neben mich – immer noch in gebührendem Abstand und so weit weg, wie die Breite der Treppe es zuließ.

»Und, bist du jetzt glücklich?«, fragte sie behutsam und trotz ihrer Zurückhaltung klang ihre Frage unliebsam vieldeutig. Mein innerer Frieden erhielt einen Dämpfer.

»Was soll denn das heißen?«

»Nichts Schlimmes, Ellie, ehrlich!« Gianna hob die Hände, um mich zu besänftigen. »Aber wir haben es geschafft und euch steht der Weg frei und … ja, dann brauchen wir eigentlich nur noch nach deinem Vater zu suchen und können nach Hause fahren.«

»Nach Hause fahren?« Ich konnte nicht glauben, was ich da hörte. »Du willst jetzt nach Hause?«

»Ich sagte, wir suchen nach deinem Vater und fahren dann heim.« Wie Gianna das sagte, klang es, als würden wir husch, husch Ostereier suchen, sie in der nächsten Ecke finden und ins Körbchen packen. Es klang nicht einmal, als meine sie das ernst. Viel mehr Gewichtung lag auf dem Nach-Hause-Fahren. Ich fühlte mich weder zum einen noch zum anderen in der Lage. Zweifelnd schaute ich sie an, doch sie mied meinen direkten Blick.

»Ja, Ellie, ich würde gerne nach Hause.«

»Du hast deine Wohnung gekündigt«, erinnerte ich sie. »Hast keinen Job mehr …«

»Na und? Dann suche ich mir eine neue Bleibe und einen neuen Job. Das ist doch kein Problem. Also, wir sollten uns so rasch wie möglich überlegen, wo dein Vater stecken könnte, und dann … ja, wie gesagt. Nach Hause.«

Nach Hause – wie sollte das aussehen? Indem Paul und Gianna zurück nach Hamburg gingen, wo Gianna arbeiten und Paul studieren würde? Und Tillmann? Was sollte der machen? Sich wieder vor mir vergraben, bis er sich in der Lage fühlte, mir seine Gedanken mitzuteilen? Ganz zu schweigen von Colin, der ausdrücklich gesagt hatte, dass er in sein Haus im Wald nicht zurückkehren könne. Es gab kein Zuhause mehr, nicht für mich. Aber genauso wenig fühlte ich mich gestärkt und kräftig genug, schnell mal eben nach meinem Vater zu forschen. Ich hatte nach wie vor nicht die winzigste Spur. Ich musste mich erst ausruhen, wenigstens ein paar Tage lang.

»Versteh doch, Ellie, ich sehne mich nach meiner vertrauten Umgebung nach all dem Horror.« Gianna begann mit der Schnalle ihrer Holzpantinen zu spielen.

»Ich dachte, Italien ist deine vertraute Umgebung«, murrte ich, ahnte aber schon, dass sie mir nicht die volle Wahrheit sagte. Was ich spürte, war etwas anderes. Leisen Abscheu und den sehnlichen Wunsch, sich vor mir zurückzuziehen, das war es, was Gianna antrieb. Sie wollte es hinter sich bringen, mit mir zusammen zu sein.

Diese Vorstellung empörte mich nicht nur, sie tat mir auch zutiefst weh. Ich war wieder gesund, es gab keinen Grund, mich zu fürchten.

»Noch was, Ellie.« Gianna öffnete die Schnalle ihrer Pantolette und schloss sie wieder. »Ich wollte mich für mein Verhalten in den letzten Tagen bei dir entschuldigen.«

»Hm«, machte ich. Großartig geändert hatte es sich ja nicht, sie überspielte ihre Abneigung nur besser. Trotzdem fühlte ich sie. Und ich fand, dass nicht nur Gianna sich entschuldigen sollte, sondern auch Colin. Ich verstand, dass sein Hunger ihn zu einem schnellen Aufbruch gedrängt hatte, aber irgendeine Berührung oder Geste oder einen Satz hätte er mir noch schenken können. Und erst Tillmann …

»Ich weiß, dass es nicht richtig war, dich so zu meiden«, sprach Gianna hastig weiter und spreizte ihre zarten Hände, als könne sie ihren Worten damit mehr Gewicht verleihen. »Aber da war etwas in mir, was diesen Sicherheitsabstand von mir verlangte, mit aller Macht, und es …« Sie sah mich reuig an. »Das tut es immer noch. Ich kann nichts dagegen machen. Ich möchte dich nicht berühren oder dir zu nahe sein. Ich bin mir dessen bewusst, dass das schäbig ist, aber … ich bin diesem Wissen gegenüber so hilflos! Alles in mir sagt mir, dass es richtig ist, dich nicht anzufassen, also …«

»Also tust du es nicht«, bereitete ich diesem unseligen Monolog ein Ende. Das konnte man sich ja kaum anhören. »Kein Thema. Ich steh sowieso nicht auf Freundschaften mit Anfassen.« Das kam der Wahrheit sogar recht nahe. Die ständigen Küsschen rechts und links und das eingehakte Bummeln, das Jenny und Nicole mit mir praktiziert hatten, war mir oft auf die Nerven gegangen. Ich bewegte mich lieber frei und brauchte meine Zeit, bis ich mich an die Gegenwart eines anderen Menschen gewöhnte und ihn berühren wollte. Küsschen zur Begrüßung widersprachen dem, was mein Körper mir signalisierte. Er wollte höchstens Küsschen zur Verabschiedung.

Trotzdem war ich verletzt. Ich hatte geglaubt, Gianna sei meine Freundin. Hatte Paul ihr denn nicht deutlich machen können, dass keine Ansteckungsgefahr mehr von mir ausging? Ihn fasste sie außerdem auch an und er hatte Tessa behandelt.

»Ach, Ellie …« Gianna schaute kopfschüttelnd auf ihre gebräunten Zehen. »Ich verstehe es doch auch nicht. Und es betrifft nicht nur dich, sondern auch Colin, obwohl ich euch beide mag. Ich komme da nicht drüber weg.«

Ich erlaubte mir ein wissendes Grinsen. Klar wollte sie auch Colin meiden. Wie alle anderen Menschen es bei ihm tun wollten. Und ich wurde nun in Sippenhaft genommen, weil die Pest nicht mehr dienlich war? Hatte Gianna sich denn schon immer in meiner Gegenwart so gefühlt? Unwohl? Gianna ließ ihre Zehen in Ruhe und versuchte, einen Blick in meine Augen zu erhaschen, doch ich verweigerte ihn ihr. Vielleicht sind meine Augen ja auch schädlich für ihre Gesundheit, dachte ich sarkastisch.

»Es tut mir aufrichtig leid, Ellie. Ich mag gebildeter und erfahrener als du sein, aber nicht stärker.«

»Oh, so stark bin ich nicht«, widersprach ich belustigt, obwohl mir der Gedanke gefiel. Vielleicht war ich es tatsächlich. Ich stand auf und stemmte die Arme in die Seite. Gianna äugte wie ein kleines Kind, das gleich Schelte bekommen würde, zu mir hoch. »Ist Paul schon wach?«

Gianna nickte.

»Gut, ich wollte etwas mit ihm besprechen – oder …« Ich zögerte. Ich wollte Paul nicht ein zweites Mal nackt erwischen und erst recht nicht in irgendeiner pikanten Situation. Gianna war zwar hier, aber …

»Also echt, Ellie!«, ereiferte sie sich, als sie kapierte, warum ich stockte. »Meinst du im Ernst, ich hatte nach dem ganzen Stress Lust auf Sex? Das ist ein Schlafzimmer, keine Liebeshöhle.«

Ich sagte nichts mehr, sondern ließ sie wortlos auf den Stufen sitzen und ging zurück ins Haus. Was hätte ich auch erwidern sollen? Dass ich, die sündige Elisabeth, noch heute Nacht der Fleischeslust erlegen war, obwohl der Tod eine Woche lang neben meinem Bett gewacht hatte? War ich deshalb ein schlechterer Mensch?

Gianna hatte nicht zu viel versprochen. Giannas und Pauls *camera* war ein Schlafzimmer und kein Liebesnest – ein Schlafzimmer für Paare, die es ernst meinten. Sie hatten den mit Abstand schönsten Raum des Hauses ergattert, stellte ich wieder einmal fest, als ich ihn betrat. Groß, mit lang gezogenen Fenstern, einem Baldachin über dem Bett, wuchtigen dunklen Schränken und schneeweißer Wäsche. In diesem Zimmer konnte man seine Hochzeitsnacht verbringen und Mädchen entjungfern. In Süditalien fiel vermutlich noch beides zusammen. Jeder würde das Blut auf dem Laken sehen können.

Ich verscheuchte diese verstörenden Gedanken und setzte mich neben Paul, der immer noch damit beschäftigt war, wach zu werden. Schwer stöhnend rollte er sich auf den Rücken, die Haare wüst zerzaust und das Gesicht voller Schlaffalten.

»Morgen, Schwesterchen. Was gibt's?«

»Morgen. Dieses Mal habe ich eine Bitte an dich.«

Paul hustete und richtete sich auf, um mit mir auf einer Höhe zu sein.

»Was für eine Bitte denn?«

Ich versuchte, die abstehenden Strähnen auf seinem Oberkopf platt zu drücken, scheiterte aber. Da half nur duschen. Wenigstens zuckte er nicht vor mir zurück, sondern ließ mich gähnend gewähren.

»Es ist so …«, begann ich umständlich. »Ich … wir … wir müssten ja jetzt eigentlich sofort nach Papa suchen, oder? Tessa ist tot, keine Gefahr mehr, keine Vorsichtsmaßnahmen nötig, aber … ich …« Ich hab keine Ahnung, wie wir das anstellen sollen, dachte ich verzweifelt. Und vor allem habe ich keine Kraft dafür. Noch nicht. »Ich brauche eine Pause, Paul, nur ein paar Tage, eine Woche höchstens, nicht mehr. Das war alles so aufreibend und kräftezehrend für mich, diese Angst, dass ich krank bin, die Sache mit Tessa. Und von dem Kampf gegen François habe ich mich auch noch nicht erholen können. Dazu die schwere Entscheidung mit dem Penizillin …«

»Ach ja. Diese Entscheidung.« Pauls Gesicht verhärtete sich.

»Es war doch die richtige, oder?« Verdammt, hatte ich das etwa auch falsch gemacht? Hatten die anderen sich in den vergangenen Tagen gegen mich verbündet?

»Ja. Es war die richtige. Das hatte ich dir bereits gesagt. Aber ich hätte sie gerne selbst gefällt.«

»Du hast geschlafen, Paul …«

»Du hättest mich wecken können!«

Mir fiel nichts ein, was ich zu meiner Verteidigung sagen konnte – außer Dingen, die Paul nicht hören wollte. Dass im Grunde nur ich das hatte entscheiden können, weil ich diejenige war, die dicke Lymphknoten und Fieber gehabt hatte. Dass er womöglich zu lange überlegt hätte. Dass es meine ganz persönliche Angelegenheit war. Aber in seinen Augen hatte er wieder versagt. Einmal mehr. Er war passiv gewesen, während andere handelten.

»Tut mir leid«, murmelte ich schließlich. »Sie wäre aber so oder so gestorben. Und jetzt … jetzt brauche ich ein bisschen Zeit für mich. Bitte. Schon Hamburg war hart genug für mich.« Ich bereute meine Worte bereits, während ich sie aussprach. Hamburg war nur so hart gewesen, weil ich damals schon gehandelt hatte, während Paul ruhte. Und ich erinnerte ihn auch noch daran …

Doch er legte seine Hand auf mein Knie und drückte es kurz.

»Ist okay, Ellie. Eigentlich müssten wir alle ins Sanatorium. Es kann nicht schaden, für ein paar Tage gar nichts zu tun. Ich möchte am liebsten sofort nach Papa suchen, aber … ich alleine kann wahrscheinlich sowieso nichts ausrichten. Wir brauchen dafür Colin, oder?«

Ich nickte und schluckte trocken. Ja, so dachte ich mir das auch, obwohl ich keine Ahnung hatte, ob Colin dazu in der Lage war. Über seine Mahrkontakte hatte er sich stets ausgeschwiegen und lediglich erwähnt, dass er kein gutes Standing hatte. Mit seinem Lebensentwurf – so nahe wie möglich bei den Menschen und Traumraube ausschließlich bei Tieren – stellte er das Dasein seiner Artgenossen infrage. Und nun hatte er seine eigene Mutter getötet. Wir hatten sie gemeinsam getötet. Mahre führten zwar keine Freundschaften und wahrscheinlich würde sie niemand vermissen. Nichtsdestotrotz war es für ihn eine heikle Angelegenheit, nach Papa zu recherchieren. Möglicherweise begab er sich und uns damit in große Gefahr und von Gefahren hatte ich vorerst genug.

Außerdem fühlte ich mich jetzt, wo ich gerade erst überlebt hatte, völlig überfordert mit unserem Vorhaben. Ich wusste nicht einmal, wo ich beginnen sollte. Wir mussten einen der Revoluzzer finden, mit denen Papa zusammengearbeitet hatte, aber wo und wie? Das war nichts, was wir übers Knie brechen konnten. Wir mussten gut darüber nachdenken, was wir taten, und im Moment wollte ich nur existieren und nicht zu viel denken, ich wollte diesen Zustand von heute Morgen noch ein wenig bewahren, um wieder zu Kräften zu kommen. Und mir dieses geborgene Gefühl von heute Nacht zurückerträumen …

»Sagst du es den anderen?«, bat ich Paul leise. »Ich war ja nicht sonderlich beliebt in den vergangenen Tagen.« Geändert hatte sich daran nicht viel. Dabei hatte ich doch niemandem etwas getan. Gut, vielleicht hatte ich Tillmann etwas getan, indem ich zu ihm unter die Decke geschlüpft war, aber ich hatte ihn weder verletzen noch kränken wollen und eigentlich musste er das wissen.

Paul kam meinem Wunsch nach. In wenigen Sätzen machte er Gianna und Tillmann beim Frühstück klar, dass wir die kommenden acht Tage ausschließlich Ferien machen würden. Ich registrierte Tillmanns erstaunten Blick, mit dem er mich ansah, als diese Worte fielen. Ja, womöglich hatte er das nicht von mir erwartet. Aber er hatte es auch nicht mit dicken Lymphknoten und wütenden Mahren zu tun gehabt. Ich brauchte eine Pause. Ich hatte sie schon gebraucht, bevor wir losgefahren waren. Und es war allein Pauls und meine Entscheidung, wann wir nach unserem Vater zu suchen begannen.

Gianna willigte erst widerstrebend, dann aber beinahe erleichtert ein. Sie hatte genug von ihrem unfreiwilligen Nebenjob als Gefahrensucherin und war für eine Woche davon beurlaubt worden. Das konnte ihr nur recht sein. Trotzdem versuchte ich mich zu verteidigen, denn Tillmanns Augen klebten immer noch an mir.

»Wenn sich etwas ergibt oder Colin eine Information bekommt, reagieren wir natürlich darauf, keine Frage. Aber erst einmal … erst einmal muss ich wieder durchatmen können.«

»Ich glaube, das müssen wir alle«, sagte Gianna und legte reflexartig die Hand auf ihren Bauch. Ihr war nicht mehr übel gewesen in den letzten Tagen, aber wahrscheinlich fürchtete sie, es würde wiederkommen, wenn wir uns in ein weiteres Abenteuer stürzten. »Deshalb schlage ich vor, dass wir heute Abend zusammen nach Pietrapaola in die Pianobar fahren und ein wenig unseren Sieg feiern. Einverstanden?«

Ich hatte meinen Sieg zwar heute Nacht schon gefeiert – auch wenn dies streckenweise eher einer Trauerfeier geähnelt hatte –, doch ich fand ebenfalls, dass es Zeit war, sich den schönen Seiten Italiens zu widmen, auch wenn ich das Gefühl hatte, dass die anderen nur noch meine Bekannten und nicht mehr meine Freunde waren. Selbst mein Bruder hegte einen Groll gegen mich, obwohl er ihn zu unterdrücken versuchte. Aber auch die Jungs stimmten zu, Paul mit einem Nicken, Tillmann mit einem Brummen.

Stunden später traute ich meinen eigenen Augen kaum, als Colin bei Sonnenuntergang mit Louis am Strand auftauchte, während ich gerade weit hinausgeschwommen war, so weit, dass ich die Hügelketten sehen konnte, in deren ausgetrockneten Wäldern es hier und da rot aufleuchtete. Brandherde. Ob Colin nach mir Ausschau hielt, sich vielleicht sogar um mich sorgte? Oder waren seine Gedanken nur bei Louis? Ich beeilte mich zurückzuschwimmen, doch er verschwand samt Pferd, bevor ich die Brandung erreichte. Gianna teilte mir hinter ihren schwarzen Brillengläsern mit, dass er uns heute Abend begleiten würde. Auch das konnte ich kaum fassen.

Kurz vor unserem Aufbruch stand er plötzlich im Türrahmen, als ich auf dem Bett saß und mich meinen störrischen Haaren widmete. Ich ließ ihn bei meinem Kampf zusehen, ohne ein Wort zu verlieren.

Schon der gesamte Tag war schweigsam gewesen. Keine gemeinsamen Volleyballschlachten. Keine Witzeleien. Kein Tratschen am Strand. Tillmann strafte mich mit Schweigen, Gianna blieb wortkarg, Paul grübelte. Und immerzu hatte ich das Gefühl, dass es meine Schuld sei. Nun war auch ich stumm. Bei Colin sollte es jedoch keine Retourkutsche sein; ich wusste einfach nicht, welches Thema ich anschneiden konnte, ohne dass unser Gespräch in Streit ausartete und wir wütend, vielleicht auch gierig übereinander herfielen, ob im Kampf oder in der Liebe. Beides war jetzt eher unpassend.

Aus seiner Miene konnte ich nicht herauslesen, was er dachte oder fühlte. Falls er etwas fühlte. Als ich schließlich, nachdem ich mich mal wieder den Launen meiner Haare unterworfen hatte, mit hocherhobenem Haupt an ihm vorbeistolzierte, klatschte er mir in einer seiner vor Selbstbewusstsein strotzenden Machogesten auf den Hintern und ich konnte nicht anders, als dem Grinsen nachzugeben, das sich in meine Mundwinkel gestohlen hatte.

Colin chauffierte uns in seinem Wagen. Gianna dirigierte ihn großräumig gestikulierend die Küstenstraße entlang, doch er schien zu wissen, wie er fahren musste. Pietropaola klang in meinen Ohren nicht aufregend und eher nach einem Wallfahrtsort als nach einem Platz, wo man vergessen, sich versöhnen und auftanken konnte. Umso erstaunter stellte ich fest, dass es in Kalabrien tatsächlich touristische Bemühungen gab, obwohl das Ambiente eher einem Rummelplatz glich als einer italienischen Piazza. Gianna lotste uns durch die Fahrgeschäfte, Buden und im Korso marschierenden Einheimischen zu einer weitläufigen Outdoorbar inmitten eines Hotelgartens, der großzügig mit blühenden Blumenranken und Palmen bestückt worden war.

Ich fühlte mich, als hätten wir nach einem langen Marsch durch die Wüste endlich die lebensrettende Oase gefunden. Sofort empfand ich die Missstimmungen zwischen Gianna, Tillmann, Paul und mir als weniger dramatisch. Mir gefiel spontan alles hier, ganz entgegen meines Hangs zu nörgeln – ja, mir gefielen die runden Tische mit ihren unbequemen Flechtstühlen, die halbrunde Bar, die billige Beleuchtung, die Stumpenkerzen, die Schnulzenmusik, die aus den Boxen schallte, und auch der weiße Flügel, der auf einem Podest in der Mitte der Anlage thronte. Dabei war es nicht einmal ein echter Flügel. Es war ein Teil, das aussah wie ein Flügel und in dem ein Alleinunterhalter-Keyboard versenkt worden war. Ausnahmsweise gefielen mir sogar die umherwuselnden, geschäftigen Kellner, die so taten, als hätten sie Hunderte von Gästen zu bedienen, und die trotz ihrer demonstrativen Hektik entspannt wirkten. Das beherrschten die Italiener perfekt – in der Hektik zu entspannen. Dabei waren nur wenige Gäste außer uns da. Wahrscheinlich war es noch zu früh am Abend.

Neugierig starrte ich in einen Brunnen, in dem echte Fische schwammen und in den eine kleine, dicke marmorne Putte ununterbrochen hineinpinkelte.

Die anderen hatten bereits einen Tisch in einer lauschigen, von Palmen umgebenen Ecke gefunden, zu dem sie mich rufend herbeiwinkten. Früher hatte ich versteckte Plätze geliebt und in Restaurants immer den Stuhl besetzt, der mich vor fast allen Blicken schützte. Doch heute war mir das gar nicht recht. Ich wollte alles sehen, alles auf mich einwirken und mich von jedem Detail ablenken lassen. Ich rückte den letzten freien Stuhl ein wenig zur Seite, um durch die Palmwedel auf das Klavier schauen zu können, doch der Wortwechsel zwischen Colin und Gianna, der sich in meiner Abwesenheit entsponnen hatte, lenkte mich ab.

Sie sprachen auf Italienisch miteinander und das ärgerte mich. Colin schmunzelte wissend, als er etwas zu Gianna sagte, was sie sofort in ein leicht verlegenes Kichern ausbrechen ließ.

»Hallo, ich bin auch noch da«, giftete ich.

»Oh, das ist nicht zu übersehen, Lassie«, entgegnete Colin, ohne mit diesem aufreizend süffisanten Grinsen aufzuhören. Gianna kicherte nun hinter vorgehaltener Hand – völlig unnötig, man hörte sie sowieso –, während Tillmann mit undurchdringlichem Blick auf meine nackten Beine schielte, die ich neben dem Tisch ausgestreckt hatte. Ich hatte meine abgeschnittene Jeans anbehalten, wusste aber nicht, was daran so verwerflich sein sollte. Gianna trug doch auch immer die allerkürzesten Röcke – sogar heute hatte sie einen davon an.

»Was ist denn nun wieder verkehrt?«, fragte ich ungehalten. Ich war plötzlich nicht mehr willens, die ständige Ausgrenzung klaglos über mich ergehen zu lassen. »Wenn ich nicht gerade die Pest übertrage, ist es meine Kleidung, die euch nicht passt? Habt ihr ein Problem damit?«

»Wollten wir uns nicht entspannen?«, unterbrach Paul unser verbales Gemetzel. »Kommt jemand an den Tisch oder müssen wir selbst an die Bar?«

Colin stand auf. Zum ersten Mal, seitdem er aufgetaucht war, erlaubte ich mir einen genaueren Blick auf sein Erscheinungsbild. Der Teufel trägt Schwarz, dachte ich ironisch. Schwarzes Shirt, schwarzer dünner Schal, schwarze schmale Hose. Er hatte sie also doch behalten. Dazu schwarzes Haar, schwarze Augen – wollte er etwa extra betonen, wie weiß seine Haut war? Wie lange würde es heute dauern, bis wir die Menschen um uns herum vertrieben hatten?

»Ich geh schon, ich bin meistens schnell dran«, sagte er, stutzte aber im selben Augenblick und hob den Kopf, als wolle er in den Lärm hineinlauschen. Moment, diesen Blick kannte ich, dieses Wittern … ein feines Schnobern der Nasenflügel und eine plötzliche Starre in den Pupillen. Was spürte er? Doch in der nächsten Sekunde entspannte sich seine Miene wieder zu seiner üblichen Unnahbarkeit und er drehte sich mit einer fließenden Bewegung von uns ab, um zur Bar zu schlendern und uns ein paar Drinks zu holen.

Er war kaum außer Sichtweite, als fast alle Lichter ausgingen und die Musik aus den Boxen verstummte. Ich dachte sofort, dass es etwas mit Colins Aura zu tun haben musste – das kannte ich schon, er brachte die Technik zum Ersterben, obwohl es heute so schnell wie noch nie gegangen war. Doch dann bemerkte ich überrascht, dass es gar nichts mit ihm zu tun hatte. Es war Absicht. Eine süditalienische Inszenierung! Nun begann offenbar der romantische Teil des Abends, denn die künstliche Musik aus den Boxen wurde durch echte, handgespielte ersetzt. Kalabrien machte Stimmung. Ich fiel sofort darauf herein. Wie im Traum wandte ich meinen Kopf zu dem Podest mit dem Flügel, dessen falsche Tasten von eleganten, langen Fingern hinuntergedrückt wurden.

Ja, das musste ein Traum sein. Das konnte nur ein Traum sein.

Wahrscheinlich hatte ich doch die Pest und lag längst im Delirium. Denn Grischa hatte nie Klavier gespielt. Ich hatte nicht viel über ihn herausfinden können, aber zumindest so viel, um zu wissen, dass Musik sein schlechtestes Fach gewesen war und er es in der Oberstufe sofort abgewählt hatte. Wenn Grischa in einer kalabrischen Bar Klavier spielte, konnte es sich nur um einen Traum handeln. Einen Fiebertraum. Und das erklärte einiges.

»Oh nein«, murmelte ich betroffen. »Ich werde doch sterben …«

»Was redest du da, Ellie? So schön ist er auch wieder nicht«, erwiderte Gianna amüsiert. »Gut, ich gebe es zu, er ist schön, vielleicht sogar schöner als jeder Mann, den ich bisher gesehen habe – scusa, Paul –, aber keine Frau muss wegen eines schönen Mannes sterben. In spätestens fünf Jahren hat er eine Glatze und bekommt einen Bauch. Blonde Männer werden schnell kahl.«

»Danke, Gianna«, ätzte Tillmann, doch wir beide beachteten ihn nicht.

Blonde Männer? Meine Verwirrung steigerte sich ins Unermessliche. In diesem Traum passte gar nichts zueinander. Grischa war nicht blond. Sondern dunkelhaarig. Dunkelhaarig mit braunen Augen, eigentlich nichts Besonderes, wäre da nicht …

»Oh«, versuchte ich meiner Verwunderung einen passenden Laut zu verleihen, als sich mein Blick zu klären begann. Nein, ich träumte doch nicht. Und dieser junge Pianist war auch nicht Grischa. Er fühlte sich nur an wie Grischa und das alleine war schon mehr, als ich im Augenblick verarbeiten konnte. Seine Haltung, seine Körperausstrahlung, seine Art, den Kopf beim Spielen zu bewegen, seine Augen – die ich von der Ferne eigentlich kaum erkennen konnte –, all das ähnelte Grischa, als verfügten beide über mindestens achtzig Prozent übereinstimmendes Genmaterial.

Und doch war er so anders. Blond, wie Gianna treffend erwähnt hatte. Weizenblond. Ich hatte diese Bezeichnung oft gelesen, aber nie gesehen, weizenblond, eine Bezeichnung aus Romanen. Hier passte sie. Weizenblonde, weiche Locken, kurz geschnitten im Nacken, oben einen Tick länger, aber alles in allem eine Knabenfrisur, zeitlos und modern zugleich. Models hatten solche Frisuren. Wie bei Grischa saß sie perfekt, obwohl er zwei deutlich ausgeprägte Wirbel hatte. Sie saß perfekt, weil dieses Haupt keine Unstimmigkeiten zuließ. Ein anmutig gewölbter Hinterkopf über einem starken, aber schlanken Hals, dazu eine Stirn, die weder zu hoch noch zu niedrig war ... bei solchen Grundvoraussetzungen konnte keine Frisur schlecht sitzen. Nicht eine der gebleichten Strähnen in seinem Haar war künstlich, sie waren alle von der Natur kreiert, vermutlich trug er sie sogar im Winter.

Sein Alter – ebenfalls grischakompatibel. Um die zwanzig, schätzte ich. Dabei machte er einen sehr jungenhaften Eindruck, ohne unreif zu wirken. Eine Mischung, die mich bei Grischa schon immer magisch angezogen hatte. Es gibt eben mehr als nur ein Königskind auf dieser Welt, sagte ich mir tapfer und hoffte, dass Colin bald die Drinks bringen würde, damit ich den bitteren Schmerz in meinem Herzen fortspülen konnte.

Sie war also doch noch da, meine alte, schlecht vernarbte Grischa-Sehnsucht, und ausgerechnet hier, in einer süditalienischen Bar fern von zu Hause und meinem früheren Leben, musste ich einem seiner Doubles begegnen. Da die Drinks immer noch nicht nahten, mahnte ich mich zur Vernunft. Das ziehende Gefühl in meinem Bauch würde sich legen, sobald der erste Schreck überwunden war. Ich musste mir nur bewusst machen, dass ich Opfer einer Sinnestäuschung war, im Grunde nichts anderes als meine Träume, und die hatte ich auch spätestens nach drei Tagen verarbeitet. Bis der nächste kam ... Ich hielt mich an Giannas Worten fest – in fünf Jahren Bauch und beginnende Glatze. Grischa hatte womöglich jetzt schon eine beginnende Glatze. Oder graue Haare. Wer wusste das schon?

Jugendliche Schönheiten konnten schnell verblühen. Und wenn ich während unserer Quarantäne nicht immer wieder von Grischa geträumt hätte, wäre mir seine Ähnlichkeit zu diesem Klavierspieler vermutlich gar nicht so stark aufgefallen. Ich glaubte ja nicht einmal, dass die beiden verwandt waren. Es waren reine Zufälligkeiten.

Ich kam mir vor wie eine Närrin, als ich diesen jungen Mann trotz meines Unterfangens, sachlich zu bleiben, weiterhin begaffte, denn nun begann er zu singen. Herrgott, warum musste er auch noch singen? Reichte es nicht, dass er diese melancholisch-schönen Akkorde spielte? Einer der Kellner gockelte an ihm vorbei und schwenkte kurz die Hüften im Takt und zwei Frauen, die eben noch miteinander geplaudert hatten, wandten ihre Köpfe und wurden still.

»Richard Clayderman für Arme, was?«, spottete Tillmann.

»Na, immerhin spielt er Paolo Conte und nicht die *Schicksalsmelodie*!«, verteidigte ihn Gianna. »Und er macht es gar nicht schlecht.«

»Paolo Conte?«, fragte ich, nachdem ich es geschafft hatte, meine Lippen voneinander zu lösen. Mein Gesicht fühlte sich trotz der Hitze meiner Wangen an wie ein Stein, der stundenlang in der sengenden Sonne des Südens gelegen hatte.

»Oh Ellie, du kennst ja wirklich gar nichts … Paolo Conte, *Sparring Partner*. Sozusagen in der Softieversion für Jungspunde.« Gianna spitzte die Lippen und legte den Kopf schief, um den Klavierspieler genauer ins Visier zu nehmen, während Paul sie und mich erheitert beobachtete. Er hatte niemals Angst um Giannas Treue. Bei ihr war ihm Eifersucht fremd. Ich bewunderte das. Mir passte es gar nicht, wenn Gianna und Colin miteinander flirteten, obwohl Gianna heute Morgen noch gesagt hatte, dass sie ihn nicht berühren mochte.

»Hmmm …«, summte Gianna nachdenklich. »Der war nicht hier, als ich das letzte Mal da war. Na ja, damals ist er wahrscheinlich noch zur Schule gegangen. Ein blonder Italiener … normannisches Blut. Schlimm, oder?« Sie schaute mich flachsend an. »Es gibt ihn tatsächlich, den Mr Perfect. Mit Sicherheit ein totaler Langweiler. Und schlecht im Bett. Weil er glaubt, sich keine Mühe geben zu müssen.«

»Es gibt sogar mehrere Mr Perfect«, sagte ich wie zu mir selbst und stand auf, weil ich die Situation auf einmal nicht mehr bewältigen konnte. Schlecht im Bett – was war für Gianna schlecht im Bett? Galt das auch für Colin? War ein Mann schlecht im Bett, wenn er nie satt genug war, seine eigene Freundin in den Armen zu halten? Alles, was sie sagte, schien mir persönlich gemeint zu sein. Ich musste hier weg, mich beruhigen, nur für ein paar Minuten.

»Ich geh mich mal umsehen«, sagte ich beiläufig, obwohl meine Lippen zitterten, und umrundete die Palmen, um möglichst schnell aus dieser vermaledeiten Bar zu entkommen. Den normalen Ausgang wollte ich nicht nehmen, denn da befand sich die Theke, an der Colin stand und Getränke bestellte, und wie sollte ich ihm vernünftig erklären, was in mich gefahren war? Also wählte ich den etwas unorthodoxeren Fluchtweg zwischen zwei großen Blumenkübeln hindurch und über eine kleine Mauer, der mich in eine schmale Gasse führte, wo ich mich sofort auf die Türschwelle eines verlassen wirkenden Hauses sinken ließ.

Warum musste dieser Typ solch einen Song spielen? Konnte er nicht etwas Flottes, Oberflächliches wählen? Warum ausgerechnet diesen hier? Immerhin nicht die *Schicksalsmelodie*, hatte Gianna gesagt, doch für mich hörte sie sich an wie eine Schickalsmelodie. Diese Grischa-Sehnsucht musste aufhören, ein für alle Mal. Ich verfluchte meine Seele für ihre Dummheit, ja, in diesem Punkt war sie unsäglich dumm, dümmer noch als Tessa, denn sie begriff nicht, dass Grischa ein Fremder war, den ich wahrscheinlich nicht einmal gekümmert hätte, wenn ich vor seinen Augen in Lebensgefahr geraten wäre. Er hätte allerhöchstens die Polizei oder einen Notarzt gerufen. Falls überhaupt.

Ein trockenes Näschen stupste gegen meine Hand und wider Willen musste ich lächeln. Eine Katze. Italien war voller Katzen, jede einzelne ein kleiner Trost. Hier tröstete mich gleich ein ganzer Wurf. Sie konnten nicht älter als ein paar Monate sein. Wenn ich sie streichelte, fühlte ich ihre Rippen, so dünn waren sie. Keck spielten sie mit meinen nackten Zehen und den Riemchen meiner Sandalen, bissen sich im Schaukampf gegenseitig in den Nacken und krochen dann wieder schnurrend auf meine Beine, um sich kraulen zu lassen. Ich würde hier sitzen bleiben und warten, bis das Piano verstummt war. Oh, wann hörte er endlich damit auf …

Doch dann, aus dem Nichts heraus, schossen die Katzen von mir weg, ohne dass ich gezuckt hätte oder ein lautes Geräusch erklungen wäre. Was hatte sie erschreckt? Sie waren nicht weit fortgerannt, sondern hatten sich lediglich verborgen; es gab in diesen Gassen genügend Verstecke. Leere Blumenkübel, Löcher in den verfallenden Mauern, Nischen und Ecken – ein echtes Katzenparadies. Ich spürte, dass sie noch da waren und sich in einer geheimen Zwiesprache darüber austauschten, ob es sich lohnen würde, zu mir zurückzukehren.

»Pssst«, ertönte es direkt vor mir, ein sehr menschliches Pssst, aber für mich wie ein Kanonenschuss. »Nicht bewegen.«

Ich verschluckte mich beinahe beim Luftschnappen und für einen Moment war meine Kehle vollkommen verschlossen. Trotzdem blieb ich folgsam sitzen. Jetzt aufzustehen, wäre eine Sünde gewesen, denn es hätte mich von den Augen getrennt, die mich durch die sacht im Wind wiegenden Palmwedel anschauten, voller Vergnügen und Leichtigkeit und doch von jungenhaftem Ehrgeiz erfüllt, weil sie nicht einsehen wollten, dass die Katzen vor ihnen verschwanden.

Vermutlich waren die Tiere von ihrer Intensität genauso geblendet wie ich. Das war kein Blau, das war Türkis – nicht jenes eisige Türkis, das Colins Augen zeigten, wenn die Sonne vom Himmel brannte, sondern natürlicher und trotzdem einzigartig in seiner Strahlkraft.

Mund zu, Elisabeth, ermahnte ich mich streng. Und glotz nicht so! Beherrsche dich!

Es half nichts. Wie gefesselt saß ich auf der Gasse und ließ den Fremden näher kommen, der mir so vertraut erschien, als wären wir miteinander aufgewachsen, und dabei trotzdem derart bemerkenswert und erstaunlich, dass ich nicht wusste, wie ich mich verhalten sollte.

Bäuchlings, sich weder um sein Hemd noch um seine Hose scherend (und beides sah nicht billig aus), robbte er auf mich zu. Er streckte seine Hand lang aus und ließ sie vor meinen Füßen ruhen. Nur sein Zeigefinger kratzte sanft über den Steinboden, um die Katzen aus ihren Verstecken zu locken. Ja, es war der Klavierspieler. Ich erkannte ihn nicht nur an seinen feingliedrigen Händen, sondern an all dem, was mich vorhin schon bestürzt hatte.

Das getigerte Katerchen war am mutigsten und wagte sich als Erstes aus seinem Schlupfwinkel. Mit bebenden Schnurrhaaren und in Habachthaltung näherte es sich der ausgestreckten Hand, um vorsichtig daran zu schnuppern und sich dann mehr singend als schnurrend an ihr zu reiben. Jetzt folgten die anderen, nach und nach stahlen sie sich aus ihren Höhlen und gewannen binnen kürzester Zeit ihre Leichtigkeit zurück; es kam mir sogar so vor, als wären sie besonders kühn und wollten zeigen, was sie konnten. Obwohl es nun nicht mehr notwendig war, blieb der junge Mann liegen, stützte sein Kinn auf seine Hand und sah zu mir hoch.

»Oh nein …«, flüsterte ich. Gianna hatte sich getäuscht. Er war nicht Mr Perfect. Und sein Gesicht war, wie ich bereits vermutet hatte, auch nicht Grischas Gesicht. Er hatte eine gut sichtbare Narbe am linken Auge, alt und abgeheilt, aber verwegen, und eine weitere am Kinn, wahrscheinlich ein Fahrradunfall. Ein paar wenige Sommersprossen – wie Milchkaffee, nicht rot – tanzten auf seiner Nase, doch seine Wangen waren leicht gebräunt, und als er erneut lächelte, konnte ich nicht anders, als meinen Mund mit der Hand zu verdecken, da es genauso verschmitzt und anziehend war wie Grischas Lächeln und dazu noch Grübchen zeigte, was es schöner und schlimmer zugleich machte.

»Alles in Ordnung?«, fragte er immer noch lächelnd.

»Ja, alles in Ordnung«, antwortete ich langsam, denn paradoxerweise fühlte es sich so an – jetzt, wo wir miteinander sprachen, etwas, was Grischa nie freiwillig getan hatte. »Es ist nur … du … du erinnerst mich an jemanden.« Durfte ich ihn duzen? Wir kannten uns doch gar nicht.

»Gut oder schlecht?«, hakte er behutsam nach.

»Irgendwie beides.« Ich nahm die Hand wieder von meinem Mund, weil es sich anhörte, als würde ich nuscheln.

»Hat er dich mies behandelt?«

»Nein.« Ich schüttelte den Kopf, wobei mein Nacken gedämpft knackte. »Er hat mich gar nicht behandelt.«

»Ja, das kann mitunter schlimmer sein.« Der junge Mann setzte sich auf und streckte mir seine Hand entgegen. »Ich bin Angelo.«

Automatisch ergriff ich sie. Sie fühlte sich angenehm an, trocken, warm und biegsam, der Druck nicht zu fest, aber auch nicht zu weich, sondern genau richtig.

»Ich heiße …« Ich zögerte. »Angelo?«, hakte ich nach und musste plötzlich lachen, was so befreiend war, dass ich mich ein wenig dabei entspannte. »Oje …« Das war beinahe zu platt, zu banal. Ein Engelsgesicht, das Angelo gerufen wurde. Befanden wir uns noch in der Wirklichkeit oder schon in einem Kitschroman?

Er hob gleichmütig die Schultern. »Na ja, so nennen sie mich halt. Klar, die meisten denken, dass ich wegen meines Aussehens so gerufen werde, aber das war nicht der ursprüngliche Grund.«

»Sondern?« Mein Mund zuckte immer noch.

»Ausführlich Michelangelo. Angeblich ähnele ich der David-Statue. Kennst du die David-Statue?«

»Ja. Haben wir in Kunst durchgenommen.« Ich erinnerte mich gut an sie: ein nackter, steinerner Jüngling, dessen linkes Ei ein bisschen tiefer hing als das rechte, wie Nicole und Jenny gackernd festgestellt hatten (zum großen Unmut unseres Kunstlehrers). Mich hatte etwas anderes beschäftigt. Die Statue zeigte David vor seinem Angriff auf Goliath. Wie, fragte ich mich, konnte man eine derart ruhige Gelassenheit und Selbstliebe ausstrahlen wie dieser Jüngling, wenn man doch gerade dem Tod entgegensah?

Aber die Menschen, die dem Mann vor mir seinen Spitznamen verliehen hatten, lagen richtig: Angelo ähnelte der Statue. Auch er war makellos gebaut, wirkte jedoch nicht im Geringsten gewalttätig und auch nicht furchtsam, sondern durchweg entspannt und selbstvergessen. Er wusste, dass Goliath ihm nichts anhaben konnte. In seiner blühenden Jugend war er ihm haushoch überlegen.

»Ja, es stimmt …«, murmelte ich gedankenverloren. Auch wenn sie ihn dann eigentlich hätten David nennen müssen. Doch den Namen David mochte ich nicht. Michelangelo klang so viel schöner und melodischer.

»Daraus ist der Spitzname Michelangelo entstanden, abgekürzt Angelo …«, erklärte Angelo amüsiert. »Wie Menschen eben so sind.«

Wie Menschen eben so sind. Mir wurde mit einem Schlag eiskalt. Das sagte man nicht, wenn man selbst dazugehörte. Sondern nur, wenn man sich ausgrenzte oder ausgegrenzt wurde. Das Lachen wich sekundenschnell aus meinem Gesicht. Fliehen oder bleiben?

Aber seine Hand war warm gewesen, er zeigte sich den Menschen, er spielte inmitten von ihnen in einer Bar Klavier, das alles sprach dagegen und trotzdem – diese unglaublich blautürkisen Augen … menschlicher oder dämonischer Natur? Ich konnte beim besten Willen nichts Dämonisches in ihrem Ausdruck erkennen.

Nun ertönte von Neuem das Klavierspiel und wehte mal leiser, mal lauter zu uns herüber. Wieso Klavierspiel? Angelo war doch hier, er lag direkt vor mir. So, beschloss ich, nun sollte ich langsam mal erwachen. Dieser Traum war ja sehr kreativ und ungewöhnlich lang, aber ich wollte aussteigen. Klavierspiel von einem Klavierspieler, der vor mir hockte, anstatt am Klavier zu sitzen – das war mir zu surrealistisch. Aber ich wachte nicht auf. Ich befand mich immer noch vor diesem Fremden, der mich nach wie vor mit unschuldiger Neugierde anstrahlte. Offenbar interessierte er sich für mich.

»Ich dachte …« Ich befeuchtete meine Lippen. »Ich dachte, du spielst auf dem Piano, und jetzt …«

»Und?« Angelos Lächeln verbreiterte sich. Schöne weiße Zähne, die Eckzähne ein bisschen hervorstehend, was niedlich aussah und nicht bösartig. Wie ein kleiner Vampir. Doch je mehr mein Gehirn arbeitete, sortierte und auswertete, desto unfassbarer wurde die Situation. Sie sprengte meine Denkkapazitäten.

»Warum verstehe ich dich?«, wisperte ich. Das hatten wir doch schon einmal gehabt. In Verucchio.

»Wieso solltest du mich denn nicht verstehen?«

»Ich – ich dachte, du sprichst italienisch …«

»Tu ich ja auch.«

Ich wollte aufstehen und davonrennen, nur weg von hier, um aufwachen zu können, manchmal half das, doch Angelo brach in ein lautes, herzliches Lachen aus und ließ sich zurück auf den blanken Boden fallen, obwohl eine Vespa, die aus dem Nichts aufgetaucht war, ihn knatternd umrunden musste. Mit dem Fuß stoppte er mich. Mein Blick fiel auf seine Sandalen. Die ersten modischen, kleidsamen Männersandalen, die ich jemals gesehen hatte, edel und lässig, vielleicht sogar sexy. Ein weiterer Pluspunkt für Italien.

»Hey, bleib hier … Ich spreche deutsch und die Musik kommt aus den Boxen, mein offizieller Job beginnt erst in einer halben Stunde. Setz dich wieder. Alles in Ordnung. Du hättest dein Gesicht sehen sollen …« Er lachte immer noch, ein Junge, der sich an seinem gelungenen Streich erfreute. Ich konnte nicht sauer auf ihn sein. Sein Heiterkeitsausbruch war zu entwaffnend.

»Okay, du bist also kein …« Im letzten Moment unterbrach ich mich. Schnauze, Ellie, dachte ich gehetzt. Was hatte ich hier sagen wollen? Du bist also kein Mahr? Wie sollte ein normaler Mensch das auffassen? Normale Menschen hatten mit Mahren nichts zu schaffen, wussten nichts von ihnen. Ich hatte mich viel zu lange nicht mit normalen Menschen umgeben. Irgendwann würde ich mich fürchterlich verplappern.

Angelos Strahlen verblasste, als er mir zusah, wie ich mich wieder setzte, um Zeit zu gewinnen, aber seine Augen behielten ihr schelmisches Funkeln. Dennoch war auch in ihnen ein Ernst zu erkennen, der mir nicht behagte.

»Doch, bin ich«, gab er offen zu. »Ich bin ein Mahr.«

Sein unverblümtes Geständnis, das ich ihm nicht einmal hatte entlocken müssen, paralysierte mich. Ich konnte, nein, wollte es nicht glauben und spürte gallige Enttäuschung in mir aufsteigen, weil ich viel zu genau wusste, dass es stimmte. Sein Blick ließ keine anderen Deutungen oder Ausweichmöglichkeiten zu. Er log nicht und er machte sich auch nicht wichtig. Er sagte die Wahrheit.

»Bitte nicht …«, seufzte ich zutiefst betrübt und ließ den Kopf auf meine Knie fallen, obwohl es mir wie ein Frevel vorkam, meine Augen von ihm abzuwenden. Er war ein Mahr. Kein Mensch. Schon wieder ein Mahr … Musste sich von nun an jeder faszinierende (alternativ: schreckliche) Mann als Dämon entpuppen? War es zu viel verlangt, dass es einen Typen à la Grischa gab, der menschlicher Natur war *und* mich wahrnahm?

Zu spät schaltete mein Hirn auf Alarmbereitschaft und warnte mich vor der Gefahr, in der ich mich gerade befand. Wir hatten François unschädlich gemacht, hatten Tessa getötet, ich war mit einem Cambion zusammen, der uns dabei unterstützt hatte – und saß hier mit einem fremden Mahr in einer schmalen Gasse und hielt einen Plausch! War ich eigentlich noch bei Trost?

Wieder unternahm ich einen Versuch, aufzustehen und wegzulaufen, doch das getigerte Katerchen krallte sich an meinem nackten Bein fest, was schmerzhafter war, als seine zarten Pfoten vermuten ließen. Ohne mich zu berühren, pflückte Angelo den kleinen Tiger mit einem sicheren, zärtlichen Griff von mir ab und setzte ihn auf seinen Oberschenkel.

»Du musst keine Angst vor mir haben. Klingt blöd, ist aber so. Du hast wohl keine besonders hohe Meinung von uns, was?«

»Na ja, ich … also echt«, entgegnete ich lahm. Um diese Frage wahrheitsgemäß zu beantworten, hätte ich mehrere ausschweifende Essays verfassen müssen. Wie sollte ich denn nach all dem, was ich erlebt hatte, eine hohe Meinung von Mahren haben? Gleichzeitig liebte ich einen von ihnen. Das konnte man nicht in ein, zwei Sätzen erklären. Aber wenn ich mich für eine einfache Antwort hätte entscheiden müssen, wäre sie in der Tat nicht außerordentlich positiv ausgefallen.

Doch viel wichtiger: War ihm klar, mit wem *er* es zu tun hatte? Oder galt die Existenz von Mahren in diesem Land als ein bekanntes und geduldetes Übel? Nein, Letzteres wäre ebenfalls einem sehr surrealen Traum zuzuordnen. Ich war zweifelsohne wach. Und das wiederum bedeutete, dass …

»Ich weiß, wer du bist«, erriet Angelo meine Gedanken. »Du …«

»Und ich weiß es auch«, tönte eine mir äußerst vertraute, dunkelsamtige Stimme aus den Palmen. Wie eine düstere Höllenerscheinung trat Colin durch das Grün zu uns, um mir mit ausgestreckter Hand zu bedeuten, mich von ihm hochziehen zu lassen. Er wirkte weder eifersüchtig noch aufgebracht, aber auch nicht so, als könne ich mit ihm über seine Entscheidung diskutieren. Es wäre zudem nicht der richtige Zeitpunkt für Streitgespräche gewesen.

Ich hatte keine Ahnung, was nun geschehen würde. Es war das erste Mal, dass ich ein Zusammentreffen zweier Mahre ohne kriegerischen Hintergrund erlebte, aber ich konnte mir nicht vorstellen, dass sie sich gegenseitig zu einem Bier einladen und Brüderschaft trinken würden. Angelo und ich standen dicht beieinander, nachdem ich mich aufgerappelt hatte, ohne Colins Hilfe anzunehmen, und blickten diesen schwarz gewandeten Hünen vor uns an; ich mit Fäusten in den Hosentaschen, Angelo entspannt und freundlich.

»Hallo, Colin«, sagte er höflich und wollte ihm die Hand reichen, doch Colin nahm sie nicht. Stattdessen berührte er mich leicht am Ellenbogen, eine beiläufige Geste, die jedoch ganz klar zeigen sollte, dass ich sein Revier war.

»Gute Nacht, Angelo.« Colins Tonfall klang nach wie vor nicht aggressiv, aber endgültig. Gute Nacht, Angelo, für immer und ewig, du wirst meine Freundin niemals wiedersehen. »Komm, Ellie, wir gehen.«

»Wir gehen? Aber der Abend hat doch erst angefangen!«

»Wir gehen«, wiederholte Colin in deutlich gedrosselter Lautstärke und gerade das war es, was seinen Worten ihren hypnotischen Nachdruck verlieh. »Ich muss etwas mit dir besprechen.«

Ich hatte keine Gelegenheit mehr, mich zu Angelo umzudrehen, weil ein eisiger Windhauch mich nach vorne trieb. Solche Tricksereien hatte Colin lange nicht mehr angewendet; bei unserem Kennenlernen waren sie gang und gäbe gewesen. Spinnenüberfälle, Ohnmachten, Amnesien.

»Ciao!«, rief ich Angelo mit schwerer Zunge zu.

»Ciao, ihr beiden. Ich bin morgen übrigens wieder hier, falls …«

Seine letzten Worte gingen in dem Rauschen meines Kopfes unter, einem schmerzlosen Rauschen, und dennoch stemmte ich mich stur dagegen. Morgen wieder hier. Angelo ist morgen wieder hier … morgen wieder hier …

Ich kam erst zu Sinnen, als Colin die Tür zu seinem Wagen öffnete.

»Wo sind die anderen?«, lallte ich vorwurfsvoll.

»Die nehmen ein Taxi. Steig ein!«

»Hör mal, du kannst dich nicht aufführen wie ein besitzergreifender Ehemann, das war in deinem Jahrhundert vielleicht üblich, aber ich akzeptiere so etwas nicht! Ich entscheide selbst, wann ich nach Hause gehe und wann nicht, klar?«, bellte ich und hörte mich trotz meiner Streitlust lahm und schläfrig an.

Colin tat so, als habe er mich nicht gehört, und blieb abwartend und mit blitzenden Augen neben der offenen Autotür stehen. Schnaufend arbeitete ich mich auf den Beifahrersitz hoch, der mir erschien wie der Watzmann, steil und unbezwingbar, doch beim dritten Anlauf schaffte ich es. Zum Schimpfen war ich zu müde, obwohl mir einige derbe Flüche auf der trägen Zunge lagen. Ich wusste, dass ich verlieren würde. Meine Arme und Beine reagierten schon nicht mehr auf meine Wünsche.

Sobald Colin losgefahren war, rutschte meine Wange gegen den kühlen Anschnallgurt und ich fiel in einen tiefen, leeren Schlaf.

In aller Freundschaft

»Das ist eine Entführung!«

Ich hatte einige Minuten gewartet und meine Zunge gründlich mit Spucke befeuchtet, nachdem ich wach geworden war, um entsprechend entrüstet zu klingen. Das Ergebnis war zufriedenstellend, doch für Colin blieben meine Empfindungen und Gedanken nicht der Rede wert. Er saß am Steuer, wie ich es von früher schon kannte, schweigend, den Blick auf die Straße, eine Hand auf dem Lenkrad, die andere auf seinem Knie, nicht auf meinem.

»Wo bringst du mich hin? Was soll das? Ich möchte aussteigen. Kann ich bitte aussteigen?«

Ich wusste nicht, wo wir waren, aber es musste eine Gegend sein, in der man großzügig auf Straßenbeleuchtung, Leitplanken und Verkehrsschilder verzichtet hatte. Ich hatte den Eindruck, dass wir die Küste verlassen hatten und an Höhe gewannen; mehr war wegen der nächtlichen Dunkelheit nicht zu erkennen. Viel bedenklicher als das Gefühl, ins Nirgendwo zu fahren, waren jedoch die Haarnadelkurven, denen ich ausgesetzt wurde; Kurven, die so eng geschnitten waren, dass Colin ab und zu hupte, um entgegenkommende Fahrzeuge zu warnen, doch wir befanden uns weitgehend allein auf dieser schmalen, schlecht befestigten Straße. Ich hatte noch nie jemandem ins Auto gekotzt, aber dieses Mal bekam ich Angst, es würde geschehen. Wenn ich wenigstens etwas gesehen hätte, an dem sich meine Augen festhalten konnten! Die Kurven folgten zu rasch aufeinander, um sich einen Fixpunkt auszusuchen und den Gleichgewichtssinn zu entlasten.

»Colin, halte an, bitte. Mir ist übel«, vermeldete ich meine Not in einem erwachsenen, gefassten Ton, um ihm den Ernst der Lage bewusst zu machen. Vielleicht nahm er mich wahr, wenn ich mich vernünftig gab.

Nach zwei weiteren Kurven stoppte er den Wagen. Klackend sprang die Zentralverriegelung auf. Er hatte tatsächlich die Türen versperrt, während wir gefahren waren. Damit Angelo nicht eindringen konnte, wenn er sich ans Auto hängte, oder damit ich nicht fliehen konnte?

»In Ordnung, gehen wir ein paar Schritte.«

Er holte mich an meiner Tür ab und ließ mir Zeit, tief durchzuatmen, bevor ich auf wackeligen Knien neben ihm hertapste. Jetzt erst bemerkte ich, dass wir am Rande eines Dorfes – oder war es ein Städtchen? – geparkt hatten. Immerhin, es gab noch Zivilisation hier oben. Doch das Dorf wirkte vergessen und verlassen, obwohl ich ein paar schäbige Cafés und Läden sah und in einigen Häusern noch Licht brannte. Ein von Räude zerfressener, dürrer Hund kreuzte unseren Weg und verschwand in einer steilen Gasse. Auch hier hätte jedes einzelne Gebäude eine Grundsanierung vertragen können. Der Ort sah noch heruntergekommener aus als Calopezzati.

»Sieh zu, was passiert«, forderte Colin mich auf, als wir der Piazza entgegenschritten. Ich war noch zu sehr mit meinem Magen beschäftigt, um zu fragen, was das alles eigentlich sollte. So gehorchte ich stumm, denn ich war für jede Ablenkung dankbar.

Man musste keine allzu feine Beobachtungsgabe haben, damit man verstand, was Colin meinte. Die wenigen Menschen, die auf klapprigen Stühlen vor ihren Häusern saßen und die Nachtluft genossen, zogen sich zurück, nachdem wir an ihnen vorbeigelaufen waren. Lichter erloschen, Läden schlossen sich, Gäste brachen auf, Kellner schafften die Tische zur Seite – nicht alles gleichzeitig, nein, sondern nach und nach, doch ich befand mich schon zu lange als Zaungast in der Welt der Mahre, um es als Zufall zu betrachten.

Eine knappe Viertelstunde später bewegten wir uns in einem menschenleeren, totenstillen Dorf. Was immer die Bewohner in die schützenden Mauern ihrer Häuser getrieben haben mochte – es war stärker als ihr Wunsch, die Nacht auszukosten und sich zu begegnen. Doch morgen früh würden sie es wahrscheinlich schon wieder vergessen haben.

»Das bin ich«, erklang Colins Stimme in meinem Kopf. Ich wollte protestieren, aber was nutzte es schon? Ja, vermutlich war all das seinetwegen geschehen. Er tauchte auf, die Menschen verschwanden. Oder ihnen wurde unwohl. Oder sie stritten sich. Babys weinten und Hunde kläfften. Ich erlebte das schließlich nicht zum ersten Mal. Es war zwar nie so extrem gewesen wie eben, aber diese Theatervorstellung hätte er sich sparen können.

Trotzdem schwieg ich eingeschüchtert, als wir zurück zum Auto liefen und Colin den Motor anwarf. Wir überwanden vier bis fünf weitere halsbrecherische Kurven, dann bogen wir in den dichten Wald ab und Colin lenkte den Wagen von der Straße weg über einen holprigen Pfad, bis auch dieser keine Möglichkeit mehr bot weiterzufahren. Erneut stiegen wir aus, doch nun reichte Colin mir seine Hand und ich nahm sie, weil ich froh war, etwas zu haben, an dem ich mich festhalten konnte, während wir durch die Finsternis stapften. Dieser Wald roch anders als unserer, nach verdorrtem Gras und nach Feuer. Wahrscheinlich brannte es irgendwo in der Nähe. Sehen konnte ich die Flammen nicht, aber der durchdringende Gestank nach Asche und verkohltem Holz war dominanter als jedes andere Aroma.

Nach einer halben Stunde Fußmarsch blieb Colin plötzlich stehen, duckte sich und zog mich unter zwei Tannen hindurch zu einem Felsen, hinter dessen steiler Wand sich eine Höhle befand, der Eingang gerade so hoch wie ein Kind. Verblüfft erkannte ich, dass sich im Inneren der Höhle eine Decke, ein Rundballen Heu und ein Bündel Klamotten befanden.

Colin setzte sich unter den niedrigen Felsüberhang und wartete, bis ich ihm gegenüber Platz nahm. Es war kühl hier drinnen, keine feuchte Kühle, aber zu kalt, um sich mit einer kurzen Jeans und einem dünnen Hemdchen wohlzufühlen. Unbehaglich strich ich über meine nackten Beine.

»Hier lebe ich, wenn ich nicht bei euch bin. Also die meiste Zeit«, erklärte Colin, sein Gesicht ein einziges Rätsel, wieder einmal. Ich hatte noch nie einen Menschen gekannt, der so konsequent seine Emotionen verbergen konnte. In mir selbst wechselten sich Zorn und Teilnahmslosigkeit ab, doch vor allem wollte ich wissen, warum er mich an diesen trostlosen Platz verschleppt hatte. Ich entschied mich, ihn herausfordernd anzusehen, anstatt zu reden; vielleicht erzielte das eine bessere Wirkung.

»Er ist ein Mahr, Ellie.«

»Das weiß ich!«, rief ich, erleichtert, über Angelo sprechen zu können. »Er hat es mir gesagt und ich hatte es mir sowieso gedacht. Er hat gar nicht versucht, es zu verbergen. Außerdem meinte er, dass ich vor ihm keine Angst haben muss.«

»Wie putzig«, spottete Colin. »Ich hatte dir etwas mehr Intelligenz zugetraut, Elisabeth. Er ist ein Mahr, ich sage es gerne noch einmal. Gegenüber Mahren ist es das Beste, grundsätzlich gar nichts von dem zu glauben, was sie sagen. Täuschung liegt in ihrem Wesen.«

»Ja, das mag vielleicht stimmen, wenn sie ihre wahre Natur verleugnen, aber das tut er nicht!«

Colin stöhnte auf. »Wie soll ich es dir nur begreiflich machen? Du kannst einem Mahr nicht trauen, ganz egal, was er sagt, tut und vorgibt zu sein! Mahre sind immer gefährlich, immer!«

»Ach ja? Merkst du eigentlich, was du da sagst?«, fuhr ich ihn an. »Ich kenne diese Leier schon, mein Vater wollte mir das auch einbläuen. Traue keinem Mahr. Wenn ich es geglaubt hätte, wären wir beide nie zusammengekommen. Du schneidest dich ins eigene Fleisch. Oder hast du mich die ganze Zeit angelogen, hm?«

»Nein, aber in Gefahr bist du bei mir trotzdem, falls dir das die vergangenen Monate nicht aufgefallen sein sollte.« Colin hatte seine Augen nach draußen in den dunklen Wald gerichtet, während er antwortete – bekam er schon wieder Hunger?

»Ich will ja gar nicht behaupten, dass Angelo ungefährlich ist«, lenkte ich etwas besonnener ein. »Aber er ist ein Mahr, er bekennt sich dazu und er könnte uns vielleicht wichtige Informationen geben, wohin mein Vater verschwunden ist. Er machte einen gesprächigen Eindruck. Ich möchte ihn jedenfalls wiedersehen und …«

»Nein. Nein, das wirst du nicht.«

»Das entscheide ich immer noch selbst«, fauchte ich.

»Ellie, wie weit willst du eigentlich noch gehen? Wie weit? Was muss passieren, damit du begreifst, mit wem du dich eingelassen hast? Muss erst jemand von euch sterben, bevor du es verstehst?«

»Nein, aber …« Ich sah meine Argumente davonschwimmen. Themawechsel. »Warum hast du mich an diesen gottverlassenen Ort gebracht?«

»Weil ich hier jagen gehen kann, falls der Hunger zurückkommt, und wir dadurch die Möglichkeit haben, länger als sonst miteinander zu sprechen. Außerdem wollte ich dir vor Augen führen, wie ich lebe.«

»Ich weiß, wie du lebst, Colin«, sagte ich abweisend.

»Nein, ich denke, das weißt du nicht. Du willst es nicht wissen. Ellie, mein Herz …« Er griff nach meinen Händen und nahm sie in seine, unsere erste liebevolle Berührung in dieser Nacht. »Kannst du dir nur für einen Moment vorstellen, wir wären Freunde und du würdest mir als Freund zuhören, mich als Freund zu verstehen versuchen?«

Über uns schrie ein Vogel, gierig und jagdlustig. Er freute sich aufs Töten. Wieder drang eine Schwade Brandgeruch in meine Nase. Ich schwieg, während meine Gedanken einen zähen Knoten bildeten. Mit Colins Bitte hatte ich nicht gerechnet. Ihm als Freund zuhören? Nur als Freund? Worauf wollte er hinaus – und wie sollte es mir gelingen, meine Liebe zu ihm zu vergessen?

»Ich … ich weiß es nicht«, gestand ich. »Ich glaube nicht, dass ich das kann. Ich würde mir immerzu wünschen, dich anfassen zu dürfen, bei dir zu sein, und wenn ich wirklich nur ein Freund wäre, dann würde ich mich jede Sekunde fragen, warum ich mich nicht in dich verliebe.«

»Ach, Lassie …« Colins Stimme fühlte sich an wie ein Streicheln. Er beugte sich nach vorne, umgriff behutsam meinen Nacken und zog mich ein Stück zu sich, sodass er seine Wange an meine lehnen konnte. Ich wusste nicht, wie lange wir so saßen, unsere Gesichter aneinandergeschmiegt, kalt und warm. So hatte ich ihn manchmal bei Louis stehen sehen, ein Ausdruck großer Achtung und Liebe. Ich kämpfte gegen meine Tränen an. Als es mir einigermaßen gelungen war, ließ er mich wieder los.

»Kannst du es trotzdem versuchen?«, fragte er bittend. Ich nickte, obwohl ich ahnte, dass es mir nicht glücken würde. Selbst als er nach dem Kampf mit François ein hässliches, entstelltes Bündel gewesen war, hatte ich ihn noch geliebt. Er schaute auf seine Hände, während er zu sprechen begann, Worte, die ich niemals hatte hören wollen und vor denen ich schon seit Wochen fortrannte.

»Ich wünsche mir, dass du begreifst, wie mein Leben beschaffen ist. Ich komme mir vor wie Prometheus, jeden Tag fliegt ein Adler heran und pickt mir ein Stück meiner Leber heraus, während ich gefesselt bin und mich nicht dagegen wehren kann, und nachts wächst es nach, damit er es sich wieder holen kann … und diese Qual endet nie … Sie ist für die Ewigkeit bestimmt und sie wird schlimmer. Mein Hunger wird schlimmer. Oder hast du das nicht bemerkt?«

Ich sah ihn nur durch einen Tränenschleier, eine weiße schwammige Maske mit zwei schwarzen, gähnend tiefen Löchern darin, die mich in sich hineinsogen.

»Sie ist doch jetzt tot … wir sind frei …«, flüsterte ich.

»Ich bin niemals frei. Im Westerwald hatte ich mir wenigstens etwas geschaffen, was man mit gutem Willen Leben nennen konnte. Ich hatte ein Haus, obwohl ich es nicht brauchte, doch ich hatte ein Haus, mein Eigentum und selbst hergerichtet, ein Haus für meine Katzen und Louis und sogar für Besucher, wenn es denn mal so weit kam. Ich ließ mir eine Küche einrichten und stattete die Zimmer so aus, wie ich mir das für ein würdiges Menschendasein vorstellte. Ich hatte einen Beruf, der mir Freude machte, und ein Studium, bei dem die Chancen gut standen, dass ich es beendete. Eines von so vielen …«

Meine Augen liefen über und die Tränen tropften warm auf meine nackten Knie. Ja, auch ich hatte dieses Haus geliebt und Geborgenheit in ihm gefunden … Wie Fotos aus längst vergangener Zeit streiften mich die Erinnerungen: die Bilder auf dem Kaminsims, die Katzen auf dem Sofa, der Kilt an der Wand. Das Bett mit dem samtenen weinroten Überwurf. Was war nur mit uns geschehen?

»Ich trat sogar einem Verein bei.« Colin lachte tonlos auf. »Ich habe Jugendlichen Karateunterricht gegeben. Viele mochten mich nicht, ach, die meisten mochten mich nicht, aber ab und zu konnte ich mich unter sie mischen. Ich habe mit Louis an Turnieren teilgenommen und Anerkennung für meine Leistungen erzielt. Es hat so gut funktioniert wie noch nie zuvor.«

»Und dann kam ich.«

»Ja, dann kamst du und mein Leben schien vollkommen zu werden«, bestätigte Colin ohne jeglichen Vorwurf. Er hörte sich sogar dankbar an. »Nach all diesen langen, erbärmlichen Jahren, von denen ich fast jedes auf der Flucht verbracht hatte, entdeckte mich ein Mädchen und brachte mich dazu zu vergessen, wer ich war. Ich empfand Glück, für ein paar Sekunden, die besser waren als sämtliche 158 Jahre davor. Ein schönes Ende für einen Roman, oder?« Er lächelte mich wehmütig an.

»Nein, ein Anfang …«, widersprach ich unter Tränen. Colin schüttelte den Kopf.

»Was jetzt anfängt, will niemand lesen. Niemand möchte ein solches Buch kaufen, einen solchen Film sehen. Mir ist nichts mehr geblieben als der Hunger, die Jagd und mein Pferd, das irgendwann sterben wird. Und ich möchte nicht, dass sich bei dir wiederholt, was sich bei allen anderen zutrug. Dazu liebe ich dich zu sehr, als meinen besten Freund und als Frau. Ich habe dir das schon einmal gesagt, Ellie. Ich will nicht, dass du mich fürchtest …«

»Ich würde ein solches Buch lesen wollen, lieber als jede Schnulze dieser Welt, und ich werde dich nicht fürchten!«

»Du tust es doch schon, immer wieder.«

»Aber das bedeutet nicht, dass ich dich nicht mag!«

Wieder lächelte Colin, so traurig und sicher, dass er mit allem, was er sagte, recht hatte. »Auch andere Frauen mochten mich, Lassie. Du bist nicht die erste. Aber irgendwann überlagert die Furcht die Zuneigung. Glaube es mir, ich habe es gesehen. Es ist der natürliche Weg. Nur du kannst mir, kannst uns helfen, ihn nicht zu beschreiten. Vielleicht ist es anmaßend und egoistisch, aber ich möchte jemand sein, an den du dich in Liebe erinnerst und nicht in Hass und Angst. Denn Hass und Angst begleiten mich, seitdem ich geboren wurde.«

Ich presste mir die Hand vor den Mund, um nicht zu schreien. Ich hatte nie zuvor realisiert, dass unsere Liebe Colins Leben zerstört hatte – und wenn es nur Mimikry gewesen war, nur eine Nachahmung. Zu keinem anderen Zeitpunkt war er den Menschen so nahe gekommen und hatte so ähnlich wie sie gelebt.

»Warum isst du meine Tränen nicht mehr?« Ich musste diese Frage stellen, denn in seinem Haus war es das erste Mal geschehen und in letzter Zeit gar nicht mehr.

»Weil ich sie hervorrufe. Du weinst sie wegen mir.«

Ich öffnete meine Lippen und ließ eine von ihnen auf meine Zungenspitze perlen. Sie schmeckte salzig, wie alle Tränen, salzig und schwerer als Wasser. Nun lehnte auch Colin sie ab. Niemand mehr hatte etwas davon, wenn ich weinte.

»Ich möchte dich nur bitten, darüber nachzudenken, ehrlich und mit ganzem Herzen darüber nachzudenken, so wie du es mir versprochen hast. Mehr nicht.«

Mehr nicht? Es war schon viel zu viel, dies von mir zu verlangen. Ich hatte flüchtig damit angefangen, nachdem mir klar geworden war, dass ich nicht von der Pest befallen war, zunächst sogar mit scheuer Hoffnung, denn bei Tessa war zumindest etwas übrig geblieben. Ein erbärmlich kranker, alter Mensch. Aber Colin war nie ein Mensch gewesen. Er war ein Cambion, von Beginn an dämonisch und zum Rauben geschaffen. Als ich das erkannte, hatte ich meine Überlegungen sofort aus meinem Gehirn verbannt. Doch nun holten sie mich ein. Was würde bei ihm geschehen? Würde gar nichts von ihm bleiben? Auch jetzt war es mir nicht möglich, mich mit diesem Gedanken zu befassen. Ich würde es mein Leben lang nicht verwinden können, wenn es nicht einmal einen Leichnam geben würde, den ich bestatten konnte.

»Dass bei Tessa ein Mensch blieb, heißt nicht, dass bei dir auch einer bleiben würde«, wandte ich trotzdem ein. »Denn du … du warst nie einer, oder? Es ist ein zu hohes Risiko!«

»Nein, das ist es nicht. Denn ich würde niemals so enden wollen wie sie. Jämmerlich krepieren, ohne zu verstehen, was mit mir geschieht. Und das würde ich auch nicht. Ich habe sie gesehen, als sie krank war … Sie war nur ein Mensch. Das war ich zu keinem einzigen Zeitpunkt meines Lebens. Es wäre gut, wenn nichts bleibt.«

Er schätzte es genauso ein wie ich … Nichts würde bleiben? Gar nichts? War er denn auch vor Tessas Heimsuchung bereits derart dämonisch gewesen? Sie hatte ihn im Leib seiner Mutter befallen und in den ersten zwanzig Jahren seines Lebens hatte er nicht gewusst, wozu er bestimmt worden war. Doch alle um ihn herum hatten ihn abgelehnt und ihn gefürchtet, weil sie das Dämonische in ihm spürten. Ich erinnerte mich an meine Visionen, in denen ich ihn als Säugling gesehen hatte. Diese schimmernden Perlenaugen … Menschliche Babys hatten keine solch wachen, wissenden Augen. Und nun machte ihm dieser Gedanke sogar Mut, es zu tun. Er wollte gar nicht, dass etwas von ihm blieb. Warum nicht? Warum wollte er nicht bleiben?

»Tu es, solange du mich noch liebst, Lassie, denn danach hat es keinen Sinn mehr«, brach Colins Stimme durch meine panischen Überlegungen und gab ihnen neue Nahrung. »Du kennst die Formel doch noch, oder?«

Ich musste Zeit schinden, Zeit, in der ich mir eine andere Lösung ausdenken konnte, und ich musste es ehrlich und respektvoll tun, sonst würde er es nicht dulden. Ich hatte einen furchtbaren Fehler begangen, ihm dieses Versprechen leichtfertig zu geben. Er hatte mich beim Wort genommen. Ich hätte besser verhandeln sollen.

»Colin, bitte hör mir zu, wie ich dir zugehört habe. Als Freund«, begann ich und musste sofort wieder Luft holen, damit meine Worte nicht zu schwach und dünn klangen. Das Weinen aber konnte ich nicht verhindern. »Ich habe heute Morgen meinen Bruder gebeten, mir ein bisschen Zeit zu geben, bevor ich mich auf die Suche nach unserem Vater mache. Denn ich kann nicht mehr. Ich bin ausgelaugt. Ich hatte geschwollene Lymphknoten und Fieber, fast eine Woche lang, ich dachte, ich muss sterben. Das hat mich all meine Kraft gekostet, weil ich niemandem davon erzählt habe, ich konnte nicht … Und die anderen haben mich gemieden, als hätte ich schon die Pest. Ich brauche ein bisschen Zeit, in der ich nicht nachdenken muss, nicht entscheiden und planen und erneut mein Leben oder meine Freunde aufs Spiel setzen, Zeit, in der ich keine Experimente mit meinem Körper anstelle oder Morde aushecke. Und das gilt auch für dich.«

Colins Mundwinkel vertieften sich, der Hauch eines Schmunzelns, doch seine Augen erwiderten meine Angst und meine Vorahnung von tiefer, alles verschlingender Trauer.

»Und dann hältst du ein Plauderstündchen mit einem dir völlig unbekannten Mahr?«

»Es war reiner Zufall! Ich hab mich in diese Straße zurückgezogen, weil … weil mir Gianna auf die Nerven ging«, schwindelte ich, darauf bauend, dass Colin den wahren Grund nicht erraten würde. Meine Grischa-Geschichte war mir ihm gegenüber schon immer ein wenig peinlich gewesen. »Und dann war er plötzlich da, doch wir haben nur wenige Sekunden miteinander gesprochen – ich hatte übrigens eine Heidenangst! – und du bist aufgetaucht. Selbst wenn er mir sofort gesagt hätte, wo Papa ist, würde ich jetzt nicht dahin aufbrechen oder Nachforschungen anstellen. Aber wäre es nicht leichtsinnig, ihn gar nicht danach zu fragen?«

»Ich finde, es wäre leichtsinnig, ihn zu fragen«, erwiderte Colin mit hochgezogenen Brauen. »Möglicherweise bringt es ihn erst auf eine Idee, deren Umsetzung das Gegenteil von dem ist, was du erreichen willst. Ich möchte nicht, dass du ihn noch einmal triffst.«

»Das lasse ich mir von dir nicht verbieten«, stellte ich ruppig klar. »Colin, ganz in der Nähe lebt ein Mahr, der sich mir offen zeigt, was kann ich denn mehr erhoffen? Ich weiß doch gar nicht, wo ich bei meiner Suche anfangen sollte ... Du darfst von mir nicht erwarten, dass ich ihn ignoriere, das geht nicht! Vielleicht ist er einer von den Guten!«

»Es gibt keine Guten«, erwiderte Colin scharf. »Es gibt Revoluzzer, das ist alles.«

»Dann frag du ihn doch. Dir ist das wohl alles egal, oder? Hauptsache, du kannst deinen Märtyrertod sterben.« Es war nicht gerecht, solch zickige Bemerkungen abzulassen, doch Colin verlangte Unmenschliches von mir.

»Er wird mir nichts sagen. Selbst wenn er Informationen besitzt. Da wir wissen, wie wir sind, traut keiner von uns dem anderen. Und was das Interesse betrifft: Was, glaubst du, tue ich, seitdem ich von dem Verschwinden deines Vaters erfahren habe? Natürlich bemühe ich mich, etwas herauszufinden, aber es ist ein Drahtseilakt und riskant für uns alle.«

»Das verstehe ich nicht.« Mein Vorhaben, nicht mehr zu angestrengt nachzudenken, wurde erneut auf die Probe gestellt. Ich konnte Colin kaum noch folgen. »Ihr habt doch die Fähigkeit, in die Köpfe anderer Menschen hineinzusehen?«

»Ja, in die Köpfe von Menschen. Nicht in die von Mahren. Mahre schotten sich ab. In ihnen ist nichts zu lesen. Von Tessas Gedanken und Plänen erfuhr ich nur, als sie mich zu verwandeln versuchte und unsere Hirne aneinandergekoppelt waren, und bei François geschah es im Kampf, während ich ihn vergiftete. Ich kann nicht sagen, was Angelo im Schilde führt, und bei anderen Mahren ist es dasselbe. Mein Verstand warnt mich jedoch, dass ich mich hüten sollte. Möglicherweise fürchten mich einige, die Jüngeren wahrscheinlich, aber ich könnte mir eher vorstellen, dass sie es auf mich abgesehen haben. Wir haben schon zwei von ihnen auf dem Gewissen, Ellie … Eine von ihnen war eine Art Legende. Vermute ich jedenfalls.«

»Wie hast du es eigentlich geschafft, dass Tessa dich nach der Befreiung aus dem Lager nicht vollständig verwandelt hat?«

Colins Miene verschloss sich. »Frag lieber nicht …«, riet er mir abweisend.

»Ich möchte es aber wissen.«

»Vorab fürs Protokoll: Ich bin ein vollständiger Mahr, vollständiger, als ich es je sein wollte. Die Anlagen dafür hatte ich schon immer. Tessa hat es nur nicht geschafft, mir meine guten Vorsätze aus dem Leib zu treiben. Zur Rettung aus dem Lager: sofortiger gemeinsamer Jagdzug auf eine mehrköpfige Familie, den ich ihr vorschlug, was sie erst recht heißmachte. Dann habe ich ihr die Knochen gebrochen, während sie saugte, habe sie von den halb toten Kindern weggezogen, die Kleinen in Trance versetzt, damit sie vergessen und sich gesund schlafen können, habe ihre Mutter zum zweiten Mal befallen, um mich gegen Tessa wehren und fliehen zu können … noch weitere Details?«

»Nein danke«, wehrte ich ab. Ich musste blass geworden sein; mein Gesicht fühlte sich eisig an. Ich vergaß zu gerne, dass Colin sich einst ebenfalls von Menschenträumen ernährt hatte. Doch nun wunderte mich gar nicht mehr, dass Tessa ihn so erbittert verfolgt hatte. Er hatte sie immer wieder überlistet.

»Hätten die Mahre mich nicht längst töten müssen?«, kehrte ich zum Ausgangsthema zurück, denn mit diesem Exkurs in Colins Vergangenheit wollte ich mich keine Sekunde länger beschäftigen. »Schließlich war ich dabei, ich habe es sogar vorangetrieben.«

Colins geschwungener Mund bekam einen harten Zug. Auch ich

hatte das Gefühl zu versteinern, als ich meine Worte reflektierte. Sie gehörten zu jenen Zusammenhängen, die ich in der vergangenen Woche vehement verdrängt hatte. Würden sie Rache nehmen? Es war für einen Mahr eine Kleinigkeit, mich umzubringen.

»Ja, eigentlich hätten sie das tun müssen. Bereits nach François. Du glaubst nicht, was in mir vorging, nachdem ich mich auf die Flucht begeben hatte. Ich hätte es mir niemals verzeihen können, wenn ich nicht da gewesen wäre, um es zu verhindern. Aber sie tun es nicht, warum auch immer. Ich verstehe es nicht. Du scheinst eine Art Immunität zu besitzen, die ich mir nicht erklären kann.«

»Auch Angelo hätte es längst tun können. Du hast doch gesagt, dass wenige Sekunden genügen«, gab ich zu bedenken. »Und dir gegenüber hat er sich nicht verhalten, als würde er dich in der nächsten Sekunde anspringen.« Die Begegnung von Colin und meinem Vater war wesentlich aggressiver und bedrohlicher ausgefallen, es hatte sogar ein Knistern in der Luft gelegen. »Ihr kennt euch, oder?« Es war eine Feststellung, keine Frage.

»Ich bin ihm mal in Deutschland begegnet, ja. Er wechselt wie die meisten Mahre von Zeit zu Zeit seinen Lebensmittelpunkt. Seine Aura ist so schwach und diffus, dass sie auch einem Menschen gehören könnte, deshalb habe ich ihn vorhin nicht sofort erkannt.«

Eine schwache Aura. Das klang harmloser, als Angelo ohnehin auf mich gewirkt hatte, doch Colin sagte nichts Verkehrtes, wenn er behauptete, dass Mahre gut im Täuschen waren. François hatte ein nahezu perfektes Schauspiel hingelegt als schwuler Galerist – aber nicht so perfekt, dass Irritationen meinerseits ausgeblieben wären. Ich hatte immer gespürt, dass etwas mit ihm nicht stimmte. In Angelos Gegenwart hingegen hatte ich mich sogar entspannt gefühlt.

»Hab ich das richtig verstanden: Du sprichst nicht mit anderen Mahren über meinen Vater, weil du Angst hast, dabei getötet zu werden? Das passt nicht ganz zu dem, was du mir abverlangen willst.«

dem, was er früher immer hatte sein wollen und François ihm genommen hatte. Er wollte Tessa ebenso heilen, wie er es bei uns tun würde. Wir hatten nur nicht genügend Antibiotika dafür. Ich begann wieder zu schwitzen, kalt und heiß gleichzeitig.

»Ellie, denke nicht, dass ich dich hierlasse, falls du krank wirst. Natürlich bringe ich euch in eine Klinik, wenn ihr Symptome zeigt! Es ist nur eine Vorsichtsmaßnahme ...«

»Paul, du kannst uns nicht in ein Krankenhaus bringen! Wenn wir das tun, müssen wir auch sie melden, und dann? Wie sollen wir ihnen erklären, wer sie ist und woher sie stammt? Wie sollen wir die Pest erklären? Ganz abgesehen von der Gefahr, dass wir sie verbreiten, wenn wir das Haus verlassen, und dem Schnitt in ihrer Brust und dem Messer mit ihrer DNA auf der Klinge!« Eine DNA, die für Wissenschaftler ein gefundenes Fressen war. Es wurde immer anstrengender, flüsternd zu diskutieren. Mein Kehlkopf wehrte sich gegen mein Zischeln und mein Kopf schien den Druck meiner Stimme nicht mehr halten zu können.

»Noch hat niemand die Pest. Versuch, ruhig zu bleiben; bisher hältst du dich am besten und ich wäre stolz auf dich, wenn du das bewahren könntest. Also, möchtest du mir die Spritze setzen?«

Diese Frage bedurfte keiner Antwort, wobei ich den Verdacht hegte, dass Paul hier eher für eine Beschäftigungstherapie sorgte, damit ich keinen Nervenzusammenbruch erlitt. Im Notfall hätte er sich die Injektion auch selbst geben können. Ich ließ mir zweimal erklären, was ich zu tun hatte und worauf ich achten musste. Dann desinfizierte ich meine Hände, zog sterile Handschuhe über, die Paul im Flur deponiert hatte, und setzte die Spitze der Kanüle auf Pauls Haut.

»Jetzt bloß nicht pupsen, ja?«

Pauls Hintern wackelte kurz vor Lachen. Ich hatte keine Ahnung, woher unser Humor kam, aber es war besser zu lachen, als den Ver-

»Oh, jetzt willst du mich also als feige abstempeln?« Colin gab einen knurrigen Kehllaut von sich, mehr Belustigung als Ärger. »Das kannst du gerne, aber ich komme gar nicht dazu, sie zu fragen. Sie ziehen sich vor mir zurück. Ich meine, sie zu wittern, doch wenn ich mich ihnen nähere, sind sie verschwunden. Ich weiß nicht, ob sie fliehen oder etwas aushecken. Viele sind es ohnehin nicht. Außerdem würde ich dir niemals zumuten, dass einer von ihnen mein Dasein beendet und du keine Chance hast, jemals davon zu erfahren. Ich möchte, dass du dabei bist und es ausführst, damit du Abschied nehmen kannst. Damit wir Abschied nehmen können. Ich will mich nicht killen lassen. Es soll eine Tat aus Liebe sein, nicht aus Hass.«

Verdammt. Genau dieses Thema wollte ich doch nicht mehr streifen und das, was Colin gesagt hatte, war mehr als nur ein Streifschuss. Es war ein Schuss mitten ins Herz. Ich hasste Abschiede, erst recht Abschiede für immer.

»Ich bin nicht feige, Ellie. Um mein Versprechen dir gegenüber einzulösen, habe ich mich in allergrößte Gefahr begeben. Ich habe die Formel dem Ältesten von uns abgezapft, während er raubte. Und es war nicht das erste Mal, dass ich bei ihm war. Vor langer Zeit hatte ich es schon einmal versucht. Damals hat er mich bemerkt, mich gepackt, bevor ich es vollenden konnte, und gegen eine Wand geschmettert.« Colin hob die Hand und fuhr mit dem Daumen über meinen Hinterkopf, genau dort, wo sich die dünne, geschwungene Narbe befand. »Schau, hier.«

Er beugte sich nach vorne, bis das schwache Mondlicht auf sein schimmerndes Haar fiel. Es schien mir leichte elektrische Schläge zu versetzen, als ich es auseinanderfächerte und undeutlich eine feine, flache Narbe entdeckte, in exakt dem gleichen Schwung wie meine.

»Deshalb warst du so … so niederträchtig zu mir, als du mir die Formel überbracht hast?«

»Ja, genau deshalb. Ich ahnte, dass sich die alte Verletzung auf dich übertragen könnte, denn auch meine ist wieder aufgeplatzt, als ich mich ihm erneut näherte.«

»Ich dachte, du kannst dir keine Narben zuziehen«, wandte ich ein. Wenn Colin sich verletzt hatte, war das Blut stets innerhalb von Sekunden versiegt und es war nichts zurückgeblieben.

»Er ist so mächtig, Ellie … Er kann mir Narben zufügen. Ich wusste nicht, wie es sich bei dir auswirken würde, wenn du zu viel empfindest, während ich dir die Formel einpflanze, also wollte ich deine Gefühle auf das Schlechte reduzieren. Denn schon in deinem Traum von Tessa hatte sich etwas auf dich übertragen …«

Oh ja. Das hatte es. Zwar kein Angriff eines Mahres, sondern ein Huftritt in den Bauch, aber es war geschehen, weil Colin und ich gedanklich miteinander verknüpft gewesen waren. Wann immer das geschah, schwächte oder verletzte es mich. Der Hufabdruck war inzwischen vollkommen verblasst, doch die Narbe auf dem Kopf war geblieben. Nicht nur bei ihm, sondern auch bei mir.

»Zum Glück hat es dich nur gestreift, ich war schnell und gemein genug. Dieser Angriff damals hat mich beinahe umgebracht. Er hätte mich töten können, wenn ich nicht sofort geflohen wäre. Alles, was ich bei diesem ersten Versuch herausfand, war, dass es etwas mit Liebe zu tun hat. Dass Liebe die Voraussetzung ist, und da ahnte ich, dass es bei Tessa und mir nicht funktionieren würde.«

Richtig – deshalb hatte Colin bei unserem Abschied zu mir gesagt, dass diese zweite Methode bei Tessa nicht infrage käme. Und verschwiegen, dass es ihn das Leben kosten konnte, mehr über die Methode herauszufinden.

»Du hast ihn wirklich ein zweites Mal aufgesucht? Obwohl er dich beinahe getötet hat?«, fragte ich, hin- und hergerissen zwischen Ehrfurcht und dem Bedürfnis, ihm eine Standpauke zu halten. Colin war tatsächlich nicht feige, aber besonders klug war er auch nicht.

»Hatte ich eine Wahl?« Er lächelte schwach. »Ich hatte dir ein Versprechen gegeben. Und auch ich wollte es endlich wissen. Die Hoffnung stirbt nie, oder?«

»Aber *du* hättest sterben können!«

»Ja, das hätte ich. Nur meiner Konzentration und meiner Schnelligkeit habe ich es zu verdanken, dass ich heil aus diesem Angriff auf seinen Kopf herauskam – und der Tatsache, dass er gerade dabei war, satt zu werden. Wenn wir satt werden, sind unsere Reaktionen verlangsamt. Dazu kam die immense Beherrschung, die ich aufbringen musste, um nicht selbst von dem Traum zu kosten …« Unwillkürlich leckte sich Colin über die Lippen. »Er war so köstlich …« Seine Augen loderten auf. Sein Hunger ließ sich allein durch Erinnerungen anlocken. Er würde bald jagen gehen müssen, wahrscheinlich schon in wenigen Minuten.

»Dieser Mahr … war es einer der Ältesten oder der Älteste?«, lenkte ich seine Aufmerksamkeit wieder auf mich.

»Der Älteste. Zumindest nehme ich das an. Von ihm habe ich alles erfahren, was ich über die Mahre weiß. Er hat es mir bereitwillig gesagt, ganz zu Anfang nach meiner Verwandlung, doch ich habe keine Ahnung, auf welcher Seite er steht. Wie bereits erwähnt: Wir können einander nicht in unsere Gedanken schauen.«

»Wird er dich verfolgen?«, fragte ich bang. Es glich einem Wunder, dass Colin dieses Unterfangen überlebt hatte. Wenn Mahre sich im Fressrausch in die Quere kamen, ohne sich vorher zu gemeinsamen Raubzügen verbündet zu haben – und das taten nur wenige –, endete das meistens mit einem brutalen Mord, ganz egal, wie sie vorher zueinander standen. Auch das Opfer konnte dabei sein Leben verlieren.

»Ich hoffe nicht, dass er das tut. Bisher hat er es nicht getan. Vielleicht wartet er darauf, dass ich von allein wiederkomme, weil ich noch mehr wissen will, doch so dumm bin ich nicht. Wäre es dir denn lieber, ich würde von einem Mahr getötet werden?« Die Frage war ihm ernst.

»Nein! Nein, ich will dich lebend, so oder so!«

»Und ich will lange genug leben, um dich in der jetzigen Situation beschützen zu können. Es wäre töricht, wenn ich die Mahre nun provoziere. Das sollte ich bleiben lassen, sofern wir deinen Vater finden wollen.« Colin legte eine kleine Pause ein, die er dazu nutzte, seine Augen zu schließen und in meditative Starre zu verfallen. Er versuchte, seinen Hunger einzudämmen. Schon begann ich den verführerischen Duft wahrzunehmen, der aus seiner Haut strömte, sobald sein Inneres nach Nahrung verlangte, und das Rauschen peitschte durch seine Adern. Ich wartete angespannt, bis er seine langen Wimpern wieder hob. Ein ironisches Lächeln lag in seinen Augen. »Nicht gerade eine Faschingsparty mit uns, was?«

»Ich mochte Fasching noch nie. Colin, ich will Angelo nur ein bisschen beobachten und vielleicht mit ihm sprechen, nach Papa fragen will ich ihn gar nicht. Nicht so schnell. Immerhin ist er nicht vor dir weggelaufen, er hat dich sogar begrüßt! Du kannst gerne mitkommen, mich jederzeit beschützen und wegbringen, wenn es gefährlich wird. Von mir aus. Ich mag es zwar nicht, aber ...« Ich zuckte mit den Schultern. »Ich würde es mir nie verzeihen, wenn ich ihn nicht als mögliche Informationsquelle betrachten würde. Es geht hier um meinen Vater!«

Colin wurde zusehends unruhig. Immer wieder schweiften seine Blicke nach draußen, wo es im Dickicht knisterte und raschelte. Vielleicht war er gar nicht mehr in der Lage, mit mir zu sprechen, also nahm ich sein Schweigen mal wieder als ein Ja. Er würde mich morgen Abend nach Pietrapaola begleiten. Nachdem er mich in dieser stockfinsteren Nacht in einer winzigen, steinigen Höhle alleine ließ, umgeben von Brandherden und wilden Tieren. Es war mehr, als ich im Moment bewältigen konnte.

»Colin … mach mich müde. Lass mich schlafen, bevor du gehst«, bat ich ihn leise. Ich hatte mich bisher immer dagegen gesträubt, wenn er es getan hatte, es war mir wie ein Übergriff vorgekommen, eine Einmischung in mein Dasein. Jetzt sehnte ich mich danach. »Schenk mir Schlaf. Bitte.«

Es war nur eine kaum spürbare, federleichte Berührung seiner kühlen Lippen auf meiner Stirn, nicht einmal ein Kuss, doch sie genügte, um mich innerhalb eines Sekundenbruchteils meines Bewusstseins zu berauben und in den Tiefschlaf fallen zu lassen.

Wäre mein Geist noch wach geblieben, wie er es gerne tat, wenn mein Körper sich seinem natürlichen Schlaf hingab, so hätte er begriffen, welch monströse Macht in diesem Wesen neben mir lauerte, und mir verboten, mich je wieder in seine Nähe zu wagen.

Amor und Psyche

»Ha!« Gianna schaufelte mit einer temperamentvollen Bewegung die zerkleinerten Zwiebeln in die Pfanne, wo das Hackfleisch brutzelte und einen Duft verströmte, der mir das Wasser im Munde zusammenlaufen ließ. »Ich hab's! Jetzt hab ich's!« Ihre Falkenaugen leuchteten vor Triumph, als sie sich mit hocherhobenem Kochlöffel zu mir umdrehte. »Mesut Özil!«

»Mesut Özil?«, echote ich fragend und erlag bei dem Gedanken an Fußball sofort einem leichten Gähnreiz. Welche Theorie würde Gianna nun aufstellen? Es geschah hin und wieder, dass Gianna aus heiterem Himmel einen Prominentennamen ausrief und ihm irgendetwas Mahrisches zuordnete (Halbblut, Befall, Wandelgänger), oder aber es folgte eine Zusammenfassung einer ihrer abstrusen Träume, die offensichtlich von der großen bunten Medienwelt genährt wurden. Mit Mesut Özil konnte ich allerdings gar nichts anfangen.

»Hier!« Gianna eilte zu mir herüber, zog die Zeitung von gestern unter den Zwiebelschalen hervor und blätterte in ihr herum, bis sie die entsprechende Seite gefunden hatte. Mit den Fingerknöcheln klopfte sie auf einen Fußballbericht mit riesigem Foto. Langweilig. »Das ist er. Er hat auch so seltsame Augen. Wie Angelo.«

»Na jaaaa«, sagte ich ablehnend, nachdem sie mir die feuchte Zeitung vor die Nase geschoben hatte. Gianna hielt immer noch Abstand. Wir hatten zwar unser altes Obstsalatritual wieder aufgenommen, aber ich durfte nur dabeisitzen und zuschauen, nicht schnibbeln. Es sollte mir recht sein, ich war nie besonders erpicht auf Hausarbeit gewesen, aber ihr Verhalten kränkte mich nach wie vor. Es war eine unüberbrückbare Distanz zwischen uns entstanden. Wahrscheinlich hatte ich mir nur eingebildet, dass wir Freundinnen gewesen waren. Und was blieb ihr anderes übrig, als mich einigermaßen nett zu behandeln? Sie war die Partnerin meines Bruders. Sie musste das tun, ob ihr danach war oder nicht.

Dennoch waren wir hier zusammengekommen, um die Ereignisse von gestern Nacht zu besprechen. Colin hatte mich kurz vor Sonnenaufgang zurück nach Hause gebracht. Als ich aus meinem komaartigen Schlaf erwacht war, tumb und orientierungslos wie nach einer Narkose, hatten wir uns schon auf der Rückfahrt befunden. Trotz meiner Betäubung wälzte ich nur einen Gedanken: Würde der Skorpion noch da sein? Oder hatte er sich bereits wieder davongeschlichen, wie er es im Morgengrauen zu tun pflegte? Es war wohltuend, sich nur auf diese Kleinigkeit zu konzentrieren. Doch ich kam zu spät. Er war nicht mehr da. Ich hatte mich trotzdem sofort ins Bett gelegt, wo ich mich zwar allein fühlte, aber einigermaßen von den Strapazen der Nacht erholen konnte, und gewartet, bis die anderen wach wurden.

An Colins und meiner Abmachung hatte sich glücklicherweise nichts geändert; wir würden heute Abend gemeinsam nach Pietrapaola fahren, um einen genaueren Blick auf Angelo zu werfen. Mein gestriger Blick war jedoch schon exakt genug gewesen, um zu wissen, dass Angelo und Mesut Özil so viele Gemeinsamkeiten hatten wie Schlagsahne und eine Gewürzgurke.

»Doch!«, beharrte Gianna und tippte auf seine Augen. »Ich sag ja nicht, dass er so hübsch ist wie Angelo, auch wenn er hübsch ist – das ist er, Ellie! Für einen Fußballer jedenfalls! Aber seine Augen sehen aus wie gemalt. Genau wie bei Angelo.«

»Özil hat Glubschaugen«, erwiderte ich kritisch. »Richtige Glubschaugen. Angelo hat keine Glubschaugen.«

»Oh Ellie«, seufzte Gianna und gab auf. »Das Abstrahieren liegt dir nicht, was? Natürlich hat Angelo keine Glubschaugen, aber bei ihm ist es wie bei Özil, ich muss ständig hinschauen, weil mit diesen Augen etwas anders ist, es fesselt einen, und ich finde, bei beiden sieht es aus, als habe sie jemand gemalt … Menschen haben eigentlich keine solchen Augen …«

»Angelo ist ja auch kein Mensch. Er ist ein Mahr.«

»Stimmt.« Gianna seufzte noch einmal. Sie hatte meine Enthüllung beim Frühstück gefasst aufgenommen, nach außen hin zumindest. Doch die Erleichterung war ihr deutlich von den Augen abzulesen gewesen, als ich im gleichen Atemzug verkündet hatte, dass Colin und ich allein in die Pianobar fahren würden, um Angelo unter die Lupe zu nehmen. Colins Bedingung. Er wollte die anderen nicht mit hineinziehen.

Paul passte das nicht im Geringsten. Er wollte kein weiteres Mal zur Tatenlosigkeit verdammt werden und noch weniger wollte er, dass ich allein mit einem Mahr loszog, um einen anderen Mahr zu treffen. Auch Tillmann hatte lautstark vor sich hin gemotzt, obwohl er eine Verabredung mit einem italienischen Mädchen für die Disco hatte und mir immer noch grollte. Doch sie hatten beide rasch Ruhe gegeben, als ich vorgeschlagen hatte, das bitte persönlich mit Colin auszudiskutieren. Darauf hatten sie genauso wenig Lust wie ich.

Meine Entführung hatte niemanden gejuckt; Colin hatte ihnen wohl erzählt, dass er gerne eine Nacht mit mir allein verbringen wollte, was meiner Ansicht nach eine sehr beschönigende Umschreibung für das war, was sich im Wald abgespielt hatte, doch im Kern nicht verkehrt. Dass ich abends Angelo wiedersehen würde, war für mich der Strohhalm, den ich dringend brauchte und an dem ich mich festhalten konnte. Er machte alles leichter, ich fühlte mich sogar geradezu beschwingt, wenn ich daran dachte, und verspürte keinerlei Angst. Colin war ja bei mir.

Ich blickte wieder zu Gianna auf, die gedankenverloren das Hackfleisch rührte, ihr Blick weit weg. »Er wirkt auf mich gar nicht wie ein Mahr. Ich meine, ja, er ist schön, ausnehmend schön, eine jugendliche Schönheit, aber …« Sie klopfte mit dem Kochlöffel auf den Rand der Pfanne. »Ich will dir nicht zu nahe treten und Colin erst recht nicht, doch in Colins Nähe ist mir unheimlicher zumute, als wenn Angelo auf dem Piano herumklimpert. Ob's die Farben sind? Blond und blauäugig?«, sinnierte sie. »Nein, das war François auch. Oder die Musik? Musik kann vieles beeinflussen. Ich muss es wissen. Nehmt euch jedenfalls in Acht, ja?«

Ich nickte brav.

Die Zeit bis zum Abend kam mir doppelt so lange vor wie sonst. In der Siesta fand ich keine Ruhe und wälzte mich von einer Seite auf die andere. Ich wusste nicht, was mich mehr in freudige Aufregung versetzte – der Gedanke, mit Colin auszugehen, wie ein richtiges Pärchen es tun sollte, oder die Vorstellung, Angelo wiederzusehen und endlich etwas über den Verbleib meines Vaters herauszufinden. Was das sein könnte, darüber wollte ich jetzt nicht fantasieren. Aber ich fühlte mich ihm näher als all die Monate zuvor. Ja, ich war optimistisch, das Glas war ausnahmsweise halb voll und nicht halb leer, eine für mich gänzlich ungewohnte Sichtweise, doch die Dankbarkeit, überlebt zu haben, erfüllte mich immer noch mit positiver Energie, auch wenn das nächtliche Gespräch mit Colin mich innerlich zerfressen hatte. Aber er hatte mir Zeit gestattet, wie die anderen es gestern getan hatten, es war sogar in seinem Sinne, dass ich nichts überstürzte.

Nach der Siesta schwamm ich mehrmals weit hinaus, wie immer der einzige Mensch abseits der Uferzone, denn ich passte stets eine günstige Gelegenheit ab, ohne die anderen in die Fluten abzutauchen. Nur so konnte ich ungestört die Quallen beobachten oder mich treiben lassen, meine Hände und Füße kühl und das Gesicht warm, gleißendes Sonnenlicht auf meinen geschlossenen Lidern. Es nährte mich.

Als es endlich so weit war und Colin und ich nach einer schweigsamen Autofahrt die Pianobar betraten – etwas später als am Vorabend, aber wie ein normales Paar, nämlich Hand in Hand, und Colin satt, ich hungrig, da ich vor Erregung nichts hatte essen können –, fühlte ich mich, als würde ich nach Hause kommen. Ich mochte diesen Platz, ich mochte ihn sogar noch mehr, als ich es gestern schon getan hatte. Die Tische waren gut besetzt, es herrschte allgemeiner Trubel, vielleicht war eine Touristengruppe angereist, ich hörte englisches Geschnatter und lautes Lachen, wer konnte hier schon schlecht gelaunt sein?

Mein Magen machte einen kleinen Hopser, als ich Angelo entdeckte. Er saß mit dem Rücken zu uns am Klavier, auf den Beinen ein Bündel Noten, das er durchblätterte. Sein linkes Knie wippte im Takt der Musik, die aus den Boxen dröhnte, wieder irgendetwas Weichgespültes auf Italienisch, was ich in dieser gelösten Stimmung um mich herum sogar ertragen konnte.

Dieses Mal konnten Colin und ich uns nicht in eine versteckte Ecke zurückziehen, da nur noch wenige Tische frei waren. Es blieb uns nichts anderes übrig, als uns in der Mitte der Bar niederzulassen, gut sichtbar für alle anderen und leider ohne direkten Blick auf Angelo. Der hochgeklappte Deckel des Pianos verbarg ihn.

Ich setzte mich auf meinen Korbstuhl, doch Colin blieb stehen und ließ seine Augen wandern, als habe er etwas gespürt oder gehört, kein Wittern, sondern vielmehr eine Irritation, sehr menschlich, was wiederum mich irritierte.

»Was ist?«, fragte ich gedämpft. »Noch ein Mahr?«

Er setzte sich neben mich und schüttelte den Kopf. »Nein. Es ist eher …« Wieder lauschte er. Ich blickte mich alarmiert um. Ein paar Meter abseits von uns standen zwei Frauen auf und sahen zu uns herüber. Nein, sie sahen nicht nur zu uns herüber – sie gafften uns an. Ging es etwa jetzt schon los? So gerne ich auch allein war und sosehr ich Menschenmassen verabscheute, an diesem Abend sollten sie bleiben, bitte. Keine neuen Fluchten wegen uns. Colin war gesättigt, selbst Gianna hatte sich vorhin näher an ihn herangewagt als sonst. Es gab keinen Grund, vor ihm davonzulaufen. Doch die beiden Frauen nahmen nicht Reißaus, sie kamen sogar näher, tuschelnd und gestikulierend, die eine beruhigend, die andere sichtlich aufgewühlt.

»Oh my god …«, murmelte Colin, sein Blick nicht minder fassungslos als der Gesichtsausdruck der einen Frau; ich schätzte sie auf Mitte vierzig, vielleicht sogar älter, insgesamt eher unauffällig. Schwarze, kurze Haare mit grauen Strähnen, figürlich ein wenig aus dem Leim gegangen, auffallend große, dunkle Augen. Was mich an der Situation aber am meisten frappierte, war, dass Colin englisch geredet hatte. Dass er gälisch sprach, ja, das kannte ich, und ebenso sein italienisches Gefrotzel mit Gianna. Doch ich hatte ihn nie zuvor Englisch sprechen hören. Es musste mit dieser Frau zu tun haben, die nun näher kam, ohne ihre Begleitung, in zögernden kleinen Schritten, ihr dunkler Blick auf Colins Hinterkopf gerichtet. Noch einmal murmelte Colin etwas Englisches. Es klang fast verzweifelt.

Ich kapierte gar nichts mehr. Ich war mir nur in einem sicher: Diese Frau war kein Mahr. Sie war eine ganz normale Frau kurz vor den Wechseljahren, sie hatte nichts Mystisches an sich, sie war sicher eine nette und patente Person, aber nichts, was einen zu britischen Stoßgebeten veranlassen konnte. Nun kam sie neben unserem Tisch zum Stehen und tippte Colin vorsichtig auf die Schulter. Sein Gesicht nahm eine unverbindliche Höflichkeit an, während er sich zu ihr umdrehte.

»Entschuldigen Sie bitte«, sprach die Frau ihn in einem kultivierten Englisch an, das ich mühelos verstehen konnte. »Ich wollte nur …« Sie stockte. »Oh my god«, flüsterte nun auch sie.

Meine Ungeduld begann mich wütend zu machen. Würde mir endlich mal jemand sagen, was hier vor sich ging? Ja, Colin sah anders aus als die meisten Menschen, aber war das ein Grund, ihn dermaßen anzustarren und auch noch anzusprechen? Hatten die Leute denn gar kein Benehmen? Und warum tangierte es ihn so sehr? Es sollte ihn nicht aus der Fassung bringen, er kannte das doch.

Ich wollte dazu ansetzen, die Frau zusammenzustauchen und zurück zu ihrem Platz zu schicken, doch als ich in ihre aufgerissenen Augen schaute, kamen die Erinnerungen zurück wie Rachegötter. Diese Augen kannte ich … Ich kannte sie! Nicht nur die Augen, sondern auch ihren weichen Mund, damals noch mädchenhaft und füllig, nun von kleinen Fältchen umgeben und etwas schmaler, doch es war jener Mund, den ich hatte küssen wollen, als ich in der Achtzigerjahre-Disco in Colins Erinnerungen gerutscht war. Sie war es. Sie war die junge Punkerin gewesen, in die Colin sich verliebt hatte, im London der Achtzigerjahre, als Colin noch Schlagzeug spielte und in U-Bahn-Schächten hauste. Ein Straßenkind, dem der Zeitgeist eine Art Lebensgrundlage verschaffte. Er war kurz davor gewesen, glücklich zu werden, weil er Freunde hatte, Freunde und dieses Mädchen, und erneut hatte Tessa ihm alles zerstört.

Jetzt traf sie ihn wieder, an einem anderen Ort zu einer anderen Zeit, und sein Gesicht hatte sich kein bisschen verändert. Lediglich seine Haare und Klamotten hatten sich der Moderne angepasst, teilweise jedenfalls. Was musste sie nur denken?

»Ja, bitte?«, erwiderte Colin mit freundlicher Distanz, doch sie war nicht in der Lage, einen vollständigen Satz zu formulieren. Sie stammelte.

»Sie … Sie erinnern mich … Sie … das ist unglaublich!« Sie tat mir leid, aber ihre nicht enden wollende Fassungslosigkeit verunsicherte mich auch. Musste ja eine große Liebe gewesen sein, wenn sie sich so aufführte. »Entschuldigen Sie bitte, aber … aber ich muss das einfach fragen. Sind Sie mit einem Jeremiah Lafayette verwandt?«

Jeremiah Lafayette, dachte ich säuerlich. Wie kreativ! Neid und Eifersucht verätzten meine Kehle, weil dieser Name ihr vorbehalten war, nicht mir.

Colin senkte die Lider, als er antwortete. »Das war mein Vater. Kannten Sie ihn?«

»Ja! Ja, ich kannte ihn, sehr gut sogar …«

Nicht so gut wie ich, Mädchen!, hätte ich am liebsten aufgeschrien, doch ich zwang mich zu einem unverbindlichen Lächeln.

»Prima, dann ist die Sache ja geklärt«, sagte ich und wandte mich Colin zu, um der Frau zu bedeuten, dass sie abziehen konnte, doch Colin spielte nicht mit. Es war schwierig für ihn mitzuspielen, da ihre schwarzen, weichen Augen immer noch über sein Gesicht wanderten und sich nicht losreißen konnten. Ihr Mund zuckte in einer unkontrollierten Mischung aus Lächeln und Bestürzung und mir entging nicht die Traurigkeit, die sie in diesem Moment ausstrahlte. Ich fühlte sie selbst, als wäre sie in mir entstanden. Colin entging sie auch nicht.

»Lebt er noch?«, fragte die Frau. Ihre Finger zitterten unentwegt.

»Bedauerlicherweise nicht. Mein Vater ist vor einigen Jahren gestorben.«

»Okay. Okay …« Die Frau bedeckte ihr Gesicht mit den Händen, ein vergeblicher Versuch, ihre Emotionen zu bändigen. Sie hatte gehofft, dass er noch lebte! (Was er ja auch tat, jetzt und für alle Ewigkeit.) Sie trug einen Ehering, hatte wahrscheinlich drei niedliche Kinder und brach hier beinahe zusammen, weil sie erfuhr, dass ihre Jugendliebe gestorben war. Ich fand es unerträglich.

»Das tut mir leid für Sie, wollte ich natürlich sagen, tut mir sehr leid«, stotterte sie. »Ich … ich gehe dann mal wieder … einen schönen Abend noch Ihnen beiden …«

Rückwärts zog sie sich von unserem Tisch zurück, die Augen immer noch auf Colin geheftet, als würde sie tot umfallen, wenn sie sie von seiner Gestalt löste. Ihre Freundin nahm sie fürsorglich in Empfang, doch sie wehrte ihre Berührungen ab und setzte sich abseits auf ein Mäuerchen, den Kopf gesenkt und die Hände immer noch bebend.

Colin rieb sich über die Stirn, und als er aufsah, traf mich sein direkter Blick wie ein Peitschenhieb.

»Schön, unsere Unsterblichkeit, was?«, fragte er zynisch. Ich hätte ihn ohrfeigen können.

»Kommen alte Gefühle hoch? Soll ich gehen?«

»Sei nicht albern, Ellie. Sie ist nicht mehr unbedingt der Typ Frau, für den ich mich vergessen könnte. Aber sie ist es einst gewesen. Und sie begegnet jemandem, der genauso aussieht wie ich zu jener Zeit …«

»Weil du es bist. Und weiter?«

Colin stand ruckartig auf. »Es tut mir leid, Ellie, ich muss mich mit ihr unterhalten. Ich kann sie so nicht stehen lassen, sie wird das nicht verkraften …«

»*Was* willst du!?« Ich schaffte es, leise zu sprechen und ein Lächeln aufzusetzen, obwohl ich eigentlich fuchsteufelswild war, aber diese Mittvierzigerin sollte sich nicht einbilden, wir würden streiten. Sie wusste zwar nicht, dass ihr Jeremiah mein Colin war, aber für meine Gefühle spielte das keine Rolle.

»Ich muss kurz mit Charlotte reden, ich muss ihr erklären, warum ich damals plötzlich verschwunden war, irgendetwas, womit sie leben kann …«

»Du willst sie anlügen«, brachte ich es auf den Punkt.

»Ja, genau. Ich werde sie anlügen. Weil Lügen manchmal leichter zu verkraften sind als die Wahrheit. Du müsstest das wissen, Ellie. Dein Leben hat lange Zeit nur aus Selbstlügen bestanden und in manchen Dingen befindest du dich wieder auf dem besten Wege dorthin.«

Jetzt konnte ich meine unbeteiligt-entspannte Miene nicht mehr beibehalten. Ich spürte, wie die brennende Eifersucht mein Gesicht in eine Fratze verwandelte, und die Tränen, die über Charlottes gerötete Wangen kullerten und ihr Make-up zerlaufen ließen, rührten mich nicht nur zutiefst, sondern machten mich auch zorniger, als ich ohnehin schon war.

»Ich glaube nicht, dass das der passende Moment für Retourkutschen ist, lieber Jeremiah Lafayette«, giftete ich, unterdrückt genug, dass Charlotte es nicht hören konnte, aber zu laut, um die Aufmerksamkeit der Gäste am Tisch neben uns nicht zu erregen. Neugierig linsten sie zu uns herüber. Ein Paar, das sich stritt, war immer einen Blick wert.

»Ellie, ich habe sie einst geliebt, ich bin ihr das schuldig, so wie ich es dir schuldig sein werde, wenn wir uns in dreißig Jahren wiederbegegnen. Ich möchte ihr eine Geschichte geben, mit der sie leben kann … Ich bin damals einfach verschwunden, konnte mich nicht mehr von ihr verabschieden …«

»Du musst es mir nicht erklären, ich weiß, wie es ist«, unterbrach ich ihn, obwohl Colin mir beide Male einen Abschied gegönnt hatte. Immerhin, das hatte ich ihr voraus. Ich wusste, worum es hier eigentlich ging, und nie hatte ich es mehr gehasst als in diesem Augenblick. »Dann geh ein bisschen lügen und manipulieren, das könnt ihr ja gut.«

Ich beleidigte ihn, es war nicht fair, was ich sagte, aber er persönlich hatte mir diese Worte erst am Abend zuvor eingetrichtert. In ihrer Fähigkeit, andere zu täuschen, waren Mahre unübertroffen. Dann sollte er ihr doch nachlaufen und abgestandene Gefühle aufwärmen. Colin hatte nie einen Hehl daraus gemacht, dass es vor mir andere Frauen in seinem Leben gegeben hatte, und ich hatte kein Problem damit. Ich schätzte seine Erfahrenheit sogar. Die Folgen davon jedoch live zu sehen und zu erleben, war etwas gänzlich anderes, als nur die Geschichten zu hören oder seine Erinnerungen zu streifen, zumal ich sie damals gar nicht hatte einordnen können. Das, was hier geschah, erschütterte mich bis ins Mark. Ich atmete schwer und verkrampft wie nach einem Langstreckenlauf. Doch Colin hatte mir schon den Rücken zugewandt und ging Charlotte energischen Schrittes entgegen.

Für einen Moment wollte ich mein Handy aus der Tasche kramen, um Tillmann anzurufen und ihm davon zu erzählen, doch er wollte ja nicht mein Fußabtreter sein und richtig kam es mir auch nicht vor. Hilflos blieb ich auf meinem Stuhl kleben. Ich konnte nicht glauben, dass Colin das tat, dass er mich zehn Meter Luftlinie von einem Mahr entfernt sitzen ließ, um mit einer alten Liebe zu schwatzen. Gut, ich war nicht allein, sondern umringt von zig anderen Menschen. Angelo würde mich nicht in aller Öffentlichkeit angreifen und aussaugen. Außerdem spielte er bereits Klavier, wieder viel zu schön und zu melancholisch, wo waren die lebensfrohen Nummern? Oder standen die Italiener auf diesen sülzigen Mist? Ja, es war wohl so. Ein paar Kinder rannten strahlend auf das Podest zu und begannen zu tanzen, eigentlich sehr niedlich und zum Schmunzeln, aber ich stierte sie so böse an, dass sie sich wieder zurückzogen und in gebührendem Abstand von mir weitertanzten. Dass ich nicht in Gefahr war, besänftigte mich keineswegs.

Nein, ich würde hier nicht sitzen bleiben und warten, bis der Herr mit seinen Münchhausengeschichten fertig war. Von meinem Platz aus konnte ich gar nicht anders als zuzusehen, wie Colin vor Charlotte stand und ab und zu etwas sagte, nun zwar die Hände in den Hosentaschen, aber eben noch hatte er ihr ein Taschentuch gereicht und vielleicht hatte er auch ihr einst die Tränen von den Wangen gepflückt … wie damals bei mir … Er war derjenige, der mich heute Abend in Gefahr brachte. Nicht Angelo. Das alles tat mir furchtbar weh.

Ich stand auf, drehte mich um und ließ mich von der Musik zu Angelo treiben; solange er spielte, konnte er mir nichts anhaben, also konnte ich ihm auch zuschauen. Ich fand Frauen blöd, die Musiker umschwirrten wie die Motten das Licht, und Groupies, die bei Konzerten in der ersten Reihe Hüften schwenkten und Slips warfen, erst recht – vor allem, nachdem wir gerade einer Frau begegnet waren, die genau das in ihren Jugendjahren getan hatte, bei meinem eigenen Freund, aber heute wollte ich ein Auge zudrücken. Es war besser, bei Angelo am Piano zu stehen, als Colin beim Wiedergutmachen seiner vergangenen Fehler zuzuschauen.

Dummerweise war der Song schon nach wenigen Takten zu Ende, die Leute klatschten und ich lehnte wie bestellt und nicht abgeholt am Flügel, damit beschäftigt, all die Eindrücke zu sortieren, die Angelo mir lieferte. Ja, seine Augen waren wie gemalt und trotzdem derart lebendig, dass sie sogar aus dem Halbdunkel heraus aufleuchteten. Dieses unglaubliche Türkis … Seine Klamottenauswahl: exzellent. Ich konnte gar nicht genau sagen, was er anhatte, so stimmig war die Harmonie zwischen ihm und dem, was seinen schlanken Körper verhüllte. Er war ein Gesamtkunstwerk, aber zu lässig und natürlich, als dass es aufgesetzt wirken konnte.

»Ärger?«, fragte er auf Deutsch – ein reines, akzentfreies Deutsch übrigens – und sah zu mir auf. Bemerkt hatte er mich vermutlich schon lange.

»Ach, das Übliche«, antwortete ich trocken. »Unsterblichkeit, alte Beziehungskisten und so weiter. Was Mahre eben so mit sich bringen.«

Er verkniff sich ein Grinsen, doch das hätte er nicht tun müssen. Es war wie ein kühler Schluck Wasser an einem heißen Tag, wenn er lächelte, ich hätte gerne mehr davon gekostet.

»Hey, ich muss hier noch ein paar Stunden spielen, ich habe heute Abend keine Zeit zum Reden.«

Autsch. Sein erster Grischa-Satz. Natürlich ein Grischa-Satz. Wie hatte ich annehmen können, er habe keine Grischa-Sätze auf Lager? Tschüss, Ellie, ich hab keine Zeit für dich, was wahrscheinlich so viel bedeutete wie: Ich hab kein Interesse an dir und deinen Problemen.

»Alles klar, schon gut.« Immerhin schaffte ich es, meinem Satzfragment einen gleichgültigen Tonfall zu verleihen. Ich würde doch Tillmann anrufen müssen und hoffen, dass er mir meinen nächtlichen Fauxpas endlich vergab. Sonst würde ich diesen Abend nicht überstehen, ohne jemanden umzubringen. Ich wollte mich schon von Angelo wegdrehen, als er plötzlich weiterredete.

»Kennst du die Tankstelle oberhalb der Piano dell'Erba, an der Landstraße?«

»Meinst du mich?«, hakte ich sicherheitshalber nach. Er nickte und nun lächelte er doch. Sofort ging es mir besser.

»Ja, dich, wen sonst? Weißt du, wo sie ist?« Ich nickte ebenfalls. »Allora, links hinter der Tankstelle führt ein schmaler Weg den Berg hinauf und zu meinem Haus. Es ist schon etwas älter und liegt hinter einem kleinen Olivenhain. Ich habe morgen Abend frei, wenn du magst, kannst du vorbeikommen. Bring Colin ruhig mit.«

»Okay«, erwiderte ich zurückhaltend. »Mal sehen.«

Angelo war mit seinen Gedanken schon wieder beim Klavier und seinem Job, durchforstete mit gesenktem Haupt ein paar Noten. Thema abgehakt. An dem kribbelnden Schauer in meinem Nacken erkannte ich, dass Colin an unseren Tisch zurückgekehrt war und mich beobachtete. Doch noch wollte ich nicht zu ihm zurück. Gratulation, Ellie, beglückwünschte ich mich stattdessen. Das war definitiv kein Grischa-Satz gewesen, selbst wenn Angelos Angebot nicht unbedingt verlockend klang. Ein altes Haus hinter einer Tankstelle an einer Schnellstraße. Wenn schon ein Italiener zugab, dass sein Haus alt war, musste es uralt sein, mehr eine Ruine als ein bewohnbares Gebäude, aber diese Einladung war ein weiterer Strohhalm in meiner Hand, nein, es war ein ganzes Bündel. Er ahnte, dass ich reden wollte, und er war bereit dazu.

Mit verschwommenem Blick sah ich zu, wie einer der blendend gelaunten Kellner sich uns näherte. Sofort entstand zwischen ihm und Angelo ein kurzer, geselliger Wortwechsel. Wenn ich korrekt übersetzte, hatte Angelo sich gerade einen Espresso bestellt.

»Einen Espresso?«, sprach ich meine Gedanken laut aus. »Du trinkst einen Espresso?« Ich fand das irgendwie komisch. Ein Nachtmahr, der sich ein Wachmachergetränk bestellte. »Den brauchst du doch gar nicht.«

»Aber er schmeckt nun mal gut.« Angelo zwinkerte mir schäkernd zu, dann griff er nach seinem Mikro und zog es zu sich. Ich verstand nicht alles, was er hineinplapperte, doch es war anscheinend ganz amüsant, denn ab und zu lachten die Leute, bis sein Tonfall ernster und weicher wurde und er nach einer kleinen Pause etwas anfügte, was auch für mich problemlos zu übersetzen war. »Das nächste Lied ist für Betty.«

Ja, auch das war irgendwie klar gewesen. Ein Mann wie Angelo war nicht allein. Ich gönnte ihm seine Freundin, es hätte mir fast leidgetan, wenn es anders gewesen wäre; ich wurde nur schon wieder neidisch, weil bei ihm alles leicht von der Hand zu gehen schien und ich mir vorkam wie ein Elefant im Porzellanladen. Ich hatte sogar das Gefühl, einen dicken Hintern zu haben, als ich mich umdrehte und zurück zu Colin stiefelte. Ich hatte keinen dicken Hintern. Ich wusste das. Aber mein Körper hing schwer und ungelenk an meinem übervollen Kopf.

»Ich werde mich mit ihr treffen.«

»Ich werde mich mit ihm treffen.«

Unsere beiden Sätze überschnitten sich, weil wir sie im exakt gleichen Moment aussprachen, und wir blickten uns einige Sekunden zweifelnd an, bis wir begriffen, was der andere meinte. Colin würde sich mit Charlotte treffen? Noch einmal? Er hatte doch eben erst mit ihr geredet!

»Das tust du nicht, Ellie. Du triffst dich nicht mit ihm. Das ist lebensmüde.«

»Du bist lebensmüde, wenn du dich mit ihr triffst«, gab ich drohend zurück. »Was willst du denn noch? Du hast hier mit ihr geredet, das genügt. Oder stehst du neuerdings auf klimakterische Britinnen mit Übergewicht?«

»So, es reicht jetzt.« Colin warf einen Geldschein auf den Tisch, obwohl ich nicht einmal an meiner *aranciata* genippt hatte, und nahm meine Hand, um mich mit sich zu ziehen. Ich schüttelte sie ab, eine störrische Geste, die erneut die Blicke der Gäste auf uns zog. Mit hängenden Armen folgte ich Colin ein paar Schritte, dann blieb ich wieder stehen. Colin atmete tief durch.

»Liebe Elisabeth, ich habe noch nie einer Frau eine öffentliche Szene gemacht, aber du bist kurz davor, es zu erleben«, warnte er mich in leisem, aber umso beschwörenderem Ton.

»Ich will nur die Musik hören, bitte.« Das wollte ich wirklich. *No need to run and hide, it's a wonderful, wonderful life …* Was war das für ein Lied? Warum hatte ich es früher nie gehört? Es passte zu mir. Schöner, sehnsüchtiger Text, traurige Melodie – wie konnte Colin von mir verlangen, jetzt zu gehen? Er konnte. Er hatte bessere Tricks als ich. Ich trippelte ihm hinterher wie ein Lämmchen seiner Herde, zum zweiten Mal, und versuchte gähnend, mir den Text zu merken, um den Song irgendwann googeln und kaufen zu können. Ich musste ihn haben.

Wir stritten die gesamte Heimfahrt über. Es war ein Machtspiel. Wir wollten beide das Gleiche und keiner war bereit, es dem anderen zu gönnen. Schließlich gab ich nach, aus taktischen Gründen, obgleich ich eine höllische Angst hatte vor dem, was Colin bei diesem Treffen widerfahren konnte. Charlotte war immer noch eine hübsche Frau und Erinnerungen konnten mächtig sein. Siehe Grischa. Ich wusste, wovon ich redete. Bei Colin und Charlotte war sogar Liebe im Spiel gewesen, nicht nur eine einseitige Teenagerschwärmerei und Tagträume …

Im Gegenzug hatte ich kein einziges gutes Argument, mit dem ich Colin überzeugen konnte, mich allein zu Angelo gehen zu lassen, aber er hatte unzählige gute, warum ich ihm das Treffen mit Charlotte erlauben sollte – mal die Tatsache außer Acht lassend, dass er gar nicht erst um Erlaubnis bat. Ich musste aufgeben. Und ich tat es auch deshalb, weil ich es verabscheute, mit ihm zu zanken.

»Wir führen uns schrecklich auf. Für so ein Paar würde ich mich normalerweise fremdschämen«, sagte ich schließlich geschafft, als ich merkte, dass die Streiterei keinen Sinn hatte. Noch immer saßen wir nebeneinander in Colins Auto, das er schon vor zehn Minuten in der Einfahrt unseres Hauses geparkt hatte.

»Du kannst mitkommen, wenn du magst, Ellie. Du bist meine Freundin und ich bin für sie der Sohn von Jeremiah. Es spricht nichts dagegen.«

»Danke, nein«, lehnte ich kategorisch ab. »Das möchte ich mir lieber nicht antun.«

»Und wie kann ich mir sicher sein, dass du nicht zu Angelo spazierst und wieder einmal dein Leben aufs Spiel setzt?«

Ich schwieg verdrossen. Weil ich vielleicht noch einen Überrest von Intelligenz besaß? Ich hatte mich spontan über Angelos Einladung gefreut – bis ich über die Sache mit dem Haus hinter der Tankstelle nachgedacht hatte. Die Umschreibung seines verehrten Anwesens hatte mir die Lust genommen, ihn zu besuchen. Gleichzeitig wusste ich, dass ich mir eine wichtige Chance entgehen ließ, wenn ich es nicht tat. Was hatte Tillmann damals zu mir gesagt, als ich ihn wegen Colin um Rat gefragt hatte? Dass ich mir von anderen niemals vorschreiben lassen dürfe, wie ich meine Entscheidungen zu fällen hatte.

Nur diesem Ratschlag hatte Colin es zu verdanken, dass ich ihn eines Nachmittags besucht hatte, ebenfalls in seinem Haus, mitten im Wald, weitab von anderen Menschen. Wieder einmal wurde mit zweierlei Maß gemessen – jedoch mit dem bedeutenden Unterschied, dass ich nun wusste, was es mit den Mahren auf sich hatte. Damals hatte ich gehofft, dass Colin harmlos war. Wäre ich zu ihm gegangen, wenn ich gewusst hätte, dass er ein Cambion war? Nein, ich durfte Angelos Angebot nicht annehmen.

»Ich will noch leben«, beendete ich mein verbissenes Schweigen mit fester Stimme. Colin spürte, dass es die Wahrheit war, und die eisige Wand, die sich während des Streits zwischen uns gebildet hatte, begann zu bröckeln. Er griff zur Seite, ohne mich anzusehen, und legte meine Hand in seine, nicht nur zärtlich, sondern auch mahnend, als würden wir etwas besiegeln.

Doch sein Hunger nahm uns die Gelegenheit, uns näherzukommen. Louis tänzelte unruhig im Garten auf und ab; er verstand nicht, wieso sein Besitzer ihn so lange allein gelassen hatte, und verlangte nach Bewegung. Colin und ich würden uns erst nach dem Treffen mit Charlotte wiedersehen. Ich musste untätig verharren, während er in der Vergangenheit wühlte und Lügen erfand, um eine Frau zu trösten, die ihn immer noch vermisste. Ich wusste nicht, wie ich bei diesen Bildern in meinem Kopf Ruhe finden sollte.

Zu meiner Verwunderung aber wurde sie mir schneller geschenkt, als ich erwartet hatte. Gianna, Paul und Tillmann waren heute Abend ebenfalls ausgegangen und noch unterwegs, das Haus empfing mich still und leer, doch es ängstigte mich nicht. Es war besser, allein zu sein, als ständig Giannas unbegründete Furcht und Tillmanns Unmut mir gegenüber fühlen zu müssen. Eine Weile hörte ich verträumt dem Summen und Röhren des Kühlschranks zu, während ich einen Rest der Nudeln von heute Mittag aufwärmte, nur ein kleiner Mitternachtssnack.

Ich brauchte nicht viel Nahrung bei dieser Hitze. Gianna und die anderen griffen seit unserer Quarantäne zu wie Sumoringer – Gianna war sogar etwas runder im Gesicht geworden, was ihr gut stand –, aber ich beschränkte mich auf Obst, Salat, viel Wasser und ein warmes Mittagessen, dazwischen allenfalls italienische Kekse und ab und zu einen Kaffee. Klapprig wurde ich deshalb nicht; das ausgiebige Schwimmen hatte meine Muskeln gestrafft und meinen Rücken biegsam und stark werden lassen.

Diese Nudeln zu später Stunde waren eine reine Genussmahlzeit, nichts gegen den Hunger. Umso mehr zelebrierte ich sie. Ich zündete mir sogar eine Kerze an und ließ das künstliche Licht aus, um keine Insekten anzulocken.

Dann nahm ich eine kühlende Dusche im Freien, legte mich mit nasser Haut in mein Bett, die Läden weit offen, und schaute in den schwarzen Sternenhimmel, bis der Skorpion neben mir auf die Wand kroch und das Lied in meinem Kopf mich in den Schlaf wiegte.

No need to laugh and cry. It's a wonderful, wonderful life.

Stippvisite

The same procedure as every year, dachte ich, als ich mich am späten Nachmittag aus dem Haus stahl, während die anderen noch schlummerten, und statt Angst überwog einen Moment lang die Belustigung. Wieder einmal suchte ich an einem Sommertag verbotenerweise einen Mahr auf. Immerhin hatte ich Erfahrung in dem, was ich tat, und im Vergleich zum vergangenen Jahr konnte ich jetzt schon schwören, dass Angelo nicht rücklings über mir an der Decke hängen würde, wie Colin es getan hatte.

Als ich morgens aufgewacht war, trotz meiner Eifersucht erholt und mit einem leichten, klaren Gefühl im Kopf, war mir der kleine Zusatz wieder eingefallen, den Angelo angefügt hatte. »Bring Colin ruhig mit.« Ich hatte mich zu sehr bei der Sache mit der Tankstelle aufgehalten, um diesen Worten Bedeutung beizumessen, aber nun waren sie für mich genau die Ermutigung, die ich brauchte, um Angelo doch aufzusuchen. Wenn er Böses beabsichtigte, hätte er so etwas nicht gesagt. Nun – erst einmal wollte ich das Haus begutachten, dann würde ich weitersehen. Als weitere Vorsichtsmaßnahme hielt ich mich nicht an die verabredete Tageszeit.

Ich hatte lange überlegt, ob es gefährlicher war, morgens, mittags, nachmittags oder abends bei einem Mahr aufzutauchen. Colin konnte ich schlecht als Anhaltspunkt nehmen, er ernährte sich unregelmäßig und versuchte, bei Jagdglück so viel Traumstoff zu rauben, dass er ihn möglichst lange satt hielt, ein ständiger Wechsel aus Völlerei und Hunger. Aber die riskantesten Situationen zwischen uns hatte es abends gegeben, wenn er den Tag und die Nacht zuvor nichts oder nichts Nahrhaftes zu sich genommen hatte. Es war ein schwacher Anhaltspunkt, der vielleicht kaum etwas taugte, aber einen anderen hatte ich nicht. Außerdem kam mir die Nachmittagshitze wie ein Schutzschild vor, gerade weil sie so gnadenlos war und die Menschen lethargisch machte. Ich selbst begann sie zu mögen, fühlte mich gut darin. Es spielte schließlich nicht nur eine Rolle, in welchem Zustand Angelo sein würde, sondern auch, welche Kräfte mich beflügelten.

Ich empfand mich weder als schwach noch machtlos, als ich aufbrach. Was mir am Anfang frevelhaft erschien – nämlich Colins und meine Abmachung zu brechen –, war jetzt ein notwendiger Schritt, den ich auf meinem Weg nicht auslassen konnte. Ich musste ihn gehen. Mir war nicht leicht ums Herz, aber hatte ich in den vergangenen Wochen nicht schon weitaus gefährlichere Situationen durchgestanden? Colin hatte von einer Immunität gesprochen, eine Immunität, die sich keiner von uns schlüssig erklären konnte, doch wenn es sie gab – und alles sah danach aus –, hatte ich nichts zu befürchten. Sollte es keine Immunität geben, war da immer noch meine Intuition, die mich bislang nie im Stich gelassen hatte. Ich würde es spüren, ob ich dieses Haus betreten sollte oder nicht.

Als ich vergangenes Jahr in den Wald zu Colin gegangen war, war ich mir wesentlich lebensmüder vorgekommen als jetzt. Jetzt tat ich nur, was jeder getan hätte, der auf der Suche nach seinem Vater war.

Dennoch hatte ich Colin einen Zettel auf seinem Lager hinterlassen. »*Verzeih mir, ich konnte nicht anders.*« Mehr gab es nicht zu sagen, falls er früher nach Hause kam und meine Abwesenheit richtig deutete (was ich nicht glaubte, obwohl mir ein handfester Streit wegen meiner Einzelunternehmung lieber gewesen wäre als der Gedanke, dass er den ganzen Abend mit Charlotte verbrachte).

Die Tankstelle war zu Fuß problemlos zu erreichen, schon nach zehn Minuten war ich da. Was für ein Zufall, dass ganz in unserer Nähe ein Mahr hauste und wir bisher keine Notiz davon genommen hatten, nicht einmal Colin. Doch er hatte erwähnt, dass Angelo eine sehr schwache Aura habe. Wir hatten ihn nicht bemerken können.

Hinter mir jagten die Autos röhrend über die glühend heiße Straße, während gleichzeitig ein Zug vorbeiratterte, ein ohrenbetäubender Lärm, der sogar das Zirpen der Zikaden übertönte. Ich entdeckte den »schmalen Weg« sofort. Angelo hatte tiefgestapelt. Es war immerhin eine befahrbare Straße, zwar ungeteert, aber in ordentlichem Zustand. Ich ging gemächlich, um meine Kräfte zu schonen und auf mein Bauchgefühl zu lauschen. Ja, ich hatte ein Flirren in der Magengegend und ich hätte nichts essen können, doch blinde Panik oder eine Vorahnung besaß andere Qualitäten.

Als ich die knorrigen Olivenbäume erreichte, blieb ich ein letztes Mal stehen. Eigentlich war das unsinnig. Mahre konnten Beute von Weitem wittern. Wenn er mich ausrauben oder töten wollte, hatte er mich längst entdeckt und dann würde es auch nichts nützen, wenn ich umkehrte und floh. Er wäre schneller. Meine Neugierde, die das schlechte Gewissen Colin gegenüber längst übertrumpft hatte, trieb mich sowieso dem Haus entgegen, das, wie Angelo gesagt hatte, zwar alt war, aber nicht zerfallen. Eine mannshohe Mauer, bewachsen mit dunkelrot blühenden Blumen, schützte das Anwesen vor neugierigen Blicken, sodass ich nur die obere Etage erspähen konnte, doch was ich sah, gefiel mir, wenngleich die Fassade einen neuen Anstrich vertragen konnte. Dieses Haus hätte eine ideale Hollywoodkulisse abgegeben, für intelligente Romanzen und Selbstfindungsfilme, nicht für Horrorstreifen. Es hatte Charme. Ich musste grinsen, als ich erkannte, dass auf der Brüstung der Veranda ein großes buntes Garfield-Handtuch zum Trocknen lag, das sich behäbig im warmen Meereswind hob und senkte.

Das schmiedeeiserne Tor war unverschlossen, ich musste seine Flügel lediglich aufdrücken und rechnete damit, dass sie quietschen würden, doch sie gaben lautlos nach.

»Wow«, entfuhr es mir, als ich den Garten betreten hatte und mich umsah. »Nicht schlecht.« Nicht schlecht? Es war ein kleines Paradies. Ein Paradies nach meinem Geschmack, nicht unbedingt nach Allerweltsgeschmack, denn es herrschte zwangloses Chaos. Blumenkübel mit Palmen und Oleandern reihten sich ohne jegliche Ordnung aneinander oder bildeten kleine Grüppchen, welke Blätter lagen auf dem Boden und raschelten leise, wenn eine der sanften Böen durch den Garten strich, dazu das Knistern der Palmblätter und der Duft nach wildem Basilikum und Tomatensträuchern, die sich an den Mauern hochzogen, und – Chlor? Ja, Chlor.

Ich folgte dem Geruch, und nachdem ich zwei Bäume umrundet und eine Treppe erklommen hatte, erstreckte sich vor mir ein lang gezogener, gepflegter Pool; nichts Außergewöhnliches, kein Mosaik auf dem Grund und keine vergoldeten Wasserspeier, wie man es von den Schönen und Reichen kannte, aber immerhin ein Pool, der groß genug war, um Bahnen ziehen und tauchen zu können und das Meer zu sehen, während man darin schwamm. Eine Luftmatratze dümpelte ziellos vor sich hin. Ich wehrte mich gegen das plötzliche Bedürfnis, mich auf die warmen Steine am Beckenrand zu legen und eine Hand ins Wasser zu tauchen, die Sonne in meinem Nacken und gleichzeitig nasse Kühle auf meiner Haut, ich liebte das … Dazu das sich kräuselnde Blau, dessen Flimmern sich auf den Mauern und sogar auf den Blättern der Pflanzen spiegelte, Blau überall …

Ich ließ eine von Salz und der Sonne zerfressene Putte hinter mir – ein Flöte spielender Engel, der auf einem Löwen saß, etwas kitschig, aber passend für dieses Ambiente – und verfolgte die ausgetretenen Steinstufen, bis ich an eine verschwenderisch weitläufige Terrasse gelangte, in deren Mitte ein schwarzer Flügel stand – ein echter Flügel! –, umgeben von ausladenden Sitzmöbeln mit dicken Polstern und Kissen. Vor lauter Grübeln und Nachdenken hatte ich meine Siesta verpasst und nur kurz auf meinem Bett gelegen, doch nun hätte ich sie liebend gerne an Ort und Stelle nachgeholt: ein erfrischendes Bad im Pool und dann dösen, bis der Abend kam. Am besten auf der breiten, flachen Liege unter dem Sonnendach.

Wenn es denn nicht das Haus eines Mahrs gewesen wäre. In fremden Mahrhäusern döste man nicht. Wenn man das tat, konnte man sich gleich »Nimm mich« auf die Stirn pinseln.

Tja, es war wohl so, wie ich befürchtet hatte: Ich ging auf Nummer sicher, kam nachmittags statt abends und traf niemanden an. Es war zu hell für Mahre; wie ich von Colin wusste, ertrugen sie die Sonne, mochten sie aber nicht. Tagsüber verkrochen sie sich. Und weiter würde ich nicht gehen. Ich würde das Haus nicht betreten, das war mir zu leichtsinnig, obwohl die Türen der Terrasse offen standen und mir lange weiße Vorhänge einladend entgegenwehten.

Ich wollte gerade seufzend kehrtmachen, als ich aus dem Innern des Hauses eine Stimme hörte, nur ein Gesprächsfetzen, heiter und gelöst. Angelo unterhielt sich? War es seine Stimme gewesen? Oder wartete dort drinnen eine ganze Schar von Mahren, die sich schon händereibend darauf freute, meine Träume zu verspeisen und mich anschließend hinzurichten?

Ich beschloss, mich mit aller gebotenen Vorsicht zu entfernen, den Blick aufs Haus gerichtet, damit mir nichts entging, und dann, sobald ich aus dem Tor getreten war, zu rennen, so schnell ich konnte. Ich war schnell, wenn es sein musste. Und jetzt …. was war das?

Wieder Angelos Stimme, lauter als vorhin, ja, sie kam näher, Himmel, was sollte ich nur tun? Eine Hand griff um den wehenden Vorhang und schob ihn zur Seite. Zu spät. Ich saß in der Falle.

»Ciao, bella«, unterbrach Angelo sein Telefongespräch für einen kurzen Augenblick und hob grüßend die Hand, bevor er das Handy wieder an sein Ohr legte und weiterredete, halb abgewandt von mir, seine Haltung Grischa pur: das Kreuz durchgedrückt, der Hintern knackig, der Kopf stolz und dennoch beneidenswert nonchalant. Wenn ich so dastand, verspannten sich all meine Muskeln … oder vielleicht doch nicht? Probehalber straffte ich meine Schultern und dehnte meine Halswirbel. Oh, das fühlte sich gut an. Ich bekam viel besser Luft. Und …

Am besten bekam man Luft, wenn man lebte, holte ich mich in die Realität zurück. War ich in Gefahr? Musste ich fliehen? Ich strengte mich an herauszuhören, mit wem Angelo worüber sprach, aber eine Tötungsverabredung zwischen Mahren war es wohl nicht. Es klang geschäftlich, nicht brutal und hasserfüllt. Am meisten verwunderte mich jedoch, dass er überhaupt mit einem Handy telefonieren konnte, ohne dass die Verbindung abbrach. Dann war er vermutlich sehr satt; beste Voraussetzungen für mich und meine Recherche. Wobei satte Mahre auch starke Mahre waren, kontrollierte Mahre, die gut verbergen konnten, was sie vorhatten …

Ich positionierte mich neben den Flügel und legte meinen Arm auf das glatte, lackierte Holz, während Angelo durch seinen Garten wandelte und mit der rechten Hand charmant gestikulierte. Ich erlaubte mir einen Moment, die Szenerie auf mich wirken zu lassen und sie mit allen Sinnen zu kosten … Elisabeth Sturm auf dem Anwesen eines Königskindes, willkommen und nicht fortgeschickt, willkommen und wahrgenommen.

Verstohlen sah ich mich um. Angelo stand nun an der Außendusche und fummelte am Duschkopf herum, schraubte ihn beim Telefonieren nach rechts und testweise nach links. Ein paar Tropfen rieselten auf seine nackten Unterarme und glitzerten in der Sonne. Er war beschäftigt; Italiener telefonierten gerne exzessiv, das konnte ein paar Minuten dauern. Ich ließ meine Augen über den Flügel gleiten. Ach, wie niedlich, ein angebissener Riegel Kinderschokolade, der auf dem kleinen Absatz neben den tiefen Tasten lag und schon zu schmelzen begann. Ich widerstand der Versuchung, ihn mir zu schnappen und in den Mund zu stopfen. Ich liebte halb geschmolzene Kinderschokolade, so weich, das man die Reste anschließend vom Silberpapier schlecken musste. Eine Sauerei, aber für mich eine kulinarische Versuchung.

Neben der Kinderschokolade zwei Bleistifte, an den Köpfen angekaut, und auf dem Flügel selbst … Notenblätter, ein paar CDs, ein Notizbuch … Ein Notizbuch.

Einstecken und mitnehmen? Nein, das war zu link, ich wollte ihn nicht beklauen; er würde es merken und sofort wissen, wer es genommen hatte. Aber war es möglich, einen Blick hineinzuwerfen? Nur kurz? Angelo war in die Hocke gegangen, irgendetwas an seinem Gespräch schien spaßig zu sein, sein Lachen wurde lauter, dann folgten eine scherzhafte Bemerkung und erneutes Lachen, wunderbar, er war abgelenkt, und ich, ich würde schnell … aha. Notenlinien, musische Notizen, sonst nichts? Nur Ideen für Songs? Hastig blätterte ich das Büchlein (festes Büttenpapier) durch. Noten, wieder Noten, eine kleine Skizze – Kritzeleien, nichts, was eine außergewöhnliche Begabung vermuten ließ, alles ganz normal –, eine Telefonnummer nebst Namen, da, das hier war Deutsch! Ein Gedicht? Doch ich hatte nicht genug Zeit, es zu lesen. Das Blatt war fast lose, es konnte auch durch Zufall verloren gegangen sein. Blitzschnell riss ich es aus dem Büchlein, faltete es zusammen und schob es in meinen Ausschnitt. Weiter. Es waren nur noch wenige Seiten, die ich durchsehen musste. Angelo hatte sich mit ausgestreckten Beinen und dem Rücken zu mir auf den Boden gesetzt, eine Hand aufgestützt, nach wie vor in seine Plauderei vertieft. Möglicherweise registrierte er, was ich hier tat, aber ein Gedicht zu stehlen, war nichts Schändliches, und er war so weit weg von mir, dass seine Hellsichtigkeit – falls er sie denn besaß, nicht alle Mahre waren damit gesegnet – durchaus getrübt oder gar nicht vorhanden sein konnte. Geräuschlos schlug ich die letzten beschriebenen Seiten um. Noten, Noten, Noten … keine Noten. Ein paar Zeilen auf Italienisch. Gedanken? Eine Art Tagebucheintrag? Es fiel mir wesentlich leichter, Italienisch zu übersetzen, wenn ich es schriftlich vor mir hatte; meine Französisch- und Lateinkenntnisse kamen mir dabei zugute. Trotz der Hitze und des Zeitdrucks arbeitete mein Gehirn verlässlich.

»Sie macht mich neugierig … Ich weiß, ich müsste das nicht, aber ich fühle mich in ihrer Gegenwart schüchtern. Schüchtern! Wie dumm!«

Oh mein Gott. Ich schlug das Buch lautlos zu und legte es zurück an seinen Platz. Schüchtern? Angelo und schüchtern? Und wen meinte er mit »sie«? Etwa – mich? Gab es Grund, in meiner Gegenwart schüchtern zu sein? Oder hatte ich das Wort falsch übersetzt? Bedeutete es noch etwas anderes? Jedenfalls klangen die Zeilen nicht nach »Oh, lecker, ein Menschenmädchen, das schnapp ich mir«. Falls er überhaupt mich meinte. Gestern noch hatte er für eine Betty gesungen – eine Betty, das musste eine Frau sein, kein Mädchen –; wie kam ich überhaupt auf die Idee, dass ich gemeint war? Trotzdem rührten mich diese Zeilen. Es war ein Geheimnis, das wir nun teilten, ohne dass er davon wusste.

»Entschuldige bitte.« Angelo war aufgestanden und kam auf mich zu. »Manchmal dauert es ein bisschen hierzulande. Schön, dass du da bist. Möchtest du etwas trinken?«

»Ich, äh …« Zweifelnd schaute ich ihn an, zweifelnd und ein wenig betört, aber vor allem zweifelnd.

»Stimmt etwas nicht?«, fragte er, als er meinen suchenden Blick registrierte.

»Du … hm. Du siehst genauso aus wie gestern Abend! Du hast gar keine anderen Farben … also, ich meine …«

»Sollte ich das denn?«

Nein, das solltest du nicht, dachte ich, bitte nicht, bloß nichts anderes als dieses atemberaubende Türkis, das sich gerade einen lebhaften Wettstreit mit dem Poolwasser lieferte. Aber merkwürdig fand ich es schon. Haut, Haare und Augen schienen sich bei Sonne und Tageslicht nicht zu verändern. Allerdings war das bei François auch nicht der Fall gewesen …

»Ich hol dir etwas zu trinken«, nahm Angelo der Situation souverän ihre Peinlichkeit – souverän oder weil er zu schüchtern war, um meinen Blicken standzuhalten? Hatte ich ihn in Verlegenheit gebracht? Wohl kaum. Trotzdem sollte ich mein Starren ein wenig mäßigen.

Als er mit zwei Gläsern in der Hand zurückkam – Eistee –, hatte ich mich wieder unter Kontrolle gebracht. Ich nahm einen kleinen Schluck, um meine vor Aufregung trockene Kehle zu befeuchten.

»Also«, sagte ich gefasst. »Du … du hast gesagt, dass du weißt, wer ich bin?«

Angelo nickte und nahm ebenfalls einen Schluck. »Ja, das weiß ich, zumindest gehe ich davon aus, dass ich es weiß … Ellie Sturm, oder?«

»Ja. Elisabeth eigentlich oder eben Ellie, manchmal auch Elisa, Lieschen, Lassie …« Ich stockte. Hatte ich diesen Kosenamen preisgeben dürfen? War das unrecht? Aber meine Freundinnen hatten mich früher auch so gerufen. Ich überließ anderen Menschen, wie sie mich nannten, jeder hatte so seine eigenen Ideen.

»Elisa …«, wiederholte Angelo nachdenklich, als würde er überlegen, ob dieser Name zu mir passte.

»Ja, Gianna nennt mich so, es hat wohl was mit *Homo Faber* zu tun, in diesem Buch gibt es doch auch eine Elisabeth und von ihrem Vater wird sie Sabeth genannt und von ihrer Mutter Elisa …« Ich stockte wieder, denn Angelos sandfarbene Brauen kräuselten sich. Nachdenklich schüttelte er den Kopf, seinen Blick nach innen gerichtet.

»Nicht?«, fragte ich forschend.

»Nein, ich glaube nicht. Sie nennt sie Elsbeth.«

»Elsbeth! Oh, wie furchtbar … Bist du dir sicher?«

»Ziemlich sicher. Ich habe das Buch ungefähr zwanzig Mal gelesen, es ist grandios. Na, nicht so wichtig. Elisa ist ja auch schön. Wie soll *ich* dich denn nennen?«

Ich fand es schon wichtig. Ausgerechnet Gianna, unsere Literaturpäpstin, hatte *Homo Faber* falsch zitiert. Das an sich war vielleicht noch verzeihlich, wobei ich ihr ihre Schlampigkeit irgendwie übel nahm; was mich daran aber beunruhigte, war die Tatsache, dass ansonsten nur Papa mich Elisa genannt hatte. Papa und Gianna waren sich begegnet. Gianna hatte abgestritten, dass sie mehr miteinander zu tun gehabt hatten als diese eine berufliche Zusammenkunft auf einer Konferenz, und ich hatte ihr geglaubt. Aber jetzt nagten wieder Zweifel an mir … Waren sie berechtigt? Oder hatte sie sich einfach nur geirrt?

»Hey. Noch da? Wie soll ich dich nennen?«

Angelos Lächeln befreite mich aus meinem plötzlichen Verfolgungswahn.

»Keine Ahnung. Ellie, würde ich sagen. Ich bin ja auch nicht hier, um mir einen perfekten Namen zu suchen.« Klang das unverschämt? Aber mir ging diese Namenssucherei auf den Geist. Sie fühlte sich unbefriedigend an, schon immer war das so gewesen.

Auf keinen Fall durfte er mich Lassie nennen, das war Colin gestattet und sonst niemandem.

»Okay, von mir aus Ellie«, willigte Angelo ein, offenbar weder gekränkt noch genervt. Er lächelte immer noch. Ich hätte ihn gerne nur angeschaut, anstatt zu reden, doch ich hatte ein Anliegen, das wichtiger war.

»Du weißt also, dass ich mit einem Mahr zusammen bin und … weißt du auch, wer mein Vater ist?« Auf einmal packte mich rasende Angst, etwas Schlimmes zu erfahren, etwas, was mein Leben für immer verfinstern würde. Ich umklammerte meinen Eistee so fest, dass das Glas leise knirschte. Gleich würde es zerspringen. Angelo befreite es beiläufig aus meinen Fingern, ohne mich dabei zu berühren, genau wie es bei der Katze geschehen war. Mehr als einen Handschlag würde es zwischen uns wohl niemals geben.

»Ja, auch das weiß ich, ich bin ihm sogar begegnet.«

»Du bist ihm begegnet?« Ein Königreich für eine andere Stimme, gefestigter und erwachsener. Ich verfluchte mein erschrockenes und zugleich hoffnungsvolles Piepsen. »Weißt du, wo er ist? Er ist verschwunden, seit Monaten schon … Wir wissen nicht, was mit ihm geschehen ist. Und ich habe keine Ahnung, wo ich bei meiner Suche beginnen soll.«

»Ellie …« Angelo blickte kurz zu Boden und schüttelte den Kopf, bevor er mir bedauernd in die Augen schaute. »Ich würde dir gerne etwas anderes sagen, aber … ich weiß nichts über seinen Verbleib. Ich fürchte, ich kann dir nicht weiterhelfen.«

Ich hatte an Angelos Lippen gehangen, in der Hoffnung, dass jede neue Silbe zu einer Wendung führen würde, doch nun gab es an dem, was er gesagt hatte, nichts mehr zu rütteln. All die Unverwundbarkeit und das Selbstvertrauen, die ich eben noch gespürt hatte, verpufften. Ich wollte mich am Piano festhalten, um nicht zu Boden zu sinken, aber meine Finger rutschten ab. Es gab keine Balance mehr. Ich hatte wieder einmal viel zu viel erwartet. Er hätte mir weitaus Schlimmeres sagen können, ja, doch dass er gar nichts wusste – darauf hatte ich mich nicht vorbereitet. Ich verbarg mein Gesicht in meinen Händen, weil ich nicht wollte, dass er mir meine Hilflosigkeit ansah.

»Ellie …« Ich fühlte seine Gegenwart wie einen hellen Schimmer; er hatte sich zu mir auf den Boden gesetzt. »Ach, Scheiße, ich hab gewusst, dass du mich das fragen würdest und ich nicht die Antwort geben kann, die du dir wünschst …«

Ich nahm die Hände von meinen Augen; den Mund hielt ich nach wie vor verdeckt, da meine Lippen bebten.

»Weißt du denn, was er tut? Worum ging es in eurer Begegnung? Ihr habt euch bestimmt nicht zufällig getroffen, oder?«

»Nein«, antwortete Angelo ehrlich. »Nein, aber … oh Mann. Shit … Er hat versucht, mich für seine Pläne zu gewinnen.«

»Und?« Ich befand mich hier in gefährlichem Fahrwasser, das war mir klar. Nun entschied sich, welche Richtung meine Tour nehmen und ob ich sie überleben würde.

»Ich verstehe, was er vorhat und warum und dass er auf der Seite der Menschen steht, wobei ich das gar nicht so stark trenne, Menschen und Mahre, aber … das führt jetzt zu weit. Jedenfalls leuchtete mir sein Vorhaben ein. Nur … oje, du wirst mich hassen …«

»Ich hasse dich vielleicht, wenn du nicht weitersprichst«, entgegnete ich fordernd. »Was hast du ihm getan?«

Angelo lachte erstaunt auf. »Gar nichts. Ich hab mir nur Bedenkzeit erbeten und mich nicht mehr gemeldet, weil … ach, ich hab Angst, das zu tun. Ja, ich geb's zu, ich habe Angst, mich an einem Menschen wissentlich zu vergiften und dadurch womöglich so zu werden wie viele andere Mahre, die nur noch vegetieren und jagen und sonst nichts. Ich weiß, es ist nicht besonders heldenhaft, aber in diesem Moment war die Angst stärker und …«

»He, mir musst du nicht erklären, wie stark Angst sein kann.« Ich wollte verständnisvoll klingen und das war ich auch, mehr, als er ahnen konnte, denn ich hatte erlebt, was schlechte Erinnerungen anrichten konnten, selbst wenn es nicht die eigenen waren. Ich war darüber fast verrückt geworden. Doch ich hörte mich nur müde und frustriert an. »Ich wundere mich höchstens, dass du überhaupt Angst haben kannst.«

Angelos Lächeln wandelte sich in leise Verblüffung. »Wieso denn nicht? Ich habe etwas, was mir gefällt, wie es ist – mein Leben. Und es kann sein, dass ich es dadurch verliere. Das erzeugt Angst. Ist doch logisch, oder? Natürlich habe ich keine Angst vor Krankheiten und Tod und Jobverlust und solchen Dingen, aber auch als Mahr kann es dir schlecht oder gut gehen. Ich hatte ihm außerdem kein endgültiges Nein gegeben, sondern mir nur Zeit erbeten.«

Ich hob warnend die Hand, um ihn zu stoppen, obwohl mich brennend interessierte, was Angelo erzählte, zu gerne hätte ich mehr davon erfahren. Doch ich hatte ein Motorengeräusch gehört, das mir vertraut war. Da, nun ertönte es wieder, lauter und näher. Colins Wagen und das Rappeln des Pferdeanhängers. Er kehrte schon zurück, viel zu früh! Hatte er nicht direkt von der Sila aus zu Charlotte fahren wollen? Ich sprang auf.

»Ich muss gehen«, sagte ich knapp. »Vielen Dank für die Einladung.«

Angelo musterte mich fragend, unternahm aber keinen Versuch, mich aufzuhalten.

»Okay, dann – bis bald oder irgendwann ...«

Irgendwann, dachte ich bitter, als ich mit fliegenden Schritten zum Tor eilte, es aufstieß und die Straße hinunterrannte. Irgendwann oder nie. Es gab keinen Grund mehr, Angelo aufzusuchen, er hatte mir nicht helfen können. Ich hatte kein einziges Argument übrig, ihn zu sehen. Das war es gewesen. Basta. Mehr Grischa-Faktor war mir in meinem Leben nicht vergönnt und es war ja auch in Ordnung so, ich hatte vorher ohne Königskinder gelebt und würde es jetzt ebenfalls können. Mit etwas Umgewöhnungszeit. An das Gute gewöhnte man sich so schnell … Dieser Garten und der Pool – nie wieder? Ich musste mir später selbst einen Pool bauen, irgendwann, wenn ich zu Geld gekommen war. Gleich nachher würde ich eine Zeichnung von Angelos Grundstück anfertigen und sie aufbewahren, bis es so weit war, und dann würde ich mir ein Häuschen suchen, in dem ich sie verwirklichen konnte, und dann …

»Du warst dort.«

Colins Stimme lähmte meine Beine von einer auf die andere Sekunde. Torkelnd suchte ich nach meinem Gleichgewicht. Auch von ihm keine Berührung.

»Colin, ich musste! Es ging nicht anders! Ich hab den ganzen Mittag darüber nachgedacht, ich muss doch wissen, was mit meinem Vater geschehen ist …«

»Und? Weißt du es?« Seine Überheblichkeit war wie ätzender Schwefel, man wollte nicht mehr atmen.

»Nein. Nein, ich weiß nichts, aber damit hat sich die Sache auch erledigt, und wie du siehst, lebe ich noch und bin nicht beraubt worden. Alles gut.«

»Mit deinem Schutzengel möchte ich nicht tauschen, Ellie«, knurrte Colin strafend. »Nie wieder setzt du einen Schritt in diese Richtung, hast du das verstanden? Und jetzt steig ein.« Barsch deutete er auf den Wagen. Wie zur Bekräftigung polterten im Hänger Louis' Hufe.

»Danke, ich laufe.«

»Du steigst ein!« Weil mir die Szene langsam unangenehm wurde, willigte ich schnaufend ein – nur deshalb und aus keinem anderen Grund. Colin behielt seine Hände bei sich, er würde mich nicht anrühren oder zwingen, das zu tun, was er wollte, das hatte er sich geschworen. Angst hatte ich nicht.

Als wir die Unterführung vor der Piano dell'Erba erreicht hatten, hielt er an. Der Schatten der Brücke dämpfte das eisige Grün seiner Augen ein wenig und ließ seine Haare einen dunkleren Ton annehmen.

»Wolltest du nicht zu Charlotte fahren?«

»Ja, das wollte ich, erst ausführlich jagen, dann zu ihr, aber ich hatte ein ungutes Gefühl im Bauch. Seltsam, oder?« Ich wich seinem arktischen Blick aus. »Jetzt kann ich es sowieso vergessen. Wieder wird sie mich verfluchen und meinen angeblichen Sohn dazu. Vielen Dank, Ellie.«

»Aber …«

»Kapierst du eigentlich nicht, was du da gerade angerichtet hast?«, fiel er mir ins Wort. »Ich hätte die Chance gehabt, etwas gutzumachen im Leben eines anderen Menschen! Stattdessen wird es noch schlimmer werden als vorher … wie immer …«

»Wieso denn? Du kannst doch noch fahren!«

»Kann ich nicht! Denn ab jetzt wirst du bei mir sein, wann immer es geht, ich nehme dich mit in den Wald und lasse dich keinen Schritt mehr allein gehen!«, wütete Colin. »Du bist offenbar nicht in der Lage, auf dich aufzupassen!«

Mit der Faust schlug er auf das Lenkrad. Sofort bildete sich ein Riss in dem schwarzen Kunststoff. Er würde es zertrümmern, wenn er so weitermachte. Trotzdem musste ich widersprechen.

»Colin, hör auf, mich wie ein kleines Kind zu behandeln! Ich bin erwachsen! Fang nicht damit an, mich zu kontrollieren, das vertrage ich nicht. Das verträgt meine Liebe nicht. Ich möchte nicht in deiner Höhle sitzen, ohne sehen und beeinflussen zu können, was sich um mich herum abspielt. Ich kann alles tolerieren, alles, deinen Hunger, deine Abwesenheit, deine kalte Haut, ich kann ertragen, dass ich dich jedes Mal, wenn wir Sex haben, fesseln muss und du anschließend abhaust, ich kann die Abweisung der anderen Menschen ertragen – aber ich kann es nicht ertragen, wenn du mir meine Freiheit nimmst! Bitte lass mir meine Freiheit!«

Colin fluchte unflätig auf Gälisch, stieß die Tür auf und ging nach draußen, um seinen Schädel brutal gegen die Steinwand der Unterführung zu schlagen. Ich zuckte zusammen. Er machte mir Angst. Angst um ihn, nicht um mich. Er wollte sich zur Besinnung bringen, sich wehtun, ohne dass es je glücken konnte. Hupend und unter lautem Radioplärren knatterte der Obstmann an uns vorbei. Es war einer dieser dummen, unpassenden Gedanken, die aus dem Nichts auftauchten, wenn niemand sie brauchte, aber mir fiel ein, dass ich noch eine Melone und Nektarinen kaufen wollte. Es schien mir dringender als alles andere, dieses Vorhaben umzusetzen, doch mir war zu übel, um aufzustehen.

Nach einigen Minuten, in denen der Obsthändler unbekümmert schreiend seine Gaben anpries, stieg Colin wieder in den Wagen.

»Um unserer Liebe willen …«, begann er mit rauer Stimme. Er hörte sich uralt an. »Um unserer Liebe willen lasse ich dir deine Freiheit und bete, dass ich es nie bereuen werde. Tu, was du nicht lassen kannst.«

»Ich will doch gar nichts mehr tun«, erwiderte ich. Auch meine Stimme war rau. »Nur ein bisschen leben, ohne mir über alles und jeden Gedanken zu machen, ohne Gefängnisse. Ein paar Tage. Das mit Papa hat sich erst einmal sowieso erledigt.«

»Merkst du, dass sie immer kürzer werden, Lassie? Die Momente, in denen wir beisammen sein können? Seitdem sie tot ist, ist es, als trage ich ihre Gier in mir.« Gehetzt huschten seine Augen über das trockene Gebüsch neben der Unterführung. Dabei lebte hier gewiss kein Wild. Es war ein purer Reflex. Ich spürte, wie all seine Gedanken von mir wegdrifteten und sein Hunger machtvoll aufbegehrte.

Wenn wir länger warteten, würde er sich gegen mich richten. »Ich muss weg, Ellie. Ich muss wieder gehen …«

»Dann geh, Colin. Ich verstehe es.« Ich verstand es, obwohl mein Bauch rebellierte, es nicht wahrhaben wollte. Es konnte doch nicht alles umsonst gewesen sein! Hoffentlich würde er endlich ein Rudel Wölfe finden und einige Tage lang satt bleiben können.

Ich wagte es nicht, ihn zu küssen; hier, in seinem Wagen, musste ich mehr um mein Heil bangen als gerade eben in Angelos Revier. Ich stieg wortlos aus und lief zu Fuß zu unserem Haus zurück, während Colin den Wagen wendete und hoch in die Sila fuhr, um seinen Hunger zu stillen, während Charlotte irgendwo da draußen in einer Bar saß und vergeblich auf ihn wartete. Eine aberwitzige Sekunde lang überlegte ich, zu ihr zu fahren und ihr alles zu erzählen. Doch was nützte es? Nichts. Mir selbst half es nur, Colin zu verstehen, doch an seinem zehrenden Hunger änderte es nichts. Er überschattete alles.

Nachdem die Sonne untergegangen war, setzte ich mich neben das Duschbecken in den Garten und zog die gestohlene Seite aus meinem Ausschnitt, um Angelos Zeilen im schwindenden Licht des Tages zu lesen. Ja, es war ein Gedicht, ich hatte mich nicht getäuscht – *Mondnacht* von Eichendorff. Ich kannte nur den *Taugenichts*, wir hatten ihn in der Schule durchgenommen und ich war mehr genervt als begeistert gewesen, doch dieses Gedicht war klarer, strukturierter, kunstvoller. Wenn man es hatte, brauchte man kein Buch mehr. Ich las es immer wieder, bis die Worte ihren festen, unverrückbaren Platz in meinem Inneren gefunden hatten.

»Und meine Seele spannte weit ihre Flügel aus, flog durch die stillen Lande, als flöge sie nach Haus.«

In dieser Nacht überwand ich meine Scheu und traute mich zum ersten Mal, meinem Drang nachzugeben und den Skorpion zu berühren. Er fühlte sich anders an, als ich erwartet hatte, glatt, warm und doch widerspenstig, aber er duldete mein zartes Streicheln und blieb reglos sitzen, bis ich meine Finger wieder von ihm löste. Dann bewegte er kurz seine Scheren, ein verschworener Gruß. Er hatte mich verstanden.

Stolz, meine Furcht überwunden zu haben, ohne dass mir etwas zugestoßen war, sank ich in einen wohltuenden Schlaf, der mir von der ersten Sekunde an schöne, wilde Träume schenkte.

High Hopes

»Mehr«, flüsterte ich, nachdem die Helligkeit gesiegt und mich aus dem Reich der Nacht vertrieben hatte. »Bitte mehr davon …« Ich lächelte immer noch, so wie ich es den ganzen Traum über getan hatte. Ein endlos langer Traum? Oder mehrere Träume, die ineinander übergegangen waren? Ich wusste es nicht, doch es war unerheblich, denn eine logische Handlung hatte er nicht gehabt; die brauchte er gar nicht. Es war ums Erleben gegangen, nicht ums Handeln. Ich war am Meer gewesen. Am Meer des Südens. Gleißende Sonne, eine blaue Himmelskuppel, schmeichelnder Wind, das Wasser warm und weich, weiße Schaumkrönchen auf den Wellen … Ein Traum, der mich schon fast mein ganzes Leben begleitete und mit ungeahnten Glücksgefühlen erfüllte, während ich in ihm versank, und umso brutaler mit der grauen Realität konfrontierte, sobald er mich wieder ausspuckte. Noch nie war er so klar und echt gewesen wie in dieser Nacht.

Ich hätte schreien können vor Freude, als ich die Augen öffnete und das Flirren des Lichts hinter den Läden mich daran erinnerte, dass es heute gar keine Konfrontation mit der Wirklichkeit geben würde. Ich *war* im Süden. All das, worin ich mich eben noch staunend bewegt hatte, lag vor meinem Fenster. Ich musste nur aufstehen, die Läden öffnen und hinunter ans Meer laufen. Nie waren Traum und Realität sich näher gewesen als in diesen erquickenden Sekunden. Ich würde nicht enttäuscht werden, nicht einmal von der

Leere und Ödnis des hiesigen Strandes. Auch in meinen Träumen hatte es keine Palmen, Bars oder feinen, hellen Korallensand gegeben. Das brauchte es gar nicht.

Die Freiheit, die ich darin spürte, war es, die pure Energie durch meine Adern strömen ließ, gepaart mit dem sicheren Wissen, alles überstehen zu können, was das Leben für mich bereithielt, wenn ich nur hier am Wasser blieb und mein Gesicht der Sonne zuwendete. Vorbei waren die düsteren Träume vom Nordmeer, die mich im Winter geplagt hatten und in denen ich immer wieder von der eisigen Kälte hinabgezogen worden war.

Die Sonne war da, sie schien. Ich konnte es an den hellen Streifen erkennen, die sich durch die Ritzen der Läden auf die Decke malten, so zuverlässig und treu. Es würde ein schöner Tag werden. Selbst wenn Wolken aufziehen würden, wie sie es während der Siesta manchmal taten: Bis zum Abend würden sie wieder verschwunden sein. Es würde ohnehin immerzu warm bleiben.

Wie habe ich nur so blind sein können?, fragte ich mich, als ich aufstand und die Läden aufstieß, um mich so intensiv wie nie zuvor am Duft des Meeres und des verdorrenden Grüns zu erfreuen. Kopfschüttelnd dachte ich an meine ersten Tage in Italien zurück. An allem hatte ich etwas zu bemängeln und auszusetzen gehabt. Dieses Land war mir zu laut, zu schmutzig, zu hektisch, zu karg gewesen. Ja, Kalabrien war karg, aber war das etwas Schlechtes? Es war eine Folge der Sonne und die war es doch, die ich jahrelang vermisst hatte. Keine Chance zu frieren. Jeden Tag nackte Füße. Kaum Stoff auf der Haut, keinerlei Ballast, keine unnötigen Pflichten, weil die Menschen sich trotz ihrer sympathischen Eile Zeit ließen. Zeit zu leben. Nur in der Kälte wurde man geschäftig.

Ich hätte viel eher darin eintauchen sollen, denn möglicherweise hatte ich bald keine Gelegenheit mehr dazu. Ich ärgerte mich über mich selbst; ich hatte mich gegen all das hier gespreizt und über meinem geballten Unmut nicht begriffen, was mir geschenkt wurde. Doch jetzt wusste ich es und es würde mir hoffentlich die nötige Kraft geben, mich meinem heutigen Unterfangen zu stellen. Denn heute war ein Tag der Tat, nicht des Müßiggangs. Es war mein allerletzter Versuch, etwas an meinem Schicksal zu ändern.

Die anderen hatten gedrängt, endlich etwas zu unternehmen oder aber abzureisen. Nun sei schon eine Woche vergangen, was sollten wir hier noch? Tessa war tot, doch von meinem Vater keine Spur. Ich fühlte mich von ihnen unter Druck gesetzt. Tillmann war unangenehmerweise dazu übergegangen, mich in kühler Schweigsamkeit zu beobachten, anstatt mit mir zu reden – ich hätte niemals gedacht, dass er so nachtragend sein konnte –, und Pauls Verständnis für mich schwand mit jedem neuen Tag. In guten Momenten wollte er gemeinsam mit mir losziehen, um Papa zu suchen, doch das wiederum war Gianna nicht durchdacht genug, sie bremste ihn aus, während Paul langsam daran zugrunde ging, dass er offenbar immer noch zur Passivität verdammt war.

Ich wollte ihnen etwas bieten, was sie veranlassen würde, mir mehr Zeit zu geben. Irgendein Indiz, eine Spur, ein Verdachtsmoment. Für Colin brauchten wir diese Zeit sowieso. Er musste immer länger wegbleiben, um satt zu werden. Wir würden warten müssen, um mit ihm über Papa sprechen zu können, und wenn ich bis dahin schon etwas herausgefunden hatte, würden die anderen sich darauf einlassen. Sie mussten es!

So hatte ich gestern Abend Papas Mahrkarte aus dem Seitenfach meines Koffers gezogen und sie ein letztes Mal gründlich unter die Lupe genommen. Sie war inzwischen zerknittert, doch das Kreuz in Italien hatte Papa so deutlich gesetzt, dass ich gar nicht erst danach suchen musste. Dann nahm ich eine größere Straßenkarte Kalabriens zur Hand. Vielleicht meinte das Kreuz nicht nur eine Region, sondern einen ganz konkreten Ort – ein Dorf oder Städtchen, das in der Europakarte nicht verzeichnet war, wohl aber auf unserer Straßenkarte.

Doch mein Zeigefinger strandete immer wieder zwischen mehreren Dörfern und Städten in den Bergen oberhalb von Calopezzati. Also im Nirgendwo – vorausgesetzt, mein Verfahren war richtig. Auch daran zweifelte ich, schließlich war die Europakarte eher klein und ungenau. Doch die Hoffnung, etwas herauszufinden und den anderen beweisen zu können, dass ich nichts unversucht ließ, trieb mich dazu, diesen Punkt wenigstens anzusteuern.

Paul und Gianna hatten gestern Abend bereits damit gedroht, die Zelte abzubrechen und heimzufahren. Ich wollte hier nicht weg, noch nicht. Es war mein erster richtiger Sommer, den durften sie mir nicht nehmen, egal, wie bejammernswert er bisher verlaufen war. Ja, auch mich belastete die Ausweglosigkeit der Situation, wenn ich darüber nachdachte. Dieses Land war viel größer und weitschweifiger, als ich angenommen hatte. Mein Vater konnte überall und nirgendwo sein. Doch es konnte alles noch gut werden. Mein Entschluss jedenfalls war gefasst.

Ich wollte ganz alleine aufbrechen, während der Siesta, wenn die anderen schliefen. Sie wussten nichts von meinen Überlegungen. Auch Colin hatte ich nicht einweihen können, er war schon seit Tagen in der Sila unterwegs, aber ich fürchtete, dass er es mir sowieso zu verbieten versucht hätte. Paul hingegen hätte es sicher gutgetan, aktiv zu werden. Doch er wäre nur mit Gianna mitgefahren (Gianna ließ ihn keinen Schritt mehr ohne sie machen, sie klammerte wie eine Klette) und eine Person, die meine Nähe mied, wollte ich nicht im Auto haben. Es verunsicherte mich. Hier im Haus oder am Strand konnte ich Giannas zwanghafte Abgrenzung einigermaßen akzeptieren, weil genügend Ausweichmöglichkeiten bestanden, aber selbst der geräumige Volvo war zu klein, um darüber hinwegzusehen. Wir atmeten die gleiche Luft, befanden uns nur wenige Zentimeter voneinander entfernt. Es würde mich nervös machen, wenn Gianna dabei war, und der Gedanke an das, was ich vorhatte, machte mich ohnehin nervös genug.

Deshalb entschied ich mich, erst einmal so zu tun, als sei heute ein ganz normaler Urlaubstag, bereitete das Frühstück für die anderen zu – ich selbst beschränkte mich auf Kaffee und Obst – und ging hinunter ans Meer, um mich abzulenken. Es gelang mir nur, wenn ich mich mit offenen Augen zurück in meine Träume versetzte oder weit hinausschwamm, und als ich endlich aufbrach – der Volvo parkte noch vom Einkaufen auf der Straße, sodass ich niemanden wecken würde –, zog sich mein Bauch unruhig zusammen. Meine erste Fahrt allein in diesem Land stand mir bevor. Ich hatte nur eine Karte, kein Navigationssystem; das hatte Paul in den kleinen Safe in seinem Schlafzimmer gesperrt und es hätte ihn misstrauisch gemacht, wenn ich ihn nach der Zahlenkombination gefragt hätte. Immerhin hatte ich es geschafft, mich über mein Handy ins Internet einzuloggen und Google Maps zu befragen. Ein sündhaft teures Unterfangen, doch am Geld sollte es nicht scheitern.

Es scheiterte an der Verbindung. Das hätte ich mir eigentlich denken können, dachte ich fluchend, als nach der dritten steilen Kurve den Berg hinauf das Internet ausfiel und mein Handy piepsend verkündete, dass es kein Netz mehr fand. Und nun? Umkehren? Nein, dazu war ich nicht weit genug gekommen, das Meer war noch zu nahe und der Markierungspunkt viel zu weit weg. So schnell durfte ich nicht aufgeben. Es war doch ganz einfach: Solange ich das Meer sah, würde ich auch zurückfinden, irgendwie. Ich würde so weit fahren, bis es aus meinem Blickfeld verschwand. Dann konnte ich immer noch umkehren. Bis zu diesem Punkt war ich auf der sicheren Seite.

Aber ich hatte bald keine Muße mehr, mich nach dem Meer zu orientieren. Während die Außentemperatur sank und die Temperatur im Wagen anstieg – ein Zusammenhang, den ich mir ganz und gar nicht erklären konnte –, entwickelte die Straße sich zu einer lebensgefährlichen Geröllpiste, ohne seitliche Befestigungen und Mittelstreifen und oft so schmal, dass ich mich fragte, wie ich einem entgegenkommenden Fahrzeug außerhalb der kleinen Buchten, die ab und zu in den Fels gehauen worden waren, ausweichen sollte. Immer wieder behinderten dicke Gesteinsbrocken das Durchkommen. Wenn ich sie umrundete, kam ich dem Abgrund neben mir gefährlich nahe oder musste den Außenspiegel einklappen, damit ich nicht die Felsen rammte. Offenbar wurde die Gegend im Herbst und Frühling von Erdrutschen heimgesucht. An manchen Stellen war die Straße zum Hang hin einfach abgebrochen, sodass ich all meinen Mut aufbringen musste, um weiterzufahren. Eine andere Möglichkeit hatte ich sowieso nicht; zum Wenden war kein Platz, und sobald ich es geschafft hatte, meine Angst vor einem Absturz hinunterzuwürgen und die schmalen Passagen zu überwinden, beflügelte mich das so sehr, dass ich weiterfahren wollte.

Dörfer gab es hier oben nur noch vereinzelt und sie sahen nicht einladend aus. Rinder dösten wiederkäuend im Schatten am Rande der Straße, manchmal auch mitten auf dem löchrigen Asphalt, und glotzten mich dumpf an, wenn ich sie vergeblich wegzuhupen versuchte. Der Wald wurde dichter. Ich konnte nicht sagen, ob es jener Wald war, in den Colin mich entführt hatte; ich erkannte nichts wieder. Die Tannen erinnerten mich beinahe an den Schwarzwald. Sie wuchsen Ehrfurcht gebietend finster in die Höhe und Breite, aber der Boden unter ihnen war trocken. Ein Funke würde genügen, um sie in Brand zu setzen. Trotzdem meinte ich, an einer Kurve eine Quelle sprudeln zu hören.

Menschen begegnete ich kaum. Einmal tauchte wie eine Halluzination ein alter Mann vor mir auf, der am Wegesrand auf einem Stein saß, seine Arme auf den Stock gestützt, eine staubige blaue

Mütze auf dem Kopf. Was tat er hier? Bewachte er die Straße? Beinahe sah es so aus und ich erwartete schon, dass er mich anhalten und zurückschicken würde. Ich entschied mich für einen freundlichen Gruß und wider Erwarten hellte sich sein Gesicht auf, als er mich erblickte, und er hob seine knorrige Hand, um mein Ciao winkend zu erwidern. Doch über den Rückspiegel sah ich, wie er sofort wieder in seine abwartende Starre verfiel, sobald ich ihn hinter mir gelassen hatte.

Auf meine Karte musste ich nicht mehr schauen; ich wusste, dass ich die Orientierung verloren hatte, das war ja nichts Neues für mich. Ich regte mich nicht einmal darüber auf. So lief das eben, wenn Ellie Sturm auf eigene Faust etwas mit dem Auto unternahm. Dumm nur, dass es hier weder Tiefgaragen noch Taxis gab.

Trotzdem fädelte ich mich immer weiter die Berge hinauf, bis die Außentemperatur nur noch bei 28 Grad lag, zehn Grad weniger als bei meinem Aufbruch unten am Meer. Dafür wanderte der Zeiger der Motorentemperaturanzeige kontinuierlich nach oben in den roten Bereich, was ich nicht verstand, denn wie sollte der Motor überhitzen, wenn es doch immer kühler wurde? Ich musste zwei weitere Kühe umrunden, bis ich erneut mit zusammengekniffenen Augen auf das Armaturenbrett blinzeln konnte. »Temperature high«, leuchtete es mir nun in roten Buchstaben entgegen. Wie hilfreich. Konnte das blöde Auto mir nicht auch höflicherweise verraten, warum das so war?

Sollte ich sicherheitshalber den Motor ausschalten und den Wagen abkühlen lassen? Aber was, wenn er dann nicht mehr ansprang? Ich hatte keine Ahnung, wo sich das nächste Dorf befand und ob ich den Menschen dort überhaupt begreiflich machen konnte, was mein Problem war. Mein Italienisch hatte sich verbessert, sehr sogar, aber dieser Sachverhalt würde mein Vokabular sprengen.

Also fuhr ich mit verkrampftem Nacken weiter, das Blinken ignorierend, bis plötzlich weißer Qualm aus der Motorhaube quoll, nicht nur ein bisschen, sondern ein kleines Höllenfeuer. Sofort dachte ich an explodierende Autos und bis zur Unkenntlichkeit verkohlte Insassen, parkte den Wagen am Straßenrand, schaltete den Motor aus und flüchtete. Erst nach ein paar Metern, die ich mit geducktem Kopf und den Händen auf den Ohren zurückgelegt hatte, wagte ich es, mich umzudrehen. Immer noch dampfte der Volvo vor sich hin, wie ein alter Drache, der gerade erst wach wurde, um dann zu Höchstform aufzulaufen und alles um sich herum mit seinem glühenden Atem zu versengen. Ich musste hier weg. Entweder explodierte der Wagen tatsächlich oder aber der Spuk war vorbei, wenn ich nach einer halben Stunde zu ihm zurückkehrte, und ich konnte meine Fahrt fortsetzen. Wenn sich etwas aufheizte, konnte es sich theoretisch auch wieder abkühlen. Darauf musste ich vertrauen.

Ich wunderte mich ein wenig darüber, dass ich nicht heulte oder zitterte, wenigstens eine leichte Besorgnis empfand, doch rational betrachtet hatte ich keinen Grund dazu. Ja, irgendetwas stimmte mit dem Wagen nicht und ich wusste nicht, wo ich war, aber es gab keine wilden Tiere hier oben und ich stand auch nicht kurz davor, zu verdursten oder zu verhungern. Ich fühlte mich sogar kräftig genug, um die Straße weiter hinaufzugehen, und das tat ich auch, nur weg von dem dampfenden Ungeheuer hinter mir. Nach der nächsten Kurve entdeckte ich ein verwittertes Schild, das kaum mehr lesbar war und auf eine noch schmalere Geröllpiste deutete. Ein Wegweiser zu einem Dorf? Zu Menschen, die mir helfen konnten – oder vielleicht sogar dem Ort, den Papa gemeint hatte? Zwei gute Gründe, dem Schild zu folgen.

Schon nach wenigen Metern hatte die eigentümliche Waldwelt Kalabriens mich verschluckt. Dicht standen die Bäume hier nicht, dazu war es zu felsig; nur die stärksten hatten ihre Wurzeln in dem kargen Grund verankern können. Ein schmaler Trampelpfad schlängelte sich hinauf auf eine gelbliche Wiese – frisches Grün fand sich hier kaum mehr –, auf der verlumpt wirkende Ziegen grasten. Vom Ziegenhirten war weit und breit nichts zu sehen. Vielleicht waren es sogar wild lebende Ziegen. Ich erfreute mich eine kurze Verschnaufpause lang an ihrer Gelassenheit und ihrem herben Geruch, dann lief ich weiter.

Bei fast jedem meiner Schritte raschelte es neben der Geröllpiste im Gras; wahrscheinlich Schlangen oder größere Insekten. Das Zirpen der Grillen klang weniger sägend und laut als unten am Meer, doch es begleitete mich auch hier, für mich inzwischen die Musik der Stille. Als Lärm empfand ich es schon lange nicht mehr.

Ich blieb schwer atmend stehen, als das besagte Dorf endlich vor mir auftauchte, wie die meisten Ortschaften an einen Hang geschmiegt, verschachtelt und ohne Abstand zwischen den Häusern, aber vollkommen verlassen. Ich sah es schon beim ersten Blick. Hier wohnte niemand mehr; es war ein Geisterdorf. Kein einziger Mensch atmete, nicht einmal Hunde und Katzen, es gab nur den Gesang der Zikaden und das Rauschen des Windes in den Tannen, die sich wie Mahnwachen hinter den Ruinen erhoben.

Was mochte die Menschen dazu bewogen haben, ihr Zuhause zu verlassen? Was stimmte hier nicht? Waren sie ausgewandert, um ein besseres Leben zu suchen? Die Häuser sahen primitiv aus, manche sogar schäbig und heruntergekommen. Doch das allein konnte nicht der Grund gewesen sein. Dieses Dorf machte auf mich den Eindruck, als sei ihm schlagartig alles Leben entzogen worden. Nun wehrte es sich dagegen. Nichts bewegte sich mehr, keine Stimmen erhoben sich, keine Schritte hallten durch die engen Gassen, doch die Seelen der Menschen krallten sich noch in die verfallenden Mauern und weigerten sich zu gehen. Ängstliche, ruhelose Seelen.

Wer hatte sie vertreiben wollen?

Der Wind strich durch die Ritzen und Fugen des Hauses neben

mir, in einem vielfachen, hohlen Gesang, der mir einen Schauder über die Arme rieseln und mich zugleich schläfrig werden ließ. Waren es die Mahre gewesen, die diesen Ort ausgelöscht hatten? Um ihn dann selbst zu besetzen? Waren sie über ihn hergefallen wie Heuschrecken, nachts, als alle schliefen, und die Menschen waren anschließend geflohen, ohne zu verstehen, warum?

Mit leichten, schleichenden Schritten lief ich die einstige Hauptstraße entlang und der Kirche des Dorfes entgegen. Rechts von mir tauchte eine alte Metzgerei auf, »Macelleria« stand in verblassenden blauen Buchstaben auf der bröckelnden Wand. Die Fenster der meisten Häuser waren verrammelt, nicht mit Holz, sondern mit Metallplatten. Ein Versuch, sich vor den nächtlichen Eindringlingen zu schützen? Kein Mahr würde sich von Metallplatten abhalten lassen, doch irgendetwas mussten die Menschen gefürchtet haben.

Vor der Kirche blieb ich stehen, um zu Atem zu kommen, denn die Luft kam mir dünn und sauerstoffarm vor, obwohl es hier in den Bergen viel kühler war als unten in unserer Straße. Das Meer konnte ich längst nicht mehr sehen. Kein Fixpunkt mehr. Nur dieses Dorf und seine Kirche, die darum bat, dass ich eintrat. Ihre verrottenden Orgelpfeifen klagten leise, als der Wind durch die Löcher im Dach fuhr und das Gras neben meinen Füßen zum Knistern brachte. Der Wind oder Schlangen.

Ich ängstigte mich vor keinem von beiden und schritt zur Tür. Sie war tonnenschwer, ebenfalls mit Eisen beschlagen und armdick. Ich musste mich gegen sie stemmen, um sie öffnen zu können. Drinnen lag der Staub in Schlieren auf dem Steinboden. Bänke waren umgestoßen worden und teilweise sogar zerbrochen, als sei eine Armee in die Kirche eingefallen, um auch jene zu holen, die den Schutz Gottes gesucht hatten.

Wieder tönte die Orgel, dieses Mal ein fast wohlklingender Akkord, traurig, aber auch ein wenig sehnsüchtig. Ich schaute zu ihr hoch. Die Empore war vollständig, obwohl die Stufen hinauf bereits zerbröckelten. Tiefe Risse zogen sich durch die Wände des gesamten Gebäudes, doch ich war leicht, was sollte ich ihm anhaben? Ich hielt mich nicht einmal fest, als ich nach oben kletterte, während die Stufen unter mir bedrohlich knirschten und Steinchen in dünnen Lawinen hinab auf den Kirchenboden rieselten.

Die Orgelklaviatur schien noch intakt zu sein, auch die Pedale sahen unbeschädigt aus. Nur die Pfeifen hatten sich aus der Wand gelöst, ragten kreuz und quer in die Luft. Sie erinnerten mich an einen Dornenkranz. Ehrfurchtsvoll legte ich meine Hand auf die Tasten. Ob hier jemand gespielt hatte, als es geschah?

Ich konnte nicht anders, ich musste sie hinunterdrücken, nur einen Akkord erklingen lassen, damit diese Mauern wieder neues Leben fanden und ich all die Seelen herbeilocken konnte, sie sollten sich mir zeigen und mir endlich sagen, was geschehen war ... Wie ferngesteuert schlug ich meine gespreizten Finger auf die Tasten.

Die Orgelpfeifen begannen augenblicklich zu schreien, tief und schrill zugleich, und der Boden unter mir gab nach. Kreischend zersplitterte das Holz, Felsbrocken polterten zu Boden, Staub überall, in meinen Haaren, meinen Augen und in meinem Mund. Ich schlug wild um mich, suchte nach Halt und fasste nur Luft, doch dann gelang es mir, mich im Sturz an einem Balken festzuhalten, leider nur mit einem Arm, den anderen brauchte ich, um mein Gleichgewicht auszutarieren, während ich meterhoch über dem harten Steinboden der Kirche baumelte. Ich versuchte, den linken Arm ebenfalls nach oben zu schwingen, um mich mit beiden Händen an den Balken zu klammern, doch als ich mich bewegte, gab er ein drohendes Knarzen von sich, als würde er sich in der nächsten Sekunde vollends lösen und mich in die Tiefe reißen. Wie lange konnte ich mich überhaupt noch halten, mit einer Hand, an einem morschen Stück Holz, das langsam hin- und herschwankte?

In Filmen schafften die Helden das ja immer unfassbar lange, ob die Erde bebte oder ein Tyrannosaurus angriff, sie konnten sich noch dabei bewegen und Diskussionen führen, manchmal sogar küssen oder Liebesgeständnisse machen. Doch meine Kraft begann schon nach wenigen Sekunden zu schwinden. Meine schweißigen Finger rutschten Millimeter für Millimeter von dem spröden Holz ab. Gleich würde ich hinabstürzen …

Ich nahm meinen Kopf in den Nacken und sah nach oben, vielleicht gab es dort etwas, was mehr Stabilität bot als dieser beschissene, wurmzerfressene Balken in meiner rechten Hand, doch die Sonne, die durch das Loch im Dach schien, blendete mich so unvermittelt, dass ich zurückzuckte. Meine Finger öffneten sich. Ich fiel.

Ich fiel und landete zu meiner großen Überraschung weich und geborgen. Ein durchaus angenehmer Tod. So schnell ging das also? Man sah sein Leben gar nicht vor dem inneren Auge vorüberziehen? Kein grelles Licht? Nun, das grelle Licht hatte ich eben gesehen, genau genommen hatte es mich umgebracht, aber das hier …

»Hoppla.« Ich hätte nichts dagegen gehabt, wenn er mich noch ein bisschen gehalten hätte, doch er setzte mich behutsam auf dem Boden ab und nahm seine Hände sofort wieder zu sich. Ein mustergültiger Gentleman. »Was war denn das für eine Aktion?«

»Eine ziemlich dämliche, fürchte ich«, murmelte ich verlegen und keuchte auf, als ich meine Finger ausstreckte. Ein langer Holzsplitter hatte sich in den Ballen meines Daumens gebohrt. Mit einem gezielten Ruck entfernte ich ihn. Es blutete kaum.

Ich konnte meine Freude, Angelo wiederzusehen, nicht verhehlen; mein Mund verzog sich von ganz allein zu einem atemlosen Lachen. Gleichzeitig saß mir der Schreck noch in den Knochen und Angelos plötzliche Rettungsaktion war mir auch ein wenig zu schicksalhaft, als dass sie mich nicht gewarnt hätte.

»Danke«, sagte ich dennoch artig.

Angelo schüttelte schmunzelnd den Kopf und legte ihn dann fast exakt in der gleichen Art und Weise schräg, wie Grischa es bei dem einen, einzigen Mal getan hatte, als er mich wahrgenommen hatte. Trotzdem war Grischa in diesem Moment weiter weg als all die vergangenen Jahre. Ein befreiendes Gefühl.

»Ellie ... was in Gottes Namen treibst du hier?«

»Das könnte ich dich auch fragen«, entgegnete ich einen Hauch schnippisch – nur einen Hauch, verscheuchen wollte ich ihn schließlich nicht.

»Nun ja ... ich hab auf der Landstraße einen qualmenden Wagen mit deutschem Kennzeichen stehen sehen. Und zwar nicht aus dem Hochsauerlandkreis.«

»Hä?«, machte ich verständnislos. Hochsauerlandkreis?

»Wenn einem hier ein deutscher Wagen begegnet, dann in der Regel aus dem Hochsauerlandkreis. Ganze Dörfer sind dorthin ausgewandert und im Sommer kommen einige Bewohner zu Besuch in die alte Heimat. Doch das Kennzeichen war ungewöhnlich. Dazu deine Sandalen auf dem Beifahrersitz ...«

Ich äugte verwundert nach unten, wo meine staubigen Zehen sich dunkel vom hellen Boden abhoben – dunkel deshalb, weil die Sonne sie inzwischen gebräunt hatte. Die weiche Haut zwischen den Zehen leuchtete weiß, wenn ich sie spreizte. Ja, richtig, ich war barfuß gefahren, um mit den glatten Sohlen nicht von den Pedalen abzurutschen, und ich hatte vorher jene Sandalen getragen, die ich auch bei meinem Besuch in Angelos verwunschenem Paradiesgärtlein anhatte. So weit, so gut – bis auf die Tatsache, dass ich barfuß über eine Schotterstraße gelaufen war und es nicht einmal gemerkt hatte.

»Das erklärt aber noch nicht, was *du* hier oben machst!«

»Klavierstunden geben. In Cosenza.«

Bei einem jungen Mädchen namens Betty?, dachte ich, was ich

nicht zu fragen wagte. Angelo verzog kurz den Mund. Es genügte, um ein Grübchen in seine Wange zu zaubern.

»Du … du dachtest doch nicht etwa, du findest hier deinen Vater? Oder? Warst du auf der Suche nach Mahren?«

Ja, so ungefähr traf das zu und jetzt, wo mich jemand danach fragte, ahnte ich, wie naiv und gewagt meine Spritztour in die Sila gewesen war.

»Ich … ich wollte nur schauen, ob … Gib es zu, Angelo, dieses Dorf ist seltsam, irgendetwas stimmt hier nicht!«, verteidigte ich mich. Es war das erste Mal, dass ich ihn mit seinem Namen ansprach, und es fühlte sich gut an. Irgendwie kam ich mir sofort selbstsicherer und erwachsener vor.

»Ja, hier stimmte wahrhaftig etwas nicht, da hast du wohl recht, und es ist kein Ort, an dem sich eine hübsche junge Frau allein herumtreiben sollte.«

»Also doch Mahre …«

»Nein. 'Ndrangheta.«

'Ndrangheta. Die kalabrische Mafia, angeblich eine der schlimmsten und brutalsten Mafiaorganisationen weltweit. Angelo sprach sie weicher aus als Gianna, wenn sie sich ungefragt in Mafiagruselgeschichten verlor, doch wie immer fand ich diesen Namen Furcht einflößend. Die 'Ndrangheta war allgegenwärtig, wie ich mittlerweile wusste. Wenn man sie ausrottete, war das, als würde man Kalabrien seine Lebensader zerschneiden, durch die unweigerlich auch ihr Gift floss.

»Glaub mir, hier gibt es keinen Mahr weit und breit. Die Gefahr ist größer, dass du auf einen Mafioso triffst, der in einem der Häuser seine Waffen bunkert, und dann kann es brenzlig werden. Das gesamte Dorf ist bei einer Razzia ausgehoben worden, die wenigen, die übrig blieben, sind abgewandert. Hast du nicht gesehen, dass die Fensterläden schusssicher gemacht wurden?«

Doch. Das hatte ich gesehen, aber ich hatte es komplett falsch gedeutet.

»Und die Mahre haben nichts mit der Mafia zu tun?« So schnell wollte ich meine Theorie nicht verwerfen.

»Nein. Wir ordnen uns nicht gerne irgendwelchen Organisationen unter, ob kriminell oder nicht. Ein lustiger Gedanke übrigens ...« Angelos Mundwinkel bogen sich leicht nach oben, was seinem unterdrückten Lächeln einen verträumten Ausdruck verlieh. Hätte ich einen Fotoapparat dabeigehabt, hätte ich genau jetzt den Auslöser betätigen müssen. »Wie kommst du überhaupt auf die Idee, hier zu suchen, ausgerechnet an diesem Fleck Erde?«

»Ich ... ach, scheiß doch der Hund drauf«, brummelte ich. Nun konnte ich wohl auch meine letzte Hoffnung begraben. »Wäre es nicht möglich, dass hier Mahre leben, die mir irgendetwas sagen oder meinen Vater ...« Ich konnte nicht weitersprechen. Meine Gedanken spielten Nachlaufen, ohne dass einer von ihnen gewinnen konnte. Was ich zu sagen versuchte, klang wirklich äußerst abstrus.

»Wovon sollten sie sich denn ernähren?«, fragte Angelo – eine berechtigte Frage, die mich vollends entmutigte. Selbst wenn hier noch Menschen gelebt hätten: Ich konnte mir nicht vorstellen, dass ihre Träume besonders nahrhaft gewesen wären. Die Armut in den Bergdörfern war zum Greifen nahe; ich hatte bis zu diesem Sommer nicht gewusst, dass es in Europa überhaupt noch Menschen gab, die sich so fernab der modernen Welt mit dem durchschlugen, was ihnen die Natur zur Verfügung stellte, und nahezu von der Außenwelt abgeschnitten waren. Viel war es nicht, was sie tun konnten, um zu überleben: etwas Viehzucht, mühselig betriebene Landwirtschaft und altes Handwerk, das irgendwann aussterben würde. Ich konnte gut verstehen, dass ganze Dörfer von der Landkarte verschwanden, weil die Bewohner ihr Glück im Norden versuchten.

»Komm, lass uns hier abhauen, bevor der Rest der Decke einstürzt«, schlug Angelo vor. »Ich kann nicht versprechen, dass ich beim zweiten Mal wieder an der richtigen Stelle stehe, um dich aufzufangen.«

Es kostete ihn nicht den geringsten Kraftaufwand, die schwere Tür aufzuziehen. Draußen musste ich die Hand vors Gesicht halten, um das grelle Nachmittagslicht abzuschirmen, bis ich mich wieder daran gewöhnt hatte und sehen konnte.

»Also gibt es hier oben keine Mahre?« Ich konnte nicht lockerlassen. Was sollte ich nur tun, wenn ich nach Hause kam und wieder nichts herausgefunden hatte? Ich wollte nicht, dass die anderen aufgaben und unsere Rückreise planten.

»Es mag den ein oder anderen Mahr außer mir geben in Süditalien, aber sie schreiben es bestimmt nicht an ihre Haustür, und selbst wenn du sie findest, bedeutet das nicht, dass sie Informationen über deinen Vater besitzen oder sie gar preisgeben. Ellie … ich weiß, es geht mich nichts an, aber mir wäre wohler, wenn du es in Zukunft bleiben lassen würdest, allein in ausgestorbenen Dörfern herumzuspazieren.« Zum Glück klang er nicht wie ein Oberlehrer, sondern lediglich milde besorgt, sonst hätte ich meine Krallen ausgefahren.

»Aber ich muss doch irgendetwas tun!«, wehrte ich mich dennoch.

Angelo schwieg, die Hände in den hinteren Hosentaschen, den Blick gesenkt, was mich betrübte, als hätte mir jemand etwas Wertvolles aus den Armen gerissen. Er schien darüber nachzudenken, wie er das, was er mir nun sagen wollte, in Watte packen und ein Schleifchen darum binden sollte, aber das würde ihm nicht gelingen. Da gab es nichts zu verniedlichen. Meine Suche war sinnlos und gefährlich dazu. Ich würde hier nicht weiterkommen. Offenbar gab es viel weniger Mahre, als ich angenommen hatte.

»Und die Liste? Was ist mit der Liste?«, zog ich meinen allerletzten Joker. Angelo hob erstaunt seinen blonden Schopf.

»Liste?« Nun war er derjenige, dessen Augen sich vor Verwunderung weiteten.

»Die Liste mit den Halbblütern«, erklärte ich ungeduldig. »Wer hat Zugriff auf diese Liste?«

»Ellie, ich … ich weiß nichts von einer Liste. Eine schriftliche Liste? Ein Blatt Papier mit Namen von Halbblütern?«

»Nein, eine Liste, die mündlich weitergegeben wird von Mahr zu Mahr. Kollektives Wissen eben.«

»Also, es stimmt schon, dass die Halbblüter manchen Mahren ein Dorn im Auge sind und sie nicht gerne gesehen werden, aber von einer Liste weiß ich nichts. Meistens erledigt sich das mit den Halbblütern doch sowieso von selbst …« Angelo stockte, als habe er zu viel gesagt.

»Was meinst du damit?«

»Nichts. Nicht so wichtig«, wehrte er ab. Hatte er eben andeuten wollen, dass Halbblüter im Gegensatz zu den Mahren irgendwann starben – oder dass sie gelyncht wurden? »Ellie, ich mache dir einen Vorschlag: In Longobucco gibt es die beste Pizza weit und breit. Hast du Hunger?«

Verdattert nickte ich. Ja, ich hatte Hunger, großen sogar, schließlich hatte ich das Mittagessen ausfallen lassen. Jetzt konnte ich eine Frustmahlzeit gut gebrauchen und Pizza eignete sich hervorragend dafür.

»Dann nehmen wir meinen Wagen und ich organisiere dir in Longobucco einen Abschleppdienst. Wahrscheinlich ist ein Kühlschlauch geplatzt, das lässt sich schnell reparieren.«

»Okay, einverstanden.« Das war sogar besser, als ich dachte. Es gab mir Zeit, weitere Fragen zu stellen.

Doch vorerst wollte ich nicht mehr reden. Stumm liefen wir aus dem Dorf hinaus und über die Schotterpiste zur Landstraße, wo mir Angelos Wagen schon von Weitem entgegenleuchtete – ein schnittiger alter Alfa Romeo. Rot. Und offen. Ja, das Dach des Volvos hatte ich hier schon einige Male verflucht. Ich schnappte mir meine Sandalen von seinem Beifahrersitz und die Flasche mit lauwarmem Wasser, die ich im Fußraum gelagert hatte, und stieg zu Angelo in den Wagen. Er klaubte gerade einen Packen Noten und ein Metronom vom Lederpolster, um mir Platz zu schaffen, und verstaute sie im Handschuhfach, wo ich außer CDs nur ein paar Eisbonbons erspähen konnte. Zu gerne hätte ich dieses Auto von vorne bis hinten durchwühlt.

Grischas silbergrüner Citroën war ein schickes Teil gewesen, aber das hier stach ihn aus. Ich konnte kaum abwarten, dass Angelo den Motor anließ und losfuhr. Als er es endlich tat – er hatte noch den Kühler des Volvos inspiziert –, reckte ich alarmiert den Kopf. Der Motor tuckerte sonor und feurig, doch ich war mir sicher, Kirchengeläut gehört zu haben. Ja, das Dröhnen von Glocken schallte durch die Luft, aber außer dem Dorf war keine Ortschaft in der Nähe und ich konnte das Lärmen der Glocken so deutlich hören, als würde die Kirche direkt hinter uns stehen. Dazu Vogelgezwitscher und das Summen einer Biene … Wo war diese Biene? Argwöhnisch drehte ich mich um.

Angelo lachte leise. »Alles in Ordnung, das ist Musik.« Er deutete auf den CD-Player, der von alleine gestartet war, als er den Motor angeworfen hatte. Beruhigt atmete ich aus, doch schon beim nächsten Herzschlag tat mir mein ganzer Körper weh. Kirchengeläut, alt und mächtig. Und dann diese einprägsame Tonfolge, drei Klavierakkorde, jeweils zweimal angespielt. Immer wieder hintereinander. Tammtamm, tammtamm, tammtamm. Ich hatte diesen Song niemals besessen, doch ich kannte ihn auswendig. *High Hopes* von Pink Floyd, der Lieblingsband meines Vaters. Er hatte das Lied oft gespielt, wenn Paul und ich mal wieder außer Rand und Band geraten waren, damit es uns besänftigte, oder aber, um mich aufzumuntern, wenn ich blass und verweint aus der Schule zurückgekehrt war. Es passte ja auch, dachte ich verbittert, während ich den Kloß in meiner Kehle hinunterzuschlucken versuchte. Überhöhte Hoffnungen waren es gewesen, von denen ich immer wieder enttäuscht worden war und die mich hierhergetrieben hatten … Und nun konnte ich nicht umhin, mich wie ein kleines Mädchen zu fühlen, das sich nach seinem Vater sehnte, Papa mit seiner unerschütterlichen, charismatischen Ausstrahlung, ein Fels in der Brandung, dazu diese göttlich schöne Musik. Wie nur sollte ich ohne ihn leben?

»Oh, sorry … schlechte Erinnerungen, oder? An diesen Typen?« Angelo griff nach vorne und wollte den Aus-Knopf drücken, doch ich ging dazwischen. Kurz berührten sich unsere Hände. Beide warm und gesund.

»Nein, lass es, es ist okay«, widersprach ich tapfer. Lieber wollte ich es mir anhören und dabei kaputtgehen, als es zu unterbrechen. An der nächsten Ausweichbucht stoppte Angelo den Wagen und schaltete den Motor aus. Nichts störte mehr die Musik und meine Trauer. Diskret verließ er den Alfa, lief ein paar Schritte von mir weg, um mich mit meinen Gedanken alleine zu lassen, eine Geste der Höflichkeit, nicht des Desinteresses.

Ich blieb sitzen, einige Atemzüge lang, in denen ich anklagend, aber auch voller Liebe an das zurückdachte, was mein Vater mir gegeben und beschert hatte. Ein Leben abseits der anderen, ein Leben, in dem mich auf Schritt und Tritt das Gefühl begleitet hatte, dass etwas mit mir nicht stimmte. Nie war ich auf die Idee gekommen, dass mit meinem Vater etwas nicht stimmte. Er war mir unfehlbar erschienen. Und jetzt war er fort.

Ich holte tief Luft, wischte die salzige Nässe von meinen Wangen und stieg ebenfalls aus. Angelo stand am Abgrund, den Blick in die Ferne gerichtet, die Hände wie vorhin in den hinteren Hosentaschen. Sein dünnes Shirt flatterte an seinem schmalen Körper.

Es war tröstend, jemanden wie ihn zu sehen und zu ihm hingehen zu dürfen, ohne Scheu und Angst, abgewiesen zu werden. Er würde mich nicht umarmen und meine Tränen trocknen; ich hätte es ohnehin zu verhindern gewusst. Aber immerhin konnte ich neben ihm stehen und diesen Blick hinab in die Täler und auf das ferne Meer mit ihm teilen, um uns herum das Zirpen der Grillen und die Musik, der ich gar nicht mehr entrinnen wollte. Nein, ich wollte sie neu besetzen. Nun würde ich nicht mehr nur an Papa denken, wenn ich sie hörte, sondern auch daran, wie ich mit Angelo in den Bergen stand und dem nahe kam, was immerzu unerreichbar gewesen war. Für den Augenblick genügte es mir. Mehr brauchte ich nicht. Wir sagten nichts, hörten nur zu, bis der letzte Ton verklungen war.

Es war früher Abend, als wir Longobucco erreichten, ein etwas größeres Dorf an einem Felsen. Die Anfahrt war ein Erlebnis: links unter uns ein gigantisches ausgedörrtes Flussbett, das erahnen ließ, wie gnadenlos sich die Wassermassen im Herbst und Frühjahr ihren Weg bahnten, Spuren von gewaltigen Erdrutschen zwischen den Bäumen, deren Wurzeln teilweise im Freien hingen und die Last des Stammes mit letzter Kraft hielten. Es sah aus, als habe hier ein Riese gewütet. Angelo erzählte, dass Dörfer wie Longobucco während des Winters oft eingeschneit würden. Es konnte bitterkalt werden hier oben. Auch jetzt war es spürbar kühler als zu dieser Tageszeit am Meer. Ich nahm den weichen, leichten Pulli, den Angelo mir reichte, dankbar an, um ihn über meine nackten Schultern zu legen, als wir in der Pizzeria Platz nahmen.

Angelo hatte nicht zu viel versprochen; die Pizza war ein Frontalangriff auf meine Geschmacksknospen, sie schienen vor Wonne zu explodieren, als ich hineinbiss. Mit der Serviette wischte ich mir einen Tropfen Olivenöl vom Kinn. Ich wusste, dass ich wieder starrte, aber es war mir unmöglich wegzuschauen, wenn Angelo die Pizza schnitt und sich die Stücke genießerisch in den Mund schob.

Jetzt ließ er die Gabel sinken. »Ellie, ich kann so nicht essen. Du machst mich nervös.«

»'schulligung«, mümmelte ich und schluckte. »Es ist nur so … ich … wie verdaust du die Pizza eigentlich?«, fragte ich wissbegierig. Ich musste das endlich erfahren. Colin hatte mich nie in die Geheimnisse seiner Verdauung einweihen wollen. Vielleicht tat es Angelo. Er brauchte keine menschliche Nahrung, also wie funktionierte das?

Angelo schluckte und schob den Teller ein Stückchen von sich weg. Ich hatte ihn in Verlegenheit gebracht. Nun sah er nicht mehr aus wie zwanzig, sondern wie maximal achtzehn.

»Ich würde mal sagen, nicht anders als ihr Menschen. Was reingeht, muss auch wieder raus, oder? Auf, ähm, normalem Wege. Bulimisch bin ich nicht. Oh mein Gott … Was erzähl ich hier?« Meine Fragerei war ihm sichtlich unangenehm. Ich errötete, und wenn er es gekonnt hätte, hätte er mir wahrscheinlich Konkurrenz gemacht. Trotzdem behielt er sein Lächeln. »Ich glaub, ich esse jetzt nichts mehr«, fügte er tadelnd hinzu. »Ich kann nicht essen, wenn du solche Fragen stellst.«

»Doch, iss!«, ermunterte ich ihn. »Bitte, iss. Ich gucke auch nicht mehr hin. Ich wundere mich nur darüber, dass du es überhaupt tust.«

»Ich esse gerne Pizza, was ist daran so außergewöhnlich?« Angelo nahm das Messer wieder in die Hand und sah die Pizza misstrauisch und zugleich sehnsüchtig an. Dann siegte der Appetit und er griff zu.

»Na ja, du brauchst sie nicht«, wandte ich ein. »Du brauchst gar kein Menschenessen. Es macht dich nicht satt!«

»Macht dich Schokolade satt? Isst du Schokolade, um dich zu ernähren? Was treibt dich dazu, Schokolade zu essen, bevor du ins Bett gehst, hm?«

Himmel, war die Salami scharf. Ich spülte einen großen Schluck Rotwein nach und schloss verzückt die Augen, als sich die Aromen miteinander vermischten.

»Woher weißt du, dass ich abends Schokolade esse?« Zu Hause hatte ich das tatsächlich getan.

»Ach, das machen doch alle Frauen!«, entgegnete Angelo schmunzelnd. »Ihr könnt gar nicht ohne Schokolade.«

Sagst ausgerechnet du, dachte ich mit stillem Vergnügen. Kinderschokolade auf dem Piano und dann den Frauenversteher raushängen lassen.

»Aha. Du kennst also so viele Frauen, dass du für ihre Allgemeinheit sprechen kannst?«, zog ich ihn auf.

»Nicht viele. Einige. Äh … na ja. Ich glaube, egal, was ich jetzt sage, ist falsch, oder?« Er grinste mich an wie ein Junge, der genau wusste, dass er Mist gebaut hatte. Sehr bezwingend, dieses Grinsen, und eine verdammt schwierige Basis für neue Wortgefechte. Oder vielleicht eine ausnehmend gute?

Wir alberten noch eine Weile herum, Andeutungen streuend und uns gegenseitig auf die Schippe nehmend, bis der Kellner uns zwei Ramazotti brachte und wir merkten, das die Nacht hereingebrochen war. Es war Angelo, aus dessen Gesicht mit einem Mal die Heiterkeit wich, und ich wusste, dass ich nun etwas hören würde, was mir nicht gefallen würde. Ob ich es hinauszögern konnte? Doch Angelo war schneller.

»Du, Ellie … oh verflucht, wie fang ich nur an …«

»Fang einfach an.« Ich trank den Ramazotti aus und stellte das Glas zur Seite, um ihm zu zeigen, dass ich bereit war, wofür auch immer.

»Hast du dir eigentlich noch nie überlegt, ob dein Vater vielleicht … ob er auf die andere Seite gewechselt ist?«

»Dass er – was?« Ich hatte nicht schreien wollen und mir fest vorgenommen, beherrscht zu bleiben, doch mit dieser Frage hatte ich nicht gerechnet. »Niemals! Nie!«

Angelos Lippen wurden etwas schmaler als sonst, was ihm aber gut zu Gesicht stand. Meine Nerven hörten zu zittern auf, als ich ihn ansah, doch ich fand seine Frage immer noch unverschämt und taktlos.

»Ich hab es ja schon einmal angedeutet«, sagte er gedämpft. »Du hast keine hohe Meinung von uns.«

Ich schwieg konsterniert. Ich begriff nicht, wie in Gottes Namen ich eine hohe Meinung von Mahren haben sollte. Und trotzdem aß ich mit einem von ihnen Pizza. Ich benahm mich nicht sehr konsequent.

»Ich wollte nicht behaupten, dass dein Vater jetzt dein Gegner ist, so war das nicht gemeint. Aber es ist schwierig, dauerhaft zwischen zwei Seiten zu stehen, und die meisten Halbblüter entscheiden sich irgendwann, das zu vollenden, was ihnen angedacht war, bevor sie davon zerrieben und zermürbt werden. Den Weg zurück gibt es nicht mehr. Das meinte ich vorhin, als ich sagte, dass es sich fast immer von selbst erledigt. Und wäre es denn so schändlich?«

»Ja, das wäre es!«, rief ich, dieses Mal etwas leiser. »Papa wollte immer etwas Gutes aus dem machen, was ihm widerfahren ist, das war sein Ziel – nicht etwas Schlechtes zu werden!«

»So ist das für dich, so einfach: Die Mahre sind schlecht und die Menschen gut? Ehrlich? Ellie, ich will gar nicht leugnen, dass es absolut miese Typen unter uns gibt, aber es gibt auch miese Menschen und vielleicht hat dein Vater geglaubt, er könne Besseres bewirken, wenn er sich für eine Seite entscheidet und nicht ständig Kraft aufwenden muss, um dagegen anzukämpfen. Vielleicht wartet er nur darauf, dass du es akzeptieren könntest. Nein, denk drüber nach, bevor du mir die Augen auskratzt. Ich wollte dich nicht beleidigen oder verletzen, es ist nur ein Gedanke, nur eine Idee, es heißt lange nicht, dass er es getan hat. Ich weiß, dass manche Halbblüter diesen Schritt gegangen sind. Oh Mist, was hab ich jetzt wieder angerichtet …«

»Nichts«, sagte ich kalt, obwohl in mir das Feuer loderte. Zu keiner Sekunde wäre ich von allein auf diese abenteuerliche Idee gekommen, doch ihre Logik war bestechend. Papa hatte sich in einem ständigen Kampf mit sich selbst befunden, hatte immer wieder von uns weggehen müssen, um seiner eigenen Frau nichts anzutun. Dazu seine ständigen Konstitutionsschwierigkeiten, die »Migräne«, seine Lichtempfindlichkeit, die Unmöglichkeit, auch nur irgendetwas Normales mit uns zu unternehmen. Es war absurd, aber Angelo wirkte auf mich viel normaler, als mein eigener Vater es jemals getan hatte. Das war nicht fair, doch es war die Wahrheit. Und gleichzeitig war es ein willkommener Gedanke, dass Papa da draußen als Mahr auf mich wartete und hoffte, dass ich sein Handeln verstehen konnte, weil ich mit einem von ihnen zusammen war.

Vielleicht sah ich wirklich nur Schwarz und Weiß. Oh ja, Menschen konnten böse sein, sehr sogar. Was Colin im Lager erlebt hatte, war von Menschenhand erschaffen worden; ein technisierter Massenmord, kaltblütig und berechnend bis zur Unfassbarkeit. Sie hatten es Endlösung genannt. War das nicht um Längen grausamer, als Menschen ihrer Träume zu berauben?

»Das eine Übel macht das andere nicht wett«, sagte ich, was mir in den Sinn kam, als ich beide Seiten gegeneinander abwog. »Nur weil Menschen schlecht sein können, heißt das nicht, dass es gut ist, Träume zu rauben.«

»Ja, da stimme ich dir zu«, entgegnete Angelo ruhig und beinahe ein bisschen traurig. »Aber wir sind nun mal auf sie angewiesen.«

Nicht auf Menschenträume, dachte ich naseweis. Ich hätte noch weiterdiskutieren können, viele Stunden, doch Angelo stand auf und ging zur Theke, um zu zahlen. Er wollte mich nach Hause bringen, bevor die anderen sich Sorgen machten. Vielleicht musste er in Wirklichkeit jagen gehen, diesen Mechanismus kannte ich ja nun.

Trotz der Pizza in meinem Bauch und des Tiramisus, das wir uns anschließend genießerisch wie zwei Naschkatzen geteilt hatten, wurde mir bei der Fahrt durch die Berge hinab zum Meer nicht übel. Ich lehnte meinen Kopf zurück, schloss die Augen und jauchzte vor Wohlsein leise auf, als nach einigen Minuten sanfter italienischer Musik jenes englischsprachige Lied ertönte, das Angelo in der Pianobar gespielt hatte.

»*Here I go out to sea again, the sunshine fills my hair and dreams hang in the air …*«

Ich sah ihn am Klavier, den Kopf gesenkt, die Hände auf den Tasten … so selbstvergessen … Wie schön, dass er neben mir saß, während die Bilder zurückkehrten, auch wenn er mich eben furchtbar wütend gemacht hatte. Er hatte es nicht tun wollen.

»*Gulls in the sky and in my blue eyes. You know it feels unfair, there's magic everywhere.*«

Neue, unbekannte Bilder tauchten vor meinen geschlossenen Augen auf … und wieder Angelo … dazu das Meer … so blau.

»Surfst du? Du bist Surfer, oder?«, fragte ich, meine Stimme voll und rauchig.

»Manchmal, ja. Ja, ich surfe … gerne sogar …«

»Ich kann dich sehen. Ich sehe dich. Du tanzt auf dem Wasser …« Er spielte mit den Wellen, sprang vom Brett ab, die Hände noch am Segel, ließ seine bloßen Füße durch die Gischt gleiten, sprang wieder auf, hob mit dem Segel in die Luft ab, wirbelte um sich selbst. Schwerelos.

»Bis bald«, sagte er, als ich ausstieg.

»Bis bald«, sagte auch ich, obwohl ich fürchtete, dass es nicht stimmte. Doch vorerst hatte ich genügend Traumstoff, um ein oder zwei Tage damit füllen zu können. Die mussten sie mir lassen.

Sie waren ausgegangen, das Haus empfing mich leer. Ich hatte nichts dagegen. Ich brauchte mein Reich, in allen Räumen. Ich setzte mich auf die Terrasse, vor mir ein Glas Rotwein, die nackten Beine auf die Brüstung gelegt, und fühlte, wie ich langsam losließ. Es war alles möglich. Auch dass Papa ein Mahr geworden war. Ich glaubte es noch nicht, aber es war möglich.

Ich musste mir Zeit geben, um darüber nachzudenken. Zu überlegen, was die nächsten Schritte sein konnten. Doch zunächst war es klüger, nichts zu tun.

Ich wurde nicht müde. Ich ging nur zu Bett, weil ich mich auf meine Träume freute. Denn nun tat es nicht mehr weh, aus ihnen zu erwachen.

Bauchgrimmen

»Was ist denn da unten los?« Ich konnte nicht verhindern, dass ich ein wenig gereizt klang. Ich hatte mich gerade erst auf den Balkon des Dachbodens gesetzt, wie ich es nun jeden Abend tat, denn ich hatte festgestellt, wie friedlich dieser Platz war, wenn man ganz ruhig und ohne sich zu rühren in der Ecke lehnte und dem Treiben der Fledermäuse um sich herum zusah. Anfangs hatte ich noch Musik dabei gehört, jetzt brauchte ich sie nicht mehr, der Ultraschallradar der Tiere erzeugte viel schönere Melodien. Manchmal streiften mich ihre Schwingen beinahe. Ich wartete auf den Moment, in dem es wirklich geschehen würde.

Doch Fledermäuse mochten Lärm und Aufruhr nicht, ebenso wenig wie ich. Kaum waren die Stimmen im Garten laut geworden, hatten sie sich zerstreut und waren nur noch als kleine, schwalbenähnliche Schatten weit über mir zu erkennen. Ich wollte sie aber in meiner Nähe haben.

»Komm doch mal runter, Elisa, bitte!«, rief Gianna zu mir hoch. »Es ist dringend!«

Dringend. Was konnte jetzt, um diese Uhrzeit und nach einem solch verschwenderisch langen, heißen Tag, dringend sein? Der Abwasch? Termiten? Wieder einmal die Schlange im Duschbecken? Gianna hatte sie eines Mittags entdeckt und von Paul gefordert, sie mit dem Spaten in zwei Teile zu hacken, aber glücklicherweise hatte Paul sich geweigert. Ich hätte es ihm sowieso verboten. Die Schlange tat niemandem etwas. Außerdem verschwand sie, wenn man in die Hände klatschte, und das würde Gianna hoffentlich noch fertigbringen.

Aber wenn die Schlange da war, musste ich dazwischengehen, bevor Gianna selbst den Spaten schwang. Das traute ich ihr durchaus zu. Seufzend erhob ich mich und huschte die Treppe hinunter. Ich fand Gianna auf dem Absatz vor der Tür, die von der Küche in den Garten führte. Sie klammerte sich mit den Händen am Geländer fest, wie an jenem Tag, als Tessa gekommen war. Und sie sah ähnlich zerstört aus wie damals. Irgendetwas hatte sie restlos aufgewühlt.

Doch das wahre Geschehen spielte sich im Garten ab.

»Seit wann ist er hier?«, fragte ich überrascht.

»Oh Ellie, das ist doch jetzt egal …«, sagte Gianna unwirsch. Ihre Stimme zitterte. »Louis ist krank! Er hat eine Kolik und …«

»Und?« Ich wagte einen ausführlicheren Blick. Louis stand mit stumpfem Blick und hängendem Kopf im Schatten, ein Ausdruck hoffungsloser Agonie. Ich hatte ihn nie zuvor in einer solch miserablen Verfassung gesehen. Normalerweise schien sein Fell vor unterdrückter Energie zu vibrieren. Doch nun war er ein Bild des Jammers. Colin tastete gerade seinen geblähten Bauch ab und legte immer wieder sein Ohr an das Fell, um zu lauschen.

»Siehst du das nicht?«, rief Gianna und deutete auf Colin. Sie kam mir latent hysterisch vor, aber ich unterließ es, ihr beruhigend die Hand aufzulegen; das wollte sie ja nicht. »Man kann ihn kaum ansprechen, dazu seine Augen, seine Augen! Er ist zornig vor Angst und ich schaffe es nicht, zu ihm hinzugehen, ich schaffe es nicht, ich weiß, es ist feige, aber es geht nicht …« Sprach sie von Louis oder Colin? Ich konnte ihr nicht ganz folgen.

»Colin!«, rief Gianna zu ihm hinüber. Wieso brüllte sie so? Sie musste nicht schreien, er verstand jedes Wort, das sie sagte. »Colin, es tut mir leid, ich kann nicht zu dir, aber Ellie ist jetzt da.«

»Was willst du denn auch machen?«, fragte ich Gianna sachlich. Anscheinend fürchtete sie Colin und nicht Louis. Warum konnte sie nicht zu ihm gehen? Er wirkte angespannt, aber ruhig. Es gab weder Grund, vor ihm Angst zu haben, noch Grund, übermäßig besorgt zu sein. »Du kannst Louis doch gar nicht helfen.«

»Louis nicht, aber vielleicht Colin«, wimmerte sie. »Oh, ich bin so feige …«

Colin ließ Louis allein, um ein paar Schritte auf uns zuzugehen. Okay, ich musste mich korrigieren. Gianna hatte sich nicht geirrt. Seine Bewegungen waren kontrolliert, doch seine Augen hatten eine fast krankhafte Trübe angenommen. Sumpfiges, ausgezehrtes Schwarz, das einen in die Tiefe saugen wollte. Auch meine Nackenhaare stellten sich auf, als ich ihn sah.

»Hast du ihm irgendetwas zu fressen gegeben, Gianna? Irgendetwas, was er sonst nicht bekommt?«, bellte er.

Gianna knickte ein. Ihre gelben Blicke wichen ihm aus. »Nur gestern ein Leckerli und, ach ja, ich hab ihm die Kartoffelschalen von heute Mittag in die Raufe getan, aber …«

»Kartoffelschalen!?«, brüllte Colin sie an. Gianna begann zu heulen. »Das ist ein Pferd, kein Schwein!«

»Aber ich … ich … ich dachte, das ist kein Problem, es sind doch nur Kartoffelschalen, ich wusste nicht, dass …«

Colin winkte verärgert ab, was Giannas Schluchzen nur noch steigerte. Sie riss sich vom Geländer los und unternahm einen Versuch, zu ihm zu gehen, kehrte aber auf halber Treppe um und flüchtete wieder zu mir.

»Oh Gott, ich kann nicht, ich würde so gerne helfen und trösten und …«

»Es wäre besser gewesen, du hättest ihm keinen Abfall gegeben, dann hätten wir den ganzen Schlamassel nicht!«, wetterte Colin. Wieder überredete Gianna sich, zu ihm zu laufen, und wieder scheiterte sie, als würde dort unten jemand stehen, der sie mit Waffengewalt dazu zwang zurückzugehen. Dieses Mal fiel es auch Colin auf.

»Bleib oben, Gianna. Bleib da oben, verstanden?«, sagte er warnend und etwas weniger lautstark als eben noch. »Komm mir nicht zu nahe, wenn dir nicht danach ist.« Mir dröhnten bereits die Ohren von Giannas Heulen. Konnte sie sich nicht ein kleines bisschen beherrschen? »Ellie, schick sie ins Haus …«

»Nein, wenn ich jetzt gehe, bin ich der letzte Arsch!«, wehrte sich Gianna und schlug meine Hände weg. »Ich mag Louis doch und ich mag dich, Colin, ich verstehe nicht, warum ich es nicht schaffe …«

»Ruhe jetzt!«, mischte ich mich mit sonorer Stimme ein. Hier hatte ein Pferd eine Kolik, das war vielleicht ein Problem, aber auch nicht dermaßen dramatisch, dass es Giannas und Colins Verhalten rechtfertigte. »Könnt ihr euch bitte mal mäßigen? Da wird ja der Hund in der Pfanne verrückt! Gianna, geh ins Haus, wenn Colin das sagt, du regst Louis damit nur auf und das macht ihn bestimmt nicht wieder gesund. Na, geh schon …«

Weil sie nicht wollte, dass ich sie berührte, musste ich nur meine Hände heben und so tun, als ob ich es vorhätte, und schon zog sie sich schluchzend in die Küche zurück. Ich lief hinunter in den Garten, um mich Colin und Louis zu nähern, bis ich in vorsichtigem Abstand von circa anderthalb Metern stehen blieb.

»Wo ist Paul, kann er nicht helfen?«

»Paul ist nicht hier. Außerdem ist er kein Tierarzt.« Colin wollte Louis dazu bewegen, ein paar Schritte zu gehen. Nur unwillig und schleppend setzte er einen Huf vor den anderen, den Kopf immer noch hängend, als habe er all seinen Lebenswillen verloren.

»Warum holst du denn dann nicht einen Tierarzt?«, fragte ich verwundert. »Irgendwer muss doch Dienst haben. Auch hier gibt es Tiere.«

»Weil er mir nicht helfen würde! Ich kenne solche Situationen schon, Ellie, ich erlebe das nicht zum ersten Mal. Wenn ich in Not bin und die Menschen brauche, fürchten sie mich noch mehr als ohnehin schon! Den besten Beweis dafür hatten wir doch eben gerade! Ihnen werden tausend Gründe einfallen, warum sie gar nicht erst kommen, sie spüren es schon am Telefon …« Colin machte eine abfällige Handbewegung und schnalzte auffordernd mit der Zunge, um Louis zu ein paar weiteren Schritten zu überreden. Seine Hufe schlurften nur noch über den Boden. Nach zwei Runden ließ Colin ihn wieder stehen, ging in die Knie und raufte sich die Haare, als wolle er sie in Büscheln ausreißen. Im Moment war ich selbst ratlos. Paul war nicht da, einen Arzt anzurufen hatte laut Colin keinen Sinn, aber es musste doch eine Lösung geben. Grübelnd sah ich Colin dabei zu, wie er sich innerlich zerfleischte. Plötzlich hob er den Kopf und blickte mich an, sein Gesicht verzerrt vor Sorge, Aggression und Kummer. Ja, er konnte einem Angst machen und einen auf Abstand halten, wenn er in dieser Verfassung war. Auch ich tat mich schwer zu schlucken und meine Beine zuckten in einem jähen Fluchtimpuls. Doch ich zwang mich zu bleiben. Ich musste ihm helfen.

»Ellie, wenn er stirbt … wenn Louis stirbt, dann fahre ich zu dem Mahr, dem ich die Formel entlockt habe, und lasse mich killen, ich schwöre es … Dann hat es keinen Sinn mehr, hier zu sein …«

»Das wirst du nicht«, sagte ich entschieden und trat zu ihm, um ihm über seinen dunklen, wirren Schopf zu fahren. Knurrend wich er meiner Hand aus.

»Du streichelst mich wie einen Hund!«, polterte er. Er war außer sich. Ich machte vorsichtshalber einen Schritt zurück.

»Entschuldige bitte, es war als Geste der Aufmunterung gedacht«, erwiderte ich reserviert. Fing er jetzt auch noch damit an, meine Nähe zu meiden? Was sollte das? »Dieses ganze Theater hier nervt mich langsam. Du wirst dich jedenfalls nicht töten lassen. Louis hat eine Kolik, das ist eine Erkrankung, kein Weltuntergang …«

»Elisabeth, verstehst du das nicht? Ich kann ohne Louis nicht leben, es geht nicht, er ist mein Ein und Alles, ohne ihn kann ich nicht sein!«

Ich wusste, dass Colin seinen Hengst liebte, aber nun übertrieb er. Wahrscheinlich (hoffentlich!) war es seine Wut auf Giannas Missgeschick, die ihn solche Dinge sagen ließ. Aber ich wollte mir diesen Schmus nicht länger anhören. Mit dem, was wir hier veranstalteten, war niemandem geholfen. Und getröstet werden wollte Colin anscheinend auch nicht.

Ich drehte mich um und ging wieder zurück in die Küche, wo Gianna blass am Tisch saß und an ihren Fingernägeln kaute.

»Hör mal, Gianna, kannst du runter zu Louis gehen und Colin wegschicken, sobald der Arzt kommt? Und dabei sein, wenn er behandelt wird? Geld findest du in meinem Nachttisch.«

»Welcher Arzt?«, fragte Gianna bleiern, doch ich war schon im Flur und streifte mir im Gehen meine Sandalen über. Meinen Schlüssel brauchte ich nicht, im Notfall konnte ich durch ein Fenster ins Haus steigen. Jetzt durfte keine Sekunde verschwendet werden. Ich rannte ohne eine einzige Pause die Straße entlang und an der Tankstelle vorbei hinauf zu den alten Olivenbäumen.

Bitte sei da, sei da ..., dachte ich inständig, während ich das Tor aufstieß und auf den Pool zutrabte. Dem Himmel sei Dank, meine Bitten wurden erhört. Er saß am Klavier, neben sich eine angebissene Kinderschokolade und vor sich ein Notenblatt, auf dem er gerade mit einem Bleistift Notizen machte. Erstaunt blickte er zu mir hoch.

»Ellie, was – ist etwas passiert?« Trotz meiner Eile musste ich lächeln, weil ein winziges Stückchen Schokolade an seinem Mundwinkel klebte. Ich wischte es mit dem Knöchel meines kleinen Fingers weg.

»Ja. Louis hat eine Kolik und wir finden keinen Arzt. Ihm geht es wirklich schlecht. Kennst du vielleicht einen Tierarzt, der kommen kann?«

»Ein Tierarzt …« Angelo legte den Stift zur Seite und dachte mit gerunzelten Brauen nach. Selbst dabei wirkte seine Miene noch heiter. »Warte eine Minute. Ich bin gleich wieder da.«

Erleichtert, dass er sofort reagierte, anstatt tausend Fragen zu stellen, sank ich auf den Klavierhocker und lauschte dem Grollen des Gewitters, das sich nachmittags über dem Meer aufgebaut hatte, aber bis zum Abend nicht näher gerückt war. Jetzt kam es mir dunkler und mächtiger vor. Vielleicht war auch die schwüle Luft ein Grund für Louis' Bauchschmerzen. Heute fiel es selbst mir schwer zu atmen, ohne dabei zu schwitzen. Eine solche Schwüle hatte ich hier bislang nicht erlebt. Dass es nachts über dem Meer wetterleuchtete, war nichts Außergewöhnliches. Doch nun schien sich das Unwetter direkt über uns zu befinden. Das Grollen dehnte sich sekundenlang in die Länge und wurde lauter und dann wieder leiser, ein Ungeheuer, das tief Luft holte.

Trotz des Donnerns hörte ich Angelo drinnen telefonieren; es war nun schon der zweite oder dritte Anruf – was sollte ich tun, wenn er niemanden fand, der sich dazu bequemte, an diesem heißen Abend zu arbeiten? Ich hielt mein verschwitztes Gesicht in den aufkommenden Wind. Er war noch immer warm, nicht kalt und feucht wie die Gewitterböen im Westerwald. Hoffentlich würde das Wetter so bleiben, wie es bisher war, hoffentlich …

»Er ist in zehn Minuten bei euch. Und ich werde wohl auf der Hochzeit seiner Tochter den Piano-Man mimen müssen.«

Ich fuhr hoch und streifte dabei mit dem Ellenbogen versehentlich die tiefen Tasten, eine Ermunterung für das Gewitter, es mir gleichzutun und erneut zu grummeln. Angelo grinste entspannt. »Na ja, macht nichts. Hatte ich sowieso vor. Jetzt tue ich es eben ohne Bezahlung.«

»Oh Mann, danke ... vielen Dank ...«

»Keine Ursache. Das ist das Gute an Italien. Irgendjemand kennt immer irgendjemanden, der das kann, was du brauchst, und fast jedes Mal wissen sie sofort, wie du den Gefallen einlösen kannst, den du ihnen damit schuldest. Es ist das Grundprinzip der Mafia, aber es hält die Menschen zusammen. Ich mag das. Es muss ja nicht gleich kriminell ausarten.«

Der Tierarzt konnte von mir aus eine voll geladene Kalaschnikow unter seiner Weste tragen, wenn er nur bald kam und Louis half. Ich kannte mich nicht aus mit Koliken, aber ich wusste, dass sie behandelbar waren, meistens jedenfalls. Manchmal, das musste ich zugeben, starben die Pferde auch daran, aber Louis war zäh. Er würde es schon schaffen. Gianna mochte ihn mehr als ich, so sehr, dass sie sich zu ihm in den Garten wagen und Colin wegschicken würde, damit der Tierarzt nicht in Bedrängnis kam.

Ich selbst blieb besser fern. Meine bloße Gegenwart heizte Colins Hunger an und in Situationen wie dieser war er vermutlich noch erbarmungsloser als sonst. Colin sollte aber in der Nähe bleiben, denn Louis würde ihn brauchen. Nein, es war besser, wenn Gianna und der Arzt sich um das Pferd kümmerten und Colin anschließend übernahm. Ich hatte dort nichts verloren.

Ich stand auf und schlenderte zum Pool, um mich auf den noch sonnenwarmen Steinplatten an den Rand zu setzen und meine Beine in das kühle Wasser zu tauchen. Oh, das tat gut ... Meine Waden brannten von meinem Sprint hierher. Ich stützte mich mit den Händen hinter meinem Po auf und ließ meinen Kopf in den Nacken fallen, bis meine Haare den Boden berührten. Aber das genügte mir nicht. Es erfrischte mich, ja, doch es war nicht das, was ich wollte.

Ich linste zur Seite. Angelo war neben mich getreten. Seine Sandalen waren sicherlich teuer gewesen. Was soll's?, dachte ich spontan. Diesen Verlust musste er nun verschmerzen. Ehe er reagieren konnte, hatte ich seinen Knöchel gepackt und ihn zeitgleich mit mir in den Pool gezogen. Tausend Bläschen befreiten sich aus seinem Hemd, als ich unter Wasser meine Augen öffnete und in sein verdutztes Gesicht blickte. Dann stiegen wir nach oben. Prustend schnappten wir nach Luft.

»Du hinterlistiges Biest«, schimpfte er lachend und griff nach mir, doch ich war schneller. Tauchend schoss ich ans andere Ende des Beckens und katapultierte mich mit Schwung hinauf auf die Stufen. Meine wenigen Kleider trieften. Ich zerrte sie mir vom Leib und warf sie hinter mich; wie immer trug ich meinen Bikini darunter.

»Vergiss es, Ellie, ich tunke keine Frauen und ich führe auch keine Wasserschlachten mit ihnen. Unausgeglichene Kräfteverhältnisse. Es wäre nicht fair.« Er stand in der Mitte des Beckens, bis zur Brust im Blau, die Haare tropfend. Mit beiden Händen strich er sie aus seinem lachenden Gesicht. Dann stemmte er lässig die Arme in die Seiten, um mir einen tiefen, gespielt strafenden Blick zuzuwerfen. Sein nasses Hemd klebte an seinem durchtrainierten, aber knabenhaft schlanken Körper. Jetzt ein Bildhauer mit Skizzenblock in der Hand – und dieser Anblick könnte für die Ewigkeit festgehalten werden. Mit dem Erlös einer solchen Skulptur würde man einen mindestens ebenso großen Pool bauen lassen können wie diesen, aber mit Mosaik auf dem Grund und fünf goldenen Wasserspeiern. Mich wunderte es allerdings, dass Angelos Haare nicht rascher trockneten als meine. Noch immer seilten sich schillernde Wassertropfen aus ihnen ab und fielen auf seine Schultern, doch sie lockten sich bereits wieder. Über uns rumpelte erneut der Donner.

»Du bist ziemlich jung, oder?«, fragte ich, auf einmal scheu und wie gefesselt von seinem Anblick. Eben noch hatte ich auf ihn zuschwimmen und ihn ein zweites Mal herausfordern wollen. Jetzt kam mir jede Regung zerstörerisch vor.

»Ich weiß nicht. Ist man mit 165 Jahren jung? Was meinst du?«

»165?«, echote ich vor den Kopf geschlagen. »Das ist nicht dein Ernst, oder?« Es erschreckte mich. Ich hatte ihn für jemanden gehalten, der gerade erst verwandelt worden war, weil er sein Dasein so intensiv und leichten Herzens genoss. Nur ein Volltrottel konnte übersehen, dass er gerne lebte.

»Na ja, gefühlte zwanzig, du weißt schon. Das gefühlte Alter zählt, nicht das tatsächliche. Sagt ihr Frauen doch immer, wenn ihr eure Jugend hinter euch gelassen habt.«

Nun wurde er auch noch frech. Ihr Frauen. Schon wieder.

»Du bist ein widerlicher, hässlicher, eingebildeter Chauvinist, Michelangelo.« Ich ließ mich ins Wasser gleiten und kraulte auf ihn zu, doch es hatte tatsächlich wenig Sinn, ihn zum Kampf herauszufordern, er war flink wie ein Fisch. Ich blieb trotzdem unter Wasser, drehte mich im Tauchen spielerisch auf den Rücken und blickte nach oben, wo der Regen die Oberfläche des Pools zu kräuseln begann. Ich hörte sein Rauschen sogar hier unten.

Erst als meine Lungen zu schmerzen begannen, paddelte ich zum Beckenrand und holte Luft. Es regnete nicht nur, es schüttete. Hinter dem Haus zuckte ein Blitz. Der Donner folgte sekundenschnell.

»Oh nein!«, rief ich bestürzt. »Es wird doch wieder aufhören, oder? Hört es wieder auf?«

»Irgendwann hört es immer auf zu regnen und hier meistens schon nach zehn Minuten. Besteht denn eine Chance, dass du da wieder rauskommst, Swimmy?«

Ach du je, Swimmy. Mein zerfleddertstes Kinderbuch, hundertmal gelesen und vorgelesen. Swimmy, der kleine Fisch, der so anders war als die anderen Fische und trotzdem seinen Platz im Schwarm fand. Als Auge des großen Fisches. Eine tolle Geschichte voller Waldorfpädagogik, dachte ich sarkastisch, vor allem für so sozialbehinderte Kinder, wie ich eines gewesen war. Ohne Schwarm fühlte ich mich dennoch besser. Und ja, ich wollte raus, bei Regen zu schwimmen, machte keinen Spaß und ich sollte zusehen, dass ich wenigstens meine Kleider ins Trockene brachte.

»Komm mit nach drinnen.« Wir hinterließen bildschöne Wassertattoos aus Fußabdrücken und den herabfallenden, schweren Tropfen aus unseren Haaren auf den Steinplatten der Terrasse, als wir ins Haus gingen, dessen Türen immer noch weit geöffnet waren, denn an der Wärme konnte das Gewitter nichts ändern.

»Hierher, Ellie, und bleib still, ich möchte dir was zeigen«, lotste Angelo mich zu ihm. Ich folgte seiner Stimme, obwohl ich mich gerne genauer umgesehen hätte, und landete in einem Raum, der mich sofort derart gefangen nahm, dass mein Mund sich immer wieder vor Staunen öffnete. Ich befand mich nicht in einem Lesezimmer, sondern in einer kreisrunden Bibliothek. Hier gab es nichts außer Büchern, Büchern vom Boden bis zur Decke – einer hohen Decke! Uralte Bücher, der Einband matt und abgegriffen, Bücher mit Lederumschlag und goldenen Lettern auf dem Rücken, wuchtige Bildbände, zerlesene Taschenbücher und Noten – ja, eine ganze Wand voll Noten.

»Hast du die alle gelesen?«, fragte ich andächtig und deutete auf die Taschenbücher.

Angelo lachte auf. »Nicht alle, aber einige. Ich hab ja Zeit.«

Die hatte er unbestritten. Aber warum hatte er mich hierhergebracht? Draußen regnete es immer noch, es regte mich langsam auf – was, wenn Angelo nicht recht behalten und es einen Wetterumschwung geben würde, Regen und Kälte bis zum Herbst?

Angelo griff nach einer der Bücherleitern und schob sie mir herüber; er selbst kletterte auf die andere. Sie waren stabil und boten ganz oben einen kleinen Platz zum Sitzen, falls man sich nicht entscheiden konnte, welches Buch man denn nun lesen sollte, und beim Suchen nach der passenden Abendlektüre ein wenig darin blättern wollte. Doch Angelo ging es nicht um die Bücher. Er hatte die Leitern so positioniert, dass wir nach draußen in den Garten schauten – und wahrhaftig, einen besseren Blick auf diese grüne Insel konnte es kaum geben. Wir waren nah genug, um ihre Geheimnisse zu spüren, und trotzdem saßen wir so erhöht, dass uns nichts von den Geschehnissen zwischen all den Blumenkübeln, Bäumen, verwitterten Steinen und zerfressenen Putten entgehen konnte. Aber was sollte das sein? Bisher sah ich nur den Regen, der in schweren, lauwarmen Tropfen auf den Boden prasselte und den Staub in Lehm verwandelte.

Doch dann, mit einem Mal, begann der Garten sich zu bewegen. Ich konnte inzwischen auf meine Kontaktlinsen verzichten und hatte meine Sehkraft aus dem vergangenen Sommer zurückerlangt; dennoch hatte ich das Gefühl, meine Augen scharf stellen zu müssen, da ich zunächst nicht erkennen konnte, was hier geschah – aber nicht, weil ich blind war, sondern weil ich es nicht zuordnen konnte. Winzige Frösche tauchten aus dem Nichts auf und hüpften hurtig über das kurze, nasse Gras und die Steinplatten. Sie waren nicht größer als der Nagel meines Daumens, zierliche Geschöpfe mit zarten Gliedern, die tollkühne Sprünge vollführten und sogar auf die Blumentöpfe hechteten oder sich lebensmüde in den Pool stürzten. Direkt vor den geöffneten Türen der Bibliothek marschierte ein Igel vorbei. Seine Beinchen scharrten auf dem feuchten Boden, ein zweiter Igel folgte in kurzem Abstand. Ihre Stacheln lagen entspannt am Leib; ich hätte sie streicheln können, ohne mich dabei zu verletzen. Weiter hinten sah ich eine Schildkröte, die gemächlich über die Steine stakste, den Panzer stolz erhoben und ihren faltigen Kopf gereckt. Vögel, erhellt von den Blitzen, schossen durch die Dunkelheit, um all die Insekten zu fangen, die sich aufgemacht hatten, den Nektar der neu erblühenden Blumen zu trinken.

Das Schauspiel dauerte nur wenige Minuten, doch es war wie ein langer, großartig inszenierter Film, den man im Zeitraffer vorführte. Dann flaute der Regen ab, die Erde fing zu dampfen an und die Frösche verschwanden, als wären sie nie da gewesen.

»Tja. Das ist auch nach 165 Jahren immer noch jedes Mal faszinierend«, sagte Angelo, erfüllt von verhaltener Ehrfurcht. »Aber es geht viel zu schnell vorüber.«

Mit einem Mal wallte Neid in mir auf, gelb und giftig. Nie war es mir kräftezehrender vorgekommen, all das, was mir an Gutem widerfuhr, so intensiv zu erleben wie jetzt, damit ich es auch ja nicht vergaß, weil es mir wahrscheinlich kein zweites Mal passieren würde. Irgendwann, vielleicht schon bald, würde ich gehen müssen und die Schönheiten der Welt wären für meine Augen nicht mehr zugänglich. Es gab doch noch so viel zu entdecken und zu erleben … Zugleich musste ich an Colins Wunsch denken zu sterben. Ich empfand ihn nicht mehr als Anschlag auf mich selbst und auf unsere Liebe, sondern als pure Blasphemie.

»Sie sind weg«, sagte ich, eingekerkert in einem Gefühl absoluter Trostlosigkeit.

»Sie kommen zurück, spätestens nächstes Jahr.«

»Und es wird nie langweilig, oder?« Ich hoffte zu hören, dass es langweilig wurde, doch Angelo schüttelte bedächtig den Kopf.

»Nein, für mich wird es das nicht. Aber es gibt sicherlich Menschen, die es schon beim ersten Mal öde finden.«

Ja, die mochte es geben. Ich selbst betrachtete die Natur als eine Zauberquelle, die mich immer wieder mit neuen Spielereien und Raffinessen ergötzte, solange ich da war und lebte und mir die Zeit nahm, ihr zu begegnen. Doch wenn ich nicht mehr lebte, würde sie mir verschlossen bleiben. Für immer. Bedrückt krabbelte ich von der Leiter und suchte Schutz unter dem Terrassendach, wo ich mich neben das Piano auf eine der großen, kissenbedeckten Liegeflächen setzte. Angelo machte sich erst im Haus zu schaffen, bevor er sich zu mir gesellte, über seiner Schulter sein Garfield-Handtuch, das er mir zum Trocknen zuwarf, und in den Händen zwei weiße, dickwandige Tässchen mit frisch gebrühtem Espresso. Sein Duft belebte mich augenblicklich.

»Was geht eigentlich gerade in dir vor?«, fragte Angelo einfühlsam, nachdem ich meine Tasse ausgetrunken und abgesetzt hatte.

»Viel zu viel.« Ich strich meine feuchten Haare aus dem Gesicht und flocht sie locker im Nacken; für eine Weile würde das halten. Mein Bikini war bereits wieder trocken. Trotzdem schlang ich mir das Handtuch um den Bauch, es war so schön weich. »Wie …« Ich unterbrach mich. War es unhöflich, das zu fragen?

»Keine neuen Verdauungsdiskussionen, bitte«, bemerkte Angelo lächelnd und auch ich musste lächeln.

»Nein, schwieriger.«

»Noch schwieriger?« Er knuffte mich mit dem Ellenbogen in die Seite, um mir zu zeigen, dass er mir meine bohrende Neugierde nicht mehr übel nahm. Ich musste an die zufälligen Momente denken, in denen Grischa mich angerempelt hatte, unabsichtlich natürlich, im Gedränge vor oder nach der Pause. Trotzdem hatte ich anschließend meine Jacke nicht mehr ausziehen wollen. Niemals wäre er auf die Idee gekommen, mich zu necken oder bewusst anzurempeln. Er hatte mich ja gar nicht gesehen.

»Nicht nur schwieriger, sondern auch persönlicher.«

»Ganz ehrlich, Ellie, ich glaube nicht, dass das möglich ist. Aber du kannst es gerne versuchen«, witzelte Angelo.

»Gut, ich versuche es. Wie bist du verwandelt worden? Und war es nicht furchtbar? Wer war es, weißt du das? Und ist es ein Zufall, dass du zwanzig warst? Colin war nämlich auch zwanzig und …« Angelos erhobene Hand bremste mich. Okay, zu viele Fragen auf einmal, mein alter Fehler. Wenn ich anfing, konnte ich nicht mehr damit aufhören. Ich bombardierte meine Mitmenschen. Immerhin wirkte

Angelo nicht so, als würden meine Fragen zu weit gehen. Er lehnte sich wie ich zurück, schaute aber nicht in die Ferne, sondern blieb mit seinen Augen bei mir.

»Es war gar nicht furchtbar. Keine Schmerzen, keine Angst, sondern die Gewissheit, dass etwas Neues beginnt, das mir uneingeschränkte Freiheit schenkt. Ich wollte es ja. Und nein, es ist wohl kein Zufall, dass viele Menschen im Alter von zwanzig Jahren verwandelt werden. Es ist eine besondere Lebensphase – meistens steht man in seiner Blüte und der Ernst des Lebens hat noch nicht begonnen, zumindest ist es heute so. Trotzdem bekommt das Dasein langsam Verantwortung und feste Strukturen; es zeichnet sich ab, was später Alltag sein wird. Die Leute studieren oder haben ihre Ausbildung abgeschlossen, steigen ins Berufsleben ein. Von da an wird es Schritt für Schritt immer komplizierter und beschwerlicher. So wäre es jedenfalls für mich gewesen.«

»Also hast du dich gedrückt. Du hast es gewollt, ist das wahr?«, fragte ich nach, weil ich mir nicht sicher war, ob ich ihn richtig verstanden hatte.

»Ja. Ja, und von mir aus habe ich mich gedrückt, wenn du das so bezeichnen willst. Du hast nicht zufällig preußische Vorfahren, oder?«

Mein ertapptes Schweigen war Antwort genug. Er hatte ins Schwarze getroffen. Papas Vorfahren stammten aus Pommern, früher preußisches Hoheitsgebiet, und die preußisch-protestantische Geisteshaltung frei nach dem Motto »Was nicht tötet, macht hart, aber bitte immer in geometrischen Mustern« hatte auch auf Papa abgefärbt. Kein Utensil auf seinem Schreibtisch, das nicht seinen festen Platz hatte. Und er hatte uns immer eingebläut, unsere Pflichten zu erfüllen, pünktlich und ordentlich und mit angemessenem Ernst – etwas, was ganz und gar nicht zu seiner fast heldenhaften Abenteuerlust passte.

»Ich stamme aus einer anderen Zeit als du, Ellie. Neunzehntes Jahrhundert, römische Oberschicht. Eine wohlhabende Familie, in der die Karrieren der Kinder vorbestimmt waren. Ja, sie haben mir Klavierunterricht ermöglicht, schließlich sollten die schönen Künste nicht zu kurz kommen. Aber es stand außer Frage, dass ich eine andere berufliche Laufbahn einschlagen würde – nämlich die, die allen Söhnen vorbehalten war: Militär, Studium, juristische Karriere. Meine Eltern waren gut zu mir, wenig Schläge, viele Privilegien, wir mussten nie hungern, bekamen eine hervorragende Ausbildung. Ich will mich nicht beklagen! Aber ich wollte nicht zum Militär und ich wollte nicht in den Krieg. Genauso wenig wollte ich meine Eltern enttäuschen, indem ich mich diesem Weg verweigerte.«

»Das verstehe ich nicht …« Ich hatte mit Spannung zugehört, doch die Pointe verwirrte mich. »Wenn du dich deshalb hast verwandeln lassen, dann hast du dich diesem Weg doch verweigert.«

»Nein, habe ich nicht. Ich bin zum Militär gegangen, musste in den Krieg ziehen …« Angelos Gesicht verfinsterte sich. Nun war er es, der gegen schlechte Erinnerungen anzukämpfen versuchte. »Und bin gefallen. Offiziell.«

»Offiziell. Du hast dich verwandeln lassen, weil du schwer verletzt warst und dachtest, du müsstest sterben? War es das?«

»Nein. Ich bin nur angeschossen worden, nicht lebensbedrohlich, aber abseits der Truppe, und da lag ich nun und wusste nicht, was geschehen würde, und sehnte mich so sehr nach einem anderen, freieren Leben. Ich hasste das Militär, dieses blinde Unterordnen und Nachplappern und die Notwendigkeit, auf völlig unbekannte Menschen zu schießen, nur weil es dir jemand befahl, dem du nicht einmal den Dreck unter dem Fingernagel wert warst. Und dann war da noch die Musik … Weißt du, was mich als Kind immer am meisten deprimiert hat und als Jugendlicher erst recht?«

Ich schüttelte den Kopf – nicht, weil ich es nicht wusste, sondern weil ich mir Angelo nicht im Gefecht vorstellen konnte, in Militäruniform und schweren Stiefeln und dem Gewehr in der Hand, bereit, auf andere zu zielen und sie abzuknallen.

»Dass ich nie die Zeit haben würde, all die Musik zu hören, zu spielen und zu entdecken, die mir die Welt bot. Damals gab es noch keine MP3-Sticks, auf denen du Hunderte von Songs und Stücken abspeichern konntest. Das Grammofon wurde nur angeworfen, wenn bei uns im Haus ein Ball oder ein militärischer Empfang stattfand. Mein Vater war der Meinung, dass Musik die Sinne vernebelt. Ich wusste, dass es überall wunderschöne Musik gab und immer geben würde, aber ich würde irgendwann sterben und hätte nur einen Bruchteil von ihr hören und spielen dürfen. Selbst wenn ich eine Laufbahn als Pianist hätte einschlagen dürfen – die Zeit hätte niemals ausgereicht. Kein Menschenleben kann dafür reichen, selbst wenn man jede Minute der Musik widmen würde.«

»Und der Mahr hatte diesen Wunsch gespürt, oder?«

Angelo sah mich mit einer Ernsthaftigkeit an, die ich ihm nicht zugetraut hätte. Ich wagte kaum zu atmen, weil ich fürchtete, es würde den Ausdruck in seinem Gesicht verändern. Ich wollte noch ein paar Sekunden darin eintauchen.

»Ja. Ja, sie hat ihn gespürt und mir gegeben, wonach ich mich unbewusst sehnte. Ich fand es aufregend und ich wusste, dass mir etwas passierte, was mein Dasein radikal verändern würde, und so habe ich mich nicht dagegen gesperrt, weil mir alles besser erschien, als weiter durch den Dreck zu robben und zu morden.«

»Es war also eine Sie?«

Angelo zuckte mit den Schultern. »Das ist wohl oft so. Eine Sie verwandelt einen Er. Scheint spannender zu sein. Ich weiß es nicht, ich habe noch nie einen Menschen verwandelt und habe es auch nicht vor.«

»Warum nicht?« Ich zwang mich, Luft zu holen. Selten waren die

Trennwände zwischen der Welt der Mahre und meiner so dünn gewesen. Ich wollte alles über sie erfahren.

»Ich habe die Richtige noch nicht gefunden«, gestand Angelo nach einer besonnenen Pause. »Ich möchte, dass es freiwillig geschieht, wie bei mir. Alles andere ist Mist.«

Alles andere ist Mist. Ich musste grinsen. Während Angelo von früher erzählt hatte, hatte er älter auf mich gewirkt als bei unseren bisherigen Begegnungen – reifer und erfahrener. Jetzt hatte er seinen Schwerenötercharme wiedergewonnen. Ja, alles andere *war* Mist. Sein Lächeln kehrte in sein Gesicht zurück, als er mein Schmunzeln bemerkte.

»Jetzt hast du mir aber immer noch nicht verraten, was in dir vorgeht, Ellie«, erinnerte er mich.

»Hab ich nicht?«, fragte ich unschuldig. »Hab ich wohl.«

»Nein, du hast Fragen gestellt, aber von dir hast du nichts erzählt. Warum warst du vorhin auf einmal so traurig?«

»Weil … ach … schwer zu erklären«, druckste ich herum. Doch dann entschied ich mich, es auszusprechen, wie es war. Vielleicht half es ja. »Colin hält nicht viel vom ewigen Leben. Er würde gerne sterben.«

»Wie bitte?« Angelo beugte sich ungläubig vor, als habe er sich verhört. »Machst du Witze?«

»Nein. Nein, es ist so. Er möchte, dass es irgendwann ein Ende hat.« Weiter wollte ich meine Erklärungen nicht fortführen; der Rest ging Angelo nichts an und vor allem wollte ich nicht schon wieder darüber nachdenken und schlussendlich scheitern. Viel zu spät fiel mir ein, was ich eben womöglich angerichtet hatte. Wenn Angelo wusste, dass Colin sterben wollte, dann …

»Du bringst ihn jetzt aber nicht um, oder?« Ich wollte aufspringen und mich drohend aufbauen, doch eine lähmende Schwäche legte sich über meine Beine. »Angelo, bitte, töte ihn nicht …«

»Oh Mann, Ellie. Für wen hältst du mich eigentlich? Ich habe kein Interesse daran, ihm etwas zu tun. Warum sollte ich das denn machen?«

»Weiß nicht«, nuschelte ich.

»Selbst wenn, ich mag die Ewigkeit und setze sie bestimmt nicht aufs Spiel. Gegen Colin hätte ich niemals eine Chance. Ich weiß, er ist ein bisschen jünger als ich, aber er ist ein Cambion!« Angelo atmete hörbar aus, nach wie vor überrascht von dem, was ich eben gesagt hatte. »Auch mit fünfzig Jahren Vorsprung würde ich das nicht wagen. Die macht er locker wett. Ich begreife nur nicht, warum er sterben will. Oder, Moment …« Angelo stockte. »Vielleicht begreife ich es doch«, sagte er wie zu sich selbst.

Ich befeuchtete mit der Zungenspitze meine Lippen. Bleib ruhig, Ellie, redete ich mir zu. Ruhig atmen. Es ist gut gegangen. Du hast ihn nicht verraten. Und wenn, wäre er stärker als Angelo.

»Er ist halt schon lange auf der Welt«, versuchte ich seine Beweggründe zu erklären, ohne zu viel preiszugeben. Tja, so lange nun auch wieder nicht. Nicht so lange wie Angelo. »Es ist auch für mich nicht erstrebenswert, ewig zu leben.« Warum fühlte es sich dann so an, als würde ich flunkern?

»Ja, ich weiß, das ist so eine menschliche Grundhaltung. Durchaus verständlich. Wir können die Unsterblichkeit nicht haben, also wollen wir sie nicht. Wenn man altert, ist es auch keine schöne Sache, das gebe ich zu.«

»Wieso denn das? Das Alter ist doch etwas Positives, man gewinnt an Erfahrung und Reife und … äh … ja.« Ups. Ich hatte nicht geahnt, dass meine Erörterung des menschlichen Alterns bereits nach diesen zwei Argumenten den Bach hinuntergehen würde. Note sechs, setzen.

»Und was noch? Krampfadern, Rheuma, Hämorriden, Falten, Schlafstörungen, Verstopfung, Impotenz …«

»Ist ja gut, hör auf, ich hab es verstanden!«, wehrte ich ab. »Aber das Alter besteht doch nicht nur aus Krankheiten!«

»Ich finde deine Haltung zu diesem Thema nobel und du hast ja auch recht, es macht Sinn, Erfahrungen zu sammeln, sich weiterzubilden und Reife zu erlangen. Nichts ist schwerer zu ertragen als naive, unreife Gören. Ich meine nicht dich damit, du bist keine Göre!«, setzte Angelo hinterher, da ich ihn streng anfunkelte. »Und naiv schon gar nicht. Aber all das, was ich eben aufgezählt habe, kann ich ja tun. Ich bin gebildeter als die meisten Männer meines Alters, ich habe schon viel erlebt und gesehen. Ich würde mich nicht als weise bezeichnen und reif bin ich wahrscheinlich auch nicht, aber vielleicht werde ich es mit den Jahren … Wie gesagt, Zeit habe ich.«

Hm. Das Altern war eine schreckliche Sache? Tatsächlich? Wann würde ich anfangen zu altern? Geschah es vielleicht schon? Mit Argusaugen schielte ich auf meine Oberschenkel. Noch waren sie dellenfrei und schlank, aber hatte ich neulich im Umkleidekabinenspiegel bei H&M nicht dieses winzige dunkelrote Adergeflecht entdeckt, links neben meiner Kniekehle, nun dank der Bräune meiner Haut kaum mehr zu erkennen? Aber es war da und er würde auch nicht wieder verschwinden. Ein Besenreiser. Mein erster. Ein verbotenes Wort, fand ich. Es klang so hässlich, wie das aussah, was es bezeichnete.

»Das Alter ist Zerfall«, fuhr Angelo fort. »Der Geist bleibt mit etwas Glück wach und rege, aber der Körper zerfällt. Natürlich würde es keinen Spaß machen, unsterblich zu sein, wenn man dabei immer weiter altert. Das wäre ein Fluch. Alles wird von Jahr zu Jahr beschwerlicher und anstrengender, du fühlst dich nicht mehr wohl in deinem Körper, weil er nur noch schmerzt und dich plagt, doch du kannst ihm nicht entkommen …« Angelo schüttelte sich kurz. »Nein, das will niemand, da gebe ich dir recht. Aber das, was mich heute am Altern am meisten stört, ist, wozu es die Menschen antreibt. Manchmal kommt es mir so vor, als wäre euer ganzes Dasein darauf ausgerichtet, dass ihr im Alter noch genug Geld habt. Aber wozu, frage ich mich? Schau dir allein die Werbung für Versicherungen an, eine einzige Angstmacherei, auf jedem Kanal im Minutentakt; ständig droht ihr euch mit Tod, Unfällen und Krankheit. Ihr besucht die Schule, geht arbeiten, knechtet euch jahrzehntelang – und wofür? Damit ihr etwas fürs Altersheim beiseitelegen konntet, wo ihr allein und vergessen vor euch hin vegetiert. Die Weisheit der Alten weiß doch niemand mehr zu schätzen. Früher, als es noch Großfamilien gab und alle zusammenhielten, sich umeinander kümmerten, sah das anders aus. Aber heute alt werden? Glaub mir, Ellie, es gibt Schöneres. Hab ich dir jetzt Angst eingejagt?«

»Hm. Keine Ahnung. Angst nicht, aber ich freu mich auch nicht drauf.« Ich hatte die ganze Sache noch nie aus Angelos Sicht betrachtet. Es war kaum etwas dagegen einzuwenden. »Trotzdem, es muss einen Sinn haben, dass wir alt werden und sterben …«

»Das hat es ja auch. Die meisten Menschen sind nicht für die Unsterblichkeit geboren, sie brauchen dieses Getriebensein, weil sie nicht mit sich im Reinen sind oder sich selbst schnell langweilig werden. Für sie wäre die Ewigkeit eine Strafe. Ich halte hier kein Plädoyer für die Unsterblichkeit, ich versuche nur zu erklären, warum ich mich dafür entschieden habe.«

Ja, Grischas oder Angelos und all die anderen Glücksritter ruhten in sich selbst und wurden sich nie langweilig. Wie sollte ausgerechnet ich das bezweifeln, wo es doch genau das war, was ich bei Grischa insgeheim bewundert hatte: seine lässige, unerschrockene Selbstverständlichkeit, mit der er dem Leben begegnete, das Glück fest in seinen Händen. Doch was bedeutete es im Gegenzug? Dass Colin nicht mit sich im Reinen war?

Das Gewitter hatte sich zurück aufs Meer verzogen, doch noch immer erhellte sich der Himmel ab und zu in einem mystischen, fernen Flackern, das Angelos Augen türkis vor mir aufleuchten ließ. Dieses Getriebensein, von dem er gesprochen hatte – das mochte ich auch nicht, ich hatte es nie gemocht. Die Erwartungen, die jetzt schon an mich gestellt wurden, belasteten mich enorm. Garantiert erwartete jedermann von mir ein wissenschaftliches Studium mit guten Zensuren, mindestens Biologie, aber im Idealfall Medizin. Ein Studium, das ich möglichst bald beginnen sollte, obwohl ich mir nicht vorstellen konnte, wieder im kalten Deutschland zu sein, in überheizten Vorlesungssälen zu sitzen, zwischen Menschen, mit denen mich nichts verband außer unserem gemeinsamen Ziel, das uns gleichzeitig zu Konkurrenten machte. Was mir da draußen blühte, war ein stetiges Streben nach Leistung, Geld und Anerkennung. Mit dem Ergebnis, dass ich gegen die Besenreiser und das Knacken in meinen Schultern doch nichts ausrichten konnte. Offen gestanden verspürte ich nicht die geringste Lust darauf.

»Was ist mit Kindern? Ihr könnt keine Kinder zeugen!«, rief ich matt triumphierend. Vielleicht konnte ich meine Erörterung ja trotzdem noch auf eine Fünf plus hochdiskutieren.

»Das ist richtig. Aber das Thema erledigt sich eigentlich automatisch. Denn deine Menschenkinder würdest du überleben und das würden kein Vater und keine Mutter wollen.«

Nun bereute ich es, diesen Punkt angesprochen zu haben. Er war mir zu heikel, zu nah. Nein, darüber wollte ich jetzt nicht nachdenken.

»Aber es muss doch einen Grund geben, warum auch manche Mahre sterben wollen … Und ich finde, es ist ein hoher Preis, wenn man ständig Gier auf Träume verspürt und die Menschen berauben muss, um sie zu stillen. Eigentlich seid ihr doch die Getriebenen, nicht wir!« Vier minus? Eine Vier minus hatte ich verdient.

Angelo stand unvermittelt auf und ging zu seinem Flügel, wo er sich auf den Hocker setzte und einmal langsam um sich selbst drehte. Mit den Fingerspitzen strich er über die Tasten, ganz sacht, sodass kein Ton erklang. Sein Blick war in sich gekehrt, viel zu weit weg von mir, obwohl ich nur wenige Meter daneben saß.

»Was ist denn jetzt?«, fragte ich verunsichert. »Hab ich was Falsches gesagt?«

»Nein, aber … Weißt du, egal, wie ich es nun formuliere und begründe, es wird so aussehen, als wolle ich ihn schlechtmachen, und diesen Schuh mag ich mir gar nicht erst anziehen.«

»Wen, ihn? Colin?«

Angelo sagte nichts. Also meinte er Colin.

»Ich kann sehr stur sein«, warnte ich. »Verrate mir, was du denkst, wenigstens einen Bruchteil dessen. Ich möchte es wissen.«

»Ich glaube nicht, dass das anständig wäre.« Er zierte sich nicht nur, es war ihm wirklich nicht wohl dabei. Nun wusste ich auch, warum er sich ans Klavier gesetzt hatte. Wahrscheinlich fühlte er sich dort sicherer als direkt neben mir.

»Angelo, du bist ein Mahr, ich erwarte von dir nicht, dass du anständig bist. Jetzt rück schon raus damit …« Es machte mich zappelig, dass ich nicht mehr in seine Augen sehen konnte, aber ich wollte ihm auch nicht hinterherlaufen.

»Vielleicht möchte ich ja auf meine Weise anständig sein. Okay … Pass auf, ich versuche es andersherum: Bist du Vegetarierin?« Endlich blickte er wieder zu mir herüber.

»Nein. Hast du doch gesehen, als wir Pizza gegessen haben. Die Salami war göttlich.«

»Hast du mal versucht, vegetarisch zu leben?«

Oh ja, das hatte ich. Es war ein sehr kurzer Versuch gewesen. »Mit vierzehn. Aber ich hab's wieder aufgegeben.«

»Warum?«

»Weil – ich finde dieses Frage-und-Antwort-Spiel übrigens ziemlich doof, das nur nebenbei – ich mich elend gefühlt hab. Ich bekam Bauchschmerzen und Verdauungsprobleme und mein Eisenwert rauschte in den Keller.« Mein Eisenwert war eigentlich immer zu niedrig gewesen, aber meine vegetarische Phase hatte einen handfesten Mangelzustand verursacht. Und die Tabletten dagegen hatte ich nicht vertragen. Ich wurde blass, übellaunig, dauermüde und noch empfindlicher als sonst. Erst nach einer großen Portion Spaghetti bolognese hatte ich mich einigermaßen wie ein Mensch gefühlt. »Ja, und dann hab ich wieder Fleisch gegessen, nicht übermäßig viel, doch es gehört dazu.«

»Aber du magst Tiere, oder?«

»Natürlich.« Neuerdings sogar Skorpione, Quallen und Schlangen. Und Angelos winzige Regenfrösche. »Du willst mir also sagen, es kommt ganz darauf an, was man isst?«

»Ich will sagen, dass eine ausgewogene Ernährung wichtig ist. So wie wir essen, fühlen wir uns auch. Jemand, der hektisch und wahllos Essen in sich hineinstopft, ist selten ein ausgeglichener, zufriedener Mensch. Ich glaube, dass ich mich ausgewogen ernähre und von dem nehme, was ich brauche.«

»Angelo, ich möchte dich ja nicht in Grund und Boden reden, aber du raubst den Menschen Träume!« Ich wollte vorwurfsvoll klingen und es war mir sogar einigermaßen geglückt.

Ihn konnte es jedoch nicht aus der Ruhe bringen. »Ja, Träume, ein nachwachsender Rohstoff.«

Ich lachte spöttisch auf, doch Angelos sanfter Blick erstickte es. Er meinte das so, wie er es sagte! Ein nachwachsender Rohstoff …

Ich schüttelte hitzig den Kopf. »Nein, so einfach ist das nicht … Wenn Mahre ein Opfer ständig aussaugen, wird es depressiv und krank und irgendwann hat es gar keine Träume mehr!«

»Wer sagt denn, dass ich das tue? So etwas reizt mich nicht. Aber wenn wir schon dabei sind, von wegen nachwachsender Rohstoff und so. Hast du dir mal Gedanken über die Massentierhaltung gemacht? Täglich werden Zigtausende Schweine und Rinder von A nach B gekarrt, unzählige Kilometer quer durch Europa, zusammengepfercht auf engstem Raum, um zu sterben, nur damit ihr täglich eure Currywurst in euch reinstopfen könnt.«

Angelo sprach nicht ansatzweise feindselig mit mir, sondern in einem friedlichen, sympathischen Ton. Für ihn war das kein Streitgespräch, es war eine Chance, sich zu erklären. Ob ich mochte, was er sagte, oder nicht, war für ihn unerheblich. Wie er es selbst erwähnt hatte – er war mit sich im Reinen. Wieder kochte der Neid in mir hoch.

»Ich esse keine Currywurst«, log ich verschnupft.

»Jedenfalls raube ich nicht wahllos, ich wechsle die Menschen, zu denen ich nachts komme, meistens besuche ich sie nur ein einziges Mal. Ja, sie fühlen sich vielleicht am nächsten Morgen anders als sonst, sind schlechter gelaunt oder unerklärlich müde, aber das geht vorüber. Was ich anrichten könnte, wenn ich mich schlecht ernähren würde, würde niemals von selbst heilen können – das ist eine ganz andere Kragenweite!« Er brach ab und schüttelte den Kopf, als habe er all das nicht sagen wollen.

»Rede weiter«, bat ich ihn. Doch er erfüllte meinen Wunsch erst nach zwei ausgedehnten Runden durch seinen Garten, die er offensichtlich brauchte, um seine Gedanken zu ordnen – wie ein Schüler, der während eines Referats ein Blackout erlitt.

»Ich will nichts Schlechtes über Colin sagen, ich habe Respekt vor seiner Entscheidung und es ist beeindruckend, wie konsequent er sie durchzieht, aber ich habe es auch mal versucht und es macht mich zu einem Wesen, das mir selbst nicht geheuer ist. Es ist, als ob man die Kontrolle über sich verliert, zumindest war es bei mir so … Colin ist vielleicht stark genug, so zu leben. Ich bin es nicht.« Nun hörte er sich beinahe trotzig an.

Ich fühlte mich wie überfahren, als ich über seine Worte nachdachte. Die Abstände werden kürzer, hatte Colin gesagt. Und der Hunger immer extremer. Es war eine Endlosspirale, deren Zirkel sich zunehmend verengten. Er führte sich nicht das zu, was er eigentlich brauchte. Wie sollte das je gut gehen?

Und es stimmte, was Angelo andeutete: Nachdem Colin sich meine Erinnerung genommen hatte, hatte er sich wochenlang menschlicher angefühlt als in der ganzen Zeit davor. Er hatte sogar noch davon gezehrt, als ich zu ihm nach Trischen gekommen war, und sie mir ganz bewusst nicht zurückgegeben, weil er für mich weniger dämonisch als sonst erscheinen wollte. All diese schrecklichen Dinge zwischen ihm und mir wären möglicherweise nie passiert, wenn er nur ein Mal bei einem Menschen geraubt hätte, nicht bei mir, sondern bei einem Fremden. Wie hatte ich eigentlich so leichtsinnig sein und ihm meine Erinnerung anbieten können?

Dann der Kampf gegen François: Hätte er ihn vielleicht ganz anders angehen können, wenn er sich vorher angemessen gestärkt hätte, anstatt Zootiere anzufallen? Was zählten denn die Träume anderer Menschen, wenn sie ihm ermöglichten, gezielter vorzugehen und mich dabei zu schonen?

»Hey, schau mich mal an … Wo bist du mit deinen Gedanken?«

»An keinen besonders schönen Orten«, antwortete ich heiser und strich unwillkürlich über den verheilten Bruch in meinem Finger. Es war nicht Tessa, die Colins Hunger anfachte. Tessa war tot. Es war er selbst. Weil er sich weigerte, sich zu dem zu bekennen, was er war und sein musste. Das war es, was zwischen uns stand und sich wie ein Dorn in meine Lippen bohrte, wenn ich ihn küsste. Jede Zärtlichkeit schmeckte bitter und brachte Schmerzen. Keine Nähe ohne fatale Folgen.

Was war ihm eigentlich wichtiger? Meine Gesundheit oder die anderer Menschen, mit denen er gar nichts zu schaffen hatte?

»Ich kann in deinen Augen nicht lesen ... sie sind so schön, aber auch so entrückt ...«

Hatte ich diese Worte geträumt? Oder hatten sie sich wahrhaftig aus Angelos leicht geöffnetem Mund gestohlen? Wenn ja, musste es ein Versehen gewesen sein. Meine Augen? Schön? Das hatte noch nie jemand zu mir gesagt. Die Leute wählten da lieber andere Formulierungen. Andi zum Beispiel. In den ersten Wochen war er nicht müde geworden zu betonen, wie geheimnisvoll meine Augen doch seien. Als der Hormonrausch vorüber war, blickten sie ihm plötzlich zu finster. Ich solle doch nicht dauernd so böse gucken. Und Gianna hatte gesagt, ich würde einen manchmal total irre anschauen. Merci beaucoup.

Angelos Hände lagen auf den Tasten, als wolle er jeden Moment zu spielen anfangen, aber er tat es nicht.

»Ich muss grad an etwas denken ...«, murmelte er. »Kennst du die *Nocturne Nr. 20* von Chopin?«

»Ich hör nicht viel klassische Musik«, gab ich unumwunden zu. »Meistens langweilt sie mich.«

»Das geschieht, wenn man sie zu schnell konsumiert. Und genau das ist der springende Punkt: All die Jahrzehnte habe ich immer wieder an diesem Stück gefeilt und geübt und jedes Mal befand ich mich in einer anderen Phase, in einer anderen Verfassung und Reife. Nach und nach wuchs es, zeigte mir neue Facetten und Stimmungen. Es lebt auf, treibt immer wieder frische Blüten ... und bleibt doch vertraut.«

»Spiel es mir doch mal vor.«

Angelo zog die Hände zurück. »Ich – nein, lieber nicht.«

»Warum nicht? Stell dich nicht so an, du spielst in der Pianobar vor unzähligen Zuhörern, du müsstest das doch locker können.«

»Ja, aber es ist was anderes, vor vielen Fremden zu spielen als vor einem lieb gewonnenen Menschen.«

»Angelo …« Ich feixte ihn mahnend an. »Du willst mir ja wohl nicht weismachen, dass du in deinem Musentempel noch nie einer Frau auf dem Klavier vorgespielt hast. Dafür steht es hier doch herum, oder?«

Er erwiderte mein Grinsen freundschaftlich. »Nein, es steht für mich hier herum, und ja, ich habe schon anderen Frauen darauf vorgespielt. Aber nicht diese Nocturne. Die gehörte bisher nur mir.«

»Ein Grund mehr, sie endlich zu teilen.«

Vielleicht mochten mein Gesicht schwer lesbar sein und meine Augen entrückt, doch bei ihm sah das in Situationen wie dieser nicht anders aus – und es störte mich nicht. Es befriedigte mich, seinen Regungen zuzusehen, ohne mich damit zu belasten, was sie meinen und bedeuten könnten. Ich wollte ihm seine Rätsel lassen.

Ich wandte mich ab und tat so, als würde ich durch den Garten wandeln, der aus allen Winkeln und Ecken zu mir flüsterte, ein beständiges, zartes Zirpen und Wispern, bis Angelo es doch wagte zu spielen und die ersten weichen Takte durch die duftende Luft schwebten. Sie berührten mich so tief in meinem Inneren, dass ich die Musik nur in der Bewegung ertragen konnte, ein bittersüßer Schmerz, den ich besser herannahen und willkommen heißen konnte als all die Selbstkasteiungen in den Jahren zuvor. Ich verstand, was Angelo meinte, als er gesagt hatte, er brauche Zeit, um diesem Stück gerecht zu werden. Auch die Melodie brauchte Zeit und Raum, sich frei zu entfalten; es wäre ein Frevel gewesen, sie in einen geschlossenen Konzertsaal zu sperren und ihren klaren und doch so verschlungenen Linien die Freiheit zu nehmen. Sie musste wandern können wie ich, während ich ihr lauschte und dabei hinnahm, dass Angelos Antlitz fern blieb, verborgen vor mir, die Lider niedergeschlagen, der Mund schweigend, seine Hände bei sich.

»Ich schmeiß dich jetzt raus, Süße«, sagte er, als wir uns neben der zerfressenen Putte wiedertrafen, lange nachdem die Melodie verklungen war. Irgendwann musste auch er rauben.

»Ich bin nicht süß.«

»Da magst du recht haben. Es tut mir leid, ich kann mich an das ›Ellie‹ nicht gewöhnen und an deine anderen Namen auch nicht. Sie sind zu mädchenhaft für dich. Du bist kein Mädchen mehr.«

»Aber süß bin ich auch nicht«, beharrte ich, obwohl ich jetzt schon bereute, ihm diesen Kosenamen verboten zu haben. Ich lehnte ihn normalerweise kategorisch ab, aber wenn er ihn aussprach, löste es eine kaum spürbare Gänsehaut zwischen meinen Schultern aus.

»Wie soll ich dich nur nennen?«, überlegte Angelo halblaut und musterte mich, ein zurückhaltendes Liebkosen meiner Gestalt, deren Schatten gezackt und zerrissen auf dem Steinengel lag und seinen Schopf verdunkelte. Wir starben nach wenigen Jahren, unsere Namen waren oft verkehrt und meist Schall und Rauch. Die Ewigkeit aber war zu lang für einen falschen Namen. Er hatte seinen bereits gefunden. Was war mit meinem?

»Gute Nacht, Betty Blue.«

Betty Blue … Betty … Ich drehte mich um und lief durch das offene Tor, dann rannte ich, bis ich meine Schritte auf der Piano dell'Erba wieder mäßigte, weil ich den Heimweg genießen wollte, so kurz er auch war.

Betty Blue? Hatte er es erfunden oder war es eine bekannte Figur, die so hieß? Betty Blue klang erwachsen, wehmütig und verspielt zugleich. Es kam mir vor, als habe ich diesen Namen schon einmal gelesen oder gehört. Doch ich konnte nicht zuordnen, wo.

Viel wichtiger war, was Angelo erzählt hatte. Eigentlich ist alles klar und einfach, dachte ich. Es lag auf der Hand: Colin musste Menschen berauben. Wenn er das tat, würde er ein Leben führen können wie Angelo. Entspannt, satt und leichten Herzens. Wir beide konnten das tun.

In unser Haus war endlich Ruhe eingekehrt. Es roch durchdringend nach Pferdemist, der im Regen feucht geworden war; vermutlich war keine Zeit mehr geblieben, ihn zu entsorgen. Ich nahm den Hintereingang. Von Colin und Louis keine Spur, doch Gianna saß noch in der Küche, am gleichen Platz wie vorhin, übermüdet und verstrubbelt.

»Da bist du ja endlich!« Sie unternahm einen fahrigen Versuch, ihre Haare zu glätten. »Mensch, Ellie, wie bringst du es nur fertig zu verschwinden, während Louis krank und Colin so von Sinnen ist! Das war echt nicht fair!«

»Guten Abend«, erinnerte ich sie daran, dass man wenigstens die Regeln der Höflichkeit einhalten konnte, wenn man seine Mitmenschen schon mit ungerechtfertigten Vorwürfen torpedierte. »Warum bist du noch wach?«

»Weil ich Bauchschmerzen hab und nicht schlafen kann.« Ah. Der Bauch mal wieder. »Außerdem wollte ich auf dich warten. Wo warst du denn die ganze Zeit?«

»Ist der Tierarzt gekommen? Hat er Louis behandeln können?«

»Ja. Ja, es kam ein Tierarzt, ziemlich schnell sogar. Louis hat sich wieder aufgerappelt, aber es war furchtbar, warum bist du nicht da gewesen? Ich habe Colin noch nie so erlebt, er hat geschwankt vor Hunger und Wut, konnte sich kaum auf den Beinen halten, ich dachte schon, er fällt mich an …« Ein Schlottern durchlief Giannas gekrümmten Körper. Tastend fuhr sie mit den Händen über ihren Bauch. Sie war Colin nicht gewachsen. Vielleicht sollte Paul mit ihr heimfahren, es wäre besser so. Sie würde noch zusammenbrechen. »Wieso hast du uns alleingelassen?«

»Weil ich Hilfe geholt habe! Ich war es, die den Tierarzt organisiert hat! Zufrieden? Außerdem wäre ich euch keine Unterstützung gewesen, ich fache nur Colins Hunger an und ganz nebenbei hab ich Angst vor Louis.«

»Ach, Ellie, du hast doch vor gar nichts mehr Angst«, erwiderte Gianna schneidend.

»So ein Quatsch. Ausgerechnet ich!«, rief ich lachend. »Ich hab vor fast allem Angst!«

Gianna stimmte nicht in mein Lachen ein. »Elisa, mach bloß keinen Mist. Ich weiß, er ist schön und hat eine faszinierende Anziehungskraft, aber du hättest Colin sehen müssen …«

»Ich habe Colin gesehen und ich kenne ihn besser als ihr alle zusammen. Meinst du im Ernst, ich könnte ihn betrügen? Das würde ich niemals tun. Könnt ihr eigentlich nur daran denken, an Sex? Es gibt noch anderes auf der Welt, was Menschen verbinden kann.«

Gianna sah mich lange an, mit einer milden, aber penetranten Ratlosigkeit in ihrer Miene, die mich mehr an den Pranger stellte, als jede verbale Attacke es vermocht hätte. Sie hatte keinen Grund, das zu tun. Ich hatte nichts Verbotenes angestellt.

»Sag mal, Gianna, gibt es eigentlich eine Betty Blue?« Vielleicht konnte ich sie mit einer Wissensfrage ablenken; sie kannte sich ja bestens aus in Literatur, Film und Theater. Doch sie lachte nur auf, kopfschüttelnd, ein verächtliches, hässliches Lachen, das ich mir nicht länger anhören wollte. Also gab es keine Betty Blue und sie fand den Namen offensichtlich scheußlich.

Plötzliche Geräusche aus dem Flur lenkten uns voneinander ab: Stimmen, ein kurzes Rumpeln, als würde jemand etwas Schweres abstellen, Schritte. Wir wendeten gleichzeitig den Kopf zur Tür.

»Oh, Gott sei Dank, du bist wieder da …«, seufzte Gianna, als Paul zu uns in die Küche trat. Er sah erledigt aus. Das Shirt klebte an seinem Rücken und seine Haare waren verschwitzt. Gianna war sofort bei ihm, schmiegte sich Schutz suchend an seine breite Brust. Er nahm sie fest in die Arme.

»Ist ja gut. Tut mir leid, wir sind in einen Stau geraten, es ging nicht schneller. Jetzt bin ich hier.«

»Habt ihr alles bekommen?«, flüsterte Gianna in sein Ohr. Sie brauchte nicht zu denken, dass ich sie nicht hörte. Ich hörte jede Silbe.

»Warst du jetzt noch einkaufen?«, fragte ich meinen Bruder verständnislos. »Wir haben doch genug da.«

Paul und Gianna warfen sich einen Blick zu, ohne zu antworten. Sie verheimlichten mir etwas, heckten etwas aus. Was war nun wieder im Busch? Was sollte das? Verdammt noch mal, warum bekam ich immer mehr das Gefühl, dass sie mich von fast allem ausschlossen?

»Geh schlafen, Ellie«, sagte Paul autoritär. »Es ist spät.«

»Ich bin nicht müde. Ich will noch ein bisschen draußen herumlaufen.« Es wurde doch jetzt erst langsam kühler.

»Geh schlafen, hab ich gesagt!«

Nein. Nein, eine solche Behandlung musste ich mir nicht gefallen lassen – es war nicht in Ordnung, dass er grundlos derart dominant mit mir umsprang. Ich kümmerte mich nicht mehr um die beiden; sollten sie doch ihre Pläne schmieden und hinter meinem Rücken über mich reden. Ich konnte es ihnen sowieso nicht recht machen. Erst hielt Paul mir vor, dass ich mich überidentifizierte, nun war ich dagegen angegangen und hatte gehandelt, anstatt mich auf die gleiche Ebene wie Gianna und Colin zu begeben, und es war auch nicht in Ordnung. Und Gianna? Sie hatte mir einreden wollen, dass die Beziehung mit Colin keine Basis habe und ich zu viel investiere, zu viel gebe. Jetzt aber, als ich endlich mal vernünftig geblieben war, warf sie mir seelische Kälte vor. Was wollten sie eigentlich? Ich hatte ein reines Gewissen; ich hatte Louis gerettet und das war ein gutes Gefühl. An diesem guten Gefühl hielt ich mich fest, ruhig atmend und darauf konzentriert, an nichts zu denken, bis meine Wut klein beigab und verschwand.

»Komm nie wieder«, flüsterte ich. »Nie wieder. Ich brauche dich nicht mehr.«

In dieser Nacht ließ ich meine Läden weit offen. All die Geschöpfe der Finsternis waren mir willkommen. Von meinem Bett aus sah ich die Geckos über die Decke der Terrasse wandern, wenn das Wetterleuchten uns allen tausendfache Schatten bescherte.

Noch war nichts zu spät, nichts verloren. Wir würden unsere zweite Chance bekommen. Wir konnten noch einmal ganz von vorne anfangen, ohne Zeitdruck und innere Kämpfe, ohne Angst.

Er würde es genauso wollen wie ich. Ich musste nur warten.

Nichts anderes würde ich mehr tun.

Nur warten, bis er bereit war, sich mir hinzugeben.

37,2 Grad am Morgen

Es war, als hätt' der Himmel die Erde still geküsst …

Ich hatte die ganze Nacht nicht schlafen können, hatte nur mit offenen Augen dagelegen und geträumt, wurde nicht müde dabei, sondern wacher und reiner. Ich wog nichts mehr. Ich fühlte mich schwerelos, als ich hinunter zum Strand lief und auf den Anbruch des neuen Tages wartete, die nasse Kühle des Sandes zwischen meinen Zehen und Mücken überall, die zärtlich an meiner Traumhaut tranken. Es war nicht mein Plan gewesen herzukommen. Ich fand mich nur hier wieder, weil ich nicht schlafen konnte, wie jede Nacht, keine Strafe, sondern eine Gnade.

Und so saß ich, zufrieden mit mir selbst, die Füße im Kies, das Herz pochend.

Dann der Sonnenaufgang über dem glatten Wasser; ein rotes, pulsierendes Ungetüm. Zwei Schiffe kreuzten sich, weit, weit draußen, und ich bestand nur noch aus seinem Namen, einem einzigen mächtigen Wort.

Ich wollte es nicht teilen. Das hier war für mich alleine. Ich musste nicht denken, nicht darüber reden, es nicht bewerten, nicht beschreiben, was man ohnehin sah, sondern durfte still in diesen roten Glutball starren, meine Gefühle wirr und wild.

Da war niemand.

Ruhelose, geliebte Siesta. Immerhin war ich hier oben, in diesem engen, schwülen Dachzimmer mit den gekalkten Wänden, für mich. Keiner störte mich in meiner Sehnsucht. Keiner wollte mich dabei stören. Auf den braunen Fliesen lag ich allein, ein Buch auf den nackten Knien, das ich nicht las. Geduldig wartete ich auf die Nacht, die uns zueinanderführen würde. Ab und zu nahm ich die Wasserflasche und ließ das Plastik knacken, wenn ich trank. Die Hitze drückte durch das Dach. Sie bettelte nach mir.

Ich hatte die Balkontür stets offen stehen, Blick in den Himmel, das Meer musste ich erahnen. Aber ich hörte es. Es war da.

Ich konnte mich verlassen.

… dass sie im Blütenschimmer von ihm nun träumen müsst …

»Kennst du sie schon? Die grüne Fee?«

»Nein. Nein … Was ist das?«

»Absinth.«

Nur das Flackern der Kerzen erhellte sein Gesicht und seine Hände, als er den Zucker auf den Löffel legte und über ihren Flammen erhitzte, bis er schmolz. Die grüne Fee … Sie war schon jetzt überall. Immer wieder flogen Motten ins Licht, verkohlten sich ihre Flügel, kamen gerade so mit dem Leben davon und versuchten es dennoch erneut. Ich musste lächeln über ihre Dummheit. Aber ich sah ihnen gerne bei ihrem Todesreigen zu. Eine setzte sich auf den Rand des hohen, dünnen Glases, als der Zucker in die grüne Flüssigkeit tropfte. Dann starb sie.

Ich stützte meinen Kopf auf meine Hände. Meine Locken strichen im säuselnden Wind über seine schlanken Finger. Hinter mir fielen welkende Blütenblätter hinab, lila und blutrot, verströmten zum letzten Mal ihre wilde, betörende Süße, bevor sie starr wurden und unter meinen nackten Füßen zerbrachen.

»Jetzt zeigt sie sich … sieh hin …«

Er goss eiskaltes Wasser in das Glas und das ätherische Grün des Absinths begann sich zu kräuseln, Schlieren zu bilden, Gesichter und schlanke Gestalten, bis es matt wurde und die Fee sich vor unseren Blicken verbarg. Wir mussten sie in unseren Schlund hinunterziehen.

»Beim ersten Glas siehst du die Dinge so, wie du sie gerne hättest.« Er senkte den Löffel erneut über die Flamme. »Beim zweiten Glas siehst du Dinge, die es nicht gibt.«

»Sagst du?«

»Sagte Oscar Wilde.«

»Ist nicht alles, was man sieht und fühlt, auch da?«

Er antwortete nicht, das musste er nicht, wir kannten die Antwort beide. Wieder zeigte die Fee sich uns, dieses Mal mit langem, wirbelndem Haar. Sie drehte Pirouetten im Glas. Dann verschwand sie, als wäre sie nie da gewesen.

»Beim dritten Glas, sagt er, siehst du die Dinge, wie sie wirklich sind, und das ist das Grauenvollste, was dir widerfahren kann.«

»Als Mensch.«

»Ja, als Mensch.«

Ich trank nur ein Glas.

Ich brauchte die anderen beiden nicht.

Die Luft ging durch die Felder, die Ähren wogten sacht …

Wir fuhren ohne Helm, die Arme bloß, eingerahmt von Bergen und Meer. Seine azurblauen Tiefen lagen weit unter uns, schwindelerregende Abgründe trennten uns von ihnen, ein falscher Schlenker, ein Stein auf der Straße, ein entgegenkommendes Lastfahrzeug hinter einer der Serpentinen hätte das Ende sein können.

Ich hielt mich nicht einmal an ihm fest. Ich breitete meine Arme aus, damit der Wind mit mir ringen konnte. Schwer drückte er gegen meinen Brustkorb und verwirbelte mein Haar. Ich würde es nie wieder kämmen können.

Immer höher hinauf, fort von all dem Trubel und der blinden Geschäftigkeit der Städte und ihrer Menschen, die sich vergeblich abplagten, um ihr Leben vernünftig und klug schimpfen zu können. Endlich hatte ich mich davon befreit.

Hinauf zu den Ruinen, wo es keine Gesetze mehr gab und keine Erwartungen, wo alles schon gestorben und vergessen war.

»Es ist die perfekte Idylle.«

Hierbleiben, mein Leben lang, im Licht stehen, gleißendes Licht überall. Wir saßen auf einer zerfallenen Mauer, um uns herum die Überreste einer vor Jahrhunderten verlassenen Stadt, in der nur noch Schlangen, Spinnen und Skorpione hausten. Die Zikaden schrien gegen die Stille an.

Er hob die Hand und sie schwiegen.

Jetzt hörten wir sie, die Geister, die nachts durch die Ruinen streiften und suchten, was sie verloren hatten. Wenn wir blieben, würden wir sie erlösen. Gelassen sah ich der Schlange zu, die sich neben uns auf den uralten Steinen sonnte. Ich erschrak auch dann nicht, als eine kräftige, gepanzerte Spinne unter einem ausgedörrten Ginsterbusch hervorkroch und meine Zehen streifte. Nicht ich fürchtete mich vor ihr. Sie fürchtete mich. Ich beugte mich nach vorne, um sacht ihre Fangarme zu berühren. Sie erstarrte in der Bewegung. Kühl fühlte sie sich an, kühl und samtig.

»Geh weiter … geh rauben …«

Die Sonne brannte auf mein Haar und meine Schultern. Ich wollte ihr jede Sekunde dafür danken. Wir kauten die Feigen der Kakteen, bis der klebrige Saft aus unseren lächelnden Mündern auf den Sand tropfte und die Ameisen anlockte.

Wir ließen die Zikaden wieder singen, ihr altes Klagelied, das sich selbst dann noch erheben würde, wenn die Welt unter uns in Schutt und Asche lag.

Es rauschten leis' die Wälder, so sternklar war die Nacht …

Wozu sich nahe kommen, wenn ich meine Träume hatte, die ich doch ganz alleine bestimmen konnte, sie formen und gestalten, wie meine Sehnsucht es verlangte?

Ich war nicht einsam, sobald ich mich diesen Bildern hingab, ich spürte seine Berührungen, als wären sie da, wissend, dass ich nichts Falsches oder Liederliches tat. Er dachte auch daran, das wusste ich, ohne dass wir je darüber geredet hätten. Unsere Gedanken kreisten Tag und Nacht darum, vor allem nachts, wenn er raubte und ich im Dunkeln lag und sein Gesicht und seine Hände heraufbeschwor, seinen Mund, den ich immerzu küssen und schmecken wollte, seine Hände, die nichts falsch machen konnten, nicht bei mir … weil sie gar nichts taten. Ich war es, die sie wandern ließ.

Ich flüsterte zu ihm wie eine längst verstorbene Seele, wehmütiges Lispeln aus abgründigsten Tiefen, und verließ mich darauf, dass er mich hörte, selbst wenn er noch so fern durch die Wälder strich und die Tannen über seinem stolzen Haupt im Wind tosten.

»Wo sind wir hier? Es ist, als ob …«

Ich schloss die Augen und öffnete sie wieder. Schroff fielen die Felsen zum aufgewühlten Meer hinab, aus steiler, schwindelerregender Höhe. Ich kannte diesen Platz. Ich war schon hier gewesen, ohne dass ich mich daran erinnern konnte. Er gehörte zu meinem Reich. »Es ist, als ob er zu mir spricht.«

»Was erzählt er? Ein Märchen? Eine alte Legende?«

»Eine wahre Geschichte.«

»Möchtest du trotzdem die Legende hören?«

»Ja.«

Unsere Arme berührten sich, als er die Hand hob und über die glitzernden Blauschattierungen des Meeres bewegte, auf dessen Grund so viele unentdeckte Schätze begraben lagen, dass ich am liebsten von hier oben zu ihnen hinabgetaucht wäre.

»Man nennt diesen Ort das Capo Vaticano. Sarazenen raubten eine Frau – eine wunderschöne Frau, erzählt man – und hielten sie hier oben fest. Aus lauter Unglück soll sie sich ins Meer gestürzt haben. Seitdem leuchtet es in ihren Lieblingsfarben: Blau und Türkis.«

Nicht nur das Meer, dachte ich.

Ich sagte kein Wort mehr.

Und meine Seele spannte weit ihre Flügel aus …

In den letzten Tagen hatte mir die Sehnsucht den Hunger genommen. Ich brauchte nichts mehr. Keine Nahrung, keinen Schlaf. Keine Musik. Das Geschwätz der anderen hörte ich nicht.

Mein Blut schien langsamer durch meine Adern zu fließen, wenn ich morgens an den Strand lief und alle Menschen noch schliefen. Ich kannte jede Eidechse, wie sie scheu ihre Steine bewachte, die der Schatten jeden Abend ein bisschen früher kühlte. Ich kannte die Ginsterbüsche, in denen das Zirpen der Grillen kauerte.

Meine Haut war braun und seidig kühl. Mein Haar hatte helle Strähnen bekommen und meine Augen die Farbe von Meer.

Man konnte in ihnen ertrinken.

Eines Tages würde er es tun.

… flog durch die stillen Lande, als flöge sie nach Haus.

Die letzten Atemzüge. Wenn die Sonne fast untergegangen war, saß ich auf dem kleinen Balkon, oben über dem Meer, und schaute den Fledermäusen zu. Wie köstlich, hier auf ihn zu warten. Sie umflatterten mich in ihren undurchsichtigen Zirkeln, nie da, nie fort.

Die Hitze wich dem Rauschen der Silberpappeln und einer Vorahnung des Herbstes.

Der Berg brannte, seit Tagen schon.

Der Sonnenuntergang gehörte mir. Nur mir.

Nie erreichte ich die Nebelschwaden auf dem Meer, wenn ich abends weit hinausschwamm. Noch ein paar Meter, dachte ich, noch zehn Züge, vielleicht zwanzig. Meine Beine wurden nicht müde. Meine Zehenspitzen testeten den kalten, tiefen Grund, so erquickend und labend.

Jetzt konnte ich den brennenden Berg sehen, sobald ich mich umdrehte.

Doch den Nebel, lockend und sanft, erreichte ich nie. Zu weit.

Ich glaube, ich war glücklich.

Agape

Weckruf

»Ellie, bleib jetzt mal hier, bitte! Bitte!« Giannas Stimme wurde schrill. »Paul, halt sie fest!«

Sein Arm schnellte nach vorne und seine Finger schlossen sich fest und stark um mein Handgelenk, doch ich reagierte, wie ich es vor langer Zeit gelernt hatte, und befreite mich mit einer geschickten Drehung aus seinem Griff.

»Lass deine Flossen bei dir, Bruder«, warnte ich ihn. »Mein Gott, ihr tut ja so, als sei ich ein Schwerverbrecher. Ich will doch nur raus …«

»Du kannst gleich wieder raus«, sagte Gianna betulich. Sie sprach mit mir wie mit einem Idioten. »Jetzt wollen wir mit dir reden.«

»Ich wüsste nicht, was es zu besprechen gäbe, doch wenn es unbedingt sein muss, von mir aus. Aber macht schnell.«

Sie hatten sich regelrecht vor mir aufgebaut, in unserem schmalen Flur, Schulter an Schulter, und versperrten mir den Weg zur Tür, was lachhaft war, denn ich konnte mich genauso gut umdrehen und durch den Hintereingang verschwinden. Ich fand ihr Benehmen über die Maßen kindisch. Ich hatte ihnen nichts getan. Paul sah mich verständnislos an, doch eigentlich hätte ihm ein solcher Blick gelten müssen.

Ich wollte mich gerade ducken, um zwischen ihnen hindurchzuhuschen, als ein Klingeln ertönte, so laut, dass es in meinem Gesicht schmerzte. Ich zuckte zusammen und legte mir die Hände auf die Ohren.

»Er ist es …«, flüsterte Gianna erleichtert, nachdem sie ihr Telefon aus der Tasche gezogen und auf das Display geschaut hatte. »Hier, Ellie, für dich. Für dich, mach schon!«

Widerwillig nahm ich das Gerät entgegen, drückte es aber nicht ans Ohr, sondern hielt es einige Zentimeter von meinem Kopf weg. Ich würde auch so alles verstehen können.

»Elisabeth?«, tönte es mir entgegen. »Elisabeth, wie geht es Ihnen?«

Ich brauchte einige Sekunden, um die Stimme zuzuordnen, doch dann fand ich den entsprechenden Namen.

»Dr. Sand?«

»Ja, ich bin es. Wie geht es Ihnen?«, wiederholte er.

»Besser denn je.« Auf der anderen Seite entstand eine kleine Pause. Gianna stöhnte genervt und fuchtelte mit den Händen in meine Richtung, als würde ich etwas falsch machen.

»Elisabeth …« Dr. Sand räusperte sich umständlich. »Es gibt etwas Wichtiges, was ich mit Ihnen besprechen muss, hier in meiner Klinik, und ich würde es begrüßen, wenn Sie so rasch wie möglich nach Hamburg reisen könnten, es hat mit …«

In der Leitung begann es zu knistern und zu rauschen, wieder einmal eine Funkstörung, doch auch durchs Telefon witterte ich, wenn jemand log. Dr. Sand log mich an. Es gab nichts Wichtiges. Nicht in Hamburg und auch nicht im Rest von Deutschland. Ich wollte Gianna das Handy zurückgeben, aber sie drückte es mir grob ans Ohr.

»Rede mit ihm, Ellie, bitte!«

Doch die Funkstörung bestand immer noch. Nichts als Rauschen und Knacken. Ich zuckte mit den Schultern, legte auf und ließ das Handy auf den Boden fallen.

»Scheiße«, wisperte Gianna. »Dann eben Plan B.«

Plan B? Ich wollte zum zweiten Mal einen Versuch unternehmen zu flüchten, da ertönte aus dem Salon neben uns plötzlich ein merkwürdiges Scharren und Klicken. Hatten wir etwa Besuch?

»Bist du so weit?«, rief Paul, nachdem er an die Türe getreten war.

»Gleich. Ihr könnt schon reinkommen«, tönte es dumpf zurück.

»Hört zu, wenn es wieder darum geht, dass wir nach Hause fahren sollen …«, wählte ich in ruhigem Ton den Weg der Vernunft, vielleicht waren sie dafür ja empfänglich, »dann fahrt ihr doch nach Hause, ohne mich. Ich hab euch das schon einige Male gesagt. Niemand ist gezwungen hierzubleiben. Ich komme auch allein klar.«

Hatte es Paul die Sprache verschlagen? Wieso reagierte er auf nichts von dem, was ich sagte?

Gianna antwortete dafür umso eifriger. »Das ist nicht dein Haus, Elisa, du kannst hier nicht wohnen.«

»Du redest Blödsinn, natürlich kann ich das. Es steht sowieso leer und ich hab genug Geld, um es für die nächsten Monate zu mieten, dein Vater wird dankbar dafür sein. Ich gehe hier jedenfalls nicht weg. Das ist mein letztes Wort.«

»Aber nicht unser letztes Wort.« Gianna griff zur Seite und stieß die Tür des Salons auf. Sie scheuchten mich hinein wie ein ausgebüxtes Tier, das dringend zurück in seine Herde sollte. Ich fand es entwürdigend, ließ ihnen aber ihren Spaß. Wenn es mir zu blöd wurde, konnte ich aus dem Fenster krabbeln.

Ich lachte trocken auf, als ich sah, was das Rumpeln verursacht hatte. Die Möbel waren zur Seite gerückt worden, stattdessen standen ein paar Stühle in der Mitte des Zimmers. Die Fenster waren verdunkelt. An der Wand, deren Bilder nun auf dem Boden ruhten, prangte ein helles Viereck.

»Habt ihr wieder einen Mahr gefilmt?« Ich konnte mein Lachen nur schwer bezähmen, obwohl es niemand erwiderte. »Wer ist es denn dieses Mal? Angelo? Colin? Ich bin gespannt.« Ich setzte mich auf den mittleren Stuhl und faltete die Hände vor dem Bauch. Die anderen standen betreten um mich herum. »Los, Film ab!«

»Kannst du bitte deutsch sprechen, Ellie?«, bat mich Gianna eindringlich. »Die anderen können nicht gut genug Italienisch, um dich zu verstehen, okay?«

Ach ja, das stimmte. Deutsch. Ich fügte mich nur ungern. »Von mir aus. Deutsch. Bitte schön.« Schwerfällig holperten die Silben über meine flinke Zunge. Was für eine grobe Sprache.

Ich schaute zu Tillmann hinüber, der am Projektor stand, die Augen gerötet und der Blick stumpf. Seine Nase und seine Oberarme waren verbrannt, doch seine Wangen zierte eine ungesunde Blässe. »Was ist eigentlich mit dir los? Du siehst beschissen aus.«

»Ich bin drogenabhängig«, antwortete er schlicht.

Gianna seufzte klagend auf und verbarg ihr Gesicht für eine Sekunde an Pauls Schulter.

»Also doch. War irgendwie klar, oder?« Es verwunderte mich kaum. Er hatte sich übernommen, indem er glaubte, seinen Konsum kontrollieren zu können. Sein Charakter war zu wankelmütig, um diesem Teufelszeug dauerhaft zu widerstehen.

Er reagierte nicht mehr auf mich, sondern schaltete den Projektor ein. Paul und Gianna zogen es vor zu stehen, während ich sitzen blieb und auf die grellweiße Leinwand schaute, deren künstliches Licht meine Augen brennen und tränen ließ. Trotzdem wandte ich sie nicht von ihr ab. Ich rechnete mit Bildern von Angelo, vielleicht auch von Colin, den hatte Paul schließlich ebenfalls loswerden wollen, aber wahrscheinlich war es Angelo, den sie ins Visier genommen hatten. Das war offenbar ihre Form der Pädagogik für schwer erziehbare Kinder wie mich. Sehen statt hören. Ich musste mich beherrschen, um nicht zu kichern. Sie sollten endlich aufgeben und mich in Ruhe lassen. Ständig drückte mir jemand ungefragt eine Kassette ins Ohr, meistens Gianna, und jedes Mal ertönte die gleiche langatmige Leier, ja, im Prinzip waren es immer dieselben hirnrissigen Forderungen und Vorwürfe. Du könntest doch, du solltest nicht, du darfst nicht, du musst aber … Blablabla. Immer war irgendetwas an mir nicht in Ordnung, nicht so, wie sie sich das vorstellten. Ich hatte gar nicht erst angefangen, mit ihnen darüber zu streiten, ich wich ihnen stets elegant aus und tat, was ich tun wollte.

Ich konnte ihnen auch jetzt ausweichen, doch dieses kleine cineastische Vergnügen sollte ich ihnen gönnen, damit sie anschließend endlich Ruhe gaben. Ich freute mich sogar darauf, Angelo zu sehen, es war nicht verkehrt, Filmmaterial von ihm zu besitzen, gerne auch von Colin, dann konnte ich es mir aufheben und ansehen, wann immer ich Lust dazu hatte … wenn nur das Weiß der Leinwand in meinen Augen nicht so wehgetan hätte …

Nun begann der Film zu laufen, kein Super 8, sondern ein ganz normales modernes Format. Viel zu bunt und zu scharf. Schade, dann waren sie wahrscheinlich gar nicht drauf – oder doch? Diese blauen Augen, das mussten …

Nein. Es waren meine. Meine Augen! Meine Augen, die funkelnd und strahlend auf den Horizont des Meeres blickten. Na und? Wieso hatten sie das aufgenommen? Warum mich?

Die Kamera ging auf Distanz und dann in die Totale, ja, da stand ich und schaute aufs Meer, ich verstand nicht, was daran so außergewöhnlich sein sollte. Mein Haar flatterte im Wind, meine Arme ruhten entspannt neben meinem Leib, ich fand sogar, dass ich hübsch aussah, vielleicht schön. Nichts, wofür man sich rechtfertigen oder gar schämen müsste. Warum schauten Gianna und Paul mich so vorwurfsvoll an?

Nicht ich musste mich schämen. Schämen sollte sich Tillmann. Schämen für diese und all die anderen Aufnahmen. Ich konnte nicht fassen, was ich da sah, immer wieder musste ich blinzeln und brennende Tränen aus meinen Augenwinkeln wischen, weil die Bilder in ihrer flimmernden, farbigen Schärfe meine Hornhaut zu verätzen schienen. Doch die Schmerzen waren nichts im Vergleich zu der Wut, die von Neuem erwachte und sich brüllend in mir erhob, während ich den Film betrachtete.

Ich, immer wieder ich, unter der Dusche, die Hände in meinem nassen Haar, die Augen geschlossen, ich hockend am Duschbecken neben meiner Schlange (sie hatten nicht das Recht, sie zu filmen, sie und mich in solch privaten Situationen), ich, wie ich abends die Straße auf und ab lief und mit den Kindern und den Bewohnern der Häuser plauderte, ich im Gespräch mit dem Obsthändler (Tillmann hatte uns offensichtlich aus einem Busch heraus gefilmt, denn wehende Zweige störten das Bild), ich auf dem kleinen Balkon, die Füße gegen das Geländer gestützt und Fledermäuse auf meinem Nacken und meinen Armen, ich auf dem Weg zu Angelo.

Tillmann hatte mich beschattet!

Ich wollte den Projektor zu Boden stoßen, doch nun zeigte er Angelo und mich im versunkenen Gespräch, Himmel, sah er vollkommen aus, selbst hier auf der toten Materie des Films, wir beide, friedlich beieinander, ein außergewöhnliches Paar. Dann Wechsel zum Strand, wo ich aus dem Wasser schritt und es von mir abperlte, eine stimmungsvolle Aufnahme, ja, aber kein Grund, so lange draufzuhalten, und noch viel langatmiger war die nächste Aufnahme, mein Kopf im Meer, minutenlang, das wollte sich doch niemand anschauen. Hören konnte man nichts außer dem Rauschen des Meeres und dem Brüllen der Zikaden, sie hatten alles andere übertönt, der beste Soundtrack, der für einen solchen Film komponiert werden konnte. Doch was war das? Nein. Nein, das hatte er nicht getan, das durfte er nicht! Er war viel zu nah bei uns gewesen, bei mir, als ich wie so oft neben der Schlange im Duschbecken lag, nackt und zusammengerollt, so friedlich und vertraut. Das ging zu weit.

Ich stand auf, nahm die Kamera von ihrem Stativ und warf sie gegen die Wand. Flackernd erlosch das Bild.

»Was fällt dir eigentlich ein?«, brüllte ich Tillmann an. »Weißt du, was du bist? Ein Stalker! Du verfolgst mich auf Schritt und Tritt, filmst mich und ihr zeigt mir das Ganze auch noch? Wisst ihr, wie krank das ist? Du hast mich verraten, das ist Verrat, was du da getan hast! Lauerst hinter mir im Gebüsch, du elender Spanner!«

»Ellie, bitte, sprich deutsch«, mischte sich Gianna ein. »Bitte. Tillmann hat das gemacht, um dir zu zeigen, wie du bist.«

»Wie ich bin!? Ihr müsst mir nicht zeigen, wie ich bin, ich weiß, wie ich bin – was ist so verkehrt daran? Habt ihr eigentlich eine Ahnung, wie dreist und unverschämt es ist, jemanden ohne sein Wissen zu filmen? Hast du dir dabei noch einen runtergeholt?«

»Ellie, so redest du nicht mit ihm und auch nicht mit uns!«, blaffte Paul mich an. »Das hier, auf den Aufnahmen, das bist nicht du, merkst du das nicht? Das ist nicht die Ellie, die wir kennen und mögen!«

Es war aber die Ellie, die ich mochte. Ich mochte diese Ellie, ich fühlte mich wohl in ihrer Haut. Niemand hatte das Recht, das zu beurteilen oder gar zu verurteilen. Tillmann hatte mich hintergangen. Wegen einer Bagatelle. Nur weil die anderen meinten, ich solle anders sein und mich anders benehmen, wie früher, als ich kreuzunglücklich war. Dabei war es ihnen damals auch schon nicht recht gewesen. Sie wussten doch selbst nicht, was sie wollten. Ich blitzte sie an, bis sie vor mir zurückwichen.

»Wir schaffen das nicht. Es funktioniert nicht«, rief Gianna gestresst. »Tillmann, kannst du Louis reiten? Meinst du, das kriegst du hin?«

Tillmann nickte. Meine Blicke flogen von einem zum anderen. Meinten sie das etwa ernst? Tillmann sollte sich auf den Hengst setzen? Er würde sich den Hals brechen.

»Dann reite in den Wald und suche Colin, Louis wird ihn finden. Bitte, mach schnell, du musst Colin holen, ohne ihn schaffen wir das nicht …«

Der Zorn sprudelte plötzlich so kochend und heiß durch meine Venen, dass ich nach vorne schoss und Tillmann mit voller Wucht ins Gesicht schlug. Sein Kopf wurde hart zur Seite gerissen und schleuderte gegen die Wand, doch er blinzelte nur kurz und wehrte sich nicht. Wahrscheinlich war ihm wichtiger, seinen nächsten Trip zu organisieren, den er von meinem Geld finanzierte. Ich würde es in Zukunft verstecken müssen.

Ehe Paul mich packen konnte, war ich zum Fenster geeilt, hatte es geöffnet und sprang ins Freie, um hinunter an den Strand zu laufen; im Meer war ich ihnen voraus, niemand konnte so schnell und lange schwimmen wie ich. Ich stürzte mich in die Brandung, durchquerte halb kraulend, halb tauchend die Bucht und ließ mich weitab von der Piano dell'Erba von den Wellen an Land tragen. Als ich den Strand erreichte, war es schon beinahe dunkel, doch vor meinen geschlossenen Lidern zuckten immer noch grelle Blitze. Ich konnte nicht begreifen, was eben geschehen war. Warum es geschehen war. Welchen Sinn es hatte. Das hätten sie nicht tun dürfen. Das war keine Freundschaft – jemanden festzuhalten und abzubilden, ohne ihn zu fragen. Nein, das durften sie nicht. Ich musste diesen Film vernichten, die Kamera gegen die Wand zu werfen, reichte nicht aus. Ich hätte sie mitnehmen sollen. Die Aufnahmen mit Angelo konnte ich möglicherweise rausschneiden und retten, alles andere musste weg.

Meine Füße schleiften über den steinigen Grund. Unwillig zog ich sie an. Ich wollte noch nicht an Land. Doch die nächste Welle spülte mich mit der ewigen Gnadenlosigkeit des Meeres an den Strand. Ich blieb wie Treibgut im nassen Sand liegen, ohne mich zu regen. Ich hatte nicht einmal Lust zu atmen.

»Es ist erstaunlich. Ich war mir einen Moment lang nicht sicher, ob du nicht vielleicht doch einen Nixenschwanz hast …«

»Hab ich nicht«, erwiderte ich schlecht gelaunt und öffnete meine schmerzenden Augen. Es war der Moment, in dem die Dämmerung siegte und die Welt sämtliche Farbe verlor. Alles grau; totes, leeres Grau. Doch bald würde die Nacht zu leben beginnen. Ich suchte Angelos Blick, der selbst jetzt in einem schwachen Türkis aufglomm, robbte zu ihm und setzte mich wie er vor das einsame, kieloben liegende Fischerboot, sodass wir beide auf das schwarze glitzernde Wasser schauen konnten. Der Sand unter uns war kühler als sonst.

»Was ist passiert?«

Ich schüttelte mutlos den Kopf. »Ich weiß es nicht genau. Ich glaube, sie wollen mich erziehen. Sie … sie … ach, sie stehen nicht mehr auf meiner Seite, sie kritteln ständig an mir herum, alles an mir passt ihnen nicht! Und es ist ihnen gleichgültig, dass ich mich wohlfühle, wie ich bin!«, sprudelte es aus mir heraus. »Immerzu hatte meine Umwelt an mir auszusetzen, dass ich zu empfindlich bin, zu schnell heule, zu ängstlich bin, dass ich mir zu viele Gedanken mache. Ich solle mich locker machen, haben sie gesagt, er hat das gesagt, es war sein Lieblingsspruch, locker soll ich mich machen und mich entspannen. Jetzt ist es so und keiner will es! Und es interessiert auch niemanden, wie ich mich dabei fühle! Mir geht es zum ersten Mal in meinem Leben richtig gut, ich mag mich und meinen Körper, ich kann loslassen, ich muss nicht ohne Unterlass grübeln und mich fürchten, und statt dass sie sich wie ich daran erfreuen, wollen sie es ausmerzen …« Ich nahm mein nasses Haar und wrang es mit einer kräftigen Bewegung aus. Sofort begannen die Strähnen sich zu locken und zu drehen. »Warum können sie mir das nicht gönnen? Warum meckert jeder an mir herum? Ich bin doch genau so, wie sie es immer gefordert haben …«

»Möchtest du wirklich wissen, warum das so ist?«, fragte Angelo.

Unsere Hände lagen nebeneinander im Sand, nur wenige Millimeter voneinander entfernt. Gott, wie gerne hätte ich seine zu mir genommen …

»Ja – weißt du es denn?«

»Ich denke schon. Ich hatte viel Zeit, die Menschen zu beobachten, und ich sehe so etwas nicht zum ersten Mal. Sie sind von Grund auf neidisch. Vielleicht ist es eine evolutionäre Folge des Überlebenstriebes, vielleicht gönnen sie deshalb den anderen nicht das Gute, weil es sie selbst bedroht, wenn der eine zu viel hat und man selbst zu wenig. Das ist das schlichte, niederträchtige Geheimnis hinter dem Verhalten der anderen: Neid.«

»Aber es sind meine Freunde«, protestierte ich ohne Nachdruck. Freunde filmten einen nicht heimlich. Freunde freuten sich daran, dass es einem gut ging. Freunde mieden einen nicht wie der Teufel das Weihwasser.

»Das spielt keine Rolle. Ich weiß, die Menschen tun so, als ob sie ihren Freunden und Familienmitgliedern das Gute gönnen, und das sagen sie auch oft. Ich gönne dir das von ganzem Herzen. Ein beliebter Spruch. Aber ist das ehrlich? Wo genau fühlst du Neid?«

»Im Herzen«, antwortete ich spontan. Dort hatte er seinen festen Sitz. Wenn meinen Freundinnen früher etwas widerfahren war, was ich mir für mich selbst gewünscht hätte, und waren es nur ein Paar Schuhe, die sie gekauft hatten und die es nun nicht mehr in meiner Größe gab, hatte es im Herzen gezwickt, mal mehr, mal weniger, aber dieses Zwicken konnte zeitweilig beinahe penetranter sein als Liebeskummer. Es hatte mich zutiefst verunsichert und manchmal stundenlang an mir genagt. Und es hatte mir das Gefühl vermittelt, wertlos zu sein.

»Ja, im Herzen. Ich glaube, das ist die größte Lüge der Menschheit: ›Ich gönne dir das von ganzem Herzen.‹ Dort, wo der Neid haust? Wenn man es wirklich tut, muss man es nicht erst betonen.

Sei nachsichtig mit ihnen, denn es ist sicherlich nur eine Folge ihrer eigenen Unsicherheit. Menschen fühlen sich bedroht, wenn jemand in ihrer Nähe seine Mitte gefunden hat und aufrichtig glücklich ist. Denn den meisten von ihnen bleibt das für immer verwehrt. Also fühlen sie sich wohler, wenn sie sich mit fehlerhaften Personen umgeben, die uneins mit sich selbst sind. In ihrer Gegenwart kommen sie sich stärker und selbstsicherer vor.«

Das, was Angelo sagte, war niederschmetternd und erhellend zugleich. Meine neu gewonnene Selbstsicherheit machte ihnen Angst. Sie wollten die kleine, zweifelnde, unsichere Ellie zurück, damit sie sich besser fühlen konnten.

»So, wie ich jetzt bin …«, flüsterte ich, durchdrungen von prickelnder Scheu mir selbst gegenüber. »So möchte ich bleiben. Ich habe gelitten, so sehr … Es hat immerzu wehgetan.«

»Ich weiß. Das ist das, was ich manchmal in deinen Augen zu sehen glaube. Dein Schmerz, deine Wunden. Dir wurde übel mitgespielt, Betty. Du konntest dich kaum davon erholen. Du hast alles Recht der Welt, dich auszuruhen.«

Er lehnte seinen Kopf an meinen. Das war das Einzige, was wir uns hin und wieder an realer Nähe gestatteten, aber es genügte, um Rührung in mir aufsteigen zu lassen. Ich legte meine Hand um seinen Hals und strich ihm sanft über die Locken in seinem Nacken.

»Ja, mir wurde übel mitgespielt.« Und vielleicht hätte es gar nicht so schlimm kommen müssen, es war nicht notwendig gewesen. Kein Tritt in den Bauch, keine gebrochene Hand, kein brutaler Überfall mitten in der Nacht. Doch Ellie kann es ja aushalten. Ellie macht alles mit. Die kämpft sich schon wieder hoch, auch wenn sie würgend und kotzend auf dem feuchten Boden liegt und vor Schmerzen wimmert. Hatten die anderen eigentlich nur den Hauch einer Ahnung, wie stark ich gewesen war? Aber diese dunklen Zeiten waren jetzt vorbei, sie waren endgültig vorbei. Niemand würde so etwas noch einmal mit mir tun können.

»Was ist mit der Liebe? Was ist eigentlich mit der Liebe? Ist sie wenigstens echt und aufrichtig?«

»Manchmal. Selten. Ich warte noch darauf. Ich habe es dir schon einmal gesagt ... Wenn die Richtige kommt, wird sie an meiner und auf meine Seite gehen wollen, denn wer ehrlich liebt, hat keine Furcht vor der Unendlichkeit. Ihr Menschen gebt euch Heiratsversprechen für die Ewigkeit und lasst euch nach fünf Jahren wieder scheiden. Wenn ihr ewig leben könntet, würde wahrscheinlich niemand mehr heiraten, es würde euch Angst einjagen. Aber manchmal finden sich zwei Wesen, die es ernst meinen und sich ewig lieben, sich ewig schön und begehrenswert finden ...«

Was um ein Vielfaches leichter ist, wenn man nicht altert, vollendete ich seine Gedanken im Geiste bitter. Und damit meinte ich gar nicht so sehr ihn. Ich meinte vor allem mich. Alter schaffte Unsicherheit. Niemand wollte sich welke Blumen auf die Fensterbank stellen. Wir alle wollten die volle, duftende Blüte, nicht das verdorrte Blatt. Angelo hob seinen Kopf und lächelte mich an, versonnene Ironie mit Grübchen. Wie sehr ich diesen Anblick doch liebte ...

»Na, ist da jemand bereit für die Unsterblichkeit?«, flachste er. Oder war es eine ernst gemeinte Frage?

»Ich ... keine Ahnung. Ich ... Entschuldige bitte, ich will jetzt nichts dazu sagen. Ich kann heute Nacht nichts dazu sagen.«

»Das kannst ohnehin nur du entscheiden. Niemand darf dir diese Entscheidung abnehmen. Den Tod kannst du nicht bestimmen. Doch die Unsterblichkeit darfst nur du bestimmen.«

Ja, das durfte nur ich – und hatte es je einen besseren Zeitpunkt gegeben? Im Moment war ich zwar verärgert und wütend, ein Zustand, den man besser nicht für die Ewigkeit konservierte. Aber ich war überzeugt davon, dass die anderen nun abreisen würden, um dem zerstörerischen Neid in ihrem Herzen zu entkommen, und ich konnte in aller Ruhe zu dem zurückkehren, was ich in den vergangenen Tagen gefunden hatte … und dann …

»Wird es denn ehrlich niemals langweilig? Ich kann das gar nicht glauben …«

»Glaube es. Wie sollte dieser Planet einem je langweilig werden? Ich weiß, du hast dich in diesen Landstrich hier verliebt und fürchtest, dass man ihn irgendwann kennt und er seinen Reiz verlieren könnte. Aber das tut er nicht. Selbst wenn, es gibt so viele traumhafte Gegenden auf der Welt, sogar unentdeckte, die noch nie ein Mensch betreten hat, und ich habe alle Zeit, sie zu bereisen. Natürlich muss auch ich meine Lebensmittelpunkte wechseln, irgendwann wird meine ewige Jugend auffällig, aber wenn ich an einem Ort hänge, dann kehre ich eben in hundert Jahren wieder dorthin zurück und erfreue mich von Neuem an seinen Reizen. In der Zeit dazwischen lerne ich andere Landschaften kennen und lieben … Wo warst du denn schon überall?«

»Skandinavien, Alaska, Grönland«, antwortete ich unlustig. »Und das auch noch in der dunklen Jahreszeit.«

Angelo zog kurz den Kopf ein, als würde er frieren.

»Na ja. Alaska ist aufregend, vor allem wenn du dir Schlittenhunde zulegst und durch die Wildnis fährst, aber lieber ist mir die Wärme. Die Welt wartet auf dich! Hast du mal von Bora Bora gehört?«

Ich musste grinsen. Oh, welch abgegriffenes Klischee. Nun lockte er mich in die Südsee.

»Ja, ich weiß, es klingt kitschig und nach Hochzeitstouristen und Promis und Snobs, aber daran denke ich gar nicht … ich denke an das …«

Wieder lehnte er seinen Kopf gegen meinen und sofort überfluteten mich die Bilder aus seinen Gedanken. Mit einem zufriedenen Seufzen schloss ich die Augen, um mich ihnen hinzugeben. Es dauerte nicht lange, war wie ein sparsam bemessener Appetitanreger und er genügte, um mir Hunger zu machen. Weißer, feiner Sand, nicht steinig und grau wie hier, türkisgrünes, kristallklares Wasser, luxuriös eingerichtete Hütten mit Dächern aus Stroh, die in die knietiefe Lagune gebaut worden waren, Palmen, unter deren Schatten noch kein menschlicher Fuß den jungfräulich sauberen Strand zertrampelt hatte …

»Hier werde ich meinen Winter verbringen.«

»Du gehst weg? Wirklich, du gehst weg?« Aus der Traum. Die Bilder verflüchtigten sich. »Aber es ist doch so schön hier …«

»Nicht im Winter. Ich kann im Winter nicht spielen, die Touristen sind ab Ende September weg, die Bars und Cafés schließen, sogar die meisten Hotels verwaisen. Die Orte am Meer sind dann wie ausgestorben und in den Bergen ist die kalte Jahreszeit hart und entbehrungsreich. Ich habe ein Engagement in einem Hotel ergattert; es bringt mir nicht nur Geld und Gesellschaft, sondern auch nahrhafte Träume.«

Angelo ging weg … Ein leeres, totes Gefühl machte sich in meinem Bauch breit, als ich darüber nachdachte. Ich war davon ausgegangen, dass er hierbleiben würde und dass es immer warm war in Kalabrien. Immer. Ich konnte mir dieses Land nicht kalt vorstellen. Und auch nicht ohne Angelo.

Wer war für ihn eigentlich die Richtige? Wie sollte sie sein? War es denn so ausgeschlossen, dass ich es sein konnte?

Ich dachte an die Filmaufnahmen zurück und verspürte trotz meines Ärgers einen wohltuenden Stolz. Noch nie hatte ich mich so hübsch gefunden wie auf diesen Bildern. Ich fand mich nicht nur hübsch, ich *war* hübsch mit meinen ungezähmten Haaren und meiner braunen Haut, mein Körper biegsam und fest, die Taille schlank. Ich musste mich vor Angelo nicht verstecken. Noch war Sommer.

Noch war Sommer und so geisterten wir stundenlang durch die

laue Nachtluft, bis er zur Jagd aufbrach und ich schon im Gehen zu träumen begann, weil mein Körper danach verlangte, dass meine Fantasien ihm endlich das schenkten, was er sich erkämpft hatte. Ich gab es ihm ganz allein in der samtigen Dunkelheit meines Zimmers, der Skorpion als stiller Wächter dicht neben mir.

Als die Sehnsucht mir die Sinne stahl, wandte ich meinen heißen Kopf zur Wand und berührte mit den Lippen seinen schlanken Leib. Meine Reaktionen waren rasend schnell geworden, doch er war mir überlegen. Ich keuchte hohl, als sein Stachel sich in meinen Mund bohrte, begriff zu spät, was er da tat. Dann erst zuckte ich zurück und schrie gellend auf vor Wut und Zorn.

Ich holte weit aus, um ihn von der Wand zu fegen und stampfend zu Brei zu zertrampeln. Auch ich hatte Gift.

Doch er war nicht mehr da.

Nur geträumt

Ich wollte einen Haken schlagen und seitlich wegschnellen, um unter ihm hindurchzutauchen, damit er mich nicht kriegen konnte, doch ich hatte seine Kraft und Wendigkeit unterschätzt. Es genügte ihm, mich am Knöchel zu packen, um mir meinen Schwung zu nehmen und mich ins Trudeln zu bringen. Ich zappelte wie ein Fisch, dem gerade die Harpune in den Leib gerammt worden war und der in seiner Todesangst vergeblich versuchte, das gesamte Schiff mit sich zu ziehen. Was er hier mit mir tat, war Freiheitsberaubung. Ich begann zu schreien. Meine Lungen füllten sich sofort mit Wasser. Verärgert stellte ich fest, dass ich nicht mehr atmen konnte. Wieso konnte ich nicht atmen?

Im nächsten Moment wirbelte er meinen Leib herum, bis mein Kopf die Wasseroberfläche durchbrach und mein Überlebenstrieb mich dazu zwang, hustend und spuckend nach Luft zu ringen.

»Lass mich sofort los!«, gurgelte ich.

»Ellie, sieh dich mal um, wo wir sind! Sieh dich um!«

Ich sah mich um und da war nichts außer dem Blau des Meeres, dessen Wellenkämme der Abend langsam grau färbte, aber genau das war es ja, was ich wollte: alle festen Konturen hinter mir lassen, das Gerede und die Vorhaltungen der anderen nicht mehr hören. Ich konnte meinen Kopf drehen, damit ich sie nicht ansehen musste, aber meine Ohren konnte ich nicht verschließen und ihre Stimmen unterwanderten meine Kraft. Meine Schutzwand bekam Risse.

»Du bist zu weit draußen, das übersteigt deine Fähigkeiten!«

»Hat dich doch vorher auch nicht interessiert … wozu ich fähig bin und wozu nicht. Lass mich hier …«

Colin brach seinen Schwur. Vielleicht dachte er auch gar nicht mehr daran, ihn zu halten. Er schlang seinen Arm um meine Brust und zog mich fest an sich, sodass mein Kopf oberhalb des Wassers auf seinem Hals lag, und schwamm mit kräftigen, langen Zügen auf den Strand zu, den man von hier aus kaum mehr erkennen konnte. Ich hatte mir zum Ziel gesetzt, dass er ganz verschwand. Die Nebel waren nur noch wenige Meter von mir entfernt gewesen, so dicht an ihrem pudrig-silbernen Schimmer hatte ich mich noch nie befunden. Wenn ich sie erreichte, würde ich das Geschwätz nicht mehr hören. Es störte mich in allem, was ich wollte.

Ich wand mich und trat und biss, doch Colins Griff war eine Stahlklammer, aus der es kein Entrinnen gab. Ab und zu schwappte eine Welle über mein Gesicht und ich flehte das Wasser an, mich wieder zu sich zu holen und ihn zu vertreiben, aber es gehorchte mir nicht mehr.

Als wir den Strand erreicht hatten, war es dunkel geworden. Endlich ließ er mich los. Noch im Fallen drehte ich mich um, sprang auf alle viere und wollte zurück in die Brandung schnellen.

»Nein! Nein, Elisabeth, du bleibst hier und hörst mir zu! Hör mir zu!«

Ich konnte ihn nicht sehen, nur erahnen, nicht einmal Funken stoben aus seinen Augen. Seine Gestalt und die Dämmerung waren eins. Ich sprach mit einem Toten.

»Ich möchte aber nicht hier sein. Ich will noch ein bisschen schwimmen. Das kannst du mir nicht verbieten.«

»Du irrst. Das kann ich und das werde ich. Du wirst mir zuhören.«

Meine Beine lagen in der seichten Brandung, die mich beständig zu sich ziehen wollte, sie vermisste mich, aber mein Kopf drückte sich hart und schwer in den kalten, feuchten Sand; Colins Blick, den ich nicht sehen konnte, hielt mich hier, außerstande, mich zu rühren und ihn in sein schwarzes, leeres Gesicht zu schlagen.

»Ich dachte, du hättest den Anstand, es mir wenigstens mitzuteilen, wenn du deine Gefühle einem anderen schenkst, Elisabeth. Aber das hast du nicht. Dir ist alles egal.«

»Ich schenke meine Gefühle keinem anderen«, erwiderte ich frostig.

»Oh doch, das tust du, unentwegt! Tag und Nacht drehen sich all deine Gedanken und Empfindungen um ihn, nur um ihn, du liegst auf deinem Bett und malst dir in jeder Einzelheit aus, was du mit ihm anstellst, du malst dir Dinge aus, die du mit mir niemals zu verwirklichen wagen würdest …«

»Du hast wieder in meine Träume gesehen!«, schrie ich ihn an. Wenigstens konnte ich das, schreien, laut und dröhnend. »Ich hatte dir das verboten, ich will es nicht, es geht dich nichts an, meine Tagträumereien gehen dich nichts an …«

»Es sind keine Tagträumereien!« Auch er brüllte, ein Grollen aus dem Nichts, all das, was er hier tat und sagte, kam aus dem Nichts. Nicht einmal seinen Schatten konnte ich sehen. Wo war sein Gesicht, wo waren seine Augen? Ich wollte nach ihm greifen, um ihm wehzutun, doch er wich mir aus. »Es ist Besessenheit, pure Besessenheit, du bist besessen davon, dich von ihm nehmen zu lassen, in deinen Fantasien hast du mich schon unzählige Male betrogen, beinahe jede Stunde tust du es, du genießt es …«

»Aber nur in meinen Fantasien! Nicht wirklich! Es ist nur geträumt, nichts sonst, es sind nur Träume!«

»Nur Träume? Das sagst ausgerechnet du? Nur Träume?« Colin lachte kalt auf. »Es sind Wünsche, Geburten des Tages, nicht der Nacht. Konkrete, bis ins Detail ausgefeilte Wünsche und er kann jeden einzelnen von ihnen sehen. Er wird genau wissen, was er zu tun hat, um dich so zu rauben, dass du es auch noch willkommen heißt! Der beste Sex deines Lebens, nicht wahr?«

»Halt den Mund! Ich bin keine Schlampe! Meine Fantasien gehören mir, du hast darin nichts zu suchen!«, wehrte ich mich erbost. Ich hasste es, hier zu liegen und mich nicht bewegen zu können. Ich wollte ihn beißen, bis er nicht einmal mehr zuckte.

»Ja, ich habe darin nichts zu suchen, das weiß ich auch und ich weiß ebenso, dass ich dich verliere und nichts daran ändern kann, aber es geht hier nicht allein um mich, Ellie, dein Kopf ist so voll von diesen Fantasien, dass …«

Ich ließ auch ihn reden. Leere, sinnlose Worte aus der Dunkelheit, während er mich fort vom Meer trug und erneut mit seinen unsichtbaren Blicken auf den Sand fesselte. Ich verachtete ihn dafür. Ich hatte ihn niemals betrügen wollen, das war nicht meine Absicht gewesen. Es hatte nichts mit ihm zu tun! Aber ich brauchte und liebte meine Träume. Sie waren nicht für Angelo gedacht, sondern für mich. Ich wollte mich mein Leben lang in ihnen einlullen; es war schändlich und gemein, sie sich anzuschauen und sie mir auch noch vorzuwerfen. Er zog sie in den Schmutz, damit ich mir vorkam wie eine Hure, die nur noch aus Wollust und blindem Begehren bestand. Er wollte, dass ich mich für sie schämte.

»Du hörst mir nicht zu! Verflucht, warum hörst du mir nicht zu?« Nun war sein Gesicht dicht über meinem, ich spürte seinen kalten Atem, aber noch immer konnte ich seine Züge nicht erkennen. Erst als weit über uns eine Sternschnuppe über das Firmament rieselte, wurde die Nacht für einen Sekundenbruchteil erhellt. Sein Antlitz war eine knochige, bleiche Fratze, seine Augen erloschen und leer.

»Du hast es tatsächlich vergessen, oder?«, flüsterte er. »Du hast es vergessen … Oh Lassie, was sollen wir nur tun? Was tun wir mit dir?«

Er ließ mich los, stand auf, trat von mir zurück, von mir, der Bestie, und wurde von der Nacht verschluckt.

Ich blieb liegen, obwohl ich die Macht über meinen Körper zurückerlangt hatte, in mir ein tosender Sturm, der all meine Traumbilder zerriss und miteinander vermischte, bis nichts mehr einen Sinn ergab, sosehr ich sie auch zu retten und neu zusammenzusetzen versuchte.

Erst im Morgengrauen begriff ich, was Colin getan hatte.

Er hatte mir meine Träume geraubt.

Laurentiustränen

»Was hält dich eigentlich noch davon ab?«

Sein Themenwechsel kam unvermittelt. Man konnte im Grunde nicht einmal von einem Wechsel sprechen. Wir hatten gar nicht geredet, nur dagesessen, mit den Rücken an unserem Boot am Strand, und in den Nachthimmel über uns geschaut, der immer wieder von Sternschnuppen erhellt wurde – so feurig und majestätisch, wie ich sie noch nie zuvor gesehen hatte.

Ich wünschte mir nichts. Es erschien mir zu kindlich, das zu tun, vor allem wenn es so viele waren, fast im Minutentakt zogen sie ihre erlöschenden Bahnen. Schutt aus dem All, hatte ich einmal gelesen, Überbleibsel der menschlichen Technik, die herabfielen und für immer verglühten, mit Sternen hatte das nicht unbedingt etwas zu tun. Wenn ich früher eine Sternschnuppe entdeckt hatte, hatte ich mir unweigerlich vorzustellen versucht, wie weit die Unendlichkeit reichte. Manchmal genügte es auch, nur in den Himmel zu sehen und Sterne zu betrachten, um diese Vorstellung auszulösen – eine Vorstellung, die unmöglich war, wie stellte man sich die Unendlichkeit vor? Es war ein Gefühl, als würden meine Gedanken gegen die Wände meines Schädels prallen und sich auflösen, und das hatte mir nackte Angst eingejagt.

Doch jetzt, wo die Unsterblichkeit greifbar war, gab es angesichts dieser Vorstellung keine Angst mehr. Die Unendlichkeit und ich waren uns so nahe gekommen, dass ich mich nicht mehr vor ihr fürchten musste. Trotzdem verspürte ich keinen Drang, sofort zu antworten, als Angelos Stimme sich über das beruhigende, leise Rauschen der Brandung legte. Ja, was hielt mich noch davon ab?

»Ich weiß es nicht genau. Zweifel?«

Ich hatte keine Ahnung, woran ich zweifelte, aber es fühlte sich wie Zweifel an, eine störende Last im Bauch. Wenn ich zu sehr darauf achtete, muckte sie auf und machte sich groß und breit. Wenn ich versuchte, sie zu ignorieren, wurde sie kleiner, verschwand aber nie vollständig. Als hätte ich etwas Falsches gegessen, mit dem mein Magen seine liebe Not hatte. Das nervte mich, denn ich hatte meinen Bauch lange nicht mehr gespürt. Er durfte nicht wieder damit anfangen, mich zu behelligen.

»Zweifel sind normal. Die gibt es immer. Ihr habt ständig und bei allem Zweifel, das ist eine typisch menschliche Eigenschaft.«

»Wenn ich wenigstens wüsste, woran und warum ich zweifle«, murrte ich. »Dann könnte ich es widerlegen, aber so …«

»Du denkst zu viel. Du wirst diese Zweifel nicht ausschalten können. Zweifel gehören zu euren Überlebensmechanismen, genau wie Angst. Sie sollen euch davor schützen, gefährliche Fehler zu machen oder riskante Situationen falsch einzuschätzen, die mit eurem Tod enden können. Das ist der ewige Zirkel der Menschen. Ihr versucht, etwas zu verhindern, was früher oder später unvermeidbar ist. Solange du Mensch bist, wirst du zweifeln, das steckt in dir drin.«

»Hattest du denn auch Zweifel, als es … als es geschah?«

»Ja«, gab Angelo, ohne zu zögern, zu. »Und wie. Aber sie verschwanden in dem Moment, als sie sich zu mir legte. Ab da war es nur noch schön.«

Oh ja, ich sah es beinahe vor mir … Noch immer konnte ich mir Angelo nicht dabei vorstellen, wie er durch den Schmutz robbte und Menschen abknallte, doch diese Szene war sofort lebendig. Eine begehrenswerte junge Mahrin, die zu ihm kam, als er verletzt in der

Einsamkeit des Schlachtfeldes lag, sich zu ihm hinabbeugte, seinen Kopf anhob, ihn küsste …

»Du musst dich darüber hinwegsetzen, du hast gar keine andere Wahl. Es wird aufhören, sobald du dich entschieden hast.«

»Ich weiß, aber ich kann noch nicht … Ich verstehe nicht, warum …« Ich nahm eine Handvoll Sand und warf sie in den sanften Abendwind.

»Hey, Betty. Mach dich nicht verrückt. Ich will dich nicht drängen, es ist nur … hm.«

»Was, hm?« Angelos Hms hatten immer etwas zu bedeuten – und zwar etwas, was er aus Höflichkeit oder Anstand nicht sagen wollte. Es waren ehrenhafte Hms, aber ich wusste inzwischen, dass sich dahinter oft die interessantesten und bahnbrechendsten Gedanken verbargen.

»Doch, ich sollte es dir sagen, du hast recht. Nicht dass du mir und dir anschließend Vorwürfe machst, wenn es nicht mehr geht.«

»Nicht mehr geht?« Was meinte er denn jetzt? Die Sternschnuppen waren nebensächlich geworden. Ich schob mich hoch und wandte mich ihm zu, doch seine Augen waren immer noch auf die schwarz funkelnden Wellenkämme gerichtet.

»Es gibt ein bestimmtes Zeitfenster, innerhalb dessen es problemlos möglich ist. Irgendwann schließt sich dieses Zeitfenster, bei dem einen früher, bei dem anderen später. Dann hat er seine Chance vertan und die Zweifel werden übermächtig, ohne dass ihm je bewusst werden wird, woran er zweifelt … Solche Menschen sind unruhig und getrieben und verlieren sich in nervenaufreibendem Aktionismus. Sie fangen ständig neue Beziehungen und Projekte an, ohne sie zu Ende führen zu können. Den meisten ist gar nicht klar, was sie verpasst haben, und irgendwann sterben sie viel zu jung an einem Herzinfarkt oder Schlaganfall, weil ihr Körper die permanente Anspannung nicht mehr verkraftet.«

Ja, solche Menschen hatte ich schon erlebt. Es gab sie. Und sie hätten die Chance gehabt überzutreten? Wussten sie davon oder hatte der Mahr entschieden, dass sie ungenießbar für ihn wurden, weil die Zweifel die Sehnsucht überlagerten?

»Aber …«

»Du hast den Zenit dieses Zeitfensters bereits überschritten, allzu viele Tage bleiben nicht mehr.«

Ja, das spürte ich auch. Es gelang mir nicht mehr, die Leichtigkeit in ihrer vollen Blüte zu bewahren, immer wieder entfloh sie mir, als würde sie sich aus meinen Händen winden, ein widerspenstiges Ding. Es gab Schuldige, das wusste ich, die anderen hatten dafür gesorgt, aber ändern konnte diese Erkenntnis nichts. Ich befand mich kurz vor dem Aufwachen aus meinem Traum namens Leben. Ich wollte nicht aufwachen. Ich hasste das Gefühl, aus einem schönen Traum zu erwachen und ihn nicht halten zu können, ich hasste es, begreifen zu müssen, dass er nie echt gewesen war. Aber dieser Traum hatte die Chance, echt zu werden, wenn ich es endlich schaffte, meine Zweifel zu besiegen.

»Nicht traurig sein, Betty … Es ist doch noch gar nichts verloren. Fühl dich bloß nicht zu etwas gezwungen, das will ich nicht.«

Angelo rückte etwas näher an mich heran, um seine Stirn gegen meine Wange lehnen zu können, eine zaghafte, zurückhaltende Geste des Vertrauens, die mich jedes Mal zutiefst rührte. Sofort beruhigten sich meine Gedanken, denn sein Kopf strahlte eine fast galaktische Ruhe und Beständigkeit aus … Nichts in seinem Denken und Fühlen war chaotisch und verbissen, es herrschte reine, zufriedene, erleuchtete Klarheit. Selbst das Meer schien leiser und verhaltener zu werden, als ich verzückt in die Stille lauschte, die sich durch unsere Nähe nun auch in mir ausbreitete. Ja, wenn man sich so fühlte, konnte man gar keine Zweifel haben … Ich schloss die Augen, um die Welt um mich herum zu vergessen und vollends in das wohltuende, gleißende Nichts einzutauchen, wurde aber schon nach wenigen Sekunden darin gestört.

Denn ein Telefonklingeln konnte kein Bestandteil dieses Nichts sein. Im ersten Moment war ich sogar davon überzeugt, mich geirrt zu haben, es konnte kein Klingeln ertönen, nicht jetzt, nicht während wir hier unten am Meer saßen. Wir trugen unsere Handys niemals bei uns, wenn wir nachts unterwegs waren, aber dieses Läuten war kein Handyklingeln, sondern das markante Düdeldidüdeldidü eines älteren Festnetzapparates.

Ich blieb sitzen, Kopf an Kopf mit Angelo, und hoffte, es sei eine Sinnestäuschung gewesen, vielleicht war ich durch meine bohrenden Zweifel so gestresst, dass ich Sachen hörte, die es gar nicht gab.

Düdeldidüdeldidü. Zum zweiten Mal. Keine Sinnestäuschung! Es war da. Angelo nahm seinen Kopf nicht weg, doch die Stille zog sich aus mir zurück. Ich schlug meine Augen auf und versteifte mich unwillkürlich, als das Klingeln erneut durch die Nacht wehte. Düdeldidüdeldidü. Es kam aus unserem Haus. Ich war mir plötzlich sicher, dass es das Telefon in unserem Haus war, obwohl ich viel zu weit weg saß, um das Geräusch exakt zuordnen zu können. Doch das Telefon, das am Ende des Flurs auf einer wackeligen Kommode stand und auf dem wir nur angerufen werden konnten, nicht selbst telefonieren, war eines dieser Geräte, das düdeldidüdeldidü machte, und ich sah es sogar vor mir, so deutlich, als könne ich den Hörer abnehmen und mich melden.

»Das Telefon ... hörst du es nicht?«

»Doch«, murmelte Angelo. Sein Kopf ruhte schwer an meiner Schulter, weil ich mich lang gemacht hatte, um besser hören zu können. »Na und?«

»Vielleicht sollte ich rangehen. Es klingelt in unserem Haus.«

»Och, nicht, bleib hier ... ist gerade so schön ... Warum müsst ihr Menschen immer sofort ans Telefon rennen, wenn es läutet?«

»Sagt ausgerechnet ein Italiener«, spöttelte ich. Italiener waren telefonsüchtig. Wahrscheinlich schliefen sie sogar mit dem Handy unter dem Kopfkissen, um ja keinen Anruf zu verpassen. Schließlich gab es immer etwas Hochwichtiges mitzuteilen, worauf die Welt nicht warten konnte und schon gar nicht die nahe und ferne Verwandtschaft.

»Ich bin Kosmopolit und Kosmopoliten müssen nicht ständig telefonieren, das haben sie gar nicht nötig«, protestierte Angelo schwach. Er lächelte beim Sprechen, ich merkte es an der minimalen Verschiebung seiner Wangenknochen an meiner Schulter. Wie gerne hätte ich es gesehen. Ich ließ mich unauffällig nach unten rutschen, bis unsere Köpfe auf einer Höhe waren, doch dieses Mal nicht Stirn an Stirn, sondern Wange an Wange, was ich ungleich schöner fand. Nur Millimeter zwischen unseren Lippen …

Düdeldidüdeldidü. Da hatte jemand Ausdauer.

Gereizt fuhr ich hoch. »Langsam nervt es …«

»Dann hör doch nicht hin.«

»Kann ich nicht. Vielleicht ist es auch irgendein technischer Fehler und es legt sich erst, wenn ich den Stecker rausziehe.« Immerhin war ein Mahr in der Nähe, auch wenn ich es noch nie erlebt hatte, dass moderne Geräte in Angelos Gegenwart streikten. »Ich lauf schnell rüber, nicht weggehen, bin gleich wieder da, okay?«

Düdeldidüdeldidü. Ja, ich komme schon, dachte ich entnervt, als ich über den noch warmen Sand hinüber zur Piano dell'Erba sprintete und das Haus in Sichtweite kam. Ausgerechnet jetzt. Einen ungünstigeren Zeitpunkt hatte es kaum geben können; wann immer ich ein Gespräch mit Angelo unterbrach, hatte ich die Befürchtung, etwas Wichtiges zu verpassen, was unabdingbar für meinen weiteren Weg war. Doch meine Neugierde wollte alles wissen – nicht nur das, was Angelo erzählte, sondern auch, wer da mitten in der Nacht in meinem Haus anrief.

Wie immer war niemand da; vielleicht hatten sie ihre Drohung umgesetzt und waren heimgereist. Mir sollte es recht sein, dann musste ich mir nicht ständig ihr immer gleiches ödes Geplapper anhören.

Ich nahm die Hintertür, die ich sowieso nicht mehr abschloss, und flitzte durch die Küche in den Flur. Düdeldidüdeldidü.

Plötzlich zögerte ich. Was, wenn es die anderen waren? Wenn sie mich unter einem Vorwand zu sich lockten, fort von hier? War es nicht leichtsinnig abzunehmen? Es würde genügen, den Stecker herauszuziehen, um dem lästigen Klingeln ein Ende zu setzen. Andererseits würde ich dann nie erfahren, wer versucht hatte, mich zu erreichen. Kurz entschlossen griff ich nach dem Hörer und hob ihn an mein Ohr.

Ich hatte die Bewegung noch nicht zu Ende ausgeführt, als meine Knie nachgaben und ich meinen Rücken gegen die Wand pressen musste, um nicht auf den Hintern zu fallen. Das Meer schien mir entgegenzubrausen, ein gewalttätiges und dennoch behäbiges Auf und Ab der Wellen. Ich hielt den Hörer ein Stück von meinem Ohr weg, doch das nutzte nicht viel. Das Rauschen brandete direkt in meinen Kopf und setzte sich dort fest. Auf und ab … auf und ab …

Erlaubte sich da jemand einen Scherz? Oder saß der Anrufer irgendwo am Strand, wie Angelo und ich eben noch, und war versehentlich auf die Tasten seines Handys geraten? Ja, so musste es sein, das war nur Meeresrauschen, mehr nicht.

Trotzdem blieb ich stehen, mit eingeknickten Knien und dem Rücken an der Wand, und konnte mich nicht überwinden, den Hörer sinken zu lassen. Tobte da nicht auch ein Sturm, im gleichen Rhythmus mit den Wellen? Aber wir hatten keinen Sturm. Was für ein kurioser Zufall, dass sich jemand verwählt hatte, der sich gerade am Meer befand wie ich – allerdings an einem Ort, wo ein Sturm aufgezogen war. Kein Pfeifen und Heulen, sondern ein gleichmäßig getaktetes Brausen. Solch einen Sturm gab es doch gar nicht.

»Pronto?«, benutzte ich sicherheitshalber jene Floskel, mit der sich die Italiener am Telefon meldeten und die wörtlich übersetzt so viel hieß wie »bereit«. Ja, ich war bereit und wollte, dass der Anrufer schnell machte und mich rasch wieder an den Strand entließ. Dieser Flur war zu eng und stickig. Hier konnte man ja kaum Luft holen. Ach, wie lästig es doch war, immerzu Luft holen zu müssen …

»Hallo!«, versuchte ich es auf Deutsch, als niemand reagierte. »Wer ist denn da?«

Ob ich mal den Spruch austesten sollte, den Gianna mir beigebracht hatte? Was willst du, Schwanz? Möglicherweise genügte er, um dem Anrufer das Vergnügen an seinem Streich zu nehmen. Doch er wollte nicht über meine Lippen kommen; irgendetwas in mir warnte mich, dass er völlig unangebracht war.

Das Rauschen der Brandung nahm kein Ende, es musste ein langer, weiter Strand sein, auf dem die Wellen sich brachen, hohe Wellen, die etliche Sekunden benötigten, um sich aufzubauen und wieder abzuflachen. Oder war es doch ein … ein Atmen? Atmete da jemand? Wieder wollten meine Knie weich werden, doch ich drückte sie unbarmherzig durch, damit sie mich hielten. Sie knackten trocken.

Nun verstummte das Rauschen, als habe jemand die Wellen angehalten. Ich nahm den Hörer wieder an mein Ohr.

»Thira«, sagte eine Stimme, der keinerlei Geschlecht zuzuordnen war, es konnte eine tiefe Frauenstimme sein oder aber eine musikalische, sensible Männerstimme – ich vermochte es beim besten Willen nicht, sie zu klassifizieren. Und was nur meinte sie mit Thira? Hier lebte keine Thira.

»Ich glaube, Sie haben sich verwählt. Ich lege wieder auf, in Ordnung?«

»Thira«, wiederholte die Stimme. Geschlechtslos, aber uralt. Sie zitterte und bebte nicht und brüchig war sie schon gar nicht. Aber niemals konnte sie einem jungen Menschen gehören. Sie kam mir außerdem bekannt vor, als habe sie schon einmal mit mir gesprochen ... Oder bildete ich mir das nur ein?

»Thira. Schnell.«

Das Rauschen erhob sich von Neuem, doch dann klickte es in der Leitung und nach einer kurzen Pause dütete das Freizeichen. Der helle Ton war mir so unangenehm, dass ich den Hörer wieder vom Ohr nahm. Aber ich besaß noch nicht die Geistesgegenwart, ihn zurück auf die Gabel zu legen und den Stecker herauszuziehen. Stattdessen stand ich wie versteinert im Flur und sah zu, wie meine Haare knisternd über meine Schulter wanderten und sich eine von der Sonne gebleichte Locke um die Muschel des Hörers schmiegte. Von meinem Nacken glitt das Band, das eben von der Macht meines Schopfes gesprengt worden war, lautlos zu Boden.

Ich wagte nicht, mich zu rühren. Es war nicht der mysteriöse Anrufer, der mich irritierte, sondern das Gefühl, nicht mehr allein zu sein. Hier war jemand im Haus. Ich war nicht allein.

»Hey, alles in Ordnung? Ich hab mir Sorgen gemacht.«

Das Erschrecken blieb im Inneren meines Körpers, gut verborgen unter meinen Rippen, nur ein schnelles Heben und Senken meines Magens. Ich unterdrückte ein Aufkeuchen und drehte mich erst um, als ich meine Mimik wieder im Griff hatte. Er sollte mich weder für ängstlich noch für misstrauisch halten. Natürlich war es Angelo – wer auch hätte es sonst sein sollen?

»Ja, alles okay. Entweder ein Telefonstreich oder jemand hat sich verwählt, keine Ahnung. Hab ihn nicht verstanden. Klang weit weg.«

Ich bekam in diesem engen Flur keine Luft mehr. Ich drückte mich geschwind an Angelo vorbei, ging in die Küche und setzte mich auf den Tisch, wo ich betont munter die Beine baumeln ließ.

Noch immer verkündeten mir die Signale meines Körpers, dass etwas nicht stimmte, dass Gefahr im Verzug war, aber warum? Was nahm ich wahr?

Ich wandte meinen Kopf zum Garten, der dunkel und verlassen im Schatten des Hauses lag, und mit einem Mal sah ich, was ich spürte und nicht deuten konnte, eine dünne, lange Silhouette, die sich vor meinem geistigen Auge aufbaute, den Kopf reckte und drohend züngelte. Die Schlange! Es war die Schlange, die mich warnte. Sie fühlte sich in ihrer Ruhe gestört, denn die brauchte sie dringend. Es war nicht ich, die sie erregte, und auch nicht der fremde Anrufer, sondern Angelo. Sie kannte ihn nicht. Er war noch nie hier gewesen.

Erst gestern hatte ich die Schwellung ihres Leibes bemerkt, als ich mit meinen Fingerspitzen über ihre glatten Schuppen gestrichen hatte, und das werdende Leben darunter pulsieren gespürt. Sie würde Junge gebären, in einigen Tagen, vielleicht sogar schon heute Nacht. Ich musste sie schützen.

»Können wir zu dir gehen? Ich fühle mich hier nicht wohl«, bat ich Angelo, der mir gefolgt war, sich gegen den Kühlschrank lehnte und mich fragend ansah.

»Du Träumerchen«, entgegnete er lächelnd. »Was hab ich dir vorhin gesagt?«

Statt einer Antwort seufzte ich, als ich mich daran erinnerte. Er hatte gesagt, dass er noch während der Nacht aufbrechen müsse. Erst die Jagd, dann der Job, eine mehrtägige süditalienische Feier, bei der er Klavier spielen musste. Und wieder würde sich mein Zeitfenster verkleinern. Ich verabscheute dieses Wort plötzlich. Es war so deutsch. Zeitfenster. Es vermittelte mir das Gefühl, zwischen dicken Steinmauern eingesperrt zu sein, und nur ab und zu öffnete sich eine Lücke in der Wand und ich durfte kurz etwas tun, was mir Spaß machte. Meistens aber öffneten sich diese Lücken, damit ich eine Pflicht erledigen konnte. Doch das hier sollte eine Kür werden und keine Pflicht.

Wieder überlagerte die Schlange für einen winzigen Augenblick meine Gedankengänge. Ihr Maul stand weit offen, bereit zum Angriff. Ich sah ihre Fangzähne blitzen.

»Lass uns rausgehen«, schlug ich vor. »Im Freien ist es schöner als hier.« Das Haus wollte mich loswerden. Der Gestank nach Pferdemist brachte mich beinahe zum Würgen, ich roch den schimmelnden Küchenschwamm, der seit Tagen im feuchten Becken lag, ich hörte die Termiten durch die Wand kriechen.

»Ich muss sowieso aufbrechen.«

Stimmte ja, er musste gehen. Ich hatte es schon wieder vergessen. Ich musste anerkennen, dass Angelo seinen Hunger perfekt beherrschte. Noch nie hatte ich Gier in seinen Augen gesehen oder ein gequältes Rauschen in seiner Brust vernommen. Er begann sich schon dann um seine Nahrung zu kümmern, wenn er noch nicht ausgehungert war. So war es auch jetzt. Ich führte ihn zum Vordereingang; ich wollte nicht an der Schlange vorübergehen müssen.

»Du kannst gerne in meinem Haus wohnen, während ich weg bin, wenn du willst. Möchtest du?«

Was für ein verlockendes Angebot. Kein kahles, leeres Ferienhaus mit Pritschen als Betten, sondern ein Anwesen mit Pool und Bibliothek und einem weitläufigen, verwunschenen Garten.

Ich zuckte schüchtern mit den Schultern. Durfte ich das annehmen?

»Es wäre ein schöner Gedanke, dich in meinem Bett zu wissen, während ich fort bin.« Ich sah, wie meine Hand sich nach vorne bewegte und den Schlüssel entgegennahm. »Vielleicht kannst du die Blumen gießen; wäre schade drum, wenn alles verwelkt.«

Seine letzte Bemerkung klang so profan, dass ich lachen musste. Und jetzt? Unser erster richtiger Abschied – wie sollte er aussehen?

Angelo nahm mir die Entscheidung ab, mit jener ausgeglichenen Selbstverständlichkeit, die ich an ihm bewunderte. Er berührte sanft meine Wange, zu kurz, um dieser Geste eine große Bedeutung beizumessen, aber doch zärtlicher, als es unter Freunden üblich war. Dann drehte er sich um und lief in ausgeruhten, jugendlich-lässigen Schritten die Straße hinab.

Mit dem Schlüssel in der Hand setzte ich mich auf die Gartenstufen. Noch wollte ich nicht zu seinem Haus, es war zu früh. Ich wollte es erst dann erkunden, wenn er weg war, wenn ich sicher sein konnte, dass er mein Stöbern weder wittern noch bemerken konnte. Denn ich wollte nach Herzenslust darin stöbern. Ich kannte bisher nur den Salon und die Bibliothek und war geradezu versessen darauf, sein Schlafzimmer zu sehen. Und dann wollte ich mich in sein Bett legen und darin träumen. Immerhin, es gab etwas, worauf ich mich freuen konnte, während er weg war.

Doch der Anruf wollte mir nicht mehr aus dem Kopf gehen. Selbst ein Glas Rotwein konnte mich nicht davon ablenken. Ich drückte die Fäuste gegen meine Schläfen, um jene Weichheit zurückzuerlangen, die mich all die Tage zuvor besänftigt hatte, zart wie ein Wiegenlied. Ich hatte nicht gewusst, wie beglückend es sein konnte, nichts zu denken. So musste sich ein Meditationskünstler fühlen, wenn er das geistige Nirwana fast erreicht hatte. Er reflektierte gerade noch, dass er nichts mehr dachte, bevor alles miteinander verschwamm.

Aber jetzt, jetzt konnte ich dabei zusehen, wie das Zeitfenster kleiner wurde. Die Wände schoben sich zusammen, die Luke wurde schmaler, das Licht war nur noch ein schmaler Streifen. Ich musste mich beeilen und dazu gehörte, den Anrufer zu vergessen. Also noch ein Glas Rotwein und die Beine auf die Brüstung, Blick in die Silberpappeln und das Schwarz des Nachthimmels.

»Thira«, ertönte es all meinen Entspannungsversuchen zum Trotze wie ein Echo in meinen Ohren. »Thira. Schnell.« Thira – ein Name? Ein Ort? Ein Geheimnis? Vielleicht sollte ich den Anrufer gar nicht zu verdrängen versuchen. Vielleicht hatte er ja mit alldem zu tun. Wenn ich nur gewusst hätte, warum er mir so bekannt vorgekommen war … Doch ich konnte mich nicht entsinnen, jemals eine solche Stimme gehört zu haben, und ich konnte mir auch keinen Menschen dazu ausmalen. Mein früheres Leben war nur noch ein blasser Schimmer in meinem Gedächtnis, nicht weiter der Rede wert, denn ich hatte mich nur gemartert mit meiner Angst und meinen ewigen Grübeleien. Es war alles nur die Vorstufe gewesen zu dem, was jetzt kam.

Aber was, wenn er dazugehörte? Was, wenn er darüber entschied, ob ich aufgenommen werden konnte? Was, wenn er mich prüfte? (Oder sie? Es konnte genauso gut eine Sie gewesen sein.)

Mein Zeitfenster schloss sich, Angelo war einige Tage weg, bald würde er in die Südsee reisen, die Sanduhr lief ab – ich musste dem Anruf Bedeutung schenken. Ich hatte gar keine andere Wahl.

Stöhnend richtete ich mich auf. Was also bedeutete Thira? Wurde es mit h oder ohne h geschrieben?

Thira, das konnte ein italienischer Ort sein, vielleicht eines der vielen verlassenen Dörfer. Ich klatschte die flache Hand gegen meine Stirn, als ich merkte, dass ich kaum mehr in der Lage war, klare Gedanken zu fassen. Immer wieder zerstreuten sie sich. Ich musste bei mir bleiben. Wie konnte ich herausfinden, wo Thira lag?

Erst nach minutenlangem Überlegen kam ich auf die Idee, die Karte zur Hand zu nehmen, ja, die Straßenkarte. Herrgott, wie konnte ich nur so lange brauchen, um darauf zu kommen? Ich hätte sofort Angelo fragen sollen, dann wäre alles einfacher gewesen. Nun war ich auf mich selbst angewiesen.

Fahrig schüttelte ich die zusammengefaltete Karte, bis sie sich öffnete und dabei beinahe zerriss. Ich breitete sie auf dem Terrassenboden aus, stellte zwei Kerzen daneben und begann zu suchen. Es fiel mir schwer, die Ortsnamen zu entziffern. Es lag nicht an der Schärfe meiner Augen, sondern an dem Schwindelgefühl, das sich hinter ihnen ausbreitete, sobald ich zu lesen versuchte. Ich überforderte sie damit. Es standen zu viele Namen auf der Karte – und gleichzeitig zu wenig. Verlassene, einsame Bergdörfer waren jedoch gar nicht mehr eingezeichnet, höchstens das Ruinensymbol. Thira konnte überall sein. Ich wollte die Karte wieder zusammenfalten und krumpelte sie fluchend in die Ecke, als es nicht klappte. Geholfen hatte sie mir sowieso nicht.

Sekunden später schreckte ich hoch, weil mir der Schlüssel aus den Händen gerutscht und auf den Boden gefallen war, und zerrte mir gleichzeitig den Nacken. Ich musste eingenickt sein. Ich schüttelte meine Arme aus, um mich wieder zur Besinnung zu bringen. Ein Computer mit Internetzugang wäre die Lösung gewesen, einmal Thira in Google eingeben und schon wüsste ich Bescheid. Aber entsann ich mich überhaupt noch, wie man einen Computer zum Laufen brachte und sich ins Netz einloggte? Ich war mir nicht sicher. Hatte ich denn je einen PC besessen? Wo hatte sich mein Arbeitsplatz befunden? Wie hatte mein Zimmer ausgesehen?

»Nicht wichtig, Betty Blue«, wies ich mich zurecht. Meine Beine wurden unruhig, sie wollten sich wieder ausstrecken, mein ganzer Körper wollte sich ausstrecken und in jenen Dämmerzustand zurückkehren, den ich ihm während Angelos Jagdzügen Nacht für Nacht geschenkt hatte, irgendwann zwischen Mondaufgang und dem Morgengrauen. Doch damit würde er sich gedulden müssen; das, was ich vorhatte, war wichtiger und würde ihm unendliche Entspannung verheißen.

Wo suchte man, wenn man etwas herausfinden wollte? Der Computer fiel weg; selbst wenn ich einen gehabt hätte, hätte ich nichts mit ihm anfangen können. Meine Augen hätten sich seinem flimmernden Bildschirm sowieso verweigert. Aber da gab es noch etwas – es gab etwas … Bücher! Meine Güte, das hat aber gedauert, schalt ich mich in einem kurzen klaren Moment. Bücher. Lexika. Enzyklopädien. Es warteten genug davon, und zwar in Angelos Haus, zu dem ich einen Schlüssel hatte.

Ich machte mich sofort auf den Weg. Meine Muskeln rebellierten gegen die spätnächtliche Anstrengung, sie verstanden nicht, warum sie nicht ruhen durften. Mein rechtes Knie knackte bei jedem Schritt, meine Bewegungen blieben steif und ungelenk und ein paarmal musste ich stehen bleiben, weil ich Wadenkrämpfe bekam. Dann stützte ich mich zitternd auf fremde Gartenmäuerchen, mit stöhnendem Atem und bleischweren Lidern, und wartete, bis der Schmerz vorbeiging.

In Angelos Garten tauchte ich erst einmal meinen Kopf in den Pool, um zur Besinnung zu kommen, denn der Schwindel hinter meinen Augen wurde immer stärker. Es war ein erbitterter Kampf mit all meinen Wünschen und Bedürfnissen, an den einladenden, breiten Liegen und ihren unzähligen Kissen vorüberzuschreiten, ohne mich auf sie zu legen. Ich ging gebückt und steif wie eine alte Frau, mit winzigen Trippelschritten, doch irgendwann schaffte ich es, die Bibliothek zu betreten und mich flatternden Blickes umzusehen.

Die Nachschlagewerke fand ich rasch, eine mehrbändige deutsche Enzyklopädie, ganz oben. Die Leiter schwankte unter meinen nackten Füßen, weil ich mein Gleichgewicht kaum mehr ausbalancieren konnte. Tragen können würde ich den Band mit den Buchstaben R bis Z nicht, er war zu wuchtig, ich konnte ihn nicht einmal vernünftig aus dem Regal ziehen. Kurzerhand schlug ich mit dem Ellenbogen von oben dagegen, bis er polternd zu Boden stürzte, bevor ich mich von der Leiter fallen ließ und unsanft auf den Fliesen landete.

»Thira«, flüsterte ich vor mich hin, als ich von Gähnkrämpfen geschüttelt zu blättern begann. »Thira …« Kein Eintrag unter Tira ohne h. Ich suchte weiter vorne im Alphabet, Thira mit h … »Also doch.«

Es gab ein Thira. Ich musste ununterbrochen blinzeln, um den Eintrag lesen zu können, weil sich immer wieder ein milchiger Belag auf meiner Netzhaut bildete. Außerdem waren die Buchstaben winzig.

»*Thira, auch Santorin transkribiert.*« Was bedeutete transkribiert? Hatte ich das mal gelernt? Na, es konnte so entscheidend nicht sein. »*Kleines Inselarchipel der westlichen Kykladen vulkanischen Ursprungs.*« Und was, bitte, waren die Kykladen? Kykladen … So schlecht war ich in der Schule nicht gewesen, das musste ich wissen! Ich bohrte den Daumennagel in meine Handfläche, um weiterdenken zu können. Griechenland vielleicht? Griechische Inseln? Doch, Kykladen klang griechisch. Oh nein, warum Griechenland, das war zu weit weg! Ich befand mich zwar am Ionischen Meer, auf Kalabriens zu Griechenland gewandter Seite, aber bei dieser Distanz handelte es sich um Entfernungen, die ich schwimmend niemals zurücklegen konnte. Noch nicht. Und der Anrufer hatte »schnell« gesagt. Gebieterisch oder bittend? Auch daran konnte ich mich nicht erinnern.

Jedenfalls sollte ich mir schleunigst überlegen, wie ich dorthin gelangen konnte. Und ich sollte den schweren Band wieder zurück ins Regal stellen. Die Bibliothek war Angelo wichtig, hier befanden sich seine Noten und ich wollte nicht den Eindruck erwecken, schamlos darin gewühlt zu haben. Ich sehnte mich nach der Tragfähigkeit des Wassers, als ich umständlich aufstand; es war so viel leichter, sich im Wasser zu bewegen als hier auf der Erde, deren Anziehungskraft mich sämtliche Energie kostete.

Jetzt ein weiteres Mal hinauf auf die Leiter, mit dem Buch in der

Hand? Ich musste es versuchen. Ich klemmte den Wälzer unter meinen rechten Arm und zog mich Stufe für Stufe nach oben, wobei die Leiter zu rappeln und zu schwanken begann und einmal so weit zur Seite kippte, dass sie nur noch auf einem ihrer vier Füße stand. Ich schwitzte aus allen Poren; immer wieder rutschten meine Finger von den Sprossen ab und ich fand es nicht nur überflüssig, dass meine Haut so viel Schwäche zeigte, sondern auch ärgerlich. Da war überhaupt keine Stabilität unter mir, mein Körper machte mit mir, was er wollte.

Trotzdem wusste ich sofort, dass das grollende Rumpeln, das sich aus dem Kern des Erdballs erhob und in kurzen, brutalen Wellen zu uns Menschen hochwanderte, um uns durcheinanderzuschütteln wie Zikaden in einem Einmachglas, nichts mit meiner Ungeschicktheit zu tun hatte. Schon in der Sekunde zuvor war es unnatürlich still geworden, ein prägnantes Aussetzen der nächtlichen Geräusche von draußen, sogar der laue Nachtwind hatte sich gelegt. Ich hielt mich an der Leiter fest, während sie langsam nach hinten kippte und mich mit sich riss, bis ich kapierte, dass das kein guter Plan war, denn so konnte sie mich erschlagen. Im letzten Moment ließ ich los, gab ihr einen Stoß zur Seite und krachte mit dem Rücken auf den altertümlichen, dunkelgrün bezogenen Lesesessel, während der gesamte Raum zu vibrieren begann und die Bücher wie in Zeitlupe aus den hohen Regalen um mich herum fielen. Selbst schwere Lederbände und Lexika trudelten durch die Luft, als habe eine überdimensionale Hand gegen sie geschlagen.

Durch meinen Aufprall wurde die verstellbare Fußstütze des Sessels nach oben geklappt und meine Beine wie in einem Gynäkologenstuhl hochgewuchtet, eine unwürdige Haltung, die mich an eine Situation erinnerte, die ich schon einmal erlebt hatte, aber ich kam nicht darauf, wo und wann ... Genau das war mir passiert, die Fußstütze eines Sessels war nach oben geschnellt, jemand war bei mir gewesen und hatte mich ausgelacht und ich war wütend auf diese Person gewesen … Aber wer? Wo und wann?

Verdammt, das war doch jetzt nicht wichtig, ich befand mich in einem hohen runden Raum voller Bücher, die Erde bebte und noch war ich sterblich; wenn ich Pech hatte, würden sie mich unter sich begraben! Ein glänzender Bildband mit metallbeschlagenen Ecken fiel haarscharf neben meiner Schulter zu Boden, dann folgte eine Kaskade dünner Taschenbücher, die sich über meinen Kopf ergoss. Ich senkte meine Stirn, um meine Augen vor ihren Kanten zu schützen.

Doch in dem Moment, als das Wackeln und Rütteln unter mir auch die dicken, ledergebundenen Handschriften aus ihrem Regal reißen wollte, beruhigte sich die Erde schlagartig und das Grollen verstummte so schnell, wie es gekommen war. Ich krallte mich an den Armlehnen fest und sah zu, wie ein letzter Schwung Noten durch die Luft segelte und ihre Seiten sich raschelnd öffneten, bevor sie sich zu den Büchern am Boden gesellten und wie abgeschossene Tauben liegen blieben.

Raus hier, beschloss ich. Raus hier, und zwar ganz schnell, bevor ich wieder träge und schläfrig wurde. Ich brauchte nicht nach oben zu sehen, um meinen Verdacht zu bestätigen, ich hatte es trotz des Rumpelns und Grollens deutlich gehört und ich hatte mir auch nicht eingebildet, dass Staub auf meine Haare und in meine Augen gerieselt war. Die Decke hatte einen Riss bekommen, sie fing an, sich über mir zu öffnen. Dieses Haus war alt, womöglich bebte die Erde in diesem Landstrich öfter und irgendwann würden seine Mauern diesen Erschütterungen nicht mehr standhalten können. Vielleicht jetzt schon.

Auf Zehenspitzen und wankend wie im Vollsuff bahnte ich mir einen Weg durch die Bücher und gelangte in den Salon. Auch er war in Mitleidenschaft gezogen worden. Geschirr war aus der offenen

Vitrine gefallen und zerbrochen, ich roch ausgelaufenen Alkohol, außerdem waren beide Gardinenstangen aus ihrer Halterung gerissen worden, sodass die Vorhänge ohnmächtigen Spukgestalten gleich auf den Fliesen lagen.

Rennen konnte ich nicht, doch immerhin brachte ich es fertig, meine Schritte trotz des ständigen Knirschens in meinen Gelenken auf ein vernünftiges und der Situation angemessenes Tempo zu beschleunigen. An der Tankstelle überprüften zwei aufgeregt palavernde Männer die Benzinsäulen und in den Häusern sprangen die Lichter an, ansonsten war alles ruhig, kein Schreien, keine Sirenen. Es war ein leichtes Beben gewesen und wahrscheinlich hatte es nicht länger als wenige Sekunden gedauert; die Menschen hier schienen das bereits zu kennen.

Trotzdem waren auch in der Piano dell'Erba Leute wach geworden und streiften durch ihre Gärten, um sich ein Bild von dem zu machen, was mit ihrem Zuhause geschehen war. Ich grüßte sie, jeden Einzelnen, so mühselig es auch war zu sprechen. Sie grüßten nicht zurück. Lag es an ihrer Aufregung? Es herrschte zwar keine Panik, aber in diesen Minuten hatte jeder mit sich und seinem Schrecken zu tun. Menschen konnten sterben.

Ich hatte nur eine Sorge: die Schlange. Alles andere war mir egal. Das Haus war ein Haus, mehr nicht, ich brauchte es nicht, aber die Schlange bekam Junge, der schmale Spalt, in dem sie brütete, musste heil bleiben. Ohne das Außenlicht einzuschalten – ich hatte es schon lange deaktiviert, weil es mich störte –, schob ich meine Hand in die kleine Höhle hinter dem Duschbeckenrand und wanderte mit den Fingern tastend die bröckelige Wand entlang. Auch in diesem Versteck war Staub herabgerieselt, der Boden war bedeckt davon, doch die Schlange fand ich nicht. Ich konnte nicht alles absuchen, denn weiter als bis zum Ellenbogen konnte ich meinen Arm nicht in die Höhle stecken, geschweige denn hineinsehen. Ich hoffte inständig, dass die Viper das Beben lange vor mir gespürt und sich in eine sichere, geschützte Ecke verzogen hatte.

Zu gerne hätte ich der Versuchung nachgegeben, mich in die Duschwanne zu legen und schlummernd und träumend zu warten, bis Angelo zurückgekehrt war, doch dieses Refugium hatte ich schon vor Tagen der Schlange überlassen, sie hatte ihre Ruhe nötig. Ich selbst duschte nach dem Baden sowieso nicht mehr; ich hatte mich an das Salz des Meeres gewöhnt und trug es gerne auf meiner Haut, silbrige Kristalle, die in der Sonne glitzerten.

Widerwillig ging ich ins Haus, wo fast alles unversehrt geblieben war, lediglich ein paar Schranktüren hatten sich geöffnet, ohne dass etwas herausgefallen war. Und nun? Hinlegen und auf die Sonne warten oder meine Reise nach Santorin organisieren? Es fiel mir schon schwer, das Wort »organisieren« zu denken; die Vorstellung, es umzusetzen, überschwemmte mich mit lähmender Unlust. Wann immer ich entscheiden wollte, etwas zu tun, drifteten meine Gedanken davon, bis mein Kopf sich anfühlte, als sei er mit Watte gefüllt. Trotzdem schlurfte ich gähnend von Zimmer zu Zimmer, um ein Handy zu suchen, denn mein eigenes war ausgeschaltet und an die PIN konnte ich mich nicht mehr erinnern.

Ich labte mich heimlich an der Vorstellung, keines zu finden und endlich ruhen zu können, als ich oben im Dachzimmer ein Gerät entdeckte. Es lag mit dem Display nach unten neben dem Bett, als wäre es jemandem versehentlich dort hinuntergefallen. Die Tastatur war nicht gesperrt. Wie man sie entriegelte, hätte ich sowieso nicht mehr gewusst.

Bis zum Sonnenaufgang telefonierte ich. Es war eine Odyssee. Erst die Auskunft, die nicht kapierte, dass ich einfach nur wissen wollte, wo sich in Kalabrien Flughäfen befanden und dass sie mich mit ihnen verbinden sollte, dann Warteschleife beim Flughafen Lamezia Terme, stundenlang, wie es mir vorkam, schließlich die Nachricht, dass es keine Direktflüge gebe, nur über Rom, ich solle es doch in Reggio Calabria versuchen, doch das wollte ich nicht, von mir aus keinen Direktflug, wenn sie nur endlich ein Ticket für mich buchen würden. Mein Italienisch war gut genug, um mich zu verständigen, doch ich wusste auf einmal meinen Namen nicht mehr, Elisabeth, aber weiter? Wie weiter? Die Frau am anderen Ende der Leitung glaubte, ich würde mir einen Scherz mit ihr erlauben, als ich ihr Betty Blue vorschlug, bis er mir endlich einfiel, Sturm. »Sturm!«, rief ich in den Hörer, bevor eine neue Woge meine Gedanken mit sich riss und ich minutenlang nicht sortieren konnte, was die Frau sagte, und sie immer wieder nachfragte, ob ich noch da sei. »Signora!«, schallte ihre Stimme aus dem Hörer. »Signora? Tutto bene?« »Tutto bene«, lallte ich. Sie blieb dran, obwohl ich immer wieder in ein schwarzes leeres Nichts fiel, und als die ersten hellen Streifen durch meine Fensterläden fielen, hatte ich einen Flug nach Rom gebucht und einen weiteren nach Santorin, anders ging es nicht. Mein erster Flieger würde am frühen Nachmittag starten, ich hatte noch ein bisschen Zeit, obwohl ich nicht wusste, wie ich überhaupt nach Lamezia Terme gelangen sollte. Es war kein Auto mehr da. Ich würde trampen müssen.

Das Packen meiner Tasche überforderte mich schon nach wenigen Sekunden; in meinem Schrank sah es aus, als hätten sich wilde Tiere durch meine Kleider gewühlt, ich fand kaum etwas Brauchbares, und was ich fand, passte nicht zusammen, die meisten Sachen waren ungewaschen und salzverkrustet, die Farben ausgebleicht und die Säume zerfranst. Nachdem ich die Kleider mit beiden Händen aus den Schrankfächern gefegt und ausgebreitet hatte, suchte ich eine einigermaßen saubere Krempeljeans und ein schwarzes Shirt heraus, zog beides trotz der Hitze an, stopfte Unterwäsche zum Wechseln in meine Tasche und kroch erschöpft auf mein Bett, wo ich liegen bleiben wollte, bis ich wieder stabil genug war, um mich auf zwei Beinen zu bewegen. Bis ich wieder denken konnte. Oben an der Tankstelle machten immer wieder Lkw-Fahrer Rast; einer von ihnen würde mich bestimmt mitnehmen.

Mit halb geschlossenen Augen streckte ich mich lang aus, gestattete meinem Körper mit über der Brust gefalteten Händen seine Ruhe, nach der er so heftig verlangt hatte, und wartete darauf, dass die Temperaturen über 35 Grad stiegen und ich zu leben begann.

Der Götter Irrfahrt

»This is our last call.«

Noch einmal hielt ich die Hände unter den Hahn, damit das Wasser zu laufen begann, und reckte mein Gesicht in das lauwarme Rinnsal, während ich mich mit den Ellenbogen auf dem Beckenrand abstützte; Balance nur noch auf den Zehen, die Beine angewinkelt. Ich wollte nicht mit den Knien auf den Boden sinken wie eine Büßerin; genauso wenig wollte ich mich zu meiner vollen Größe aufrichten und in den Spiegel über mir schauen müssen, ich hatte Angst, dort etwas zu erblicken, was ich noch nicht kannte, irgendetwas in meinem Gesicht, das entstanden war, ohne dass ich es gespürt hatte. Solange ich mich nicht sah, würde ich die Situation kontrollieren können.

Ich musste mich wieder in den Griff bekommen. Beim Abflug nach Rom hatte ich zu weinen begonnen, ein epileptisches, trockenes Schluchzen ohne Tränen, das meinen gesamten Oberkörper schüttelte, während meine Beine akkurat nebeneinander auf dem Sitz positioniert waren, die Füße fest in den Boden gestemmt und die Arme um meinen Leib geschlungen. In dem Moment, als die Motoren des kleinen Charterfliegers zu dröhnen angefangen hatten, war mir plötzlich bewusst geworden, dass ich mich von Angelo entfernte; ich reiste fort, hatte ihm nicht einmal eine Nachricht hinterlassen, wie sollte ich ohne ihn zurechtkommen? Wie sollte ich auch nur einen Schritt ohne seine beruhigende Gegenwart machen und nicht dabei fallen? Ich hatte keine Ahnung, wann und wie ich zurückkehren würde, vielleicht kam er von seinem Auftritt nach Hause und dachte, ich wäre heimgereist, ja, und vielleicht würde das Wetter umschlagen und Regen ins Land ziehen und nichts mehr da sein, was ihn noch hielt. Er würde früher nach Bora Bora aufbrechen, warum auch bleiben? Niemand hielt ihn.

Ich brauchte ihn, jetzt und sofort. Es war nicht das übliche Gefühl, jemanden zu vermissen und sich nach ihm zu sehnen, nein, keine launenhaften Gefühle, sondern die Gewissheit, dass ich einen gewaltigen Fehler machte, mich von ihm zu entfernen. Es war beinahe ein Verrat, für den ich bestraft werden würde, ich wusste es, bestraft vom Schicksal. Ich musste ihn an meiner Seite haben, anders ging es nicht.

In meiner Panik hatte ich versucht, meinen Gurt zu lösen, weil ich ins Cockpit laufen und die Piloten zur Umkehr überreden wollte, doch der ältere Mann neben mir sah nur erstaunt dabei zu, wie meine Finger immer wieder abrutschten. An den einfachsten Dingen scheiterten sie. Statt mir zu helfen, rief er eine Stewardess herbei, die sich mit besorgter Miene über mich beugte und mir ins Gesicht sah, was ich nicht wollte, niemand sollte mir ins Gesicht sehen. Sie schaute rasch wieder weg, blieb aber stehen und prüfte meinen Gurt, den ich nicht lösen konnte, es klappte nicht.

»Are you okay, everything okay?«, fragte sie mit einem falschen, ängstlichen Lächeln.

Auf einmal hatten alle Angst. Stimmen erhoben sich, sie diskutierten aufgeregt, was sie von mir halten sollten, ob ich etwas im Schilde führte, möglicherweise trage ich einen Sprengsatz bei mir, eine Bombe, Terroristin!, und sei meiner Aufgabe nicht gewachsen, ich sei ja völlig hysterisch, doch der Mann neben mir brachte sie zur Räson. Es sei wahrscheinlich nur ein Anfall von Flugangst, sie sollten sich wieder setzen. Auch die Stewardess bat sie, Platz zu nehmen. Fasten your seatbelts, please.

»Liebeskummer«, stammelte ich zitternd, weil ich wollte, dass die Köpfe wieder hinter den Sitzlehnen verschwanden. Ihre Blicke glühten auf meiner Haut. »Nur Liebeskummer.«

Der Mann organisierte mir einen Tomatensaft, den ich nicht trank, ich nippte nur daran, um ihm einen Gefallen zu tun. Ich konnte nichts trinken, meine Kehle war so trocken, dass mein Schluckreflex aussetzte. Ich atmete mit offenem Mund.

Nachmittags Landung in Rom, planmäßig, man stieg aus und kümmerte sich um sein Gepäck. Ich hatte keins, nur meine Tasche über dem Arm mit der Unterwäsche und meinen Papieren, sonst nichts. Ich wusste nicht, wohin mit mir. Zu viele Schilder, Stimmen, Hinweise, zu viel Lärm. Ich konnte nicht mehr gerade laufen, stieß mit den Knien und Schienbeinen gegen Koffer, Sitzbänke und Gepäckbänder, vor denen die Menschen standen und warteten, konzentriert und mit gebanntem Blick, als würde ihnen das große Los verkündet.

Ich schwankte zu meinem Schalter, wo ich mich zu erkennen geben musste, um die nächste Maschine nehmen zu können. Ich wollte nicht weiterfliegen, aber raus aus den Massen, die sich durch die Gänge schoben. Deshalb tat ich so, als ob, ich würde die Erste in der Wartezone sein und Raum für mich haben. Als die Dame meine Papiere und das Ticket prüfte, wurde mir schwarz vor Augen, schon wieder, doch ich hielt mit starrem Lächeln durch, nahm die Unterlagen entgegen und steckte das Ticket in meine hintere Hosentasche. Die Tasche auf meiner Schulter zog mich zu Boden, tonnenschwer, obwohl nichts drin war außer ein paar Slips und einem Hemdchen. Ich schleppte sie mit in die Toilette, wo ich bleiben wollte, bis ich wieder etwas sehen konnte; dann würde ich umbuchen, zurück nach Hause fliegen und auf Angelo warten, in seinem Haus mit dem Pool. Träumend. Ruhend. Frei. So, wie ich es hätte tun sollen, wie hatte ich nur so dreist sein können, mich von ihm zu entfernen, ohne mit ihm darüber zu sprechen? Ich hatte das Band zwischen uns zerrissen, im schlimmsten Falle für immer …

Das Wasser musste mich wach halten und mir mein Augenlicht zurückgeben, doch ich hatte nicht verstanden, dass man die Leitungen über den Becken gar nicht aufdrehen musste, und suchte verzweifelt nach einem Hahn, bis es zufällig zu laufen begann, weil es meine hektischen Bewegungen spürte, ein armseliger Strahl, der nach Sekunden wieder versiegte. Jetzt stand ich hier und hielt mein Gesicht darunter, immer und immer wieder, damit der Schwindel hinter meinen Augen sich legte und ich etwas sehen konnte … Alles um mich herum musste ich nur erahnen und erfühlen, ich sah die Welt nicht mehr. Ich war blind.

»This is our last call. Flight number 358 to Santorini, Greece. Plane is ready to depart. Ms Sturm, please come to the information desk. This is our last call.«

Ich realisierte nicht sofort, dass sie mich meinten, aber der Aufruf galt mir, ich war Ms Sturm, die Stimme sprach meinen Namen englisch aus, Ms Störm, ohne sch und ohne u, wie hätte ich darauf kommen sollen, dass ich gemeint war? Es klang nicht nach mir.

Meine Stirn schlug gegen die Keramik, als ich aufstehen wollte und meine Beine sich in einem neuerlichen Krampf verdrehten. Meine Wade schlotterte, nur die rechte, doch laufen konnte ich so nicht, nicht einmal bis hinüber zur Toilettenkabine, wo ich mich einsperren und verstecken wollte vor ihren Rufen.

Sie sollten aufhören, mich zu rufen.

»Ms Sturm? There you are!« Es war die Frau vom Schalter, ich erkannte sie an ihrem süßen Parfum, sie war mir gefolgt, in die Toilette, das durfte sie nicht! Es war privat, es ging sie nichts an. Ich sagte etwas zu ihr, ohne mich selbst zu verstehen, eine flache Entschuldigung, dann liefen meine Beine wieder, Gleichschritt nach draußen, wo ein Stewart bereits mit strenger Miene an der Schranke wartete und mich in den Tunnel winkte. »Hurry up.«

Ich torkelte den schmalen Gang entlang und ließ mich vom Bauch des Fliegers verschlucken, überall Paare und Verliebte, kaum Kinder oder alte Menschen. Es herrschte ausgelassene Urlaubsstimmung, jeder labte sich an der Vorfreude des anderen, mich übersahen sie, ich würde sie nur darin stören.

Mein Platz befand sich ganz hinten, ohne Nebenmann. Vor mir schnatterten sie über die Zukunft, der Urlaub nur eine Zwischensequenz, die sie schnell wieder vergessen haben würden, danach Kind, Traumhaus, Tod. Die Frau lachte, aber sie hatte Angst, ich hörte es, sie hatte Angst wie ich, Angst, ihre Chance verpasst zu haben. Nur war meine Chance ungleich größer gewesen.

Zweifel gehörten dazu, hatte er gesagt, womöglich waren es nur die Zweifel, die mir die Sinne raubten, und alles ein Plan; ja, es war richtig, nach Santorin zu fliegen, es fühlte sich nur nicht so an.

War es richtig?

Ich kannte mich selbst nicht mehr.

Anderthalb Stunden später der Landeanflug. Das Schwarz vor meinen Augen war gewichen, während ich apathisch auf meinem Sitz verharrt hatte. Ich konnte durch das kleine Fenster hinab auf das Meer blicken, dem ich endlich wieder näher kam, Gott sei Dank. Wir nahmen Kurs auf eine karge dunkelbraune Insel mit weißen Dörfern, die an ihren Steilküsten klebten, sie sahen aus wie frisch gefallener Schnee; im ersten Moment dachte ich sogar, es sei Schnee. Der Flieger legte sich schräg, bis vor uns eine aberwitzig kurze Landebahn direkt neben dem Meer auftauchte, abgetrennt nur durch einen Maschendrahtzaun. Doch dann traf uns eine Böe, seitlich, sie schüttelte uns durch, irgendwo fiel ein Gepäckstück aus den Klappen, das Flugzeug nahm wieder Fahrt auf und jagte mit brüllenden Motoren nach oben.

»No danger at all.« Die Stewardessen lächelten bemüht, saßen aber blass und steif in ihren Sitzen, angeschnallt.

Neuer Versuch.

Ich hasste das panische Schweigen um uns herum, Schweigen, obwohl jeder kreischen und heulen wollte, sie alle hatten Todesangst, sogar ich, ein lange antrainiertes Verhaltensmuster meines Körpers. Ich hätte ihn dafür prügeln können, dafür und weil er es richtig machte, ich war sterblich, wie die anderen hier, noch war ich es.

So schrie auch ich auf, plötzlich wieder hellwach und im Chor mit all den Verliebten, als die Räder der Maschine polternd auf der Landebahn ins Schleudern gerieten, sich aber sofort wieder fingen, »No danger at all«, dann zog der Pilot die Bremsen, kein Rauch, keine Flammen, nur ein unsanftes, schlingerndes Halten zu weit hinten auf der Bahn, was aber kein Problem war. Alles unter Kontrolle.

Ich war die Erste, die sich erhob und an die Tür stellte; die anderen klebten noch reglos an ihren Lehnen, ihre Münder dümmlich geöffnet. Nachher würden sie sich gegenseitig von ihrem Abenteuer erzählen und sich toll dabei finden, obwohl sie insgeheim schon den Rückflug fürchteten und sich wünschten, diese Reise nie gebucht zu haben. Ich beeilte mich, bevor ich wieder müde werden konnte.

Der Flughafen war klein; nur eine große Halle, zweistöckig. Keine Schlange am Einreiseschalter, sie winkten mich durch, ohne Notiz von mir zu nehmen. Draußen Wind und trockene Hitze. Ich fand sie erfrischend. Vorbei an den Bussen der Touristen und uniformierten Reisebegleitern, die mit ihren Fähnchen in der Abendsonne standen, bis ich die Taxis erreichte. Ich hatte während des Fluges in einem Prospekt über die Insel geblättert, das im Netz des Sitzes geklemmt hatte, und darin gelesen – eine Sisyphosarbeit, weil meine ausgetrockneten Augen von den eng gedruckten Zeilen abrutschten und sich verirrten. Ich musste wie ein Erstklässler meinen Finger unter den Buchstaben entlangfahren lassen, doch ich verstand genug, um zu wissen, dass ich an die Nordspitze der Insel gelangen musste. Nach Oia.

Oia war laut Prospekt eine kleine Künstlerstadt, eher ruhig und verträumt, aber beliebtes Ausflugsziel für die Touristen und Kreuzfahrer, die stundenweise in Scharen über die Gassen herfielen, dazu ein Ort der Verliebten, meistens Hochzeitsreisende – ein ideales Jagdrevier, an dem es ständig frische Nahrung gab und trotzdem genügend Abgeschiedenheit herrschte, um sich vor den Menschen zu verbergen. Wenn es richtig war hierherzureisen, weil es der Sache diente, dann würde ich den Anrufer dort finden. Ich musste ihn dort finden.

Aber wo in Oia – wo genau? Da ich kein Hotel hatte, ließ mich der Taxifahrer am Ortseingang aussteigen, Autos waren ab hier verboten, die Gässchen ohnehin zu schmal dafür. Ich hatte keinen Sinn und keine Zeit für die Schönheiten des Städtchens, vor denen die Touristen fotografierend stehen blieben und mir den Weg versperrten, ja, es war ganz hübsch, bunt getünchte Mauern zwischen weißen Häusern, die das klare, helle Licht paradoxerweise weicher werden ließen, anstatt mich zu blenden, dazwischen Kirchen, ebenfalls weiß, mit blauen Dachkuppeln und im Wind taumelnden Glocken.

Mein Kiefer knackte, als ich mich gähnend über eine Mauer beugte, um hinabzusehen. Das Meer lag weit unter mir, Hunderte von Metern, es war zu weit weg, doch ich musste zu ihm. Bevor ich irgendetwas unternahm, musste ich schwimmen, untertauchen, mich mit Wasser umgeben. Es war sowieso irrsinnig, allein nach dem Anrufer zu suchen. Ich verwarf mein Vorhaben wieder, fand es erneut idiotisch und unreif. Ohne Angelo konnte ich den Anrufer nicht suchen, das durfte ich nicht. Ich musste im Meer baden, mich abkühlen und wach werden, anschließend würde ich Angelo kontaktieren, dann auf ihn warten. Aber erst musste ich baden. Wie kam ich ans Meer?

Weil ich mich nicht mehr aus eigener Kraft orientieren konnte, folgte ich einem Mann mit einem Esel, der in eine verwinkelte Seitengasse abbog, irgendwo musste es einen Weg zum Meer geben, auch wenn die Küste noch so steil war. Ich brauchte nicht lange, um den Pfad zu finden, der Mann mit dem Esel leitete mich dorthin. Im Zickzack ging es hinunter, breite, unregelmäßige Stufen zwischen bröckelnden Mauern und grobem schwarzbraunem Fels. Den Eselstreiber hatte ich bald hinter mir gelassen, das Wasser rückte näher, Schritt für Schritt. Doch einen Strand gab es nicht; ich sah es von Weitem. Die Wellen klatschten direkt gegen die Steine, Steine auch unter Wasser und die See so bewegt, dass es gefährlich war, hier zu schwimmen. Ich lief trotzdem weiter, vielleicht fand ich eine abgelegene, flache Stelle zum Baden, denn das Bewegen an Land fiel mir immer schwerer.

Am Fuße der Treppen saßen ein paar Touristen, die schwitzend filmten; dabei gab es nichts zu sehen außer Meer und Steinen. Ich wandte mich nach rechts und stellte rasch fest, dass ich klettern musste, um weitergehen zu können. Meine Kraft schwand. Bei fast jedem Schritt rutschte ich ab und schlug mir die Knie auf, meine Hände begannen zu bluten, doch ich arbeitete mich verbissen weiter vor, es musste einen Strand geben, einen klitzekleinen Strand, auf dem ich mich in der letzten Sonne des Tages ausstrecken und träumen konnte, von Angelo, damit er mich witterte und suchte, er würde mich suchen und finden, ich musste träumen …

Beim nächsten Felsbrocken verfing sich meine Tasche an einem scharfkantigen Steinvorsprung und riss mich zur Seite. Im letzten Moment verhinderte meine linke Hand den Sturz in eine Spalte, zwischen deren schwarz glänzenden Wänden das Meer gurgelte, doch mein Gesicht prallte hart auf den von tausend Stürmen zerborstenen Fels. Blut lief über meine erhitzten Wangen.

Ich blieb liegen, um Atem zu schöpfen und neue Kraft zu sammeln, und auf einmal hörte ich es: ein gleichmäßiges, ruhiges Brandungsrauschen, das es nur an einem seicht abfallenden Strand geben konnte, kein nervöses, unregelmäßiges Klatschen des Wassers gegen Basaltbrocken.

Umständlich löste ich die Tasche von dem Steinvorsprung, über den sie sich gewickelt hatte, und stemmte mich wie ein Seehund hoch, um erneut zu lauschen. Ich täuschte mich nicht. Das Brandungsrauschen war da und es rief mich eindringlich, ich musste weiterklettern, egal, wie zerschunden meine Haut und meine Knochen auch waren. Das Salz des Meeres würde die Wunden wieder heilen.

Als das Rauschen so nahe kam, dass es beinahe das Plätschern zwischen den Felsen übertönte, konnte ich nur noch kriechen. Jede weitere Erhebung trieb mir den kalten Schweiß auf die Stirn, mein Magen revoltierte und meine Muskeln zuckten, als würden meine Arme und Beine ausgepeitscht werden.

Ich schrie lautlos auf, als ich den nächsten Fels umrundete und immer noch kein Strand in Sicht war, ich musste akustische Halluzinationen haben, ich hörte das Rauschen deutlich und klar, aber es kam von links, aus den Felsen, nicht vom Meer, und das konnte nicht sein … Felsen konnten nicht rauschen. Trotzdem ließ ich mich von dem Steinbrocken, auf dem ich mich gerade befand, blindlings herunterrollen und landete auf einer kleinen Mauer – eine Art Trampelpfad, der in die Steilküste gehauen worden war, gut versteckt und nur für jene sichtbar, die ihn kannten. Ich legte mich bäuchlings auf ihn und robbte vorwärts, indem ich mit den gestreckten Armen um die Kanten des Mäuerchens griff und meinen

Körper nachzog, bis plötzlich ein dunkler Schatten auf mein Gesicht fiel. Ich hielt inne.

Ja, es war dunkel geworden. Ich befand mich im Felsen ... Schwarzes Gestein umschloss mich.

Das Plätschern des Wassers war hier nur noch gedämpft zu hören, doch das Rauschen befand sich nun dicht vor mir, es floss in meine Adern und wallte in meine Lungen, bis mein Organismus im Gleichklang mit ihm arbeitete, alles synchron, die Bewegungen meiner Eingeweide, das Pumpen meines Blutes, die Schläge meines Herzens, eine wunderschöne Harmonie, einträchtiges dunkelrotes Pulsieren.

Mit einem letzten Aufbäumen hob ich meinen Kopf und blickte hoch. Das Wesen vor mir saß auf dem blanken Steinboden seiner Höhle, die Füße unter dem Leib verborgen, der Oberkörper gerade, aber entspannt. Es war klein und beinahe zierlich, im Stehen würde es mir allenfalls bis zur Schulter reichen, doch seine Aura war so präsent und bezwingend, dass ich mich verbeugt hätte, wenn ich nicht schon vor ihm gelegen hätte wie eine gestrandete Meerjungfrau.

Das Rauschen kam aus ihm, aus seiner Brust. Es brach sich an den Wänden der Höhle und kehrte wieder zurück, um sich mit sich selbst zu vervielfachen, doch es verlor nie seinen einschläfernden, hypnotischen Rhythmus.

Ich konnte nicht sagen, ob es ein Mann oder eine Frau war; es trug die Haare kurz, ähnlich der Frisur, wie ich sie aus meinen alten Lateinbüchern kannte, von den Steinbüsten antiker Diktatoren, die in Museen standen und keine Pupillen in den Augen hatten. Doch seine Augen wollte ich nicht ansehen. Ich verfing mich an seinem feinen, sensiblen Mund, musterte seine leicht gebogene Nase, bewunderte die Gelassenheit in seinen Schultern und seine kleinen, zarten Hände, die nicht zu den sehnigen Muskeln in seinen Armen passen wollten, ein einziges Gemisch aus weiblich und männlich, es verwirrte mich, aber es erfreute mich auch.

Ich kroch zu ihm, um mein Gesicht auf seine Oberschenkel zu legen, die von einem weißen Gewand bedeckt waren, weiß wie das Laken meines Bettes, doch es nahm mich bei meinen Schultern und zog mich hoch. Das Rauschen verebbte.

»Hilf mir, mein Kind … Hilf mir.«

Mein Kind? Es zwang mich, ihm in die Augen zu sehen, hellblau wie der Morgenhimmel kurz vor Sonnenaufgang, aber es war nicht ihre Farbe, die meine Brust aufbrechen ließ, bis das Salz des Meeres in winzigen Kristallen von meiner Haut sprang und als glitzernder Diamantenstaub auf den Boden rieselte. Es war die Art und Weise, mit der sie mich anschauten. Augen, denen ich immer vertraut hatte, Augen, die die Helligkeit nicht mochten und mich nach meinen dunkelsten Albträumen getröstet hatten … Augen, die mich aus Tausenden heraus erkannt hätten, mit einem einzigen Blick. Ich hatte sie so lange nicht mehr gesehen.

Dazu sein Mund, sein Lächeln – nein, es war *ihr* Lächeln. Ihr Lächeln, wenn sie sich über meine Widerspenstigkeit mokierte und trotzdem keinen Zweifel daran ließ, dass sie sie mochte und sogar stolz auf sie war, ihr Lächeln konnte mahnend und verständnisvoll in einem sein oder sogar mit mir schelten, ohne dass es mich je zu beleidigen versuchte, manchmal lächelte sie auch nur, weil ich da war und neben ihr stand und lebte … denn ich war ihr Kind …

Ich war ihr Kind. Ich hatte Eltern. Ich hatte einen Vater und eine Mutter. Sie schauten mich an und fragten mich, wo ich geblieben war. Wo war ich geblieben?

Ich hatte sie vergessen.

Ich hatte meine eigenen Eltern vergessen.

Weinend sank ich in seinen Schoß, ließ es zu, dass seine Hände das weiße Gewand behutsam über meine bebenden Schultern zogen und meine Lider schlossen, um unserem Meister Einlass zu gewähren und an meiner Seite zu wachen, während ich in tiefschwarzer Nacht nachholte, was ich mir wochenlang verwehrt hatte.

Meinen Schlaf.

In Morpheus' Armen

In den ersten Sekunden des Erwachens wusste ich gar nichts mehr. Ich wusste nicht, wo ich war, warum ich hierhergekommen war, welche Tages- und Jahreszeit herrschte, und auch nicht, was in den Stunden zuvor geschehen war. Ich konnte mich nur noch schemenhaft an das Wesen erinnern, auf dessen Knien ich immer noch lag und dessen gleichmäßiges Rauschen verhinderte, dass der Schlaf sich zu schnell davonstahl. Er löste sich langsam und nachsichtig von mir, ich hatte jederzeit die Möglichkeit, es mir anders zu überlegen und ihn zum Bleiben zu bitten, damit ich wieder ins Nichts hinabtauchen konnte.

Das wollte ich nicht, aber noch war ich nicht bereit, meine Augen zu öffnen und mich mit der Gegenwart zu konfrontieren. Meine Lider mussten sich ausruhen, obwohl mein Geist schon klarer wurde; zu lange hatte ich es ihnen verwehrt, sich zu schließen, und jetzt, da sie sich endlich entspannen konnten und meine Augen nichts sehen mussten, fragte ich mich, warum ich das überhaupt getan hatte.

Das war der erste Gedanke, der sich aus meinem Kopf erhob: Warum hatte ich nicht mehr geschlafen? Und trotzdem so viel geträumt, mich damit sogar in die Erschöpfung getrieben? Noch konnte ich nicht sagen, von wem ich geträumt hatte, aber das war es gewesen, womit ich meine kurzen Nächte und Nachmittage zugebracht hatte.

Ich hatte offenen Auges geträumt.

Deshalb war ich mir plötzlich nicht mehr sicher, was von den Dingen, die ich in diesem Moment erlebte, Wirklichkeit war und was nicht. Durch das Rauschen hindurch hörte ich das Meer gegen Steine schlagen, es roch nach nassem Stein und Salz und verkrusteten Tauen. Der Boden unter mir war hart und kühl, obwohl ich ihn wie das weichste Himmelbett empfunden hatte. Erst jetzt nahm ich seine Unnachgiebigkeit wahr und auch meine schmerzenden Knie, auf denen ich lag und die das Gewicht meines Körpers ertragen mussten, vermutlich seit etlichen Stunden. Doch, diese Welt war real.

Stöhnend stemmte ich mich hoch und zuckte zusammen, als sich die Schrammen in meinen Handflächen öffneten. Noch immer ließ ich meine Augen geschlossen.

»Hier, trink.«

Seine Stimme erschreckte mich nicht; das Abklingen des Rauschens hatte mich auf sie vorbereitet und sie tönte nicht in meinen Ohren, sondern in meinem Kopf, was viel angenehmer war. So nahm ich es hin, als das Wesen mir einen Becher an die Lippen hielt und meinen Kopf stützte. Ich trank gierig. Ein strenger Stallgeruch stieg mir in die Nase, doch die Milch selbst schmeckte süß und säuerlich zugleich, was mich im Handumdrehen erfrischte. Ich wollte den Becher selbst nehmen und hielt ihn in beiden Händen wie ein Kind.

»Langsam«, mahnte es mich. Es war schon zu spät, ich hatte versehentlich beim Trinken geatmet und mich verschluckt, weil ich beides nicht mehr koordinieren konnte. Ich musste es wieder lernen. Ich konnte mich nicht entsinnen, wann ich das letzte Mal Milch getrunken hatte. Wann ich überhaupt etwas getrunken hatte …

Das Essen wurde noch schwieriger. Trotzdem riss ich große Stücke von dem trockenen Weißbrot, das das Wesen mir reichte, und stopfte sie mir in den Mund, bevor ich hustend und keuchend kaute und mit jedem Bissen fähiger wurde, Überlegungen zu formen und zu Ende zu denken. Auch meine Lider wurden unruhig; meine Augen hatten genug von der Schwärze in meinem Inneren.

Ich hielt inne, das Brot fest in meiner rechten Hand, und nahm mir vor zu fragen, wie lange ich geschlafen hatte. Meine Stimme war so belegt, dass ich mich erst räuspern musste, und nachdem ich das getan hatte, fühlte ich mich doch noch zu hungrig, um zu reden, entschied mich aber, meinen Augen ihr Bedürfnis nach Licht zu erfüllen.

Blinzelnd sah ich mich um. Ich saß in einer kleinen Höhle, hoch genug, um aufrecht darin stehen zu können, und die Nischen, die in den Stein gehauen worden waren, verrieten mir, dass sich hier einst jemand häuslich eingerichtet hatte; vermutlich hatten auch Möbel in diesem kargen Raum gestanden. Jetzt gab es nur noch blanken Stein, dazu in meinem Rücken das Meer, dessen Wellenspiel sich sogar auf dem dunklen Basalt abzeichnete, und uns zwei Menschen.

Nein, kein Mensch, verbesserte ich mich sofort. Eine Sache gab es, an der ich keinerlei Zweifel hegte: Es war ein Mahr. Ich wollte ihn wie nebenbei mit meinen Blicken streifen, während ich mich umsah, unauffällig, doch es gelang mir nicht. Ich musste dieses Wesen anblicken, nicht flüchtig, sondern ausführlich und in aller Ruhe. Meine Augen erlaubten mir nichts anderes.

Mein erster Eindruck bestätigte sich sofort; kein Mann, keine Frau – sondern etwas, von dem ich wusste, dass es existierte, das ich aber bisher nie persönlich gesehen hatte. Ich hatte das Wort »Zwitter« immer als hässlich und abstoßend empfunden und auch jetzt wollte ich es nicht einmal denken. Es war zudem unmöglich zu sagen, was an diesem Wesen weiblich und was männlich war; man konnte alles sowohl dem einen als auch dem anderen Geschlecht zuordnen. Nur eine Sache hätte ich bei allem, was mir lieb war, schwören können: Es besaß nicht das, was Männer als zweites und überaus dominantes Ich in ihrer Hose trugen, sonst hätte ich mich nicht so vertrauensselig in seinen Schoß geschmiegt. Sein Schoß war weiblich.

Das Kichern stieg in mir auf, als ich an meine vage Überlegung während seines Anrufs dachte – nämlich Giannas Männerabwehrspruch zu zitieren. Ich hatte ihn instinktiv als unpassend empfunden und mir verkniffen, und oh ja, er war unpassend. Ich ließ das Brot fallen und presste die Hand auf meinen Mund, um den aufsteigenden Lachanfall zu unterdrücken, doch es war schon zu spät. Was ich mir hier zusammenreimte, war nicht einmal besonders witzig, das wusste ich, es war platt und obszön, doch meinen Bauch kümmerte das nicht. Mein Zwerchfell begann sich rhythmisch zusammenzuziehen und meine Hand konnte nicht verhindern, dass das Lachen sich seinen Weg bahnte, gnadenlos wie immer, wenn es sich selbstständig machte; nichts konnte sich dann noch dagegenstellen, ich war machtlos.

Doch das Wesen erfreute sich mit einem stillen, feinen Lächeln an meinem unreifen Heiterkeitsausbruch, als wüsste es ganz genau, worüber ich nachdachte und was ich so komisch an ihm fand. Dabei fand ich es eigentlich gar nicht komisch. Ich fand es sogar schön. Während des Lachens löste sich Schleim in meiner Kehle. Hustend und mit Tränen in den Augen rang ich um Beherrschung. Erst nach Minuten gelang es mir, mich zu mäßigen. Mein Bauch schmerzte so sehr, dass ich mich kurz nach vorne beugen musste. Ausgedehntes Gelächter hatte ich noch nie gut vertragen. Doch das Freihusten hatte es mir möglich gemacht, meine Stimme zu benutzen.

»Was … wer … wer bist du?«

Eigentlich verbot mir mein Respekt, das Wesen zu duzen, ohne vorher zu fragen, ob ich das durfte. Andererseits hatte ich in seinem Schoß geschlafen, und wenn ich es nun siezte, würde das diese Angelegenheit sehr befremdlich werden lassen. Ich konnte niemanden siezen, in dessen Armen ich mich vergessen hatte.

»Mann oder Frau?«, erklang seine Stimme in meinem Kopf, während es mich ruhig anlächelte. »Beides.«

»Ja, das sehe ich«, erwiderte ich trocken und hob das Brot wieder auf. »Ich meine eher … war es schon immer so? Oder …?«

»Ich war ein Mann mit dem Herzen einer Frau, als die Nymphe kam und mich zu sich ziehen wollte, in einem Teich, in dem ich badete. Ich wehrte mich, doch sie war stärker, schlang ihren nackten Leib um mich, bis ich mich nicht mehr von ihr befreien konnte, und so wurde ich ein Teil von ihr. Seitdem bin ich ein Hermaphrodit.«

Er sprach von der Metamorphose, anders konnte es nicht sein. Eine Mahrin hatte ihn verwandelt, doch er hatte es nicht gewollt, hatte gekämpft und sich widersetzt und letztlich doch verloren. Hermaphrodit – das klang so viel geheimnisvoller und melodischer als Zwitter. Nun konnte ich besser damit umgehen.

»Wann war das?«

»Vor mehr als zweitausend Jahren.«

Ich hörte auf zu essen und rückte ein Stückchen von ihm ab. Vor mehr als zweitausend Jahren? Dieses Wesen war seit mehr als zweitausend Jahren auf der Welt und lebte in dieser kahlen Höhle in der Felsküste von Santorin, um sich nachts nach oben in die Stadt zu schleichen und zu rauben?

Mir kamen die Worte in den Sinn, die es gestern zu mir gesagt hatte: Hilf mir, mein Kind. Hilf mir. Warum sollte jemand wie dieser Mahr Hilfe benötigen? Er musste gigantische Kräfte haben, auch wenn man ihm das auf den ersten Blick nicht ansah. In seinen wenigen Gesten wirkte er eher weich und nachgiebig. Trotzdem, nichts, was er tat, war zufällig, er beherrschte jede Muskelfaser seines Körpers. Er konnte mich mit einer minimalen Bewegung nehmen und am Felsen zerschmettern, wenn er wollte. Er musste ja nicht einmal seinen Kiefer bewegen, um mit mir zu sprechen, bisher hatte er seinen Mund nicht ein einziges Mal geöffnet. Vielleicht waren Bewegungen gar nicht nötig, um mich zu töten … oder um mich zu verwandeln?

Denn dieser Mahr musste etwas mit Angelos und meinen Überlegungen zu tun haben, er war unfassbar alt, wahrscheinlich hatte er die Entscheidungsmacht über alle anderen Mahre da draußen, auch über Angelo … Ob ich ihn bitten konnte, Angelo zu uns zu holen?

»Ich möchte etwas mit dir tun, was es dir leichter macht, es zu ertragen«, unterbrachen seine Worte das gleichmäßige Rauschen. »Damit es dir nicht wehtut.«

Es zu ertragen – was zu ertragen? Was sollte ich ertragen, was würde mir wehtun? Die Metamorphose? War sie doch so schmerzhaft, dass ich eine solche Maßnahme benötigen würde? Ich erstarrte beinahe, als mein Gedächtnis mich kühl darauf aufmerksam machte, dass ich ähnliche Worte schon einmal gehört hatte. Jemand hatte etwas mit mir gemacht, damit ich die Gegenwart besser ertragen konnte, damit sie nicht wehtat.

Ich drückte meine Handballen gegen die Augen, um mich zu erinnern, und die Bilder nahmen Gestalt an und näherten sich wie altvertraute Gespenster, die ich vertrieb, wenn ich wach war, und die mich heimsuchten, wenn ich schlief. Es war eine sternklare, kalte Nacht gewesen, ich sah meine nackten Füße auf dem feuchten Gras und meinen Kopf in seiner Halsbeuge, während die Jahreszeiten an uns vorüberflogen … Heiße Sonne auf meinem Rücken, Sturm in meinen Haaren und eisige Schneeflocken in meinem Nacken. »Warum weckst du mich nicht?«, hatte ich ihn gefragt und er antwortete: »Weil der Abschied zu sehr wehtun würde.«

Colin ... Es war Colin gewesen, Colin kurz vor seiner Flucht vor Tessa. Er hatte damals etwas mit mir gemacht, was mich den Abschied leichter hatte hinnehmen lassen; sogar die Trauer hatte ich für einige Stunden willkommen geheißen. Dann hatte sie mir das Herz zerrissen, für immer und ewig.

»Colin«, flüsterte ich und berührte mit zitternden Händen meinen verzerrten Mund. Oh Gott, Colin. Colin, den ich geliebt und der mir meine Träume geraubt hatte. Er hatte sie geraubt – oder nicht? Ich war mir sicher gewesen, dass er das getan hatte. Wenn es stimmte, war jeder Gedanke an ihn zu viel. Aber was, wenn nicht? Und warum wollte ich weinen, wenn ich an ihn dachte?

Nein, ich durfte jetzt nicht an ihn denken, ich musste mich mit dem befassen, was mir bevorstand. Wenn ich es besser ertragen sollte, dann meinte der Mahr vielleicht gar nicht die Metamorphose, sondern wollte mir etwas Schlimmes zeigen oder sagen. Schlimmer als der Abschied von Colin im vergangenen Sommer?

Was sollte das sein? Betraf es am Ende Colin selbst? War ihm etwas zugestoßen? Oh nein ... nein ... Er hatte einem der Ältesten die Formel gestohlen, hatte er mir erzählt, während des Raubens, und beim ersten Mal beinahe mit seinem Leben dafür bezahlt. Scharfkantiger Stein hatte seinen Schädel aufplatzen lassen – Stein wie in dieser Höhle. Unwillkürlich griff ich an meinen Hinterkopf. Das Wesen vor mir musste eben jener uralte Mahr sein, er wusste davon und hatte Colin dafür bestraft, hatte ihn umgebracht ... Er hatte ihn getötet! Genau das würde er mir zeigen wollen, Colins Tod, damit ich wusste, worauf ich mich einließ, wenn ich in die Welt der Mahre eintauchte. Damit ich nicht ebenso eigenmächtig wurde wie er ...

Meine Gedanken rasten im Zickzack durcheinander, während

ich rückwärts aus der Höhle zu kriechen versuchte, nur weg von diesem Mahr, er sollte nichts mit mir anstellen, ohne mir zu sagen, warum.

»Du hast Colin auf dem Gewissen!«, keuchte ich schwach. »Ich weiß es, du hast Colin getötet!«

»Nein.« Er öffnete zum ersten Mal seinen Mund, um zu sprechen, und ich gab meinen Fluchtversuch auf, als hätte jemand all meine Nervenstränge durchtrennt. Ich konnte mich nicht mehr rühren. »Er hat mich beraubt, während ich raubte, ein Frevel und unter uns Mahren das schlimmste Verbrechen, das es gibt. Ich hätte ihn töten müssen.«

»Und du hast es nicht, weil ...?«, fragte ich angriffslustiger, als die Situation es mir erlaubte.

»Weil es keinerlei Sinn ergeben hätte. Er hat die Formel aus meinem Kopf geraubt. Ich habe sie nicht mehr. Ich hätte sie wiederum ihm rauben müssen, sobald ich wieder zu mir gekommen war, aber ich wusste auch, dass sie allein ihm nichts nützen würde. Er musste sie weitergeben, so schnell wie möglich. An Wesen, die lieben können.«

Er hatte sie an mich weitergegeben. An mich ... Doch in diesem Moment konnte sogar ich mich nicht mehr an sie erinnern.

»Dann raubst du sie jetzt also von mir. Und tötest mich dann. Prima. Los geht's, nur keine Scheu!«, forderte ich ihn mit wackeliger Stimme auf. »Allerdings erinnere ich mich nicht mehr an sie, kann gut sein, dass du gar nichts findest! Aber bitte – mein Kopf ist euer Reich. So war es doch immer, oder?«

Er lächelte milde. »Du wirst dich wieder an sie erinnern, mein Kind, und dann hoffe ich, dass du mir eines Tages hilfst. Tu es, wenn du so weit bist. Ich will gehen, ich bin zu lange hier. Es ist nicht recht, dass ich noch da bin. Ich möchte sterben.«

»Oh ja, das kommt mir irgendwie bekannt vor«, murrte ich. »Die nervige alte Litanei. Ich bin nicht die offizielle Mahr-Sterbehilfe, klar?«

»Darum geht es nicht.«

»Nicht?« Verflucht, worum ging es denn dann? Ich würde in dieser Höhle noch meinen Verstand verlieren. Er wollte mich nicht berauben, er wollte mich nicht töten, verwandeln offensichtlich auch nicht, was mich enttäuschte, aber auch ein wenig erleichterte, denn im Moment war ich mir in nichts mehr sicher und ich wollte, dass Angelo es tat, nicht der Hermaphrodit. Ja, Angelo sollte es tun. Also, wozu war ich hier? Es war Zeitverschwendung, nutzlose Zeitverschwendung, die mich nur weiter von Angelo entfernte. Mein Zeitfenster schloss sich gerade, ich konnte dabei zusehen. Das Licht schwand mit jeder Minute, die verstrich. Ich war so blöd, warum war ich überhaupt hierhergereist? Nur wegen eines Anrufs? Konnte ich denn gar nicht mehr vernünftig denken?

»Die Verwirrung wird sich lichten«, versprach der Mahr ruhig. »Es dauert seine Zeit, bis der Geist sich erholt. Erst möchte ich etwas tun, was es dir leichter macht, es zu ertragen.«

Okay, das hatten wir eben schon einmal gehabt. Senilität oder Hypnose? Doch was machte das schon aus, er würde sich ohnehin nicht abhalten lassen, er fragte mich ja gar nicht, er kündigte es nur an. Ich musste es über mich ergehen lassen.

»Aber nicht hier. Nicht in dieser Höhle. Bitte nicht. Ich möchte etwas sehen können.«

»Du wirst etwas sehen. Und dein Wunsch soll dir gestattet werden, gehen wir nach draußen.«

Ohne jegliche Eile erhob er sich. Ich hatte mich nicht vertan, als ich seine Größe geschätzt hatte, sein Haupt reichte bis zu meiner Schulter, was seiner imposanten Ausstrahlung keinen Abbruch tat. Mir war wieder entfallen, was seine Augen mir gestern gezeigt hatten, doch auch ohne eine tiefere Bedeutung fraß meine Seele sich in ihnen fest, sobald ich mir erlaubte hineinzusehen. Trotz ihrer strahlenden Helligkeit, umschlossen von einem dunkelgrauen Ring, war ihre Tiefe bodenlos. Ich konnte in sie eintauchen, ohne Angst zu haben, dass ich fiel und mich verletzte. Sie fingen mich immer wieder auf. Vielleicht war das der abstruseste Punkt in dieser ganzen Farce hier: Obwohl ich von tiefer, aufrichtiger Ehrfurcht erfüllt war, flößte mir dieser Mahr keine Angst ein. Aber auch das konnte ein Trick sein; ich musste wachsam bleiben.

Er ging mir voraus und kletterte behände über die Felsen, gekleidet in eine schlichte weiße Tuchhose und ein dünnes beiges Hemd, Seniorenklamotten, wie ich boshaft bemerkte, doch an ihm sahen sie eher aus wie die zeitlose Tracht eines indischen Yogalehrers. Seine Füße steckten in ausgetretenen Ledersandalen, Jesuslatschen, wie man so schön sagte, und einen Moment lang überlegte ich, ob sie vielleicht sogar aus der Zeit von Jesus stammten. Hatte dieser Mahr Jesus gekannt?

Ungeschickt krabbelte ich ihm hinterher, bis wir den steilen Treppenweg hinauf zur Stadt erreichten, an dessen Fuße er mir die Gelegenheit gab, zu Atem zu kommen. Die Sonne stand tief und rot über dem Meer. Beklommen sah ich mich um. Außer uns war niemand hier.

»Sonnenaufgang oder Sonnenuntergang?«, fragte ich argwöhnisch.

»Sonnenuntergang.«

Sonnenuntergang? Das bedeutete, dass ich einen ganzen Tag lang geschlafen hatte, vierundzwanzig Stunden lang! Es war keine Einbildung gewesen, mein Zeitfenster schloss sich tatsächlich. Zwei Tage waren bereits verstrichen, seitdem ich Kalabrien und Angelo verlassen hatte; mir blieben noch weitere achtundvierzig Stunden, um zurückzukehren und alles zu klären, denn verwandelt wurde ich hier anscheinend nicht. Ich war völlig umsonst gekommen, verplemperte leichtsinnig meine Zeit! Vierundzwanzig Stunden lang schlafen, das musste doch nicht sein …

Wir sollten uns sputen. Ich schritt mit ausladenden Bewegungen voraus, doch der Mahr ließ sich nicht hetzen, nahm sich Muße für jede einzelne Stufe, die vor ihm lag, begleitet von dem Rauschen in seiner Brust. Ich fragte mich, ob die anderen Menschen es nicht hörten und sich darüber wunderten, auch über seine zierliche Gestalt und seine frappierende Zweigeschlechtlichkeit, ganz abgesehen von diesen irrsinnig hellen Augen, denn nun kam uns doch eine Handvoll Touristen entgegen. Irgendetwas musste ihnen auffallen, das hier war ein Mahr, der sich ihnen ohne jegliche Zurückhaltung zeigte! Doch als sie uns passierten, wandte er seinen Kopf von ihnen ab und tat so, als würde er die Felsformationen studieren. Sie beschleunigten ihr Tempo ein wenig und hörten auf, miteinander zu sprechen, aber ihr Benehmen unterschied sich nicht wesentlich vom typischen Verhalten aller Menschen, wenn sie auf offener Straße einen verwahrlosten Penner erblickten. Vielleicht war er das sogar für sie, ein Penner, der in einer Höhle hauste und dem der Alkohol weibische Züge ins Gesicht gemalt hatte. Für das Rauschen in seinem Körper waren sie offenbar taub. Nur ich nahm es wahr.

Der Aufstieg wurde immer mühseliger, obwohl die Sonne sank und der Wind meine Stirn kühlte. Mit jedem neuen Schritt kehrten einzelne Erinnerungen zurück, die mich überforderten und hilflos machten, weil ich sie nicht mehr in Einklang mit dem bringen konnte, was mich hierhergeführt hatte.

Gianna … Gianna mit ihren Bauchschmerzen und ihren ehrgeizigen Versuchen, mir etwas zu erklären und mich auf etwas aufmerksam zu machen, aber was war es gewesen? Ich konnte es nicht wissen, ich hatte ihr nicht zugehört.

Tillmanns Beichte, dass er drogenabhängig sei. Warum drogenabhängig – war er es die ganze Zeit gewesen und ich hatte es nur nicht registriert oder war es eine neue Entwicklung? Überhaupt, Tillmann und ich, waren wir nicht Freunde gewesen? Warum ärgerte ich mich dann, wenn ich an ihn dachte? Genau, es hatte einen Streit gegeben, weil er mich gefilmt hatte … Mir war immer noch nicht klar, warum er das getan hatte, ich hatte auf dem Film nichts Außergewöhnliches erkennen können. Paul hatte sich ebenfalls gegen mich gestellt, mich zu Bett geschickt wie ein kleines, ungezogenes Mädchen, das bestraft werden musste – wie hatte er sich das herausnehmen können?

Vor allem hatten sie ständig etwas an mir ändern, verbessern und korrigieren wollen. Trotzdem sorgte ich mich um sie; ich wusste nicht, wo sie waren. Waren sie schon zurück nach Deutschland gefahren und ich hatte es verpasst? Sie hätten sich von mir verabschieden müssen. Oder hatten sie es versucht?

Der Einzige, an den ich noch verlässlich denken konnte, war Angelo; mit ihm wäre alles in bester Ordnung gewesen, wenn ich nicht so albern gewesen wäre und einen Flug gebucht hätte. Zu einem Mahr, der sterben wollte. Und der etwas mit mir vorhatte, was er mir nicht verraten wollte …

Ich verbiss mich so sehr in meinen haltlosen Mutmaßungen, dass ich die Reize des Städtchens erneut ignorierte, für mich waren es nur Gassen, mustergültig sauber gefegte Gassen mit Touristenläden und Cafés und Restaurants, die sich mit fortschreitender Dämmerung leerten. Wo all die Menschen waren, die sie normalerweise belebten, sah ich, als der Mahr neben mir stehen blieb und auf die dunkelblaue Caldera blickte. Sie schauten sich den Sonnenuntergang über dem Meer an. Sie hatten sich hier versammelt, auf einem umzäunten Felsvorsprung, die Kameras vor ihren Augen, um zu beobachten, wie die Sonne im glatten Aquamarin versank, nichts Spektakuläres, es geschah jeden Tag. Warum dieser Aufruhr?

Eine Gruppe Japaner hatte sogar eine tragbare MP3-Anlage auf das Mäuerchen am Rande des Felsvorsprungs gestellt und spielte Chill-out-Musik ab, doch sobald wir uns zu den Menschen gesellten, verloren die Batterien ihre Kraft und der Song verklang. Obwohl die Sonne noch nicht untergegangen war, leerte sich der Aussichtspunkt nach und nach. Der Frau neben mir wurde sichtlich kalt und sie redete auf Englisch davon, krank zu werden, wenn sie länger hierbliebe. Ein Pärchen begann zu streiten, über Belanglosigkeiten. Eine Gruppe Seniorinnen beschloss, doch jetzt schon etwas essen zu gehen, obwohl ihre faltigen Münder sich wie vor Übelkeit verzogen.

Als die Sonne ins Meer tauchte und die dünnen Schleierwolken über ihr in grellem Pink anstrahlte, waren wir vollkommen alleine. Wir hatten die anderen vertrieben. Ich spürte genau, dass es nicht nur der Mahr gewesen war. Auch ich hatte sie mit Unbehagen und Ruhelosigkeit erfüllt, ohne zu verstehen, warum. Mir war aufgefallen, dass der Mahr meine Haare zu einem Zopf geflochten hatte, während ich geschlafen hatte – wie, wusste ich nicht, ich selbst schaffte es nicht mehr –, doch noch immer konnte ich mich nicht überwinden, mein Gesicht abzutasten oder mich gar anzusehen. Ich wollte mich nicht sehen.

Vielleicht ging es den Menschen genauso.

Wir standen nebeneinander, die Hände auf die Mauer gelegt, und schauten zu, wie das Meer die Sonne zu sich nahm und für den Bruchteil einer Sekunde ein grünliches Leuchten am Horizont aufflackerte und wieder erlosch. Dann wurde es dunkel.

»Können wir beginnen?«

»Werde ich meine Freunde wiedersehen?« Der Satz war schneller ausgesprochen, als ich ihn zu Ende denken konnte. Doch auf einmal war diese Frage wichtiger als alle anderen.

»Du wirst sie wiedersehen, wenn du auf dein Herz hörst.«

Auch diesen Satz hatte so ähnlich schon einmal jemand zu mir gesagt. Wer, konnte ich nicht benennen, aber ich wusste, dass ich ihn in einer wichtigen Angelegenheit befolgt hatte. Vor langer, langer Zeit. Ich schwieg betroffen und versuchte, meine Panik in Schach zu halten, die sich wie eine erboste Schlange in mir erhob. Ich bestand nur noch aus Gedächtnislücken. Waren sie schon Teil seines Plans?

»Ich werde nun dafür sorgen, dass du das, was du siehst, ertragen kannst, so lange, bis erledigt ist, was erledigt werden muss. Danach wirst du die Kraft haben, dich der Wahrheit zu stellen. Vorher wird es dich schützen. Bist du damit einverstanden?«

»Ja«, wisperte ich. Ich brauchte Schutz, ich brauchte ihn mehr denn je, allen Schutz dieser Welt.

»Gut. Dann wird es jetzt beginnen.«

Ich rechnete damit, dass er meinen Kopf nehmen und seine Stirn gegen meine drücken würde, aber es geschah nichts dergleichen, er blieb stumm neben mir stehen und schaute aufs Meer, also tat ich es ihm gleich, während die Angst sich so schwer auf meine Brust legte, dass ich kaum mehr atmen konnte.

Doch nach einer Weile gab ich meine Versuche, meine Lungen mit Luft zu füllen, auf. Ich musste nicht mehr atmen. Das Rauschen in meinem Körper ersetzte meinen Atem und verlieh mir mehr Kraft und Stärke, als der Sauerstoff in meinem Organismus es jemals könnte. Auch das Schlagen meines Herzens wurde überflüssig. Es setzte aus und überließ dem pulsierenden Rauschen seine Arbeit.

Kurz verblassten die Felsen und das Meer vor meinen Augen, bis sie klarer und farbiger denn je vor mir erschienen. Doch es war nicht mehr das dunkle, mit Rot vermischte Vulkangestein von Thira, sondern eine graue, zerfressene Felsformation, von gelben, vertrockneten Ginsterbüschen und wulstigen Feigenkakteen durchsetzt. Auch das Meer unter mir hatte eine andere Farbe, azurblau vermischt mit tropischem Türkis. Ich hörte die Fische durch das Wasser gleiten und roch ihre glänzenden Schuppen, obwohl ich mich weit über ihnen befand, doch überraschen konnte dieses Phänomen mich nicht mehr. Es war eben so.

Ich mochte diesen Ort, das Capo Vaticano, ein mythischer Platz, doch meine Vorsehung sagte mir, dass er heute seinen Zauber verlieren würde – wieder ein Ort mehr auf der Welt, an dem ich keine Ruhe mehr finden konnte. Es gab kaum ein Fleckchen Land, auf dem keine Knochen gebrochen, keine Körper geschändet und keine Seelen grausam zerstört worden waren. Die Erde war ein Schlachtfeld, der Boden von Blut getränkt und ich wollte es endlich verlassen können.

Leichtfüßig kletterte ich hoch über dem Meer die steilen Felsen entlang, kein einziges Mal war ich in Gefahr zu stürzen – und wenn, hätte es auch nichts an meiner ewigen Verdammnis geändert. Der nördliche Wind zerrte eisig an meinen dünnen Kleidern. Ich registrierte, dass er kalt war, aber seine Böen lösten keinerlei Gefühle in mir aus, kein Frieren, aber auch keine Erquickung. Es war mir gleichgültig, welches Spiel die Natur mir präsentierte; ich spürte es sowieso nicht.

Hier ging es nicht um sie. Es ging um uns, die wenigen, die geblieben waren und bereit, sich einander zu zeigen. Wie in Stein gehauen standen sie auf den einzelnen Felsen, ihre Gesichter leer und hohl, ihre Augen tote Löcher ohne Pupillen.

Dann tauchte Angelo aus einer Felsspalte auf, mit dem Rücken zu mir, ein schweres Bündel auf seiner rechten Schulter. Ich erkannte ihn sofort an seinem blonden Schopf und seinen jugendlich-unbekümmerten Bewegungen, die ihn auch dann nicht verließen, als er das Bündel über seinen Kopf hob und mit brachialer Wucht auf den scharfkantigen Felsen vor ihm schleuderte, es von Neuem hob und gegen den nächsten Stein krachen ließ, es war beinahe wie ein Tanz, ein Schritt, ein Schleudern, ein Schritt, ein Schleudern. Es erfüllte ihn mit Lust und Macht, das zu tun. Reglos schauten die anderen ihm zu.

Das, was hier geschah, war kein simpler Mord. Es war eine Hinrichtung.

Ich trat näher an ihn heran, bis meine Ahnung ihre schreckliche Bestätigung fand. Das Bündel war ein Mensch, ein Mensch mit braunem, lockigem Haar und dunkelblauen Augen, die schon nicht mehr hier waren. Seine nackten Arme und sein Gesicht waren übersät von tiefen Schnittwunden und Blutergüssen und dennoch sah er berückend schön und entspannt aus. Er hatte vorgesorgt, so wie er es angekündigt hatte.

Begriff Angelo denn nicht, dass er gar nichts mehr spürte? Warum hieb er seinen Körper weiterhin gegen die Felsen, wir alle hatten es doch gesehen? Es genügte. Wenn er ihm weiterhin so zusetzte, würde es mir die Zeit nehmen, das zu tun, was ich ihm versprochen hatte. Zum ersten Mal seit unendlich vielen Jahren musste ich mich beeilen.

»Angelo.«

Seine Bewegungen gefroren, das Bündel weit über seinen wehenden Locken. Sein zufriedenes Lächeln erstarb, als er sich zu mir umdrehte. Eine seelenlose, verschwommene Maske.

»Gib ihn mir. Ich will es tun. Ich habe so lange darauf gewartet.«

Er würde mir nicht widersprechen. Ich besaß mehr Macht, als er jemals erlangen würde. Er musste sich mir fügen.

Er ließ das Bündel fallen, doch ich war rasch genug bei ihm, um es aufzufangen und wie er über meinen Kopf zu erheben, um sein Gesicht auf die Felsen zu schlagen und Millimeter vor dem Aufprall abzufedern, sodass ich nichts mehr in ihm zerstörte. Ich täuschte sie. Und immer dann, wenn ich ihn über mich in die klare, reine

Winterluft streckte, wanderten meine Gedanken zu seinen, in seinen Kopf und sein Herz, das noch schwach schlug, und ich gab ihm das, worum er mich gebeten hatte, falls es geschehen würde.

Ich wanderte mit ihm über die schroffen Klippen nach unten, zum Meer hinab, während ich seinen Körper durch die Luft wirbelte, und zum letzten Mal verzog sich sein Mund zu einem Lächeln, als er sah, was auch ich sah, während wir eins wurden – zwei Kinder, die uns anschauten, ein Mädchen und einen Jungen, beide ihm aus dem Gesicht geschnitten und doch so unterschiedlich. Das Mädchen scheu und wild zugleich, unbezähmbar ihr Geist, voller Fragen, Widersprüche und Ängste; der Junge ruhig und geduldig, aber stur wie ein Ochse und überzeugt davon, dass er sein Glück verdient und das Recht hatte, sich jedem in den Weg zu stellen, der es ihm streitig machen wollte.

Ich sah meine Frau, die schon lange wusste, was nun passieren würde und mich dennoch immer lieben würde, die bereit war zu trauern und für die es Erlösung bringen würde, wieder schlafen zu können. Ich wollte ihn ihr schenken, den Schlaf, und ich tat es gerne, denn irgendwann würden wir wieder beieinander schlafen, ohne Hunger und Angst, und gemeinsam träumen können.

Sie sahen mich an, liebevoll und ernst, als Morpheus mich ein letztes Mal über seinen Kopf erhob und hinab ins Meer warf, und ich hörte ihre Worte wie ein Lied, das mich begleitete, als die Wellen mich mit hinaus auf die See nahmen.

Wir lieben dich, Leopold Sturm. Wir lieben dich für immer.

»Mein Vater …« Ich schwebte sacht zurück in meinen eigenen Leib, so verletzlich und sterblich, doch es war nicht mehr ich, die ihn halten konnte. Morpheus hielt mich, während meine Brust krampfhaft und voller Schmerz wieder zu atmen begann.

»Mein Vater ist tot …«, flüsterte ich bebend.

»Ja, mein Kind. Dein Vater ist tot.«

Papas starker Körper trudelte in gemächlichen Kreisen auf den sandigen, tiefen Grund hinab und ein letztes Mal schlug er seine Augen auf.

Die Welt ist so schön, dachte er. Und starb.

Abglanz

»Wann? Wann ist es geschehen?«

Noch immer konnte ich nicht aus eigener Kraft stehen, doch Morpheus hielt mich so sicher und fest, dass ich nicht in Gefahr war zu fallen. Ich tat gut daran, meine sterbliche Hülle seinen Händen zu überlassen.

Eigentlich musste ich nicht fragen, wann es geschehen war. Der Wind war eisig gewesen und der Strand unter uns menschenleer, nicht bunt gesprenkelt von Sonnenschirmen und Badelaken wie an jenem heißen Nachmittag, an dem ich das Capo Vaticano zum ersten Mal erblickt und sofort geliebt hatte. Trotzdem musste ich diese Frage stellen; ich musste sichergehen, dass es nicht geschehen war, während ich zusammen mit Angelo durch die Nacht gewandelt war und ihm mein Vertrauen geschenkt hatte – nicht nur mein Vertrauen, sondern auch meine Zukunft, mein ganzes Leben. Denn das würde ich mir niemals verzeihen können.

»Im Frühjahr, kurz vor den Iden des März.«

Die Iden des März. Sie verhießen Unheil, schon immer war das so gewesen. Ich legte meine Arme um Morpheus' Hals und versuchte, meine Füße auf den Boden aufzusetzen, um allein zu stehen, weil ich glaubte, meine Gedanken und Fragen auf diese Weise besser ordnen zu können. Doch es gelang mir nicht.

Ich hätte weinen und wüten sollen; was ich eben gesehen hatte, hätte mich innerlich zerfressen müssen. Ich hätte mir gegen die

Brust schlagen müssen wie ein Klageweib, denn ich ahnte, dass dies der einzige Weg war, mit solch großem Schmerz umzugehen, anstatt sich still und stumm in ihm zu vergraben und geduldig zu warten, bis er vorüberging.

Doch nichts dergleichen geschah. Ich begriff sehr wohl, was passiert war, und zweifelte keine Sekunde an der Wahrheit dessen, was ich erlebt hatte. Doch ich war nicht imstande, mir die Konsequenzen auszumalen. Ich konnte nur bis in die nächsten Stunden denken, nicht an das Morgen oder Übermorgen, nicht an all die Wochen und Monate, die ich ohne ihn leben musste, mit der schrecklichen Gewissheit, seinem Mörder meine ganze Zuneigung geschenkt und den Rest der Welt vergessen zu haben.

Auch ihn hatte ich vergessen. Meinen eigenen Vater. Mit einer solchen Schuld konnte niemand leben.

Doch es gab diese Konsequenzen in meinem Kopf noch nicht; wann immer ich versuchte, sie mir vorzustellen, zersprangen meine Gedanken in Abertausend winzige Scherben und waren nicht mehr lesbar.

War es also das, was den Tod eines geliebten Menschen unerträglich machte – die Zukunft? Die Angst davor, ohne ihn zu sein, Tag für Tag, Stunde für Stunde? Es war gar nicht die Trauer selbst, sondern die Angst vor ihr, die Angst vor dem niemals endenden Verlust?

Doch für mich waren im Moment andere Fragen wichtiger; hinzu kam der blanke Hass, der sich ruckartig durch meinen Bauch wühlte und das Bedürfnis in mir weckte, ihn in Worte zu fassen und sie meinem Verräter entgegenzuschleudern wie Felsbrocken, die ihn töten würden oder wenigstens begreifen ließen, was er getan hatte. Schon begann ich meine Vorwürfe zu formulieren und zu begründen, Argumente hatte ich wie Sand am Meer, doch ich wusste genauso gut, dass keines von ihnen auch nur die geringste Wirkung zeigen würde. Für ihn wäre es nur das weinerliche, nutzlose Gewäsch eines kleinen Mädchens.

Er hatte mich betrogen und belogen, von Beginn an, er hatte mit mir gespielt, ohne Rückgrat und Gewissen. Er war sogar mit mir an den Ort der Hinrichtung gefahren, wo das Blut meines Vaters noch die Felsen benetzte, und hatte mir erzählt, wie schön die Welt doch sei, und sich selbst mit Sagen und Legenden geschmeichelt.

Oder war ihm gar nicht bewusst gewesen, was er da getan hatte? Hatte er keinen Bezug mehr zur Elternliebe? Auf einmal erinnerte ich mich daran, wie gleichgültig er von seinen Eltern gesprochen hatte; es war ihm nur darum gegangen, seinen eigenen Weg zu gehen, ewig zu leben, und offenbar war es für ihn ein Leichtes gewesen, sie im Glauben zu lassen, er sei im Krieg gefallen.

Oh, und dazu die pazifistischen Reden, die er geschwungen hatte … Er habe sich nicht durch den Dreck winden und wahllos Menschen töten wollen, nur weil es ihm ein Fremder befahl … Nein, ich durfte nicht weiter darüber nachdenken, mich nicht in Einzelheiten verlieren, jede von ihnen ein mit ätzender Flüssigkeit gefülltes Geschoss, das nicht ihm galt, sondern mir selbst, weil ich Tag und Nacht nichts anderes mehr getan hatte, als von ihm zu träumen und ihm meine Fantasien und Wünsche zu widmen.

»Warum? Warum hat er das gemacht? Papa hat ihm doch gar nichts getan, wieso hat er ihn getötet?«

»Weil er niemanden zwischen den Welten duldet. Er ist ein Diktator, der einzige und erste, den wir jemals hatten. Zumindest hält er sich dafür. Dein Vater sträubte sich, auf unsere Seite überzutreten, er sträubte sich selbst unter größtem Druck. Er wollte das Menschliche in sich bewahren. Er war der Letzte seiner Art. Alle anderen hat Angelo bereits hingerichtet oder dazu gebracht, die Metamorphose vollenden zu lassen. Viele waren es ohnehin nicht mehr.«

Der Letzte seiner Art … Es gab keine Halbblüter mehr. Papa war das letzte Halbblut gewesen. Die Liste war überflüssig geworden, doch gegeben hatte es sie, auch in diesem Punkt: Lügen, nichts als Lügen. Von wegen, Papa sei freiwillig übergetreten …

Wer nicht ging, wurde hingerichtet.

»Er hätte ihn doch zur Metamorphose zwingen können, warum hat er das nicht getan?« Ich wunderte mich darüber, wie fest meine Stimme klang und dass ich meine Fragen zu Ende formulieren konnte. Es musste etwas mit dem zu tun haben, was Morpheus mit mir gemacht hatte, um es mich besser ertragen lassen zu können.

»Er möchte nur willfährige Diener um sich herum. Deinen Vater zu zwingen, wäre ein zu hohes Risiko gewesen. Die Metamorphose alleine hat ihre Macht verloren. Es ist einfacher, die zu töten, die sie nicht wollen, und auf jene zu hoffen, die sie freiwillig annehmen und sogar darum bitten. Denn sie werden dankbar sein und alles tun, was es braucht, um die Ewigkeit angenehm und satt zu gestalten.«

Ja. So wie ich es beinahe getan hätte. Ich hatte mir die Ewigkeit nur gemeinsam mit Angelo vorstellen können, nicht ohne ihn. Sie war an ihn geknüpft gewesen, es gab keine Unendlichkeit, in der ich nicht an seiner Seite war. Ich hatte geglaubt, die Richtige gewesen zu sein, die einzig Richtige. Etwas Außergewöhnliches.

Ich konnte gerade wieder einigermaßen stabil und aus eigener Kraft stehen, als erneut die Bilder durch meinen Kopf rasten. Ich musste mir den Tod meines eigenen Vaters ansehen, immer und immer wieder. Wie sollte ich jemals wieder lachen können?

Ich fragte mich, warum Morpheus so ruhig geblieben war, als er die Hinrichtung beobachtet hatte. Kein inneres Aufschreien, keine Aufregung, keine Trauer. Und trotzdem war ein Elend in ihm gewesen, das bitterer und gequälter war, als das größte Erschrecken es je sein konnte – das Elend eines über zweitausend Jahre andauernden Lebens. Zweitausend Jahre … wieso hatte er dann nichts dagegen getan, sondern es lediglich in seine Hände genommen? Papas Herz hatte noch geschlagen! Er hätte ihn retten müssen!

»Du Feigling!«, wisperte ich. »Warum hast du ihn sterben lassen? Warum kuschst du vor Angelo? Du hast nur zugesehen …«

»Er hatte die Kapsel bereits genommen. Wir wussten beide, dass dieser Tag kommen würde.«

»Welche Kapsel?« Mir lief ein heißer, kränklicher Schauer über den Rücken.

»Gift. Gift und ein starkes beruhigendes Medikament. Allein sein Kopf blieb klar, doch er hatte keine Schmerzen und nahm sie, bevor Angelo sein Leben beenden konnte. Angelo glaubt nur, dass er selbst ihn getötet hat. Ein kleiner Triumph, immerhin.«

»Er hatte Gift …«

»Er war Mediziner, mein Kind. Es wäre dumm, sogar leichtfertig gewesen, nicht auf diese Weise vorzusorgen. Und er war müde, sehr müde. Seitdem du auf der Welt warst, hatte er nicht mehr geschlafen – für einen Mahr eine Selbstverständlichkeit, aber für ein Halbblut, das im Herzen Mensch geblieben ist, eine Folter, die ihresgleichen erst suchen muss.«

»Aber er wollte doch noch so vieles tun, so vieles bewirken«, erwiderte ich flehentlich. Er war zu früh gegangen!

»Das hätte er auch versucht, wenn das Netz sich nicht so schnell zugezogen hätte. Er hat es immer versucht. Es war zu seiner Lebensaufgabe geworden.«

Morpheus nahm eine Hand von meiner Schulter. Ja, ich konnte stehen, mein Organismus hatte sich gefangen und begann seine Arbeit wieder aufzunehmen. Trotzdem ließ Morpheus seine andere Hand bei mir und ich war froh, dass er es tat. Ich wollte noch nicht auf seine Geborgenheit verzichten.

»Hättest du nicht trotzdem irgendetwas dagegen tun können?«

»Ich kam zu spät. Ich wusste nicht, dass Angelo es war, der alle Macht an sich gerissen hatte und es tun wollte, obwohl es eine friedliche Abmachung zwischen ihm und deinem Vater gab. Wir können einander nicht in die Köpfe sehen. Wir können es nur, während wir rauben, und wenn wir uns dabei erwischen, töten wir uns gegenseitig. Bemerken wir es nicht oder zu spät, sind wir danach zutiefst erschöpft, vor allem wenn wir vorher sehr hungrig waren.« Deshalb also hatte Morpheus sich die Formel nicht sofort zurückholen können … Colin war schneller als er gewesen. »Dein Vater hatte sein Gift bereits genommen. Ich kann Träume rauben und Erinnerungen stehlen, ich kann Menschen Schlaf geben und sie sogar von schlechten Gedanken befreien. Doch ich kann nicht ihr Sterben verhindern, wenn es bereits begonnen und den Punkt erreicht hat, an dem das Bewusstsein schwindet. Den Göttern sei gedankt, dass ich das nicht kann. Es wäre ein Fluch.«

Ein klägliches Wimmern löste sich aus meiner Brust, als ich an meine Träume dachte, die mich seit dem Winter mit sturer Regelmäßigkeit heimgesucht hatten, Träume, in denen ich Papa fand und wir ihn zurückholten, zurück in unsere Familie, doch in jedem dieser Träume konnte ich mich nicht darüber freuen, weil ich genau spürte, dass er das gar nicht wollte. Er war so müde. Er schaute mich an und seine Augen sagten mir nur eines: Lass mich schlafen. Lass mich bitte wieder schlafen.

»Wenn du niemanden zum Leben erwecken kannst, dann tu wenigstens das, wozu du fähig bist, besser als jeder Mensch: Töte! Töte Angelo!«, rief ich mit klirrender Stimme. »Töte ihn! Beende diese Schreckensherrschaft!«

»Das wäre zu wenig«, erwiderte Morpheus leise. »Und es würde nichts ändern. Der Nächste giert schon nach seinem Posten. Der Tod ist zu wenig, mein Kind.«

Ja. Ja, er hatte recht. Der Tod allein war zu wenig. Er genügte nicht. Es musste etwas anderes geschehen.

»Ich kapier es trotzdem noch nicht – was war so gefährlich an meinem Vater? Er hat doch niemanden gezwungen, mit ihm zu kooperieren, das konnte er gar nicht! Warum konnten sie ihn nicht so lassen, wie er war? Nur weil er zwischen den Welten bleiben wollte, musste er sterben?«

»Angelo wollte ungestört jagen, bis in alle Ewigkeit. Niemand sollte ihm dabei im Wege stehen oder infrage stellen, was er tat. Kein Mensch sollte je von ihm und den anderen erfahren. Dein Vater war ihm dabei ein Dorn im Auge, denn er hatte vor, diese unsichtbare Linie zu überschreiten. Es gab viele Gründe für Angelo, ihn zu töten, und einige von ihnen wirst du womöglich niemals herausfinden oder verstehen. Für den Moment ist das auch nicht wichtig. Es gibt noch etwas für dich zu erledigen, heute Nacht und auf dieser Insel.«

Ich sah erstaunt zu ihm hinunter. »Heute Nacht?« Ich konnte mir nicht vorstellen, was das sein sollte.

»Ja.« Morpheus nickte und nahm seine Hand von meiner Schulter. Ich taumelte einen Augenblick lang, dann fand ich meine alte Stabilität wieder und streckte meinen Rücken, bis meine Wirbel gedämpft knackten. »Heute Nacht. Geh in die Gassen und mische dich unter Wesen, die fühlen. Du wirst wissen, was du zu tun hast.«

»Ich werde es wissen? Aber …«

Doch Morpheus hatte sich schon umgewandt und von mir entfernt, ein kleiner, sehniger Mann, der in einer Gruppe Touristen untertauchte, als hätten wir niemals miteinander gesprochen.

Ich wartete darauf, dass ich zusammenbrechen würde, weinend und zitternd, vielleicht musste ich mich auch übergeben oder würde mein Bewusstsein verlieren, damit ich nicht mehr über das nachdenken konnte, was geschehen war. Doch noch immer kehrten meine Gedanken von alleine um, sobald sie an den Punkt gelangten, wo ich mich fragen musste, wie ich von nun an existieren sollte.

Dass sie von allein stoppten, hielt meine Überlegungen allerdings nicht davon ab, sich unablässig neu zu bilden, sodass ich mich bald nach einem Stück Papier und einem Stift sehnte, um meine Fragen aufzuschreiben, obwohl ich mich vor den Antworten fürchtete.

Eine Frage war bald die lauteste von allen: Warum hatte Angelo es nicht dabei belassen können, meinen Vater zu töten? Für mich machte es noch immer kaum einen Unterschied, dass mein Vater den Zeitpunkt selbst gesetzt hatte, denn es war nicht von ihm entschieden worden, dass er sterben sollte. Warum musste Angelo sich mit mir anfreunden und mich an seine Seite ziehen? Pure Neugierde? Spieltrieb? Oder hatte er etwa wirklich etwas für mich empfunden? Allein die Vorstellung erfüllte mich mit Ekel, bis ich glaubte, würgen zu müssen. Ich wollte mich selbst schlagen, weil ein Teil von mir sich trotz dieses Ekels immer noch nach ihm sehnte, ihn als den Richtigen ansah, den Richtigen für mich, bei ihm sein wollte, seine Selbstgefälligkeit vermisste.

Doch Morpheus hatte gesagt, dass es andere Dinge zu tun gebe, und obwohl mich sein allzu nebulöser Auftrag überforderte, stand er unmittelbar bevor und ich sollte mich damit auseinandersetzen, vielleicht auch, weil ich hoffte, damit meinen selbstzerstörerischen Grübeleien für eine Weile zu entfliehen.

Heute Nacht, hatte Morpheus gesagt. Nicht heute Abend. Die Sonne war gerade erst untergegangen und die Dunkelheit barg eine Transparenz und Klarheit, wie ich sie noch nie erlebt hatte. Mir blieb noch ein wenig Zeit bis zur Nacht, also tat ich das, was er mir aufgetragen hatte, und ich tat es ohne Eile: Ich mischte mich unter die Menschen.

Zum ersten Mal, seit ich auf die Insel gelangt war, ließ ich den Zauber von Oia auf mich wirken. Ich war unfähig, mich zu freuen oder zu trauern, doch ich war empfänglich für Schönheit und Ästhetik und von beidem gab es hier im Überfluss. Schmuckboutiquen und Kleinkunstläden reihten sich zwischen pittoresken Cafés und Restaurants, alle unter freiem Himmel und mit Blick auf das Meer. Die bunten Fassaden der Häuser leuchteten auch im Dämmergrau, mal von modernen Spots angestrahlt, mal von weichem gelbem Kerzenlicht oder dem knisternden Flackern der Fackeln erhellt, mit denen einige der Cafés gesäumt wurden. Kein Kitsch, keine Billigläden, keine Bausünden weit und breit, alles hatte Stil und Flair; es war unmöglich, sich vernünftig zu entscheiden, in welches Lokal man sich setzen sollte, denn jedes barg seinen eigenen Charme. Das Essen war dabei nebensächlich, das Schauen und Genießen die Grundlage allen Seins. Nicht einmal die unübersehbare Tatsache, dass die Küste an jeder Stelle des Ortes steil abfiel, konnte mich in Panik versetzen. Nein, es beruhigte mich sogar, mich so hoch über dem Meeresspiegel zu befinden.

Diese Insel war durch den Ausbruch eines gewaltigen Vulkans entstanden, ich befand mich auf seinem Rand und die See hatte seinen Krater gefüllt, doch wann immer ich auf das Meer sah – so finster es sich auch unter mir ausbreitete –, schlug mein Herz langsamer und zufriedener. Das hier war ein Ort, der in den Menschen die Sehnsucht wecken konnte, alles stehen und liegen zu lassen, was vorher wichtig war, und zu bleiben.

In meinen Hosentaschen fand ich genügend Geld, dass ich in jedem der Geschäfte etwas für mich hätte kaufen können, doch ich setzte mich nur in eines der Restaurants und bestellte mir einen Teller Nudeln. Ich fand es schändlich, jetzt etwas zu essen, aber ich hatte Hunger und mein Bauch verlangte mit jener Rücksichtslosigkeit nach Nahrung, mit der er mich früher oft aus der Fassung gebracht hatte. Ich hatte zum wilden Tier werden können, wenn ich Hunger verspürte und nichts zu essen in der Nähe war. In den vergangenen Wochen – wie viele Wochen, welchen Monat hatten wir, welche Jahreszeit? Ich wusste es nicht! – war er nebensächlich geworden. Hatte ich überhaupt noch gegessen? Abgemagert war ich nicht; sehr schlank und trainiert, vielleicht zu schlank, aber nicht dürr.

Trotzdem machte ich sicherheitshalber Pausen zwischen den Bissen, in denen sich tiefe, schwere Seufzer aus mir befreiten, gegen die ich nichts ausrichten konnte. Meine Gedanken und Fragen formten diese Seufzer, ich schaffte es nicht, ihnen Einhalt zu gebieten, und jetzt, wo ich saß und nicht lief, zogen sie neue Fragen nach sich, vor denen es kein Entrinnen gab.

Ich hatte Angelo vertraut, ich hatte keinen Anlass gefunden, es nicht zu tun; keines seiner Worte hatte das Gegenteil in mir auslösen können. Alles, was er getan und gesagt hatte, hatte Hand und Fuß gehabt. Jeder logisch denkende Mensch hätte es nachvollziehen können. Oder war ich zu dumm gewesen, zu naiv und gutgläubig? Vielleicht war es so, vielleicht war ich nur eine gute Schülerin, eine Streberin, doch in den großen Aufgaben des Lebens versagte ich.

Ich durchforstete meinen Kopf nach Anhaltspunkten, die mich hätten warnen können, und fand keine – aber wenn ich keine fand, bedeutete das nicht, dass ich auch Colin misstrauen musste? Konnte es nicht sein, dass er ebenso hinter meinem Vater her gewesen war wie Angelo? War er dabei gewesen, als es geschah, eine von den starren Gestalten auf den Felsen, Gestalten ohne Gesichter? Warum hatten sie keine Gesichter gehabt? Sämtliche Mahre, die ich bisher gesehen hatte, hatten Gesichter gehabt, eindrucksvolle sogar. Ja, es konnte sein, dass Morpheus in seine Erinnerung eingegriffen hatte und die Gesichter für mich verschwinden ließ, damit ich nicht sehen konnte, dass Colin einer von ihnen gewesen war. Er hatte mich schließlich schonen wollen … Auch Tessas Gesicht hatte ich nicht sehen können, als ich im vergangenen Sommer in Colins Erinnerungen gewandelt war. Mahre waren dazu in der Lage, ihre inneren Bilder zu retuschieren.

Aber konnte Colin das fertigbringen – tatenlos zusehen, während mein Vater umgebracht wurde? Konnte er das?

Und warum in aller Welt sehnte sich immer noch etwas in mir nach Angelo, warum tat es weh, wenn ich mir vorzustellen versuchte, wie das Leben ohne ihn sein würde, ohne den Luxus, ihm bei dem zusehen zu können, was er so tat, und wenn es nur das Spielen auf dem Klavier war, etwas, von dem ich eigentlich gar nichts verstand? Warum bekam ich Angst, wenn ich daran dachte, ihn niemals wiedersehen zu können?

Ja, was Angelo betraf, konnte ich in die Zukunft denken. Einen faulen Zauber hatte Morpheus mir da aufgebürdet. Hätte er diesen Punkt nicht auch berücksichtigen können? Es war pervers, dass ich immer noch zu ihm wollte und alles wiedergutmachen. Mich entschuldigen! Ich durfte mich nicht entschuldigen, wofür denn?

Ich wusste doch ganz genau, was er getan hatte, ich durfte ihm keine Sekunde meiner Nähe schenken, das wusste ich!

Während meine Sehnsucht und mein Kopf erbittert miteinander stritten, aß ich in langsamen Bissen meinen Teller leer, beglich die Rechnung und verließ das Restaurant. Ich trug keine Uhr mehr, ich hatte keine Ahnung, wie spät es war, doch in den Gassen wurde es ruhiger.

Erst jetzt bemerkte ich die Hunde. Ich war kein ausgewiesener Hundefreund; Rossinis Rettung war eine notwendige Maßnahme gewesen und mein Herz hatte danach verlangt, er konnte schließlich nichts für sein schauderhaftes Herrchen und war bei Herrn Schütz gut aufgehoben, aber eigentlich war ich eher den Katzen zugeneigt. Doch diese Tiere sahen mich anders an als die Hunde, die ich bisher kennengelernt hatte.

Sie lebten offensichtlich wild, obwohl sie wohlgenährt wirkten; keiner von ihnen trug ein Halsband und sie bildeten kleine Rudel. Niemals bellten oder knurrten sie, sie wichen den Menschen umsichtig aus, schliefen am Rande der Gasse oder auf den kleinen Mäuerchen, manchmal auch auf den Dächern der weiter unten liegenden Häuser. Obwohl es sich bei allen um waschechte Promenadenmischungen handelte, strahlten sie einen würdevollen Stolz aus, den ich einem Hund niemals zugetraut hätte.

Ich setzte mich auf eine Mauerkante und ließ die Beine baumeln. Das kleine Rudel, bestehend aus einem alten grauen Schäferhundmix, dem Anführer der Gruppe, und vier undefinierbaren, kniehohen Kreuzungen mit langen Beinen und schmalen Köpfen, legte sich vor mir auf den Weg, die Schnauzen auf den Pfoten, und wartete. Ihre braunen, sanften Augen blieben geöffnet, ihre Ohren lauschten. Worauf warteten sie? Ich versuchte, ihre geduldigen Blicke zu ergründen, und schreckte hoch, als eine menschliche Stimme mein Ohr streifte. Ein kurzes Lachen, dann ein Murmeln, das mir vertraut vorkam, doch als ich aufsah, blickte ich nur auf die Hinterköpfe einiger ältlicher, forsch marschierender Touristen, die Damen mit lila schimmernder Dauerwelle, die Herren kahl. Die Hunde aber hatten sich erhoben, um sich gähnend und japsend zu strecken. Auffordernd blickte der Leitrüde mich an.

»Okay, ich soll also mitkommen, was?«, fragte ich dröge. Er drehte sich um und begann mit leicht schief gestelltem Hinterteil vorwärtszutraben, die anderen im Schlepptau. Mit einem ergebenen Achselzucken übernahm ich das Schlusslicht. Ich hielt Abstand, wenige Meter, es waren wilde Hunde, man musste vorsichtig bleiben. Einem einzelnen Hund konnte ich entfliehen; bei fünf Hunden würde es schwierig werden. Sie konnten mich totbeißen, wenn sie es darauf anlegten. Doch wann immer der Abstand zwischen ihnen und mir zu groß wurde, hielt der Schäferhund an, sah sich zu mir um und wartete hechelnd, bis ich zu ihnen aufgeschlossen hatte.

Fühlende Wesen … Ich sollte mich unter fühlende Wesen mischen, hatte Morpheus gesagt. Er hatte gar nicht die Menschen gemeint. Er hatte die Hunde gemeint, die mich nun so treu und still durch die Nacht führten und am Ende des Ortes wie auf ein Kommando hin geschlossen nach links in einen kleinen Hotelhof abbogen. Wieder sah der Leitrüde mich an. Ein Hotel … Ich konnte doch nicht in ein fremdes Hotel eindringen!

Vor dem offenen Törchen blieb ich unsicher stehen und äugte zu den Hunden hinüber. Sie hatten sich dicht nebeneinander zwischen zwei Liegestühle gelegt, die Köpfe wieder auf ihre Vorderpfoten gebettet, als wäre dies der richtige Platz, um ein Nickerchen zu halten. Unrecht hatten sie damit nicht. Es war kein Luxushotel mit bombastischem Pool und prachtvollen Außenanlagen, sondern überschaubar und ohne jeglichen Protz, das Schwimmbecken war klein und nicht allzu tief, die Liegestühle hatten keinen Designpreis verdient, die Zimmer waren vermutlich schlicht. Aber wer sich hier einquartierte, würde niemals das Bedürfnis verspüren, an einen anderen Ort der Insel zu reisen. Man konnte den ganzen Tag auf einem der weiß gekalkten Mäuerchen am Pool sitzen und aufs Meer blicken, ohne Langeweile zu verspüren oder das Gefühl zu bekommen, etwas tun und leisten zu müssen. Trotzdem blieb der Geist klar.

Ich überwand meine höfliche Zurückhaltung, schritt durch das Tor in den Hotelgarten und setzte mich zu den Hunden. Der Leitrüde knurrte mich leise an.

»Passt dir was nicht?«, flüsterte ich.

Wieder knurrte er. Er hatte mich hierhin geführt und es war richtig, dass ich ihm gefolgt war, aber meine Aufgabe war es offensichtlich nicht, bei ihm zu sitzen. Worin bestand sie dann?

Wir reckten gleichzeitig unsere Köpfe und spitzten die Ohren, die

Hunde und ich, als erneut ein fernes Murmeln durch die Luft drang. Dieses Mal hatte ich keinen Zweifel mehr, dass ich es kannte, dass ich es wenigstens schon einmal gehört hatte, wenn auch nur von fern. Es kam aus einem der Appartements, dem hinteren, das man erreichte, wenn man den Pool umrundete und einen dicht bewachsenen, schmalen Torbogen durchschritt. Ich blickte den Schäferhund fragend an. Die anderen Hunde ließen ihre Köpfe wieder sinken und schlossen die Augen, nur er erwiderte meinen Blick und knurrte ein drittes Mal, fordernd, nicht drohend.

Ich musste zu dem Appartement gehen. Als ich aufstand und mich auf den Weg machte, hatte ich das Gefühl, unsichtbar zu sein. Meine Schritte verursachten keine Geräusche, ich spürte weder den Wind noch die Wärme auf meiner Haut, nichts konnte mir Widerstand leisten. Ich war sogar in der Lage, die Schwerkraft zu überwinden, wenn ich wollte.

Ich war eine Kreatur der Nacht geworden.

Die Balkontür des Appartements öffnete sich lautlos, sobald ich meine Hand auf den Griff legte. Ich musste nicht einmal schieben oder dagegendrücken. Sofort ließ ich ihn wieder los und machte einen Schritt zur Seite ins Zimmer hinein, wo ich neben dem langen dunkelblauen Vorhang an der Wand stehen blieb und auf die Schlafenden im Bett blickte, deren Träume sich gerade erst zu bilden begannen, konturenlos und ohne jegliche Farben.

Sie träumten schwarz-weiß. Sie hatten kein großes Talent darin. Diese Träume konnten nicht lange satt halten, sie taugten für die Not, aber nicht für den großen Hunger. Der Mann hatte mir den Hinterkopf zugewandt, doch das Gesicht der Frau konnte ich sehen. Ja, der bittere Beigeschmack, der mir den Appetit verdarb, stammte von ihr. Schwelende Angst und Unruhe durchwanderten ihren Schlaf. Sie witterte etwas, was sie nicht zuordnen konnte, schon die ganze Zeit tat sie es, seit sie mit ihm zusammen war, obwohl doch alles so harmonisch und perfekt schien. Er sah gut aus, war intelligent, absolvierte eine mustergültige Ausbildung, er würde Karriere machen und gutes Geld verdienen, wahrscheinlich besaß er sogar Vaterqualitäten. Er war ein rücksichtsvoller Liebhaber und machte ihr ab und zu Geschenke. Sie liebte sein jungenhaftes, verschmitztes Lächeln und das Spiel seiner dunklen Haare, sie sah ihn gerne nackt und wollte ihm nahe sein, doch wann immer sie ihn im Schlaf berührte oder zu tief in seine Augen sah, hatte sie das Gefühl, einem Fremden zu begegnen, der ihr Unheil brachte. Trotzdem war sie süchtig nach ihm. Auch jetzt berührten sich ihre Hände und kurz darauf ihre Träume, ihre Gedanken wurden eins, trennten sich wieder und ein angstvolles Stöhnen übertönte ihren gehetzten Atem. Ihre Lider zuckten.

»Dreh dich zu mir um, Christian«, sagte ich mit der vollen Kraft meiner Gedanken. Er gehorchte sofort, schlafend. Ich ging in die Knie, um sein Gesicht ansehen zu können, in aller Ruhe und so nah, wie ich es früher nie gedurft hatte. Er war älter geworden. Um seine Augen bildeten sich die ersten dünnen Fältchen; Spuren des Lebens, die man beim flüchtigen Betrachten niemals erkennen konnte, die sich aber von Jahr zu Jahr vertiefen würden. Seine Stirn war etwas höher geworden und seine Lippen schmaler. Er war noch immer ein außergewöhnlich gut aussehender junger Mann, doch ich fragte mich, wo der Zauber geblieben war, dem ich jedes Mal, wenn ich ihn angeschaut hatte, wie in einer wehmütigen Trance erlegen war.

Grischa Schönfeld, das heimliche Topmodel unserer Schule – nicht nur ich hatte das so empfunden, ich war eine von vielen gewesen. Schön, schöner, Schönfeld. Für mich war er sogar mehr gewesen als das. Ich konnte ihn nicht abhaken wie die anderen. Er war immer bei mir geblieben. Und jetzt … ein ganz normaler Mann, der schlief, seinen Kopf auf den braun gebrannten Unterarm gebettet, eine dunkle Strähne über den Augen, den Mund leicht geöffnet. Kein himmlisches Antlitz, sondern ein rein menschliches, fehlerhaftes und auch fehlbares Antlitz.

»Was war es?«, fragte ich ihn wispernd. »Was hat mich all die Jahre an dich gebunden? Warum fühlte ich mich dir so nahe? Warum wollte ich immerzu bei dir sein?«

Ich musste nicht fürchten, dass meine Worte ihn weckten. Er hörte sie nicht, und selbst wenn er sie hörte, machte es keinen Unterschied – er würde mich nicht sehen und sie für einen Traum halten. Er sah mich nicht; es war nie anders gewesen.

Ich streckte meine Hand aus und legte sie um seine Wange, die warm und kalt meine Haut berührte. Warm und kalt? Wie konnte das sein? Mit den Fingerspitzen schob ich seine Lider nach oben. Tot und leer blickten seine schlafenden Augen mich an, nur für einen Herzschlag, bis sie mich erkannten und mit einem Male ihre Farbe wechselten, wie wenn jemand einen Schalter angeknipst hätte. Ein blaues Schimmern breitete sich in ihnen aus, blautürkis, und verlieh dem Braun ungeahnte Tiefe und ein irisierendes Glitzern. Sein Mund wurde voller und weicher, die Haut blühender, sein Ausdruck jugendlicher, als würde sich ein anderes Gesicht unter seinen Zügen erheben und sie vergehen lassen. Blitzschnell riss ich meinen Blick von ihm los und barg seinen Kopf mit beiden Armen an meiner Brust, dicht an meinem Herzen.

»Das bist nicht du!«, flüsterte ich in sein Ohr. »Es ist jemand anderes und ich werde dafür sorgen, dass er verschwindet. Ich verspreche es dir! Das bist nicht du, hörst du?«

Ich gab ihn wieder frei und ließ ihn zurück ins Kissen sinken, wo seine Lider herabfielen und er sich endgültig seinen Träumen überließ. Auch seine Freundin war ruhiger geworden. Ein Lächeln kräuselte ihre blassen Lippen. Für eine kurze Nacht hatte ich ihnen Frieden geschenkt.

Ich stürzte aus dem Zimmer, rannte mit geflügelten Schritten über den Hof, durch die ausgestorbene, dunkle Stadt und die Stufen hinunter zum Meer, bevor Angelo bemerken konnte, was ich gesehen hatte.

Ich rannte um mein Leben.

Auserwählt

»Hat er mich gesehen? Weiß er, dass ich es weiß?«, rief ich, sobald ich die Höhle erreicht hatte. Wenn Angelo es wusste, war es sowieso egal, ob ich schrie oder nicht. Ich musste den Gefühlen, die in mir tobten, Luft machen. Ich verstand nichts mehr; ich wusste nur, dass Grischa mit hineingezogen worden war, von Beginn an. »Wieso ist er in ihm drin, warum?«

»Also ist es wahr …«, sagte Morpheus wie zu sich selbst.

Er saß an der gleichen Stelle und in der gleichen Haltung auf dem Boden der kahlen Höhle, wie ich ihn gestern angetroffen hatte. Vermutlich sah so sein Leben aus, seit Hunderten von Jahren. Er saß in dieser Höhle, in der es nichts gab und von der aus man nichts sehen konnte als die Wellen, die gegen die Felsen schlugen, und stieg nur ab und zu hinauf in die Stadt, um sich zu ernähren. Das war alles. Doch er hatte mich nicht zufällig durch die Gassen Oias geschickt. Er hatte eine Ahnung gehabt, dass ich etwas finden würde. Und deshalb musste er mir Rede und Antwort stehen.

»Wird er jetzt kommen und mich holen, weil ich es entdeckt habe? Was ist überhaupt geschehen? Hallo, kannst du mir mal bitte antworten?!« Meinen letzten Satz brüllte ich so laut, dass mein eigener Schall in meinen Ohren schepperte. Die Höhle war zu klein für meine Stimme. Morpheus reagierte nicht. Ich wollte ihn an den Schultern packen und schütteln, doch mein Respekt hielt mich davon ab.

In Ordnung, er dachte lieber nach, anstatt zu antworten, beschwichtige ich mich gehetzt atmend. Deshalb ging ich optimistisch davon aus, dass Angelo nicht auf dem Weg zu uns war. Aber was hatte all das dann zu bedeuten? Seine Ausstrahlung, sein Charisma und seine Schönheit – jene Dinge, die mich an beiden gereizt und geschwächt hatten – zeigten sich in Grischas Gesicht, wenn er mich erblickte! Wie konnte das sein?

Weil die Höhle zu begrenzt war, um darin auf und ab zu laufen, lehnte ich die Stirn an den rauen, kalten Fels und schlug meine flachen Hände rhythmisch gegen das Gestein, um meine Gedanken besser kanalisieren zu können. Es war alles viel abartiger und verkommener, als ich geahnt hatte.

»Er war immer da, oder? Er hat mich seit meiner Jugend beobachtet, ist das richtig? Und er hat Grischa benutzt, damit ich mich erst unglücklich und hoffnungslos in ihn verliebe und es später wie eine Erlösung empfinde, wenn ich jemandem begegne, der so ist wie er? Jemandem, der mich wahrnimmt?«

Denn genau das war passiert. Nur deshalb hatte Angelo eine solche Macht über mich erlangen können. Weil seine Gegenwart den Schmerz, den Grischas Unerreichbarkeit in mir ausgelöst hatte, zu heilen schien. Grischa war zu keinem Zeitpunkt meiner elendigen und einsamen Jugend der gewesen, als den ich ihn wahrgenommen hatte. Wenn ich ihn ansah, erblickte ich etwas, was ihm selbst nicht bewusst war, was er niemals hätte sein können. Angelo hatte ihn unterwandert.

Endlich ließ Morpheus seinen rauschenden Atem abflachen, um mir zu antworten.

»Er hat dich auf ihn geprägt. Diesen dunkelhaarigen Jungen mit den schrägen Augen, oder?« Morpheus richtete seinen wasserhellen Blick auf mich. Offenbar hatte er mich blindlings in die Nacht geschickt und darauf gehofft, dass ich das Richtige tun und entdecken würde. Irgendwie typisch Mahr. Schnaubend hieb ich einen losen Stein von der Wand. Er zerbröselte noch im Fallen.

»Ja. Ja, er ging auf meine Schule und ich habe ihn das erste Mal bewusst wahrgenommen, als ich vierzehn war und er mich grundlos sekundenlang angesehen hat, direkt in meine Augen, absolut grundlos …« Ich brach ab. Von wegen grundlos. Nichts war grundlos gewesen, auch nicht dieser Blick, doch er hatte keine Verbindung zwischen ihm und mir schaffen können. Nur zwischen mir und Angelo. Grischa hatte selbst nicht gewusst, warum er mich angesehen hatte. Ich hatte ihn schon vorher registriert, als blendend schönen Oberstufenschüler, aber nach diesem Moment, in dem meine Welt stillgestanden hatte, wusste ich, dass ich ihn niemals würde vergessen können. Nicht er hatte mich angesehen. Angelo hatte mich angesehen.

»Ist etwa ein Teil von ihm in Grischa drin? Aber wie soll das denn gehen …« Es war zu absurd.

»Nein.« Morpheus schüttelte sacht den Kopf. »Das kann auch Angelo nicht. Er muss ihn eines Nachts heimgesucht haben und ihm dabei die Essenz einiger schöner, jugendlicher Träume eingeflößt haben, die immer dann aufleuchten, wenn ihn jemand anschaut, der sich nach diesen Träumen sehnt und dem etwas in seinem Leben fehlt. Der Junge wirkt dann, als könne er sie erfüllen und alles gutmachen, was im Argen liegt. Er weiß selbst nicht, warum das so ist. Es wird ihm deshalb nie jemand wahrhaftig nahe sein können, weil die Menschen seine Gegenwart nicht wegen seiner selbst suchen, sondern wegen all dessen, was sie fälschlicherweise in ihm ahnen und erhoffen, obwohl es gar nicht aus ihm rührt.«

»Eine Projektionsfläche. Grischa ist eine Projektionsfläche.« Ich musste diese nüchtern-wissenschaftliche Umschreibung wählen, um nicht den Verstand zu verlieren. Es war absolut logisch, es erklärte vieles, beinahe alles – aber es erklärte nicht, warum Angelo das getan hatte. »Sie galt mir, oder? Ich sollte darauf hereinfallen?«

Wieder nickte Morpheus. »Ja. Du. Und niemand sonst. Die anderen Opfer kümmern ihn nicht. Der Knabe selbst kümmert ihn ebenfalls nicht. Ein Mittel zum Zweck, mehr nicht.«

Nichts war Zufall gewesen, sondern alles durchdacht und geplant. Vorhin hatte ich noch die vage Hoffnung gehegt, dass Angelo mich vielleicht doch schlichtweg hatte kennenlernen wollen, aus Neugierde, und dabei keinerlei moralische Zweifel verspürte, weil Mahre nun mal keine moralischen Zweifel kannten und ihnen Elternliebe sowieso kein Begriff war. Jetzt wusste ich, dass einzig sein Spieltrieb ihn dazu gebracht hatte, mein Leben zu begleiten, zu prägen und zu manipulieren. Was von alldem in den letzten Jahren war überhaupt zufällig passiert?

»Aber wieso? Was habe ich ihm getan? Ich bin doch nicht einmal ein Halbblut! – Ich bin kein Halbblut, oder?«, vergewisserte ich mich. Papa hatte behauptet, dass nichts auf mich übergegangen sei, und Colin hatte es nie bestritten. Aber wem konnte ich noch glauben?

»Nein. Nein, mein Kind, das bist du nicht.«

»Aber was ist es dann? Was gab ihm den Grund, all das zu tun? Genügte es nicht, meinen Vater zu töten?«

Plötzlich keimte ein neuer schrecklicher Verdacht in mir auf. François … Pauls Befall. Mir war das schon immer ein wenig zu schicksalhaft vorgekommen. Mein eigener Bruder wurde von einem Mahr befallen, ausgerechnet von einem Wandelgänger, der jede Nische und jeden Winkel seines Daseins besetzte, um ihn bei allem, was er tat, kontrollieren zu können. Ich hatte anfangs geglaubt, dass es ein Rachefeldzug Tessas gewesen sei, doch diese Theorie hatten sowohl Colin als auch ich bald verworfen und ich hatte mich damit abzufinden versucht, dass es ein besonders makaberer Zufall gewesen war. War es nicht. Angelo musste ihn geschickt haben.

»François Later. Mein Bruder wurde von einem Wandelgänger befallen. Auch organisiert von Angelo, oder?«

Morpheus widersprach nicht. Also war es möglich. Und wahrscheinlich wusste Angelo, dass wir François bekämpft und raubunfähig gemacht hatten, denn Paul war mit mir in der Pianobar gewesen, sichtlich munterer als noch im Winter und mit einer jungen Frau an seiner Seite.

»Dieses dreckige, stinkende Stück Aas …«, knurrte ich. »Was habe ich ihm getan, dass er all diese Verbrechen begangen hat? Was? Sag es mir, du weißt es!«

In Morpheus' hellen Augen schien das Meer gemächlich auf- und abzubranden, als er sie mir zuwandte. Es besänftigte mich ein wenig.

»Es zählt nicht, was du getan hast. Sondern das, was du tun könntest und wozu du in der Lage wärest.«

»Was ich …?« Meinte er, dass ich irgendwann die Nachfolge meines Vaters übernehmen würde? Danke, die Lust dazu war mir gerade endgültig vergangen und ich hatte niemals ernsthaft darüber nachgedacht; weder über Papas noch über Dr. Sands Bitte, der mich ebenfalls für seine Nachfolge auserkoren hatte, wenngleich diese wesentlich ungefährlicher sein würde. Außerdem …

»Nein«, beantwortete ich meine Frage selbst. »Das kann es nicht sein. Das konnte er nicht ahnen, als ich vierzehn war. Ich wusste doch noch gar nichts von den Mahren, das habe ich erst im vergangenen Sommer erfahren!« Und wenn ich Colin nicht begegnet wäre, hätte ich es nie erfahren. Oh nein – nein … Colin … auch kein Zufall? Sondern eine weitere Intrige? Hatte Angelo Colin in mein Leben geschickt, damit die beiden guter Cop, böser Cop spielen konnten? Erst sollte Colin mich in Angst und Schrecken versetzen und mir Schaden zufügen, damit Angelo mit seiner vermeintlich reinen Weste ordentlich Eindruck schinden konnte? Hatte Colin wissentlich mitgespielt oder es ebenso wenig bemerkt wie ich?

»Colin … bitte nicht auch Colin.«

Ich nahm die Hände von der Wand und legte sie auf meine Wangen, bis nur noch meine Augen frei waren. Ich musste mich vor dem schützen, was ich jetzt hören würde. Fragend blickte ich Morpheus an. Doch er lächelte, als würde er sich freuen, von ihm zu hören.

»Ach, Colin, der junge Cambion mit dem Pferd?« Na ja, jung war relativ. »Wie dein Vater der Einzige seiner Art.«

Ich hielt den Atem an. Colin war der einzige Cambion? Es gab keinen anderen? Morpheus' Lächeln vertiefte sich.

»Ja. Viele Mahre haben versucht, sich einen Gefährten zu erschaffen und sein Dasein von der ersten Sekunde an zu bestimmen, doch dazu bedarf es nicht nur großer Macht, sondern auch eines großen Schmerzes.«

Ich schloss für einen Moment die Augen, um diese neuen Erkenntnisse sacken zu lassen. Was hatte Paul gesagt? Tessa sei schwanger gewesen und habe stümperhaft abgetrieben, mehrmals? Vielleicht sei sie auch dazu gezwungen worden? Es bedurfte eines großen Schmerzes …

»Colin ist der einzige Cambion unter den Mahren und auch der einzige Zufall in diesem Spiel. So geplant und unglückselig seine Zeugung auch war, so schicksalhaft und glücklich ist eure Begegnung gewesen.«

Unter »glücklich« hatte ich mir zwar immer etwas anderes vorgestellt, aber trotzdem ließen mich Morpheus' Worte erzittern. Colins und meine Beziehung war zerstört, das wusste ich, aber dass unsere Begegnung reines Kismet gewesen war, erschien mir wie ein Fels in der Brandung. Daran konnte ich mich für eine kleine Weile festklammern, um dem Sturm meiner zornigen Fragen standhalten zu können. Wir hatten uns gefunden und verliebt, von ganz allein, ohne das Zutun anderer – so, wie es sein sollte.

»War er dabei, auf den Felsen, als mein Vater getötet wurde?«

»Nein.«

Erneut lief ein Zittern durch meinen Körper. Mein Ausatmen glich einem Stoßseufzer. Colin war nicht dabei gewesen. Auch diese Antwort verlieh mir Halt. Es gab für mich keinen Grund, Morpheus nicht zu glauben. So wie er durch mich hindurchsehen konnte, konnte ich auch durch ihn sehen – nicht weil ich die Fähigkeit dazu hatte, sondern weil er es mir gestattete. Seine Gedanken waren für mich ein offenes Buch. Deshalb fühlte ich auch das väterliche Schmunzeln in seinen Worten und Erinnerungen, wenn er von Colin sprach. Aber genauso deutlich spürte ich eine umsichtige, stille Achtung, wenn er von mir sprach. Er wusste etwas von mir und über mich, was mir selbst verborgen geblieben war, und ich hatte Angst, es zu erfahren. Ich musste es jedoch erfahren, um zu verstehen, warum Angelo es auf mich abgesehen und unsere ganze Familie beeinflusst hatte mit seinen gerissenen Winkelzügen. Ich konnte mich davor nicht verstecken. Ich hatte mich nicht im Spiegel ansehen wollen und fand auch nicht den Mut, mein Gesicht abzutasten, selbst meine Haare wollte ich nicht berühren, doch ich konnte nicht länger vor der Wahrheit weglaufen.

»Was ist es?« Meine Stimme war nur noch ein Hauchen, das sich knisternd an den Wänden der Höhle brach. »Was hat ihn gelockt?«

Morpheus wartete, bis ich mich vor ihn kniete und ihn ansah. Dann ergriff er meine Hände, um sie in seinen Schoß zu ziehen und festzuhalten, als rechne er damit, dass ich davonstürzen würde, sobald ich es erfuhr. Das durfte ich nicht. Es hatte auch keinerlei Sinn. Man konnte vor sich selbst nicht fliehen.

»Hast du dir nie überlegt, wie wir entstanden sind?«

»Doch«, erwiderte ich prompt. »Aber das ist so ähnlich, wie sich zu überlegen, wo das Universum endet. Daran habe ich auch keinen Spaß. Adam und Eva werden es wohl nicht gewesen sein, oder?« Meine Ironie war unangebracht, aber ich wollte endlich wissen, was es mit mir auf sich hatte, und keine ungebetene Schulstunde absolvieren.

»Menschen werden zu Mahren verwandelt, das weiß ich«, ratterte ich trotzdem artig mein knappes Wissen herunter, als Morpheus sein Schweigen ausdehnte. »Ein Mahr fällt einen Menschen an und leitet die Metamorphose ein, um einen neuen Mahr zu schaffen, oder aber er ist so ausgehungert, dass es versehentlich geschieht. Richtig? Gut, richtig, ich sehe schon. Aber dann muss es irgendwann einen ersten Mahr gegeben haben. Den Urmahr sozusagen. Er hat mit dem ganzen Blödsinn angefangen.«

Wieder spiegelte sich das Meer in Morpheus' Augen, obwohl die Nacht stockfinster geworden war. Eigentlich hätte ich sie gar nicht mehr sehen und erst recht keine Farbe in ihnen erkennen dürfen. Sein tiefer Blick vervielfachte meine Angst.

»Es gibt Archetypen. Einer von ihnen war der Erste. Es gab sie damals und es gibt sie heute. Es sind wenige. Sie tragen es in sich. Es gibt zwei Varianten dieser Archetypen. Die einen haben zu wenig Gefühle, sind innerlich ausgedörrt und entscheiden sich irgendwann, Gefühle zu rauben, um wieder empfinden und erleben zu können.«

»Und die anderen?«, flüsterte ich.

»Die anderen haben zu viele Gefühle – Wut, Zorn, Neid, Angst, Sehnsucht, Mitleid, Wehmut, Liebe, Trauer – und halten sie nicht mehr aus. Deshalb beschließen sie, sie zu vergessen, sich selbst auszuhungern und nur noch die Gefühle anderer Menschen einzusaugen, wohldosiert und kalkuliert. Für beide Archetypen ist es lediglich eine Frage der persönlichen Entscheidung, Mensch zu bleiben oder Mahr zu werden. Es genügt oft, Nähe zu einem Mahr zu suchen, sich auf das andere Leben einzulassen und gegen sich selbst zu entscheiden. – Was glaubst du, mein Kind? Aus welchem Archetyp rühren die grausamsten, gierigsten und mächtigsten aller Mahre?«

Ich musste nicht lange überlegen. »Aus jenen Menschen, die zu viele Gefühle haben.«

Zu viele Gefühle, nicht zu wenig. Wie ich. Weil sie die Kontrolle über sich verloren, wenn sie raubten, da irgendetwas in ihnen sich die Intensität der eigenen Emotionen zurückwünschte, obwohl sie ihnen verhasst gewesen war, und die Träume und Empfindungen anderer Wesen selbst nach einem noch so brutalen Raub nie das ersetzen konnten, was einst aus ihrer eigenen Seele entstanden war. Sie waren niemals satt, niemals zufrieden, immer getrieben, auf ewig.

»Es bedarf nur einer Entscheidung?«

»Für dich, ja.« Morpheus bewegte seine Lippen nicht mehr; unsere Körper hatten wieder ihren Einklang gefunden, sodass er nicht sprechen musste, damit ich ihn hören konnte. Vielleicht lag es gar nicht an ihm, dass das so war. Vielleicht lag es an mir. »Eine einzige klare Entscheidung, die vollkommene Hingabe an einen Mahr, der dich auf seine Seite ziehen möchte, dein Ja zur Unsterblichkeit und der Weg zurück ist verschlossen. Wenn die Menschlichkeit einmal verloren ist, ist es unmöglich, sie wiederzuerlangen.«

Bei mir war es beinahe so weit gekommen. Ich hatte bereits vergessen, dass ich Vater und Mutter hatte, ich hatte meine Freunde vergessen, ich hatte Colin vergessen. Oder war es schon so weit gewesen? War es bereits geschehen?

»Gibt es für mich noch eine Umkehr?« Nun war ich froh, dass Morpheus meine Hände in seinen hielt und ich ihn bei mir fühlte. »Kann ich mich überhaupt noch entscheiden?«

»Du hast dich entschieden, indem du hierhergekommen bist. Und du hast dich vorher entschieden, immer wieder.«

Ja, das hatte ich. Wie Wolken zogen die Erinnerungen an meine Entscheidungen vorüber. Ich hatte mich entschieden, zu Colin zu stehen, als mein Vater mich unter Druck gesetzt hatte. Ich hatte mich entschieden, unser aller Leben und meine Liebe zu riskieren, indem ich Colin in dem Kampf gegen François antreten ließ. Ich hatte mich entschieden, nach Trischen zurückzukehren und mich meinen Erinnerungen zu stellen. Ich hatte mich entschieden, Tessa das letzte Antibiotikum zu verabreichen, obwohl ich selbst möglicherweise sterbenskrank war. Aber meine Entscheidung hierherzukommen war dem Gedanken entsprungen, dass der Anruf etwas mit der Metamorphose zu tun hatte. Betreten senkte ich meine Lider. Ich hatte mich in diesem Augenblick nicht einmal entsinnen können, dass Morpheus mich schon zwei Mal angerufen hatte, immer nachts, und ich seine Stimme eigentlich kannte. Und doch – als Angelo plötzlich hinter mir gestanden hatte, war mir unwohl geworden, ohne dass ich den Grund dafür hätte erraten können. Die Schlange aber hatte mein Unbehagen gespürt. Sie hatte mich dazu gebracht, ihn nicht länger im Haus zu dulden. Und ich wiederum hatte auf die Schlange gehört. Keine Gedanken mehr, nur noch schwache, unreflektierte Intuition.

»Es kann sein, dass er von deinen Träumen gekostet hat in den vergangenen Tagen und Wochen«, durchdrangen Morpheus' Überlegungen mein eingeschüchtertes Schweigen.

»Nein, das hat er nicht«, entgegnete ich entschieden. Ich hatte nicht mehr geschlafen, obwohl ich es nicht beschlossen hatte, es war geschehen, ohne mein Zutun. Er hatte es gar nicht tun können. Auch tagsüber und während unserer nächtlichen Streifzüge war es nicht geschehen. Immerhin, Colins Erinnerungsraub hatte seine guten Seiten: Durch dieses Erlebnis wusste ich, wie es sich anfühlte, wenn es begann. Es verlangte nach einer Nähe, die Angelo und ich nie geteilt hatten, nach der ich mich aber ständig gesehnt hatte. Und aller Wahrscheinlichkeit nach hatte ihn diese Sehnsucht nur noch angeheizt. Doch beeinflusst hatte er mich zweifellos in irgendeiner Weise. Das konnten Mahre, selbst wenn man wach war.

Angewidert presste ich die Lippen zusammen, angewidert nicht nur von ihm, sondern vor allem von mir selbst. Ich war ein Archetyp, eine Auserwählte. Es hätte kein Blut fließen müssen, um es zu vollziehen. Kein Schmerz wäre notwendig gewesen. Nur mein Wille, aus dem Diesseits zu scheiden. Ohne dass Morpheus es angedeutet oder gar ausgesprochen hatte, wusste ich, was er mir hatte sagen wollen: Es bedurfte einer Entscheidung und Hingabe, ja, körperlicher Nähe. Ich hätte mit Angelo schlafen müssen. Darauf hatte er gewartet. Dass ich darum bettelte. Und dann wäre er dabei in meine Seele eingedrungen und hätte es vollendet. Ich hätte es nicht einmal gemerkt.

»Was ist mit Colin?«, lenkte ich mich von meinem jähen Selbsthass ab. »Er war nie ein Mensch …«

»Er war nie ein Mensch. Er sollte nie ein Mensch sein können. Genau darin offenbaren sich seine Zähigkeit und seine Stärke. Er hatte keine Möglichkeit, sich zu entscheiden, und doch wehrt er sich erbittert gegen sein Schicksal, jeden Tag aufs Neue. Das lässt ihn für die Mahre so unberechenbar wirken. Er hat sich widersetzt. Die Metamorphose hat durch ihn an Macht verloren. Obwohl er immer dämonisch war, versucht er, wie ein Mensch zu leben, sogar in den dunkelsten Zeiten, und er hat bitter dafür bezahlt. Trotzdem hält es ihn nicht davon ab. Er stellt uns alle infrage. Deshalb sucht Angelo nach Menschen, die freiwillig übertreten. Er sucht Archetypen. Und er hat dich gefunden.«

»Wie? Wie hat er mich gefunden? Durch meinen Vater?«

Dieser Gedanke hätte Papa zerstört. Ich hoffte inständig, dass er von Angelos Jagd auf mich nichts gewusst hatte. Er hätte es sich niemals verziehen, auch nicht, dass Angelo François auf Paul gehetzt hatte. Doch es war nicht seine Schuld.

»Nachdem dein Vater vor einigen Jahren damit anfing, Mahre zu suchen, die sein Vorhaben unterstützten, wurde Angelo auf ihn aufmerksam und ich könnte mir vorstellen, dass er ihn beobachtet hat und dabei auch auf dich aufmerksam wurde. Eines ergab das andere. Dein Vater empfand ebenso viel wie du. Er hat sich widersetzt, obwohl er bereits ein Halbblut war. Doch der Wille eines jungen Mädchens sollte leichter zu brechen sein …«

»Dachte er«, führte ich Morpheus' Satz hart zu Ende. »Das dachte Angelo nur. Aber das wird er nicht. Meinen Willen wird er nicht brechen.«

Angelo hatte mich beobachtet, bei meinen vielen Tränen und Träumereien, und alles, was er dabei empfunden hatte, war der Wunsch, mich auf seine Seite zu ziehen, um meinem Vater eins auszuwischen und seine eigene Macht zu verstärken. Er kotzte mich an. Und wenn ich übergetreten wäre und nicht so gespurt hätte, wie er sich das vorstellte, wäre mir vermutlich dasselbe widerfahren wie Papa. Hingerichtet am Capo Vaticano. Ich versuchte, den galligen Geschmack in meiner Kehle hinunterzuzwingen. Hustend und keuchend schluckte ich.

»Warum hast du mich ausgerechnet jetzt zu dir gerufen? Bin ich hier denn überhaupt sicher?«

»So sicher wie in Mutters Schoß. Es ist meine Insel, mein alleiniges Revier. Kein anderer wagt es, hier zu jagen. Und doch wurde ich von einem Mahr beauftragt, dich zu rufen. Ein junger, stolzer Mann mit großem Todesmut und ebenso großer Todessehnsucht hat mich darum gebeten, weil seine eigene Macht erschöpft war. Wir haben gerade über ihn gesprochen …«

»Colin«, schluchzte ich auf. Morpheus war der Mahr, dem er die

Formel geraubt hatte, und obwohl er nicht wissen konnte, wie er ihm gesinnt war und Morpheus ihm beim ersten Versuch beinahe den Schädel zertrümmert hatte, war er erneut zu ihm gegangen, in sein Revier, um ihn um Hilfe zu bitten. Das war nicht todesmutig, das war gehirnamputiert. »Wie konnte er das nur tun? Er hätte dabei draufgehen können.«

»Die Hoffnung hat ihm offensichtlich Flügel verliehen.« Morpheus' Augen schillerten in gleißender Helligkeit. »Er war nicht das erste Mal bei mir. Er kam kurz nach Tessas missglückter Metamorphose, auf der Flucht, und hatte unzählige Fragen. Als ich ihm nicht alle Antworten geben wollte, suchte er nach anderen Wegen. Ihr seid euch nicht unähnlich, du und er.«

Er hielt inne, denn ich begann zu weinen. Mein Schluchzen hallte in der kleinen steinigen Höhle wie das Klagen eines sterbenden Vogels, während ich mir vorzustellen versuchte, wie Colin bei Morpheus gesessen und ihn mit Fragen gelöchert hatte. Er war hier gewesen, in diesem kleinen Raum. Sein Blut hatte diese Felsen benetzt. Meine Tränen fielen auf den Steinboden und hinterließen dünne, warme Spuren. Tränen, die er mir von den Wangen gepflückt hatte, mit seiner Zunge, bevor sie nur noch ihm galten und ich ihn verraten hatte.

Sobald ich mich ein wenig gefangen hatte, sprach Morpheus weiter. »Ich habe ihm seine Fragen beantwortet, so gut ich konnte. Doch was ich in mir trage, ist uraltes Wissen, für das es keine Beweise gibt. Mythen, Legenden, Göttergeschichten. Nicht mehr und nicht weniger. Aber seitdem er wiederkam und mich beraubt hat, weiß ich, dass Colin die gleiche Sehnsucht treibt wie mich. Er möchte sterben. Niemand sollte ihn dafür anklagen, denn es ist das einzig Menschliche, was ihm jemals widerfahren kann. Wie sollte ich ihn verurteilen, wo wir diesen einen Wunsch teilen? Unser Leben und unser Tod liegt in deiner Hand, mein Kind.«

»Ich weiß die Formel doch auch nicht mehr …« Mit dem Handrücken wischte ich die Tränen von meiner Wange. »Ich erinnere mich nicht, ehrlich. Sie ist fort.«

»Weil sie verdrängt wird. Das ist das, was ich dir erlaubt habe. Ich habe dir erlaubt, all das zu verdrängen, was dich zu sehr schmerzt und belastet. Es ist wichtig, diesen Zustand beizubehalten, um handeln zu können. Aber du wirst die Formel wiederfinden.«

Im Moment war ich nicht erpicht darauf, sie wiederzufinden. Mir genügten mein Zorn und der Hass auf mich selbst – und die Angst vor dem, was geschehen würde. Denn es musste etwas geschehen. Die Welt konnte so nicht bleiben. Mit der blinden Verzweiflung einer Ertrinkenden krallte ich mich an die letzten verbliebenen Fragen, als könne ich damit die Katastrophe verhindern.

»Und Grischa? Woher wusstest du, dass er mit alldem zu tun hat?«

Morpheus ließ meine rechte Hand los und berührte zärtlich mein Haar. »Ich jage nur noch selten, ich lebe in Askese. Doch wenn ich jage, raube ich bei Menschen, die hierherkommen, um ihrem Leben zu entfliehen. Sie finden auf dieser Insel genügend Schönes, um sich anschließend zu trösten.« Wenn er das sagte, klang es anders als bei Angelo. Es klang aufrichtig bedauernd. Er bedauerte es, jagen zu müssen. Wie Colin. »Grischa kommt immer wieder hierher. Er hat sich in diese Insel verliebt. Sie ist sein Seelenheil geworden. Und jedes Mal trägt er einen Brief bei sich, zwölf Seiten, mit Tränenflecken in der dunkelblauen Tinte, zerknittert und zerlesen. Er versteht die eng beschriebenen Zeilen nicht, aber er liest sie immer wieder, ohne zu begreifen, warum. Es gelingt ihm nicht, den Brief ins Meer zu werfen, wie er es schon oft vorhatte.«

»Mein Brief. Es ist mein Brief!« Ich lachte unter Tränen. Grischa trug meinen Brief bei sich … Ich bildete mir nichts darauf ein; dass wir ohne unser Wissen aneinandergeschweißt worden waren, war allein Angelos Vermächtnis. Doch die Vorstellung, dass er meine Zeilen bei sich trug, sorgte für das, was Angelos Psychodrama niemals geglückt wäre – es glättete die Wogen in meiner Seele, die sich immer dann unruhig erhoben, wenn ich an Grischa dachte. »Und du hast erkannt, dass er von mir war?«

»Nicht sofort.« Morpheus sah mich durchdringend an. »In einem seiner jüngsten Träume erblickte ich ein Mädchen, das deinem Vater wie aus dem Gesicht geschnitten war. Dich. Es war einer jener Träume, an die sich die Menschen nicht erinnern, weil sie nicht daraus aufwachen. Wann immer er von dir träumt, wird sein Schlaf tief und fest. Er weiß nicht, dass er von dir träumt, das konnte ich spüren, und noch weniger begreift er, warum du ihm auf zwölf langen Seiten von deinen Sehnsüchten und Gefühlen erzählt hast. Trotzdem gelingt es ihm nicht, den Brief zu vernichten. Das ließ mich misstrauisch werden und weckte in mir den Verdacht, dass Kräfte im Spiel waren, die über das Menschliche hinausgingen. Kräfte, die nur ein Mahr besitzt. Nun, was schon immer mein Verderben und mein größtes Gut war, ist die Neugierde. Ich habe geraubt, ihn weiterschlafen lassen und den Brief gelesen. Wie jedes ordentliche Mädchen hattest du deinen Absender auf das Kuvert geschrieben.«

»Nicht weil ich ordentlich bin, sondern weil ich wollte, dass er mich aufsucht oder anruft«, gestand ich zerknirscht.

»Du hattest Elisabeth Fürchtegott-Sturm geschrieben.«

»Hm«, machte ich verlegen. Ja, das hatte ich, in der Hoffnung, ein Doppelname würde Eindruck schinden und ihn neugierig machen. Fürchtegott-Sturm klang schließlich Respekt einflößend und wichtig. Aber genau das war mein Glück gewesen – mein pubertärer Versuch, seine Aufmerksamkeit zu erregen. Nur deshalb hatte Morpheus ahnen können, was geschehen war, und ich konnte mich endlich aus meinem Grischa-Fluch befreien.

Ich atmete tief durch und richtete mich auf. Es war anders, als ich gedacht hatte, aber es war eine Erklärung. Und ich trug keine Schuld daran; in vielen anderen Dingen hatte ich Schuld auf mich geladen, doch in diesem Punkt nicht. Morpheus gab meine Hände frei.

»Dann verrate mir noch eines. Wie um Himmels willen telefonierst du? Ich habe in dieser verfluchten Fischerhöhle noch keinen Festnetzanschluss gefunden.«

Morpheus lachte hell auf, beinahe wie eine Frau, und schlug sich auf den Oberschenkel, eine so normale Geste, dass ich in sein Lachen einstimmen musste.

»Das Telefonieren ist eine scheußliche Erfindung. Ich hasse sie. Dein Vater hat es mir beigebracht. Er ist ein geduldiger Mensch, aber ich fürchte, ich habe ihn dabei an seine Grenzen gebracht.«

»Er *war* ein geduldiger Mensch«, korrigierte ich ihn. Mein Lachen war erstorben. Morpheus strich über meine Wange. Er fühlte sich dabei an wie Papa. Exakt so hatte Papa mich immer berührt, wenn ich traurig war.

»Er ist. Wer fühlt, kann niemals vergehen. Er *ist*. Wann immer du glauben wirst, ohne ihn nicht leben zu können, nicht mehr zurechtzukommen, kehrst du in meine Höhle zurück und ich beweise es dir von Neuem.«

»Okay«, murmelte ich erstickt. »Und das kannst du?«

»Das kann ich. Er hat mich gebeten, von ihm zu rauben und es aufzubewahren. Für seine Kinder. Damit ich sie sie spüren lasse, sobald sie sie brauchen.«

»Sie?«

»Seine Liebe. Er hatte viel davon. Sehr viel.«

Ich wehrte mich nicht, als er mich in seine Arme nahm. Ich bettete meinen Kopf an seine Schulter, sodass ich seine runden, weichen Brüste an meinen spürte. Es störte mich nicht, stimmte mich nicht einmal verlegen. Morpheus hatte keine Sexualität mehr. Wie hatte Colin mal gesagt? Mit den Jahrzehnten verliert die Sache erheblich an Reiz. Bei Morpheus waren es Jahrtausende.

»Was soll ich denn jetzt tun?«, fragte ich. »Was kann ich tun?«

Ich hatte ein Trümmerfeld geschaffen und würde von meinen eigenen Waffen erschossen werden, sobald ich es betrat. Angelo würde meine Entscheidung nicht akzeptieren. Er durfte sie gar nicht erst erfahren.

Morpheus schob mich ein Stückchen von sich weg, um das Band aus meinem Haar zu lösen und es erneut zu flechten, mit festen, sicheren Bewegungen. Dann drehte er mich zu sich um, bis ich ihn ansehen konnte.

»Du darfst jetzt keine Pläne fassen, keine Pläne verfolgen und sie auf gar keinen Fall aufschreiben. Pläne sind gefährlich. Er kann deine Gedanken lesen. Aber vermutlich wirst du in seiner Gegenwart gar nicht mehr denken können. Trotzdem: keine Pläne. Sie verraten dich.«

Ich schüttelte den Kopf. Keine Pläne fassen? Gar keine? Das war immer meine probate Rettung gewesen, mir einen Plan auszudenken, und wenn er noch so albern war. Pläne zu fassen, war mir klug und vernünftig vorgekommen. Doch gerade in der Zeit mit Angelo hatte ich damit begonnen, auf alle Planenden hinabzuschauen, verächtlich und spottend. Ich kannte jetzt die andere Seite.

»Gestatte dir deine Gefühle, auch wenn sie dich verwirren«, fuhr Morpheus fort. »Höre auf deine Intuition. Nur sie kann dich retten. Und vertraue dabei auf jene, die dich lieben.«

»Mich liebt niemand mehr«, entgegnete ich steif. Mich konnte man nicht mehr lieben. Ich hatte versagt, in allen Belangen. Wer sollte ihnen vorwerfen, dass sie es nicht mehr taten?

»Oh doch, du wirst geliebt. Sonst wärest du nicht hier. Nun schlaf, mein Kind, schlaf. Morgen wird dich ein Schiff zurück nach Italien bringen. Jetzt aber musst du schlafen.«

Noch bevor er sein weißes Gewand über meinen Körper zog, fielen meine Augen trotz meiner tausend unbeantworteten Fragen zu und ich sah Grischa, wie er auf einem Mäuerchen am Rande der Insel saß, salzige Böen in seinem störrischen Haar und schlummernde Katzen zu seinen Füßen, und meinen Brief las, bis die Sonne untergegangen war und die Dunkelheit meine Buchstaben vor seinen Augen verschwimmen ließen.

Wir gehörten zueinander, ewig dein, ewig mein, ewig unser.

Doch wir würden uns niemals lieben.

Rückfall

Das schaffe ich nicht, keine Chance, dachte ich, als das überschaubare, aber gut motorisierte Fischerboot im Morgengrauen vom Hafen Ammoudi ablegte und die Deckbohlen unter meinen Füßen zu vibrieren begannen. Keinerlei Plan hegen und trotzdem das aufhalten, was bereits seinen Gang nahm? Sogar mit einem Plan wäre es mir aussichtslos vorgekommen, bei Weitem aussichtsloser als unsere ausgefeilte Vernichtungsaktion gegen François und der Mord an Tessa. Ich konnte mich ja ohnehin nicht mehr entsinnen, was genau wir bei Tessa getan hatten, um sie zu töten; ich wusste lediglich, dass sie irgendwann in unserem Salon gelegen hatte, kein Dämon mehr, sondern eine uralte, dahinsiechende Frau, und ich ihr die Spritze gesetzt hatte. Alles, was davor geschehen war, hatte sich im Nebel meiner verlorenen Erinnerungen aufgelöst.

Schon allein deshalb kam ein Mord nicht infrage. Außerdem musste man einen Mord planen, jedenfalls dann, wenn er einem ungleich Stärkeren galt, und planen durfte ich nicht. Abgesehen davon fühlte ich mich nicht gewillt, ein weiteres Mal zu töten. Das hätte auch Morpheus erledigen können. Es wäre zu einfach, hatte er gesagt. Zu leicht. Für ihn mochte das ja zutreffen, aber für mich schien alles, was jetzt kam, eine kaum zu bewältigende Aufgabe, bei der ich genau das nicht tun durfte, was ich gerade erst mühsam wiedererlangt hatte, wenn auch eher wie ein Grundschuldkind als wie eine Erwachsene: denken. Überlegen. Abwägen.

Dennoch versuchte ich mich der anderen beiden Anrufe von Morpheus zu entsinnen, die er von der einzigen Telefonzelle Oias aus getätigt hatte. Was hatte er mir gesagt? Ich lehnte meine Stirn gegen die kühle Metallstange der Reling, um mich zu fokussieren, denn das unregelmäßige Wogen der Dünung wirkte auf mich wie Alkohol, es ließ meine Gedanken bereits jetzt unscharf werden, obwohl wir die Insel noch sehen konnten. Der erste Anruf … Er hatte mich in einer Gewitternacht erreicht, als ich allein zu Hause gewesen war und mich zu Tode gefürchtet hatte. Ja, jetzt fiel es mir wieder ein – Morpheus hatte nach meinem Vater verlangt. Er hatte ihn sprechen wollen und ich hatte ihm gesagt, dass Papa in Italien sei.

Der Zweck dieses Anrufes war für mich schnell geklärt: Vermutlich wollte er Papa Informationen über Colin mitteilen, denn der war schließlich der Grund gewesen, weshalb Papa überhaupt nach Italien aufgebrochen war. Wen hatte er dort eigentlich befragen wollen? Ich riss meinen Kopf ruckartig nach oben und verlor beinahe das Gleichgewicht, als eine ungeahnte Schlussfolgerung durch meinen Kopf raste. Als Papa vergangenen Sommer nach Italien gereist war, hatte er garantiert Angelo nach Colin befragen wollen. Die beiden waren in einem ähnlichen Alter, Angelo hatte Kontakt mit Papa gehabt, sich ihm gegenüber als der ängstliche Junge ausgegeben. War es Angelo gewesen, der ihm von Colins Fluch erzählt hatte? Konnte er überhaupt davon wissen? Ich hatte nie mit ihm über Tessa gesprochen, es hatte sich nicht ergeben – oder hatte ich instinktiv nichts von ihr erzählt? Wusste Angelo, dass wir sie getötet hatten? Es konnte ihm nicht entgangen sein …

Einen Moment lang war meine Kehle wie stranguliert; es gelang mir kaum mehr, Luft zu holen. »Nicht durchdrehen, Ellie«, wies ich mich leise zurecht. Wenn Tessas Tod Angelo erzürnt hatte, hätte er mich längst umbringen können. Nein, es musste so sein, wie Morpheus es gesagt hatte: Angelo wollte die Freiwilligkeit, eine Freiwilligkeit, die er dank seines Charmes und seiner gewinnenden Ausstrahlung leichter hervorrufen konnte als jeder andere Mahr. Ob Tessa lebendig oder tot war, war ihm gleichgültig. Trotzdem hoffte ich, dass Morpheus ihm zuvorgekommen und er es gewesen war, der meinen Vater über Tessa und Colin unterrichtet hatte.

Gut, der erste Anruf war geklärt – was war mit dem zweiten? Noch befand ich mich auf dem offenen Meer, weit weg von Italien, noch durfte ich nachdenken, auch wenn es immer aufreibender wurde. Der zweite Anruf hatte mich ebenfalls im Westerwald erreicht, in den frühen Morgenstunden. Plötzlich sah ich die drei Worte, die Morpheus in den Hörer gesprochen hatte, wie Leuchtzeichen aufblinken: Süden, Augen, Gefahr. Danach war die Verbindung abgebrochen und ich hatte in einem zerstörerischen Wutanfall das Telefon so oft gegen die Wand geworfen, bis es zerbrochen war.

Auch jetzt regte sich Unmut in mir. Morpheus mochte das Telefonieren ja hassen, aber er hätte sich wenigstens ein bisschen anstrengen und vollständige Sätze bilden können. Süden, Augen, Gefahr, das konnte alles und nichts bedeuten. Süden und Gefahr, okay, bei diesen beiden Worten tippte ich auf Angelo oder Tessa oder beide. Aber Augen? Was hatten die Augen in diesem hochintellektuellen Dreigestirn der mahrischen Telefonkunst zu suchen? Oder hatte ich Morpheus damals nur falsch verstanden? Die Augen passten nicht hinein. Und doch war es das Wort, das am schwersten zu wiegen schien. Hatte er damals schon Grischas Brief gelesen? Und war Papa schon tot gewesen?

Ich gab seufzend auf, trotz der großen Gefahr, der ich entgegenreiste. Es hatte sowieso keinen Zweck, ich durfte nicht nachdenken, durfte keine Pläne fassen. Zumindest keine Pläne, die Angelo verraten konnten, dass ich wusste, was er all die Jahre getan hatte, und etwas dagegen unternehmen wollte.

In einem plötzlichen Müdigkeitsschauer rutschten meine Hände von der Reling und mein Kinn knallte gegen das salzverkrustete Metall. »Autsch«, murmelte ich schläfrig, bevor ich mich gähnend wieder aufrichtete und hinüber zum Führerstand des Bootes schaute. Mir war der Fischer, zu dem Morpheus mich geführt und den er mit einem knappen Nicken begrüßt hatte, von der ersten Sekunde an nicht ganz koscher vorgekommen. Kein anderer Mahr würde sich auf diese Insel wagen, hatte Morpheus gesagt. Sie sei sein Jagdrevier. Aber Colin war zu ihm gekommen, drei Mal sogar, auch Papa war nach Santorin gereist, unter anderem, um Morpheus das Telefonieren beizubringen (eine Vorstellung, bei der ich traurig lächeln musste), und mein Vater war immerhin ein Halbblut gewesen.

Dieser Fischer hier hatte bislang kein Wort mit mir gesprochen, er richtete seine rehbraunen Augen, über denen sich dichte, struppige Brauen wölbten, stur auf den Horizont. Doch mir fiel seine Unbeholfenheit im Umgang mit der modernen Technik auf. Das Funkgerät hatte er vorhin ausgeschaltet, weil es nur noch unkontrolliert knatterte und rauschte, und der Radarbildschirm im Bordcomputer zeigte keine Seekarte, sondern grauweiße Schneeschauer. Nichts funktionierte mehr. Aber all das brauchte der Mann gar nicht, er trug seinen Kompass im Kopf, weil er dieses Meer kannte, wie kein elektronisches Gerät es jemals konnte, und nahm Schiffe wahr, bevor er sie auf dem Radar sehen konnte – weil er die Träume der Besatzung witterte. Er musste ein Mahr sein. Morpheus und er waren friedlich miteinander umgegangen, in einem stillen, melancholischen Einverständnis. Vielleicht bezeichnete Morpheus ja nur jene seiner Artgenossen als Mahre, die sich dem raffgierigen, gewissenlosen Rauben verschrieben hatten, und die wenigen anderen waren Menschen für ihn?

Wieder musste ich gähnen; es kam so schnell, dass ich nicht mehr die Hand vor den Mund nehmen konnte. Ungeniert bleckte ich meine Zähne. Meine Gedanken wurden so träge und meine Lider so schwer, dass ich mich an Ort und Stelle auf die schwankenden Schiffsbohlen legte, den Körper in der Sonne, den Kopf im Schatten, meine Tasche als Kissen unter dem Nacken.

Ich erschrak nur leicht, als meine Tagtraumbilder von ganz allein wieder zu Angelo zurückkehrten, nicht zornig, sondern reumütig und bittend. Sobald ich meine Augen schloss, sah ich seine und sehnte mich nach ihm – eine tief verankerte, zehrende Sehnsucht, die mich schon seit Jahren begleitete und zu mir gehörte wie mein widerspenstiges Haar und meine tausend kleinen und großen Ängste. Gegen sie würde ich niemals siegen und ich wollte es auch nicht mehr. Ich durfte schließlich keine Pläne fassen, ich durfte … nicht …

»Nein!«, weckte ich mich mit schwacher, zitternder Stimme. »Nein, Ellie!«

Ich sollte mich auf meine Gefühle einlassen, sie mir gestatten? Aber ich wollte nicht vergessen, was passiert war, auf keinen Fall! Das widersprach sich … Und was war mit Colin? Colin, der eben beinahe schon wieder weggedriftet war – er musste doch erfahren, was all die Jahre geschehen war, er musste wissen, dass mein Vater tot war, er musste mir helfen, mich zu erinnern … Doch vor allem musste ich ihn um Verzeihung bitten. Das musste ich tun, auch wenn es mein Leben und gleichzeitig meine Sterblichkeit gefährdete, weil Angelo es in meinem Kopf lesen konnte. Ich musste zu ihm. Wahrscheinlich würde ich sowieso sterben und ihn verlieren, aber wenn, dann wollte ich ihn vorher wenigstens noch ein Mal sehen.

Die Gefahr war zu groß, dass ich meinen Gefühlen erlag, ohne Colin gesagt zu haben, wie leid mir tat, was ich ihm angetan hatte. Ich wusste zwar nicht genau, worin meine Schuld lag, denn ich hatte ihn nicht betrogen, aber sie war da, ich spürte sie in meinem phlegmatisch schlagenden Herzen, wie einen Dorn, der sich in die Haut geschoben hatte und dort schmerzhaft pulsierte, obwohl man ihn nicht mehr sehen konnte.

Doch der Schmerz wurde nebensächlicher, je weiter wir auf die offene See hinausfuhren und Santorin hinter uns ließen, und ich verlor jegliches Zeitgefühl, während ich unter der sengenden Sonne vor mich hinschlummerte und hinter meinen geschlossenen Lidern nur beiläufig registrierte, wie nach einem langen, heißen Nachmittag die Nacht hereinzog und schließlich ein neuer Tag dämmerte. Erst am späten Nachmittag, kurz vor der Ankunft im Hafen von Cariati, entsann ich mich für einen winzigen Moment, warum ich hier war, und fuhr mit der flachen Hand über die Bootsplanken, um mir Splitter in die Finger zu jagen, die mich an das erinnern sollten, was ich tun wollte und tun musste: hinauf in die Berge fahren, Colins Höhle suchen, ihm sagen, dass es mir leidtat, nur diesen einen Satz, vielleicht unterstrichen durch eine zärtliche Geste, falls ich ihn noch berühren durfte, falls er mich überhaupt noch ansah. Falls es mich für ihn noch gab.

Ich war kaum ausgestiegen, als das Boot schon wieder kehrtmachte und auf die offene See hinausfuhr. Nun war ich frei wie ein Vogel, stand ganz oben auf der Abschussliste und deshalb spielte es keine Rolle, ob ich ein Auto stahl oder nicht. Ich tat es einfach. Es war leichter, als ich dachte; ein verrosteter Kleintransporter stand mit laufendem Motor am Pier, während sein Fahrer sich gestikulierend einige Meter weiter mit einer Gruppe Fischer unterhielt. Ich stieg ein, löste die Handbremse, trat das Gaspedal durch und jagte schlingernd und mit quietschenden Reifen aus dem Hafen. Im Rückspiegel sah ich noch, wie der Mann sich umdrehte und mir schreiend zu folgen versuchte, doch ich hatte ihn bereits an der nächsten Straßenecke abgehängt.

Ich ergriff die erste Möglichkeit, weg vom Meer und hinauf in die Berge zu fahren, obwohl ich nicht wusste, ob es jene Straße war, die Colin genommen hatte – ich wollte nicht verfolgt werden und die Carabinieri auf meine Spur bringen, und je schlechter die Wege befestigt waren, desto weniger würden sie vermuten, dass ich sie entlangfuhr. Ohne jegliche Orientierung fädelte ich mich die engen Haarnadelkurven hinauf; manchmal schaffte ich es noch, den Schlaglöchern und Gesteinsbrocken auszuweichen, manchmal brachten sie den Wagen zum Schleudern und rissen mir das Lenkrad aus den schweißnassen Händen.

Doch das war nicht die größte Gefahr – die größte Gefahr war der Wald selbst. Zuerst roch ich es, dann sah ich es auch: Er brannte. Nicht lichterloh und auch nicht überall, aber der Qualm wurde immer dichter und abseits der Straße flackerten grellrote Flammen durch das Dickicht, kleine, begrenzte Brandherde, die sich rasant ausbreiten konnten, sobald der Wind auflebte. Sie selbst erzeugten bereits heiße, rußige Böen, deren erstickender Atem die Frontscheibe des Wagens mit einem schmierigen Film überzog und meine Augen biss.

Nach der nächsten Kurve verlor ich die Kontrolle. Der Wagen wurde durch ein weiteres Schlagloch in die Höhe gewuchtet und kippte röhrend seitwärts, bis das Metall der Karosserie mit einem schrillen Kreischen über den Asphalt schlitterte. Ich hob schützend die Hände vors Gesicht, mehr konnte ich nicht tun. Angst hatte ich keine. Kurz vor dem Abhang kam der Wagen in letzter Sekunde zum Liegen. Hustend trat ich die zerbrochene Frontscheibe ein und kletterte nach draußen; wie durch ein Wunder war ich bis auf eine Beule an meiner Schläfe unverletzt geblieben.

Noch immer heulte der Motor und die Reifen drehten sich, dazu erhob sich das Singen des Feuers links und rechts neben mir, untermalt von dem finsteren Tosen der Hitze in den Wipfeln der Tannen – ein schauriges Konzert, in das ich rufend einstimmen wollte. Ja, ich würde Colin rufen, das hatte ich mir fest vorgenommen, doch ich musste so sehr husten, dass meine Stimme jedes Mal versagte, wenn ich sie benutzen wollte. Ich schrie stumm, allerhöchstens keuchend und stöhnend.

Tränen rannen über mein schmutziges Gesicht, als ich in den brennenden Wald hineinstapfte und versuchte, Colin zu orten, obwohl meine Sehnsucht einen anderen Weg wählen wollte, weg von hier, weg von mir selbst und all meinen dunklen, schweren Seelentiefen, hinunter ans Meer, in die Sonne – in das Licht. Zu Angelo.

Die dünnen Sohlen meiner Schuhe begannen zu schmelzen und klebten am trockenen Boden fest. Mit zwei fahrigen Schritten befreite ich mich aus ihnen, um barfuß weiterzulaufen, obwohl das erhitzte Erdreich mir die Haut versengte. Die feinen Härchen auf meinen Armen kräuselten sich und mein Zopf begann zu knistern. Lahm schlug ich dagegen, um die vermeintlichen Flammen zu löschen, wobei das Band aufging und meine Locken sich mit einem Ruck aus ihrem ungewohnten Gefängnis befreiten.

Colin!, wollte ich erneut rufen, doch dieses Mal konnte ich nur noch würgen. Keine Kraft mehr zu husten. Der Ruß legte sich schwarz auf meine Lungen. Punkte tanzten vor meinen entzündeten Augen, als ich über einen lodernden Ast sprang und mich auf eine Lichtung rettete, die das Feuer noch nicht erfasst hatte. Nun konnte ich seinen Namen nicht einmal denken. Ich wollte ihn auch nicht denken. Sein Gesicht kannte ich nicht mehr. Seine Nähe war mir fremd. Hinter mir hörte ich schwere Hufe trappeln. Fliehendes Wild oder … oder … nein … bitte nicht …

»Hey. Süße. Was machst du hier?«

Ich fuhr herum und stürzte blindlings in seine Arme, um mich Halt suchend an ihm festzuklammern.

»Da bist du ja … Ich hab dich gesucht …«, röchelte ich. Er nahm mich hoch. Ich legte meine Beine wie ein Äffchen um seine Hüften. »Ich hatte dich so vermisst, du wolltest heute zurück sein!«

»Ich bin ja zurück. Ich bin wieder da. Aber das hier ist kein Platz für dich. Noch bist du sterblich … Wovor hast du Angst? Du bist doch jetzt in Sicherheit.«

Wieder hörte ich das Geräusch von trampelnden Hufen hinter uns.

»Lass mich los. Du musst mich loslassen!«, flüsterte ich heulend in sein Ohr. »Colin kommt. Er ist hier. Wahrscheinlich sucht er mich.«

Angelo reagierte sofort, aber nicht schnell genug. Schon war Louis mit panisch aufgerissenen Augen und peitschendem Schweif durch das brennende Dickicht gebrochen. Mit einer schnellen Bewegung, sein schwarzer Blick leblos und kalt wie Stein, hatte Colin mich aus Angelos Armen gerissen und vor sich auf den Rücken des Hengstes gehievt. Ich drehte mich zu Angelo um.

»Heute Abend!«, rief ich ihm zu. »Warte auf mich!«

Er nickte nur, seine blauen Augen verwundert und ein wenig verletzt, vielleicht sogar mutlos. Entschuldigend hob er die Schultern. Es schnitt mir ins Herz. Ich wollte Colins Arm von meinem Bauch schieben, um mich vom Pferd fallen zu lassen und zurück in die Flammen zu rennen, doch ich hatte keine Chance. Meine Finger schrammten über das breite Lederarmband an Colins Handgelenk. Tief bohrten sich die Splitter des Schiffsbodens in meine Haut. Die Splitter. Ich hatte sie mir selbst in den Daumenballen gejagt. Warum hatte ich das getan? Hatten sie mich nicht an etwas erinnern sollen? Aber was sollte das sein?

In wildem, unkontrolliertem Galopp preschte Louis aus dem brennenden Wald heraus. Immer wieder musste er hinabgestürzte, qualmende Äste überspringen und wiehernd vor Furcht von Colin vorwärtsgetrieben werden, doch nach und nach lichtete sich das Dickicht und ich konnte wieder atmen, ohne husten zu müssen. Obwohl ich hin und her geschüttelt wurde, starrte ich meine blutende Hand an. Ich hatte sie mir verletzt, weil sie mich erinnern sollte, erinnern an … an meine Schuld. An das, was geschehen war. Was war eigentlich geschehen? Wodurch hatte ich mich schuldig gemacht? Ich brauchte Schmerz, mehr Schmerz, diese lächerlichen Verletzungen genügten nicht.

Colin parierte das Pferd in den Trab, dann in den Schritt. Mit klappernden Zähnen sah ich mich um. Wir waren wieder am Meer, nicht mehr weit von unserer Straße entfernt. Nur noch wenige Meter und er würde mich absetzen, um auf Nimmerwiedersehen zu verschwinden.

Tu mir weh, dachte ich inständig. Ich bettelte ihn an. Bitte, tu mir weh. Tu mir weh! Es ist alles recht, solange es schmerzt!

Colin brachte Louis zum Stehen, als würde er auf meine Worte lauschen, doch er blieb ungerührt im Sattel sitzen.

Tu mir weh, versuchte ich es noch einmal in Gedanken, denn sprechen konnte ich nicht. Meine Zunge war verdorrt. Da Colin immer noch nicht reagierte, drehte ich mich um, schmiegte mich an seine Brust und schlang meine Arme fest um seine Schultern, so fest, wie ich nur konnte. Keine einzige Regung erwiderte meine Berührungen, kein Herzschlag, nicht einmal ein Rauschen. Nichts. Ich umarmte einen Felsen.

Trotzdem presste ich ihn noch fester an mich, als wolle ich in ihn hineinkriechen, verhakte meine Hände auf seinem Rücken und legte meine Beine um seine Hüften. Ich musste an die Nymphe denken, die Morpheus verwandelt hatte, als er im Teich gebadet hatte … beide waren eins geworden … männlich und weiblich …

Ich biss auffordernd in seinen kalten, starren Hals. Tu es! Plötzlich hob sich unter mir Louis' Rücken an, ein leichtes Aufbäumen, dann trippelte er zur Seite und wieder zurück – nicht weil er sich fürchtete, sondern weil er das unwillkürliche Erbeben in Colins Brust fühlte. Ich fühlte es auch.

Noch einmal beschwor ich all meine Kraft und Zähigkeit, bis meine linke untere Rippe unter der Gewalt meiner eigenen Umarmung knackste und einen feinen, gezackten Riss bekam. Sofort schoss der Schmerz in meine Lunge, wo er sich von nun an bei jedem einzelnen Atemzug neu erheben würde. Das genügte. Es musste genügen. Ich wusste nicht mehr, wofür, aber meine Kraft war verbraucht. Mehr konnte ich nicht tun. Erschöpft ließ ich Colin los und rutschte vom Pferd.

Ohne ein Wort, ohne einen Blick wendete Colin Louis von mir ab und trabte die Straße hinauf und zurück in den Wald.

Ich hingegen lief schwankend hinunter zum Strand, der sich leer und verlassen vor mir ausbreitete, und legte mich in die kühlende Brandung, bis der Abend die Sonne hinter dem brennenden Berg versinken ließ, früher als sonst, viel früher.

Als die Welt ihre Farben vergaß, wälzte ich mich aus den Fluten und machte mich tropfnass, wie ich war, auf den Weg zu Angelos Haus. Die Tankstelle hatte bereits geschlossen; auch die Hauptverkehrsstraße zeigte sich mir ruhiger als sonst. Nur ab und zu fuhr ein Auto vorüber. Ich musste nicht einmal warten und schauen, um sie überqueren zu können. Das Zirpen der Grillen und Zikaden tönte sanfter und zerbrechlicher. Vielleicht hatte ich mich auch daran gewöhnt. Ohne zu zögern, lief ich weiter. Mit jedem Meter, der mich näher zu ihm brachte, wurden meine Schritte sicherer. Mein Rückgrat richtete sich von alleine auf, meinen Kopf trug ich stolz und anmutig auf meinen geschmeidigen Schultern. Ich musste das eiserne Tor nur antippen, damit es vor mir aufschwang.

Nicht dieses Lied, bitte nicht …, dachte ich noch flüchtig, als die ersten Klavierakkorde zu mir schwebten – lange, bevor ich ihn sehen konnte –, doch dann gab alles in mir nach. Es sollte so sein. In seiner Gegenwart würde das Stück sich anders anhören und nicht das ewige Gefühl der Unzulänglichkeit in mir nähren, wie es sonst immer geschehen war.

Ich hatte den Film zu diesem Soundtrack regelrecht gehasst. *Die fabelhafte Welt der Amélie.* Ich hasste den Titel, hasste ihren Namen, ihre Kulleraugen, ihr ewiges Lächeln – und dieser Hass rührte allein aus dem Wissen, dass ich niemals so sein würde wie sie, vom Schicksal gebeutelt und trotzdem stets einen liebevollen, selbstlosen Gedanken im Herzen. Sogar als das Schicksal mich noch nicht gebeutelt hatte, hatte ihre Fröhlichkeit mich überfordert. Sie war mir zu nett, zu niedlich, zu anständig, doch die Klaviermusik des Films hatte ich klammheimlich geliebt, schon beim ersten Hören. Und jetzt galt sie mir. Meinen Schritten, meinen Bewegungen, meiner störanfälligen Seele. *Comptine D'un Autre Été.* Sie führte mich zu ihm, ohne Hast und Eile.

Das Erdbeben hatte Spuren der Verwüstung im Garten hinterlassen, die ich bei meiner Flucht nicht bemerkt hatte, jetzt aber umso deutlicher wahrnahm und die mich mit ihrem morbiden Charme zum Lächeln brachten. Der Steinengel mit dem Löwen war entzweigebrochen, sie waren nun getrennt, der Löwe hatte seine starken Pfoten verloren, der Engel lag mit dem Gesicht auf dem vertrockneten braunen Gras. Blumentöpfe waren zerborsten, die Erde quoll wie Eingeweide aus ihren Spalten und Rissen, die Fliesen am Rande des Pools waren von feinen Sprüngen durchzogen. Eine dünne grüne Algenschicht schwappte auf dem Wasser. Scherben von zerbrochenen Windlichtern bohrten sich in meine nackten Sohlen, als ich zu ihm an den Flügel trat, der das Beben der Erde überlebt hatte und so rein und klar klang wie immer. Grauer Staub bedeckte die Sitzmöbel und die unzähligen Kissen, Staub bedeckte auch sein helles Haar. Der Abdruck seines Körpers auf der großen Ottomane und die kleine Schlafnarbe auf seiner linken Wange zeigten mir, dass er eben noch geruht hatte, inmitten des Chaos.

Die Bibliothek sah so aus, wie ich sie verlassen hatte, Berge von Büchern auf dem Boden. Die Vorhangstangen des Salons hingen kreuz und quer herunter. Ein sanfter Wind bauschte den dünnen Stoff auf, sodass seine Säume immer wieder über den Staub am Boden glitten und geheimnisvolle Muster darin hinterließen.

Angelo sah zu mir hoch, ohne mit dem Spielen aufzuhören, und ein wehmütiges Seufzen quälte sich aus meiner Brust. Wie sollte ich jemals einen Tag würdevoll überstehen können, ohne ihn wenigstens anzusehen? In seinem Mund steckte ein Lolli, nur der Stiel schaute heraus, seine linke Wange leicht ausgebeult. Vorsichtig strich ich ihm den Staub aus den Haaren, dann legte ich meine Arme um seine Schultern und schmiegte meine Wange an seine. Das Lied sollte niemals enden, jetzt, wo ich es ohne Hass hören konnte, wenn auch mit unendlicher, ziehender Sehnsucht, die bis in meine Fingerspitzen wanderte, so sehr schmerzte mein Herz.

Vorsichtig nahm ich den Lolli aus seinem Mund – er gab ihn nicht sofort frei, hielt ihn kurz mit seinen Zähnen fest, wie ein junger Hund, der spielen wollte – und schob ihn auf meine Zunge. Angelos Speichel schmeckte süß, darunter wartete die sauer-erfrischende Kombination aus Zitrone und Cola. Meine Lieblingssorte. Natürlich meine Lieblingssorte. Ich biss hinein, bis die scharfen Kanten des Zuckers in meine Zunge schnitten. Knirschend zerkaute ich ihn.

»Wird das irgendwann aufhören?«, fragte ich ihn leise. »Diese Sehnsucht, der Schmerz?«

»Wann immer du willst …«

»Bald«, flüsterte ich. »Ich will dir nahe sein, dich spüren.« Dich verschlingen. Ich wollte es so sehr. In seiner Gegenwart wurde alles belanglos, was vorher die Macht gehabt hatte, mir meinen Lebensmut zu nehmen.

»Das kannst du. Sag mir nur, wann, und ich bin da.«

»In einem Tag und einer Nacht.«

»Einem Tag und einer Nacht?« Sein Lächeln vertiefte sich. »Die Vorfreude, oder?«

»Genau. Ich möchte mich darauf freuen können.« So war es schon immer gewesen. Ich war kein Überraschungsmensch, ich wollte mich auf schöne Dinge freuen können. Ich brauchte mindestens einen Tag und eine Nacht dafür, sonst war es sinnlos. Ich konnte schnell traurig werden, binnen Sekunden, doch die Freude verlangte Zeit.

»Wo?«, fragte Angelo und spielte die verzögerten, bedächtigen Schlusstakte. Ich fing beinahe an zu weinen, als der letzte Ton verklang. Ich wollte es noch einmal hören.

»Oben, in der Sila.«

»In der Sila?«

»Ja. Bei dem Dorf, in dem du mich das erste Mal aufgefangen hast und wir das erste Mal zusammen waren – alleine. Dort soll es geschehen.«

»Es brennt … Der Wald brennt.«

»Ich weiß.« Ich zermalmte krachend den Rest des Lollis, ohne etwas zu schmecken. Nur süß, sonst nichts. »Aber nicht überall. Oberhalb des Dorfes ist eine Wiese, wo die Ziegen geweidet haben. Dort warte ich auf dich, während der Nachmittagshitze. Ich möchte die Sonne auf meiner Haut spüren.«

Er nahm eine meiner Locken an seine weichen Lippen und küsste sie – ein Anblick, den ich niemals vergessen wollte.

»Ich werde da sein.«

»Ich komme dir entgegen.«

Er nickte. »Dann sei es so. – Hat er dir wehgetan?« Er deutete auf die Verletzungen in meinem Gesicht. Die Hitze des Feuers hatte die Risse und Schnitte, die ich mir bei meinem Sturz auf das scharfkantige Gestein von Santorin zugezogen hatte, wieder aufplatzen lassen.

»Colin?« Ich lachte kalt. »Das würde er niemals wagen, er hat sich doch geschworen, mich nicht mehr anzurühren. Ich bin während des Bebens gestolpert und hingefallen.«

»Also hat er dir einst etwas angetan.«

»Das spielt jetzt keine Rolle mehr. Es ist egal.« Ich warf den abgekauten Stiel des Lollis in den Garten und löste ein paar winzige Steinchen aus Angelos Haar. Auch seine Wangen waren überpudert, grau in grau, nur seine Augen leuchteten hell und klar wie immer. »Bald wird mir niemand mehr etwas antun können. Du musst weg, oder?«

Anstatt zu antworten, stand er auf und schritt durch den Salon und die Treppe hinauf, aus der ebenfalls Stufen herausgebrochen waren. Das Geländer hing herab wie eine versteinerte Liane. Ich folgte ihm bis in sein Schlafzimmer, wo er sich sein staubiges Hemd über den Kopf zog und sinnend vor den offenen Kleiderschrank stellte, unschlüssig, was er für seine nächtlichen Raubzüge wählen sollte. Ich lehnte mich an den Türrahmen und sah ihm bei seiner Suche zu, es verlieh mir tiefe Zufriedenheit, dabei sein zu dürfen, während er sich für die Jagd herrichtete.

»Entschuldige bitte übrigens …«, sagte er beiläufig und wählte ein helles, kariertes Hemd. Babyblau. Viel zu schnell streifte er es über. Ich hätte ihn noch so gerne angesehen, seine nackte, seidige Kinderhaut mit meinen Blicken gestreichelt. »Ich hab noch nicht aufgeräumt.«

»Ich war hier, als es geschah, und hatte Angst bekommen. Deshalb bin ich nicht mehr zurückgekehrt.«

»Ach, es wird schon nicht einstürzen. Und wenn, es gibt noch viele andere schöne Häuser.«

Doch, es würde einstürzen, ich wusste es. Und der Gedanke daran brachte die Wehmut in meinem Inneren dazu, sich erneut gegen mein Herz zu drücken und mir die Luft zu nehmen. Bald würde sie vorübergehen, für immer. Bald. Nur noch ein Tag und eine Nacht.

Ich wollte ihn nicht küssen, als wir uns schweigend verabschiedeten. Ich wollte nur meine Hand auf seine Wange legen, um begreifen zu können, was ich sah, dass er mir schenken wollte, was andere mir niemals geben konnten. Doch ich tat gar nichts.

Er berührte mit den Fingerspitzen meine Schulter, bevor er in seinen glänzenden roten Alfa Romeo stieg und den Motor anließ. Ich blieb allein zurück, jeder Atemzug eine Qual, die mich meiner Sterblichkeit bewusst werden ließ.

Und mich daran erinnerte, dass sich etwas verändern musste.

Es musste sich etwas verändern.

Ich würde den Tod hinter mich bringen.

Vertrauensbeweis

Ich hatte recht gehabt. Sie liebten mich nicht mehr. Sie waren gegangen. Ratlos saß ich auf dem breiten Ehehimmelbett im Schlafzimmer, vollkommen fehl am Platz, und strich über das ordentlich ausgebreitete schneeweiße Laken.

Die Läden waren geschlossen worden, die Schränke und Schubladen ausgeräumt, der Boden mustergültig gefegt. In der Küche sah es nicht anders aus. Jemand hatte den gammelnden Schwamm in der Spüle entsorgt, den Müll weggeworfen und den Kühlschrank aufgeräumt; nichts schimmelte und verkam mehr, doch die Vorräte waren knapp. Ein paar Gläser Marmelade, Butter, Honig, Saft und Toast; nichts, was schnell verderben konnte. Die Obstschale war leer. Eine dünne schwarze Termitenspur zog sich von der Haustür durch den Flur bis zum Hinterausgang. Finden konnten die Insekten nichts. Sie suchten umsonst.

Obwohl ich liegen und träumen wollte und dieses Zimmer von nun an meines sein konnte, wagte ich es nicht, mich auf die weiche Matratze sinken zu lassen. Ich stützte mich nur mit der Hand darauf ab, legte den Kopf in den Nacken und schaute nach oben, wo sich der Baldachin über mir ausbreitete, ein helles Segel in der künstlichen Dunkelheit, die dazu geschaffen worden war, die Hitze auszusperren, vor Tagen schon. Sie waren längst fort.

Aber jetzt war Nacht. Ich öffnete das Fenster, stieß die Läden auf und sah nach draußen in den Garten. Der Pferdemist war entsorgt worden. In der Tränke stand noch Wasser, nicht viel, vielleicht zwei Handbreit hoch. Die Heuraufe war leer, doch im Schuppen konnte ich einen halben Rundballen erkennen. Die Tomaten an der Gartenmauer waren seit Tagen nicht geerntet worden. Einige waren schon auf den Boden gefallen und zerplatzt. Winzige Käferchen wühlten sich durch ihr süßes Fleisch.

Das hier war Niemandsland, verlassen und verwaist. Ich wollte die Läden wieder schließen, als sich plötzlich ein Geräusch zwischen das Zirpen der Grillen schob – ein Knarren und eine kurze Erschütterung, direkt über mir. Es war noch jemand hier. Einer war geblieben. Ich verließ das Schlafzimmer und schlich nach oben. Meine bloßen Füße verursachten kein Geräusch. Auch die Tür zu dem kleinen Zimmer mit den gekalkten, schrägen Wänden öffnete sich lautlos, als ich sie berührte.

»Halt! Komm mir bloß nicht zu nahe! Bleib da stehen, ich warne dich!«

Er hob die Hände, als wolle er das Kreuzzeichen machen. Sie zitterten. Seine mahagonifarbenen Augen waren von einem ungesunden, verzehrenden Feuer erfüllt und ließen seine helle Haut noch blasser wirken, als sie ohnehin schon war. Das Zimmer war zu einer Drogenhöhle verkommen. Schmutzige Wäsche übersäte den Boden, halb leere Flaschen standen herum, es roch säuerlich nach Erbrochenem.

Tillmann trug lediglich ein ausgeleiertes, fleckiges Trägerhemd und eine Unterhose. Sein Oberkörper war mager geworden, seine Haare sträubten sich verklebt und ungekämmt in alle Himmelsrichtungen. Verkrustetes Blut klebte an seiner Nase.

»Ich möchte dich um einen Gefallen bitten, Tillmann. Übermorgen, am Nachmittag.«

»Du willst mich um einen Gefallen bitten?« Seine Stimme, einst so dunkel und musikalisch, klang zerstört. »Du wagst es, mich um einen Gefallen zu bitten? Nein, Ellie, bleib da stehen, keinen Schritt weiter!« Er fürchtete mich. Ich lehnte mich an die Wand.

»Gut, nennen wir es anders. Lassen wir das mit dem Gefallen weg. Du musst nichts tun. Ich möchte nur, dass du mich hinbringst und in der Nähe bleibst. Ich möchte dich bei mir haben. Bitte. Du sollst es sehen. Aus der Ferne. Mehr nicht.«

»Was soll ich sehen? Wovon redest du?« Das Zittern seiner Hände verstärkte sich. Mit unkontrollierten, abgehackten Bewegungen durchwühlte er seine Nachttischschublade, bis er eine Rolle Traubenzucker fand und sich zwei Stück in den Mund stopfte, als könnten sie aufhalten, was bereits seinen Lauf genommen hatte.

»Ich werde mich verwandeln lassen«, erklärte ich ruhig. »Ich habe mich für das ewige Leben entschieden. Und ich möchte dich dabeihaben. Ich brauche einen Zeugen.«

»Was willst du? Du willst –« Er brach ab. Fassungslos starrte er mich an. »Nein. Niemals. Das werde ich nicht tun. Und du wirst das auch nicht tun! Das tust du nicht!«

»Ich habe mich längst entschieden. Ich muss auf die andere Seite, ich muss! Ich muss, Tillmann, bitte glaube mir. Ich muss.« Ich ließ mich auf die Knie fallen und sah tief in seine geäderten Augen. Doch er schaute weg. »Es gibt keinen anderen Weg.«

»Den gibt es immer. Das war deine Devise, Ellie. Dass es einen anderen Weg gibt! Dass man Pläne fassen und umsetzen kann, selbst wenn alles andere verloren ist!«

»Und warum hast du dann keinen anderen Weg gefunden?« Ich deutete auf seine zitternden Hände und die dünnen Papierchen, die überall zerstreut auf dem Boden lagen. Er hatte Unmengen konsumiert. »Tillmann, ich muss. Es ist das Richtige. Ich bin nicht fürs Menschendasein geeignet. Vertrau mir.«

»Wie soll ich dir denn noch vertrauen, verrate mir das mal!? Ich bin dir doch scheißegal, das alles hier ist dir scheißegal, und dann willst du auch noch eine von denen werden! Was ist mit dem, was wir zusammen getan und erreicht haben, bedeutet dir das gar nichts? Hab ich mein Leben riskiert und mich selbst ruiniert, damit du jetzt umkippst und eine von ihnen wirst? Von ganz allein?«

»Ja. Von ganz allein. Es ist das einzig Richtige«, wiederholte ich geduldig. Näher rücken konnte ich nicht, sonst würde er fliehen. Ich faltete meine Hände, als würde ich ihn anbeten. »Sei bei mir. Bitte sei bei mir, wenn es geschieht – nicht sichtbar, nur so, dass ich es weiß. Dass ich dich spüre. Sei dabei, sieh es dir an, vielleicht willst du es dann auch tun und alles wird gut …«

»Nein. Nein, das werde ich nicht, das kannst du nicht von mir verlangen! Du weißt doch gar nicht mehr, wer du bist!«, schrie er. Sein linkes Auge begann nervös zu zucken. Angespannt zog er die Nase hoch. Er brauchte Nachschub.

»Aber ich weiß, wer ich sein will, und ich möchte, dass die anderen um meine Freiwilligkeit wissen. Sie sollen wissen, dass ich es selbst entschieden habe, sonst würden sie sich ihr Leben lang darüber grämen. Wenn du es schon nicht für mich tust, dann tu es für sie.« Ich sprach weder panisch noch gehetzt, sondern bemühte mich, jedes einzelne Wort klar und bestimmt zu artikulieren, damit ihm auch ja keines entging. »Du musst mir vertrauen.« Ohne ihn würde ich es nicht tun können.

»Ich muss gar nichts!« Tillmann nahm eine der halb leeren Flaschen und zielte auf mich. Es genügte, meinen Kopf ein paar Zentimeter zur Seite zu nehmen, um nicht von ihr getroffen zu werden. Ihr Deckel löste sich beim Aufprall und der gegorene Rest der Orangenlimonade floss sofort unter meine nackten Knie. Ich blieb trotzdem hocken, wie ein Büßer vor dem Altar.

»Ich habe dir ebenfalls vertraut, blind vertraut«, erinnerte ich ihn. »Ich habe Drogen genommen, nur weil ich dir vertraut habe.« Ich wusste nicht mehr, warum wir sie genommen hatten, es hatte wohl etwas mit Tessa zu tun gehabt. Alles, was ich wusste, war, dass ich es eigentlich nicht hatte tun wollen und mich nur deshalb dazu entschlossen hatte, weil ich ihm mein Vertrauen schenkte. »Also vertrau auch du mir in meinem Vorhaben. Wir sind Freunde.«

»Freunde!« Er zog verächtlich die Mundwinkel herunter. »Du redest von Freundschaft …«

»Warum bist du überhaupt noch hier, wenn du mich so hasst?«

»Weil … weil ich noch … ich kann so nicht nach Hause, Ellie! Wie soll ich denn so nach Hause gehen, in diesem Zustand, wie soll ich das erklären, außerdem … ach, was erzähle ich dir das, du kannst doch gar nicht mehr zuhören …«

»Erinnerst du dich daran, was du zu mir gesagt hast, bevor wir die Drogen nahmen? Dass wir manchmal die gleiche geistige Ebene erreichen?«, versuchte ich es weiter. »Wenn du mitkommst, wirst du spüren, warum ich das tue, und du wirst mich verstehen. Vertrau mir wenigstens darin. Bitte, bitte vertrau mir und komm mit. Bring mich hin. Ich möchte jene bei mir haben, die ich liebe.« Den letzten Satz sprach ich noch klarer und deutlicher aus als die anderen, obwohl ich eigentlich etwas anderes hatte sagen wollen. Ich möchte jene bei mir haben, die mich lieben. Aber das konnte ich nicht sagen. Es gab wahrhaftig niemanden mehr.

»Die du liebst?«, fragte Tillmann ungläubig. Seine Hände, die eben noch krampfhaft miteinander gerungen hatten, fielen herab. »Du liebst … mich? Mich?«

»Du hast mich verstanden. Sei da. Übermorgen Nachmittag, wenn die Menschen schlafen und die Hitze am stärksten ist. Nur du allein. Du und ich. Vertrau mir … bitte, vertrau mir.«

Ich senkte meinen Kopf, die Hände weiterhin gefaltet und auf meinen Knien verharrend, obwohl meine Waden unruhig wurden und ich den Gestank nach vergorener Limonade und Erbrochenem kaum mehr ertragen konnte. Ich wusste nicht, woher all die Worte kamen, die ich ihm sagte. Meinem Kopf entsprangen sie nicht. Mein Kopf war leer.

»Du hast den Verstand verloren.«

»Du auch, Tillmann. Wir haben es beide. Bitte sei bei mir, wenn es geschieht. Ich bitte dich darum. Bitte. Du bist mir das schuldig.«

Ich spürte, dass er mich ansah, minutenlang, und darauf wartete, dass ich seinen Blick erwiderte. Doch ich tat es nicht, denn es würde alles zunichtemachen. Ich hatte nicht das Recht, in seine Augen zu schauen.

»Ja, vielleicht bin ich das. Ich bin dir etwas schuldig. Ich werde es tun«, sagte er schließlich ermattet. »Und ich hoffe, dass ich es tatsächlich verstehe, wenn es geschieht. Ich hoffe es. Sonst werde ich nie wieder glücklich, nie mehr.«

»Ich auch nicht. Genau deshalb muss ich es tun.« Ich stand auf, mein Gesicht von ihm abgewandt, warf ihm das letzte Bündel Geld aus meiner Hosentasche vor die Füße, damit er sich versorgen konnte, und drehte mich zur Tür. »Danke.«

Mehr konnte ich nicht sagen. In mir bildeten sich keine neuen Worte.

Ich ging hinunter in mein leeres Zimmer, schloss die Läden, legte mich auf mein Bett und begann mich still daran zu freuen, dass der Tag nahte, an dem meine Seele meinen Körper für immer verlassen würde.

Blendung

Nun war die Zeit gekommen, Abschied zu nehmen. Viel gab es nicht mehr, von dem ich mich lösen musste, nur ein leeres Haus und leere Zimmer, zwischen deren kahlen Wänden sich nichts mehr abspielte. Ohne etwas zu fühlen, sah ich sie mir an und verließ sie mit einem gleichgültigen Schulterzucken.

Doch als ich durch den Garten schlenderte und mich vor die Duschwanne kniete, beschleunigte mein Herz seinen Rhythmus; harte, stechende Schläge.

Staunend verharrte ich.

»Da seid ihr ja«, begrüßte ich sie, ganz leise, um sie nicht zu erschrecken. »Herzlich willkommen in dieser wunderschönen Welt.«

Ihre Mutter ruhte in einer eleganten Krümmung neben ihnen; bereit, sie jeden Moment zu verteidigen. Sie selbst bildeten ein wuselndes, schimmerndes Knäuel aus sich kringelnden silbergrauen Leibern. Riesige, runde Augen mit starren Pupillen schauten mich an, unschlüssig, ob ich Feind oder Freund war.

»Freund«, wisperte ich. Auch sie wollte ich bei mir haben. Sie bedeuteten mir etwas. Ich lief zurück ins Haus und durchsuchte die kleine Vorratskammer, bis ich einen alten Pappkarton mit Deckel fand, in dem Tomatenkonserven lagerten. Ich leerte ihn; er hatte genau die richtige Größe. Mit der Schere stach ich Luftlöcher hinein. Ich konnte sie nicht hier zurücklassen, so allein und verletzlich. Das nächste Erdbeben würde sie vernichten.

Sie wehrten sich nicht, als ich mich wieder neben sie kniete und Mutter und Kinder in den dunklen Karton setzte. Ich pustete sacht über ihre glatten, perfekt gezeichneten Schuppen, bevor ich die Kiste verschloss und zu dem Auto brachte, das Tillmann heute Morgen gemietet hatte. Im Fußraum des Beifahrersitzes war genügend Platz für sie.

Eines musste noch getan werden, dann würde ich so weit sein. Denn ich verspürte plötzlich die Lust zu morden, nur ein bisschen. Nichts Weltbewegendes. Ich holte den Grillspieß aus der Küche, ging ein letztes Mal in mein Zimmer und legte mich flach auf den kühlen Boden, um unter mein Bett zu kriechen. Ich stieß ein triumphierendes Keuchen aus, als ich ihn fand; all die Tage und Wochen nach seinem giftigen Stich hatte er hier gesessen und auf seine zweite Chance gewartet. Es ging überraschend schnell, obwohl ich nicht ausholen konnte und sein Panzer fest und spröde war. Doch er konnte meiner Entschlossenheit nichts entgegensetzen, ich war ihm einen Gedanken voraus. Ein Knacken ertönte, als die Spitze des Spießes sich durch seinen Leib bohrte. Noch während er zuckte, fädelte ich ein dünnes Lederband durch das Loch und band ihn mir um den Hals. Jetzt war ich bereit.

Tillmann wartete schon im Wagen. Er hatte mich gehört und gewusst, dass es begann. Ohne ihn anzusehen, setzte ich mich neben ihn. Er hatte sich saubere Sachen angezogen, das erkannte ich aus den Augenwinkeln heraus, doch ich spürte sofort, dass seine Gefühle in Aufruhr waren. Er stand unter Stress – nicht meinetwegen, sondern weil er keinen Stoff mehr hatte. Er benötigte drei Anläufe, um den Motor anzuschalten, weil seine bebenden Hände immer wieder vom Zündschlüssel rutschten. Ich wartete geduldig. Noch hatten wir genügend Zeit.

Stumm und mit malmendem Kiefer brachte er mich vom Meer weg und hinauf in den Wald – ich wies ihm lediglich mit knappen

Gesten den Weg, Worte waren überflüssig –, während sein Schweiß in dicken, glitzernden Tränen über seinen Nacken rann. Die Straße brachte auch ihn an seine Grenzen, da das Erdbeben noch mehr Geröll und Steine in Bewegung gesetzt und auf sie geworfen hatte. Manchmal manövrierte er den schleudernden Wagen nur haarscharf am Abgrund vorbei, dann wieder schrammten die Reifen gefährlich nahe am Felsen entlang. Nichts davon konnte mich in Aufregung versetzen. So kurz vor dem Ziel würde ich nicht scheitern. Es würde alles seinen Lauf nehmen, genau so, wie ich es wollte.

Als wir an die Abzweigung zu dem verlassenen Dorf gelangten, bat ich ihn, anzuhalten und den Motor auszustellen. Er gehorchte, ohne zu zögern. Ich atmete tief ein.

»Du stinkst abartig«, bemerkte ich. Menschen stanken. Mahre nicht. Warum hatte ich ihn nur dabeihaben wollen? Er störte mich.

»Mann, ich hab einen Affen, kapierst du das nicht?«, raunzte er mich an, als er meinen Abscheu bemerkte. Ich antwortete nicht.

Hektisch durchwühlte er seine Hosentaschen, bis er ein kleines buntes Briefchen fand und sich auf die Zunge legte. Seine Kiefermuskeln arbeiteten rhythmisch, während sein Nacken gegen die Kopfstütze des Fahrersitzes sank und seine Augen sich leicht verdrehten.

Angeekelt von seiner Schwäche wandte ich mich ab und öffnete den Mund, um die heiße Luft zu inhalieren, trockenes Gras und Feuer, als meine Zunge und meine Lippen plötzlich Worte formten.

»Tillmann, erinnerst du dich an unsere Abmachung?«

»Ja«, knurrte er halblaut. Seine Lider begannen zu flattern.

»Gut«, erwiderte ich kühl und streifte erst mein dünnes Shirt, dann meine Hose und zum Schluss den Slip von meiner Haut, wobei ich mich wie ein Akrobat auf dem Beifahrersitz verrenkte.

»Was tust du da?«, fragte Tillmann argwöhnisch. Er begann mir auf die Nerven zu gehen.

»Halt den Mund und genieße deinen Trip.«

»Ellie, du kannst doch nicht …«

»Kann ich nicht? Warum nicht? Schämst du dich?« Jetzt war die Wut wieder da, ein allerletztes Mal, als würde sie Abschied nehmen wollen. Ich stieß die Tür auf und schob mich aus dem Wagen, um mich aufzurichten, bis auch der letzte Muskel in meinem biegsamen Rücken gestrafft war und die Wirbel weit auseinanderstanden. Mein Haar fiel lang und wild über meine Schultern. Der heiße Wind, der sich heute ein letztes Mal über dem Land erhoben hatte und vom vergehenden Sommer erzählte, strich zart über meine nackte Haut und kitzelte meine Scham.

Ich ging in die Knie, um den Karton zu öffnen und die Schlangen herauszuholen. Tillmann wich erschrocken zurück, doch ich ignorierte ihn. Die Mutter legte ich um meinen Hals, wo sie sich sofort liebevoll an mich schmiegte, ihre Kinder fanden in meinen Haaren Platz. Mit starrem Blick wandte ich mich zu Tillmann um.

»Sieh dir an, was geschieht«, beschwor ich ihn. Seine Pupillen waren riesig geworden, das Braun seiner Augen kaum mehr zu erkennen und nur noch ein dünner, schwach schimmernder Ring. Ich wollte nichts mehr sagen, doch wieder begannen meine Lippen sich von allein zu bewegen. Menschen waren so geschwätzig. »Bleibe im Verborgenen, bis es so weit ist. Leb wohl.«

»Ellie … Ellie! Ich weiß nicht, ob … ob sie … Scheiße! Geh nicht!«

Doch ich hatte mich schon auf den Weg gemacht. Ich hörte und sah alles, ohne mich darauf konzentrieren zu müssen. Ich war vollkommen offen, meine Sinne empfingen die Welt um mich herum aufmerksamer denn je. Ich hörte jeden vertrockneten Grashalm, der unter dem Gewicht meines geschmeidigen Körpers brach, als ich die Geröllpiste verließ und den Hirtenpfad hinauf zur Wiese nahm, während im Dorf über mir die Orgelpfeifen klagend sangen. Ich konnte die Flammen, die abseits des Weges wüteten, voneinander unterscheiden, nicht nur an ihrem Geräusch, sondern auch an ihrem Geruch und ihrer Farbe, rot, orange, grelles Weiß, ich fühlte das Erbeben des Grundes, wenn das Wild um sein Leben floh, und trotz dem Brüllen des Feuers vernahm ich auch das Kreischen der Zikaden, die erst dann aufhören würden zu rufen, wenn ihre zähen Leiber zu Asche zerfielen.

Keine Macht dieser Erde konnte mich aufhalten, ich lief wie von einem Magneten gezogen, selbst wenn die Flammen mir noch so nahe kamen. Ich hatte vor nichts mehr Angst. Es fing bereits an …

Ich blinzelte kein einziges Mal. Vor mir erhob sich die sanft ansteigende Wiese, von der die Tiere längst weggebracht worden waren, um sie vor den Flammen zu schützen, hinter mir fiel der Berg steil ab, neben mir erhob sich dichter Wald, brennend und rauchend, auf der anderen Seite das verlassene Dorf.

Das hier war meine eigene Idylle, die darauf gewartet hatte, dass ich kam. Nur ich.

Auch Angelo näherte sich, er befand sich noch zu weit weg, um ihn schon sehen zu können, doch ich spürte ihn. Er schritt lächelnd voran, die Arme entspannt und den Kopf leicht schräg gelegt, weil er mich ebenso fühlte wie ich ihn und wusste, dass es kein Zögern mehr geben würde. Ich hatte meine Zweifel besiegt und allein dieser Gedanke versetzte mich in eine entseelte, heroische Stimmung. Selbst meiner Wut gestattete ich, bei mir zu bleiben, denn ich würde sie bald für alle Ewigkeit vernichten.

Die Erde und die Menschen waren mir untertänig, nicht umgekehrt. Meine Gefühle waren mir untertänig. Das Blatt wendete sich.

Jetzt wuchs seine Gestalt aus der Senke. Er brauchte keinen Streitwagen mit Sonnenpferden, um die Erde zu überstrahlen. Er leuchtete überirdisch hell. Mein Gesicht jedoch blieb ernst und verschlossen und meine Augen loderten in eisigem Blaugrün auf, als ich auch die anderen bemerkte. Sie verbargen sich hinter ihm. Sie waren ihm gefolgt und hatten sich versteckt, um uns zuzusehen, so wie Tillmann mir zusehen würde.

Zeugen auf beiden Fronten.

Obwohl die Waldbrände gnadenlos tosten und sich rasant ausbreiteten, senkte sich mit einem Mal eine tödliche Stille auf uns herab. Angelos Gestalt, so schlank und jugendlich, näherte sich mir flimmernd; er lief langsam und gelassen wie ich. Eile war unnötig geworden. Wir wollten es auskosten.

Der Abstand zwischen uns schmolz. Nun konnte ich seine Augen sehen, schräg und glitzernd. Ein grelles Funkeln blitzte in ihnen auf, als er meine nackte Haut betrachtete. Er verzehrte sich nach mir.

Es waren nur noch wenige Meter, die uns trennten. Die Vipern erwachten aus ihrem trägen Schlummer. Verängstigt zischelten sie und suchten nach ihrer Mutter, ein Kitzeln auf meinem Schädel, nur eine winzige Erschütterung, die mich unwillkürlich tief Luft holen ließ, bis sich die angebrochene Rippe brutal in meine Lunge bohrte.

In meinem Kopf begannen Mauern einzustürzen, eine nach der anderen – erst ein drohendes, verhaltenes Erbeben, dann ein gewaltvolles Poltern, dem eine Lawine aus Schmerz, Zorn und Erniedrigung folgte. Sie ergoss sich bis in mein Herz, lähmte meinen Atem und öffnete meine Augen.

Ich konnte überall hinsehen. Überall. Nicht nur nach vorne, sondern auch nach hinten und zur Seite, durch meine Schädelwände hindurch, wo meine eigene Armee aufmarschierte, im Gleichschritt, getrieben von demselben, allumfassenden Gefühl. Liebe.

Da war Tillmann, der sich stolpernd und würgend zu meiner

Rechten über den glühend heißen Grund kämpfte und immer wieder auf sein bleiches Gesicht stürzte, das von blutigen Schrammen übersät war, da sein Körper ihm nicht mehr gehorchte.

Da war mein Bruder Paul, mit galliger Melancholie und Verachtung in seinem stählernen Blick, seine Bewegungen gedämpft von der bulligen Unnachgiebigkeit seiner Schultern.

Neben ihm lief Gianna, blass und ausgezehrt, voller Furcht vor der Zukunft, aber trotz ihres ständigen Schluchzens bereit, dabei zu sein und sich zu zeigen.

Auch meine Mutter war hier, mit wehendem, lockigem Haar; sie lief nicht, sondern stampfte über den heißen Grund, als würde sie meine Krieger anführen, bereit, ihr Leben für ihre Tochter zu opfern, ohne mit der Wimper zu zucken. An ihrer Seite sah ich Herrn Schütz, dessen Glatze ein fürchterlicher Sonnenbrand zierte und der immer noch vehement zweifelte, obwohl sich tief in ihm schon lange die Gewissheit breitgemacht hatte, dass nichts mehr mit rechten Dingen zuging. Oh nein, und nun entdeckte ich auch Lars, Lars war da!, in einer grausam gemusterten Uncle-Sam-Hose und einem verschwitzten Muskelshirt, gespannt auf das Abenteuer seines Lebens und bewaffnet bis an die Zähne mit Buschmessern und einer blinkenden Machete, die an seinem Ledergürtel baumelte. Endlich durfte er Rambo spielen. Neben ihm lief Dr. Sand, dessen Augen die tiefe Trauer um seine verstorbene Tochter zu verarbeiten begannen und erleichtert waren, etwas zu finden, was sie ablenkte und seinem Dasein eine neue Wendung geben würde.

Sie waren gekommen, weil sie fühlten. Ich konnte sie wieder sehen. Wir fühlten gemeinsam, denn wir alle hatten Schmerzen.

Auch Morpheus war bei mir; er lief ihnen voraus. Er war es, der die Mauern zum Einstürzen gebracht hatte und mich allein damit retten würde.

Nur einer fehlte. Colin.

Ich wandte meine Aufmerksamkeit wieder nach vorn. Angelo war zum Greifen nahe, stand mir gegenüber, wartete und witterte. Etwas irritierte ihn. Ich spürte, wie Tillmann sich von rechts näherte, auch von links näherte sich ein Wesen, ich hörte sein grelles Wiehern und Schnauben, ja, ich hörte es, deutlich und klar, und ich hörte auch das Schlagen einer Gerte auf schweißnassem Fell, das es weitertreiben sollte, durch die Feuer und hin zu mir … zu mir …

Angelos Lächeln gefror zu einer starren Grimasse, als ich meinen Kopf hob und ihn zum ersten Mal richtig anblickte. Offen und ehrlich und verlassen von der Unzahl meiner ewig kindlichen Wünsche. Zischend stieß er die Luft durch seine Zähne.

Ja, er ähnelte der David-Statue. Auch sie besaß tote, viel zu große Augen, die nichts sahen, und grobschlächtige, ungelenke Hände, die von Musik nichts verstanden.

Doch nun war ich David und er war Goliath.

»Weißt du, was mir an dir nicht gefällt, Elisabeth?«, fragte er schneidend in die brausende Stille des lichterloh brennenden Waldes hinein.

»Du glaubst gar nicht, was mir an dir alles nicht gefällt«, erwiderte ich gedämpft, aber so deutlich, dass man mich überall hören konnte. Meine Stimme sang. Doch er zuckte nur grinsend mit dem Kopf; eine spröde, überhebliche Geste der Verachtung.

»Du hast einen Silberblick.« Er hob den Arm, um auf mein Gesicht zu zeigen. Warnend reckte die Schlange ihren Kopf, verborgen unter meinen langen Haaren. »Eines deiner Augen sieht immer ein klein wenig woandershin, heckt immer etwas aus.«

»Wenigstens können sie sehen.«

Ich hob instinktiv meine Arme, weil ich plötzlich an den Moment denken musste, in dem meine Augen damit begonnen hatten zu sehen – zu sehen, wer ich wirklich war und was mein Herz wollte. Ich hatte mich an einen klitschnassen Felsen geklammert, unter mir ein tosender Bach, über mir ein Höllengewitter, während die Pfade meines bisherigen Lebens im Schlamm versanken, und hatte darauf gewartet, dass das Schicksal mir die härtesten Prüfungen meines Lebens schicken würde. Weil ich den Mann liebte, der mich retten und zugleich ins Verderben leiten würde, jenen Mann, der nun zu meiner Linken durch das glimmende Unterholz brach und in seiner Hand einen brennenden Ast hielt, genau wie Tillmann zu meiner Rechten. Meine Ritter waren gekommen.

Ich nahm meine Arme noch ein bisschen höher und spreizte meine Finger. Ich wollte ihre Fackeln haben. Sie mussten sie mir geben.

Nur das knisternde Zischen in der Luft verriet mir, dass sie sie geworfen hatten, beide im selben Augenblick, ohne sich abgestimmt zu haben. Sie wussten nicht, wozu ich sie brauchte. Ich wusste es selbst noch nicht. Ich fühlte nur, dass ich sie haben musste, und mein Wunsch war ihr Befehl. Ich fing die brennenden Äste sicher auf, bewegte sie aber nicht.

Angelo reckte seinen Kopf nach vorne, dann seine Hand, die mich packen und das vollenden wollte, was ich ihm versprochen hatte. Doch die Schlange war schneller. Mit gebleckten Zähnen schnellte sie unter meinen Locken hervor, die lang über meine nackten Brüste fielen, und biss ihn in die Unterlippe. Überrascht fuhr er zurück, um sich mit dem Zeigefinger auf die Verletzung zu tippen, ein letztes Überbleibsel seines Menschseins und eine durch und durch fehlerhafte Reaktion. Ihr Gift konnte ihm doch gar nichts tun.

Das konnte allein ich. Mit meiner geballten Kraft, geschaffen von meiner schwelenden Wut und meiner Trauer, stieß ich ihm die rechte Fackel in sein linkes Auge, dann die linke in sein rechtes. Aug um Aug, Zahn um Zahn. Sofort roch es beißend nach verbranntem Fleisch. Schrill kreischend fiel Angelo auf seine Knie und begann mit fliegenden Fingern, den Boden abzutasten, als könne er seine Augen dort finden und einsetzen, ein hilfloses, blindes Bündel, das nie wieder sehen und nie wieder das nehmen konnte, was andere als Geheimnis ihrer Seele in ihrem Blick trugen. Auf allen vieren robbte er im Kreis, während sein Speichel in dünnen Fäden aus seinem offenen Mund lief und zischend auf dem heißen Boden verdunstete. Er brach in ein hohles, irres Lachen aus, als er merkte, dass seine Suche keinen Sinn hatte.

»Du bist so dumm, Elisabeth, so dumm … Du willst lieber ihn, ja? Ihn? Diesen lächerlichen Affen, der glaubte, wie ein Mensch sein zu können?« Er wollte mit fuchtelnden Bewegungen auf Colin zeigen, während dieser eisern versuchte, Louis auf der Stelle zu halten, obwohl der Hengst unentwegt tänzelte und weißer Schaum aus seinem kauenden Maul troff. Doch Angelo hatte die Orientierung verloren. Ohne die Menschen war er nichts mehr. Sein Finger deutete ins Nirgendwo. »Du willst *ihn*?«

»Ich will vor allem mich.«

»Du weißt es, oder? Du weißt, dass ich deinen Vater getötet habe? Oh Ellie, sei nicht so kleinlich, du hast selbst unter ihm gelitten, er war doch nie da für dich, hat dich jahrelang belogen, er hat dir sogar Angst eingejagt …«

»Überaus praktisch für deine Pläne, nicht wahr? Du weißt nichts, Angelo, gar nichts, und du hast es auch dann nicht gewusst, als du noch ein Mensch warst. Du warst immer ein armseliges Würmchen. Du hast es nicht verdient, uns zu sehen.«

Wieder lachte er. Seine Zähne hatten sich gelb verfärbt. »Du bist so dumm!«, wiederholte er. »Colin wird dich nicht mehr wollen! Er kann dich nicht wollen, nachdem du das zerstört hast, was seine Familie war, die einzige, die er je hatte: seine Mutter und seinen Bruder! Das will er doch unbedingt haben, eine Familie!«

»Seinen Bruder?« Noch immer hielt ich meine Fackeln erhoben, bereit, ein weiteres Mal zuzuschlagen, falls seine Augen sich neu bilden würden. Doch das taten sie nicht. »Seinen Bruder?«

Angelo verrenkte den Kopf, um mich anzusehen, eine eintrainierte Geste, die ihm nun nichts mehr nützte. Leere, verbrannte Höhlen glotzten mich an.

»Du – hast – meine – Mutter – getötet! Du hast meine Mutter getötet! Ich wollte sie doch zurückholen, für uns beide, unsere Mutter, aber du machst alles kaputt, alles hast du kaputt gemacht, und du – du auch!« Wieder versuchte er, auf Colin zu zeigen. »Ihr seid die Monster, nicht ich bin es!«, heulte er.

Colin blieb weiterhin auf Abstand, er konnte Louis nicht näher an uns herantreiben, weil der Hengst Angelo fürchtete, aber er wollte es auch nicht mehr.

»Ich hatte eine Familie, Angelo«, sagte er emotionslos. »Menschen. Eine Mutter, die mich fürchtete, einen Vater, der mich schlug, und eine Schwester, die sich meiner erbarmte. Alle trugen sie mir mehr Empfindungen entgegen, als du jemals aus eigener Kraft hervorbringen kannst. Ich brauche keinen Bruder.«

»Aber ich war zuerst da, ich!! *Ich* war ihr Sohn! Und es reichte ihr nicht, ich genügte ihr nicht, nein, es musste noch ein Kind geschaffen werden, ihr eigenes Kind, geprägt von Beginn an, du. Du!« Angelo spuckte beim Schreien, die Hände zu Fäusten geballt, den Mund verkniffen. »Sie erinnerte sich nicht mehr an mich! Sie hat mich alleingelassen! Du hast es nicht zu schätzen gewusst, du hast sie in den Wahnsinn getrieben, weil du vor ihr geflohen bist, und nur deshalb hat sie mich vergessen! Du hast sie mir genommen!« Er schaffte es nicht einmal mehr zu kriechen. Er rollte auf dem Bauch vor und zurück wie ein Baby, das noch nicht krabbeln konnte. »Sie werden mich und Tessa rächen, Elisabeth, das werden sie! Sie sind hier!«

»Nein. Nein, das werden sie nicht«, erhob sich Morpheus' helle Stimme hinter mir. »Wir sind alle Menschen und wir alle haben euch gesehen. Wir wissen um euch. Tut, was ihr nicht lassen könnt.

Raubt Träume. Aber bleibt in eurem Totenreich. Ihr könnt keine Kriege führen, weil ihr nichts fühlt. Keine einzige Schlacht werdet ihr jemals gewinnen. Angelo wird euch stets daran erinnern, dass es ist, wie es ist. Menschen fühlen und sterben. Mahre sind Tote für die Ewigkeit. Und nur sie«, er deutete auf mich, »sie allein kennt den Weg zurück. Vernichtet nicht, wer euch am Ende retten kann.«

Nun standen meine Krieger dicht nebeneinander, bildeten einen Halbkreis mit Morpheus in ihrer Mitte, ein schützender Zirkel in meinem Rücken. Entweder wir alle überlebten oder wir starben. Noch immer verbargen sich die Mahre in ihren Höhlen und im Schatten ihrer Steine, nicht fähig, uns ihre leeren, finsteren Gesichter zu zeigen. Sie waren feige. Sie würden nicht hervorkommen. Wir waren zu viele.

Ich ließ meine Fackeln fallen. Sofort fraßen sich die Flammen in gewundenen Feuerspuren durch das trockene Gras, leckten an Angelos nackten Füßen und ließen meine Augen tränen. Ich würde wieder weinen. Tagelang. Wochenlang.

»Friss Dreck, Michelangelo«, sagte ich so leise, dass nur er es hören konnte. »Viel Spaß mit deiner Unsterblichkeit. Genieße sie.«

Ohne jegliche Reue drehte ich mich um und lief durch die anderen hindurch von ihm fort.

Es gab nichts mehr zu tun.

Um meiner Kinder willen

»Mein lieber, lieber Paul,

wenn Du diese Zeilen liest, ist das geschehen, womit Deine Mutter und ich schon lange gerechnet haben. Was mir in Gedanken daran am meisten auf dem Herzen lastet und stets ein dringendes Bedürfnis war, ist, Dich von dem irrigen Glauben zu erlösen, Du würdest eine Schuld auf Deinen Schultern tragen, weil Du mich nicht erhört hast. (Falls Du mir immer noch nicht glaubst, solltest Du diesen Brief beiseitelegen oder ihn vernichten. Falls Du mir glaubst, lies weiter.)

Du hast keine Schuld, nicht die geringste. Ich gebe zu: Es ist kein Tag vergangen, an dem ich mich nicht gefragt habe, wie es Dir wohl geht und ob ich Dich jemals wiedersehen werde, ob Du mir verzeihst, und ich hätte es mir so sehr gewünscht. Doch Du hast alles richtig gemacht, indem Du mir den Rücken zugewandt hast und gegangen bist – denn Du hast es aus Liebe getan.

Du warst kein Kind mehr, sondern ein Mann, zwar jung und unerfahren, aber nicht mehr so jung, dass Du mich noch brauchtest, um zurechtzukommen. Und Du hast aufrichtig geliebt. Du musstest gehen, Du hattest gar keine andere Wahl und Du musstest denken, dass ich es war, der Lilly von Dir weggelockt hat. Denn indirekt war ich es. Meine Abenteuerlust hat mich auf die Insel getrieben und ich habe mit dem, was geschehen ist, dafür bezahlt, aber vor allem habt Ihr, meine Kinder, dafür bezahlt, Ihr und meine Frau. Du hattest alles Recht der Welt, nicht daran zu glauben und Dir eine andere Wahrheit zu suchen, aber ich hoffe sehr, dass Deine Schwester erfindungsreich und halsstarrig genug war, um Dir zu zeigen, dass wenigstens wahr ist, was ich erzählt habe, auch wenn diese Erkenntnis die Geschehnisse der Vergangenheit nicht besser machen kann.

Ich habe versucht, Dir ein guter Vater zu sein, und an meiner Liebe zu Dir gab es nie den geringsten Zweifel. Doch im Gegensatz zu Elisa hast Du die Veränderungen, die in mir vorgingen, miterlebt und mir nie wieder restlos vertraut, so wie früher, wenn ich Dich auf meinen Schultern tragen oder in die Luft werfen und auffangen konnte, ohne dass Du die geringste Angst verspürtest.

Du warst zu klein, um Dich heute bewusst daran zu erinnern, doch Kinder haben feine Sinne und der Mann, der von der Schiffsreise zurückkehrte und Dich in den Arm nahm, war nicht der gleiche, von dem Du Dich verabschiedet hattest. Dein Vater hatte sich verändert. Immer öfter blieb ich tagelang weg, arbeitete die Nächte durch, machte mit Euch Urlaub in finsteren, abgelegenen Gegenden, damit Euch mein Hunger nicht in Gefahr brachte, der sich stets dann in mir erhob, wenn der Mond voll war oder die Sonne mir zeigte, was mit mir geschehen war. Das Haus hatte ich verdunkelt, mit wildem Wein vor den Fenstern und Jalousien überall; Deine Mutter und ich schliefen fast jede Nacht getrennt, obwohl wir uns immer liebten. Niemals habe ich Lust auf die Träume meiner Kinder verspürt, doch ich wollte kein Risiko eingehen. Also lebten wir in der Dämmerung, wo doch alles Leben das Licht braucht.

Es tut mir leid, dass es so war und nicht anders sein konnte. Vielleicht hätte ich Dir einen größeren Gefallen getan, wenn ich tatsächlich verschwunden wäre. Diese Frage ließ mir niemals Ruhe. Denn immer wieder gab es Situationen, in denen Dein Misstrauen stärker wurde als Dein Vertrauen und ich darüber nachdachte, ob ein anderer Mann geeigneter für die Vaterrolle in dieser Familie wäre. Doch Deine

Mutter – von ihr müsst Ihr Eure Sturheit geerbt haben – bestand darauf, dass ich blieb, weil sie der Meinung war, es könne für sie keinen besseren Mann und für Elisabeth und Dich keinen besseren Vater als mich geben.

Elisabeth mag in Deinen Augen die leichtere Position gehabt haben, weil sie mich nie anders kennengelernt hatte als den, der ich bin, halb Dämon, halb Mensch. Aber dafür hat sie es mit sich selbst weitaus schwieriger. Die Ruhe und Geduld, die Dir eigen sind – Neider würden es als Phlegma bezeichnen –, werden ihr verwehrt bleiben. Sie wird immer mit ihren Flügeln schlagen, während Du Deine längst ausgebreitet hast.

Paul, ich weiß nicht, was Du weißt, ich weiß nicht, was inzwischen geschehen ist. Ich habe Vermutungen und sie sind schlimm genug. Doch sei gewiss, dass Deine Mutter und ich oft darüber geredet haben. Sie hat nie versucht, mich von meinen Plänen abzubringen, vielleicht weil sie insgeheim hoffte, dass eines Tages Ruhe einkehren würde. Und ich kann diese Hoffnung verstehen. Denn auch ich wünsche mir nichts sehnlicher als Ruhe.

Ich hätte sie lieber mit Euch genossen, im Leben, nicht im Tod. Aber das Netz hat sich zugezogen. Ich sitze in der Falle. Einige wenige – sehr wenige – wollen irgendwann sterben, wären sogar bereit, den Menschen im Gegenzug zu helfen, obwohl ich nicht weiß, wie ich ihnen helfen sollte zu sterben. Aber die meisten klammern sich an ihre Unendlichkeit.

Nun gab es nur noch eine Frage zu beantworten und ich brauchte keine einzige Sekunde, um darüber nachzudenken: Bleibe ich um der Sache willen oder gehe ich um meiner Kinder willen?

Das war der Handel, erpresserisch und billig, aber mit einem hohen Preis, den ich immer wieder zahlen würde: mein Leben für das meiner Kinder und das meiner Frau.

Was Elisa betrifft: Ich habe auch ihr einen Brief geschrieben. Und ich habe sie in meiner Safebotschaft – sicher hast Du davon erfahren – des-

halb damit beauftragt, meine Nachfolge zu übernehmen, weil sie es sowieso versucht hätte – sie kann ihre Nase nicht aus den Dingen nehmen, die sie nichts angehen – und ich ihr wenigstens einen Schuldigen geben wollte, ihr und Deiner Mutter, falls es schiefgeht. Vor allem aber habe ich darauf gebaut, dass sie sich weigert, diesen Auftrag anzunehmen. Es würde zu ihr passen, genau das nicht zu tun, worum man sie bittet.

Es ist sowieso eine Aufgabe, deren Zweck ich mehr und mehr infrage stelle. Ich musste wohl erst lernen, dass nichts zu verändern ist, wo keine Gefühle im Spiel sind.

Wir waren zu wenige.

Es ist schwer, nein, unmöglich, kluge letzte Worte zu finden, die ein Vater seinem Sohn sagen kann.

Deshalb sage ich nur, dass ich Dich liebe und es immer getan habe, als Mensch und als Halbblut. Nicht die stärkste dämonische Gier in mir hätte daran etwas ändern können.

Bleib, wie Du bist, ärgere Dich nicht über das, was Dir nicht gelingt, sondern freue Dich an dem, was Du bewirkst. Deine Patienten werden es zu schätzen wissen und Deine Frau wird Dir treu bleiben – weil Du es bist. Du bist treu, Paul.

Ich weiß, dass Du es auch mir gegenüber warst. Ich weiß es.

Und das macht mich glücklich.

Leb wohl
Dein Vater

PS Hat Elisa zufällig eine Gianna Vespucci kennengelernt? Ich habe ihre Visitenkarte in den Safe gelegt. Ich habe sie auf einem Kongress getroffen und hatte sofort diese untrügliche väterliche Ahnung, dass sie eine gute Freundin für Ellie sein könnte. Gleichaltrige Mädchen sind mit ihr überfordert. Sie braucht jemanden, der gegenhalten kann.«

Pauls Stimme war unverändert geblieben, während er mir Papas Zeilen vorgelesen hatte, doch als er den Brief zusammenfaltete und ich schluchzend zu ihm aufsah, bemerkte ich, dass auch er weinte. Es hatte mir schon immer tief ins Herz geschnitten, wenn mein Bruder weinte. Er tat es so still, dass es den Menschen oft verborgen blieb. Er schluchzte nicht, er tobte nicht, kein Wimmern, kein Schnauben verriet seine Seelenlage. Er weinte ohne Regung. Es kündigte sich nicht an; von einer Sekunde auf die andere waren seine Augen nass und das Wasser lief dünn über seine Wangen. Früher hatte Paul meistens aus Trotz und Wut geweint und die eigenen Tränen nährten seine Wut nur zusätzlich, sodass er mit verschränkten Armen und in sich gekehrtem Blick abwartete, bis seine Gefühle sich wieder beruhigten. Manchmal hatte er auch geweint, weil er glaubte, versagt zu haben.

Nun weinte er aus Trauer, wie ich.

Seit einer Woche tat ich fast nichts anderes, ich verbarrikadierte mich in meinem Bett, alle Türen meines Zimmers verschlossen und verrammelt, und weinte oder schlief. Ich konnte nichts anderes tun. Wenn ich aufs Klo ging, was nun mal nicht zu vermeiden war, tat ich es in einem unbeobachteten Moment, um niemandem zu begegnen, und passierte es doch, versteckte ich mich hinter meinen Haaren. Den Blick in den Spiegel mied ich wie die Pest.

Abends saßen Paul, Gianna, Mama und Herr Schütz draußen auf der Terrasse – Dr. Sand war schon am Tag nach Angelos Blendung abgereist, ebenso Morpheus – und redeten leise miteinander, während ich mir die Finger in die Ohren stopfte, um nichts verstehen zu müssen. Sie diskutierten über mich, vermutlich wie über eine Kranke, anders konnte es nicht sein, und ich würde es mir weder anhören noch Mamas Traurigkeit bewältigen können, wo sie doch wusste, dass der Mörder ihres Mannes um ein Haar ihre Tochter verführt hatte – nicht zum Sex, sondern zur Ewigkeit.

Manchmal lachten sie sogar miteinander, was ich nicht verstand. Wie konnten sie lachen? Es machte mich nicht zornig, ich wollte es ihnen auch nicht vorwerfen, ich verstand es nur nicht.

Papas Brief an mich lag gut verschlossen in meiner Nachttischschublade. Als Morpheus ihn mir gegeben hatte, hatte ich ihn sofort dort hineinverfrachtet. Ich wollte ihn nicht lesen – ich konnte es nicht. Nicht jetzt.

Papa hatte es treffend formuliert; meine Seele schlug mit den Flügeln, aber sie wusste nicht, wohin sie aufbrechen sollte. Ich fühlte mich ebenso orientierungslos, wie Angelo es gewesen war, als er über das verdorrte Gras robbte. Die Stunden flossen zäh dahin, ohne dass ich sie einordnen konnte; ich wusste nicht, welchen Tag wir hatten, welche Woche, welchen Monat. Ich stellte nur fest, dass die Sonnenstrahlen jeden Morgen ein bisschen später durch die Ritzen der Läden drangen und das Licht abends schneller schwand.

Doch welchen Monat schrieb der Kalender – August? September? Wie viel Zeit war vergangen, bevor ich im allerletzten Moment erkannt hatte, was richtig und was falsch war, nicht eingerechnet die hellen Momente auf Santorin bei Morpheus, in dessen Höhle ich mich gerne für immer verbarrikadiert hätte; nur die Steine, das Meer und ich?

Ich hatte anfangs das Essen verweigert, weil sowieso nichts schmeckte und ich diesen ungesunden Gedanken hegte, dass ich keine Nahrung mehr verdient hatte, doch nachdem Mama mir damit gedroht hatte, mich ins nächste süditalienische Krankenhaus einweisen und zwangsernähren zu lassen, fügte ich mich und nahm die wenigen Mahlzeiten zu mir, die Gianna mir bringen durfte. Mit abgewandtem Kopf wartete ich, bis sie das Tablett auf meinen Nachttisch gestellt hatte und wieder gegangen war. Erst dann setzte ich mich auf und löffelte im Dunkeln. Oft verspürte ich starken Durst und starrte stundenlang die Wasserflasche auf dem Boden neben meinem Bett an, bis ich mich dazu überwinden konnte, sie zu öffnen und an meine Lippen zu halten.

In einer der ersten Nächte war ich aufgewacht, weil Colin an meiner Bettkante saß. Ernst und vielleicht sogar ein wenig besorgt, aber ohne Vorwürfe oder Anschuldigungen in seinem schwarzen Blick sah er mich an. Er hatte wieder ein Gesicht, ein Gesicht, das ich lieben und anfassen und dessen Züge ich mit meinen Lippen nachzeichnen wollte. Ich hatte Hilfe suchend nach seiner kühlen Hand gegriffen und seine langen Finger an meine verweinte Wange gedrückt. Nach einer kurzen Weile hatte er sie mir wieder entzogen und war lautlos verschwunden.

Seitdem hatte ich ihn nicht mehr gesehen. Ich konnte sein Verhalten nachvollziehen, wahrscheinlich war es seine Art gewesen, mir Adieu zu sagen, nachdem ich alles zwischen uns niedergetrampelt hatte in meinem heillosen Wahn. Trotzdem glaubte ich, ab und zu seine Aura wahrzunehmen und auch einen wärmenden Hauch auf meinen kalten Armen – kalt, weil ich mich vor der Sonne versteckte und zu wenig aß und trank –, aber das war wohl nur ein Wunschtraum, abgespeicherte Erinnerungen, die mich für immer begleiten und verhindern würden, dass ich vergaß, was ich getan hatte.

Jetzt war Paul zu mir gekommen, ohne mich um Erlaubnis zu bitten, und hatte mir seinen Brief vorgelesen, damit Papas Worte mich trösteten, was schlimm genug war. Doch nun weinte er ebenfalls. Experiment gescheitert.

»Ellie, Schwesterchen … irgendwann implodiert deine Nase, wenn du so weitermachst.«

»Ich kann nicht aufhören.«

»Weil du dir keine Chance gibst. Du kannst nicht dein Leben lang in diesem Zimmer bleiben. Dieses Einsiedlerdasein macht das, was geschehen ist, nicht besser. Hey, komm mal her …« Er rückte zu mir, zog mich aus meinem Kissen hoch und nahm mich in den Arm. »Wir haben es alle geahnt, ja, fast schon gewusst. Mama hat es gewusst, Gianna war sich beinahe sicher, ich mir sowieso. Wir hatten nur keine Gewissheit, keinen Beweis. Aber wie hätte er in diesem Hexenkessel je überleben können?«

»Ich habe darin überlebt. Außerdem weine ich nicht nur, weil ich traurig bin. Ich bin auch sauer.« Mit der Faust schlug ich eine Kerbe in mein tränenfeuchtes Kopfkissen. »Wie konnte er das tun? Wenn er doch wusste, wie gefährlich es war? Wie konnte er mir diese Karte in den Safe legen und mich hierherlocken, nach Süditalien, wie konnte er mich mit seiner Nachfolge beauftragen? Und dann das mit Gianna … das … das war manipulativ! Findest du nicht? Ich bin wütend auf Papa, echt wütend, ich will ihm das alles an den Kopf werfen und gleichzeitig … wie darf ich überhaupt wütend auf ihn sein? Er ist nicht mehr da!«

»Ach, Ellie …« Paul lächelte nachsichtig. »Ich bin eigentlich ganz froh, dass er Giannas Visitenkarte in den Safe gelegt hat. Er hat es ja nicht böse gemeint.«

»Er hat mich in die Irre geführt!«, klagte ich vorwurfsvoll, als könne Paul etwas dafür. »Ich verstehe ihn nicht. Einerseits hat er gehofft, dass ich seine Nachfolge aus purem Trotz nicht antrete …«

»Hattest du es denn vor?«, unterbrach Paul mich.

»Nein. Ehrlich gesagt, nein. Mein erster Gedanke war, dass Papa nicht mehr ganz klar im Kopf ist, als ich seine Botschaft las.«

»Siehst du. War also gar nicht so verkehrt.«

»Aber warum dann diese Europakarte? Warum das dicke, fette Kreuz in Süditalien? Er musste gewusst haben, dass dort Mahre leben, zumindest Tessa und Angelo … Und warum kein Kreuz auf

Santorin? Wo Morpheus lebt, der uns nichts tut und auf unserer Seite ist? Verstehst du das?«

»Nein«, gab Paul zu. »Nein, das kapiere ich auch nicht. Vielleicht hat er Angelo für harmlos gehalten. Immerhin hast du das auch.«

Ich schnaubte entrüstet. »Dann bleibt aber immer noch Tessa.«

»Von der du sowieso wusstest. Okay, Ellie, ich stimme dir zu, es ist seltsam … Aber wir können ihn jetzt nicht mehr danach fragen. Vielleicht ist die Karte versehentlich im Safe gelandet.«

»Versehentlich? Und gleichzeitig mauert er den Schlüssel bei dir ein?« Ich verschluckte mich vor Empörung und musste husten. Paul klopfte mir auf den Rücken wie Colin, wenn er versuchte, Louis zu beruhigen.

»Er besaß sicherlich einen Zweitschlüssel und hat hin und wieder Dinge in den Safe gelegt und wieder rausgeholt. Das mit dem Schlüssel in meiner Mauer war doch auch nur ein Trick«, sagte er besänftigend. »Er wollte, dass du dich bei mir aufhältst, und zwar mehr als nur ein paar Stunden.«

»Schon wieder manipulativ. Bah«, moserte ich schniefend. Ach, es tat beinahe gut, sauer auf Papa zu sein. Es ließ die Trauer ein Stück von mir wegrücken. Trotzdem: Das mit der Karte leuchtete mir nicht ein. Ganz und gar nicht.

»Sag mal, Ellie, woher wusstest du eigentlich, dass du seine Augen verbrennen musstest?«, brachte Paul mich geschickt auf andere Gedanken. Sie drehten sich ohnehin ergebnislos im Kreis.

»Ich habe es nicht gewusst«, gestand ich. Ich wollte mich nicht mit fremden Federn schmücken, das hatte ich nicht verdient, zumal Morpheus mir in seinem zweiten Anruf sogar einen Hinweis gegeben hatte. Augen, hatte er gesagt. Er musste gewusst haben, dass Angelos Macht in seinen Augen saß. Aber ich hatte seinen Worten keine Bedeutung beigemessen, gar nicht erst versucht, sie zu interpretieren. Oder hatte Morpheus gar meine Augen gemeint? Wollte er mich vor dem warnen, was ich durch meine eigenen Augen als schön empfand? Ich schüttelte beschämt den Kopf. »Nein, bis zur letzten Sekunde wusste ich es nicht. Dann wurde mir auf einmal klar, dass ich das zerstören muss, was ich an ihm so geliebt habe. Das, womit er jagt.«

Paul pfiff anerkennend durch seine Zähne. »Gute Intuition.«

»Aber sie nützt nichts! Gar nichts! Du konntest dich nicht mehr mit Papa aussprechen und Mama …« Nein, über Mama konnte ich nicht reden.

»Ja, das ist wahr und es wird mich wohl mein Leben lang verfolgen. Aber ich hätte dir auch einfach glauben können, als er noch lebte. Weißt du, so krass es klingen mag, muss ich doch François dankbar dafür sein, dass er mich befallen hat, denn ohne ihn hätte ich weder Gianna kennengelernt, noch hätte ich einen Beweis gefunden, dass Papas Worte keine Lügen waren«, meinte Paul nachdenklich.

»Das sagst du nur, um mich zu trösten. Angelo hat François geschickt, es war seine Art, uns alle zu zerstören!«

»Und was ist passiert? Es hat uns noch enger aneinander gebunden und wieder in Einklang gebracht, was sich all die Jahre in mir gestritten und gezankt hatte. Meine Liebe zu Papa und mein Hass auf ihn. Ellie, er war bei mir …«

Ich hörte damit auf, meine juckenden Augen zu reiben, die vom Weinen völlig überreizt waren, und sah blinzelnd zu ihm auf.

»Er war bei dir? Wie meinst du das?«

»So, wie ich es sage. Es waren Wachträume, derart greifbar und real, dass sie sich von meinen anderen Träumen unterschieden wie die Sonne vom Mond. Ich hab nur noch wenig geträumt in der Zeit mit François, aber diese Träume haben mir geholfen, neue Kraft zu tanken. In ihnen war alles wieder gut. Papa und ich hatten uns versöhnt und sprachen uns aus und ich konnte ihm das mit Lilly verzeihen. Nur am Schluss, seit dem Winter, da ...« Paul suchte nach Worten. »Da war er anders. Müde. Todmüde.«

»Das hast du auch geträumt?« Ich rückte von ihm ab, um ihn besser anschauen zu können. »Dass er furchtbar müde ist und nur uns zuliebe noch da? Dass er viel lieber schlafen möchte?«

»Das kann er jetzt ja, oder?« Paul streichelte meine Wange und kniff dann vorsichtig zu, als wolle er mich damit zum Leben erwecken. »Im Grunde wusste ich zu diesem Zeitpunkt schon, dass ich keine Gelegenheit mehr haben würde, mit ihm zu sprechen. Aber es war ja bereits alles gesagt, wenn auch nur im Traum.«

Vor den verdunkelten Terrassentüren klapperte Geschirr und ich hörte, wie Besteck auf das Wachstischtuch gelegt wurde, vertraute Geräusche eines Familienlebens, an dem ich nicht mehr teilnahm. Mama und Gianna deckten den Tisch.

»Möchtest du denn gar nicht mehr zu uns kommen, Ellie?«, fragte Paul sanft. »Du fehlst uns. Du hast uns die ganze Zeit gefehlt.«

Ich wusste nicht, wie mein Körper noch Tränen produzieren konnte, aber er tat es und innerhalb von Sekunden war mein Gesicht nass. Ich presste die Faust gegen meine Lippen und schüttelte den Kopf.

»Ich schaffe das nicht.«

»Dann sieh wenigstens nach Tillmann. Er würde sich freuen. Er liegt oben.«

»Er liegt?«, fragte ich piepsig. Ich hatte mich schon die ganze Woche mit der Frage gequält, warum Tillmann drogenabhängig geworden war, so schnell und heftig, und kam immer nur zu einer Antwort: Ich war verantwortlich dafür. Zum einen, weil ich ihm zu viel hatte durchgehen lassen, und zum anderen – das war der Hauptgrund –, weil ich ihn vernachlässigt hatte, ja, sogar vergessen hatte ich ihn. Tillmann war der Erste gewesen, den ich vergessen hatte, ausgerechnet er, der immer an meiner Seite geblieben war, egal, wie unausstehlich ich mich benommen hatte. Er hätte vor dem Kampf gegen François sogar mit mir geschlafen, um mich abzulenken. »Warum liegt er denn?«

»Weil er krank ist. Geh zu ihm. Immerhin hat er uns zum richtigen Zeitpunkt zu dir gelotst.«

»Er war das?« Kopfschüttelnd barg ich mein Gesicht in den Händen. Schon wieder stieg das Schluchzen in mir auf. Für mich war es weniger ein Wunder gewesen, dass ich überlebt hatte, sondern vielmehr eines, dass sie alle gekommen waren. Sie hatten sich hinter mich gestellt, obwohl ich sie verhöhnt und mich über sie lustig gemacht hatte. Ich hatte angenommen, dass Morpheus dahintersteckte, doch nun wusste ich, dass es mein bester Freund gewesen war, ein Mensch.

Aber natürlich ... Ich will jene bei mir haben, die ich liebe, hatte ich zu ihm gesagt, ohne zu wissen, warum diese Worte aus meinem Mund schlüpften, denn gedacht oder geplant hatte ich nichts mehr. Meine Intuition musste sie mir vorgegeben haben – und hatte nicht Morpheus mir geraten, auf die Menschen zu vertrauen, die ich liebte? Diese Bitte hatte Angelo nicht auf die Spur locken können, da ich sie im Kontext der Verwandlung geäußert hatte. Meine Gefühle waren mein Köder für Angelo gewesen und gleichzeitig hatten sie mich vor dem Schlimmsten bewahrt. Bis zur letzten Sekunde hatte Angelo keinen Zweifel gehegt, dass ich mich für ihn entscheiden würde – wie auch, wenn ich selbst keine gehabt hatte? Als ich Tillmann angefleht hatte, mich zu begleiten, hatte ich nur auf meinen Bauch gehört und auf nichts anderes und meine Bindung zu ihm war stark genug gewesen, um ihn dabeihaben zu wollen. Ich wunderte mich im Nachhinein über meine eigenen Worte. Mein Gehirn war meinen Emotionen kompromisslos gefolgt.

Tillmann hatte meinen Wunsch erfüllt. Er hatte nicht angenommen, dass ich ihn allein meinte, als ich sagte, dass ich die dabeihaben wolle, die ich liebe. Sondern sie alle. Und warum? Weil er mir zugehört hatte, während meine Ohren längst taub geworden waren.

Gestatte dir deine Gefühle … Gestatte dir deine Gefühle, hatte Morpheus mir geraten. Er kann deine Gedanken lesen. Oh, ich hatte mir meine Gefühle gestattet, ich hatte mich ohne Sinn und Verstand hineinfallen lassen. Aber womöglich hatte diese Fähigkeit uns alle gerettet, auch wenn ich sie nach wie vor an mir verabscheute und mich dafür bestrafen wollte, dass ich erneut zu Angelo gegangen war und um seine Nähe gewinselt hatte, unterwürfig und willig. Doch es hatte mich geschützt. Er hatte keinen anderen Plan in mir erkennen können als den, der seinem eigenen entsprach, weil meine Sehnsucht und Wehmut alles Übrige erstickten.

»Gib dir einen Ruck, Ellie. Sprecht euch aus. Er kann es gebrauchen.« Paul klopfte mir aufmunternd auf die Schulter. Ich zuckte vor Schmerz zusammen. Die Rippenfraktur war nicht dramatisch, lediglich unangenehm, doch ich hatte niemandem erzählt, wie ich sie mir zugezogen hatte. Das wusste nur ich selbst.

»Paul, kommst du zum Essen?«, rief Gianna von draußen. »Ich hab Tillmann einen Teller hochgebracht. Will Ellie auch etwas?«

»Nein«, entschied ich rasch. »Ich will nichts!« Ich senkte meine Stimme wieder, damit nur Paul mich hören konnte. »Wenn ich jetzt nicht zu ihm gehe, mache ich es nie.«

»In Ordnung. Ellie, eines will ich dir noch sagen. Mama hält sich wacker. Papa war nicht nur bei uns. Er war auch bei ihr. Und Morpheus … er – oder sie?« Er schmunzelte. Ich zuckte mit den Schultern.

»Ich glaube, das kannst du entscheiden. Er ist für beides offen.«

»Na, egal. Sie, er, ist doch wurscht. Morpheus hat ihr jedenfalls auch etwas … hm. Gegeben. Keinen Brief, meine ich. Sondern etwas von Papa. Es tröstet sie. Du darfst dich nicht zu sehr grämen. Bitte, versprich mir das.«

»Ich weiß aber nicht, wie ich das alles wiedergutmachen soll ...« Meine Hände blieben in der Luft stehen, weil ich es nicht wagte, mir durch die Haare zu fahren, wie ich es hatte tun wollen. Ich berührte mich nur, wenn es nicht zu umgehen war. Das Einzige, was ich bisher angefasst hatte, waren meine Augen, meine Ohren und meine Wangen.

»Nur nach und nach. Es erwartet sowieso niemand von dir. Fang bei Tillmann an. Immerhin kannst du mit ihm sprechen. Ich kann nicht mehr mit Papa sprechen und ich habe viel mehr gutzumachen als du.«

Er log, um mich aufzumuntern, und ich korrigierte ihn nicht. Ich hatte noch keinem sagen können, was Angelo mit mir getan hatte, dass er meine ganze Jugend und all meine Tagträumereien besudelt und missbraucht hatte. Ich wusste nicht mehr, was aus mir selbst entsprungen und was von ihm genährt worden war. Ich traute mich nicht, Musik zu hören, aus Angst, dass die alten Bilder vor meinen Augen auftauchten, Bilder von Grischa, der hoffentlich wieder er selbst wurde, Bilder, die mich von nun an unweigerlich an Angelo erinnern würden. Bilder von Colin fürchtete ich jedoch ebenfalls. Ich durfte nicht von ihm träumen. Er war nicht mehr bei mir. Vielleicht war das das Bedrohlichste und Deprimierendste an der ganzen Situation: dass ich nichts mehr hatte, wovon ich träumen konnte.

»Okay«, sagte ich heiser. »Ich gehe zu ihm, jetzt gleich, sobald du draußen bist und ihr esst.« Damit ich keinem von euch begegnen kann.

Ich wartete noch ein paar Minuten ab, nachdem Paul sich auf die Terrasse gesetzt hatte, mit den Händen auf meinen Ohren, dann stand ich schwerfällig auf und stakste auf unsicheren Beinen die Treppe hinauf.

Der Gang nach Canossa

Ich zwang mich wenigstens zu einem kurzen Blick auf meinen Oberkörper und meine Beine – unscharf, als wäre ich stark kurzsichtig –, um zu überprüfen, ob ich einigermaßen vorzeigbar war (ich war es, ich trug einen kurzen, schlichten Schlafanzug mit Streifen, der nicht mir gehörte), bevor ich zögerlich an die Tür des Dachzimmers klopfte. Von drinnen kein Laut. Ich klopfte etwas lauter, bereit, umzudrehen und kehrtzumachen, falls Protest ertönte. Doch ich hörte weder Protest noch eine Aufforderung einzutreten.

Obwohl ich mich vor dem drücken wollte, was ich jetzt erblicken würde, öffnete ich die Tür und schob mich umständlich ins Zimmer. Ich ließ meine Augen zunächst nur oberflächlich hin und her fliegen und dieses schnelle Scannen genügte, um festzustellen, dass jemand gründlich aufgeräumt hatte. Tillmanns Kleider waren wieder im Schrank verstaut, der Boden geschrubbt und vom Unrat befreit worden, die Bettwäsche gereinigt. Die Balkontür stand offen; eine leichte Brise streifte um meine nackten Knöchel, nicht mehr ganz so warm und schmeichelnd wie in den Wochen mit Angelo.

Tillmann saß aufrecht auf seinem Bett, einen Teller Pasta zwischen den Beinen und seinen einst so feurigen Blick erwartungsvoll auf mich gerichtet, während er mit sichtlichem Appetit aß. Ich stellte meine Augen etwas schärfer.

Auch er hatte seine Schmuddeligkeit abgelegt. Seine Haare waren immer noch wirr, aber offensichtlich gewaschen, er roch genauso gut wie früher, und obwohl er immer noch zu blass und zu schmal im Gesicht war, wirkte er wie jemand, der gerade ins Leben zurückkehrte und nicht mit aller Macht daraus entschwinden wollte. Er musterte mich ebenfalls und es machte mich so verlegen, dass ich zur Seite schaute.

»Wow«, stellte er schließlich mit vollem Mund fest. »Du siehst so richtig scheiße aus.«

Normalerweise hätte ich ihm sein Kissen um die Ohren geschlagen oder ihm einen verbalen Dämpfer verpasst. Aber seine flapsige Bemerkung traf mich zutiefst. Der Druck hinter meinen Augen verriet mir, dass ich den Tränen kaum ausweichen konnte, wenn ich das Ruder nicht sofort herumriss. Wahrscheinlich übertrieb er nicht einmal, sondern sagte die Wahrheit. Das war doch sein Lieblingsspiel: die Wahrheit sagen, schonungslos und unverblümt.

»Das war nicht gerade das, was ich hören wollte«, murmelte ich und drehte mich wieder um, um abzuhauen.

»He, Ellie, mach langsam, ich hab nur versucht, die Situation mit einer lockeren Bemerkung ein wenig zu entspannen, mehr nicht. Keine Panik!«

»Seit wann legst du Wert darauf, Situationen zu entspannen?«, konterte ich in unserer guten alten Streitgesprächmanier, dankbar, dass er bereit war, den Druck herauszunehmen. Das war immerhin etwas Neues.

»Na ja, man lernt mit der Zeit dazu. Du solltest trotzdem weniger heulen, deinen Augen zuliebe.«

Seufzend wandte ich mich ihm wieder zu und schob das zweite Bett in seine Richtung, damit ich mich ihm gegenübersetzen konnte, während er seinen Teller auskratzte.

»Wie geht es dir denn?«, fragte ich ihn schuldbewusst.

»Ging schon besser.«

Ich schluckte hörbar, bevor ich zum Reden ansetzte, und wusste schon jetzt, dass keiner meiner Sätze dem gerecht werden würde, was ich meinte. Doch versuchen musste ich es. Viel gab es ohnehin nicht zu sagen. Das war ja das Fatale an echten Entschuldigungen. Sie waren zu kurz.

»Tillmann, es tut mir so leid, aufrichtig leid, dass du wegen mir … wegen mir drogenabhängig geworden bist, weil ich dich vergessen und mich nicht mehr um dich gekümmert habe, aber ich … ich …« Nein. Da gab es nichts zu erklären. Das würde er nicht verstehen können und es war auch gut so. Nur Deppen verstanden das.

Tillmann hörte auf zu kauen und ließ seinen Löffel sinken, während seine Augenbrauen sich zusammenzogen und seine Miene immer skeptischer wurde.

»Was? Du denkst, ich hab mit den Drogen angefangen, weil du mich vergessen hast?«

Ich nickte. Er lachte brummig auf und beugte sich wieder über seinen Teller, um die letzten drei Nudeln aufzuspießen.

»Nee. Ich hab dich echt gern, aber das hätte ich dann doch gerade noch so verschmerzen können.«

»Ja, hättest du?«, fragte ich leicht pikiert, meine erst spontane Reaktion in diesem Gespräch und sie gefiel mir gar nicht. Ich war hier wahrlich nicht diejenige, die Ansprüche stellen durfte.

»Ja, hätte ich und ich glaub nicht, dass ich wegen so etwas jemals Drogen nehmen würde. Bringt ja nichts. Kannst den anderen nicht zwingen, dich zu mögen. Mit Drogen schon gar nicht.«

»Aber warum denn dann? Einfach so?«

Tillmann stellte den Teller auf den Nachttisch und unterdrückte einen Rülpser. Er schüttelte sich kurz.

»Bah. Mein Magen spinnt immer noch. Ellie, überleg doch mal … Ich hab dich gefilmt, oder? Erinnerst du dich etwa nicht mehr daran?«

»Doch. So ungefähr.« Er hatte mich heimlich gefilmt, was mich nach wie vor störte, wenn ich darüber nachdachte, denn er hatte mich ausspioniert, ohne dass es zu etwas gedient hätte, denn das Ergebnis war nichtssagend gewesen. Er hatte mich sogar zusammen mit Angelo gefilmt. »Mit Angelo«, wiederholte ich meine eigenen Gedanken halblaut. Er hatte uns verfolgt wie ein Privatdetektiv, mit einer Kamera … um mich und einen hochgradig gefährlichen Mahr zu filmen …

»Ich sehe schon, so langsam kommt wieder Bewegung ins Oberstübchen«, kommentierte Tillmann trocken. »Ich hab das Zeug genommen, um mich vor ihm zu schützen, damit er mich nicht bemerkt und mir nicht auf die Schliche kommt. Und da ich euch ziemlich oft filmen musste, um gutes Material zu sammeln, hab ich auch ziemlich oft was nehmen müssen. Tja, aus so etwas wird dann meistens eine Sucht.«

»Und du hast nicht mal gutes Material zusammenbekommen!«, rief ich gequält. »Du hast dich völlig umsonst da reingestürzt!« Ich fand sein Handeln unglaublich und noch viel unglaublicher, dass die anderen es stillschweigend geduldet hatten. »Außerdem ist es trotzdem meine Schuld … es ist nur eine andere Variante von Schuld.«

»Hey, du hast mir die Dinger nicht unter die Zunge geschoben, oder? Abgesehen davon *war* es gutes Filmmaterial, du weißt gar nicht, wie gut … Das hast du nur nicht mehr erkannt, als wir es dir zeigten. Wenn du dir den Zusammenschnitt jetzt anschauen würdest, würdest du Angst vor dir selbst kriegen, glaub mir. Ich hab ihn aufgehoben, er ist noch da. Willst du …?«

Ich schüttelte hastig den Kopf. »Bloß nicht.« Angst vor mir selbst hatte ich genug, überlagert nur von meinem Abscheu mir selbst gegenüber. »Trotzdem hat es nichts genützt. Es war völlig umsonst!« Nun konnte ich das Weinen doch nicht mehr aufhalten.

Tillmann hob die Schultern und ließ sie wieder fallen. »Trial and error. Manchmal klappt's, manchmal nicht. Ich glaub, er hat mich eh bemerkt und nur deshalb nichts gegen mich unternommen, weil er wusste, dass du zu ihm halten würdest.«

Und weil ihm Tillmanns Aktionen sehr gelegen kamen, dachte ich bitter. Tillmann, Paul und Gianna hatten ihm mit der Filmaktion den Ball wieder zugespielt. Die anderen waren die Bösen, die mir mein Glück nicht gönnen wollten. In Wahrheit hatte Tillmann seine Gesundheit ruiniert, um mich aufzuwecken.

»Das kann ich nie wiedergutmachen«, sagte ich, was sich als vernichtende Gewissheit in meinem Kopf manifestierte.

»So ein Quatsch«, entgegnete Tillmann hart. »Komm runter von deinem Büßertrip, das hält man ja nicht aus.«

Ich stellte meinen Blick noch ein bisschen klarer und ließ ihn über seine Unterarme wandern. Hatte er Einstiche? Ich besaß kaum Erfahrungen mit Drogen, doch ich hatte genügend darüber gehört und gelesen, um zu wissen, dass von Heroin niemand mehr richtig loskam. Die Mutter aller Drogen, aber auch die schlimmste. Was waren diese kleinen roten Punkte, Sommersprossen oder verheilte Narben von Spritzen? Ich konnte es nicht genau erkennen. Tillmann bemerkte mein Suchen und strich sich über seine linke Armbeuge.

»Dein Bruder hat mir anfangs ab und zu eine Spritze gegen die Schmerzen gegeben, das ist alles. Ich bin nicht vollkommen leichtsinnig, Ellie.«

»Schmerzen … war es so schlimm?«

Tillmann lupfte die Bettdecke und streckte sein linkes Bein heraus. Es war bandagiert. »Nur in Kombination mit meinen Verletzungen und Brandwunden. Bisschen viel auf einmal.« Ja, und auch diese Blessuren hatte er sich meinetwegen zugezogen.

»Also kein Heroin?«, fragte ich hoffnungsvoll.

»Nein. Ich würde es niemals nehmen. Weißt du, warum? Ich

glaub, es wirkt wie Tessa. Oder umgekehrt: Tessa wirkte wie Heroin. Das will man wieder haben, immer wieder. Ich hab sie zweimal erlebt, das ist schon einmal zu viel, aber ein drittes Mal – und ich wäre verloren gewesen. Was nicht heißt, dass ich mich nicht danach sehne …«

Ich hatte es nur einmal erlebt, doch es hatte genügt, um den Wunsch nach einem zweiten Mal auszulösen. Vermutlich hatte Angelo auch deshalb ein leichtes Spiel gehabt – weil seine eigene Mutter ihm eine perfekte Vorlage geliefert hatte. Mir wurde so kalt, dass ich das Kissen von dem Bett, auf dem ich hockte, nahm und gegen meinen Bauch drückte.

»Und was hast du stattdessen genommen?«

»Och, von allem ein bisschen. Speed, LSD, Haschisch, Kokain. Am Schluss vor allem Kokain. Aber für den Showdown hab ich LSD genommen – künstliche Träume, das wolltest du doch, oder?«

Ich hob verwirrt den Kopf. Tillmann grinste mich schief an.

»Auf diese Weise konnte mir Angelo nichts antun! Ich war die ganze Zeit hinter dir, bin dir gefolgt. Deshalb hast du es mir auf den Küchentisch gelegt und nicht weggeworfen. Weil du wolltest, dass es mich schützt.«

»Ich weiß es nicht«, offenbarte ich. Ich konnte mich nicht daran erinnern. »Ich hab nur noch aus dem Bauch heraus gehandelt. Ich durfte nicht eigenständig denken, sonst wäre er mir auf die Spur gekommen. Er konnte meine Gedanken lesen. Aber dass du meinetwegen solche Probleme hast, das … das ist …«

»Hey, jetzt reicht es. Fehlt ja nur noch, dass du dich auspeitschst. Wenn ich ehrlich bin, hast du mir indirekt sogar einen Gefallen damit getan.«

»Wie denn das?«, kiekste ich fassungslos.

»Durch dich hatte ich einen triftigen Grund, das Zeug einzuschmeißen. Vielleicht hab ich nur nach einem solchen Grund gesucht. Und vielleicht hätte ich es auch ohne ihn getan, ein bisschen später … Ich bin mit der ganzen Situation nicht mehr klargekommen.« Tillmanns Mund bekam jenen scharf gezeichneten, ernsten Zug, der ihn sofort um Jahre älter aussehen ließ und den ich trotzdem an ihm mochte. »Jetzt hab ich die Kacke am Hals und muss sehen, wie ich mich wieder davon loskriege. Außerdem … außerdem … oh Mann, Ellie.« Er versteckte sein Gesicht in seinen Händen und knetete sich die Wangen. »Ich hab wirklich Scheiße gebaut, viel schlimmer als du, tausendmal schlimmer, und wenn du davon erfährst, dann …«

»Wovon redest du?« Ich zog seine Hände runter, damit ich ihn besser verstehen konnte, doch er sah mich nicht an. »Welche Scheiße?«

»Ich hab einen riesengroßen Fehler gemacht. Ich wollte dir eigentlich nix davon erzählen, weil ja alles doch noch gut gegangen ist, aber ich merke gerade, dass ich es nicht kann, und es frisst mich sowieso auf … seit Wochen schon.« Er rückte ein Stück von mir weg, als würde ich ihn schlagen, sobald ich mehr erfuhr. Wenn er sich so umsichtig verhielt, hatte es seine Gründe. Vorsichtshalber setzte ich mich auf meine flachen Hände, bevor ich ihn auffordernd anschaute.

»Ich muss es dir erzählen. Stimmt's? Ja, okay, ich muss …«

»Dann tu es endlich!«

Tillmann schluckte trocken. »Diese Europakarte von deinem Dad …«

»Ja?« Wusste Tillmann etwa mehr darüber als ich? Konnte das sein – mein Vater hatte Tillmann eingeweiht und er hatte es die ganze Zeit für sich behalten?

»Das Kreuz in Süditalien. Es … es stammt nicht von deinem Dad. Es stammt von mir. Ich hab es da reingemalt.«

»Was?« Meine Stimme überschlug sich vor Verblüffung. »Aber

wie … wie … Wie konntest du das tun? Und warum hast du es gemacht?«

»Erinnerst du dich noch an den Tag, an dem wir zusammen aus Hamburg in den Westerwald gefahren sind? Paul, du und ich? Und du mir gesagt hast, dass du den Safeschlüssel gefunden hast? Ellie, du warst damals so mies drauf, so unglücklich und traumatisiert und neben der Spur und ich wollte doch dringend nach Tessa suchen. Deshalb hab ich dir den Schlüssel aus der Tasche geklaut, während du geschlafen hast, und den Safe geöffnet. Du wolltest es ja erst am nächsten Tag tun. Bei euch einzubrechen, ist übrigens echt kein Problem. Ihr solltet mal eure Türen besser sichern … Ist ja gut, ich bleibe beim Thema.« Tillmann hob die Hände, als wolle er mich in Schach halten, als ich ihn warnend ansah. »Im Safe waren nur diese dämliche Visitenkarte und die Europakarte. Ich hab gedacht, ich seh nicht recht …«

»Und das Geld. Geld war auch noch da. Jede Menge!«

Tillmann winkte ab. »Interessierte mich nicht. Ich wollte Infos. Den Brief hab ich nicht geöffnet, das war mir zu privat, aber ich fürchtete, wenn du siehst, dass keine echten Informationen im Safe liegen, unternimmst du gar nichts und kümmerst dich nur um deinen Bruder. Also hab ich einen Stift genommen und Süditalien markiert, möglichst auffällig, weil ich von dir wusste, dass Tessa dort zu Hause war. Denn ich wollte mit dir und Colin hinfahren. Ich hab schon kurz danach kapiert, dass das scheiße war, aber andererseits … es hat funktioniert …«

»Verdammt noch mal, wer hat mich hier eigentlich nicht manipuliert?«, brüllte ich, packte den Teller vom Nachttisch und schmetterte ihn haarscharf neben Tillmanns Kopf gegen die Wand. Er zerbrach sofort. Fettige Scherben rieselten auf Tillmanns linke Schulter.

»Ellie …« Er rückte noch ein Stück weiter weg und sah mich reumütig an. »Ich weiß, dass es nicht in Ordnung war, es tut mir leid. Du glaubst gar nicht, was für Schuldgefühle ich hatte, als dich der Floh gebissen hat und danach das mit Angelo passiert ist … Wenn wir nicht nach Italien gefahren wären, wäre das alles niemals geschehen. Auch deshalb hab ich Drogen genommen. Ich konnte mit dieser Schuld kaum mehr leben. Und so konnte ich auch deine Bitte nicht abschlagen, dich in die Sila zu begleiten. Du hattest nämlich recht. Ich stand in deiner Schuld.«

Ich schüttelte den Kopf und nahm Tillmanns Wasserflasche, um sie mir an die Stirn zu drücken. Ich brauchte dringend Kühlung, bevor ich noch überkochte. Gleichzeitig war ich insgeheim froh, dass es nicht Papa gewesen war, der Südtalien markiert hatte, auch wenn diese Erkenntnis den Zweck der Karte und den der anderen Kreuze immer noch nicht befriedigend erklärte.

»Mal abgesehen davon, dass wir wahrscheinlich sowieso irgendwann nach Italien gefahren wären, hast du mich deshalb aus dem Bett geschmissen, als ich zu dir gekrochen kam?«

»Nein, das war einfach kacke, was du da gemacht hast, Ellie. Ob ich nun vorher einen Fehler begangen hab oder nicht. Aber es stimmt schon, dass ich wegen der Sache mit der Karte so still war und nicht mit dir reden wollte … Ich hatte irgendwie niemals Zweifel, dass wir Tessa erledigen können. Doch als plötzlich die Gefahr bestand, dass wir alle an der Pest erkranken, wurde mir klar, was ich damit angerichtet hab. Trotzdem, du hättest nicht zu mir ins Bett kommen dürfen.«

Erst gestern hatte ich mich zum ersten Mal klar und deutlich an jene eine Nacht kurz nach Tessas Tod erinnern können. Durch diese Aktion hatte es in meinen Augen angefangen, zwischen Tillmann und mir zu kriseln, und schon wenige Stunden später war ich Angelo begegnet. Ebenfalls eine perfekte Vorlage für sein Vorhaben, wenn auch ohne sein Zutun.

»War das denn wirklich so schlimm? Ich wollte dich nicht anmachen, ich schwöre es! Ich hab mich nur absolut allein gefühlt …«

»Ja, allein«, unterbrach Tillmann mich. »Allein? Denk mal drüber nach, was du sagst, Ellie. Ich hatte gerade die Frau ermordet, die ich geliebt habe – übrigens ein Scheißgefühl, das kannst du glauben –, war mir sicher, dass ich nie wieder eine andere an mich ranlassen kann, und das Erste, was du nach der Quarantäne machst, ist, mit Colin zu schlafen. Du hattest deinen Mahr noch, während ich meinen töten musste, nicht nur für mich, sondern vor allem für euch! Das war nicht fair!« Er war laut geworden, während er sprach. »Und dazu noch diese Schuldgefühle …«

»Die waren hausgemacht. Und ja, okay, es war nicht fair. Trotzdem könntest du versuchen, mich zu verstehen«, verteidigte ich mich traurig. »Willst du mir zuhören, wenn ich es dir erkläre, oder ist es dir egal?«

Tillmann machte eine knappe Handbewegung in meine Richtung und bewegte sich aus seiner Deckung heraus mir entgegen. Okay, ich durfte reden.

»Ich hab euch das nie gesagt, weil ich Angst hatte, dass es dann erst wahr wird, aber … ich hatte dicke Lymphknoten und Fieber. Ich war mir fast sicher, dass ich die Pest kriege. Ich hab Colin angefleht, mich zu verwandeln, falls ich krank werde, aber er hat sich geweigert, weil er behauptete, dass ich der schrecklichste Mahr von allen werden würde, was wohl leider stimmt.« Ich musste eine Pause machen, bevor ich weitersprechen konnte. »Aber damals wusste ich das nicht. Dann, kurz darauf, musste ich entscheiden, ob Tessa die letzte Penizillinspritze kriegt oder ich sie für mich aufhebe, und ich hab sie ihr gegeben, weil ich nicht anders konnte.« Tillmanns Augen wurden groß, als er seinen Kopf hob und der Unmut in ihnen blankem Entsetzen wich. Endlich konnte man das Braun in ihnen wieder sehen.

»Scheiße«, flüsterte er.

»Ja, das kann man so sagen. Als ich wusste, dass ich überleben würde, bin ich zu Colin gegangen und richtig, wir haben miteinander geschlafen, aber ich musste ihn wie immer dabei fesseln. Nein, das ist nicht komisch, Tillmann, kein bisschen. Es ist ätzend. Sein Hunger kam so schnell zurück, dass er mich wie ein lästiges Überbleibsel da liegen gelassen hat … und ich … ich …«

»Du wolltest, dass ich dir das Nachspiel liefere?«, beendete Tillmann meine Ausführungen abschätzig.

»Nein. Ich wollte nicht allein sein. Und gleichzeitig warst du der Einzige, bei dem ich hätte sein wollen und mit dem ich darüber hätte reden können.«

»Trotzdem geht das nicht. Sorry, Ellie, das geht so nicht. Ich hab dich nicht angelogen, du bist wirklich nicht mein Typ Frau, aber das heißt nicht, dass ich dich nicht attraktiv finde …«

»Attraktiv«, fiel ich angesäuert dazwischen. »Sehr charmant. Ist das vielleicht die große Schwester von scheiße?« Immerhin hatte er einst gesagt, dass nett die kleine Schwester von scheiße sei, und »attraktiv« klang ebenso nichtssagend und platt.

»Kann ich vielleicht mal ausreden? Danke. Jedenfalls lieg ich allein im Bett, bin verrückt vor Sehnsucht und plötzlich ist da 'ne hübsche Frau, die zu mir kriecht und die ich sehr, sehr mag, und auf der anderen Seite hasse ich sie, weil sie das hat, was ich nie mehr haben werde …«

»Du weißt aber schon, dass Tessa uns nur Unglück gebracht hat?«, unterbrach ich ihn erneut.

»Ja, das weiß ich. Kommt aber recht häufig vor, dass man jemanden liebt, der einem Unglück bringt.«

Touché. Dem konnte ich nichts hinzufügen.

»Du solltest in Zukunft nicht mehr direkt nach dem Sex mit einem anderen zu mir unter die Decke schlüpfen und dich an mich schmiegen, okay? Können wir es dabei belassen?«, fuhr Tillmann fort. »Es langt, dass ich im Schwitzzelt 'nen Steifen bekommen hab.«

»Mann … sag doch so was nicht …« Ich senkte errötend den Kopf. Musste er gleich so deutlich werden?

»Wieso, ist dir das peinlich? Ich glaub, uns beiden muss nix mehr peinlich sein, oder?«

»Du hättest wenigstens Erektion sagen können.«

»Gut, von mir aus, Erektion. Wenn wir noch länger drüber reden, krieg ich eine.«

Mein Bauch erbebte, ein ungewohntes, fast fremdes Gefühl – die Vorstufe eines Lachens. Trotzdem hielt ich einen Themenwechsel für angebracht.

»Nimmst du momentan eigentlich noch was oder bist du auf Entzug?«

»Entzug«, antwortete Tillmann sachlich. »Ich bin clean. Den körperlichen Entzug hab ich schon hinter mir. War hart, doch Paul hat mir was gegeben, wenn es zu heftig wurde. Es ging relativ schnell; zwei Tage, dann war das Gröbste vorbei.«

»Aber das eigentliche Problem ist der seelische Entzug«, wandte ich ein. Tillmann hatte die Drogen gerne genommen, weil er sich von seinem Tessa-Kummer ablenken wollte. Dieser Kummer würde bleiben und der Wunsch nach Trost ebenfalls. Die Mahre hatten uns gezeichnet, für immer.

»Ja. Aber daran hab ich vorher schon gedacht. Ist ja nicht so, dass die anderen nichts von meinem Plan wussten. Nur von der Sache mit der Karte wissen sie nichts. Kann das so bleiben?«

Ich nickte großzügig. Es war wohl wirklich besser so, vorerst jedenfalls. Mama würde Tillmann sonst vierteilen und Paul anschließend aus seinen Knochen Operationsbesteck schnitzen. Aber auf lange Sicht würde ich es ihnen erzählen müssen.

»Danke. Jedenfalls – Gianna hätte mich am liebsten persönlich nach Hause gefahren und von meinem Dad in den Keller sperren lassen.«

»Ja, das kann ich mir vorstellen ... Sie haben es geduldet?« Wenn das so war, hatten sie sich wirklich große Sorgen um mich gemacht.

»Nur weil sie wussten, wozu ich es mache und dass es dich vielleicht aufwecken kann – und weil Colin versprochen hat, dass er mich anschließend wieder davon befreit.«

Mein Herz klopfte schmerzhaft, als Colins Name fiel, aber zugleich gab es mir Hoffnung.

»Das kann er? Colin hilft dir beim Entzug? Er ist hier?« Dann hatte ich mir die Wärmeschauer auf meiner Haut doch nicht eingebildet. Ich hatte ihn gespürt. Er war da, wenn auch nicht meinetwegen, sondern wegen Tillmann. Aber er war da.

»Er kommt jede Nacht vorbei und dann ... ja, hm. Treibt den seelischen Entzug voran, indem er versucht, meine Wünsche nach dem Zeug aus mir herauszusaugen.«

»Wie genau macht er das? Was tut er dafür?«

»Eigentlich gar nichts.« Tillmann sah mich fragend an, als wüsste ich mehr darüber. »Oder ich kriege es nicht mit. Er setzt sich neben mein Bett und nach einer gewissen Zeit hab ich das Gefühl, dass er mir zuhört, meinen Gedanken und Gefühlen, er lauscht aufmerksam, wie es ein Mensch gar nicht kann, ohne dass ich etwas sagen muss, und irgendwann .... irgendwann schlafe ich ein, und sobald ich morgens aufwache, ist es ein winziges bisschen besser und die Wünsche sind schwächer geworden.«

»Du schläfst wieder.« Immerhin etwas Gutes, dachte ich erleichtert.

»Ja. Wenn Colin da ist, schon. Es ist ein angenehmer, tiefer Schlaf. Ich bin nicht allein dabei, verstehst du?«

»Du hast gar keine Angst vor ihm, oder?« Ich dachte bei dieser Frage an Gianna, die seine Nähe nicht mehr hatte kompensieren können und immer hysterischer geworden war, wenn er auftauchte. Auch Paul hatte sich in Colins Gegenwart nie entspannen können.

»Nö. Colin ist schon krass, vor allem tagsüber. Aber wenn er nachts zu mir kommt, habe ich ihn gern neben mir.«

Ich beschloss, ein weiteres Mal das Thema zu wechseln, um nicht wieder heulen zu müssen. Eine Frage hatte ich noch, dann würde ich Tillmann allein lassen, denn er sah entkräftet aus. Unsere Aussprache raubte ihm Energie und die brauchte er für andere Dinge.

»Dein Vater … Wer hat es ihm gesagt? Meine Mutter?«

»Klar, wer denn sonst? Mein Dad ist nicht blöd. Er hat schon die ganze Zeit gespürt, dass etwas mit dir nicht stimmt, und ich hab es auch. Eigentlich von Anfang an.«

Ich musste mich wohl oder übel damit abfinden, dass ein aufbauendes Gespräch unter Freunden anders aussah als dieses hier. Tillmann schickte ein Geschoss nach dem anderen durch die dünne Luft. Doch ich hatte es so gewollt.

»Beispiele, bitte«, forderte ich zickig.

»Na, zum Beispiel das Verhalten der Spinne. Die hat sich dir gegenüber von Beginn an seltsam verhalten. Nicht erst, als Tessa kam. Ich glaub fast, sie hat auf dich reagiert, nicht auf sie. Keine Ahnung. Schwarze Witwen lassen sich nicht von der Decke fallen, die kriechen. Das war untypisch. Dann die Stabheuschrecke. Die fressen keine Heimchen, das sind Vegetarier! Diese Heuschrecke ist zum Fleischfresser mutiert in deiner Gegenwart, das hat meinen Vater sofort irritiert, aber als er versucht hat, mit dir darüber zu reden, hast du ihn ausgeblendet, warst wie weg … Solche Momente gab es öfter, auch zwischen dir und mir. In denen du kurz weg warst, in einer anderen Welt. Morpheus hat uns erklärt, dass du eine – eine

Auserwählte bist, oder?« In Tillmanns fragenden Gesichtsausdruck mischte sich scheuer Respekt. Ich war mir nicht sicher, ob ich diesen Zug an ihm mochte, wenn er mir galt. Respektlos war er mir lieber.

»Hat er sonst noch etwas erzählt?«

»Fast nichts. Nur dass es deshalb für Angelo leichter als bei anderen Menschen gewesen wäre, dich zu verwandeln, und dass wir dich deshalb nicht ausgrenzen, sondern nachsichtig sein sollen. Denn es sei eine wertvolle Eigenschaft und keine schlechte, vorausgesetzt, man trifft die richtigen Entscheidungen und hat einen guten Instinkt.« Die richtigen Entscheidungen ... Seit Angelos Blendung waren meine Erinnerungen stückweise, aber sehr chaotisch zurückgekehrt und ich wusste inzwischen kaum mehr, welche Entscheidung richtig gewesen war und welche nicht. Dazu würde ich noch eine Weile brauchen. Trotzdem konnte ich das, was Tillmann gesagt hatte, so nicht stehen lassen.

»Ich will mich nicht entschuldigen und besser machen, als ich bin, aber ... ich glaub nicht, dass das mit den Tieren und meinen Ausfällen an mir lag. Ich glaub, es war Angelos Einfluss. Er war nicht erst seit diesem Sommer in meinem Leben, sondern schon lange vorher.«

»Vorher?« Es war dämmrig im Zimmer geworden, doch ich konnte Tillmanns Augen aufflammen sehen. »Warum vorher?«

»Ich hab dir doch in Hamburg von Grischa erzählt, diesem Typen aus meiner Schule, den ich so sehr ... gemocht habe und von dem ich dauernd träumte, tagsüber und nachts. Angelo hatte ihn unterwandert und mich dadurch auf sich geprägt, sodass ich ihm sofort verfallen war, als ich ihn traf. Angelo hatte mich schon jahrelang beobachtet. Mehr kann und will ich dazu jetzt nicht sagen. Aber es ist keine Ausrede, sondern die Wahrheit.«

Tillmann akzeptierte mein Bedürfnis, es bei dieser schlichten Erklärung zu belassen, ohne jegliche Gegenwehr. Ich brachte es noch nicht fertig, die Details zu schildern. Vielleicht würde es mir niemals gelingen. Zu viele unterschiedliche Gefühle zankten miteinander, wenn ich darüber nachdachte. Ich musste erst wieder Traumstoff finden, um mich dieser Wahrheit stellen zu können, und ich wusste nicht, woher ich ihn nehmen sollte.

Die Dunkelheit der beginnenden Nacht wurde dichter und ließ Tillmanns Züge weich und kindlich wirken. Doch das würde er nie wieder sein. Er gähnte ausgiebig, bevor er seinen Kopf auf das Kissen bettete und nachlässig die Decke über seinen Bauch zerrte. Bald würde Colin zu ihm kommen und ich wollte nicht mit ihm konfrontiert werden. Was er mit Tillmann tat, konnte nicht ohne Spuren bleiben. Wahrscheinlich war sein Hunger in diesen Tagen und Nächten noch stärker als sonst. Gleichzeitig sollte seine Stärke voll und ganz Tillmann zugutekommen, auch wenn der sich mit dem Kreuz auf der Karte einen eigentlich unverzeihlichen Schnitzer geleistet hatte.

Ich kniete mich vor Tillmanns Bett und sah dabei zu, wie seine Lider schwer wurden und hinabfielen. Vorsichtig fuhr ich durch seine Haare, die vom Wind und der Sonne spröde geworden waren.

»Ich will dir noch etwas sagen, aber bevor ich es tue, sollst du wissen, dass es nichts mit Sex oder Beziehungswünschen oder Ersatzliebhabertum oder sonst was zu tun hat. Es ist nur ein Gefühl, freundschaftlich und losgelöst von allem anderen, aber es ist das Einzige, wessen ich mir im Moment noch sicher bin.« Ich atmete tief durch, um mich vorzubereiten, doch als ich zu sprechen begann, fiel es mir leichter als erwartet. »Ich liebe dich, von ganzem Herzen. Vergiss das nicht. Ich liebe dich, Tillmann. Und ich danke dir für all das, was du für mich getan hast.«

Er erwiderte meine Worte nicht, natürlich tat er das nicht, er war ein Kerl und ich nahm sowieso an, dass er nicht das Gleiche für mich empfand. Aber das musste er gar nicht.

Es war beruhigend, es ihm zu sagen und dabei zu fühlen, dass es die Wahrheit war, weder genährt aus Blendung noch aus traumgetränkten Irrwegen, sondern entstanden aus dem, was wir miteinander und ohne einander erlebt hatten.

Heile ihn, Colin, dachte ich, als Tillmann in einen leichten Schlummer gefallen war und ich von fern den gleichmäßigen Rhythmus von Louis' Hufen nahen hörte.

Bitte mach ihn wieder gesund.

Geboren, um zu leben

Ich wurde schon in aller Frühe davon wach, dass jemand betont leise durchs Haus schlich und sich draußen auf der Terrasse zu schaffen machte, dann wieder durch den Flur geisterte, etwas aus der Küche holte, zurück nach draußen tapste – und dabei mehr Lärm veranstaltete, als wenn er sich ganz normal verhalten hätte. Nein, es war eine Sie. Gianna. Das konnte nur Gianna sein.

Sie wollte mich auf gar keinen Fall wecken und hatte bereits in den ersten Sekunden das Gegenteil erreicht. Doch ich nahm es ihr nicht übel, denn ich hatte fester und gelöster geschlafen als sonst, was sicher auch mit Tillmanns und meiner Aussprache zu erklären war. Ich war weit davon entfernt, mich wie neugeboren zu fühlen, das war ein Zustand, den es für mich nicht mehr geben würde. Aber meine Augen waren spürbar abgeschwollen und der Druck auf meiner Stirn, der mein Weinen seit jeher begleitete, hatte nachgelassen.

Ich streckte mich ausgiebig und kuschelte mich dann wieder so gemütlich wie möglich in meine dünne Decke. Draußen sprang der Volvo an. Aha. Gianna fuhr einkaufen. Anscheinend hatte sie ihren Schock über das, was geschehen war, verarbeitet und übernahm wieder das häusliche Regime, zum Schrecken aller Anwesenden. Hoffentlich schlugen Mama und sie sich nicht gegenseitig die Köpfe ein.

Mit geschlossenen Augen versuchte ich mich an gestern Abend zu erinnern … an das Gespräch mit Tillmann und dann … ja, da war noch etwas geschehen, Stunden später. Kein Traum, sondern Wirklichkeit, obwohl es sich im ersten Moment wie ein Traum angefühlt hatte – aber einer von der unerwünschten Sorte.

Ich war mitten in der Nacht aufgewacht, nicht weil ich ein Geräusch oder Stimmen gehört hatte, sondern weil mein Körper entschieden hatte, dass er jetzt genug geruht hatte und dringend frische Luft brauchte. Und zwar auf die direkteste Weise, nicht in Form eines geöffneten Fensters hinter verschlossenen Läden. Er wollte nach draußen, ins Freie. Da alle anderen schon zu Bett gegangen waren, hatte ich mich erhoben, mir eine dünne Strickjacke übergeworfen und war zu der Terrassentür gegangen; nur wenige Meter, aber für mich eine Art Weltreise.

Ich traute dem allen da draußen nicht mehr. Ich hatte mich ihm verweigert, nicht ausschließlich deswegen, weil ich den anderen nicht begegnen wollte, sondern weil mich die unsinnige Furcht verfolgte, dass er sich zeigen würde, wenn ich mich zeigte. In meinem Zimmer war ich sicher, doch sobald die Sonne auf meine Haut scheinen würde, würde er, blind und entstellt, wie er war, aus seinem Haus kriechen, mich aufspüren und sich an meine Fußgelenke klammern, bis ich nachgab und er mich mit sich ziehen konnte, damit ich für ihn sehen würde.

Ich träumte nicht mehr viel, seitdem es geschehen war, doch wenn, waren es diese Träume. Oder aber Träume, in denen ich aus eigenen Stücken zu ihm zurückging, als wäre nichts geschehen, Träume, in denen ich darüber hinwegsah, dass er meinen Vater getötet hatte, und mich wieder zu ihm ans Klavier stellte. In diesen Träumen hatte er Augen. Sie waren nachgewachsen und er war schön wie immer.

Trotzdem waren es Albträume. Denn irgendwann in diesen Träumen wurde mir bewusst, dass ich etwas Falsches machte, etwas Gefährliches, ja, es war lebensgefährlich. Ein zweites Mal würde ich ihn nicht überlisten können. Jetzt war er gegen mich gefeit. Er würde jeden meiner Gedanken erahnen, bevor ich ihn überhaupt fassen und umsetzen konnte, und auch meine Gefühle gehörten ihm. Nun musste ich für immer bei ihm bleiben.

»Nur Träume, Ellie«, sprach ich mir Mut zu, während ich zaudernd vor den geschlossenen Läden stand. »Sonst nichts.« Ich konnte mir nicht vorstellen, dass er es geschafft hatte, nach der Blendung und dem Feuer von der Sila bis hier hinuntergekrochen zu sein. Vielleicht hatten die anderen ihn auch mitgenommen, obwohl ich überzeugt davon war, dass Mitleid nicht zu den hervorstechenden Charaktereigenschaften der Mahre gehörte. Am ehesten war anzunehmen, dass er sich irgendwo in dem verlassenen Dorf verbarrikadiert hatte.

Ich hatte keinen Mord mehr begehen wollen, aber mir wäre wesentlich leichter zumute gewesen, wenn wir ihm den Garaus gemacht hätten. Doch damit hätte ich uns alle einer ständigen Gefahr ausgesetzt. Solange er existierte und die Mahre als lebendiges Mahnmal daran erinnerte, dass mit uns Menschen nicht zu scherzen war, befanden wir uns in Sicherheit. Redete ich mir jedenfalls ein.

Was jedoch, wenn meine Träume einen winzigen Wahrheitsgehalt hatten? Eine Art prophetische Vorsehung? Lungerte er noch hier herum? Nein, dann hätten Mama und Paul mich längst nach Hause gebracht. Trotzdem kam ich mir vor wie in einem dieser ekelhaften Horrorfilme, in denen der Bösewicht nicht totzukriegen ist und immer wieder von Neuem seine Axt zu schwingen beginnt, als ich mit kalten, schwitzenden Händen die Verriegelung der Holzläden öffnen wollte und plötzlich spürte, dass dort draußen jemand war. Da war jemand! Er hatte sich gerade eben auf unser Grundstück geschlichen und lauerte mir geduldig auf, wohl wissend, dass ich mich irgendwann zeigen würde, weil die Nacht mich immer noch ins Freie lockte. Wahrscheinlich war es seine Anwesenheit, die mich geweckt hatte, nicht mein Bedürfnis nach frischer Luft. Letzteres hatte er mich nur glauben lassen, weil er vermeintliche Freiwilligkeiten liebte wie nichts anderes. Beinahe wäre ich darauf reingefallen. Ich verharrte, ohne zu atmen, die Hand an der Verriegelung, voller Furcht, dass die geringste Regung mich verraten könnte. Dabei wusste er doch, dass ich hier war ... Er wusste es ganz genau.

Was jetzt? Um Hilfe rufen? Weglaufen? Nach oben, zu Tillmann, oder zu Paul und Gianna? Das würde keinen Sinn machen, er war schneller, und wenn nicht, würde er sie mit hineinziehen ...

Mein Körper wehrte sich gegen meine erzwungene Atemlosigkeit und wollte sich Sauerstoff zuführen, ungeachtet der grauenvollen Tatsache, dass ich Schritte nahen hörte, schwere Schritte, tapp, tapp, tapp, die Treppe hinauf auf die Terrasse, jetzt sah ich ihn auch, ein markanter Schemen, in unzählige Streifen geteilt durch die Holzlamellen vor meinen Augen. Er wurde größer, kam direkt auf mich zu, wurde immer schwärzer und mächtiger. Mit einem keuchenden Atemzug erkämpften sich meine Lungen ihre Luft zurück, obwohl ich es hatte verhindern wollen, und ich roch – Schweiß. Schweiß? Ja, das war herber Männerschweiß, vermischt mit Rasierwasser. Hatte Angelo so gerochen? Nein, nicht ein einziges Mal. Er hatte nach gar nichts gerochen. Dieser Duft hier kam mir dennoch bekannt vor, beinahe vertraut ...

»Hey! Sssst!«, zischte es hinter den Lamellen. »Aufwachen, Sturm! Schieb deinen Hintern zu mir raus, du Schlafmütze!«

Ich ließ meine Hand sinken und hob sie sofort wieder, um mir an die Stirn zu greifen, wo mein Angstschweiß sich in einem warmen Schauer der Erleichterung löste und brennend in meine Augen sickerte. Das war nicht Angelo. Auch nicht ein geblendeter Angelo.

»Stürmchen, hallo!«, zischte es erneut hinter den Läden, dicht vor mir. Ein scharfes Pfefferminzbonbonaroma stieg in meine Nase. Sind sie zu stark, bist du zu schwach – Fisherman's Friends, konzipiert für Machos und Möchtegernhelden. Im Frühjahr hatte ich diese Geruchskombi aus Schweiß, zu viel Aftershave und künstlicher Minze jeden Abend um 17 Uhr zwei Stunden lang ertragen müssen.

»Jemand zu Hause? Ich seh dich doch! Lass deinen guten alten Lars nicht warten …«

Lars, vermeldete mein Hirn endlich entwarnend. Es ist Lars. Nur Lars. Motorik wieder aktiviert, atmen erlaubt. Ich konnte nicht sagen, ob ich ihn verdrängt oder vergessen hatte. Jetzt erst erinnerte ich mich an seine Anwesenheit. Ja, er war dabei gewesen. Mein verhasster Hamburger Karatetrainer, den Colin mir im Frühjahr organisiert hatte, um mich auf den Kampf vorzubereiten (zwecklos, wie ich fand) und meinen Zorn weiter zu schüren. Letzteres hatte vortrefflich funktioniert, denn Lars war ein frauenfeindlicher Proll, wie er im Buche stand. Und er hatte mich gestalkt. Offenbar tat er es immer noch.

Ich öffnete fahrig die Verriegelung und trat mit vor dem Bauch verschränkten Armen und weichen Knien zu ihm auf die Terrasse. Mein Zittern konnte ich nicht unterdrücken; sobald ich vor ihm stand, wurde es noch schlimmer, was mir gar nicht passte. Zeichen der Schwäche nutzte Lars sofort aus. Trotzdem ging ich ihm voraus die Treppe hinunter auf die Straße und einige Meter weit weg, bis wir frei sprechen konnten, ohne die anderen zu wecken.

»Mann, erschreck mich doch nicht so!«

»Sorry, war ’ne spontane Aktion. Ich fahr morgen ab. Ich wollte dich schon die ganze Zeit sehen, aber deine Mutti meinte, du wärst noch nicht so weit und ich solle dich in Ruhe lassen und …« Ein heftiges Frösteln, das mich für eine Millisekunde packte und schüttelte, ließ ihn innehalten. »Was ’n los, Sturm?«

»Ich dachte, dass … dass … Mach so was nie wieder, Lars, ehrlich! Du kannst mir doch nicht auflauern!«

»Du dachtest, dass es die blonde Drecksau ist? Sturm, du hast einen schlechten Männergeschmack, das muss ich dir mal sagen. Was hast du an dieser Lusche gefunden? Der hat ja nicht mal Haare auf der Brust.«

»Das haben die –« Das haben die Mahre allgemein nicht, hatte ich entgegnen wollen. Aber wusste Lars überhaupt alles über sie? »Hör mal, Lars, ist dir eigentlich klar, was da oben in der Sila passiert ist? Was das Ganze bedeutete?«

»Logen weiß ich das.« Logen. Lars' Variante für logisch. Er fand es cool, ich nicht. »Der war von so 'ner Art Sekte und wollte dich kapern, stimmt's? Totale Gehirnwäsche. Hab ich mal im Fernsehen gesehen, da gibt's doch diese … äh …. Scientology oder wie sie heißen, ach, egal, es gibt auch noch andere …« Er räusperte sich und spuckte neben meinen Füßen auf den Boden.

Ich machte einen Schritt zur Seite und blinzelte ihn streng an. »Eine Sekte. Mensch, das war keine Sekte.«

»Jo, kräht doch kein Hahn nach, der Typ wollte dich jedenfalls haben und benutzen, und echt, Sturm, ich hatte dir 'nen besseren Geschmack zugetraut, wenn du schon den armen Blacky alleine lassen musst. Dieser Typ war nix für dich, aber der andere von euch, der mit der halblangen braunen Matte …« Er wedelte mit seinen behaarten Pranken neben seinen Ohren herum. »Der mit den braunen Haaren und den blauen Augen. Der ist in Ordnung. Der wäre was für dich.«

»Lars, das ist mein Bruder.«

»Ja. Weiß ich doch. Ich meine ja nur … der ist okay. Aber bitte nicht so ein Frauenversteher … Das sind die schlimmsten. Bevor du dich noch mal an so einen ranschmeißt, nimmste lieber den guten alten Lars. Kapiert?«

»Kapiert«, wiederholte ich schwach. »Du hast also nichts verstanden. Warum wundert mich das nicht?«

Lars packte mich an den Schultern und hob mich ein Stückchen hoch, sodass ich in seine eng stehenden Gorillaaugen gucken musste. Die Überdosis Gel, die er seinen Haaren gegönnt hatte, kitzelte süßlich in meiner Nase.

»Ey, ich hab vielleicht nur ’nen Hauptschulabschluss und bin ein einfacher Handwerker, aber das da oben …« Er wackelte mit den Brauen, um auf seine niedrige Stirn zu deuten. »Das funktioniert wie geschmiert. Solche Sackgesichter gibt’s überall und wird’s immer geben, ich kenn diese Schlaffis, die haben selbst nichts zu bieten und nehmen es sich dann von anderen, weil sie total hohl und leer sind. Warum haste mich eigentlich nicht angerufen, damit ich diesem Troubadix mal ordentlich die Fresse poliere, hm? Na, wenigstens hab ich dich jetzt auch mal nackt gesehen. Geiler Hintern. Hatte die beste Sicht von allen.« Lars lachte dreckig und ließ mich zurück auf den Boden fallen, um einen seiner dicken Finger in meine Haare zu stecken. »Aber kämmen sollteste dich mal wieder, Stürmchen. Siehst aus wie der Struwwelpeter.«

»Danke fürs Gespräch«, sagte ich würdevoll. »Ich werde jetzt wieder reingehen und weiterschlafen.« Falls ich das nach dieser absurden nächtlichen Begegnung überhaupt konnte.

»Nee, nee, Fräulein, das wirste nicht. Du hast dir eben in die Hose gemacht, oder? Als du mich gehört hast?«

Ich rieb meine Oberarme, an denen ich Lars’ festen Griff immer noch spürte. »Kann sein.«

»Dann komm mit. Ich zeig dir was. Na, komm schon … Wollte ich dir die ganze Zeit schon zeigen, aber deine Mutti hat mich ja nicht gelassen.«

Er löste sich von der Mauer, an die er sich während unseres Gesprächs gelehnt hatte, und schritt forsch voraus, der Unterführung entgegen. Aber dort wollte ich nicht hin. Dort ging es hinauf zur Straße, zur Tankstelle und … zu Angelo. »Komm!«, forderte Lars mich erneut auf. »Los, Bewegung! Und keine Ausreden! Ich hab dir gesagt, dass Ausreden bei Lars nicht zählen.«

»Ich kann nicht.«

»›Ich kann nicht‹ liegt auf dem Friedhof und ›Ich will nicht‹ liegt nebendran.« Lars kehrte zu mir zurück und griff nach meiner Hand. »Hat mein alter Herr immer gesagt. Kriegen meine Schüler täglich zu hören. Du kommst mit.«

Ich wollte um diese späte Stunde keinen Aufruhr anzetteln. Außer mir schliefen zwar alle anderen nach hinten raus; Mama und Herr Schütz übernachteten sowieso in einem nahe gelegenen Hotel (hoffentlich in getrennten Zimmern). Aber wenn Lars und ich weiter miteinander stritten, würden Gianna und Paul aufwachen und ich hatte ihnen genug Ärger bereitet. Also ließ ich mich seufzend hinter Lars herschleifen. Das Laufen war ungewohnt; mehr als die Strecke zum Klo und gestern Abend nach oben zu Tillmann hatte ich in den vergangenen acht Tagen nicht zurückgelegt. Doch meine Muskeln begannen sich recht schnell wieder an das zu erinnern, was sie konnten, und meine Schritte wurden flüssiger und kraftvoller, je näher wir der Tankstelle kamen. Vielleicht wollte mein Körper auch nur fluchtbereit sein. Denn Lars nahm tatsächlich die Biegung zu Angelos Haus.

Er wollte zu ihm! Ich schloss meine Augen, ein reiner Schutzreflex. Wenn ich ihn nicht sehen konnte, konnte er mich nicht sehen, schon als Kind hatte ich damit schwierige Situationen zu überbrücken versucht – dabei konnte er sowieso nichts mehr sehen. Doch in der Dunkelheit und an Lars' Hand, die ich nun umklammerte wie ein kleines Mädchen und von der ich mich weiterführen ließ, fühlte ich mich sicherer. Schon nach wenigen Schritten kam er wieder zum Stehen.

»Augen auf, Sturm. He! Augen auf, hab ich gesagt!«

Ich gehorchte widerstrebend. Es dauerte zwei bis drei flache

Atemzüge, bis ich mich davon überzeugt hatte, dass ich wach war und nicht träumte. Doch ich war wach. Das hier war keine Halluzination, dazu waren der Aschegeruch zu stark und die Reste der Glut zu heiß. Angelos Haus war bis auf die Grundmauern heruntergebrannt. Von dem Anwesen war nichts mehr übrig außer einem Haufen verkohltem Schrott. Den Garten hatte es auch erwischt; die Bäume hatten in der Feuersbrunst sterben müssen, der Pool war nur noch eine schwarze, stinkende Suppe, das Eisentor durch die mörderische Hitze der Flammen verbogen. Keine Grille sang mehr. Keine Motte würde hier jemals wieder in einer Kerzenflamme sterben. Wenn es regnete, würde sich nichts regen. Keine winzigen Frösche, die über den dampfenden Boden hüpften und im Poolwasser ertranken. Keine Igel auf nächtlicher Pirsch. Es war vorbei.

»Na? Biste stolz auf mich?« Lars grinste mich Beifall heischend an und breitete seine Arme aus.

»Ich … Das warst du?«

»Wer sonst? Es war echt krass, ich hatte schon Angst, dass die Tanke mit in die Luft fliegt …« Lars klopfte sich stolz auf die Brust, bis seine Goldkettchen klimperten. »Die Lusche soll sich nicht mehr in deine Nähe wagen. Und wenn er es tut, sag mir Bescheid, ich kenn ein paar Russen, die gerne fremde Knochen brechen, wenn man sie anständig dafür bezahlt.«

»Oh Mann … du hast es echt nicht verstanden …«, stöhnte ich.

»Hab ich wohl. Ich schieb's nur weg. Trotzdem, die Russen sind gut. Diskret und verlässlich. Das ist ihr Motto …«

»Ich brauche keine Russen«, erstickte ich seine Mordlust. »Und ich will hier weg, ich hab – ich hab Angst. Ich hab das Gefühl, er ist noch hier.«

»Ist er nicht. Das Mannweib hat gesagt, er würde sich nicht mehr in eure Nähe wagen. Aber ich dachte, sicher ist sicher.« Das Mannweib. Damit meinte er vermutlich Morpheus.

»Warum bist du überhaupt mitgekommen? Wer hat es dir gesagt?«, fragte ich, weil die Neugierde meine Angst für einen kurzen Moment verdrängte.

»Deine Mutti. Ich glaub, sie dachte, sie jagt mich damit aus dem Haus. Dass ich denke, sie ist verrückt und so. Na, ihr seid alle bisschen verrückt, ist ja nix Neues. Aber auf diese Weise konnte ich dich wiedersehen und …«

»Und?«

»Na, dir helfen. Was denn sonst?« Er sah mich kopfschüttelnd an.

»Hm«, machte ich reserviert. »Ich dachte eigentlich, ich bin für dich so eine Art wirbelloses Wesen ohne Hirn, das man ununterbrochen erniedrigen und quälen muss.«

Lars lachte dröhnend und schlug mir so fest auf den Rücken, dass ich husten musste und mich beinahe verschluckte.

»Blacky wollte, dass ich dich vor Wut schäumen lasse. Und das geht bei Weibern immer am besten, wenn man sie für dumm verkauft.« Er griff um meine Schultern und zog mich an seine haarige Brust, mehr schlecht als recht versteckt unter einem Ed-Hardy-Trägershirt. »Bist doch mein Stürmchen, oder? Und mal unter uns: Dein Blacky hat auch 'nen leichten Schatten.«

»Mehrere sogar«, entgegnete ich kraftlos. Ich wehrte mich nicht gegen Lars' plötzlichen Übergriff – es hätte auch nicht viel genützt, denn das hier war keine Umarmung, das war ein Schwitzkasten –, sondern registrierte resignierend, dass seine unverhoffte Sympathiebekundung meine Schleusen wieder zu öffnen drohte. Noch ein nettes Wort oder eine weitere Bemerkung über Colin und seine diversen Schatten und ich würde zu heulen anfangen.

»Heian Shodan!«, rief Lars im Befehlston, nachdem er prüfend zu mir hinuntergesehen und meine zitternden Lippen bemerkt hatte. »Hier wird nicht geflennt.«

»Was?«

»Heian Shodan! Die kannst du noch! Unten am Strand …«

Heian Shodan. Das war jene Kata, an der er mit mir gefeilt hatte. Nein, die würde ich nicht mehr zusammenbekommen. Das war alles verschüttet und nicht eine einzige Bewegung hätte ich beschreiben können, das Ausführen mal ganz außer Acht lassend.

»Jetzt besser nicht. Ich fühl mich nicht gut. Außerdem ist es stockdunkel, ich hab ewig nicht trainiert, kaum gegessen und …«

»Keine Ausreden, Sturm, Ausreden gelten bei mir nicht, das weißt du. Huckepack!« Er deutete auf seinen Rücken. »Spring auf! Ich trag dich.«

Ach, warum eigentlich nicht, dachte ich ergeben. Er würde ja doch nicht lockerlassen, bis ich von Krämpfen gepeinigt am Boden lag. Ich hatte allerdings nicht damit gerechnet, dass es seine infantile Seite wachkitzeln würde, wenn er ein Mädchen auf seinem Rücken durch die Nacht schleppte. Erst fing er an zu rennen, dann wie ein Pferd zu galoppieren, Sprünge einzulegen und unvermittelt Zirkel zu drehen oder Haken zu schlagen, bis ich mich kreischend an seinem ausrasierten Stiernacken festklammerte.

Am Strand ließ er mich fallen wie einen Sack Zement.

»Mensch, lach doch mal, Sturm!«

»Ich kann nicht …«

»Lachen, hab ich gesagt!«, schrie er mich an. »Du sollst lachen, nicht immer nur rumpiensen und jammern und dir in die Hosen scheißen, das hier ist dein Leben, also steh auf und lach! Jetzt!«

»Verdammt, mein Vater ist tot!« Ich brüllte so laut, dass mir davon beinahe übel wurde. »Mein Vater ist tot, verstehst du das nicht? Es gibt nichts mehr zu lachen, mein Vater ist tot, er ist tot, tot, tot, tot!« Meine Stimme jagte über das Meer und wieder zurück, brachte mein Herz zum Vibrieren und meine Nerven zum Zittern. »Er ist tot!« Ich hieb meine Fäuste in den Sand, bis die Haut an meinen Händen aufriss. »Er ist tot.«

Lars ließ mich gewähren, sah nur stumm zu, wie ich tobte, heulte und fluchte, bis er sich neben mich in den Sand setzte und meine Hände ergriff.

»Ist ja gut. Ist doch alles gut«, brummte er, als ich schluchzend gegen ihn sackte, und tätschelte meinen Hinterkopf. »So kenn ich dich. Das ist meine Sturm. Zeternd und wütend. Das ist schon viel besser als Rumpiensen. Steh auf. Komm schon, mein Schatz. Aufstehen.« Lars griff unter meine Achseln, erhob sich und zog mich dabei mit einem Ruck auf die Füße. Ich weinte ohne Tränen, den Kopf hängend und die Arme schlaff.

»Heian Shodan.« Nun war es kein Befehl mehr, sondern ein Ratschlag. Ein heiliger Ernst lag in diesen zwei Worten. Ich hörte auf zu schluchzen, richtete mich auf und straffte mein Kreuz, wie damals in der schäbigen Turnhalle, in der Lars mich Tag für Tag geknechtet hatte – und wie auf Trischen, als Colin mich an meine Grenzen schickte und wir uns trotzdem liebten.

Alles war noch da. Jede Bewegung, jede Wendung, jedes Atmen. Es offenbarte sich mir in dem Moment, in dem ich mich entschlossen hatte, es zu versuchen. Ich musste nicht ein Mal nachfragen oder innehalten und überlegen, was als Nächstes kam. Versunken und in konzentriertem Schweigen vollführten Lars und ich unseren Schattenkampf, unterbrochen nur durch unsere Kampfschreie, seiner wie ein Bellen, meiner rau, aber kraftvoll, bis wir synchron zum Stehen kamen und die Brandung kalt unsere Knöchel umspülte.

»Geht doch. Und jetzt ab ins Bett mit dir. Komm mich mal besuchen in Hamburg, dann trainieren wir ein bisschen, ja? Und grüß Blacky von mir. Nacht, Stürmchen. Tut mir echt leid, das mit deinem Papa.«

Er drückte mir einen kratzigen Kuss auf die Wange, schlug mir noch einmal unsanft auf die Schulter und stapfte o-beinig und vor sich hin pfeifend durch den Sand davon. Nachdem ich – lächelnd, nicht weinend – zurück ins Haus gelaufen war, war ich todmüde ins Bett gefallen und sofort eingeschlafen.

Ach, Lars, dachte ich nun, als ich unsere nächtliche Trainingseinheit Revue passieren ließ. Du lieber, bescheuerter Gorilla. So dumm war er nicht, wie ich anfangs gedacht hatte. Ich zweifelte zwar daran, dass er auch nur einen Hauch von dem begriffen hatte, was oben in der Sila passiert war, aber mir auszumalen, wie er Angelos Haus niedergefackelt hatte, war eine rührende Vorstellung. Und wenn er erwischt worden wäre, wäre er für mich eingesessen, ohne auch nur einen Moment zu bereuen, was er getan hatte.

Es war gut, dass er mich entgegen Mamas Ratschlag doch noch aufgesucht hatte. Und es war gut, dass ich die Kata gemacht hatte, zusammen mit ihm. Irgendwann würde ich wieder anfangen zu trainieren. Irgendwann …

Ich döste noch ein Weilchen vor mich hin, bis sich das Tuckern des Volvos wieder näherte, er in unserer Einfahrt hielt und sein Kofferraum übervorsichtig geöffnet und geschlossen wurde.

»Merda«, hörte ich Gianna flüstern, als sie kurz darauf mit einer raschelnden Einkaufstüte an meiner Türklinke hängen blieb. Sie brauchte Minuten, um sie wieder davon zu lösen. Selbst ein Komapatient wäre dabei aufgewacht.

Klapper, klapper, zur Küche, wo sie in einer Schublade wühlte, dann wieder klapper, klapper, zu mir. Sie räusperte sich unterdrückt. Mit einem Auge beobachtete ich, wie die Klinke sich nach unten bewegte und die Tür sich langsam öffnete.

»Happy birthday to you …« Summend schob Gianna sich hinein, auf ihrer ausgestreckten Hand ein winziges Schokoladentörtchen mit einer rosa-weiß gestreiften Kerze in der Mitte. »Tanti auguri a te … Happy birthday, liebe Ellie, happy birthday to you!«

»Nein.« Mein Herz begann zu stolpern.

»Doch!« Gianna tänzelte beschwingt auf mich zu. »Herzlichen Glückwunsch, Elisa. Jetzt bist du neunzehn. Und die Sonne scheint! Geburtstag mit Schönwettergarantie, das gibt's nur in Süditalien! Ein neuer heißer Tag beginnt …«

»Das kann nicht sein.«

»Der zweiundzwanzigste September, oder? Und der ist heute.« Gianna stellte das Törtchen auf meinem Nachttisch ab und setzte sich an mein Fußende. »Ja, es ist Zeit vergangen … Die anderen haben beschlossen, dass wir dich nicht an deinen Geburtstag erinnern und ihn nachholen, sobald es dir besser geht, aber ich bin Italienerin! Ich kann das nicht. Ich muss wenigstens gratulieren!«

»Wozu denn?«, fragte ich hoffnungslos. »Da gibt es nichts zu gratulieren.«

Wir hatten September … Ich hatte so etwas befürchtet, aber es zu wissen, überforderte mich. Ich war nicht in Feierlaune. Ich war es vergangenes Jahr schon nicht gewesen. Kurz zuvor war Colin geflohen, sodass ich mich an meinem Geburtstag in mein Zimmer verkrochen und mein Telefon ignoriert hatte. Nicht einmal meine Mails hatte ich abgerufen – erst am nächsten Tag, in der haltlosen Hoffnung, es sei eine von Colin dabei. Auch heute würde ich ihn nicht bei mir haben können.

»Es ist nicht nur dein neunzehnter Geburtstag, Elisa. Du bist vor einer Woche zum zweiten Mal zur Welt gekommen. Du kennst doch den Song … geboren, um zu leben, für den einen Augenblick, bei dem jeder von uns spürte, wie wertvoll Leben ist …«, sang Gianna liebevoll. »Und ich finde, es ist Zeit, diesen Gedanken auch in deinem Erscheinungsbild zu verwirklichen. Hier, damit müsste es klappen.« Sie zog eine knallbunt gemusterte Tüte hinter ihrem Rücken hervor und leerte sie auf meiner Bettdecke aus. Bürsten und Kämme in unterschiedlichen Größen und Stärken purzelten auf meine Knie, dazu eine Haarkur, Spray zum Entwirren, Schaumfestiger, Spitzenbalsam – Gianna musste einen Friseursalon ausgeraubt haben. »Oder sollen wir sie abschneiden?«, setzte sie drohend hinterher, als ich nichts dazu sagte, sondern nur apathisch die Flaschen und Tuben beäugte.

»Auf gar keinen Fall!«

»Dann spring unter die Dusche und wir machen wieder einen Menschen aus dir. Es wird Zeit.«

»Aber die anderen …«, wandte ich abwehrend ein. Mir war schon Giannas Gegenwart beinahe zu viel. Mehr Zuschauer würde ich nicht ertragen.

»Wir sind allein. Paul ist in aller Frühe aufgestanden, um Manfred zum Flughafen zu bringen und danach mit Mia ans Capo Vaticano zu fahren.«

»Herr Schütz ist schon weg?«, rief ich bestürzt. »Ich wollte mich doch noch von ihm verabschieden … Und wieso fahren sie ans Capo Vaticano, wie kann Mama das nur tun?«

»Weil sie Abschied nehmen möchte. Ich weiß, das alles ist traurig und tut furchtbar weh, aber es muss irgendwie weitergehen und es geht auch weiter. Wir konnten es ihr nicht ausreden, sie wollte dorthin. Husch, husch, ins Bad mit dir, bevor das Wasser wieder abgestellt wird.«

»Bist du sicher, dass du das willst? Mich kämmen? Ich meine …« Ich wusste nicht, welche Worte ich wählen sollte, doch Giannas betroffener Gesichtsausdruck verriet mir sofort, dass sie verstand, worauf ich anspielte – nämlich auf ihr zwanghaft distanziertes Verhalten mir gegenüber in den vergangenen Wochen.

»Das ist vorbei«, murmelte sie entschuldigend. »Es war in dem Moment vorbei, als du ihm die Fackeln in die Augen gestoßen hast, obwohl ich vor Ekel fast vergangen bin … Doch nachdem das geschehen war, warst du wieder unsere Ellie.«

»An der ihr früher ständig rumgekrittelt habt«, setzte ich mit einem leisen Vorwurf hinterher, obwohl ich ganz gewiss nicht streiten wollte.

»Ja, das haben wir wohl und das war ein großer Fehler. Aber wir haben es nicht getan, weil wir dich so nicht mochten, sondern weil wir glaubten, dass du es leichter haben könntest, wenn du dich anders verhalten würdest«, argumentierte Gianna; Begründungen, die ich nicht zum ersten Mal hörte.

»Leichter gibt's für mich nicht«, erwiderte ich barsch. »Gab's noch nie. Und ich hab's satt, mir alle naselang sagen zu lassen, dass ich mich locker machen und runterkommen und alles nicht so eng sehen soll … wie Tillmann das zum Beispiel ständig tut …«

»Männer!« Gianna winkte souverän ab. »Die finden eine Frau doch schon kapriziös, wenn sie sich morgens nicht entscheiden kann, ob sie die blaue oder die schwarze Jeans anziehen soll. Darauf darfst du nichts geben. Männer wollen es einfach. Das sind emotionale Höhlenmenschen. Frau mit der Keule bewusstlos schlagen, hinter einen Busch ziehen, begatten. Und wehe, sie will danach reden.«

Emotionale Höhlenmenschen. Ich musste kichern angesichts Giannas Übertreibungen, doch gleichzeitig versetzte mir ihre Formulierung einen Stich ins Herz. Morpheus lebte in einer Höhle und Colin hatte es ebenfalls getan. Wo war er eigentlich?

»Na komm, raff dich auf, Ellie«, ermunterte Gianna mich. »Geh duschen, ich mache uns inzwischen einen starken Kaffee!«

Ich gab seufzend nach, schlich ins Bad und duschte mit dem Blick zur Wand. Mich selbst wollte ich immer noch nicht anschauen, und um meine Haare zu waschen, benutzte ich den großen Schwamm. Ich schäumte ihn ein und fuhr mit ihm über meine Locken, dann ließ ich das Wasser so lange über meinen Kopf laufen, bis auch die letzten Seifenreste herausgespült sein mussten.

Mit dem Rücken zum Spiegelschrank – leider ein Ganzkörperspiegelschrank, vor dem es nur ein Entkommen gab, wenn es dunkel war, weshalb ich mit Vorliebe nachts und während der Siesta bei geschlossenen Läden ins Bad gegangen war – wartete ich auf Gianna. Glücklicherweise beeilte sie sich, denn ich begann mich selbst nervös zu machen, weil ich mir immer stärker meiner nackten Haut bewusst wurde, je länger ich hier saß und das Wasser aus meinen Haaren zu Boden tropfte. Doch Gianna schnalzte missbilligend mit der Zunge, als sie mein Elend erblickte.

»So wird das nicht klappen, Elisa. Du musst dich schon umdrehen, damit ich dich im Spiegel sehen kann.« Sie zückte einen breit gezinkten Holzkamm und sprühte ihn mit Conditioner ein.

»Ich will mich aber nicht sehen.«

»Ach so. Va bene. Du willst dich nie wieder sehen? Dann wäre es wirklich das Beste, wir schneiden sie einfach ab, das geht auch ganz schnell, wir könnten Pauls Barttrimmer nehmen, der ist …«

»Gianna, ich kann nicht! Ich fürchte mich vor dem, was ich sehen werde!«

»Es gibt nichts zu fürchten. Außerdem ist das alles sowieso schon die ganze Zeit da, ob du es dir nun ansiehst oder nicht.« Resolut ergriff sie meine Schultern und drehte mich auf dem kleinen Hocker herum, bis meine Gestalt im Spiegel vor mir auftauchte. Sofort ließ ich meine Lider fallen.

»Ellie«, sagte Gianna mahnend.

»Ich tu es ja, ich tu es, aber lass mir Zeit! Ich hab mich wochenlang nicht mehr angesehen.« Ich wollte nicht mit dem Gesicht beginnen, sondern mit dem, was mir etwas weniger fremd vorkam. Meinem Körper. Ich öffnete widerstrebend den Bademantelgürtel und ließ den weichen Frottee von meinen Schultern rutschen.

»Ach, du Heiliger …«, murmelte ich verlegen.

»Ja, da ist eine Intimfrisur fällig«, entgegnete Gianna treffend. »Wobei ich es nicht schlimm finde. Ehrlich. Du bist kein Kind und das kann man ruhig sehen.«

»Alle haben es gesehen … oh Scheiße …« Ich wickelte den Bademantel wieder um meine Hüften.

Gianna kämpfte vergeblich gegen ein Schmunzeln an, obwohl sich auch Mitgefühl in ihrem Gesicht breitmachte. »Falsch. So haben *alle* wenigstens nicht *alles* gesehen. Dein Schatzkästlein war hübsch verpackt.«

Hübsch verpackt. Na, das war wohl Geschmackssache. Wann hatte ich damit angefangen, mich zu vernachlässigen? Mitte Juli? Dann war es kein Wunder, dass ich aussah wie eine Neandertalerin. Argwöhnisch griff ich unter meine Arme und an meine Beine, doch ich entdeckte keine weiteren Vogelnester. Erklären konnte ich es mir nicht, aber das war auch nebensächlich. Die Verlegenheit über meine Körperbehaarung war nichts im Vergleich zu meiner Scheu, in mein eigenes Gesicht zu sehen.

Wie in Zeitlupe hob ich meinen Blick. Im ersten Moment sah ich nur Haare und Augen. Schräge, helle Augen mit einem dunkelblauen Ring, der die Iris umrandete; um die Pupille herum grünlich, dann graublau, dazwischen winzige gelbe Sprenkel. Sie leuchteten mir so stark und grell entgegen, dass ich mich für ein paar Sekunden abwenden musste, um erneut aufsehen zu können und mich meinen Haaren zu widmen. Ich wusste nicht, wie Gianna es schaffen wollte, sie zu entwirren. Sie hatten Kletten gebildet und waren verfilzt, dazwischen lockten sich goldglänzende Strähnen, gebleicht von der Sonne, die sich mit sich selbst verknotet hatten, kein Scheitel mehr, nur noch Wirbel und Wellen – ich hatte ein Schlangenhaupt bekommen. Es hätte mich nicht gewundert, wenn die Babyvipern immer noch darin lebten, obwohl ich mich gut daran erinnerte, wie ich sie in einen Garten neben dem Krankenhaus gesetzt hatte, in das Paul uns gebracht hatte. Wir hatten uns alle leichte Rauchvergiftungen und Brandblasen zugezogen, die dringend versorgt werden mussten. Nur Gianna war ohne eine einzige Verletzung oder Schramme davongekommen. Dafür war sie diejenige gewesen, die auf der Rückfahrt dreimal in die Büsche gekotzt hatte.

»Waren die schon immer so?«, fragte ich und deutete auf meine Augen.

»Eigentlich schon. Du warst nur noch nie so braun gebrannt, seit ich dich kenne … Dadurch strahlen sie stärker als sonst aus deinem Gesicht heraus. Eine optische Täuschung.«

»Das ist alles?« Ich konnte es nicht glauben. Ja, ich war dunkel geworden und trotz meines Eremitendaseins in den vergangenen Tagen war ich es auch geblieben, ein schöner, sanfter Bronzeton, unterbrochen nur von den Abdrücken meines Bikinis. Trotzdem hatten meine Augen noch nie einen solch intensiven Schimmer gehabt. Allerdings hatte ich mich auch noch nie so lange nicht angesehen. Ich entdeckte mich gerade neu und es war weniger erschreckend, als ich gedacht hatte, abgesehen von dem Wildwuchs zwischen meinen Schenkeln und dem Chaos meiner Haare. Bald hätte ich eine Karriere als Reggaesängerin starten können. Oder als Voodoo-Priesterin?

»Ich hab dir schon mal gesagt, dass du einen irre angucken kannst, Ellie. Ich hab aber nie gedacht, dass du irre bist.«

»Sicher? Das glaube ich dir nicht, Gianna. Du musst es gedacht haben in den letzten Wochen, oder? Hab ich denn … hab ich gestunken?« Plötzlich war das meine größte Befürchtung. Dass ich gestunken hatte. Ich hasste es, wenn Menschen stanken.

»Ach, woher denn …« Gianna schnaubte amüsiert. »Du bist doch kaum mehr aus dem Wasser rausgekommen.« Ihr Lächeln verschwand, als sie sich erinnerte. »Du warst oft stundenlang im Meer, weit draußen, und dann ist dein Kopf verschwunden und wir dachten, du wärst ertrunken … bis er plötzlich wieder zu sehen war. Ich hab solche Angst gehabt.«

»Um mich oder vor mir?«

»Beides.« Gianna nahm eine Strähne, sprühte sie ein und begann sie zu bearbeiten. »Meistens um dich, aber auch vor dir, weil du … Du warst weg. Ich hab versucht, mit dir zu reden, aber du hast nicht zugehört, ich kam nicht mehr an dich heran, deine Augen waren immer woanders, als würden sie Dinge erkennen, die wir nicht sehen oder nachvollziehen konnten. Es war gruselig.«

»Ich war gruselig«, verbesserte ich sie mit zusammengebissenen Zähnen, denn ihre Kämmversuche zerrten an meiner Kopfhaut.

»Nein, du warst …« Gianna dachte nach, während sie konzentriert einen Knoten aus meinen Haaren löste. »Du hast mich an antike Sagengeschichten erinnert, an irgendwelche Halbgöttinnen oder Fabelwesen, du warst schön, wirklich schön, aber auf eine Furcht einflößende Art. Du bist aus dem Meer gestiegen wie die Königin von Saba …«

»Kenne ich nicht.«

»Elisa, man kann es nicht beschreiben, ob du die Königin von Saba kennst oder nicht. Ich werde es jedenfalls nie vergessen. Du warst ein Anblick, wie ihn Künstler oder Bildhauer festhalten würden. Ein mythisches Weib aus uralten Büchern, das plötzlich lebendig geworden ist. Und als du dann den Berg hochgelaufen bist, nackt, mit dem Skorpion um den Hals und den Schlangen im Haar – das hätte man filmen müssen. Echt. Filmen, cutten, ab nach Hollywood und noch einen Helden dazu. Nicht Angelo. Einen echten Helden.«

»Wir hatten einen Helden. Sogar zwei«, erinnerte ich sie. Ich dachte wie so oft an den Augenblick zurück, in dem Colin und Tillmann mir die Fackeln zugeworfen hatten und ich plötzlich wusste, was ich zu tun hatte.

»Nein. Die Heldin warst du. Basta.« Zwei Strähnen hatte Gianna schon befreien können. Mit finsterer Entschlossenheit nahm sie sich die nächste vor.

»Was für eine beschissene Heldin muss ich gewesen sein, wenn man sich vorher vor ihr fürchten musste … Ihr habt sogar das Haus verlassen, weil ihr mich nicht mehr ertragen konntet. Ihr wart nicht mehr hier!«

»Wir sind nach Rom gefahren, meine Liebe, und haben dich dort gesucht, weil Tillmann die Anrufe auf seinem Handy zurückverfolgt hat und wir bei einem römischen Anschluss gelandet sind … Leider war ständig besetzt.« Gianna bedachte mich mit einem mütterlichen Blick, der ihr gar nicht schlecht stand.

»Italienische Flughäfen«, klärte ich sie auf.

»Das dachten wir uns. Irgendwann kriegten wir heraus, dass du eine Maschine nach Santorin genommen hattest, und standen an der Rolltreppe, um dir nachzufliegen, als Tillmann Paul auf dem Handy anrief und sagte, dass du schon wieder da seist und wir dringend kommen sollten. Er war es auch, der Dr. Sand herbeigeordert hat, mit dem wir vorher quasi eine Standleitung hatten, weil wir ihn wegen dir um Rat fragten. Warte, ich muss mich mal setzen, mein Kreuz tut weh.«

Gianna klappte den Klodeckel um und ließ sich darauf nieder. »Außerdem hat Tillmann Colin Bescheid gesagt und der wiederum hat Morpheus geholt. Und irgendwie hat es geklappt.«

Dr. Sand … Stimmt, der hatte ja mit mir sprechen wollen am Telefon, kurz bevor sie mir den Film gezeigt hatten. Doch es hatte eine Funkstörung gegeben. Vielleicht meinetwegen? War zu diesem Zeitpunkt bereits so viel auf mich übergegangen, dass ich selbst die Technik irritieren konnte? Oder hatte ich diese Störung hören wollen?

Ich griff selbst nach dem Kamm, damit Gianna ein Päuschen einlegen und ich mich von diesen unguten Gedanken ablenken konnte, und versuchte an einer besonders verfilzten Strähne mein Glück, bis ich kurzerhand eine Schere nahm und das Ende abschnitt. Ich hatte wahrlich genug Haare, es würde nicht weiter auffallen.

»Gianna … ich sag das nicht, weil ich es dir vorwerfe, ich versuche nur, die vergangenen Wochen zu rekonstruieren und zu verstehen, was alles geschehen ist und warum. Ihr wart auch vorher weg, oder? Ich hatte das Gefühl, dass das Haus leer war.«

»Na ja, okay, ich gebe es zu …« Gianna lehnte sich zurück und schloss die Augen. »Ich wollte nicht mehr in diesem Haus schlafen, aber nicht nur wegen dir, sondern auch wegen Colin. Mir war in eurer Nähe dauernd schlecht, ich hab mich elend gefühlt, ein penetrantes Unwohlsein, ich kann es gar nicht erklären. Irgendwas trieb mich fort von euch. Ich hab Paul angebettelt, mich wegzubringen, und schließlich hat er uns ein Hotel gesucht. Aber tagsüber war meistens jemand in deiner Nähe. Wir haben uns abgewechselt. Du hast uns nur nicht mehr gesehen. Denn wenn du nicht draußen am Meer warst, hast du dich in deinem Zimmer oder oben auf dem Balkon verkrochen. Trotzdem, auch ich war da, ich hab jeden Morgen den Kühlschrank aufgefüllt und das Chaos in der Küche beseitigt.«

»Was für ein Chaos?«, fragte ich beunruhigt. Ich hatte doch gar nichts mehr gegessen oder gekocht. Deshalb wunderte es mich umso mehr, dass ich nicht ausgemergelt wirkte. Ich war ein wenig zu dünn, aber magersüchtig sah ich nicht aus. Po und Busen waren rund geblieben.

»Das Chaos, das du nachts angerichtet hast, wenn du deine somnambulen Fressanfälle hattest.« Gianna erhob sich stöhnend und wandte sich wieder meinem Kopf zu.

»Ich hab nicht geschlafen.«

»Hast du auch nicht. Du hast schlafgewandelt und ich bin seitdem hundertprozentig davon überzeugt, dass Schlafwandler nicht schlafen. Sie sind nur … in einer anderen Sphäre. Es ist gut, dass du diese Anfälle hattest, sonst wärst du uns verhungert. Ich fand es nur äußerst lästig, dass du nie etwas weggeräumt hast und morgens das

Ungeziefer in der Küche war. Termiten, Kellerasseln, Schaben … das ganze vielfüßige Arsenal an Widerlichkeiten. Puh.«

»Ja, und genau so etwas machen richtige Heldinnen nicht«, erwiderte ich unglücklich. »Heldinnen fallen erst gar nicht auf einen solchen Schwindel herein. Es ist noch viel abgründiger, als du denkst, Gianna.«

»Noch abgründiger?« Ihre Hand erstarrte in der Luft. »Nicht heulen, Elisa, nicht! Du hast es gerade geschafft, damit aufzuhören!« Doch es war schon zu spät. Die Tränen kullerten dick und salzig über meine Wangen und wie immer verfärbten sich meine Augen dabei grünlich.

»Es war schön!«, rief ich aufschluchzend. »Ich fand es schön. Ich war glücklich. Alles war so schön … dieses Land, das Meer, die Sonne …«

»Aber es *ist* ja auch schön!«, fiel Gianna enthusiastisch dazwischen. »Es ist ein schönes Land und das wird es bleiben, selbst für dich. Ganz bestimmt.«

Ich schüttelte störrisch den Kopf. »Ich werde es nie wieder so sehen und in mich aufnehmen können wie in diesen Wochen. Angelo hat auch kein dummes Zeug geredet oder rumgeschleimt, er hat mich nie angemacht, kein einziges Mal! All seine Argumente und Geschichten, die er erzählte – ich hatte keinen Grund, sie nicht zu glauben, es waren intelligente Sätze dabei, viele intelligente Sätze, und manchmal sprach er Dinge aus, die ich nie zu denken gewagt hatte, aber immer gefühlt und mir dabei gewünscht hatte, dass sie jemand ebenso empfand wie ich …«

»Weil er verdammt gut im Manipulieren war, Elisa! Das ist Manipulation! Geschickte Manipulatoren sind rhetorische Genies, sie sprechen dir aus der Seele und das, was sie sagen, hat Hand und Fuß und aus dem Munde eines anderen wäre es sogar harmlos. Ihr Ansinnen vergiftet es! Es kommt nicht aus ihrem Herzen, sondern entspringt einem Plan, es ist von vorne bis hinten kalkuliert. Genau das ist ja das Fiese daran … Sie ordnen es so an, dass es ein Spinnennetz ergibt, in das du automatisch hineinfliegst.«

Jetzt war Gianna wieder in ihren Lehrbuchjargon gefallen, doch dieses Mal war ich froh darum. Anders hielt man es wirklich nicht aus. Ich brauchte diese Distanz genauso wie sie.

»Aber ich hätte es merken müssen! Ich hätte merken müssen, dass es kalkuliert ist …« Schniefend zog ich ein Kleenex aus der Box und schnäuzte mich, bis meine Stirnader gefährlich anschwoll.

»Du konntest es nicht merken, weil es das erste Mal war. Beim ersten Mal haben sie immer die besten Karten. Einen raffinierten Manipulator erkennst du nur, wenn du schon einmal manipuliert worden bist«, referierte Gianna. »Hey, ich bin zwei Jahre lang drauf reingefallen, zwei Jahre! Und der Typ war hässlich wie eine nasse Ratte. Er war nicht einmal schön. Angelo hingegen war bildschön. Es ist immer leichter, auf einen schönen Menschen reinzufallen als auf einen hässlichen, und mein Ex hat es trotzdem geschafft.«

»Erbärmlich, oder?«

»Ich weiß es nicht.« Gianna rümpfte die Nase. »Ist es erbärmlicher, manipuliert zu werden, weil man an das Gute glaubt, oder andere zu manipulieren, weil man in Wahrheit ein armes Schwein ist? Ich hab Angelo doch selbst beinahe geglaubt.«

»Er hat mit euch geredet?«

Ich konnte Gianna nicht mehr sehen, weil ich in einem Nebel aus Glättungsspray verschwunden war. Doch an dem Ziehen meiner Haare spürte ich, dass sie heftig nickte, während sie mich kämmte.

»Oh ja, und wie. Seinen ganzen Charme hat er spielen lassen. Wir sollten dir doch ein bisschen Freiheit lassen, er würde auf dich aufpassen, er wolle dir nichts Schlimmes, und ja, er verspreche uns, dich zu bitten, mit uns heimzufahren … Ich war drauf und dran, uns eine Paranoia zu attestieren und ihn als Wiedergutmachung zum Essen einzuladen. Erst als er weg war und ich mit Paul darüber redete, wusste ich, dass ich auf ihn reingefallen war. Und soll ich dir was verraten?« Sie kippte das kleine Fenster, damit wir nicht high wurden vom vielen Spraynebel, der bereits unangenehm in meiner Kehle kratzte. Ich nahm einen Schluck Kaffee, um ihn hinunterzuspülen. Gianna lugte verschwörerisch aus dem abziehenden Dunst heraus.

»Aber sag's nicht Paul, ja? Als ich Angelo das erste Mal gesehen habe, wie er da am Piano saß, dachte ich auch kurz, dass es sehr nett sein könnte, ihm ein paar Bettlektionen beizubringen.«

»Dem muss man nichts mehr beibringen, glaube ich«, holte ich sie auf den unbequemen Boden der Tatsachen zurück. Ich wollte gar nicht wissen, wie vielen jungen Mädchen Angelo schon schöne Augen gemacht hatte.

»Irrtum. Dem musst du alles noch beibringen. Der hat keine Ahnung von der Liebe ...« Gianna seufzte theatralisch. »Weißt du, was mich schließlich stutzig gemacht hat? Sein Klavierspiel, die Art, wie er musizierte. Es hatte nichts Spezielles oder Originelles, keinerlei Eigenständigkeit. Er spielte und sang gut und es ließ mich auch nicht kalt, aber es war verwechselbar, von unzähligen anderen Musikern in winzigen Stücken abgekupfert. Es rührte nicht aus ihm selbst.«

Tja. Um das festzustellen, war ich anscheinend nicht musikalisch genug gewesen – oder ich hatte es nicht hören wollen. Gianna legte die Kuppe ihres Zeigefingers auf ihre Nasenspitze. Mir fiel auf, dass ihre Nägel angekaut waren. Ich hatte sie wochenlang unter Stress gesetzt, so sehr, dass sie in meiner Gegenwart nicht mehr schlafen konnte. Und nun saß sie bei mir und kämmte meine Haare. Waren wir vielleicht doch noch Freundinnen? Waren wir es die ganze Zeit gewesen und ich hatte es nur nicht gemerkt? Aber irgendwie schien es ihr auch Spaß zu machen, die Situation gemeinsam mit mir zu analysieren. Gerade hatte sie sich wieder in einen neuen Gedanken verbissen, eine Freizeitjournalistin in Hochform.

»Eines verstehe ich trotzdem nicht ganz …« Sie schaute mich im Spiegel an. Ihre Brauen kräuselten sich, als sie mit dem Finger gegen ihre Nase tippte. »Man kann jemanden nur perfekt manipulieren, wenn man Informationen über ihn hat, wenigstens Einblicke in das Seelenleben und prägende Ereignisse, am besten aus der frühen Jugend oder Kindheit. Ich hatte sie Rolf bereitwillig gegeben, in den ersten Tagen hatten wir nur geredet, sonst nichts, mein ganzes Leben habe ich vor ihm ausgebreitet. Aber du bist eigentlich nicht sonderlich gesprächig, du lässt ja nur unter Zwang was von dir raus. Oder hast du dich ihm gegenüber geöffnet und alles erzählt, was er an Informationen brauchte?«

»Das musste ich gar nicht.« Nachdem ich Tillmann von der Grischa-Komponente in diesem Spiel berichtet hatte, konnte ich nicht mehr sagen, was mich mehr zum Trudeln brachte: dass ich Angelo fast von der ersten Sekunde an ergeben war oder dass ich mich niemals ernsthaft gefragt hatte, ob er nicht konkrete Beweggründe hatte, mir all diese Dinge über das Mahrdasein zu offenbaren und dabei indirekt sogar Colin schlechtzumachen. Auf jemanden unwiderruflich geprägt zu werden, war die eine Sache und tragisch genug. Aber sich danach freiwillig das eigene Weltbild umschreiben zu lassen, war eine andere Dimension. Trotzdem berichtete ich auch Gianna von dem, was ich auf Santorin herausgefunden hatte. Denn sie hatte es richtig erkannt: Ich war niemand, der von sich aus private Dinge ausplauderte; etwas, was Nicole und Jenny stets an mir kritisiert hatten. Man müsse mir die Würmer einzeln aus der Nase ziehen. Auch Gianna war es so ergangen, als ich von Colin und seinen KZ-Erlebnissen ausgepackt hatte. Sie selbst war das komplette Gegenteil; es schien ihr ein helles Vergnügen zu sein, die privatesten Details – auch die ihres Liebeslebens – auf dem Porzellanteller zu servieren, obwohl niemand darum gebeten hatte. Insofern hatte sie den wunden Punkt gefunden. Angelo hatte das alles nur wissen können, weil er mich seit meiner frühen Jugend ausspioniert hatte.

»Das ist ja ein starkes Stück«, raunte sie, nachdem ich die wichtigsten Eckpunkte abgehakt hatte – in einem ähnlich professionell-analysierenden Ton wie sie.

»Ja, und mir wird schlecht, wenn ich darüber nachdenke.«

»Hast du das Colin schon gesagt? Nein? Ellie, du musst ihm das erzählen, es erklärt so vieles! Du musst das tun, er sollte es erfahren!«

Colin wusste sehr wohl von Grischa, er kannte sogar meine Tagträumereien von ihm. Und er hatte nie eifersüchtig darauf reagiert. Doch der Zusammenhang zwischen Grischa und Angelo war ihm nicht bewusst gewesen, wie auch? Angelo hatte mich wahrscheinlich immer dann beobachtet, wenn weder mein Vater noch Colin da gewesen war. Gelegenheiten hatte es also oft genug gegeben. Vielleicht hatten ihm auch wenige Stippvisiten genügt. Dennoch löste die Vorstellung, dass er meine Träume begafft und zugleich genährt hatte, eine elendige Übelkeit in mir aus.

»Nein, hab ich nicht. Ich habe noch gar nicht mit Colin gesprochen.«

»Elisa …« Gianna beugte sich zu mir herunter, um mir direkt ins Gesicht sehen zu können, ohne Spiegel zwischen uns. »Du musst ihm das sagen! Unbedingt! Er hat es verdient, das zu wissen. Oder willst du ihn gar nicht mehr?«

»Das ist wohl kaum die entscheidende Frage«, antwortete ich hart. »Sondern eher, ob er mich noch will.«

»Nein.« Gianna schüttelte temperamentvoll den Kopf und reckte den Zeigefinger, ihre Art und Weise, einen emanzipatorischen Vortrag zu starten. »Nein, Ellie, das ist es nicht. Diese Frage ist nur der zweite Akt. Zuerst musst du wissen, ob *du* ihn noch willst; das ist die entscheidende Frage. Alles andere klärt sich anschließend. Ist er dein Traummann oder nicht?«

»Traummann.« Ich grinste ironisch, aber ohne jegliche Freude. »Das kannst du laut sagen. Traummann und Albtraummann zugleich.«

»Okay, anders formuliert.« Gianna warf die Arme in die Luft. »Bebt die Erde unter dir, wenn du mit ihm schläfst?«, rief sie übertrieben pathetisch und musste im gleichen Moment über sich selbst lachen. »Oh Himmel, ich dachte nicht, dass ich so etwas mal sagen würde.«

»Na ja, sie bebt nicht, es ist eher so, als ob sie kippt und ich gleich runterfalle …«

»Runterfallen ist gut, wunderbar sogar!« Gianna schlug ihre Faust gegen die blanken Kacheln. »Das zählt. Das ist vielleicht sogar besser als eine bebende Erde. Und es ist auch nicht so, dass du dir dabei wünschst, er würde endlich fertig werden, weil du in Gedanken schon den Einkaufszettel für nächste Woche erstellst?«

Nun musste ich kichern, obwohl mich das Thema melancholisch stimmte. »Nein, so ist es nicht.« Noch nie hatte ich mir gewünscht, Colin würde bald fertig sein. Keine Sekunde lang.

»Hach ja. Schön.« Gianna drückte die Hände in ihr Kreuz und setzte sich wieder auf den Toilettendeckel. »Mein Ex war so einer, der nicht fertig wurde. Grässlich. Nikotinbedingte Impotenz. Er konnte immer und wollte immer, aber es dauerte ewig, bis das Blümchen mal begossen wurde, wenn du verstehst, was ich meine.« Gianna machte eine undefinierbare Handbewegung, doch ich hatte verstanden und wusste, dass ich mich vor weiteren delikaten Einzelheiten nur durch eine überstürzte Flucht aus dem Badezimmer bewahren konnte. »Er ruckelte da keuchend auf mir rum und ich konnte quasi dabei zusehen, wie die lichte Stelle auf seinem Hinterkopf kahler wurde … Schön war das nicht mehr. Ach, da war fast gar nichts schön. Selbst schuld, Signora Vespucci. Wo waren wir stehen geblieben? Ellie, warum weinst du denn schon wieder?«

»Ich … ich frag mich, warum ich nicht früher diese bekloppten Gespräche mit dir geführt habe, warum ich so dumm war … ich hab dich angefeindet, du gingst mir auf die Nerven. Ich hab den kompletten Sommer verschwendet, ausgerechnet ich. Ich liebe den Sommer doch so sehr! Jetzt ist er weg, ich habe ihn verschlafen, meinen ersten Sommer im Süden, genau wie in meinen Albträumen … Es ist September!«

»Und draußen herrschen 30 Grad im Schatten«, erwiderte Gianna und strich über meinen Kopf, bevor sie mich ungeschickt in den Arm nahm. Mein Kinn knallte gegen ihre Schläfe.

»Autsch«, murmelte ich in ihr seidiges Haar.

»Scusa, ich bin keine gute Trösterin, dafür ist mein Busen zu klein. Aber es kommen weitere Sommer, wir können wieder hierherfahren, wann immer du willst, ohne dass Angelo uns dazwischenfunkt! Das verspreche ich dir. Und wenn wir gerade dabei sind, uns selbst zu kasteien: Ich hab mich beschissen verhalten nach Tessas Tod, das weiß ich auch und ich bin nicht stolz drauf. Du hättest mich gebraucht. Erst bin ich durchgedreht wegen der Pest, total durchgedreht, ehrlich, und dann übertrug sich das Ganze auf dich. Ich weiß bis heute nicht genau, warum. Colin gegenüber verhalte ich mich nach wie vor ungerecht. Wir haben alle Fehler gemacht, Menschen sind nun mal fehlbar!«

»Geht's dir denn jetzt wieder besser?« Edelmut hatte Gianna wahrlich nicht an den Tag gelegt, nachdem ich von Tessas Floh gebissen worden war, aber dass sie meinetwegen wochenlang unter Bauchschmerzen gelitten hatte, ja, sogar Angst vor mir gehabt hatte, traf mich härter. Ich wollte anderen Menschen keine Angst machen, erst recht nicht meinen Freunden.

»Viel besser. Ich hab einen gesegneten Appetit und mir war seit einer Woche nicht mehr übel. Ich hab sogar zugelegt. Ich passe in meine enge Hose nicht mehr rein … Paul meint, ich könne es gebrauchen.«

Gianna war immer noch gertenschlank, ich konnte keine zusätzlichen Rundungen erkennen, doch ihre kühnen Züge wirkten deutlich entspannter. Sie leuchtete von innen heraus und ihre Haare glänzten wie poliertes Edelholz, während meine sich schon wieder zu sträuben anfingen, obwohl wir sie gerade erst gezähmt hatten.

»Colin wird es verstehen, Elisa.« Sie reichte mir ein neues Kleenex, weil ich meines zu einem feuchten Ball zerknüllt hatte. Dann hielt sie einen Waschlappen unter den Hahn und tupfte ihn auf meine verheulten Augen. »Sprich mit ihm, bitte. Du hast eine Erklärung für dein Verhalten, eine triftige, außerdem darf jeder irren, das gehört dazu! Er ist ja auch nicht sauer auf mich, obwohl ich keine Erklärung für mein Verhalten habe außer diesem dummen Gefühl, dass ich mich von ihm fernhalten muss. Dabei habe ich ihn gern.«

»Ja, aber er hat mich geliebt … Ihr seid nur Freunde …«

»Ein Argument mehr, mit ihm zu reden. Soll ich dir Bescheid sagen, wenn er heute Abend an den Strand kommt? Überleg es dir.«

»Ja. Ja, sag mir Bescheid. Aber vorher sollte ich vielleicht … ähm … ich will mich wieder … also …« Ich deutete auf meinen Bademantel, obwohl ich nicht davon ausging, dass sich auch nur irgendetwas zwischen Colin und mir abspielen würde. Doch ich wollte keine mythische Sagengestalt mehr sein. Ich wollte wieder Ellie sein.

»Ah, ich verstehe. Klar, das machst du besser alleine.« Mit flinken Fingern räumte Gianna die Haarutensilien ins Regal. »Frühstücken wir draußen? Es ist dein Geburtstagsfrühstück. Ich hab frische Brötchen geholt.«

Ich konnte mir plötzlich nichts Köstlicheres vorstellen als ein lauwarmes italienisches Ciabattabrötchen mit Butter und Honig. Ja, ich wollte draußen frühstücken. Vielleicht würde ich sogar schwimmen gehen, wenn Gianna neben mir blieb und aufpasste, dass das Meer mich nicht davontrug. Ich musste die letzten Sonnentage ausnutzen. In Deutschland begann bereits der Herbst.

Ich nickte. »Okay, Frühstück auf der Terrasse.«

Mit klappernden Pantoletten marschierte Gianna in die Küche, glücklich, für mich sorgen und trotz aller Frauenbefreiung ein Essen für uns herrichten zu dürfen.

Niemals hätte ich sie vergessen dürfen. Niemals.

Don't dream it's over

Nein. Das hier war mit meiner Fahrt nach Trischen nicht zu vergleichen. Auch vor Trischen hatte ich Angst gehabt, doch der Trip hatte einem Abenteuer geglichen, spektakulär und waghalsig, ich hatte mich ins eiskalte Nordmeer gestürzt und den Tod durch Ertrinken riskiert, um zu Colin zu gelangen. Und vorher hatte ich einem armen alten Krabbenfischer das Messer an die Kehle gesetzt, damit er mich auf die Sandbank brachte.

Jetzt musste ich nur wenige Meter zurücklegen, ungefährdet und zu Fuß, während die Sonne schien und nichts mein Leben bedrohte, und doch bedeutete es eine viel, viel größere Überwindung. Auf Trischen hatte ich mich vor dem gefürchtet, was Colin in mir ausgelöst hatte. Nun fürchtete ich mich vor den Folgen dessen, was allein in mir geschehen war. In mir und durch mich. Es wog tausendmal schwerer.

Noch immer marterte ich mich mit Vorwürfen, obwohl mir mit jeder verstreichenden Stunde klarer wurde, dass ich kaum eine Chance gehabt hatte, Angelos Intrigen zu entkommen. Wir hatten ihm alle dabei geholfen, ohne auch nur das Geringste davon zu ahnen. Trotzdem war ich weit entfernt davon, mit mir selbst im Reinen zu sein. Für Colin musste mein Verhalten wie Betrug ausgesehen haben.

»Er spielt mit Louis, beeil dich«, hatte Gianna mir eben ins Ohr geflüstert, als wir uns im Flur begegnet waren. Ich war zum circa zehnten Mal aufs Klo gegangen, einerseits vor Nervosität, andererseits, weil ich hoffte, genau diese Nachricht zu bekommen, und sie gleichzeitig fürchtete wie das Jüngste Gericht. Vielleicht war es ja tatsächlich so etwas Ähnliches wie das Jüngste Gericht. Nun würde er mit mir abrechnen.

Gianna hatte nicht übertrieben. Ich sah die beiden schon von Weitem miteinander herumtollen. Die Hitze hatte sich zurückgezogen, es war nur noch warm und der auffrischende Wind hatte mich dazu bewegt, mir eine dünne Jerseyjacke um die Hüften zu binden. Louis jedoch belebten die kühleren Temperaturen. Der Hengst hatte seine Scheu vor dem Wasser immer noch nicht vollständig abgelegt, das erkannte ich an der Art, wie er den Kopf zur Seite warf, wenn ihm eine neue Welle entgegenrollte und Colin ihn mit ausgebreiteten Armen auf sie zutrieb, doch wenn Pferde Freude ausdrücken konnten, war er ein Musterbeispiel dafür. Colin hatte Sattel und Zaumzeug in den Sand gelegt, sodass Louis frei wie der Wind war, an seinen Herrn gebunden nur durch eine jahrelange Partnerschaft und die tiefe Überzeugung, dass allein Colin derjenige war, der ihn leiten und führen konnte. Er reagierte auf die beiläufigste von Colins Bewegungen, die Sinne stets bei ihm – selbst wenn er auf den Hinterbeinen wendete und übermütig davonpreschte, stoppte er immer wieder, um einen Blick nach hinten zu werfen und zu prüfen, ob Colin noch da war.

Ja, er war es, unübersehbar; bis zur Hüfte stand er im Wasser und rief Louis knappe Worte in Gälisch zu, wenn er geduckt auf ihn zustürmte und zu weiteren Galoppaden animierte, in denen das Pferd nach Herzenslust buckelte und die Beine warf, bis das Discoboot röhrend seinen Kurs über die Bucht nahm und ihn so sehr erschreckte, dass er die Flucht antrat, mit hoch aufgestellten Ohren und zuckendem Schweif. Colin winkte lachend ab und rief ihm etwas hinterher, eine liebkosende Beleidigung, die Louis mit einem sonoren Schnauben kommentierte.

Das Boot fuhr nur noch abends vorbei und auch nicht mehr täglich; die Hauptsaison war vorüber, die Hotels leerten sich. Doch auch heute spielte es den ewig gleichen Song ab, krachend und scheppernd: *Glow* von Madcon. Colin hob seine Arme und äffte spielerisch die Tanzschritte dazu nach, ganz ohne Publikum, nur für sich allein. Louis blieb stehen und äugte irritiert zu ihm hinüber. Auch ich blieb stehen. Ich kämpfte gegen die Tränen an und musste gleichzeitig lächeln, als die Bootsbesatzung Colins spöttischen Tanz bemerkte und leutselig zu ihm rüberbrüllte, zu weit weg, um Schauder oder Angst empfinden zu können. Er rief etwas zurück, ohne den Tanz zu unterbrechen, bis er sich von jetzt auf nachher wieder Louis zuwandte und ihn erneut von sich wegtrieb, das ewige Spiel aus Nähe und Flucht. Ich kannte es so gut.

Ich wartete, bis der Kloß in meiner Kehle ein wenig kleiner wurde und Louis sich abseits genüsslich im Sand wälzte – sein schwarzes, nasses Fell würde anschließend aussehen wie paniert –, dann lief ich mit gesenktem Kinn auf Colin zu. Zuschauer würden wir keine haben; heute Nachmittag waren Gianna und ich die einzigen Badenden gewesen und auch Spaziergänger waren nur vereinzelt an uns vorbeigezogen. Jetzt, um diese späte Stunde, war niemand hier außer mir, dem Dämon und seinem Pferd.

Ich schaute erst auf, als ich Colin so nahe war, dass unsere beiden langen Schatten miteinander verschmolzen. Hinter uns erhob sich die Sonne nur noch als dunkelrotes Halbrund über dem Berg. In wenigen Minuten würde sie der Nacht das Feld überlassen. Die Feuer im Wald waren erloschen. Keine Brandherde mehr bis auf den in meinem Herzen.

»Na, hast du dich endlich getraut?«

Ich spürte, wie meine Mundwinkel sich nach unten schoben, als ich meinen Kopf hob, den Bruchteil eines Millimeters, kaum sichtbar, und auch seine Lippen zeichnete ein schmerzlicher Zug, obwohl er lächelte. Nur wenige braune Punkte überzogen seine Wangen, seine Augen wurden gerade wieder schwarz und das Kupfer in seinen Haaren verlor sich zeitgleich mit dem schwindenden Licht. Ich fragte mich, ob die kleine Falte in seinem Mundwinkel jemals wieder vergehen würde oder ob ich sie für immer in sein Gesicht geprägt hatte.

»Colin …« Ich hob meine Hände nicht und fasste ihn auch nicht an; jede Geste hätte übertrieben und gekünstelt gewirkt. »Es tut mir so leid.« Ich wollte dazu ansetzen, diesen Satz zu variieren und zu wiederholen, doch das würde nichts ändern an dem, was geschehen war. Ich konnte sagen, was ich wollte – es würde immer bei diesem einen Gedanken bleiben. Es tut mir so leid.

Er musterte mich lange, doch ich erwiderte seinen Blick nicht. Ich konnte es nicht. Ich guckte auf seinen Mund, seine Ohren, an denen die Silberringe rotgold in der letzten Sonne glänzten, betrachtete seine weiße Haut, sein zerfleddertes Hemd und das abgewetzte Leder seines Gürtels, die nassen Hosenbeine, seine nackten, schönen Füße, aber seine Augen …

»Ich werde nicht reden, bevor du mich nicht anschaust.«

Ich bedeckte meine Lippen mit den flachen Händen, damit er mich nicht weinen sehen würde, wenn ich es tat, denn ich war mir sicher, dass ich eine Endgültigkeit darin erkennen würde, die mir jegliche Hoffnung für eine Zukunft nahm. Doch alles, was ich sah, war ein tiefes, ehrliches Bedauern und – Reue? Sah ich Reue?

»Lassie …« Er zog sanft die Hände von meinem Mund. Ich erschauerte unter seiner kühlen Berührung, griff aber automatisch nach seinen Fingern, um sie wenigstens zu streifen, während sie wieder hinabsanken. »Nicht nur dir tut es leid. Mir tut es ebenfalls leid. Ich hab mich wie ein Hornochse benommen.«

»Was – aber wieso denn du? Ich verstehe nicht …«

»Wie hast du dich in den Wochen nach dem Kampf gegen François gefühlt, als ich nicht da war?« Colin setzte sich im Schneidersitz in den Sand, und da ich nicht wie eine Anklägerin vor ihm stehen wollte, folgte ich ihm und hockte mich ihm gegenüber.

»Fix und fertig. Alleine. Erschöpft. Überfordert. Alles zusammen irgendwie.«

»Wie war es nach Tessas Tod?«

»Eigentlich genauso. Ich hab eine Pause gebraucht.«

»Und ich Idiot setze dich unter Druck, darüber nachzudenken, mich zu töten. Das hätte ich nicht tun dürfen, es war falsch. Ich habe zu viel von dir erwartet. Und als du mich offen und ehrlich um eine Pause gebeten hattest, war es schon zu spät … Da war Angelo dir bereits begegnet und konnte sich ins gemachte Nest setzen, das ich ihm bereitet hatte.«

»Und Charlotte …«, warf ich ein. »Das mit Charlotte war – es hat mir wehgetan. Ich weiß nicht, warum, aber es hat mir wehgetan …«

»Nicht aus Eifersucht, oder?« Colin sah mich fragend an.

»Nein. Ich sah in meine Zukunft. Das würde auch mir irgendwann widerfahren und ich würde niemals darüber hinwegkommen.«

Colin schwieg einige Minuten. Ich wusste nicht, wo seine Gedanken waren. Vielleicht begriff er wie ich, dass nicht alles unsere Schuld gewesen war. Auch Zufälle hatten Angelo in die Hände gespielt. Einer davon war Charlotte gewesen. Und doch rührte die Tragik dieses Zufalls aus dem, was er mir angepriesen hatte und Colin verdammte: der Unsterblichkeit.

»Ellie, ich kenne keine Angst und Panik wie du; solche Gefühle sind mir fremd, aber ich glaube, das, was ich seit Hamburg empfunden habe, kam dem nahe … Wie ein ständiges Schreien in meiner Brust.« Colin berührte mit dem Daumen beiläufig seinen Solarplexus, jene samtige Stelle, die ich so gern küsste. »Ich wusste, wie sehr ich dich im Kampf gegen François verletzt hatte und dass ich von nun an dabei zusehen musste, wie du mir entgleiten würdest.«

»Aber … aber das hatte ich nie vor! Nie!«, entgegnete ich aufgebracht. »Ich wollte dir nicht entgleiten, ich wollte das Gegenteil davon!«

»Lassie, ich hab dir in den Bauch getreten, dich beinahe ertränkt, deine Finger mit meinem Stiefelabsatz zermalmt. Das hast du doch nicht vergessen, oder?«

Nein, das hatte ich nicht. Ich glaubte auch nicht, dass man so etwas überhaupt irgendwann vergessen konnte. Aber es hatte seinen Sinn gehabt. Es sei denn, das, was Angelo angedeutet hatte, stimmte und es hätte andere Möglichkeiten gegeben, den Kampf zu bestehen. Eine davon hatte sich in mir festgebissen wie eine Zecke. Dass Colin sich statt an Zootieren nicht an unschuldigen Menschen satt getrunken hatte, verstand ich inzwischen wieder – vor allem nach dem, was Morpheus mir über ihn erzählt hatte. Aber warum hatte Colin ausgerechnet mich als Gefühlsbrutstätte benutzt? Warum nicht sich selbst?

»Hättest du denn nicht deine eigene Wut und deinen Zorn nehmen können, um François zu vergiften?«, sprach ich meine Gedanken aus, ohne auf seine Frage zu reagieren. Er kannte die Antwort sowieso.

»Es hätte nicht funktioniert. Das dachte ich jedenfalls. Nur menschliche Gefühle zeigen bei Mahren Wirkung. Ich will es damit nicht schönreden, aber ich befand mich in einem klassischen tragischen Konflikt. Ich hatte die Wahl zwischen Scheiße und noch mal Scheiße.«

Ich grinste schwach, obwohl das, was Colin sagte, nicht ansatzweise komisch war. Doch ich hatte ihn viel zu lange nicht mehr reden gehört. Ich liebte diese eigenartige Kombination aus gesetztem, vornehmem Stil, feiner Ironie und Kraftausdrücken.

»Ich hätte mich gegen den Kampf entscheiden und Pauls Tod provozieren können. Damit hättest du nicht leben können. Das hättest du mir nicht verziehen, oder? Die andere Variante bedeutete, dich dazu zu benutzen, François raubunfähig zu machen, und euer aller Leben zu gefährden. Du warst die Einzige, die ich gut genug kannte, um es auf die Spitze zu treiben, aber ich wusste, dass ich damit einen Keil zwischen uns schlage. Wir hatten keine Möglichkeit, es gut zu machen, Ellie. Wir konnten es nur schlecht machen. Ich konnte es nur schlecht machen. Ab da wusste ich, dass ich dich verlieren würde … und musste dabei zusehen. Es hat mich beinahe in den Wahnsinn getrieben.«

Ich wollte ihm widersprechen, doch ich konnte es nicht. Es wären Lügen gewesen. Dennoch hätte ich mich wieder dafür entschieden, meinen Bruder zu retten. Wieder und wieder und wieder. Es war immer noch die kleinere Scheiße von beiden unseligen Varianten.

»Denkst du denn jetzt anders darüber? Du hast eben gesagt, dass du dachtest, es würde funktionieren, François mit meinen Gefühlen zu vernichten. Hat es das etwa nicht?«

Colin neigte abwägend den Kopf. Eine dunkle Strähne fiel tanzend über seine Brauen. »Ich bin mir nicht sicher. Ich hatte François im Kampf das Auge herausgerissen. Nun habe ich gesehen, wie du Angelo geblendet hast und ihn damit raubunfähig machtest … ihm seine Kraft nahmst. Vielleicht war das mit dem Auge der entscheidende Punkt. Ich weiß es nicht. Umso mehr bereue ich, was ich dir angetan habe.«

»Warum hast du dann ausgerechnet in diesem Moment damit angefangen, ständig von deinem Tod zu sprechen?«, fragte ich gefasst. »So etwas ist nicht besonders beziehungsstabilisierend.«

»Weil du mich noch liebtest. Die Formel …« Colins Miene verdüsterte sich. »Die Formel hatte etwas mit Liebe zu tun. Liebe war die Grundlage dafür. Das wusste ich früher schon und weiß es jetzt noch. Mehr allerdings nicht mehr. Sie ist mir entglitten.«

Weil du mich noch liebtest … Ja, er erinnerte sich richtig. Nun entsann auch ich mich wieder. Nicht an alles, aber an diesen ersten Teil. *Es kann nur töten, wer dich liebt.* Aber wie? Wie musste er es tun? Ich versuchte, meine Erkenntnis vor Colin zu verbergen, doch er sprach bereits weiter, ohne mich dabei anzusehen.

»Sobald du aufhörtest, mich zu lieben, würdest du es nicht mehr tun können. Dann würde es niemand mehr tun können. Sie war weg. Nur du kanntest sie noch. Auch Paul, Gianna und Tillmann hatten sie vergessen. Ich glaube sogar, du hast sie ihnen geraubt, weil du sie niemals gegen mich anwenden wolltest. Kann das sein?«

Ich antwortete nicht. Ja, mir war wohl alles zuzutrauen, selbst solche Dinge. Ich hatte bereits mahrische Züge angenommen, die sich in Kleinigkeiten gezeigt hatten. In einem war ich mir ohnehin sicher: Ich hatte den Zettel vernichtet, auf dem ich die Formel notiert hatte. Und ich hatte in Grischas Träume sehen, ihn sogar beeinflussen können. Wie ein Dämon war ich in sein Zimmer getreten. Es lag nahe, dass ich Paul, Gianna und Tillmann derart unter Stress gesetzt hatte, dass sie gewisse Dinge vergessen hatten. Auch die Formel.

Colin wusste inzwischen also, dass ich ein Archetypus war; Morpheus musste es ihm gesagt haben. Vielleicht hatte er es sogar schon immer gespürt. Doch reden wollte ich darüber nicht. Es ergab keinen Sinn. Ich hatte mich für das Menschsein entschieden, nicht für die Welt der Mahre.

»Hörst du mir noch zu?«, fragte Colin behutsam. Ich nickte. Seitdem ich wieder zuhören konnte, tat ich es aufmerksamer denn je. »Ich weiß, dass meine Haltung für dich schwierig nachzuvollziehen ist, aber der Gedanke an die Ewigkeit war unerträglich für mich. Ich hätte dich damit nicht unter Druck setzen dürfen. Es war der falsche Augenblick, es war zu viel verlangt, zu … zu hart für dich.«

»Wie kommt es denn zu dieser späten Erkenntnis?«, fragte ich süffisant und nun blitzte auch in Colins kantigen Zügen ein wehmütiges Grinsen auf. Er zeigte mit dem Daumen hinter sich, wo Louis wie abgeknallt, aber laut schnaufend im Sand lag und den lieben Gott einen guten Mann sein ließ.

»Er hat mich zu ihr geleitet. An dem Abend, als ich dich aus dem brennenden Wald gerettet habe und genau wusste, dass du zurück zu Angelo gehst ...« Colin hielt inne und schlug seine langen Wimpern nieder. Als er wieder aufsah, waren seine Augen rabenschwarz – nicht wegen der Dunkelheit, die sich wie ein anthrazitfarbener Seidenschleier über dem Meer ausbreitete, sondern aus Schmerz. »Du wolltest, dass ich dir noch einmal wehtue, wahrscheinlich als letzten Beweis für meine Untauglichkeit als Mann, und – nein, lass mich ausreden, Lassie. Ich bin wieder zurück in den Wald geritten und wollte Louis dazu bringen, mitten in die Flammen zu galoppieren, damit wir beide verbrennen, denn ... ich hatte plötzlich diese fixe Idee, dass es funktionieren könnte, wenn er mich hineinträgt und wir beide in Flammen aufgehen. Aber er hat sich geweigert. Er hat gebuckelt wie ein Rodeohengst, sich im Kreis gedreht, ist gestiegen, immer wieder umgekehrt, obwohl ich ihn anschrie und auf ihn einschlug. Bis ich begriff, dass er das niemals tun würde. Weil er es nicht kann. Es geht gegen seine Instinkte ... Er ist eben ein lebendiges, fühlendes Wesen. Er hatte Angst.«

Ich versuchte, Colin böse und strafend anzusehen, doch meine Augen schwammen in Tränen.

»Du bist wirklich ein selten dämlicher Hornochse ...« Nicht nur das. Er hatte mir gerade, ohne es zu ahnen oder gar zu beabsichtigen, den Rest der Formel verraten. *Schmerz öffnet die Seele.* Das war der zweite Teil. Mich mit Angelo zu sehen, hatte ihm die Basis für seinen eigenen Tod geschaffen. Louis hatte ich es zu verdanken, dass es nicht geglückt war, diesem riesigen schwarzen Prachtross, vor dem ich mich so sehr fürchtete. Louis liebte Colin.

»Ja, vielleicht bin ich das. Aber ich wollte nicht länger dabei zusehen, wie du dich in einen anderen verliebst, ich hatte alles getan, was ich tun konnte …«

»Ich habe mir meine eigene Rippe angebrochen, damit ich Schmerz fühlte, wenn ich atmete, Colin! Nicht, damit ich dich guten Gewissens abschreiben kann.« Plötzlich fiel er mir wieder ein: mein Wunsch, Schmerzen zu haben, um mich trotz meiner Gefühle für Angelo wenigstens vage daran zu erinnern, was geschehen war. Mein Vorhaben war geglückt, erst in der allerletzten Sekunde, aber es war geglückt. »Der Schmerz sollte mich auf den richtigen Pfad lenken. Ich war zu diesem Zeitpunkt schon bei Morpheus gewesen und wusste alles. Ich musste es aber um jeden Preis vor Angelo verbergen, was nur ging, indem ich mich auf meine Gefühle eingelassen habe, obwohl sie von ihm genährt wurden. Denn er konnte meine Gedanken lesen. Er kannte mich. Und noch etwas …« Jetzt konnte ich nicht anders – ich musste Colin in die Augen sehen, und zwar nicht wie nebenbei und zufällig, sondern direkt und länger als nur wenige Sekunden. Ich stellte mit stolperndem Herzen fest, dass ich nicht mit ihm schlafen musste, um seitwärtszukippen. Ein einziger Blick genügte. »Ich war nicht in Angelo verliebt. Das alles hatte nichts mit Liebe zu tun. Ja, ich hatte … erotische Tagträume von ihm, aber nicht, weil ich in ihn verliebt war, sondern weil es eine Möglichkeit gewesen wäre, ihm nahezukommen …«

»Entschuldige, mein Herz, aber das ist Liebe.«

»Nein, ist es nicht. Ich dachte nie daran, dich zu betrügen oder zu verlassen, das stand außer Frage. Es war vielmehr so, dass … ach, wie soll ich es erklären? Ich wollte das haben, was er ausstrahlte, diese Lässigkeit und Selbstsicherheit, das Spielerische in ihm, seine Unbeschwertheit, Jugendlichkeit – all das wollte ich auch haben. Für mich. Ich glaube, ich habe mich dabei gefühlt, wie ein Mahr sich fühlt. Ich wollte es mir von ihm nehmen. Ich hungerte danach. Ich hungere immer noch danach …« Ich musste eine Pause einlegen, weil mir von meinen eigenen Worten flau im Magen wurde. »Ich hasse ihn und das, was er mit mir und uns getan hat, aber ich sehne mich nach dem, was seinen Zauber ausmachte. Und das bringt mich dazu, mich selbst zu hassen. Ich darf mich nicht danach sehnen …«

»Das war es?«, fragte Colin leise. »Nur Sehnsucht? Von Anfang an?«

»Nur? Sehnsucht kann sehr viel sein. Und sie war nicht erst in mir, seitdem ich ihn getroffen habe. Sie war schon lang vorher da.«

»Also hatte ich nie eine echte Chance bei dir …«

Ich schüttelte verzweifelt den Kopf und erinnerte mich wieder an Giannas Ratschlag. Du musst es ihm sagen. Er muss es erfahren! Ich sollte ihr darin vertrauen, auch wenn ich fürchtete, dass ich für Colin danach wie beschmutzt sein würde. Doch Gianna hatte mir zehn Jahre Beziehungselend voraus. Vielleicht war die Wahrheit wirklich der beste Weg. Ich holte tief Luft und begann stockend zu erzählen, was ich in Santorin erlebt und gesehen hatte, wie sich Angelos Charisma plötzlich in Grischas Züge geschlichen hatte und dass er schon immer da gewesen war, in meinem Leben, vor Colin, vor all dem, was letzten Sommer seinen Anfang genommen hatte. Colin hörte mit unbewegter Miene zu, in sich verborgen, fast abwesend. Was mochte er denken?

»Das, was ich vorhin gesagt habe, ist das, was mich am meisten daran quält«, schloss ich nach einigen Minuten erschöpft. »Er hat auf mich immer wie ein Mensch gewirkt und nicht wie ein Mahr. Ein Mensch, der sich nur ein bisschen anders ernährt als ich. Und der ewig leben darf, ewig jung bleiben darf. Er kam mir so unschuldig vor. Ich sehne mich immer noch danach und das ist falsch und schwach und töricht.«

»Ich glaube nicht, dass es das ist.« Colin kehrte wieder zu mir zurück. »Möchtest du wissen, wie Angelo gejagt hat?« Ich nickte beklommen. »Nach all dem, was du erzählst, kann es nur so sein …«

Colin strich sich die Haare aus der Stirn und ich sah, dass seine Falte im Mundwinkel an Tiefe verlor. Das, was er dachte, schien ihm Hoffnung zu verleihen. »Angelo muss ausschließlich Träume und Erinnerungen von Jugendlichen genommen haben, von Menschen zwischen zwölf und maximal zwanzig, in Unmengen und ohne jede Rücksichtnahme. Er war immer satt. Je satter ein Mahr ist, desto menschlicher wirkt er, das kennst du schon von mir. Er war selbst so gläsern und transparent, dass die Jugendlichkeit seiner Opfer durch ihn hindurchstrahlte, und ich nehme an, dass sie es war, die du bewundert hast und nach der du dich sehnst. Nicht Angelo, sondern die Träume und schönen Gefühle jener jungen Menschen, die er beraubt hat. Sie machten ihn attraktiv und brachten Mann und Frau gleichermaßen dazu, ihn zu mögen. Reiner Diebstahl.«

»Ach, und weißt du, was er mir erzählt hat?« Ich war plötzlich so wütend, dass meine Worte wie Pistolenschüsse durch die Luft donnerten. »Dass er nachhaltig jagt und niemandem dabei schadet und … dass du … dass du nicht zu dir stehst, weil du dich den Träumen von Menschen verweigerst und deshalb unkontrollierbar wirst! Dieser elende Lügner!«

»Mit Letzerem liegt er gar nicht verkehrt. Es ist schwierig, sich von Tierträumen zu ernähren. Vielleicht ist dir aufgefallen, dass ich es immer nur tue, wenn sie wach sind …« Nein, das war mir nicht aufgefallen. Aber es stimmte. Als ich dabei gewesen war, waren sie wach geblieben. »Ich möchte ihnen Gelegenheit geben, sich zu wehren. Keine gute Grundlage, um den eigenen Hunger zu stillen. Dass Angelo dir Märchen erzählt, was seine eigenen Raubzüge betrifft, war mir jedoch klar.«

»Warum hast du ihn dann nicht einfach getötet?«

Colin lachte verwundert auf. »Weil ich es nicht kann! Er ist älter als ich!«

»Aber er … er hat gesagt, du wärst viel stärker als er und dadurch, dass du ein Cambion bist, könntest du ihn in der Luft zerfetzen, wenn du wolltest.«

»Ja, eine weitere hübsche Schwindelei, um dich auf seine Seite zu ziehen. Der arme, hilflose Angelo und der böse Colin. Ich könnte es nicht, dazu ist meine Nahrung zu minderwertig, und selbst wenn, hätte es dich erst recht von mir weggetrieben. Das Böse, das in mir wütet, sobald ich hungrig bin, kann nur Menschen schaden, aber nicht Mahren. Ich kann froh sein, dass Angelo *mich* nicht getötet hat, denn dann hätte ich gar nichts mehr für dich tun können. Wenn du dich ihm nicht in deiner ganzen nackten Pracht gezeigt und ihn damit von mir abgelenkt hättest, hätte er es wahrscheinlich oben in der Sila getan, vor euer aller Augen.«

Ich stand ruckartig auf und lief ein paar Schritte von Colin weg, um mich zu beruhigen. In dieser Verfassung konnte ich nicht weiter mit ihm reden, ohne zu heulen oder um mich zu schlagen vor Demütigung. Lügen. Lügen über Lügen. Was hatte überhaupt gestimmt von dem, was Angelo mir aufgebunden hatte? War denn irgendetwas davon wahr gewesen? Aber ich spürte auch, wie das, was Colin gesagt hatte, ein Stück der Last von meinen Schultern nahm. Ich hatte mich nicht nach Angelo gesehnt, sondern nach dem, was er anderen genommen hatte … Gerade erst heute Morgen, als Gianna und ich am Obstwagen standen, hatte die Sehnsucht mich erneut ohne Vorwarnung überwältigt. Auslöser war der Sohn des Händlers, der mit einem frechen Grinsen mit Gianna flirtete und damit prahlte, wie geschickt er Orangen jonglieren konnte. Obwohl er dicklich und klein war und kindliche Pausbacken hatte, in denen seine Augen fast verschwanden, hatte er mich sofort an Angelo erinnert und ich wäre am liebsten fortgerannt. Gut möglich, dass Angelo auch ihn einst beraubt hatte. Angelo war ein Sammelbecken jugendlicher Gefühle, er bündelte all das in sich, was für mich in so weite Ferne gerückt war. Ohne Eile stapfte ich durch den Sand zu

Colin zurück. Auf einmal hatte ich keine Angst mehr, er könne mir davonlaufen. Louis hatte sich erhoben, von ihm abgewandt und rupfte verdrossen an den vertrockneten Büschen herum.

»Angelo hat nicht nur die Jugend anderer geraubt, Colin«, sagte ich mit fester Stimme. »Er hat vor allem meine Jugend geraubt. Ich bin heute neunzehn geworden, da draußen wartet der Ernst des Lebens auf mich und ich habe meinen letzten freien Sommer verschwendet. Er ist an mir vorübergezogen … Ich werde nie wieder jung sein, nie so sein können, wie ich es eigentlich hätte werden sollen. Ich möchte zurück und alles besser machen, es leichter nehmen. Ich selbst sein, ohne mich zu verstellen, wie ich es früher immer getan habe.«

»Und ich möchte die Zwanzig hinter mir lassen. Das ist der Unterschied zwischen uns und er wird immer bleiben. Ich möchte graue Haare bekommen und Falten und meine Knochen knacken hören. Ich möchte dich anfassen können, wenn ich mit dir schlafe. Meinetwegen auch mal keinen hochkriegen. Ich möchte alt werden. Ruhen können. Und sterben.«

»Du willst es also immer noch.« Der bittere Zug um meinen Mund, den ich bei seinen endgültigen Worten wieder spürte, würde mich von nun an begleiten. Dieser Sommer hatte mich gezeichnet.

»Ja. Aber ich werde dich nicht mehr darum bitten. Das verspreche ich dir.« Colin nahm meine rechte Hand und küsste ihre Innenfläche, eine zärtliche, aber auch höflich-distanzierte Besiegelung, doch ich fühlte keinerlei Erleichterung.

»Gibt es wirklich gar keine guten Seiten der Unsterblichkeit?« In Angelos Schilderungen war sie mir stets wie ein Hauptgewinn präsentiert worden.

»Oh doch, die gibt es. Ich kenne Pferdeäpfel in sämtlichen Aggregatzuständen. Das ersetzt jedes Physikstudium«, erwiderte Colin sarkastisch. Ich ging auf seine Frotzelei nicht ein.

»Es war schön, sich darauf freuen zu können, keine Angst mehr haben zu müssen. Es war so beruhigend.« Noch jetzt fühlte ich diese warme, weiche Gelassenheit, die meine Vorfreude begleitet hatte. »Nie mehr Angst, weder vor Krankheit noch vor Tod.«

»Aber genau das ist es doch, was dich zum Menschen macht. Du hast etwas zu verlieren. Wenn man gar nichts zu verlieren hat und alles ewig dauern kann, ist jedes Gefühl überflüssig.«

»Also sind Menschen die besseren Wesen?«, fragte ich mit einem scharfen Blick auf Colins schwarzes Lederarmband. »Vergiss nicht, was sie dir angetan haben.«

»Das werde ich niemals und ja, es waren Menschen. Aber ich finde, es ist ein Trost, sich sagen zu können, dass selbst der schlechteste, niederträchtigste Mensch irgendwann stirbt, während unsereins mit jedem weiteren Jahr den Radius seiner Raffgier erweitern kann«, entgegnete Colin. »Der Tod ist das, was die Menschen von uns trennt. Er ist eine Gnade.«

»Ich weiß nicht, wie es weitergehen soll …« Meine Stimme war nur noch ein Flüstern. »Was für ein Leben soll ich führen? Wie soll es aussehen? Welchen Sinn soll es haben? Ich kann doch nicht nach Hause fahren und so tun, als wäre alles in Ordnung … studieren und heiraten und Kinder kriegen …«

»Das ist das, womit du dich nun abfinden musst. Mit deinem Leben. Und ich muss mich mit meiner Unsterblichkeit abfinden. Wie ich es schon einmal sagte, Lassie …« Colin zeichnete versonnen meine Augenbrauen nach, dann wanderten seine Finger über meine Wangenknochen. »Das schöne Ende für einen Liebesroman hatten wir schon. Dieses hier ist das Ende, welches die Wirklichkeit schreibt. Deshalb fangen Schriftsteller damit an, Dinge zu erfinden. Deshalb gibt es Kitsch.«

»Haben wir denn gar keine Chance? Es muss eine Chance für uns geben. Ich liebe dich doch.«

»Ja, tust du das? Immer noch? Und ich soll der Hornochse von uns beiden sein? *Mo cridhe*, es ist alles wie vorher, unterbrochen von einem höchst unschönen Zwischenkapitel. Aber sonst hat sich nichts verändert. Ich bin alt und will sterben, du bist jung und willst leben.«

»Ich fühle mich aber gar nicht mehr jung.«

Ich ließ meinen Kopf gegen Colins Schulter sinken. Das, was ich nun zu realisieren begann, war mein persönlicher Albtraum. Seit meiner Jugend verfolgte er mich. Jetzt kannte ich ihn und seinen gesamten Schrecken. Es war mein verlorener Sommer. Colin reagierte auf mich wie eh und je, er nahm mich zu sich, bis ich das Rauschen in ihm hörte, erregt und hungrig, vielleicht liebte auch er mich noch, aber unsere Zukunft würde aus kurzfristig arrangierten Treffen bestehen, immer gehetzt von seinem Hunger und überschattet von der Gewissheit, dass ich altern würde und er jung blieb. Es würde so werden, wie er es in den ersten Tagen unserer Italienirrfahrt prophezeit hatte: Ich würde meiner selbst unsicher werden, unsere wenigen Freunde würden sich abgrenzen, ich würde beginnen, ihm Vorwürfe zu machen, wir würden uns streiten, uns vielleicht sogar hassen …

In wenigen Tagen würden Gianna und Paul heimfahren. Mama reiste morgen schon ab. Tillmann würde nur noch so lange ausharren, bis er gegen seine Sucht gewonnen hatte. Ich konnte nicht alleine in der Piano dell'Erba bleiben. Was sollte ich hier? Irgendwann würde es auch in Kalabrien Winter werden. Und doch wollte ich die verbleibenden Sommertage auskosten – selbst wenn sie nur darin bestanden, am Wasser zu sitzen und an die wenigen schönen Momente zu denken, die Colin und ich an diesem Ort geteilt hatten.

»Tu mir nur einen Gefallen, Lassie. Im vergangenen Sommer hast du mich darum gebeten. Jetzt bitte ich dich darum.«

»Ja?« Ich schmiegte meine Lippen an seinen kalten Hals.

»Geh nicht, ohne dich von mir zu verabschieden. Denn das würde ich nicht verkraften.«

Glaube, Hoffnung, Liebe

Noch einmal stand ich auf und blickte hinter mich, um mich davon zu überzeugen, dass ich allein am Strand war. Die sinkende Sonne schien warm auf meinen Nacken und meine Haare, die nass vom Baden an meinem Hals klebten. Meinen Bikini hatte sie bereits getrocknet. In mir machte sich jene angenehme Entspannung breit, die ich am Schwimmen schon immer geliebt hatte. Das Beste kam, wenn man aus dem Wasser gestiegen war. Wohlige Müdigkeit.

Mit der rechten Hand griff ich in meine Strandtasche, um die beiden Briefe herauszuziehen. Der eine machte mir Mut, den anderen zu lesen, obwohl beide nichts miteinander zu tun hatten. Papas Brief lag schon beinahe vierzehn Tage ungeöffnet in meiner Nachttischschublade. Doch der zweite, mustergültig adressiert und mit abgestempelter Briefmarke, war heute Morgen erst eingetrudelt, unauffällig versteckt in einem großen Kuvert mit Post, das Herr Schütz uns per Express nach Kalabrien geschickt hatte. Mama hatte ihn darum gebeten, sich um das Haus zu kümmern und den Briefkasten zu leeren, nachdem beide so überstürzt abgereist waren. Auch Rufus brauchte dringend Zuwendung. Auf unsere senilen Nachbarn wollte Mama sich nicht länger verlassen und Gianna schon gar nicht.

Irgendwie hatte sich in mir diese Idee festgesetzt, dass ich Papas Brief ertragen könnte, wenn ich den anderen Brief gelesen hatte.

Zum wiederholten Mal hielt ich ihn vor meine Augen, um den Absender zu studieren. Nein, ich hatte nicht geträumt, obwohl ich diese Situation in meinen Träumen schon oft erlebt hatte und enttäuscht erwacht war, weil ich nicht mehr dazu gekommen war, seine Zeilen zu entziffern, oder sich vor meinen Augen Schlieren bildeten und die Buchstaben verschwammen. Absender: Grischa Schönfeld. Fribourg, Schweiz. Wieder musste ich lächeln, weil ich im Gespräch mit Tillmann exakt darauf getippt hatte. Dass er in der Schweiz lebte. Es passte zu ihm.

Mein Herz machte einen waghalsigen Sprung, als ich mit dem Daumen das Kuvert öffnete und den einfachen karierten Briefbogen entfaltete, ein herausgerissenes Blatt aus einem Collegeblock. Sofort saugten sich meine Augen an der krakeligen, unsauberen Jungsschrift fest.

»Hey, Elisabeth,

ich hab grad keinen Schimmer, wie ich diesen Brief beginnen soll. Eigentlich wollte ich erst gar nicht zurückschreiben, weil ich Deine Mail ziemlich strange fand. Fast ein bisschen unheimlich. Aber auf der anderen Seite hat es mich auch stolz gemacht, dass sich jemand um mich sorgt. (Um mich sorgt sich sonst fast nie einer.) Jetzt ist grad ein Seminar ausgefallen und ich sitze in der Cafeteria und … na ja. Wie das halt so ist.

Auf einmal hatte ich das Gefühl, dass ich Dir doch antworten soll. Also, was ich Dir sagen will: Du musst Dir keine Sorgen machen. Mir geht's gut. Ach, was heißt, es geht mir gut … Seit meinem Urlaub auf Santorin ist erst mal alles schiefgelaufen, was schieflaufen konnte. Meine Freundin hat nur noch rumgezickt und mich nach ein paar Tagen Streitereien verlassen, weil sie meinte, ich wäre anders geworden. Der Zauber wäre weg. Es würde nicht mehr funken. Aber wir sollten beste Freunde bleiben. (??)

Dann hab ich meinen Job als Barkeeper verloren, weil mein Boss sich beschwerte, es würden sich nicht mehr so viele Mädels zu mir setzen wie am Anfang und ich sei nicht bei der Sache, würde ständig rumträumen. Ich glaub, er wollte mich einfach loshaben, obwohl es stimmt, dass weniger Mädels kamen. Hab mich nach dem Rausschmiss stundenlang im Spiegel angeschaut und geguckt, ob was anders ist an mir, aber ich find nix, nicht mal einen Pickel. Ich seh aus wie immer.

Okay, dazu noch Ärger mit meinen Eltern, die mir plötzlich nicht mehr alles zahlen wollen fürs Studium … Wahrscheinlich so eine von diesen typischen Elternlektionen. Ich könne sie jedenfalls nicht mehr um den Finger wickeln wie früher, sagten sie. Nix mehr mit Schokoaugenerpressung.

Zu allem Überfluss hab ich mir beim Tennis auch noch mein Knie versaut. Meniskusschaden.

Aber, hey, ich fühl mich wohl damit. Klingt blöd, ich weiß. Aber ich hab in der Cafeteria ein Mädchen kennengelernt, vor ein paar Tagen erst. Sie ist nicht außergewöhnlich hübsch und hat auch keine so tolle Figur (sie trägt außerdem eine Brille, wie Du damals) (okay, das war jetzt nicht charmant, was?), aber sie sieht mich anders an als meine früheren Freundinnen. Direkter. Kommt mir vor, als ob sie bis auf meine Seele guckt. (Bäh. Kitsch.) (Ist aber so.)

Hab bei ihr nicht das Gefühl, dass ich ständig den tollen Typen raushängen muss, wenn wir zusammen sind. (Natürlich BIN ich toll, aber das muss man ja nicht ununterbrochen beweisen. :-))

Das mit meinen Eltern krieg ich wieder hin, bestimmt. Und einen neuen Job finde ich auch.

Ich glaub fest daran, denn ich hab selten so gut geschlafen wie in den Tagen seit meinem Urlaub. Ist wohl die gesunde Schweizer Luft. In einer Nacht hab ich von Dir geträumt und deshalb … hab ich gedacht, ich schreib Dir.

Hey, ich merke gerade, dass das echt krass ist, einen Brief an jemanden zu schreiben, den man gar nicht kennt. Weiß nicht mal mehr genau, wie Du ausgesehen hast. Nur noch, dass Du so einen kühlen, intensiven (und manchmal traurigen …) Blick hattest. Gefährlich irgendwie, wie das Mädel aus dem Hurts-Video, Wonderful Life. *Die zwischen Sänger und Keyboarder. Die erinnert mich an Dich. Musst Du Dir mal ansehen. Nicht diese alte Schnulze von Black, sondern* Wonderful Life *von Hurts. Okay? Hurts! Cooler Song.*

Ja, keine Ahnung. Verrückt, oder, das alles? Muss jetzt mal aufhören. Susi kommt gleich. (Das ist das Mädchen).

Mach's gut, und wie gesagt: alles in Ordnung!
Grischa«

»Oh Grischa, du alter Macho.« Ich wischte mir eine kleine heiße Träne aus dem Augenwinkel – eine Träne der Ernüchterung, wie ich feststellen musste. Dieser Brief löste beileibe nicht das sofortige Bedürfnis aus, nach Hause zu stürzen und eine Antwort aufzusetzen. Er vermittelte mir eher das Gefühl, dass er dazu dienen sollte, mir das Maul zu stopfen.

Ja, Grischas Exfreundin hatte es schon korrekt formuliert, obwohl sie genau das, was ihr nun fehlte, unterschwellig in ihm gefürchtet hatte: Grischa war entzaubert. Die Magie war fort. Doch er schlief wieder tief und fest, er träumte (sogar von mir) und er hatte ein Mädchen gefunden, das erste, das ihn so kennenlernen durfte, wie er wirklich war, seitdem Angelo ihn vor so vielen Jahren geprägt hatte. Ich hatte ihn befreit.

Zugegeben, ich hatte mir andere Zeilen erhofft, irgendetwas Persönlicheres, Gefühlvolleres, Reiferes. Aber das hätte mein Leben nur komplizierter und nicht einfacher gemacht. Grischa würde seine besondere Bedeutung für mich behalten, doch dieser Brief hatte mir nur die Bestätigung für das gegeben, was ich auf Santorin bereits gespürt hatte. Wir würden einander nie nahekommen. Ich wusste um unser Geheimnis und ich würde damit allein bleiben. Es ergab keinen Sinn, ihm davon zu erzählen.

War ich denn nun in der Lage, auch Papas Brief zu öffnen? Irgendwann würde ich es tun müssen und es konnte sich nur noch um Tage handeln, bis Gianna und Paul Druck machten und mich zur Heimreise überredeten. Dass sie schon lange zurück nach Deutschland fahren wollten, sah ich ihnen nicht nur an; ich wusste es. Es wurde langweilig, hier zu sein. Und ich zögerte etwas hinaus, was ich doch nicht ändern konnte. Mein Geld war fast aufgebraucht; selbst wenn ich allein hierblieb, würde ich mich nicht länger als zwei, drei Wochen über Wasser halten können.

Ich drückte meine Füße in den warmen Sand und wartete, bis mein Herz etwas ruhiger schlug. Dann öffnete ich auch Papas Kuvert. Seinen Brief zu lesen, konnte nicht schmerzhafter sein, als erkennen zu müssen, dass Angelo sein Mörder gewesen war. Und ich musste es endlich tun, sonst würde ich es nie wagen.

Ich stutzte, als ich bemerkte, dass zwei Bogen in dem Umschlag steckten, ein eng beschriebener, vermutlich der eigentliche Brief, und eine schwarz-weiße Kopie der verfluchten Europakarte. Ihr widmete ich mich als Erstes, denn sie erschien mir harmloser und auch auf ihr prangten handschriftliche Zeilen. Tatsächlich, auf dieser Karte fehlte das dicke Kreuz in Süditalien.

Ich trug Tillmann seinen Versuch, mich zu beeinflussen, jedoch nicht nach. Wir wären so oder so nach Italien gefahren. Das wusste ich so sicher wie das Amen in der Kirche. Er hatte mich nur nicht gut genug dafür gekannt. Ich war zäher, als er dachte. Und wenn ich mich nicht dafür entschieden hätte, hätte Angelo mir vermutlich solch nagende Italien-Fernweh-Träume eingepflanzt, dass ich es doch irgendwann getan hätte und ihm in die Arme gelaufen wäre.

Vielleicht hatte er das sogar getan. Er hatte mich in seinem Revier erlegen wollen.

Aber warum hatte Papa mir eine Kopie der Karte in den Brief gelegt? Ich drehte sie um, um zu lesen, was er mir schrieb.

»Und noch ein Postskriptum: Mich plagt die Befürchtung, dass Du das Original zerrissen oder verbrannt hast, nachdem Du einige der Orte auf der Europakarte angefahren und dort nicht den klitzekleinsten Mahr gefunden hast. Ach, Elisa, natürlich zeigen die Kreuze keine Mahrresidenzen (das hoffe ich zumindest!). Was wäre ich für ein Vater, wenn ich Dich ins Verderben schicken würde? Es sind ohnehin viel, viel weniger, als Du denken magst, und fast keiner von ihnen hat feste Aufenthaltsorte. Nein, die Kreuze markieren Gegenden, die einen besonderen Zauber innehaben und von denen ich hoffe, dass Du sie einen nach dem anderen aufsuchst und angesichts ihrer Schönheit begreifen wirst, was wirklich wichtig im Leben ist. Ich selbst habe es zu spät begriffen. Du und Dein Bruder werdet an diesen Orten das Licht finden, das ich Euch stets verwehrt habe.

Denkt an mich, wenn Ihr Euch in ihm sonnt.«

»Okay, du manipulativer Sturkopf, dann ist dieses Rätsel wenigstens auch gelöst«, wisperte ich und wunderte mich, dass ich dabei lächeln musste. Denn gestern noch hatte ich die Karte erneut zur Hand genommen und mich nicht schlecht über die anderen Markierungen gewundert, denen ich vorher nie große Bedeutung beigemessen oder sie mir gar gemerkt hatte, so sehr war ich auf Italien fixiert gewesen. Aber es war eine nette Ansammlung attraktiver Urlaubsziele für Individualreisende: die britischen Kanalinseln, Mont-Saint-Michel in der Normandie, La Gomera, Korsika, Bornholm – Inseln eben. Ausschließlich Inseln. Weil Papa wusste, dass Tessa das Wasser mied? Oder weil er selbst Inseln seit jeher liebte? Nur ein Kreuz passte nicht in die Reihe und war so winzig, dass ich es beinahe übersehen hätte. Es prangte inmitten der schottischen Highlands. Colins Heimat. Es musste Papa große Überwindung gekostet haben, sie zu markieren, aber mehr hätte er nicht tun können, um mir zu zeigen, dass er meine Liebe zu Colin endlich akzeptiert hatte.

Auch leuchtete mir inzwischen ein, dass es nur eine Europa- und keine Weltkarte war. Papa selbst war in der Karibik befallen worden. Er wollte nicht, dass ich mich auf seine Spuren begab; wenigstens hatte er es zu verhindern versucht.

Doch ab jetzt musste und wollte ich alles selbst entscheiden. Und wenn es bedeutete, den Brief zu lesen, vor dem ich mich so lange versteckt hatte.

»Liebe Elisa,

Du weißt, dass ich in meinem erwachsenen Leben nur drei Mal freiwillig in der Kirche war: als ich Deine Mutter geheiratet habe, bei der Taufe von Paul und natürlich bei Deiner Taufe (Mia bestand darauf). Meine Frömmigkeit lässt also zu wünschen übrig.

Deshalb mag es Dich verwundern, dass ich Dir ausgerechnet Worte aus der Bibel aufschreibe. Doch sie sind frei von jeglichem Dogma und existieren unabhängig von religiösen Glaubensbekenntnissen und ich glaube, dass sie Dir Kraft geben können, in Deinem Leben das zu tun, was für Dich richtig ist.

Menschen, die so viel fühlen wie Du und ich, sind leicht in die Irre zu führen und leicht zu blenden, sobald sie versuchen, sich gegen ihre Emotionen zu wehren. Und sie haben manchmal Angst, sich zu entscheiden, weil sie um die Macht ihrer Empfindungen wissen.

Wann immer Du Zweifel hast oder glaubst, einen Rat zu brauchen, dann lies Dir diese Zeilen durch.

Ansonsten habe ich Dir nicht viel zu sagen – wir waren uns immer so nah, dass ich nichts erklären muss. Ich weiß, dass Du verstehst, was mich angetrieben und bewegt hat.

Du warst mein Augenlicht und wirst es immer bleiben.«

»Oh Gott, Papa«, seufzte ich kopfschüttelnd, nachdem ich mir erneut Tränen von den Wangen gewischt hatte. »Ein Bibelzitat? Muss ich das wirklich lesen?«

Ich drehte das Blatt um, um es zu überfliegen, doch schon die ersten Worte trafen mich mitten ins Herz.

»*Das Hohelied der Liebe*

Wenn ich in den Sprachen der Menschen und Engel redete,
hätte aber die Liebe nicht,
wäre ich dröhnendes Erz und eine lärmende Pauke.
Und wenn ich prophetisch reden könnte
und alle Geheimnisse wüsste
und alle Erkenntnis hätte;
wenn ich alle Glaubenskraft besäße
und Berge damit versetzen könnte,
hätte aber die Liebe nicht,
wäre ich nichts.
Die Liebe ist langmütig,
die Liebe ist gütig.
Sie ereifert sich nicht,
sie prahlt nicht,
sie bläht sich nicht auf.
Sie handelt nicht ungehörig,
sucht nicht ihren Vorteil,
lässt sich nicht zum Zorn reizen,
trägt das Böse nicht nach.

Sie freut sich nicht über das Unrecht,
sondern freut sich an der Wahrheit.
Sie erträgt alles, glaubt alles, hofft alles,
hält allem stand.
Die Liebe hört niemals auf.
Jetzt schauen wir in einen Spiegel
und sehen nur rätselhafte Umrisse,
dann aber schauen wir von Angesicht zu Angesicht.
Jetzt erkenne ich unvollkommen,
dann aber werde ich durch und durch erkennen,
so wie ich auch durch und durch erkannt worden bin.
Für jetzt bleiben Glaube, Hoffnung, Liebe, diese drei;
doch am größten unter ihnen ist die Liebe.

(Ich habe ein wenig gekürzt, ich hoffe, die Propheten werden es mir nachsehen. Leb wohl, mein kleines Mädchen … das so groß ist, dass es über sich hinauswachsen wird.)«

Ich las den Brief ein zweites Mal, ein drittes Mal, dann nur noch die Bibelzitate, bis die untergehende Sonne das Papier feurig aufleuchten ließ und der Wind meinen Nacken mit einer Gänsehaut überzog.

»Jetzt schauen wir in einen Spiegel und sehen nur rätselhafte Umrisse, dann aber schauen wir von Angesicht zu Angesicht«, murmelte ich vor mich hin, als ich meine wenigen Habseligkeiten in meine Tasche packte und mich auf den Weg zu unserem Haus machte. Was bedeutete das? Warum hatte Papa mir ausgerechnet diese Zeilen geschickt? Ich dachte an die Anfangspassage mit dem prophetischen Reden und der Erkenntnis – sie waren ein dröhnendes Erz und eine lärmende Pauke, wenn die Liebe fehlte. Angelo hatte die Liebe gefehlt. Er war nur ein dröhnendes Erz gewesen und ich hatte geglaubt, in ihm die Weisheit aller Dinge zu finden. Mich selbst zu finden.

Ob Papa geahnt hatte, dass mir das passieren würde? Oder passierte so etwas jedem Menschen irgendwann im Laufe seines Lebens? Dass er sich an jemand versah?

Noch immer grübelnd schlurfte ich durch das Törchen und über die kleine Treppe hoch auf die Terrasse, wo ich mich in einen der Plastikstühle fallen ließ und erst aufsah, als ich merkte, dass ich nicht allein war. Paul und Gianna saßen mir gegenüber und schauten mich an, als hätten sie ein Kilo Brausepulver verschluckt und mit einem großen Glas Wodka abgelöscht. Leicht durchgedreht, aber redselig. Trotzdem waren ihre Münder wie zugenäht. Giannas Augen glänzten entzündet. Hatte sie geweint? Warum lächelte sie dann so glückstrunken?

»Alles in Ordnung?«, fragte ich und legte meinen Kopf schräg, um Pauls Gesichtsausdruck zu analysieren. Stolz. Stolz wie Oskar. Aber auch … ängstlich. Ja, er hatte Angst. Gianna hatte erst recht Angst. Angst, die einen zum Grinsen brachte?

»Püh«, machte Gianna und brach in ein kurzes, pubertäres Lachen aus. »In Ordnung, na ja, ich weiß nicht … Was meinst du, Paul?«

»Hömm«, antwortete Paul mit bierseligem Blick. Hömm? Was, bitte, bedeutete »Hömm«?

»Los, sagen wir es ihr«, drängelte Gianna. »Ich muss es ihr sagen! Nein, sag du es. Ich kann nicht.«

»Was denn jetzt?« Die beiden begannen mich nervös zu machen.

»Du …« Paul räusperte sich feierlich und strahlte bis über beide Ohren. »Du wirst Tante. Herzlichen Glückwunsch.«

Tante? Ich Tante? Das bedeutete, dass …

»Nee«, sagte ich ungläubig.

»Doch.« Giannas Augen wurden feucht. »Ich bin schon im dritten

Monat. Mindestens. Deshalb war mir so schlecht und ich nehme auch an, dass ich dadurch so … na, Stimmungsschwankungen eben.«

Oh ja, die hatte sie gehabt, und zwar nicht zu knapp.

»Tante Ellie … Das klingt altmodisch. Nach einer Frau in grauem Kostüm und Wollstrumpfhosen«, beschwerte ich mich, immer noch zu überrumpelt, um einen klaren Gedanken zu bilden. Gianna war – schwanger? Sie bekam ein Kind? »Hattest du nicht die Pille genommen?«

»Ja, schon. Aber als ich zu euch kam, wegen meines Burn-outs, war mir ja so übel gewesen, schon die Tage vorher, und da hat sie wohl nicht so gewirkt, wie sie sollte. Ich denke mal, dass es da schon passiert ist. Außerdem hat dein Bruder offenbar ziemlich scharfe Munition.«

»Oh, verdammt, Gianna …« Jetzt erst wurde mir die Tragweite dieser Nachricht klar. Ich hatte Gianna in den vergangenen Wochen ständig in Aufregung versetzt, sie war dabei gewesen, als wir Tessa getötet hatten, sie hatte mit uns in Quarantäne gelegen, danach meine verfluchte Angelo-Trance miterlebt und ihre vergeblichen Versuche, mich zurückzuholen – und sie hatte die ganze Zeit ein Baby in ihrem Bauch gehabt! Sie hätte es verlieren können … Schon allein deshalb, weil Mahre in der Nähe gewesen waren. Colin. Tessa. Angelo. Und – und ich? Hatte ich sie ebenfalls gefährdet?

»Weißt du noch, dass du mir abgeraten hast, ihr Valium zu geben?«, fragte mich Paul. »Das war Gold wert. Ich sag ja, du hast einen guten Instinkt, Schwesterchen.«

Oh Gott, und anschließend hatte sie sich in die kochend heiße Badewanne gesetzt! Ich erinnerte mich überdeutlich daran, wie sehr mir das unter die Haut gegangen war und ich sie dazu gezwungen hatte rauszukommen, weil ich überzeugt davon gewesen war, dass es ihr schadete.

»Colin hatte auch einen guten Instinkt«, ergänzte Gianna stolz, als habe sie persönlich ihn dazu erzogen. »Er hat mir gesagt, ich solle nicht in seine Nähe kommen, wenn ich es nicht möchte, und ich wollte ja immer von ihm weg … Wahrscheinlich deshalb.« Sie legte beschützend die Hand auf ihren Bauch. »Ist nicht böse gemeint, Ellie, aber Stress ist nicht gut für Schwangere.«

»Nein, ich bin nicht böse, du hast vollkommen recht! Du musst nach Hause fahren, Gianna. Und zwar bald.«

»Das wollen wir auch.« Sie sah mich entschuldigend an. »Du kannst mit Tillmann und Colin hierbleiben, wenn du magst. Ich möchte so schnell wie möglich zu einem guten Arzt und prüfen lassen, ob alles … ob alles okay ist. Mit dem Baby. Wir fahren heute Abend noch.«

»Natürlich. Verstehe ich. Dann – dann packt mal eure Sachen, ja?«

Meine Stimme wackelte bereits. Ich schaffte es gerade noch, in mein Zimmer zu stürzen und die Fensterläden zuzuschlagen, bevor ich zitternd auf den Boden sank. Gianna hätte jeden Tag ihr Baby verlieren können … Sie war mir sogar in den brennenden Wald gefolgt, zusammen mit den anderen. Es war ein Wunder, dass ihr nichts geschehen war. Das musste ein außerordentlich zäher und lebenswilliger Fötus sein, der es sich in ihrem Bauch gemütlich gemacht hatte. Wenn er denn gesund war … Gesund und normal.

Hatte etwas von Colin auf ihn übergehen können? Oder von Tessa? Von Angelo? Wusste Gianna um diese Gefahren? Aber was sollten das für Gefahren sein – das Kind war von Paul! Trotzdem, Tessa hatte Colin auch im Mutterleib geprägt. War sie Gianna nahe gekommen? Hatte sie etwas mit ihr angestellt?

»Nein«, sagte ich zu mir selbst. »Nein. Gianna ist nicht wie Colins Mutter, sie ist stark und fern von allem Aberglauben. Tessa hat ihr nichts antun können. Das wird ein wundervolles, gesundes Baby.«

Meine Schlussfolgerung dämpfte meinen Schrecken ein wenig, und ohne dass ich darauf vorbereitet war, machte er Platz für einen alles verzehrenden Neid, der die Tränen aus meinen Augen schießen und mich würgend schluchzen ließ. Mein Bruder wurde Vater … Gianna und er bekamen ein Kind. Sie würden eine Familie gründen. Sie hatten eben so glücklich ausgesehen! Sie hatten ihren Neuanfang gefunden, nicht geplant, sondern überraschend und wahrscheinlich ziemlich karriereschädigend, aber es war ein Neuanfang. Ich wollte noch immer kein Kind haben, daran hatte sich nichts geändert, ich war viel zu jung dafür. Aber ich spürte die meterdicke steinerne Mauer vor mir, die ich selbst hochgezogen hatte – und nun war ich zu feige, sie einzuschlagen. Niemand anderes konnte für mich eine Zukunft errichten. Ich musste es selbst angehen.

Es gibt nichts mehr zu tun, hatte ich gedacht, nachdem ich Angelo geblendet und mich von ihm weggedreht hatte, um hinunter ans Meer zu gehen. Ich hatte mich geirrt. Es gab noch etwas zu tun. Ich hatte mein Versprechen nicht eingelöst.

Nun tat ich es und meine Entscheidung war eine Sache von Minuten. Colin musste gewusst haben, wie schnell sie fallen würde, wenn ich erst einmal aufrichtig über seinen Wunsch nachdachte, ohne dabei nach meinem Vorteil zu suchen und die Wahrheit zu leugnen. Ich hatte gar keine Wahl. Alles andere führte ins Nichts und würde uns eine lebenslange Qual bescheren. Colins Leben würde ewig andauern. Das durfte ich ihm nicht antun.

Die Liebe erträgt alles, glaubt alles, hofft alles. Das mit dem Ertragen hielt ich für diskussionswürdig. Das mit dem Glauben auch. Doch das Hoffen … Die Liebe hofft alles. Ich brauchte Hoffnung. Sie war das Einzige, was mir helfen konnte. High Hopes.

Ich stand auf, lief die Treppe hoch und trat, ohne anzuklopfen, in

Tillmanns Zimmer. Er lag auf dem Bett, die Arme unter dem Kopf verschränkt, und schaute den letzten Strahlen der Sonne zu, die rosafarbene Muster an die schräge Decke malten. Ich setzte mich still neben ihn, bis ich endlich meine Frage gefunden hatte.

»Wie viel kann ein Mensch ertragen? Wie viel?«

Er überlegte lange, bevor er antwortete, sachlich und durchdacht wie immer.

»Alles, glaube ich, solange man sich sicher ist, das Richtige zu tun. Auf dem richtigen Weg zu sein.«

»Hilfst du mir dabei?«

»Immer.«

Schweigend verharrten wir, bis es dunkel geworden war. Ich musste noch einmal mit Gianna sprechen, aus zweierlei Gründen. Zum einen wollte ich ihr wenigstens sagen, was ich von Colin über die Wirkung von Mahren auf schwangere Frauen wusste; zum anderen gab es etwas, was nach wie vor in mir bohrte, ein letzter Zweifel, den ich für immer ausräumen oder wenigstens klären wollte. Ich fand sie im Schlafzimmer, wo sie ihre Klamotten aus dem Schrank riss und in den Koffer stopfte.

»Gianna … ich … ich muss dir noch etwas sagen. Wegen des Babys. Ich will dir keine Angst machen, aber …«

»Sag nichts, Ellie.« Sie legte eine Jeans beiseite und sah mich ernst an, als wüsste sie genau, was mich beschäftigte. »Ich werde dieses Kind lieben. Ich werde es lieben. Nichts anderes zählt, okay? Ob da nun ein kleiner Mahr zur Welt kommt oder ein wütendes, rotgesichtiges Menschenwesen. Ich werde es lieben. Ich liebe es jetzt schon. Ich hab es die ganze Zeit geliebt.«

»Hast du gewusst, dass du schwanger bist?«

»Geahnt. Irgendwie hab ich es geahnt. Ganz am Anfang, als wir hier waren, bin ich mal vom Bett aufgestanden und hatte ein komisches Gefühl im Bauch, so, als würde sich etwas darin einnisten, aber friedvoll, nicht gewalttätig. Doch ich dachte, es kann nicht sein, nicht bei all dem Stress und der Panik … und meinen Zyklusrechnereien, die ich … äh … ach, vergiss es. Wenn ich ehrlich bin, konnte ich noch nie gut rechnen. Ja, und jetzt hat Colin gesagt, dass ich mich von ihm fernhalten soll, bis es da ist. Danach mimt er gerne den dauerabwesenden Patenonkel, der die schönsten und teuersten Geschenke schickt.«

»Colin war bei dir?«

»Ja, gerade eben, als du oben warst.« Gianna deutete auf das Fenster. »Er hat Louis in den Stall gebracht und ist dann an den Strand gegangen. Er will nach Tillmann sehen, sobald wir weg sind.«

»Gianna, ich fahre nicht mit euch. Ich bleibe hier, bis … bis Tillmann wieder ganz gesund ist. Und da ist noch etwas. Vielleicht bin ich kleinlich, aber Angelo hat mir so einiges ins Ohr gepflanzt und wahrscheinlich ist es das Beste, wenn ich es anspreche.«

Gianna löste ihren Blick vom Fenster und blickte mich verwundert an. »Über mich? Er hat etwas über mich gesagt?«

»Nicht direkt. Ich hab es durch Zufall herausgefunden. Warum hast du mich Elisa genannt? Was war der wirkliche Grund? Denn Sabeth wird von ihrer Mutter Elsbeth genannt, nicht Elisa. Das weiß ich von Angelo.«

Gianna verzog ertappt den Mund und ließ sich auf das Bett plumpsen. »Scheiße … Jetzt wird es peinlich. Ich war mir sicher, dass sie Elisa genannt wird. Wird sie nicht?«

»Nein. Ich hab's gegoogelt.« Das hatte ich tatsächlich, mit meinem Handy. Hanna nannte Sabeth Elsbeth.

»Oje, oje, ist das peinlich. Ich geb's zu, ich hab es lange nicht mehr gelesen …«

»Ja, und genau das passt nicht. Wie kannst du mich nach einer Romanfigur benennen, die du gar nicht mehr genau in Erinnerung hast? Es war eine Ausrede, oder?«

Gianna begann nervös mit ihrer Halskette zu spielen, indem sie den Anhänger mit einem ratschenden Geräusch über die Silberglieder fahren ließ. Hin und her, hin und her.

»Gianna, du hast mich Elisa genannt, weil du wusstest, dass das der Kosename von meinem Vater für mich war. Oder? Du wusstest es. Scheiße …«, fluchte ich, als sie nicht widersprach. Ich hatte keine Nerven mehr für weitere Enthüllungen.

»Du hast recht«, flüsterte Gianna schließlich und ließ endlich wieder ihre Kette los. »Ich hab dich automatisch Elisa genannt, weil dein Papa dich so nannte.« Sie schaute zerknirscht auf den Boden. »Und als es dir auffiel, hab ich nach einer passenden Ausrede gesucht, und wie das halt so ist, wenn man schlecht lügen kann, ist es in die Hose gegangen.«

»Ich selbst hab es auch nicht gemerkt. Angelo hat mich darauf aufmerksam gemacht«, erklärte ich ungeduldig. »Aber es hat mein Misstrauen dir gegenüber genährt. Anscheinend ja begründet.« Ich hasste den Gedanken, dass Angelo in diesem Punkt recht behalten hatte. »Also hast du doch mit meinem Vater über mich gesprochen. Du kanntest ihn, oder?«

»Kennen ist zu viel gesagt, aber …« Plötzlich schimmerten Tränen in Giannas Augen und ich bereute es, sie so angefahren zu haben. »Ellie, ich hab dir schon mal gesagt, dass ich ein Helfersyndrom habe, und er wirkte an diesem Abend irgendwie bedrückt. Als wolle er mit jemandem reden und als würde ihn etwas beschäftigen. Weißt du, warum ich beim Journalismus nie auf einen grünen Zweig gekommen bin? Weil ich immer zu viel und zu lange zugehört habe, obwohl ich eigentlich schon alle Infos für meinen Text zusammenhatte. Ich habe auch deinem Vater zugehört. Er hat mir von dir erzählt, nur positive Dinge, er meinte, ich erinnere ihn an dich, und die Art und Weise, wie er dabei Elisa sagte, hab ich nie vergessen können.«

»Wie kamt ihr denn überhaupt auf mich?«, fragte ich beklommen.

»Es ging auf diesem Kongress unter anderem um Hochbegabung, und als ich ihm anschließend eine Frage dazu stellte, fing er plötzlich an, von dir zu plaudern … Nichts übermäßig Privates, glaub mir, Ellie.«

Hochbegabung? Mein Vater hatte mich für hochbegabt gehalten? Und warum wusste ich davon nichts?

»Konntest du mir das denn nicht einfach sagen?«, fragte ich Gianna vorsichtig. »Ich hatte dich doch schon in Hamburg danach gefragt. Was war so schlimm daran?«

Gianna zuckte mit den Schultern. »Vielleicht hätte ich das. Ja. Aber ich selbst habe es immer gehasst, wenn meine Mutter vor Fremden über mich geredet hat, ich fand das unverschämt, also hab ich es für mich behalten und mir eine Ausrede geangelt. Denn ich war ja eine Fremde für dich, oder? Und für deinen Vater sowieso. Aber ich mochte dich bereits. Und Paul auch …«

»Nein, ich glaube nicht, dass du eine Fremde warst.« Ich schüttelte langsam den Kopf, mehr verwundert als verärgert über Papas übergroße Sorge und seine verzweifelten Versuche, meinem verkorksten Dasein auf die Sprünge zu helfen. Oder hatte er wirklich nur reden wollen? Schwer vorstellbar. »Ich glaube, du warst weder für mich noch für Papa eine Fremde. Keinen Augenblick lang.«

Gianna erwiderte nichts, aber an ihrem Blick erkannte ich, dass es für sie genauso gewesen war und dass sie um Papa trauerte, weil sie ihm nie für seine Kuppelversuche danken konnte. Unsere Wege hatten sich treffen müssen. Hätten sie das nicht getan, hätte uns unser Leben lang etwas gefehlt, ohne dass wir gewusst hätten, was es war. Ich hätte sie gerne noch einmal umarmt, aber ich scheute mich davor, zu viel Druck auf ihren Bauch auszuüben. Deshalb hob ich nur grüßend die Hand, als ich aus der Tür trat und sie leise ins

Schloss fallen ließ. Paul hatte bereits den Volvo vorgefahren und belud ihn. Nun würde es noch stiller werden in unserer Straße. Friedhofsstille.

Wir sagten uns nicht viel zum Abschied. Mama und ich drückten uns stumm aneinander. Reden würden wir ein anderes Mal. Ich versuchte, mir meine Eile nicht anmerken zu lassen, doch mich trieb die Angst, meine Entscheidung wieder zu kippen, bevor ich sie aussprechen konnte. Ich musste hinunter zum Strand, zu Colin, und brach auf, bevor die anderen losgefahren waren.

Die Nacht war hell, der Himmel klar. Die Sterne strahlten bereits vom Firmament, während der Mond gerade aufging, direkt über dem Meer, und einen unendlich langen silbernen Streifen auf das Wasser warf. Colin schaute ihn an, mit dem Rücken zu mir, eine starre schwarze Silhouette, in die erst Leben einkehrte, als er sich mir zuwandte. Hinter uns auf der Straße sprang tuckernd der Volvo an.

»Du kommst also, um dich zu verabschieden?«

Ich sah ihm in die Augen, während ich innerlich zu sterben begann, und fand keinen Halt in ihnen.

»Ja. Ich komme, um mich von meiner Angst zu verabschieden.«

»Deiner … deiner Angst?« Es geschah selten, dass ich Colin überraschte, und noch seltener, dass er nicht wusste, was ich dachte. Ich konnte selbst nicht glauben, was ich dachte.

»Ich habe mich entschieden.« Rein erhob sich meine Stimme über dem rhythmischen Rauschen der Brandung. »Ich werde es tun. Ich werde dich töten.«

Ich atmete ruhig und regelmäßig, doch meine Seele schrie wie ein Tier, dem gerade die Kehle durchgeschnitten wurde. Es gab keinen anderen Weg. Nur diesen einen. Glaube, Hoffnung, Liebe.

»Lassie …« Colins Augen glitzerten bläulich im Mondlicht. Ein zärtliches Lächeln erhellte sein Gesicht, als er seine Hand ausstreckte und meine Schulter berührte – kein Streicheln eines Liebenden, sondern ein Ritterschlag. »Du tust es? Danke. Danke. Oh Gott … danke.«

Es musste sein. Ich liebte ihn.

»Wann?«, fragte ich, während die Erde sich erneut schräg legte. Ich würde fallen und niemand würde mich auffangen.

»Gib mir zwei Tage mit Louis. Nur zwei Tage. Dann bin ich bereit. Aber diese zwei Tage will ich mit ihm verbringen.«

Nun wusste ich, was ich zu tun hatte.

»Einverstanden – wenn du mir eine Nacht mit dir gibst. Davor. Ich kann es nicht, wenn ich gerade erst mit dir zusammen war. Ich muss mich vorbereiten. Aber ich will noch eine Nacht mit dir. Morgen. Ist das in Ordnung für dich?«

»Ja. Ja, das ist es …« Kein noch so schwacher Zweifel war in seinen Augen zu lesen. Er wusste, dass ich es ernst meinte. Es würden keine Lügen mehr zwischen uns stehen, nie wieder.

»Komm. Komm mit mir«, forderte er mich lächelnd auf. »Wir erobern uns das Meer zurück.«

Hand in Hand wateten wir dem Mond entgegen, bis wir uns kopfüber in die sanften Wellen stürzten und wie Fische durch das kühle, salzige Wasser glitten. Keine Notwendigkeit zu atmen. Colin tat es für mich. Ich hielt mich an ihm fest, schlang meine Beine wie Medusa um seinen Leib, während er mich geschmeidig in die Tiefen des Meeres entführte, wo verborgene Schätze im Mondschein glitzerten und die Seele meines Vaters endlich ihre Ruhe fand.

Ich sah uns beide von oben, anmutig, wendig und stark, beflügelt von stolzen Gedanken und bedingungslosem Vertrauen. Das bin ich, dachte ich ehrfurchtsvoll, als ich mein Gesicht betrachtete, kein Mädchen mehr, aber auch noch keine Frau, die geöffneten Augen blaugrün wie die aufgewühlte See.

Es war unser Abschied von dem, was Colin seit Langem in sich hasste, unser letztes Spiel mit der Magie, die ihm geschenkt worden war, als er zu dem gemacht wurde, was er war.

Ich würde wieder atmen müssen, sobald wir an Land gespült worden waren. Er hoffte, damit aufhören zu können.

Für immer.

Im Schatten des Waldes

»Kriegst du das hin? Ist es zu schaffen?«

Tillmann sah mit gesenkten Lidern an mir vorbei und schien in seinem Kopf einen Punkt nach dem anderen abzuarbeiten, bis er mich schließlich anblickte und nickte. Er war blass geworden, noch blasser, als die Drogen und der Entzug ihn bereits hatten werden lassen. Ich hatte ihm keinen Plan vorgegeben, nur ungefähr gesagt, was ich mir vorstellte. Ich wollte gar keine Einzelheiten wissen.

»Wenn es zu viel verlangt ist, dann sag es mir …«

»Nein«, fiel er entschieden dazwischen. »Das ist wohl meine Aufgabe hier. Der Assistent zu sein. Die Zeit ist verdammt knapp und es wird mir keinen Spaß bereiten, aber …« Wieder schaute er mich an. »Es ist die einzige Möglichkeit, oder?«

»Ich wüsste keine andere. Kommst du mit dem Geld aus? Mehr habe ich leider nicht mehr. Und hey, du bist nicht nur der Assistent.«

Ich fragte mich, warum ich so ruhig bleiben konnte. Ich begann mich vor mir selbst zu fürchten. Wann würde der Moment kommen, in dem ich zusammenbrach und mich schreiend am Boden wand, weil ich einsah, dass ich mich übernommen hatte? Ich wartete darauf, seitdem ich meine Entscheidung getroffen hatte, doch nichts dergleichen geschah. Mein Blut floss langsam und behäbig durch meine Venen, auch wenn mein Herz ununterbrochen stach, als würden sich Dornen hineinbohren.

»Doch, ich bin der Assistent. Und ich hätte gern irgendwann mal eine Hauptrolle. Bei etwas Schönem, nicht bei etwas Schrecklichem. Ich will meine Hauptrolle haben.«

»Die wirst du bekommen und hoffentlich so, wie du es sagst. Bei etwas Schönem.«

Wie er stand ich mit den Händen in den Hosentaschen vor dem Salontisch und blickte auf die Gerätschaften. Tillmann atmete etwas lauter aus als sonst, kein Seufzen, nur ein gut hörbares Atmen, aber es verriet mir seine immense innere Anspannung.

»Das hier wird viel schwerer. Nicht technisch, sondern …« Noch einmal atmete er tief durch. »Ich mag ihn.«

»Ich weiß.« Für einen Moment brach auch mein Atem aus seiner ruhigen Regelmäßigkeit aus. Tillmann war kein Mensch, der mit seiner Zuneigung für andere verschwenderisch umging, und wie ich hatte er kaum Freunde. Aber Colin zählte dazu und nicht nur das – er bewunderte ihn, identifizierte sich mit ihm. Und während unseres Rausches hatte ich genau gemerkt, dass seine Zärtlichkeiten auch Colin viel bedeutet hatten. Die beiden hatten eine Verbindung aufgebaut, wie es sie zwischen normalen Menschen nie geben konnte. Trotzdem wartete ich, bis meine Lungen wieder ruhiger arbeiteten, und sprach weiter. »Du hast die ganze Nacht und wahrscheinlich auch den ganzen Morgen, um alles vorzubereiten. Dann sollten wir bereit sein. Wir treffen uns hier. Ich kann dir helfen, falls du nicht fertig wirst. Tillmann, ich will nicht hetzen, aber es ist schon dunkel und er wartet dort oben auf mich …«

Wie konnte ich das alles so nüchtern formulieren? Wieder überlief meinen Oberkörper ein fast krankhaftes Zittern; ein Gefühl, als würde ich Schüttelfrost und hohes Fieber bekommen. Ich konnte das Schlottern nicht unterdrücken und presste meine Hände auf meine Oberarme, bis es abgeklungen war. Tillmanns Augen wanderten prüfend über den Tisch. In Gedanken war er schon bei seinen Taten. Doch, er würde wissen, was er zu tun hatte, und ich musste mich darauf verlassen, dass er über sich hinauswuchs und seine Gefühle hintenanstellte.

»Ich muss dir noch etwas geben, Ellie.« Er ging an mir vorüber in die Küche und kam sofort wieder zurück. Auf seinen Händen lag der silberne Samurai-Dolch, den Colin beim Tod von Tessa gezogen hatte – nicht, um ihn ihr in die Brust zu rammen, sondern sich selbst.

»Den habe ich heute Morgen vor der Tür gefunden«, sagte er, ohne mich anzublicken. »Ich gehe davon aus, dass du ihn benutzen sollst. Ich sollte dir vielleicht sagen, dass …« Er zögerte.

»Sag es«, ermunterte ich ihn und strich über den kühlen, verzierten Griff. Die Klinge war poliert und spiegelte Tillmanns dunkle Augen wider, verzerrt und widernatürlich groß.

»Bei Tessa war es leicht, aber vielleicht habe ich das auch nur so empfunden, weil ich unter Drogen stand. Ich hatte mich vorher informiert, wie man es am besten tut und – du brauchst Kraft. Vor allem aber musst du die richtige Stelle treffen. Wenn du gegen die Knochen prallst, kannst du dir den Arm stauchen und dann geht gar nichts mehr. Setze ihn hier an …« Er fasste vorsichtig an meine linke Brust. »Spürst du diese weiche Stelle zwischen den Rippen? Dort gelangst du direkt ins Herz. Es genügt ein Stich, wenn er richtig platziert wurde. Bereite dich darauf vor, dass seine Haut zäh ist.«

Ja, das hatte ich schon festgestellt, als ich Tessa die Spritze gegeben hatte. Menschenhaut war zäh. Doch damals hatte ich ein Leben retten wollen und nicht ein Leben vernichten. Ich umgriff den Dolch, um ihn testweise durch die Luft zu schwingen. Er lag schwer und vertraut in meiner Hand, obwohl ich ihn noch nie berührt hatte. Das Metall wurde sofort warm unter meinen Fingern. Ich bettete ihn zu den anderen Dingen auf das weiße Tischtuch. Meine Gelenke brannten und pochten und das taten sie auch dann noch, als ich mich längst von Tillmann verabschiedet hatte und hoch in die Sila gefahren war, nach Longobucco, wo Colin mich am Rande der Stadt empfing und zu Fuß zu seiner Höhle brachte.

Ich hatte ihn darum gebeten, die Nacht hier zu verbringen, ohne Louis, eingeschlossen vom dunklen Wald und den Wänden der steinernen Höhle, die Welt ausgesperrt und trotzdem genügend Traumnahrung in der Nähe, falls sie vonnöten war. Wir brauchten diese Abgeschiedenheit. Ich wollte von dem, was sich da draußen abspielte, nichts sehen und hören.

Die Nächte in der Sila waren kalt geworden. Ich unterdrückte ein Frösteln, als wir schweigend durch den Wald wanderten und Colin nur ab und zu anhielt, um zu warten, bis ich wieder zu ihm aufgeschlossen hatte. Ständig stolperte ich und fiel, als wolle mein Körper Zeit schinden, auch wenn er sich dabei verletzte.

»Nur noch eins«, durchbrach Colin die Stille der Höhle, nachdem wir uns in ihrer kühlen Finsternis versteckt hatten und das echte Leben zu undeutlichen Schemen verkommen war. »Ich will nur noch eins wissen. Es mag dir lachhaft vorkommen, aber ich glaube, dass ich leichter gehen kann, wenn ich es erfahre.«

»Dann frag.« Meine Stimme war dunkel vor lauter Elend.

»Angelo und du, habt ihr euch geküsst? Miteinander geschlafen? Ich frage mich das die ganze Zeit, auch wenn es kleinlich ist und vielleicht gar keine Rolle spielt. Es lässt mich nicht los.«

»Nein. Nein, das haben wir nicht. Es ist nichts passiert.«

Colins Augen schauten bis in meine abgründige Seele, doch ich hielt ihnen stand. Es war die Wahrheit.

Wir hörten auf zu reden und ich begriff schnell, dass diese Nacht verlorene Zeit war. Nichts, was wir taten und sagten, konnte das ändern oder aufhalten, was geschehen würde. Es konnte es nur schlimmer machen. Trotzdem grub ich meine Finger fest in seinen Rücken, als könne ich ihn damit für immer bei mir halten, während er schweigend die Fesseln festzurrte.

»Nein. Lass sie weg.« Ich nahm die Hände von seinem Nacken und begann den Knoten zu lösen. »Bitte …«

»Lassie, es ist zu gefährlich! Du weißt, dass mein Hunger immer erbarmungsloser wird.«

»Ja, ich weiß. Aber wo willst du sie denn festmachen? Hier in der Höhle gibt es nichts und ich möchte dich in Freiheit sehen. Ich will ein anderes Bild vor Augen haben, wenn ich mich an unsere letzte Begegnung erinnere. Lass mich dich nur ansehen, bitte.«

Ich weinte, ohne zu schluchzen, als er sich das Hemd und dann die Hose von seinem schlanken, sehnigen Körper streifte, dessen Schatten sich pechschwarz auf der Höhlenwand abzeichnete.

Nackt saßen wir uns gegenüber und sahen uns an, um uns einzuprägen, was wir niemals vergessen wollten, doch auch diese Bilder würden nicht zu halten sein. Irgendwann würden sie sich verfremden und er würde mir entgleiten, sein schwarzer Blick, in dem ich mich wiedergefunden hatte, seine wilden, widerspenstigen Haare, sein Lachen, so unverhofft schön und klar, dass es mich immer wieder überrascht hatte. Es war nicht zu halten …

Jetzt erkenne ich unvollkommen, dann aber werde ich durch und durch erkennen.

Was änderte es, wenn ich sagte, dass ich ihn liebte? Was änderte es, wenn ich ihn in mir spürte? Was änderte es, wenn ich ihn mir einprägte, wo das Gedächtnis der Menschen doch so schnell seine eigenen Bilder zu zeichnen begann? Was war überhaupt wirklich und wahrhaftig von dem, was wir in unserem Leben sahen? Trug ich ihn nicht schon längst in meinem Herzen?

Wie ein Kind kroch ich aus der Höhle, als der Morgen nahte und die Schatten blasser wurden, krabbelte auf allen vieren durch den Wald, zu schwach für den aufrechten Gang, wimmernd und keuchend, als würde ich von meinem eigenen Mörder verfolgt werden.

Dabei war ich diejenige, die mich vernichten würde.

Der Funke Leben

»Er kommt.« Tillmanns Schultern bebten. Seine Hände wussten nicht, wohin. In ihrer Not hielten sie sich an mir fest. »Ellie …« Er weinte. »Er kommt. Ich muss jetzt gehen.«

»Ja. Dann geh. Oh Gott, Tillmann …«

Wir klammerten uns aneinander fest, bis wir uns wehtaten.

»Er ist mein Freund, verstehst du? Mein Freund. Ich mag ihn so sehr …« Tillmann zog die Nase hoch. Spürte er, dass er richtig weinte, mit echten Tränen? »Ich hab ihn immer bewundert und respektiert, was soll ohne ihn aus uns werden? Was?«

»Ich weiß es nicht«, antwortete ich tonlos und strich über seine erhitzten, nassen Augen. »Aber wir sind ihm das schuldig. Ich bin es ihm schuldig. Er hat mich immer wieder gerettet und jetzt muss ich ihn retten. Ich höre ihn, du musst verschwinden … schnell … Sonst wird es zu gefährlich für dich.«

Ich schob ihn von mir weg, obwohl sich seine Hände erneut nach mir ausstreckten. Ich musste daran denken, wie sie über Colins Gesicht getastet hatten, andächtig und zart. Ja, ich nahm ihm seinen besten Freund.

»Okay.« Tillmann schluckte und versuchte, sich zusammenzunehmen. »Ich verschwinde durch die Hintertür. Hier ist die Fernbedienung.«

Wir zuckten beide voreinander zurück, als wir ihn von draußen rufen hörten. Er schrie meinen Namen. Tief und hohl schallte seine

Stimme durch die warme Abendluft. »Elisabeth!« Sirrend stoben die Fledermäuse auseinander. Die Zeit drängte. Er würde nicht vor dem Haus stehen bleiben. Er würde mich heimsuchen.

»Drücke den grünen Knopf, sobald er drinnen ist, ja? Den grünen Knopf. Dann geht es von allein los.«

»Hau ab, Tillmann, lauf durch den Garten und über die Bahnschienen, mach schon!«

Heulend stolperte er zur Tür. Dann hörte ich, wie seine Schritte die Treppe hinabjagten. Ich stieß die Flügeltüren des Dachzimmers auf, betrat den Balkon und schaute nach unten, wo Colin mit zerzaustem Haar und vom Wahnsinn gezeichneten Blick über die einsame, staubige Straße schritt. Sein Hemd hing zerfetzt an seinem Körper, weil er es in seiner aussichtslosen Suche zerrissen hatte, seine Wangen waren totenbleich. Scharf und dunkel zeichneten sich seine Knochen darunter ab.

»Wo ist mein Pferd? Wo ist Louis?«, brüllte er zu mir hoch. »Ich habe ihn seit zwei Tagen nicht gesehen. Er ist weg. Weg!« Er schlug sich die geballte Faust ins Gesicht. »Wo ist Louis?«

Mit verschränkten Armen starrte ich auf das Bündel Elend hinab.

»Elisabeth, rede mit mir. Wo ist er?«, schrie Colin.

»Nicht hier«, sagte ich kalt. »Ich weiß nicht, wo er ist.«

»Das ist nicht wahr, du lügst! Du lügst!«

Er riss das Tor beinahe aus der Verankerung, als er es öffnete und mit fliegenden Schritten die Stufen hoch zur Terrasse nahm. Ein eisiger Lufthauch drang zu mir. Ich roch den Tod. Er war so stark.

Ich ging zurück ins Haus, um ihm entgegenzukommen. Erst nahm ich den Dolch in die rechte Hand, dann hob ich die Fernbedienung mit der linken auf, hielt sie in die Luft und drückte den grünen Knopf. Ich hatte keine Ahnung, was jetzt geschehen und was wir erleben würden. Ich hatte Tillmann blind vertraut und mich hier oben verschanzt, seitdem ich aus dem Wald zurückgekehrt war, um zu warten. Bis vor wenigen Minuten hatte er daran gearbeitet, dann war er vor Erschöpfung und Schlafmangel beinahe zusammengebrochen. Doch er hatte es vollenden können.

Mein Herz begann zu bluten, als der Gesang und die Streicher einsetzten und Colin mit roher Gewalt gegen die Tür hieb. Tillmann hatte auf der Musik bestanden. Musik, die durch alle Räume wehte und den Schmerz vervielfachen würde, falls er zu belanglos war. Doch das war er nicht.

»Wo ist mein Pferd?« Krachend gab das Schloss nach. Die Eingangstür schwang auf und fiel durch die Wucht seiner Schläge sofort wieder zu. Wir waren miteinander gefangen.

Wie eine Scharfrichterin, den Dolch in der Hand, trat ich auf die oberste Treppenstufe. Colin konnte sich kaum mehr aufrecht halten. Schwer atmend sah er sich um, doch es gab keinen Ausweg vor dem, was wir erblickten. Schatten überall, auf dem Boden, den Wänden, der Decke, schwarzgraue Schatten, die ihm seine Seele zerfetzen würden. Und meine dazu.

»Nein …«, drang es aus seiner Kehle, als er erkannte, was sie uns zeigten. Es war Louis – Louis, der wiehernd versuchte, zu fliehen und den Quälereien zu entkommen, er blutete schon, es sprudelte in Fontänen aus seinem Hals und seinen Beinen, dann Großaufnahme von seinen vor Angst geweiteten Augen, in denen das Weiße blitzte. Er schrie nach seinem Herrn, warum war er nicht da, um ihm zu helfen? Warum hatte er ihn im Stich gelassen?

Wieder erhob Tillmann das breite, besudelte Schlachtermesser, sein Grinsen in irrsinnigem Hass verzerrt, die Pupillen geweitet und starr. Brutal schob er es in Louis' muskulösen Hals, obwohl das Pferd schon mit verzweifelt schlagenden Hufen am Boden lag und nicht mehr aufstehen konnte.

Dann Schnitt auf Angelo und mich, zusammen am Strand, die Sonne schien auf unsere Haut. Ich lachte und schaute bewundernd zu ihm auf, Schnitt auf Louis' zerstörten Kopf, seine Augen im Todeskampf, sein Maul geöffnet, weil er wieherte, ein letztes Mal, hören konnte man ihn nicht, da die Musik alles übertönte. Lacrimosa … dies illa … qua resurget ex favilla … iudicandus homo reus. Tränenreich, jener Tag, an dem der Mensch als Angeklagter aus der Glut aufersteht. Nur ich hatte noch die Macht, mich darüber zu erheben.

»Was habt ihr getan?«, rief Colin. Seine Stimme brach.

»Ach, ich konnte ihn noch nie leiden. Du hast ihn mir immer vorgezogen. Ich wollte ihn loswerden. Er hat mich gestört. Ich wollte dich für mich allein.«

Ich schritt die Treppe hinunter, im Takt zu den wechselnden Bildern von Louis' Todeskampf, unterbrochen nur von Angelo und mir. Nahaufnahme unserer Hände, deren Finger ineinander verschlungen auf dem Sand lagen, dann Close-up auf unsere Lippen, wie sie sich näherten, nur noch wenige Millimeter zwischen uns. Mein nackter Rücken, bedeckt von meinem langen, lockigen Schlangenhaar, sein Arm um meine Hüfte …

»Natürlich habe ich mit Angelo geschlafen, was denkst du denn?« Ich lachte hämisch auf. »Wie hätte ich es nicht tun können? Er ist schön und satt, ganz im Gegensatz zu dir. Sei nicht so naiv, Colin!«

Jetzt war ich unten angekommen, stand ihm gegenüber und hob langsam den Dolch. Ich hob ihn nur, mehr nicht, und trat vorsichtig einen Schritt rückwärts, Angelos strahlende Augen auf meinem Gesicht und meinem weißen Kleid. Ich war Teil der Schatten geworden, gehörte dazu, und er glaubte mir alles. Er glaubte alles.

Mit dem gereckten Dolch, dessen Spitze auf seine Brust zielte, lockte ich ihn rückwärts in das letzte, das einzig schöne Zimmer des Hauses, wo ich das Himmelbett für uns hergerichtet hatte, schneeweiße Laken, schneeweiße Kissen, schneeweißer Baldachin; nur so blieben die Schatten bei uns. Wie im Tanz drehten wir uns um uns selbst. Er würde mich sehen, wenn er starb, mich und Angelo, vereint in unserem Kuss. Louis starb bereits. Seine Hufe zuckten nur noch im Reflex, sein Kopf lag in seinem eigenen Blut, das sich immer weiter ausbreitete und zu Angelos Pupillen wurde, übergroß, ein schwarzes Nichts …

Colin sank auf das Bett, das Gesicht dicht vor mir, seine Augen glühend vor Schmerz und Hass, sein Mund nur noch ein Strich. Ich holte weit aus und merkte bereits im Schwung, dass ich es nicht tun konnte, nein, ich konnte es nicht tun, es ging nicht, ich würde die Kraft nicht aufbringen, sie würde mich verlassen, jetzt, im entscheidenden Moment, würde sie mich verlassen … Ich wollte den Dolch wieder sinken lassen, als Colin plötzlich seine Hände hob und meine packte, um sie zu sich zu ziehen, zusammen mit dem Dolch, direkt an seine Brust, die gellend sang und flehte. Ich war zu schwach, um mich seiner Bewegung zu widersetzen, und spürte, wie seine Haut unter der scharfen Klinge nachgab, genau an der richtigen Stelle, zwischen zwei Rippen.

»Nein!«, schrie ich, doch Colin war stärker. Das Metall durchbrach lautlos seine Brust und bohrte sich tief in sein Herz. »Nein, Colin, nicht! Das ist doch alles nur ein Film! Wir haben Louis nicht getötet, das könnte ich niemals tun, niemals! Er lebt! Er lebt, Tillmann ist bei ihm und ich habe auch nicht Angelo geküsst, das waren Montagen, sonst nichts, Zusammenschnitte, es waren nicht mal meine Lippen, hast du das nicht gemerkt? Es war doch nur ein Film! Oh Gott, Colin, nein … das war doch alles nicht echt …«

Die Musik verklang und die Schatten an den Wänden lösten sich auf. Zu spät. Zu spät … Brüllend vor Anstrengung zog ich das Messer aus seiner Brust. Ich schaffte es erst beim zweiten Anlauf, so fest steckte es in seinem Körper. Ich warf es zur Seite, um mit fliegenden Fingern das zerrissene Hemd von seinen Schultern zu zerren. Die Wunde blutete – sie blutete rot. Rot und warm, nicht bläulich. Das schrille Rauschen in seinem Körper wurde leiser und verlangsamte dabei beständig seinen Rhythmus.

»Nein …« Ich fuhr mit den Fingerspitzen über die Wunde, als könne ich sie damit schließen. Aber das konnte ich nicht. Sie war immer da gewesen und nichts hatte sie heilen können.

»Doch«, flüsterte er. »Nicht echt. Nur ein Film. Ein Schwindel. Wie ich. Genau wie ich. Deshalb konnte ich es nicht erkennen … Du warst gut, Ellie … richtig gut …«

Das Rauschen drang beängstigend gedämpft aus seinem Körper. Entspannt ruhten seine Arme neben seinem Kopf, sein Gesicht fast so weiß wie das Kissen. Ich strich panisch über seine Achselhöhlen. Sie waren warm, aber warum verebbte das Rauschen? Ich lauschte, mein Ohr dicht über seiner Brust. Meine Haare fielen herab und streiften seine nackte Haut.

»Oh Himmel, Lassie …« Colin konnte nicht mehr laut sprechen, nur noch hauchen und raunen. Das Leben verließ ihn. Erstaunt sah ich, wie sich eine feine Gänsehaut um seine Brustwarzen bildete, winzige helle Punkte. Er fror?

»Ich spüre dich … deine Haare kitzeln. Ich kann dich endlich spüren …«

»Was redest du da?« Ich zitterte so sehr, dass meine Zähne aufeinanderschlugen. Blut tropfte aus meinem Mund. »Colin, bleib hier, bitte! Bleib hier! Sag mir, was du fühlst!«

Doch seine Augen schlossen sich, während ein seliges Lächeln seine harten Züge glättete.

»Ich bin nicht echt. Ich war nur ein Schwindel. Ein Fake. Ich konnte nichts fühlen. Hast du das denn nie verstanden? Ich habe es so oft angedeutet …« Er musste eine Pause machen, um neue Kraft zu sammeln – seine letzte Kraft. Ich drückte meine Ohren an seine Brust, in der es ruhig geworden war. Das Rauschen brandete nur noch unregelmäßig auf und so zaghaft, dass ich es kaum mehr hören konnte. »Ich bin ein Mahr. Wir können nicht fühlen. Wir sind unfähig zu fühlen, nur deshalb rauben wir … Ich habe deine Hände nie auf mir gespürt … nie … erst jetzt …«

»Aber du hast auf mich reagiert, das – das kann nicht sein, was du behauptest! Ich habe es genau gesehen …« Was redete er da nur?

»Ja, ich habe auf dich reagiert. Weil du mich gefühlt hast und weil du es schön fandest. Deine Lust war meine Lust, dein Schmerz war mein Schmerz, deine Freude war meine Freude. Es ist gut, dass ich sterbe, denn ich war niemand, ich war nichts … weniger als nichts … Aber für diesen einen Augenblick …« Das Rauschen war von ihm gegangen. Sein Hunger war gestillt. »Für diesen einen Augenblick hat es sich gelohnt. Alles. Ich habe deine Berührungen gefühlt.«

»Nein, Colin, das glaube ich dir nicht! Ich glaube das alles nicht, das kann nicht sein! Und du stirbst nicht, du wirst jetzt nicht sterben! Hast du mich verstanden?«

Ich schlug ihm ins Gesicht und auf seine Brust, doch er hörte nicht auf zu lächeln, so glücklich und matt und zufrieden. Er musste seine Augen öffnen …

»Sieh mich an, Colin, bitte sieh mich an!«

»Nein.« Seine Lippen bewegten sich kaum mehr.

»Doch, du musst es tun, so wie du es immer getan hast, denn in deinen Augen habe ich deine Gefühle gesehen, sie waren da!«

Hatte er mir nicht einst selbst gesagt, er sei ein fühlendes Wesen? Nur eine Lüge? »Ein fühlendes Wesen«, hatte er nach einer Pause geantwortet, als ich ihn gefragt hatte, was in Gottes Namen er sei. Doch mein Gedächtnis erinnerte sich plötzlich ebenso deutlich an den Zusatz, den er angefügt hatte. »Und das ist keine Selbstverständlichkeit.« Er hatte nur gefühlt, weil ich fühlte … so furchtbar viel fühlte …

»Es waren deine Gefühle, Lassie«, las Colin ein letztes Mal meine

Gedanken. »Nicht meine. Wenn du meine Gefühle gesehen hast, hast du dich gesehen. Nur dich. Ich war dein Spiegel … Du hast dich selbst erblickt und geliebt. Es ist schön, dass du das getan hast, aber du brauchst einen Mann mit Charakter … du … du …« Ein schwaches Seufzen stahl sich aus seinem geöffneten Mund. Verzweifelt küsste ich ihn. Er reagierte nicht mehr auf mich, seine Worte erklangen nur noch in meinem Kopf. »Ich konnte es dir nicht sagen, weil du mich verlassen hättest, und dann …«

»Hätte ich dich nicht mehr töten können, ich weiß schon«, erwiderte ich, wissend, dass das nicht der einzige Grund gewesen war. Meine Gegenwart hatte ihn zum Menschen werden lassen. »Du kannst gar nichts fühlen? Ich glaube das nicht …«

»Doch. Ich kann. Hass, Zorn, Wut, Neid, Raffgier, Mordlust, Eifersucht … alles Schlechte … aber das Gute fällt mir schwer … nur durch dich und mein Pferd floss es auch in mich … fand ab und zu in mir ein Zuhause … Und jetzt – jetzt habe ich meinen Seelenfrieden. Und du bekommst deinen … Lassie, ich … ich …«

Es gelang ihm nicht, seinen Satz zu Ende zu führen, nicht einmal in meinem Kopf. Alles in ihm wurde still und stumm, doch in sein Gesicht schlich sich ein Ausdruck, den ich noch nie bei ihm gesehen hatte, nicht einmal, wenn er meditiert hatte.

Es war vollkommener Frieden.

Meine Arme gaben nach. Ich konnte mich nicht mehr halten. Ich fiel auf seine starre Brust und streichelte seine Arme und seine Wangen, küsste seinen Hals, seine geschlossenen Lider, ich wollte ihn nicht gehen lassen, obwohl ich langsam zu begreifen begann, was er mir gesagt hatte. Es erklärte alles. Alles. Es erklärte, warum ich mich immer so verstanden bei ihm gefühlt hatte, warum er nicht auf seine eigenen Bedürfnisse achtete, wenn wir miteinander schliefen, ja, es hatte ihm genügt, mich anzusehen, sich auf mich einzulassen, um darin eintauchen zu können, was mich bewegte … Es erklärte, warum er sein Gesicht verloren hatte, als ich mich Angelo zugewendet hatte und ihn vergaß. Ich hatte ihn nicht mehr angeblickt, nichts mehr für ihn empfunden.

Aber es machte mir nichts aus, das zu wissen. Es erzürnte mich nicht, brachte mich nicht einmal aus der Fassung. Durch ihn waren meine überschäumenden Gefühle wenigstens für etwas gut gewesen. Ich hatte sie teilen können. Er hatte mich damit entlastet. Was gab es Schöneres, als sie zu teilen?

Und außerdem irrte er sich. Colin irrte sich, wie nur ein Mensch sich irren konnte. Wenn er nichts gefühlt hätte, hätte ich ihn niemals töten können.

Ich wusste nicht, ob er mich noch wahrnehmen konnte, denn sein Körper lag leblos unter mir und sein Gesicht verriet keine Regung mehr, obwohl es mir beseelter erschien als je zuvor. Ja, es leuchtete … Doch vielleicht gab es ein Zwischenreich, in dem ich ihn erreichen konnte, für wenige Minuten, das Reich, in dem auch mein Vater während seines Todes von Morpheus umfangen worden war und seine Gefühle mit ihm geteilt hatte. Ich musste es versuchen, er musste wissen, was ich ihm zu sagen hatte. Denn er irrte so sehr.

»Colin, du bist kein Niemand. Du hast Charakter! Du hast sogar mehr Charakter als die meisten anderen Männer, denen ich bisher begegnet bin. Du hast Entscheidungen getroffen, wichtige Entscheidungen. Vor allem hast du gegen dein Schicksal aufbegehrt, ungeachtet dessen, dass es dich unentwegt Kraft gekostet hat und du immer wieder fliehen musstest – das zeugt von Charakter! Du hast ein Pferd an deine Seite geholt, obwohl es Wesen wie dich eigentlich scheut, und es vertraut dir. Du hast Humor, ich liebe deinen Humor! Jemand ohne Charakter hat keinen Humor oder klaut ihn sich, aber deiner ist einzigartig. Du hast immer wieder Arbeit gesucht und angenommen, du hast dir ein Zuhause geschaffen, selbst in der Einöde, du hast an unserem Leben teilgehabt, so gut es ging, du hast Kampfsport betrieben, um meditieren zu können, damit du dir eigene Träume erschaffen konntest ... Colin, wir sind nicht nur das, was wir können, wir sind auch das, was wir tun und entscheiden! Das macht uns aus! Ein Meer voller Gefühle nützt niemandem, wenn ihnen keine Taten folgen. Du bist jemand, der handelt, und du wirst geliebt ... Ich liebe dich, Tillmann liebt dich, er hat mitgeholfen, dich zu töten, weil er dich liebt und bewundert, er hat die Filmaufnahmen erstellt und geschnitten, er bringt gerade Louis zurück, damit er sich von dir verabschieden kann, Louis wird es gut bei ihm haben ... Morpheus achtet dich, Gianna mag dich. Und wir alle wissen, warum wir das tun. Wir irren uns nicht. Nur du irrst dich, wenn du glaubst, du seist niemand. Du bist jemand. Du hast das Messer geführt und es hat dich getötet, weil sogar du dich liebst, du hast dich geliebt, weil ich dir Schmerzen zugefügt habe ... Du hattest Mitleid mit dir selbst ...«

Ich konnte nicht weitersprechen, weil meine Tränen mir den Atem raubten. Nie würde ich erfahren, ob er meine Worte gehört oder gefühlt hatte. Aber wenigstens war er da, sein Körper war da und nicht unter meinen Händen entschwunden, wie ich es befürchtet hatte. Ich konnte ihn noch berühren. Obwohl er anders aussah als vorher, verletzlicher und friedvoller, war ihm das geblieben, was ich nie hatte missen wollen. Seine spitzen Ohren mit den vielen Ringen, das eigensinnige schwarze Haar – es bewegte sich nicht mehr, aber es glänzte und schimmerte immer noch –, seine helle Haut, sein geschwungener Mund, seine edlen, stolzen Züge. Und auch die eintätowierte Nummer an seinem Handgelenk.

Doch als die Abendsonne ein letztes Mal durch das Fenster brach und auf seine Wange fiel, veränderte sie nichts. Seine Haare blieben dunkel, seine Haut unversehrt. Das Licht liebkoste ihn, ohne ihn zu vertreiben.

Allein ich sah es. Er selbst konnte es nicht mehr sehen.

Nie wieder würde ich in seine schwarzen, glitzernden Augen blicken und mich dabei lieben. Aber er war jemand. Er war ein fühlendes Wesen. Er war es immer gewesen. Denn er hatte es versucht. Und in diesem Versuch lag mehr Inbrunst, als ein Mensch mit kalter Seele seinem Leben jemals schenken konnte.

»Du bist Colin Jeremiah Blackburn. Du *bist* Colin Jeremiah Blackburn …«, flüsterte ich und schmiegte meine Hand in seine kühlen Finger, bevor ich mich dem ergab, was hatte kommen müssen und endlich seinen Lauf genommen hatte, um mich zu mir selbst zurückzubringen. Ich konnte ihn sehen.

Ich konnte mich sehen.

Endlich. Nicht unendlich.

Jetzt schauen wir in einen Spiegel
und sehen nur rätselhafte Umrisse,
dann aber schauen wir von Angesicht zu Angesicht.

Während die Sonne von uns wich und das Weiß des Baldachins über uns langsam in ein samtenes, nächtliches Grau überging, bestand ich nur noch aus Liebe, aus nichts anderem, nur aus Liebe, und hörte staunend und mit weit geöffneten Augen dabei zu, wie Colins Herz langsam und kraftvoll zu schlagen begann.

Menschheitsdämmerung

Er war nicht tot.
Er schlief nur.

Epilog

Colins Herz schlägt immer noch. Manchmal liege ich nachts neben ihm, während er schläft, und schmiege mein Ohr an seine Brust, um sicherzugehen, dass es nicht damit aufhört. Dabei wird es diese Sicherheit nie geben, nicht bei ihm und auch bei keinem anderen Menschen.

Seine Ohren sind spitz geblieben, seine Haut weiß und noch immer ist er eine Erscheinung, die die Blicke anderer auf sich zieht. Ein normales Leben wird ihm nicht glücken, dazu war er zu lange auf der Flucht, zu lange vogelfrei und allen Gesetzen entbunden. Aber wenn die anderen Menschen Abstand zu ihm suchen, dann nicht mehr aus Hass, Abscheu und Angst, sondern aus Achtung und Respekt, weil sie sich nicht mit einem solch finsteren Kerl anlegen wollen, und sie schauen verblüfft auf, sobald er lacht, weil sie es nicht von ihm erwarten.

Colin hat sein Studium mit Streberzensuren beendet und arbeitet für das Wolfsprojekt in Sachsen. Manchmal besuche ich ihn dort und verbringe die Nacht mit ihm auf dem Hochsitz, was ich weitaus weniger prickelnd finde als er, aber immerhin gab es nie zuvor so viele Wolfssichtungen wie seit dem Tag, an dem er dort eingestellt wurde.

Er braucht immer noch wenig Schlaf und ist selten krank. Seine erste Erkältung betrachtete er als Sensation; es fehlte nur noch, dass er ihr zu Ehren eine Party gab. Er benötigte eine Weile, bis er wusste, wann sich ein Niesen anbahnte und er rechtzeitig ein Taschentuch vor seine bebende Nase halten konnte, und ich muss gestehen, dass er während dieser Tage erheblich an erotischer Anziehungskraft einbüßte.

Ich studiere inzwischen in Kiel Psychologie – haha, was sonst – und stehe in engem Kontakt mit Dr. Sand. (Meine Mutter übrigens auch. Noch mal haha.) Hin und wieder holen wir Morpheus zu uns und er setzt sich neben Marco, um sein Trauma zu heilen. Ich bin mir nicht darüber im Klaren, ob Morpheus wirklich etwas tut. Vielleicht sitzt er auch nur da und hört ihm zu, wie Colin es bei Tillmann getan hat. Ich weiß es nicht. Aber es scheint zu funktionieren.

Gianna hat unter viel Geschrei und Gezeter ein kleines, hässliches Mädchen zur Welt gebracht. Luisa hat die dunklen Haare ihrer Mutter und Pauls blaue Augen und ich schwöre, dass nicht das geringste Dämonische in ihrem Wesen zu finden ist. Außerdem pupst sie wie ein alter Mann.

Tillmann macht gerade sein Abitur und will sich danach bei der Filmhochschule in München bewerben. Ich hoffe, dass es klappt. Er ist wie ich ruhelos geblieben. Wir alle sind ruhelos. Es gibt Abende, an denen wir schweigend zusammensitzen, Colin, Gianna, Tillmann, Paul und ich, und keiner von uns etwas sagen will, weil wir uns weder erinnern wollen noch vergessen.

Paul hat sein Medizinstudium wieder aufgenommen, doch er tut sich schwer damit. Unzählige Ärzte haben ihn untersucht, um herauszufinden, woher seine lähmende Erschöpfung rührt. Sie finden nichts. Gianna hat es nicht leicht mit ihm, weil die Melancholie ihn immer wieder handlungsunfähig werden lässt, doch die beiden halten zusammen wie Pech und Schwefel.

Gianna hat angefangen, unsere Geschichte aufzuschreiben. Wir haben ganze Nächte durchgemacht und darüber geredet, was geschehen ist, obwohl wir unsere Schilderungen schon auswendig kannten. Aber es musste sein.

Ich weiß nicht, ob Colin und ich für immer zusammenbleiben. Ich weiß nicht, ob Tillmann über das hinwegkommt, was ihm widerfahren ist, und ob er nie mehr in Versuchung gerät, seinen Schmerz mit Drogen zu verbannen. Ich weiß nicht, ob ich gut daran tue, mich auf Papas Pfade zu begeben, auch wenn mein Tun momentan nur darin besteht, Morpheus auf Santorin zu besuchen oder ihn nach Hamburg verschiffen zu lassen. Ich weiß nicht, ob es aufhören wird, dass ich mich nach dem Mahr in Colin sehne, der für immer gegangen ist, und ich glaube, es gibt Nächte, in denen auch er sich nach ihm sehnt. Dann wirft er sich schlaflos hin und her, bis er schließlich aufsteht, sich etwas überzieht und lautlos in der Natur untertaucht. Tagelang bleibt er verschollen, bis er müde und wortkarg zurückkehrt und sich in sein Bett verkriecht. Ich weiß nicht, ob ich eines Tages erneut nach Italien reisen und die Schönheit dieses Landes in mich aufnehmen kann, ohne dabei an Angelo zu denken und mich davor zu fürchten, ihm erneut zu verfallen.

Ich weiß nicht, ob ich mich an mich selbst gewöhnen und damit aufhören kann, mich als Opfer meiner eigenen Gefühle zu betrachten – jetzt, wo Colin sie mir in ihrer vollen verderblichen und auch giftigen Blüte überlassen hat. Ich weiß nicht, ob es in diesem Leben einen Platz für mich gibt, an dem ich glaube, bleiben zu können.

Doch eines weiß ich sicher und es beruhigt mich mehr als alles andere auf der Welt, ganz egal, was in Zukunft geschehen wird und wohin mich meine verschlungenen Wege auch führen werden. Ich weiß, dass ich Colin liebe.

Ich danke …

… meinem weiblichen Zweigestirn Michaela Hanauer und Marion Perko für all das, was es in den vergangenen Jahren für mich und meine Bücher getan hat; meinem Vater, weil er uns pubertäre Fracht in einem unklimatisierten, vollgepackten Fiat nach Kalabrien und wieder zurück kutschiert hat und uns unvergessliche Italienurlaube ermöglichte; meinen beiden Männern für das Ertragen und Kompensieren einer zweimonatigen geistigen Dauerbenommenheit während der heißen Schreibphase im Winter 2010/11; meinem Pferd für unsere wilden Waldausritte; meiner »Muse« T-Stone für tiefe Einblicke in eine Welt, die mir bislang verschlossen blieb; Domenico Boccuti für das Recherchieren der recht chaotischen Flugverbindungen von Süditalien nach Santorin, Kindheitserinnerungen aus Longobucco und einen traumhaften Sommer 1991 (indimenticabile!); Sabine Giebken fürs Gegenlesen und das wohltuende Gefühl, verstanden zu werden; all jenen, die wie Grischa Schönfeld in einer anderen Liga spielen und mich damit inspiriert haben; Max Frisch, weil seine Sprache mich jedes Mal aufs Neue tief berührt; meinen Facebook-Fans und Blog-Lesern für ihre Treue und die vielen heiteren Stunden, die wir zusammen verbracht haben; den Teilnehmern der Büchertreff-Leserunde (Ihr seid die Besten – auf ein Neues!). Und last but not least danke ich von ganzem Herzen jenen Freunden, die mir treu geblieben sind, obwohl ich in den vergangenen drei Jahren kaum greifbar war. Ohne Euch wäre das alles nichts wert!